长篇小说

大唐不良司

万象有终

4

牛凳 著

海峡出版发行集团
海峡文艺出版社

图书在版编目(CIP)数据

大唐不良司. 4/牛凳著. 一福州:海峡文艺出版社,2021.3
ISBN 978-7-5550-2479-8

Ⅰ.①大… Ⅱ.①牛… Ⅲ.①长篇小说一中国一当代 Ⅳ.①I247.5

中国版本图书馆 CIP 数据核字(2020)第 211469 号

大唐不良司 4

牛 凳 著

责任编辑 朱墨山
出版发行 海峡文艺出版社
经　　销 福建新华发行(集团)有限责任公司
社　　址 福州市东水路 76 号 14 层
发 行 部 0591-87536797
印　　刷 福建新华联合印务集团有限公司
厂　　址 福州市晋安区后屿路 6 号
开　　本 710 毫米×1000 毫米 1/16
字　　数 395 千字
印　　张 23.75
版　　次 2021 年 3 月第 1 版
印　　次 2021 年 3 月第 1 次印刷
书　　号 ISBN 978-7-5550-2479-8
定　　价 45.00 元

目录

第一章　祸从天上来

“今日起，大家行事小心谨慎一些吧！”纪青璇在一声叹息后嘱咐道：“除了每日里去不良司点卯，等闲都不要出门了。我们手上这些待查的案子，怕是朝廷一时半会儿也不得空理会。就先避避祸吧。在这少卿府中，就是来俊臣有心，也奈何不了我们。”

“可我担心二宝。”郭烨看了一眼倚窗眺望的李二宝，轻声道：“这些天他心里苦得很，若是再憋在这府中，我担心他会闷出病来。”

这个素来都咋咋呼呼的少年脸上，居然露出了一丝沉静的忧思。

“这也是没法子的事，让他忍一忍吧！”纪青璇轻叹。

只可惜他们却没料到，这世上真有“人在家中坐，祸从天上来”的倒霉事。

这日，他们照例按时从不良司下衙归来，才坐在一起闲话了片刻，突然徐府的管家急匆匆进来，禀报说李府遣人来找李二宝。

咦？莫不是家里有事了？李昭德向来支持李二宝在不良司中历练，若无要事，等闲不会来找。今日突然遣人造访，却是让众人都心生疑窦。

而就在李二宝匆匆离去不久，徐有功大步走了进来，郭烨一看他脸色，就在心中暗叫“不妙”。

从来都温润如玉的徐有功，这时脸色却阴沉得像暴风雨前的乌云，一双眼睛中怒火四射，明显是发生了什么了不得的大事。

他一进门，一眼就瞧见了李二宝不在其中，当下就开门见山道：“你们都在正好。我匆匆赶回来，便是有事告知你们。那来俊臣发难，伪造李御史谋反罪证，投书陛下。如今陛下已经下旨将李御史下狱查办了！”

什么？突如其来的噩耗，像一个晴天霹雳，打得郭烨等人头晕眼花。亏他们这些天来一直小心防备，生怕来俊臣寻他们下手，可直到此刻他们才知道，人家根本没有把他们这些小的放在眼里。丽竞门真正的目标，其实是他们身后的长辈，如今一出手,就要把他们背靠的大树之一连根拔起!

“真是好一条疯狗!”郭烨恨恨道。新仇旧恨一起涌上来,让他把牙关咬得咯咯作响。

“能帮李御史洗清罪名吗?”纪青璇问道。

“难。”徐有功蹙眉摇头,将朝中之事简单说与他们道:“这次我们都放松了警惕,只以为来俊臣一直在忙于对付綦连耀,却没想到他早就把目光投到了李御史身上。他所投铜匦之书,已经传阅朝堂,本官也亲眼看过了。也不知他到底谋划了多久,上面所罗列的罪证竟天衣无缝。如今陛下震怒,将此案发付秋官和丽竞门联合审问,估计不日就会最终判决……唉,不是本官不想管,实以那投书上的罪证,恐怕一个斩立决都是轻的。本官和狄相爷据理力争,也不过保住李家上下不被株连罢了。对李御史之事,却是无能为力了!”

自登基之初,女皇陛下就以“广开言路”为由,在庙堂四周设立铜匦搜集意见,不过最终,这些铜匦都变成了酷吏们告密进身的工具,似来俊臣之流,便是借着此物诬陷他人而起家的。只是郭烨他们却没想到,居然有天自己好友的至亲,也会成为这一制度下被迫害的对象!

“来俊臣是何德性,女皇陛下莫非不知吗?竟然真的相信二宝的爷爷会谋反?简直荒谬!荒谬!”郭烨怒极,一拳砸在案上,砰然有声。

“慎言!”徐有功狠狠瞪了他一眼。“君要臣死,臣不得不死!女皇陛下的圣意,也是你可以质疑的?”

郭烨吐了口气,也知道自己情急失言了,左右一看,不由得一阵后怕,也是在场的都是自己人,若是换个场合,恐怕等不到明天,他就要到牢里去伺候李昭德了。

“义父,郭副尉也是一时情急,你就莫要责怪他了。”纪青璇见徐有功动了真怒,忙出来回护郭烨。

“这世上多少良才美玉,最后都是栽在了口无遮拦上。你们也要引以为鉴啊。”徐有功似是想起了什么事,怅然叹息了一声。

怎知他这一声叹息尚未落下,李二宝的身影就跌跌撞撞地从外面扑了进来,一下匍匐在徐有功脚下,痛哭哀求道:“徐帅,你救救俺爷爷吧!他不可能谋反的,他真的是无辜的!他对朝廷、对陛下忠心耿耿,他怎么可能会谋反啊!”

见他如此，徐有功也是一阵为难，忙伸手想把他拉起来。只是李二宝天生神力，此时倔脾气一上来，拉着他的袍服下摆不撒手，徐有功也拉他不动。

“二宝，你莫要如此！”郭烨生怕徐有功难堪，连忙上前劝道：“李御史之事，我们都知晓他是被人栽赃的，自会想办法营救他。你这是作甚？”

李二宝听到郭烨的声音，突然一震，回过头来，抓住郭烨的肩膀叫道：“郭大哥！郭大哥！你最有办法了，你一定能救俺爷爷的，对不对？”

李二宝的十根指头像钢钩一样嵌入郭烨的皮肉，令郭烨疼痛欲裂，但郭烨也不挣扎，只是咬牙看着他。

“二宝……”郭烨叹了口气，看着眼前惊慌失措的李二宝，他知道，李昭德下狱的消息，已经让这小子彻底乱了方寸，称之为“病急乱投医”也不为过。

“你先放开我。”郭烨抬手拍拍李二宝的手，道：“我们这不正在商议营救李御史之事吗？你莫要在此胡闹了。须知你耽搁的每一刻，都是李御史的生机。”

“好，好，俺不闹。”这话果然管用，李二宝像被火烫了一样，忙松开手，脸上的鼻涕眼泪俱顾不得擦，失魂落魄地坐到一边去了，只是一双眼睛还紧张地盯着众人，仿佛生怕众人不管李昭德了。

见他如此情状，郭烨又是一叹，看向徐有功，问道：“徐帅，还有别的办法吗？”

“或者只有朝野齐心，李御史方能有一线生机吧！只是如今庙堂之上党派林立，想要做到这一点又是何其之难啊！”徐有功道。

“只要有一线希望，我们也必须努力啊！”郭烨摇摇头，轻声道。他扭头看了一眼李二宝，虽然他本身也不看好这件事，但他更明白，做了还有一线希望，若是什么都不做，李二宝可能现在就会崩溃。“希望时间长一点，他能自己想通吧……”

徐有功匆匆而来，不久又匆匆而去。官做到他这个份上，每天有太多的事情需要处理，实在没有时间在家中久待。而且郭烨他们也知道，今日这短短几言，便透着凶险，这后边的事，怕是比徐帅说的要严重得多，故而也不敢留他，只目送他离开了徐府。

待徐帅走后，郭烨看着跌坐在地上的二宝，想要开口却又不知道说些什么才好。如今的局面，即便以他之机智，也想不到什么好办法了。无他，地位尔。李昭德一案，涉及的，都是朝堂上顶级的势力的博弈。这番他们背后的大人们都落了下风,他们还能有什么办法?

然而事情远比他们想象的要麻烦,形势也远比他们想象的要严峻。之后几日,他们几次申请前往丽竞门探监,想要带二宝见见他爷爷,却都被秋官驳回。此时丽竞门的监狱中,可谓戒备森严,严令禁制一切人等与李昭德的接触,生恐出现不测。这是铁律,就连他们暗中找了苗雄亦无能为力。

"郭老弟啊,此事真不是为兄不肯帮忙,实在是心有余而力不足啊!李御史一事震动朝野,现在不知多少双眼睛在盯着,莫说我只是一个没有实权的副门主,就算是来俊臣本人,此时恐怕也是骑虎难下了。"这是苗雄对郭烨他们的婉拒之言。

不过他们也从苗雄口中得知,因为此案已经得到了陛下的亲自关注,而李昭德也是德高望重之人,至少在判决下来之前,不虞来俊臣会像对其他人那般,对他施以酷刑。这可算是唯一的好消息了。

"二宝,苗兄既如此说了。你可稍微放下心来了吧?李御史在狱中不会吃苦,狄相爷和徐帅他们在朝堂上也会努力为他开脱的。无论如何,都不要放弃希望啊!"郭烨等人纷纷安慰李二宝。

可是无论大家怎么说,李二宝依旧是低着头,牙齿紧紧咬着嘴唇,也不知他听没听进去大家的劝说。

苗雄看这也不是个事,只得开导他道:"二宝你放心吧,此事苗某虽帮不上什么忙,但在职权允许的范围之内,定会给李御史最大的照顾。他在牢里也绝不会挨饿受冻。他要是受了半点委屈,你唯苗某是问便罢!"

第二章 诸王欲联手

苗雄的保证,让李二宝心里多少好受了一点,但也仅仅只是一点罢了。看不到自己的爷爷,对他而言,依然是一个巨大的打击。他的心情失落无比,一夜工夫,就憔悴得不像样子了。

看到曾经意气风发的少年郎变成了如今这般模样,郭烨等人亦是怜惜无比,可又想不出什么好法子。毕竟此事关系朝野,有多少双眼睛盯着看着,想要偷入丽竞门的牢狱,实在是难比登天。

只是他们也不可能看着李二宝就这般消沉下去,一阵搜肠刮肚之后,还是郭烨犹豫道:“要不,咱们试试给小萝去封信吧! 让她写封信回来安慰二宝。二宝这般紧着她,如果是她的话,应该能激励起二宝来。”

纪青璇闻言,迟疑了一下道:“此前我们也不是没送过信,可没有一次送进去的。便小裴都无法。这次……”

“这次不试试怎么知道。”郭烨看了一眼李二宝紧闭的房门,继续道:“你莫忘了,此次扶余使团的危机可是全靠我们才解除了。怎么也有谈一谈的余地吧。况且我们只是通信,又不是要拐了小萝走。”

纪青璇一想,似乎也确实是这么回事,遂抱着试一试的态度写了封信,郭烨亲自送去了鸿胪客馆。果然,在经历了乔知之一事后,扶余使团的态度好了不少。在郭烨表明了来意,并表示可以让他们先看信,检查无虞才呈送郡主后,使团之人商榷了半天,终是同意了他们的请求。不过片刻时间,张小萝的回信就呈送了出来,交予郭烨带回。

张小萝似乎也心忧李二宝的情况,信是草草写成的,字迹有些潦草,但郭烨认得,这的确是张小萝的字,调皮而飞扬。信上只有一句话:“二宝莫难过,等我给你写信!”得到了回复的郭烨,马上带着信回了徐府,用张小萝的手书哄着李二宝吃了点东西。而张小萝的第二封信也确实来得及时,一碗汤饼还没吃完,前后脚的工夫就送到了徐府上,其中尽是对李二宝的安慰和殷切思念。

接下来,张小萝的书信几乎是以一个时辰一封的速度,也不管李二宝是否回信,就这么源源不断地送来徐府。到了后来,扶余国使团信使看郭烨他们的眼神都有点不善了。张小萝是小郡主,他们不敢有所怨言,但对于郭烨等人这些让他们几乎跑断腿的始作俑者,他们却是没什么好脸色了。

不过,得益于这一封接一封的书信的安慰,李二宝的情绪终于振奋了一些,至少有些许吃食下肚,不至于太过让人担心。只是谁都清楚,这终究是权宜之计,治标不治本,如果不能把李昭德的事情解决,李二宝迟早还是会崩溃的。

“也不知这法子能用到几时! 希望小萝慢些离开洛阳吧!”纪青璇道。

“要走的总是要走,该发生的也总归要发生!”在避开李二宝的场合,郭烨终于忍不住低声说出了心中的颓败，他从未感到如此无力过。他感觉在自己和目标之间，似乎横亘着无数阻碍，每一重都稳如泰山，根本撼之不动。这样的认知让他无比的绝望。

好在这世上天无绝人之路，就在所有人都一筹莫展的时候，一个意想不到的人，出现在了徐府门前。

李梦白？他这时跑来作甚？还嫌不够乱么？听到门房通报李梦白来访的消息时，郭烨正憋了一肚子火气，下意识就抱怨了起来。

“郭烨！”纪青璇霍然转身，美眸望定他，警醒道：“你心乱了。”

郭烨一愣，脸色难看地缓缓坐了回去，哼了一声，道：“你的心不乱么？”

“哎，先听听他想说什么吧。”纪青璇叹了口气，掠了掠垂落鬓边的发丝。“李御史之事他不可能不知，既然会在此时登门，想必也是有要事。”

“希望他能说点有用的！”郭烨还是气呼呼地道。

纪青璇知他心中苦闷，摇摇头不再说他，只是对门房吩咐道：“请进来吧。”

很快，李梦白就出现在了众人跟前，还是那副清淡俊逸的谪仙人模样，并不因这些日子以来城中的腥风血雨而染上一丝尘埃。他微笑着，与众人一一见礼，完全无视了郭烨不善的眼神，把风度发挥得淋漓尽致。

“俗话说，无事不登三宝殿，不知李公子来此有何贵干？”郭烨语气不愉地问道。

“郭副尉这话就生分了。怎么说李某与不良司也有并肩共御外侮的情谊，还非得有事才想得起诸位朋友吗？”李梦白端起下人送上的茶汤轻啜一口，不等郭烨反驳，又笑道：“不过今日李某冒昧拜访，还真有些事要与诸位商谈。”

纪青璇一伸手，“请讲。”

李梦白剑眉星目，俊朗到了极点，但下一刻说出来的话，却让人几疑其是否心智失常！“不知各位可想扳倒来俊臣？”

噗……郭烨一口茶汤没憋住，就这样喷了出来。

扳倒来俊臣？莫不是疯了？这是眼下在场的人应该议论的事情吗？一个不良尉，几个不良人，再加一个没落的前朝皇族，就敢狂言扳倒陛下跟前的大红人？谁给他这么大的底气说出这样的话？

“想！当然想！俺做梦都想！”一直在旁边读信的李二宝脱口叫道，神情颇有些咬牙切齿。

“二宝!”纪青璇连忙阻止,可已经来不及了,李二宝话已出口。她也只能无奈看向李梦白,问道:“李公子今日既找上门来,想必也不会认为就凭我们几个,就能办到这件事吧?还请李公子明言,也省得二宝祸从口出。”

“无妨,我们也是关起门来讲话,传不出去的。”李梦白微微一笑。“此行李某的确是代表某些大人物而来,寻的也是不良司之力合作。不论你我,在其中都只是起个传信的作用罢了。就是不知诸位有没有兴趣为李某传这个话?”他含笑看了郭烨一眼:“旁人不说,郭副尉只怕恨来俊臣那狗贼到骨子里了吧?”

郭烨擦了擦嘴角的茶渍,冷哼一声,这却没什么好否认的。他在丽竞门的监狱里吃了大亏,险些连命都丢了,这是人尽皆知的事情,要说不恨来俊臣,那是绝对不可能的。

“说说你的计划吧。”纪青璇终于忍不住流露出感兴趣的神色,“还有,你今日究竟是代表谁而来的?”

“诸位可是忘了李某的姓氏?”李梦白隐晦道。

嘶!郭烨等人倒吸一口冷气。虽然自从陛下登基之后,李唐宗室颇受猜忌,但瘦死的骆驼比马大,更别说其中还有好几位都是陛下的亲子女呢!若是李梦白所言不虚,那的确是有跟丽竞门掰一掰手腕的资格。但也只是有资格而已,能不能扳倒那还两说。只是郭烨想不通,他们为什么突然起意要跟来俊臣过不去了?

“此事都有哪几位王爷参与?”纪青璇定了定神,直接问道。

“庐陵王、相王,还有太平公主。”话说到这一步,李梦白终不再掩饰,直言不讳道。郭烨等人一时失语,这些大人物都是他们平时接触不到的存在,如今却一下子摆在了面前,让他们根本不知该如何回应。

好一会儿,郭烨才蹙眉问道:“容郭某斗胆问一句,两位王爷和公主何以铁了心要与来俊臣为难?总不成你们想要为綦连耀鸣不平吧?”

“郭副尉说笑了。”李梦白叹道:“实非我们要与来俊臣为难,是他苦苦相逼,把主意打到了王爷们头上,我们也只是自保而已啊。”

“把主意打到李家王爷们头上?”郭烨等人惊呼出声。“他怕不是疯了吗?”

“谁说不是呢?”李梦白做无奈状,摊了摊手。“自打陛下登基,我李氏一族向来是谨小慎微。可就算如此,他依旧不肯放过我们,那也怪不得我们要先下手为强了。”

“这个消息可靠吗?”郭烨问道。

“这种事,若是不可靠,李某又岂会胡说?”李梦白道:“爬到他来俊臣这一步,已是不进则退,甚至不进则死的局面。他本是靠罗织告密发家,想要更进一步,唯一的办法,就是告倒更显赫的人物。如今朝堂之上,能符合条件的,也就只有我们李家、武家,还有凤阁鸾台中的几位相爷了,李御史不过是第一个罢了。我们早已在防备着他,据说这次他对武家也有叵测之心,此刻怕是武氏那几位王爷也在头疼吧。”

郭烨闻言干笑了一下,问道:“如此大事,又事涉王爷公主,何须我等传话呢?直接寻了徐帅,不是更便宜吗?”

“郭副尉不知。此次的行动,也只是我们未雨绸缪罢了,终究还未拿到来俊臣罗织陷害李氏诸王的实据。若真的直接寻了徐帅,万一不小心惹了来俊臣和他底下那些疯狗的注意,怕是会坏事,届时恐还连累徐帅。”李梦白停顿了一下,道:“郭副尉与来俊臣过过招,应知他可是个说风就是雨的人物。”说完,李梦白目光直视郭烨,郭烨却也不直接回答,只撇过头去并不理会。“明白了。”纪青璇在一旁点头道:“李公子你先请回吧,几位王爷的意思,本尉自会转告义父。不过究竟能不能成,还得看他的意思。”

“情理之中。”李梦白拱了拱手,道:“告辞!”

第三章　筹谋反击事

在李梦白离开不久,武家的人同样找上门来,而且来的还是郭烨他们的熟人——武延秀。

一进门,武延秀也不多推脱,就直接说明了来意,随即侃侃而谈道:“咱们现在就是一个合则两利,分则两伤的局面。想来诸位也想早日扳倒来俊臣,救李御史于水火吧?不若与我武家合作。”

我信你个鬼！郭烨在心里大骂，但面上还是不得不跟他虚与委蛇，只道："武中郎将啊，这要合作，没有诚意可不成！你们武家在丽竞门中埋下的暗子，应该并非只有当日我们见过的杜方雄一人吧？让他们搞点来俊臣的罪证出来，不难吧？"

武延秀面色一僵，心中暗骂郭烨狮子大开口，但面上还是做出了一副诚挚的笑容，道："这个恐怕还真有点难度。"

"噢？此话怎讲？"郭烨道。

"不是我们不想将来俊臣的罪证盗出，实是此时已是心有余而力不足了。"武延秀有些赧然，解释道："就在我们的注意力都放在綦连耀一案上时，来俊臣不知从何处寻到的消息，竟抢先出手，把我们武家安插在丽竞门中的人手逐一清除了出去。等我们反应过来，整个丽竞门已经是铁板一块，如今就算我们再想做些什么，也是鞭长莫及了。"

"嗯？"纪青璇问道："官吏的调动不是都要经过吏部吗？为何来俊臣能够一言决之？"

"话是这般说不错。但这厮恐怕早就在算计着我们，在极短的时间里，或开革，或迁调，实在搞不掉的直接罗织构陷，硬是在符合大周律例的情况下，将我们的人完全驱逐了出去！"

"竟有此事……"纪青璇忍不住蹙起了眉头。

"武某并无半句虚言。"武延秀道。

"我道为何要寻我们合作，原是你们自己轻敌，弄丢了筹码。"郭烨点点头，用一种极讨打的语气道。

不过他在心里，却是对来俊臣这人升起一股莫名的情绪来。说他是疯子吧，他的心思比谁都缜密，可要说他是个正常人，那怎做得出这般疯狂的事情来。但无论对谁而言，这都是一个极为棘手的对手。他能在丽竞门主的位置上屹立多年不倒，连品级隐约在其上的皇甫文备都只能屈居其下，绝不是没有原因的。

郭烨的嘲笑，让武延秀嘴角狠狠抽搐了一下，忍了又忍。本来他心里就看不起郭烨这个泥腿子，如今郭烨几次三番冷嘲热讽，更是让他咬牙切齿，要不是为了大局着想，早就掀桌走人了。

"郭副尉说笑了。"他深吸了口气，压抑住火气，轻声道："对上来俊臣这种奸佞之徒，谁都不敢言算无遗策。也正因如此，我们才更需要同心协力，方能扳倒他，还大周朝野一片清平啊！”

武延秀一席话说得大义凛然。这让郭烨不由在心里暗骂无耻，但脸上却同样挤出一个干巴巴的笑容，假惺惺地吹捧道：“武中郎将不愧是天潢贵胄，胸怀博大远不是我等能及，言之有理。呵呵，郭某受教了！”下一刻，他话锋一转，不死心地问道：“不过话虽如此，诸位王爷运筹帷幄，总不会一点后手都没有吧？”

“那自然是不至于。”武延秀含糊道：“只是光凭我武家一家之力，恐怕还是力有未逮，此事还需你们不良司出力啊。”

“武中郎将有命，岂敢不从？”纪青璇爽快地道。在上次李梦白走了之后，她就已经请示过徐有功了，后者给她的回复是无论李家还是武家，所有合作的请求尽皆允诺。事实上，不只是他们，近来来俊臣疯狂跋扈的举动，已经激起整个朝堂的反感和警惕，现在各家都已经开始寻求合作，以求尽快除掉这条疯狗。此刻她之所以这般顺爽地就答应了，就是怕郭烨这厮话太多，惹恼了人。虽然她也不待见武延秀，但大局为重。

“那就期待不良司的好消息了。”武延秀拱手告辞。见不良司应允，他是一刻都不想看到郭烨这张令人生厌的面孔了，忙不迭地起身就走。

送走了武延秀，郭烨问纪青璇：“对于这件事，徐帅还有什么指示？”

“义父明言，不良司官面上的力量，他会自行调遣。但正如李梦白所言，明面上的事极易引起来俊臣的注意。义父让我们在保证自身安全情况下，自由行动即可。”

“换句话说，能查出什么东西，全看我们自己的本事了？”郭烨屈指轻叩案几，唤道：“小陆，你再去一趟蓼风楼，试探一下，在这件事上，十三娘子可能有能帮到我们的地方。”

“嗯。”陆广白没说什么，只点头应道。这些日子以来，他早已习惯被郭烨等人当成请风十三娘帮忙的筹码了，不过也是怪哉，他倒也并不觉得此事烦人。

“徐大哥他们最近没有得到长安那边的新命令吗？”郭烨又问道。

“付不良令已经正式将他们交由我们这一卫代为辖制了。”纪青璇答道：“有需要他们做的吗？”

“当然。”郭烨一边沉思，一边缓缓说道：“来俊臣发迹于天授年间，早年不过万年一泼皮，比郭某尚有不如，作奸犯科之事定然不计其数。此等人物，未必不会留下些案底。让徐大哥回一趟长安,请求付不良令协助调查,若能揪住他当年的劣迹,那是再好不过之事。”

“我去安排。”纪青璇点点头,起身就走。才走到门口,她蓦地回头道:“听刚刚武延秀的话,他武家在丽竞门的人都被清除干净了。不知苗兄会否有事?毕竟此前他与我们接触频繁。”

“应当无妨。苗兄为人耿直,原就是丽竞门中的异类。这样的人反倒最不容易被人怀疑。且我们与他的几次接触均是暗中,应该不至于引起注意。我不良司里,也没什么王爷让他陷害。”郭烨思索了片刻道。

“那就好。”

“嗯,不必多虑。”郭烨笑了一笑,道:“你先去安排徐大哥的事,我且出趟门。这阵子忙的,郭某似还有一封书信,尚未替人送出。也是时候践行诺言了。”

他说的,自然是义门的孙姓疤脸怪人。自从有了上次成功交易的经历之后,他对这个相貌丑怪、但感情诚挚的老家伙,印象好了不少。一到了需要和义门打交道的时候,第一个就想起了他,方玉娘反而排在了后边。照着义门给出的地址,他这次却是寻到了清化坊的大弘观,这义门也不知在畏惧着什么,行事作风诡秘无比。郭烨在道观中走了一圈,才终于在膳堂里找到了孙姓怪人一瘸一拐的人影。他这回不知又走了什么门路,却是化身成大弘观的典造,也就是厨子,隐匿于道观之中。

“孙伯伯。”郭烨笑嘻嘻地走上前,与孙姓怪人套近乎。

“你总算还记得来寻老夫。还当你要赖账不来了呢。”

孙姓怪人独眼扫了他一眼,操着沙哑的嗓音,冷冷道:“老夫名唤孙金。当不起郭副尉一声伯伯,你直呼其名便是。”

“孙伯伯这说的哪儿话,小子虽顽劣,但素来说到做到,岂有食言之理?”郭烨忙辩解道:“这不是最近家中出了些事,刚刚才处理好,马上就来找您了。”

“处理好?未必吧!”孙金独眼上下扫视他两眼,突然道:“李昭德那老匹夫还在丽竞门的监狱里关着,这也算处理好了?”

郭烨被他呛得一滞,隐隐觉得此行恐怕未必会如自己预料中一般顺利了。他只得道:“您好灵通的消息,深居道观,足不出户,亦能知天下事。晚辈佩服。”

“少在这里灌迷汤。”孙金道:“老夫只是瞎了一只眼,耳朵可没聋,这李昭德被诬下狱，闹得满城风雨。老夫又不是个死人，如何不知晓？”

郭烨闻言大喜：“您也相信李御史是被来俊臣诬陷的？”

“李昭德这人虽鲁莽，但对朝廷素来忠心耿耿，若说他跋扈，老夫信，但谋反……呵呵。”孙金笑了两声，一切尽在不言中。突然，他瞪起独眼看向郭烨：“你小子今日怕不是诚心来为老夫送信的？是想把老夫甚至整个义门都拖进火坑？”

“孙伯伯这您可就误会我了。”郭烨见对方识破了自己的来意，忙辩解道：“我这次来，的确有请您帮忙的意思。不过一码归一码，答应您的事情，绝对做到，就算您不帮忙，您的信我也会帮您送到的。”

“哦，好。那我不帮，想都别想。”孙金转身往房里走去。“去取信吧，正好老夫写好也有些时日了。”

“孙伯伯，这却不忙，您还没听我要你帮什么忙呢，何必急着拒人于千里之外？”郭烨忙拦住他。

“这关头上门，能有甚好事？无非就是李昭德和来俊臣的那点恩怨，请恕老夫无能为力！”

“您不想听听我的条件？”

“没兴趣。”孙金绕过他，头也不回地往屋里走去，同时道：“郭副尉，义门不是神仙，有些事情，便是我们也不想卷入其中，还请高抬贵手。义门如今的骨血，能从当年的旧事中逃出来也不容易。”

“慢着！”见孙金态度坚决，郭烨也豁出去了，他猛地从怀里掏出裴旻刚从长安托人捎回来的坎字戒，恋恋不舍地看了一眼，方喝道：“你们不是号称忠于孝敬皇帝，为了查清他当年的真相，连性命都可以不顾吗？”

“郭副尉这话是何意？”孙金回过头来，眯起眼盯着他上下打量。

“很简单。”郭烨咬牙道：“郭某在此对天发誓。若是你们这次袖手旁观，那你我的盟约就此作废。以后义门就是把整个洛阳城拿来换，也休想从郭某手中得到这枚坎字戒！”

第四章　奇药留小萝

“你这是在威胁老夫?”孙金沉声问道。他本就长得丑怪无比,此时一拉下脸来,更是狰狞得形如厉鬼。

不过郭烨却是半点畏惧的神色都没有,只坦然道:“此事于郭某至关重要,前辈要如此认为的话,那也随你。”

“郭副尉作此要挟,不觉得有损自身信誉么?”孙金质问道。

“嘿!信誉!”郭烨冷笑,道:“前辈可知我当年在万年街头厮混时的匪号?”

孙金的独眼瞪着郭烨却是不打算搭话。

郭烨也无所谓,自问自答道:“晚辈人送匪号‘忠孝礼义廉’!”

“郭副尉既然有此雅号,当是品格高尚之人,又何苦对老夫一个孤寡残迹的老头苦苦相逼?”

“不,不,不,孙前辈,你还是没明白我的意思……”

“噢?”

郭烨露齿一笑,“孙前辈不妨看看,忠孝礼义廉,缺了什么?”

“缺了什么……忠孝礼义廉,无……”孙金咀嚼了一下,霍地抬起头来,眼中写满了无奈,他已经反应过来了。“无耻!”

“是啊,就是无耻,哈哈哈……”郭烨不以为耻,反以为荣,大笑道:“孙前辈,郭某可是无耻了小半辈子了。如今为了兄弟,两肋插刀尚无怨无悔,何况舍了所谓的信誉呢?一句话,这个忙你们义门帮不帮吧!不帮咱们以后各走各路,也省得相互连累。”

“算你狠!”孙金大怒,走回房间,取出一封信往郭烨怀中一掷。“你便是再无耻,也得给老夫把这封信送到了!”

“定不辜负前辈所托。”郭烨又恢复了毕恭毕敬的谦和模样。因为他心里很清楚,孙金如此作态,就意味着他已经答应自己的条件了,只是心中愤怒,方不肯在面上低头罢了。

达到了自己想要的效果，郭烨也不过分紧逼，转身告辞。义门虽然神秘，但他并不想真把一个盟友逼成敌人，此次也是情况紧急，方才不得不出此下策，否则他也不愿如此。

出了大弘观，他没有立即前往妙音楼，而是揣着孙金的书信，回了徐府。双方虽是合作，但他对义门也是颇多提防，生恐因此暴露了秀嫣都知的所在，给她带来不测之祸。所以依他的打算要么是委托他人送信，要么等确定没人跟踪自己之后，再亲身前往。

“情况怎么样了？”他一回到徐府，就见纪青璇安坐于堂中，当下询问道。随后通过纪青璇的话语，他得知徐问清已经走马启程，陆广白也已经回来，只是神色中却颇有些无奈，待到叫来了陆广白，众人才知其中因由。

“她非但不肯帮忙，还怨我们不把她当朋友，把我哭骂了一顿，说竟找这等破家灭门的祸事给她做，是有心要陷她蓼风楼于死地。”陆广白叹道。说起来，这还是风十三娘第一次拒绝他的要求。

“这也怪不得她。”纪青璇劝慰道：“蓼风楼再如何家大业大，也不是丽竞门的对手，她也要考虑身边人的安危。这次是我们病急乱投医，有些鲁莽了啊！”

“这事陆某又何尝不知？只是看二宝那模样，实在是心里难过。”陆广白罕见地袒露心声。

“若仅仅只是伤心难过，那也罢了。”纪青璇看了一眼角落里的李二宝，示意几人出了厅堂，这才忧心忡忡地低声道：“我听闻，扶余国使团不日便要启程回国。到时候，只怕连书信来往，都没有这般方便了。”

“那可真是麻烦了。”众人闻言，一齐扭头看向李二宝，他依旧在不停地阅读张小萝寄出的书信，看了一遍又一遍，那已经是他眼下唯一的精神支柱了。

郭烨沉默片刻，道：“我今晚要去拜会秀嫣都知，还有些事要琢磨透彻才行。你们先想一想，看有没有什么法子能把小萝暂时留下来。二宝现在还少不得她。”说罢，他也不多留，转身便回了自己的厢房，关上门，取出纸笔，埋头涂涂写写起来。

郭烨把迄今为止，所有和义门相关的情报都罗列了出来，从林黄案，到追捕苏瑞娜时林毅射出的两箭，再到江边初见孙金和秀嫣的关系……桩桩件件细写分明，最后重点勾出来的，却是当年的东宫旧事和八枚戒指。

“目前看来方玉娘所言皆是真的，倒是没有什么可疑之处。”终于，他得出这么个结论，心下稍安，但却没有放松，又开始仔细思索怎么将孙金的书信交给秀嫣都知，却又不会让人发现两者的联系。虽然义门看起来并无恶意，但此事关乎秀嫣的身世和安危，却是容不得他有半分马虎大意。等他把所有事情理顺，不知不觉，时辰已近黄昏，夕阳的余晖把窗前的树影投入房间，拉得长长的。

他走出房间，还没进厅堂，就闻到一股浓浓的药味。“这是在作甚？”

他蹙了蹙眉，走进去，就见纪青璇等人围在一起，那股药味就是从他们中间飘散出来的。“你们在搞什么？”他才问了一句，就见纪青璇等人转过身来，几人中间是一个小铜炉，其上就着瓦罐。他们居然在徐府的大厅里煎起药来了。

郭烨正待继续发问，突然发现李二宝脸色酡红，一副昏昏欲睡的模样，不禁大吃一惊，心道二宝莫不是伤心过度，感染了风寒，但看他精神振奋的样子，又委实不像得了病。

“这……”他刚说了一个字，李二宝就一脸兴奋地打断他道：“郭大哥，我们想出留下小萝的办法了！”

嗯？他不禁问道：“是何方法？”

“就是这个！”李二宝一指药罐，道：“陆大哥花了一下午，调配出可以使人呈现出风寒症状，却又不伤身体的药物。只要小萝服下去，再稍作修饰，必然能给人病重的假象，到时扶余国使团自然不会急着赶路了！”

“这倒是有点意思。”郭烨摸了摸下巴。“可是该怎么把药送进去呢？”

药物可不比书信。单是书信，以他们如今和使团的关系，最多先审阅一遍，确定没什么问题便可。但药不同啊，这无病无灾的，你贸然送一剂药过去，傻子都会觉得有问题。

“此事我们已经想过了。”纪青璇道：“我们打算寻李梦白为我们送药。他既与扶余使团之人有旧，且此前也曾帮小萝传过口信，那出入使团驻地想来是没有问题的。若是让他登门拜访，应当可以携药见到小萝。”

郭烨闻言撇了撇嘴，但就算是他，也不得不承认，这个计划确实不错。“何时送药？”

“再等一等。”陆广白照看着药炉，头也不抬道：“还要花些时间，将此药制成便于携带的药丸方可。总不能让李梦白端着一锅汤药上门。”

“好，那此事就拜托你们了。”郭烨起身，往门外走去。“趁尚未宵禁，我要再走一趟妙音楼，我这里还有些东西须得交付与秀嫣都知。”

纪青璇闻言，美眸中流露出一丝失落，但还是点了点头，示意他放心去便是。“小萝的事有我们。”

当下郭烨也不多言，便独自出了徐府，特意小心翼翼地在坊间绕了几个圈子，确定没有人跟踪之后，方直奔妙韵阁而去。秀嫣对他也确实厚待，一听是他来访，立刻倒履相迎，幸而此时来拜访她的风流才子、王子皇孙还不算多，不然怕少不得又要惹出争风吃醋的风波来。

“秀嫣娘子，郭某可能找到与你身世有关的讯息了。”郭烨自忖不能久待，开门见山说道。

秀嫣本正笑盈盈地为他倒酒，听到这个消息，手不由得一僵，下一刻，酒杯啱啷落地，飞溅起来的酒水打湿了她的衣襟，她却浑然不觉。“你说什么？”她颤声问道，似是不敢相信。

“我可能找到你父亲了。”郭烨说着，拿出孙金的书信，递给秀嫣都知，“这是他写给你的信。”

秀嫣立刻一把抢过，细细阅读起来。待读罢书信，她已是珠泪涟涟，急切问道：“他现在人在何方，还请郭副尉带奴家往见一面。”

“此事且不忙，毕竟他究竟是否为你生父，如今尚存疑。”郭烨忙道：“且那人行事诡秘，我也不能确定他是否为善类，当在观察考验些时日。若是贸然相认，恐于你不美！”

“百善孝为先。若父亲是善人，秀嫣自当于膝下尽孝。若其不善，亦当感化规劝，以免他在歧途上越走越深。”秀嫣手握信笺，语气坚定地道：“以前是不知家父身在何处，如今既已知晓，又岂有因畏惧艰险，就连生父都不认之理？如此做法，与禽兽何异？”

听她这般言语，郭烨不禁心生钦佩，只得让步道：“既如此，待郭某将手头之事忙完，便带你见他一面。”

随即他想了想，又问道：“他信上说了什么？”

“只是告知奴家自己当年的姓名和生辰。”秀嫣说了一声，脸色微红，道：“还有奴家身上胎记的位置，取信于奴家。此事隐秘，非至亲之人不能得知。”顿了一下，她整理了一下仪态，歉然道："方才心情激动，奴家却是失态了，让郭公子见笑了。"

"人之常情而已，秀嫣何必不好意思？莫要往心里去。"郭烨含笑点点头，心道这孙金还算有分寸，也知道疼惜女儿，并没有把当年东宫的事一并写出来。

随后，两人又闲聊几句，秀嫣便问起郭烨现在所做之事，郭烨心想当日妙韵阁一众人等险些就着了丽竞门的道，当下对她也不隐瞒，将自己正调查来俊臣之事说了出来。

"若是这般，奴家这里人来人往，兴许也可以为你留神打探出些什么来！"秀嫣闻讯主动道。

"万万不可！"郭烨大惊，同时心中又有些感动，道："来俊臣此人危险之极，我们是不得不应战，你却不同，千万以自身安危为念，莫要卷进这等破事中来。不然郭某就是扳倒了来俊臣，也不会心安的！"

第五章　巾帼惭须眉

当下郭烨又劝了秀嫣都知许久，奈何她态度坚决，执意要尽些绵力。郭烨一时也不好多说什么，只告诉她凡事切不可轻举妄动。

随后，两人又说了一会儿话，待约好了一起去见孙金的日子后，郭烨方悄然离了妙音楼。不过，就在他趁夜潜回徐府时，却在角门处，看到一辆朴素的马车停在门口。此刻刚好有一双素手缓缓撩起帘子，露出一张素净的脸庞。

他定睛一看，可不正是有些日子没见的风十三娘吗？不过此时的她，却没有了平日里那种烟视媚行的神情，面庞素净得都有些苍白了，整个人看起来彷徨至极。她偷偷摸摸地来此处是何意？郭烨心中揣测着风十三娘的来意，脚下却不停步，走上前招呼道："这不是十三娘子吗？为何登门而不入？"

风十三娘闻言一惊，回头看到是郭烨，美眸中竟浮现出一抹极复杂的神色。接着，她就像是下定了莫大的决心一般，脸上又挂起了那抹妩媚的笑容，嫣然道：

“郭副尉真是好久不见了，那奴家这不是等着主人家请我进门吗？郭副尉可否代替此地主人做主相邀呢？”

“十三娘子说笑了。”郭烨道：“郭某自己也是客居此地，哪有资格替主人家做决定呢？不过十三娘子姿容绝世，想来任何人都不会拒绝你的造访的……请！”

“郭副尉谬赞了。”风十三娘掩口一笑，随即头戴帷帽，下了马车同他一前一后走进了徐府。

两人进入厅堂的时候，在座的人看到风十三娘都吃了一惊，陆广白更是站了起来，问道：“你怎么来了？”

“若非是为了你，我怎会冒险前来！”风十三娘摘下帷帽，眼波流转地瞥了他一眼。

见众人都用一种促狭的神色看着自己，陆广白大是尴尬，走到她面前低声道：“今日之事是我不好，没考虑你的难处。不过你也知，此事陆某却是无法袖手旁观的，你虽是为了我好，但也请不要再相劝了。”郭烨等人这才知道，原来风十三娘还劝阻过陆广白。

“谁要来劝你了。”风十三娘道：“奴家是来告诉你，你的活儿奴家接了！”

陆广白认真地看了她一眼，“真的？”

“自然是真的。”风十三娘叹息一声。“只不过从此以后，这洛阳怕是再无奴家的立锥之地。真不知老天爷为何如此狠心，竟要让奴家遇上了你。”

郭烨在旁边听得一愣，忍不住插嘴道：“十三娘子这话郭某就听不明白了，还请明示，不良司也不能平白受了人恩惠。”

“还能为何？这针对来俊臣的活儿，稍有不慎，赔上的便是身家性命。我如何能让自家的姐妹陪我一同冒险，自然是遣散了她们，我自己帮你们。只是可惜了我这蓼风楼，每日里进账的银钱可不少。从此，这酒楼的营生亦与我无关咯。”风十三娘的回答，却是令众人都大吃一惊。就连一向瞧不起她的纪青璇，这时也忍不住对她刮目相看。这可等于是用她全部的身家性命来帮陆广白了！

当下，众人都不知该说些什么好了。再看那风十三娘也不说话，只咬着嘴唇，看着陆广白。

从方才起，陆广白就一直处于一种沉默的状态，此时依然蹙眉不言，直到郭烨推了他一把，他才叹气道：“其实这事你可以不用管的。”

风十三娘没想到他居然会是这么个回答，一时脸色变得惨白，凄然道：“好，好，想不到奴家一片痴心，你竟这般不领情，此事我依旧会帮你，不过之后，奴家的死活就无须你不良司操心了！”

“不是这样的！”陆广白苦笑着摇了摇头。“你的一片心意陆某又如何不知，只是陆某身负血海深仇，来日要遭遇的凶险，比之今日恐怕犹有过之，又如何能拉你一道涉险呢？”

此言一出，在场的人又惊呆了，纷纷拿眼睛看向郭烨。在他们想来，这里最了解陆广白的人就是与他同袍多年的郭烨了。

然而目之所及，郭烨竟也是一脸瞠目结舌的表情，喃喃道：“为何你从未对我讲过？”

“这些事知道的人越少越好。”陆广白歉然道。

随即他回头看向风十三娘：“现在明白了吧？并非陆某不解风情，实在是不想拖累你啊！”

没想到风十三娘闻言，却是嫣然一笑，道：“那可真是巧得很，正好奴家也是身负血海深仇，不知陆郎是否愿意与奴家一道赴死呢？”

“你莫要开玩笑了！”陆广白忍不住呵斥。

“奴家所言，句句属实！”风十三娘收敛了面上的笑意，语气坚定地道。

“这都哪儿跟哪儿？”郭烨听得目瞪口呆。他忽然想起方玉娘提到过的自己的身世，忍不住嘀咕道：“这么说起来，郭某自己似乎也有一段血海深仇呢……”

他眼珠子一转，突然看到一旁脸色阴晴不定的纪青璇，不由生出调侃之心，打趣道：“纪不良尉，你莫不是也有血海深仇在身不成？”

谁知纪青璇脸色一变，彻底阴沉了下来，狠狠瞪了他一眼，“要你管！”

郭烨心中一咯噔，再一转念，猛想起纪青璇一直以徐有功义女的身份示人，却从未提起过自己的生身父母，顿时暗自叫苦，心道不会真让自己给猜中了吧？

“合着在座的除了二宝，个个都是有故事的人？”他砸巴了一下嘴巴，眼看场间的气氛愈发苦大仇深，忙打圆场道：“小陆，人十三娘子都说得如此明白了，你还在犹豫什么？你可莫要学那些孟浪的郎君，伤了人家的心！管它什么血海深仇，大家都是兄弟，岂能让你一人背负？以后你的仇家就是我们的仇家！”

陆广白本就性子清冷，不善言辞，当下被郭烨这一番话说的，竟不知该如何作答好了。

“陆郎……”风十三娘眼巴巴地看着陆广白。

陆广白犹豫了片刻,终是叹息了一声,道:“那便拜托你了,只要日后莫要后悔才好。”

谁知风十三娘一得到他肯定的答复,竟马上换了一副言笑晏晏的表情,乖巧道:“是!”

这前后转变之大,看得在场之人都是无语。当然风十三娘有如此反应亦不奇怪,这表面看起来是陆广白拜托她调查来俊臣之事,但实际却是陆广白应了她的一片深情。明知人家小娘子是为了你赴汤蹈火,你这般坦然接受,本就是默认了彼此的意思。郭烨等人何等通透,当下一个个都憋着笑,并不戳穿他们。不过不管怎么说,有了风十三娘的加入,众人又多一臂助,对扳倒来俊臣又多了几分信心。

“郭副尉,你那里呢?是否要到了预想中的援助?”纪青璇转头问道。

“那还用说?”郭烨一挺胸膛。“郭某出马,还有办不妥的事?”

“尽会吹。”纪青璇这时脸色也好看了一些,道:“有人相助算是好事,不过也不能全靠他们,蓼风楼和义门的势力,都是扎根于江湖,对丽竞门一类的庙堂之事,未必尽知。”

“没错,我们必须再找另外的人了解情况。”郭烨点点头,认可了她的判断。

“其实原本我们是有一个好人选的,只是……”纪青璇犹豫道。

郭烨与她眼神一对,立刻福至心灵,明白她说的是谁了。“苗兄吗?”他连连摆手道:“此事确实是不好找苗兄。倒不是因为武家之人的前车之鉴,而是他为人虽光明磊落,但对自身职司看得极重。若是找他,我怕非但没有帮助,反而会打草惊蛇。毕竟我们这次要做的事情,不是探监那么简单,而是要整个扳倒丽竞门了。”

“不。我们要扳倒的不是丽竞门,只是来俊臣!”纪青璇提醒道。

“两者有何差别?”郭烨不解。

“当然有差别!”纪青璇道:“我观苗兄虽愚忠,但心中是非分明、大节无亏。若我们对他陈述利害,再允诺扳倒来俊臣后,助他重塑一个坚守道义的新丽竞门,你道他会不会出手?”

“这……”郭烨犹豫。

“二宝的爷爷危在旦夕,没时间犹豫了!”

“好吧,依你……”郭烨终于被说服,同意寻苗雄相助。不过在如何求助一事上,两人却争执了起来。

“我还是建议有所保留。”郭烨沉声道:“至少我们的意图和成果,不能尽数告之与他,应当保密之处,还是得保密,毕竟这涉及许多人的身家性命。”

“此言差矣。”纪青璇道:“用人不疑,疑人不用。我们既然需要苗兄的帮助,自当坦诚相告,遮遮掩掩反而平白惹人猜忌。反正仅凭我们自己,想要拿到关键的证据也是难于登天,倒不如孤注一掷,相信他一回。”

第六章　登门说苗雄

谈妥了一切,风十三娘并未在徐府久留。深情地看了陆广白一眼之后,她便又匆匆戴上帷帽,由角门登车离去了。

她现在暂时可不能暴露,还需要借她之手,为众人搜集情报,对付来俊臣。

送走了风十三娘,郭烨突然转过身,对着陆广白嚷嚷道:“小陆你可以啊,藏得够深的啊!什么血海深仇,跟兄弟说说看?”

“你莫要再问,时机未到,你再如何问,陆某也不会说的。”出乎意料,陆广白神色认真,尽管眸子里藏着深深的伤痛,但还是守口如瓶,一个字都不肯说。

见他如此,郭烨也是明白,再问也问不出什么来了,遂深深地看了他一眼,道:“好,我信你!不过等你说的时机到来之时,还望你能对我们和盘托出,这里没有外人。”

“嗯。”陆广白应了一声,再无二话。

郭烨又抬头去看其他人,却见纪青璇已经提前一步离开,只剩下李二宝一脸懵懂地看着他,问道:“郭大哥,咱啥时候去请李兄帮忙送药进鸿胪客馆呀?”

“送药?”郭烨没好气地拍了他一下,道:“这事问你纪姐姐去,她做主!”

见郭烨如是说，李二宝也不做多想，麻溜地就寻了纪青璇，得到她的应允后，第二日一早，便自行往李梦白府上去了。幸而李梦白是个好说话的，李二宝上门求助，请他送药入鸿胪客馆时，他一口答允了下来，甚是痛快。“李某与小郡主一见如故，如今有能相助之处，自当尽心竭力。”他这话还真不是说说而已，从李二宝手中取过药丸，便径直前往鸿胪客馆。

待到李二宝回到徐府，却见郭烨身着常服坐在厅堂中，似是在等人。

“郭大哥，你不去衙门吗？这是在等人？”自从李昭德出事之后，李二宝一直状态不佳，故而这些日子都没有跟郭烨他们一同去不良司。反正当下朝野上下皆被来俊臣搅和得乱做了一团，人人自危，谁还有空查案子。不过郭烨几人还是每日会去按时点卯的，权当例行公事了。

“对。”郭烨面色郑重地道。

“等谁啊？”

“等……”不待郭烨回答，纪青璇也是一身常服的从外间匆匆进来，见李二宝也在，倒也不避着他，直接对着郭烨道：“我寻人打听过了。苗兄最近确在洛阳自己府中。另外还有一则消息，正如武延秀所言，前些日子丽竞门整肃内部，许多外界安插进去的楔子，都被来俊臣抓的抓、贬的贬。苗兄似乎有什么背景，仅以身免，不过也被撤了副门主，勒令在家反省，形同软禁，只不过并未公开，因此外人并不知晓罢了。”

“哦？”郭烨诧异地看向纪青璇，随即面色沉沉地道：“看来是时候拜访苗兄了。”

在听了苗雄的处境之后，他对纪青璇的计划却是多了几分信心。他知晓苗雄也是有大抱负之人，如今仕途被阻，想必说服他，也多了几分把握。

“来俊臣这是在自寻死路，众叛亲离之人，离灭亡已经不远了。”郭烨断言道。

“是。”纪青璇道，“不过，就算如此，我们也要尽快阻止他，否则还不知这条疯狗要拉上多少人陪葬。”

两人交谈了片刻，当下决定立刻前往苗府，不过为了掩人耳目，两人还是稍作了改装。

两人随即寻了徐府的仆役，往街上雇了一辆牛车，于角门上车，在洛阳城中转了好大一圈后，才到了苗雄在洛阳的府邸附近。他们也没有贸然上门，下车后装作路人又在附近转了一圈,确定暗处没有人监视,方才上前叩门。

“看来来俊臣也不是全无顾忌,苗兄虽被解职,赋闲在家,但待遇还算不错,所谓的软禁,估计也只是托辞而已。”

“能让来俊臣略微手软,看来苗大哥的来头也甚大,只是不知究竟是何背景了。”

郭烨和纪青璇暗自琢磨,这才想起,自己等人与苗雄虽相交匪浅,但对其依旧不甚了解,除了当日破佛像开口一案,得知他是墨家传人之外,也就知道他是丽竞门中少有的不与酷吏同流合污的新贵。

不多时,苗府仆役便应了门。两人报上化名,不过却都只是改名不改姓,以苗雄之智,很容易就能猜到“郭”“纪”两人同来的含义,因此很快,他们就被请进了府中,在一间书斋中见到了苗雄。

“两位大驾光临,苗某戴罪之身,有失远迎,还望赎罪。”

郭烨闻言也不客气,开门见山道:“不知苗兄何罪之有?莫非不与他来俊臣同流合污,就是罪吗?难道苗兄也自认其非?若是如此,此行便当我两人没来过吧!”

“郭老弟不必激苗某,孰是孰非,苗某心中自有一杆秤,只是不知两位今日来意若何?”

“无他,想请苗兄与我不良司共伐来贼罢了!”郭烨坦然道。这种事情是瞒不住的,不如一开始就直言不讳,也能拉近双方距离。

“郭老弟这话过了!”苗雄手捏茶盏,缓缓旋转,片刻才平静道:“食君之禄,忠君之事。苗某乃是朝廷钦点的丽竞门副门主,纵然来门主有千般不是,苗某也不当与外人联手来谋算他。”

“苗兄,你也说了,食君之禄,忠君之事。你既食的乃是大周朝廷的俸禄,自然也当忠于女皇陛下之事。”郭烨词锋犀利,直言道:“如今来俊臣日渐疯狂,罗织构陷无所不为,朝野上下人人自危。这等佞臣,已成大周毒瘤,若是再不除之,他日必将威胁江山社稷之安危。如此祸端,苗兄也可视而不见吗?”

“郭老弟这却是危言耸听了吧?”苗雄停顿了一下,方道:“我虽赋闲在家,却也并非完全不知外事。若我的消息不错,武氏与李氏之人皆已寻了不良司合作,要与我丽竞门为敌吧。这等党派倾轧之事,莫非也是为了大周的江山社稷?”

苗雄的话，让郭烨心中一惊，然后马上意识到这是苗雄在不动声色地提点自己，他能知晓的事，难道来俊臣会不知道吗？

当下，郭烨立刻道："好叫苗兄知晓，郭某欲扳倒来俊臣，并非为了个人私怨，实为大周朝的江山社稷考量。郭某虽人微言轻，但这一点，却是与朝堂上的诸位大人不谋而合。"

"嗯。"苗雄点头，"愿闻其详。"

"我不良司卷入此事，发端便是来俊臣诬陷二宝的爷爷李御史，这苗兄是知道的。"

"这一点苗某自然知晓。不得对李御史动刑，还是苗某亲自交代的。如今苗某失势，与此也不无关系。只是若仅仅为救李御史，诸位似也不必兴师动众，非要拿丽竞门开刀吧？"

"非也，非也，苗兄此言差矣。"郭烨摇头。

"噢？不知差在何处？"

"我们并非要对丽竞门开刀，而是要对来俊臣动手。"郭烨认真地道："须知，丽竞门是女皇陛下的丽竞门，而非来俊臣的丽竞门。苗兄，你道我所言可对？"

苗雄闻言，不禁默然地点了点头。

"苗兄，李御史的为人你也知晓，今日便请你来说道说道，他究竟是个何等样的人物？"

"刚毅耿直，清廉奉公，国之肱股。"李昭德的为人有目共睹，在这件事上，苗雄也无法说出违心之言，如实赞誉道。

"不错！"郭烨拊掌大喝。"李御史乃是肱股之臣，此人所共知之事，然来俊臣为了自家富贵，不惜拿朝廷肱股开刀，这还不是毒瘤脓疮之行吗？今日我们纵然救得了一个李御史，但来俊臣一日不倒，来日必定还有周御史、王御史获罪，我等疲于奔命，又焉能一个个救得过来？若是救不下来，大周朝的梁柱，岂不是都一一折在了他来俊臣手中？"

苗雄闻言，沉默良久，终是问道："这般说来，诸位已经是铁了心要与来俊臣这狗贼为难了？"

郭烨一听"狗贼"二字，立知有戏，忙把自己等人的条件抛了出来，道："非是我等要与他为难，实是他已经引起众怒。待此事一成，不良司愿助苗兄登上丽竞门主之位，从此宏图大展，洗刷往日恶名，还丽竞门衙门中一片朗朗青天！”

然而苗雄却只是一叹，问道：“门主之位苗兄倒不稀罕。只是，郭老弟可知为何丽竞门上下皆被来俊臣整肃，却惟独只有苗某败而不倒，还能在家中安然度日吗？”

郭烨和纪青璇齐齐摇头，“委实不知，这也正是我俩疑惑之处，还请苗兄解惑。”

“不瞒两位，苗某之祖父，便是昔日北门学士之一的苗神客。苗某得祖父荫庇，自幼得以出入宫禁，可谓女皇陛下看着长大的。说一句不敬的话，陛下登基，家祖劳苦功高，正因如此，他虽故去多年，但陛下对苗家始终念着一份旧情，这才是来俊臣投鼠忌器的原因。”苗雄目露怅然之色，又带着一份温暖和追忆，叹道：“天家最是无情。狡兔死、走狗烹的道理，古今皆然。昔日陛下为登基而重用北门学士，嗣后北门无存，诸位大学士难有善终，连家祖亦是暴毙身亡，死因难明。如今来俊臣走上了北门的老路，要他死固然不难，可诸位又可曾想过，来俊臣倒下之后，下一条走狗将会是何人？”

第七章　机关术争雄

“苗兄竟是北门学士之后？”苗雄突然袒露的身世，令郭烨大吃一惊。

当年的北门学士，名义上是被女皇陛下召集来修撰著作的饱学之士，实际上却是她的智囊班子，陛下密令他们参决朝政，以分宰相之权。这批北门学士组成的智囊班子，为当年还是皇后的陛下出了很大的力。他们辅佐陛下二十余年，帮助她完成了从皇后到天后再到当今女皇的蜕变。当然，改周之后，陛下也没有忘记这些功臣，他们多数被擢升为三、四品高官，其中北门学士的核心人物范履冰、刘祎之还做到宰相，长期受到重用。而在所有的北门学士之中，苗雄的祖父苗神客，算是最神秘的一个。他始终在为女皇陛下的登基出谋划策，但对他的真实情况，却甚少有人知。仅知他博学多才，无论是治国安邦之学，还是阴阳鬼神之事，皆有不凡造诣，文采斐然，还曾为薛礼撰写过墓志铭，最终官至著作郎，却又在女皇陛下登基之前离奇暴毙，比北门学士中的其他几人离世更早。也有人说，苗神客虽然官位不高，但他才是最受陛下宠信的一个，也是陛下和其余北门学士沟通的桥梁，若是他当年不死，北门学士未必会有后来的惨痛下场。

“这还真是笔烂账。”郭烨暗自嘀咕。这要真论起来，他与苗雄，还当是仇人之后。毕竟当初东宫事变中，杀戮八客的主力，就是由北门学士主持，想来苗雄的祖父苗神客，应该也没少在其中出力。不过此时正事要紧，他也无心去翻当年的旧账。何况东宫事变时，苗雄自己恐怕都还只是一个襁褓中的婴儿，所以就算要清算，也与他无关。放下心头所思，下一刻，郭烨突然明白为何苗雄明知来俊臣不是好人，却依旧执意不肯出手的原因了。他虽荫了祖荫，却也同时寒了心肠。在苗雄看来，谁做门主都无所谓，而他不过就是在自己为人处世的底线下，明哲保身罢了。

想明白了这些个关节，郭烨立刻沉声道：“苗兄，你既是北门学士之后，我且问你，令祖对女皇忠心耿耿，可谓为了大周的江山鞠躬尽瘁。你身为他之后人，莫非就可以眼睁睁地看着佞臣横行，国将不国吗？”

“可是……”苗雄还想说什么，已经被郭烨再次打断道：“我等生而为臣，自当为陛下分忧。岂能因可能横遭不测，就裹足不前，放任朝政衰颓？这是令祖的心愿？”

“我……罢了，你不要再说了。”苗雄长叹一声，在郭烨的轮番劝说下终于松口，道：“道理苗某又何尝不懂？只是苗某虽也曾贵为丽竞门副门主，但来俊臣从未将我视为心腹之人，他的秘密，我又如何能够尽知呢？就算我愿意帮忙，只怕能够提供的助力也是不多啊！”

“来俊臣之祸，早已不是一家一姓之事，能提供一点助力是一点，滴水成河，聚沙成塔，只要出力的人够多，总有他来俊臣倒霉的时候！”郭烨大喜道。

“滴水成河，聚沙成塔……”苗雄口中咀嚼着这八个字，闭眼冥思了片刻，方才道出一则秘辛：“在关键的东西上，来俊臣素来都严防死守。昔日亦有人想要扳倒来俊臣，却始终未寻到他半点罪证，只因他从不在衙门，以及自己的府中处置机要文书。”

“竟是如此……”郭烨与纪青璇面面相觑，确是不得不佩服来俊臣行事缜密。

不过下一刻，苗雄的话，又为他们打开了一个新的思路。

“但我曾隐约听人说，昔日索元礼尚未伏诛之时，曾在丽竞门衙门之外，另辟密室一间，那里才是丽竞门储存真正机要之所在。今日想来，若是你们想要寻觅来俊臣的罪证，八成的可能，会在那密室之中了。”

“密室何在？”

“这……却是不知了。”苗雄坦然道。

“无妨，苗兄提供的这个线索，已是十分可贵！”尽管没能从苗雄处得到确切的答案，但郭烨还是十分振奋。这可是来俊臣最隐秘的消息之一了，若非苗雄，外人几乎无法得知。

“多谢苗兄了。”他拱手致谢道，“这个密室的所在，就交给我们不良司来查探吧，苗兄莫要轻举妄动，一切以保全自己为上。”

“这你们大可放心，苗某虽非什么大人物，但也不是他来俊臣可以随意拿捏的。”苗雄傲然道。顿了一顿，他又提醒郭烨等人，“诸位若是找到密室，切不可轻入，一定要来寻苗某相助，否则恐有凶险。”

“这又是何故？”郭烨奇道，“不过是一间密室而已，若要保密，必无重兵把守，只要避开来俊臣在的时刻，还能有何凶险？”

“郭老弟可知索元礼的另一重身份？”

郭烨摇头：“不知。”

昔日索元礼被女皇陛下治罪之时，他还在万年县中厮混，又从哪里去得知这等秘事？他对索元礼唯一的印象，就是这家伙心思毒辣中又不乏精巧，如今丽竞门中沿用的酷刑，十之八九都出自他之手笔，郭烨亲自享受过的“反是实”便是其一。可谓人虽死，但流毒无穷，遗祸不浅。

“郭老弟可曾记得昔日我等初遇之事？”苗雄提醒。

“这是自然，不过是去岁之事罢了，郭某又没有老糊涂了。”郭烨哑然失笑，但还是顺着苗雄的话茬往下说，“多亏苗兄看破那佛像机关，可算是为郭某解围啊，不然郭某当真要丢好大一个脸。”

说到此处，突然，他脑海中灵光一闪，失声道：“莫非……”

“不错。”苗雄点头，“索元礼其人，与那小庙中的和尚一样，都是昔日公输家机关术的传人！东周列国时传下来的三大机关术流派，偃师失传已久，余者我墨家擅守，公输擅攻，他们设置的机关往往触之必死，不留余地。那庙中和尚不过得其皮毛，就已经等闲不可破了。索元礼却是此道大师，他下的机关，若无充分的准备，便是苗某也不敢言必破，你们若是贪功冒进，实在是凶险至极的一件事。”

“多谢苗兄提点！到时我等必会告知苗兄！”郭烨肃然道。

若是苗雄所言非虚，那这个提点可说是救了他们一命，当得起一声“多谢”。

“不妨，既然决定与你们合作，苗某自不会首鼠两端，救你们也等于是救我自己。”苗雄诚恳道。

与苗雄商榷已定后，郭烨与纪青璇也不多留，便起身告辞。

“苗兄，我等尚有要事待办，这便告辞了。无须相送。”郭烨拱手。

“慢走！”

从苗雄府上出来，郭纪两人茫然四顾，一时也无处可去，便回徐府换了衣衫、去了伪装，依旧循例去了不良司点卯。不过，这样平静的日子并没有过太久，差不多从第三日起，答应与他们合作的义门与风十三娘处便开始逐渐有各色消息传回。两者的资料皆无甚稀奇之处，都是来俊臣的生平与行踪，不过各有侧重。

义门依托当年东宫的人脉资源，据点又以长安为主，因此对来俊臣过往的劣迹颇多描述，甚至其父来操都在情报的范围之内。

相比之下，风十三娘的路子主要集中在洛阳，对来俊臣每日的行踪就探查得更清楚一些，只可惜此人谨慎得很，尤其是在知晓有人要对付自己的情况下，更是小心翼翼，每日除了按时去丽竞门衙门点卯，就是在自己府中蛰伏。郭烨翻来覆去看了好几遍，也没看出任何可能与密室有关的情报。

到了第七日，风十三娘处倒是送来了一则与李昭德之事有关的情报，就是她的人查出来俊臣曾与周兴等酷吏党徒投石为戏，处心积虑将李昭德作为自己的罗织对象。坊间曾有传闻，来俊臣在诬陷他人之前，会先举行“仪式”，以求博个好彩头。具体的做法就是在每次诬陷人之前，都会将被诬陷的候选人的名字，写在靶子上，再投石击靶，写了谁的名字的靶子被击倒，谁就要倒霉。这事郭烨早有耳闻，只不过都当成了街谈巷议，不值一哂，但如今看了风十三娘给的情报，才知来俊臣当真荒诞随性到如此地步！情报显示，曾有人见到来俊臣带人在龙门附近的一座石桥下，竖起过数根木靶，以石击之。其中就有写了李昭德名字的木靶。估计也就是从那时起，丽竞门就已经把李昭德视为必须拔除的眼中钉、肉中刺了。

“投石击靶！投石击靶！”看完情报，郭烨简直怒发如狂，低吼道：“看看！这位御史中丞就是这么决定谁是奸臣的！真该把这份文书送去给陛下看上一眼！荒唐！太荒唐了！”

“没用的。”纪青璇蹙眉摇头。“这次他们为了陷害李御史，准备得实在是太充分了，仅凭这么一则不知真假的消息，根本毫无帮助。”

“唉，你说的我又何尝不知，只是这来俊臣……嗨！简直是丧心病狂！令人恨不得能食其肉、寝其皮！”

“想这般做的人，恐怕能从丽竞门衙门门口，一直排到洛水之畔，还轮不到你。”纪青璇哑然，安抚他道：“我们现在要做的，是想办法尽快找出苗兄所说的密室，只有这样，才能尽快扳倒这个恶贼。只要他失了圣眷，想必会有很多人愿意帮你实现这个愿望的！”

郭烨喟叹道：“话虽如此，但来俊臣行事缜密，如今又生了警惕之心，想要抓住马脚，谈何容易啊！”

纪青璇闻言也是愁眉不展。

好在下一刻，郭烨眼睛一亮，已经计上心来。“有了！郭某尚有一计，只是不知是否可行！”

第八章　打草惊毒蛇

“是何良策？你快快道来。”纪青璇听郭烨说他有办法，一双美眸也亮了起来，连忙催促道。她深知郭烨这人虽然玩世不恭、没个正形，但在大事上，从来都不含糊。在这种时候，他既然说还有一计，那就断然不会是胡说八道。

“良策未必，小有想法罢了。”郭烨难道谦逊了一句，道：“我们现在最苦恼的事，就是寻不到丽竞门真正藏案卷的密室，对否？”

“不错。”纪青璇忧心忡忡道：“这几日看这些收集上来的线索，一点密室的踪迹都无。当日苗兄也说，他只是听闻。会不会……”

“不会!”郭烨果断否定道:“苗兄此人我打过几次交道。他性格豪爽,虽不爱管丽竞门中那些乌七八糟的事,却也不会放任自己眼前有这样的事发生。这些年,他若从丽竞门中看到过一星半点来俊臣栽赃陷害他人的蛛丝马迹,他不会不管。”

“那会不会来俊臣是在自己家中秘密处置的这些事情?”

“也不会。你也说来俊臣行事缜密,若这证据就在他家中,一个不慎难免有人赃并获的风险。”郭烨停了停,“而且,我也不信苗兄是无的放矢之人,他说听闻,那八成就是确有其事,否则他便提都不会提。”

“这……”

“你莫急。”郭烨自信一笑。“我们虽不知这密室在何处,但来俊臣知道啊,我们完全可以让他自己带我们去!”

纪青璇闻言,用一种看傻子的眼神盯着他看了半晌,探手就来摸他的额头,口中道:“郭副尉啊,染了风寒就找小陆寻些药吃,莫要烧坏了脑子。”

郭烨“啪”的一声捉住了纪青璇的手腕,看着她的眼睛认真道:“我没开玩笑。”

纪青璇脸色微红,抽回手,道:“我看你就是在开玩笑。”

“郭某从来不打诳语。”

“那你倒说说,你打算如何让来俊臣带我们去?我倒是要看看,究竟是你傻了,还是来俊臣傻了。”纪青璇没好气道。

“我们都不傻。”郭烨神秘一笑。“山人自有妙计。”

“快说,不许卖关子。”纪青璇靠近一步,娇叱道:“不然小心我拿鞭子抽你。”因为其他人都不在,纪青璇心情放松了不少,下意识地动作也稍显亲昵。

只是她却没想到,就在这时,门哗啦一声被推开,陆广白、任斗牛,还有徐问清几人一拥而入,嘴里喊道:“徐副尉回来了……呃?”然后出现在他们眼前的,就是纪青璇与郭烨头对着头,两人脸贴得极近,就这般互相看着对方。

“娘耶!”性格最活泼的任斗牛怪叫一声,“啪”地捂上了眼睛,转身就走,嘴里还念叨着“非礼勿视”。

“打扰了。”

“我们一会儿再来。”

徐问清等人也憋着笑,低头转身出门。

就连陆广白也是嘴角一抽。一群人瞬间走了个干净。

半晌,纪青璇才大喝道:“你们给我回来!”

只是这时众人早都走远了,哪里听得见她的呼喊?

“都怪你!还不快把他们叫回来!”她用力推了郭烨一把。

“这也怪我?”郭烨略有些尴尬地搓了搓手,匆匆而去。他深知,纪青璇性格泼辣果断,脸皮却薄,今日他要是不能把众人叫回来,恼羞成怒的纪不良尉恐怕几天不会给自己好脸色看了。

没奈何,他只好跑了出去,好不容易才在一处回廊下找到了窃笑的众人,板起脸喝道:“笑什么笑!不是你们看到的那样!我跟纪不良尉是在讨论案情!”

“是,是,是!”众人口里答应着,脸上却笑得更欢快了。

“回去说正事了。”郭烨也是恼了,连推带打把众人赶了回去。

此时纪青璇已经收拾好情绪,正襟危坐,只是脸色还有些微红。看到众人都回来了,她忙转移话题问道:“不知徐副尉此行可有收获?”

“没有。来俊臣很小心,能查到的都是些无伤大雅的劣迹。”

徐问清叹道:“不过付不良令说了,此事关乎朝纲清明,也顾不得不良司和丽竞门不得正面碰撞的禁令了,让我们带了马凯巴等几个得力的人手过来,全力相助洛阳这边。现在他们就在偏厅等候,听候纪不良尉调遣!”

“付不良令有心了。”纪青璇遥遥一拱手,算是谢过了远在长安的付九,然后才道:“方才郭副尉正说到他有妙计可破丽竞门,不过被你们打断了……”说到这里,她忽然反应过来,红晕上脸,恨不得有个地缝给自己钻下去,心道自己怎么又提起这茬了。

底下一群人注意到她的神色变化,都露出了想笑又不敢笑的神情。最后还是郭烨冒险接过话茬。

“还是让郭某来说吧!”他笑了笑,“其实也是纪不良尉之前的话提醒郭某,郭某才想到了一计破局之策。”

“什么?”众人疑惑。

纪青璇也茫然问道:“我说了什么?”

“打草惊蛇!”郭烨缓缓吐出四个字,见众人依旧不解,便解释道:“方才纪不良尉言，来俊臣行事缜密，如今又生了警惕之心，想要抓住马脚，并不容易。”

“这话不错啊。”众人依旧一头雾水。

“话虽如此，但凡事需得两面来看。”郭烨道：“愈是这样的人，他就愈是信不过别人。这世上，他唯一相信的就是他自己。”

纪青璇仿佛明白了郭烨的意思，坐直了身子，道：“继续。”

“其实很简单，既然来俊臣已经知晓了我们的行动。那我们也不必藏着掖着了。联合所有的力量从各个方面给丽竞门施加压力，让他们疲于奔命。焦头烂额的来俊臣一定会有疏忽。而后，我们再放出风声，说找到一个密室，里头俱是来俊臣这些年罗织陷害忠良的证据。届时，不管来俊臣相不相信，他都一定会不安。心有不安就会想要确定此事。这种事他肯定不能假手于人，只能是自己去，最次也是派他那几个心腹去查看。届时我们只要跟着他们，就一定能知晓这个密室之所在！”郭烨说出了自己的计划，又看向纪青璇。“不过想让来俊臣焦头烂额，光靠我们可不够。”

“放心。”纪青璇会意，承诺道：“这个交给我！”

不知是纪青璇的意见得到了徐有功等重臣的重视，还是在这种人人自危的境地下，朝中各人都出奇地站在了同一阵地。总之，接下来的几天，朝堂上局势愈发紧张，武家、李家、不良司，甚至凤阁鸾台中的诸位大人，不断对丽竞门发难。同时，不良司、武延秀的缇骑卫，以及金吾卫频频出动人马，以各种搜捕嫌犯之名，日夜巡查各坊。朝野内外气氛一度剑拔弩张。而在种种大事中，郭烨等人却还得到了一个看似不起眼的消息，言道扶余国小郡主在启程之前，突发怪病，回国之事只得迁延，如今正急招各路名医前往鸿胪客馆诊治。

“看来李梦白是成功把药丸送到了。”郭烨等人松了口气。“暂时不用担心小萝会回去，二宝也能稍安下心了。”

解决了这一心病，大家开始专心等待来俊臣的破绽出现。

这天众人正照例在不良司中枯坐，忽闻一不良人来报。“纪不良尉，来俊臣动了！徐帅已经亲自带人赶过去了，让卑职通知你们也赶紧跟上！”

终于动了！郭烨和纪青璇闻言霍然起立。

郭烨冷笑道：“我等昨日就把风声放出去了，想不到这老小子硬挨了一夜才坐不住，也真是好耐心！”

“走!”纪青璇一挥手,喝道。

“别忘了去找苗兄,区区一间密室,可不值得拿兄弟们的性命来填!”

“言之有理!”纪青璇点头,吩咐道:“徐副尉,你让马凯巴儿人带上我的令牌去请苗兄。你在外围接应。记住,此事干系重大,切莫泄露不良司的行踪。路上若是遇人阻拦,速战速决,只管打过去,伤残毋论!”

徐问清自然知晓此事的重要性,立刻收敛了面上的笑容,大声应道:“是!”

分派完毕,一行人匆匆上路,很快就赶上了不良司的大队人马,这时他们正在离仁和坊不远的地方待命。

“义父,眼下情况如何?”纪青璇远远看到人群前的徐有功,忙打马上去问道。

“这来俊臣也是奸诈,居然把密室设置在远离丽竞门的仁和坊。中途还知道故布迷阵,试图引诱可能存在的追踪者露马脚!不过也无妨,他已经被我们的人缀上。真正的密室所在地很快就能揭晓了。”徐有功答道。

正说话间,就见一易容成普通市民的不良人飞奔而来,报告道:“禀报不良帅!来俊臣确在仁和坊中有所停留,不过最终并没有进入某间院落中。”

“那他现在人呢?”

“已在回丽竞门的路上了!”

“能确定他停留之处,是仁和坊的哪一块地方吗?”徐有功又问:“他既故布迷局,必然不会空手而回。应该是已然确定密室无恙了。”

洛阳的坊市,以十字形的坊道划分,相对而言,每片区域还是有限的。

“能!”那不良人探子的回答,声音铿锵有力。

“好!出发!”真到了上阵的时候,徐有功也是个雷厉风行的人,身先士卒冲进了仁和坊,问清了来俊臣此前停留的区域之后,直接一挥手,喝道:“把这片地区全部围起来,从现在开始,禁止任何无关人等进出,我们一家家搜过去!”看得出来,他也是彻底豁出去了,要和来俊臣彻底见分晓,竟然下达了这种命令。

不过,孤注一掷的效果也是极好的,不一会儿,就有前往搜查的不良人前来回报:“找到一间无人的宅院,不过看其干净程度,应当是不时有人前来,并非完全荒废!”

“且去看看!”徐有功挥手道。

第九章　破解毒机关

“等等!”纪青璇忙阻止了徐有功以身犯险的举动,提醒他关于密室中有索元礼布置的机关的传言,道,“我们已经去请墨家的传人前来,无须多久,还请义父稍候。”

她的话音刚落,就见徐问清带着苗雄匆匆而来。徐问清提着的横刀上还有血迹不断滴落,而苗雄背上也背了一个巨大的背囊,看着就十分沉重,也不知装了些什么在里头。

“来了！来了!”徐问清远远就高叫道:“卑职将苗副门主请过来了,丽竞门监视他的人还想阻止,幸亏我们有所准备!”

两人打马冲到近前,苗雄给众人见礼。徐有功自然是认识苗雄的,但却没想到,纪青璇他们寻来的墨家传人竟是他,原本波澜不惊的脸上也不由得露出一丝意外。至于其他不良尉、不良人,更是一阵窃窃私语。总算不良司军律严谨,并没有人出来质疑苗雄的来意。

“不良司纪律严明,苗某佩服。”苗雄冲着徐有功一拱手。“我本以为此来少不得要被唾骂两句呢!”

“苗副门主这是说的哪里话？在场可没有随意迁怒之人啊!”徐有功摇头笑道:“素闻苗副门主光明磊落,乃是丽竞门中少有的君子,如今看来所言不虚。想不到你还是墨家传人,有你的鼎力相助,来贼被绳之以法指日可待！这是我不良司的大幸,是大周朝野的大幸啊!”

“徐少卿谬赞了。”苗雄苦笑道:“丽竞门造的孽,自当由丽竞门人来赎罪。以前苗某是独善其身,但如今于国于民,都不能再袖手旁观了。”

郭烨见两人说得火热,忍不住给纪青璇使了个眼色,纪青璇站出来道:“义父、苗兄,我们不若先把正事办了吧！不然等来俊臣反应过来,终究是个麻烦。”

“纪不良尉说得是。”苗雄看了一眼被包围的宅院,问道:“此处就是来俊臣的密室?”

“不出意外的话，当是此地没错了。”徐有功点点头。

“那事不宜迟，我们进去吧！”苗雄道：“不过我还需要两名帮手，哪位愿与我同往？”

纪青璇踏前一步，可还不等她开口，郭烨已经一把拉住她，低声道：“机关凶险，你在外面等着！”说罢也不等纪青璇反驳，自己站出来，道：“苗兄！我与你同去！”

纪青璇也知此时没有争辩的时间，也出奇地没有反对，只是神色复杂地看了他一眼，嘱咐道：“你自己小心，我在外面等你。”

“嗯！”郭烨点点头，大步走到苗雄身边。他却没注意到，此刻连徐有功看他的眼神里，多了一抹赞许和欣慰的神色。

“还差一人。谁……”苗雄刚说到一半，一直跟在众人身后的李二宝突然走上前道：“俺同你们去！”

“好，那便你两人吧！”苗雄毅然点头。“随我来，我等必须速破机关，以免夜长梦多。”

郭烨点头，他也担心以来俊臣的奸诈，恐怕很快就能反应过来，这是一个针对他的圈套。若非这次乃是诸方联合，给他的压力足够大，让他应接不暇的话，只怕此计还难以得逞。

果不其然，就在三人进入屋内不久，就听见外面传来争执之声，久久没有平息，还大有愈演愈烈之势。

“来俊臣带人回来了！”郭烨一惊，“比想象中还快啊！”

“看来我们得抓紧了……”苗雄神色沉重，走进屋里，左右看看，走到一处床榻下用力一扳，“轰隆隆”的闷响中，那床榻顿时整体移开，露出了一个黑漆漆的地道来。

“走！”他低喝一声，从背上的行囊中取出一把铁面雨伞，撑开如盾，挡在自己面前，小心翼翼走进了地道当中。

且不提郭烨等人已经开始破解机关，却说那来俊臣正如他们所推测的，走到半路便惊觉不对，大喊一声“中计”，连忙拨转马头，同时也顾不得保密，迅速派出心腹去召集人手前来支援。

幸好徐有功等对此也早有准备，提前让不良司的人马封了门，借口此地藏了重犯，严词拒绝了丽竞门人的进入。双方对峙时发生了激烈的争吵和推搡，郭烨他们听见的动静，便正是此时发出来的。

“徐少卿当真是好手段！”来俊臣看着徐有功，咬牙切齿道：“不过你们以为这样便能奈何得了本官吗？莫要痴心妄想！”到这时，他才终于意识到自己的另一失策之处，为了保密，他刻意抹去了自己以及丽竞门和这个小院的关系，这固然减少了暴露的风险，但同样的，一旦暴露，他就连插手的理由都没有了。若是往常，他丽竞门办事也从来不需要什么理由，奈何今日是徐有功亲自坐镇，硬拼是不行了。

“来中丞在说什么，本官怎的听不懂？”徐有功云淡风轻道：“我不良司在此执行公务，搜捕疑犯，来中丞在紧张什么？莫非这疑犯与来中丞有关？”

“休得血口喷人！”来俊臣喝道。

“那便请来中丞约束麾下，莫要让我等为难。”

“哼！”来俊臣阴阴一笑，不肯罢休地道：“不知徐少卿是否介意本官在此旁观一二？”

“请便。”徐有功淡淡道。

他波澜不惊的神色，落在来俊臣眼里，又激起他一阵怒火，忍不住低吼道：“咱们骑驴看唱本——走着瞧！”

深入地道之后的郭烨，才深深庆幸起自己带上苗雄的先见之明。索元礼不愧是一代酷吏，就算死后留下的东西，也是阴毒无比，短短十余丈的地道，称得上步步杀机。如果不是带上了苗雄这个行家，仅靠他和李二宝，恐怕早就死在了半路上。

“小心些！莫要走神！”郭烨正在庆幸，走在前方的苗雄已经注意到他的迟疑，回过头来严厉提醒道：“紧跟我的脚步，不然恐有凶险！”

说话间，他又破解了一处机关。嗖嗖的破风声中，无数黑影般的弩箭从通道两侧的墙壁上射出，打在对面又弹落在地。郭烨借着火把的光芒一照，发现所有弩箭的尖端都是蓝汪汪的，显然淬了剧毒。娘哎！他在心里感慨一声，瞬间出了一身冷汗。可以想见，如果没有苗雄提前引发机关，而是他们傻乎乎地踩上去，那估计瞬间就会被密集的弩箭攒射成刺猬！

“过了这里，应该就只剩一处机关了。”苗雄随后的话，让郭烨放下心来，不过接下来，苗雄自己却是在一块巨大的青石板前犯了难。

这石板也不知多厚，就这么将通道堵塞了一个严严实实，即使在苗雄开启了机关之后，它也是以极其缓慢的速度，一寸一寸地往一旁滑动，看这架势，没有一刻钟，休想露出一条可容人通过的缝隙来。

“苗兄，你快些呀！”郭烨想起三人进来前外边的吵闹声，生怕节外生枝，忍不住心中焦急，催促道。

“你催我也无用。”苗雄无奈道：“这道机关原本就是如此设置的，只能缓缓开启，而且多半与警示物相连。若是设置者自己人，当不在乎这点时间，可若是外人闯入，即使破解了机关，也足以拖延时间，支撑到援兵赶来。否则以来俊臣的警惕，也不敢空置院落，不置警卫了。”

“这可如何是好？”郭烨急得在通道里走来走去。

苗雄忙拦住他。“郭老弟不可乱走，这通道中的机关虽被苗某破得差不多了，但难免会有漏网之鱼，万一踩中，也是麻烦。”

郭烨抬起的脚立刻僵在原地不敢动了。

不过谁都没想到，就在这时，一旁听到两人对话的李二宝却是突然暴喝一声，对准面前的青石板，就是一锏抽了下去。

“轰”的一声，碎石飞溅，坚硬的青石板上硬是被他砸出一个人头大的窟窿来。透过窟窿，甚至可以看到对面密室中的景物。

“这……”苗雄没想到他会突然出手，瞬间呆住。

“这样行吗？”李二宝问道。见没人回答，他二话不说，轰轰又是两锏下去，直接把石板彻底砸塌，然后方才回过头来，道：“这下应该好了。”

郭烨和苗雄这才回过头来，面面相觑。

良久，苗雄苦笑一声：“看来带上你还真是没错……”

当下，李二宝不好意思地摸了摸后脑勺，露出了憨厚羞赧的笑容。

郭烨和苗雄都没想到这棘手的最后一关，会被他用这种简单粗暴的方式破解，都不禁有些无言。

“这……记你一功。”郭烨摇头，告诫道：“不过以后莫要如此鲁莽了。”

“二宝你真是一员福将。”苗雄如此说。

福将！郭烨突然觉得这个称呼很耳熟，曾几何时，二宝与小萝也做过一回福将，他不由得也跟着感慨了一句：“确实是福将！”

当下重重机关破解，三人一齐走入密室，就看到了满眼的文书卷宗，满满当当塞了一密室！

“不错，就是这里了……”郭烨喃喃道，“我们……成了！”

第十章　道比魔更高

拿到了想要的东西，郭烨三人急忙从密室中退出，虽然外面有徐有功亲自坐镇，但是君子对小人，真的预想不到会发生什么样不可测的变化。幸运的是，他们出来的还算及时，不良司和丽竞门的人马还在对峙，但并没有发生他担忧的可能震惊朝野的流血事件。

来俊臣！郭烨从院落中走出，第一眼就看到了丽竞门人马最前方面色阴郁的来俊臣。不过他虽然眼中怒火熊熊，直视来俊臣，但后者却像是完全没把他放在眼中，反而看着他身边的苗雄，冷冷道：“好你个苗雄！你可真是给我丽竞门长脸啊！身为副门主，居然勾结外人，图谋反叛。本官早就看出你脑生反骨，本想宽大为怀，给你一个机会，想不到你还是走上歧途，真是让本官好不痛心啊！”

“来中丞休得胡说！苗某效忠的乃是女皇陛下，是大周的江山社稷。今日之所为，问心无愧，如何能称得上一个‘叛’字？况且你莫要忘了，苗某早已不是什么副门主，这还得多谢你来门主的提携。”苗雄义正辞严道：“倒是你，倒行逆施，作恶多端，人人得而诛之！”

“哈哈哈，你们以为如此就吃定本官了吗？”来俊臣大笑。“我也不跟你们弄这些虚头巴脑的玩意儿。你们想扳倒本官的心思，本官心知肚明。不过在得意之前，你们还是先仔细看看自己找到的都是些什么东西吧！区区一招打草惊蛇，就想迷惑本官，你们是不是太小觑来某了？”

嗯？听他陡然把话说破，众人心中都是一紧，下意识地看向郭烨几人。

郭烨沉着脸把手中带出来的案卷散发给众人阅览，然而仔细查阅之下，他们发现，竟都是些无关紧要的文书。

怎么会这样？连翻几本之后，纪青璇已是花容失色，连徐有功都不禁变了脸色。

“桀，桀，桀……”来俊臣阴恻恻地冷笑几声，扫视众人的眼神中，充满了蔑视。

他又看向苗雄，寒声道：“苗雄啊，你真以为这么久以来，本官不知你包藏祸心吗？只是索元礼一死，丽竞门中确实需要你这样一个机关师，方才留下你。只是你办事不尽心尽力就算了，竟然还敢与丽竞门的对头勾结，真是罪该万死！回头再收拾你！”

苗雄见状，不由目露悲壮之色。“大丈夫何惧一死！只可恨不能拿下你这败类，还大周朝野一片朗朗乾坤！”

“哈哈，谁说不能的？”就在众人都咬牙切齿时，郭烨却突然走出来，大笑道：“来中丞啊，你怎知我们就派了这一支人马？”

“又是你这小子，阴魂不散，看来是上次给你的教训还不够啊！”来俊臣上下看了他两眼。“不过无妨，这次你肯定难逃来某的手掌心！区区一个不良人，也敢跟丽竞门作对！正好拿你杀鸡儆猴，让人知晓我丽竞门不是谁都可以捋虎须的！”

“人固有一死，郭某也不例外，不过嘛……”郭烨突然恨声道：“来中丞你怕是看不到了！”

他冲着来俊臣身后一努嘴，喝道：“来俊臣，你且看看那是谁？”

“还想故弄玄虚……”来俊臣哼了一声，但还是本能地回过头，顺着他指示的方向看了过去。

下一刻，他脸上的狞笑突然僵住。只见从他来时的路上，武延秀被缇骑卫前呼后拥，正提着一捆卷宗大步而来，喝道：“来俊臣！你的事发了！栽赃朝臣，陷害忠良，随便哪一条都够你死上一万次了！”

大家这才知道，原来就连整个不良司的人马，都被郭烨当成了诱饵。他早就怀疑以来俊臣心思缜密的程度，怕是不会轻易上当，真正的密室必然另有安排。于是郭烨便让不良司出手，在惊动来俊臣之后，才有了接下来的步骤。而且为求反应真实，他便是连纪青璇和徐有功都一道瞒下了。

只有等来俊臣真的以为他们掉入了陷阱，彻底放松警惕，然后才会去真正的密室查看。而武延秀他们则承担起了黄雀的角色，在来俊臣志得意满的时候，给他当头一棒！

“不可能！不可能！”这下子，来俊臣才是真正乱了阵脚，本就苍白的面颊上彻底失去了血色，失魂落魄地喊道：“苗雄被困在此地，你们怎么可能破解得了索元礼布置的机关？”

“哼！自作聪明！”武延秀往旁边一让，露出几个浑身是血的和尚来。

郭烨大笑：“来中丞啊，来中丞！你真是聪明一世、糊涂一时，你怎么就这么确定，世上只得索元礼一人是公输家的传人呢？真是巧得很啊！郭某恰好也曾抓到过几个靠机关术行骗的假和尚！相比于传承墨家的苗兄，这几位公输家的传人，破起自家机关来，更加得力。况且戴罪立功，他们可不尽力得很么！”原来，他却是早有布置，提前借助武家的势力，把当初被苗雄识破机关，擒拿下狱的几个机关和尚全都提了出来。在免罪的许诺和不惜代价的重赏下，几个和尚都下了死力气，以全数挂彩为代价，成功破解了索元礼当年布设的机关。

“郭烨！”来俊臣终于绝望，大吼道：“我做鬼都不会放过你的！”

“哈哈！”郭烨大笑。“还记得你曾经对我说的吗？你丽竞门狱中有的是冤魂，便是你做了鬼，恐怕也得先把欠他们的账还了，方才有机会来寻郭某的麻烦吧！”

“你们别得意，来某还没倒呢！咱们走着瞧！”来俊臣恶狠狠地一挥手，带着人仓皇而走。只是他的叫嚣虽然凶恶，但怎么听都有一种色厉内荏的感觉了。

赶走了这个千夫所指的刽子手，武家的人也走到了近前。双方汇合之后，依旧互相看不顺眼，两个阵营泾渭分明。不过在主事人的弹压下，总算保持了明面上的客气，互相见了见礼。

“徐少卿有礼了。”

“武中郎将客气，这次可真亏得了你们，不然说不定就要让来俊臣逃脱！”

“徐少卿过奖，说到底，还是你们不良司的郭副尉筹划得当啊！真羡慕你们有这样的良材美玉。”

徐有功和武延秀会面之后，一阵官场上的套路寒暄。

郭烨不适应这样的场合，一双眼睛左右扫视，结果却在武家的人群里看到了李梦白。这位李氏宗亲，不知怎的竟又和武家的人群混在一起。

郭烨看到他的时候，他也看到了郭烨他们，立刻挤了过来，低声告知道：“我们此行带来的卷宗只是一部分，公主殿下已着人带着其他证据，进宫面圣去了，想必不久就会有降罪的敕旨下来……来俊臣这狗贼的末日到了！”

“好！太好了！”郭烨闻言，顾不得自己对李梦白的成见，欣然拊掌道：“这狗贼作恶多端，时至今日，终要伏法了，真是老天开眼！”

“谁说不是呢？”李梦白也附和道：“哎，这些年被来贼罗织构陷的无辜之人何其多也，如今他们也终于可以沉冤得雪了！”

周围的众人闻言，纷纷点头，露出轻松喜乐的神色。尽管最终的结果还没出来，但来俊臣倒霉，现在看来已是板上钉钉的事了。这让所有人都觉得去了一大威胁，心头仿佛被搬去了一块大石头一般。

接下来时局的发展，都在意料之中。在铁证如山的情况下，当天女皇陛下的敕旨就颁发了下来，将来俊臣解职，所有涉案卷宗发还不良司、秋官等几家衙门共同审理，待详细的后续结果出来，再对他的罪行进行判决。

徐府，徐有功的书斋。

“嗯？你说你们也想参与到卷宗的整理工作中去？”徐有功看着郭烨和纪青璇，对他们提出的要求似感到十分意外。“此事自有诸司主簿负责，你们手中尚有其他案件未了，忽然要求插手进去，这又是何意？”

“李御史蒙冤未雪，我等自当紧盯此事，以免有人从中作梗。”郭烨把话说得大义凛然。“徐帅您也知道，如今来俊臣覆灭已是必然，诸武、诸李与我不良司的合作也是形同破裂，难保他们不会也对李御史存着什么不好的心思！至于我们手中的案子，并非我们不想跟，但确实就目前看来已是跟无可跟，除非对方再作案，亦或是……”

“或者什么？”

“或者是能得女皇陛下准许，准我们去北都晋阳。只是如今这局面，我们也放不下心奔走晋阳。”

“这就是你全部的想法？”徐有功似笑非笑地看了他一眼，温和的眼神却像能洞穿到郭烨的内心深处去。“从来俊臣的密室中搜出的案卷，三方各自都要查验一次，并非分开查阅，不存在隐瞒不报的可能。何况，我不良司的主簿也参与其中，难道你们信不过他们？”

他笑道：“不说实话，可休想本官答应你们的请求。”

“好吧，徐帅慧眼如炬，就知道瞒不过您。”郭烨叹息了一声，道：“不错，我确是有些私心的，曾经有个疑惑，久久萦绕在卑职心头，正可借此机会，一探究竟……不过这也并非全然就是私心，与我们所办的案子，还是有些关系的，但也只是猜测，原本不想太早说出来。”

当下，郭烨便对徐有功据实相告，当初长安的狐女游街案和后来的洛阳牡丹案时，他都曾隐隐怀疑其中有丽竞门人参与，如今好不容易缴获了这么多丽竞门的绝密案卷，他很想从其中得知，当初之事，跟来俊臣，跟丽竞门到底有没有关系？

第十一章　权当尽人事

“遇事刨根问底，正是我不良人需要的品质，倒也算不上什么私心。你们的要求本官可以应允。”听了郭烨的解释，徐有功微微颔首，语带赞赏。不过他还是提醒郭烨，道：“你此前的顾虑也是对的，毕竟一切尚属猜测，凡事谨慎。依本官之见，此事与丽竞门有关的可能性委实不大，你也不用抱太多的希望，姑且为之吧！”

“卑职也是这般认为的，权当尽人事。”郭烨点头。“若能证明丽竞门与此事确实无关，也算是一种收获，倒也不至于会失望。”

“那你们去吧。”徐有功点头，信手写了一张手书交予他们，便挥手令两人去了。

郭烨两人告辞后返回了不良司，以徐有功的手书为凭，召集麾下众人，一起投入到对从来俊臣密室中缴获的文书的分析中。

不过和三司主簿需要一条条记录整理不同，他们的目的却是从一开始就十分明确，主要是帮李昭德脱罪，其次是想要看看在其中能否寻到和当初狐女游街案和牡丹案相关的线索。后者倒是很快就有了结果，经过查证，他们可以确定此事并不是来俊臣所为，因为在文书记录中，他也曾派人去秘密调查过，但最终却因为种种原因不了了之。很有意思的是，在其中一条记录的边上附有来俊臣的批注，根据批注可知，他竟也怀疑丽竞门内部或许还真有人插手到此事中去了，但是具体是谁,却是没有任何记录。

“会是谁呢?狐女游街案发生在长安,会不会是已经死掉的万国俊……”纪青璇道。

郭烨闻言摇了摇头,在确定没有更多有价值的资料之后,只得将此事暂时放下,专心查找起关于李昭德的记载了。

只是随着查阅的文书越来越多,他们的心思却深深地沉了下去。来俊臣保管的这些案卷里,什么触目惊心的内容都有,唯独没有关于李昭德被诬蔑一案的。而没有相关文书,就意味着他们很可能没有办法帮二宝的爷爷洗清冤屈了。

“为什么?为什么会没有?”再次把卷宗从头到尾翻阅了一遍之后,郭烨重重一拳打在案上,发出暴躁的低吼。

“也许是丽竞门的人在抄录文案的流程上出了什么纰漏,又或者他们还没来得及归案存档,来俊臣就已经事败。他被解职以后,这部分文书恐怕就会被其他人给销毁掉啊……”徐问清在一旁低声猜测道。

“我现在不想知道原因,我就知道,没有李御史案的卷宗,我们根本没法给他脱罪!就算扳倒了来俊臣,他也洗清不了冤屈!这——二宝要怎么办!”郭烨猛地回过头去,失态地大吼道。

他的话音才刚刚落下,就听到公事房的门哗啦一声被推开了,李二宝跌跌撞撞地进来,发出野兽般的哀号:“不!绝对不会这样的!我爷爷是无辜的!”

“二宝别急,我们肯定还能想出别的办法的。”纪青璇生怕李二宝崩溃,连忙上前安慰他,同时回头瞪了郭烨和徐问清等人一眼,“你们都少说两句!”

郭烨和徐问清等人都闭了嘴,原本此事他们也是支开了李二宝才做的,怕的就是给了他希望,最终会更失望,没想到还真的一语成谶。

“二宝你莫急,现在还有两个办法。”稍微冷静一点之后,郭烨灌了自己一肚子凉水,方沉声道,“第一,审问来俊臣,只要他自己开口承认诬陷了李御史,那一切都好办了,不过以他那疯狂的性子,我觉得很难问出什么……第二,就是看其他方面,有没有办法帮衬一二了。”

“其他方面?”

“就是这次和我们联手扳倒来俊臣的那些人咯。”郭烨直接道,“总归是皇亲国戚,不会一点法子都没有吧?”

纪青璇却像是想到了什么，叹道："还是先循着正常的途径，试试从来俊臣那里获取口供吧！他现在就被关在大理寺狱中，只要向义父申请，我们随时都能提审他。"

"行。那事不宜迟，我们去大理寺提审来俊臣！"郭烨点点头。

说话间，一行人直奔大理寺。因为有徐有功的手书，果然，没费什么力气就将来俊臣从牢狱中提了出来。

身穿肮脏囚衣的来俊臣，看起来就像一个脸色苍白的普通中年人，不过脸上的疯狂之色却不曾稍减。在看到郭烨之后，他癫狂大笑道："我道是谁这般有心来看我。原是郭副尉啊。真是风水轮流转啊。哈哈哈哈哈。郭副尉此来是想要报复我吗？来啊！我可不是周兴那个酒囊饭袋。动了一辈子大刑，临死了能自己品尝一场，也是人生一大快事啊！"

在查阅卷宗的时候，郭烨他们已经知道一件事，就是当初和来俊臣同样权倾一时的酷吏周兴，便是被他以周兴自创的刑罚给吓倒的。

据载，当时来俊臣故意请周兴吃饭，来俊臣问："囚犯如果硬是不认罪，该如何是好？"

周兴大笑说："这容易，把犯人放到瓮里，四周燃起炭火。"

于是来俊臣派人找来一口大瓮，按照他出的主意用火围着烤，然后站起来说："来某奉陛下圣旨审查于你，请君入瓮吧！"

周兴见大事不妙，连忙磕头求饶，表示愿意招认，以免承受酷刑。

不过看起来眼前的来俊臣明显比周兴要更加疯狂，明知自己的酷刑有多恐怖，却抵死不认，大有要顽抗到底的架势。

"你当俺不敢对你动刑？"李二宝暴怒，吼道："郭大哥，他当初在牢里是怎么对你的？你说，俺给他也原样来上一份！"

"够了！二宝，坐回去！"纪青璇率先道："若我们也这般行事，这大理寺，还有我们不良司，与他丽竞门有何分别？脏了的手想洗干净，一盆水即可，可脏了的心再想洗干净，可就没那么容易了！"

"可是……"李二宝还想争辩，但是在这件事上，纪青璇却毫不让步，最后还是郭烨深吸了一口气，道："二宝，听纪不良尉的。此事休要再提，不然你就不要认我这个大哥了！李御史也绝不会希望你变成第二个来俊臣的！"

来俊臣闻言咧开鲜红如血的嘴唇，嘿嘿笑了起来。“郭副尉，你这是个好人，不过像是这样的人，都不会活得太好的。”

“郭某问心无愧！”郭烨阴沉着脸，道，“来俊臣，郭某问你，你究竟是如何诬陷李御史的？老实交代，或许还有一线生机！”

“哈，哈，哈……”来俊臣疯狂大笑，“小子，就你这点微末道行，也敢在来某面前胡说八道！来某的处境，自己清楚得很。这朝野之中，就没有人想让来某活下去。不过没关系，来某够本了，临死还有李昭德这老儿陪着，也不算亏了！”

“混账！”李二宝彻底失控，狠狠一巴掌抽在来俊臣脸上。

以他的力气，一巴掌下去，来俊臣的嘴角立刻流出了鲜血，但后者却像感觉不到痛一样。所有痛楚换来的，只有他愈发疯狂的大笑，声如夜枭，形同厉鬼。

“这要如何是好？”纪青璇皱着眉看向郭烨低声道。

“我们走吧，这家伙简直不可理喻。”郭烨无奈地摇摇头，看向纪青璇，道，“估计我们还真得寻李梦白和武延秀帮忙了。”

“这……怕是难。”

纪青璇又叹息了一声，但还是答应去试上一试。

可惜结果正如她所预料的那般，共同的敌人一被除去，曾经的盟友也就不存在了。

“武氏明言不肯帮忙，李氏也表示爱莫能助。”纪青璇带回来的消息，让所有人大失所望。

“过河拆桥的混蛋！”郭烨怒道：“要对付来俊臣的时候，一个个求着我们。现在好了，来俊臣倒了，他们皇亲国戚的架子也端起来了，是吧？”

“以你的机敏，这也是早就能想到的事了。”纪青璇道：“如果说谁最想李御史死，恐怕除了来俊臣，就是他们武家了吧。毕竟当年武承嗣本是有机会成为皇嗣的，就是李御史据理力争，方才碎了他的美梦。从那以后，武承嗣的权位每况愈下，估计早已把李御史恨到了骨子里。现在李御史落难，他不落井下石就不错了。我们想让他帮忙，确是不可能的呀！”

“我劝你们还是先想法子见见李御史吧。”两人的话音才落，一直沉默的陆广白突然插道：“不然二宝恐怕会做出过激的事情来。现在能劝阻他的，怕也只有李御史本人了。”

纪青璇和郭烨对视一眼，两人同时看向李二宝房间的方向，眼中都流露出担忧之色。

自从来俊臣倒台，李昭德却依旧无法脱罪，失去了希望的李二宝整个人又变回了一开始的消沉模样。每日里就是把自己关在房里，饭也不吃，门也不出，如今便是连张小萝的信也不看了。

“我去想想办法吧。”纪青璇叹道。

第十二章　忠臣留遗言

让郭烨等人稍微感到安心的是，如今没有了来俊臣在其中横加阻拦，加上苗雄从中斡旋，他们终于可以前往台狱探望李昭德了。

之后又经过了好一番周折，他们才被获准与李昭德见面。在台狱的牢房里，郭烨第一次见到了李昭德这位曾经权倾朝野的宰相。

不过此刻的李昭德，早就褪去了以往的光环，一身素白的囚服，看起来就如同一个再平常不过的清癯老者。

看得出来，苗雄的确是个言出必行的真汉子，即使在自身已经失势的情况下，也还是尽力维护了他的周全。相比起台狱中其他犯人肮脏邋遢的状况，李昭德的衣着要整洁得多了，只是面上还是有些细细的伤痕，应该还是遭到了一些折辱的。但是能够在这好似龙潭虎穴一般的台狱中，做到如此，已是十分不易。

“爷爷！”李二宝一看到李昭德脸上的伤，立刻愤怒地捏紧了拳头，问道：“是谁干的？”

“二宝。”李昭德显然没有料到会在此时此地再见到自己的孙儿，迟钝了片刻后，这才反应过来，叹道：“是谁干的都不重要了，老夫现在的待遇，已经算是很好了。我听苗副门主说了，这都是你们的功劳。”

郭烨曾经听闻，李昭德为人刚烈暴躁，但此刻的他，却显得谦和有礼，甚至还给郭烨他们几个晚辈见礼。“多谢。”

“爷爷,你这是干什么?”李二宝急声问道。

郭烨等人也是忙不迭地闪避,一阵鸡飞狗跳。他们何德何能,敢受李昭德的大礼?

“李御史,您于公是国之柱石,于私是二宝的爷爷,我们的长辈。您如此行事,岂不是要折煞我等?”纪青璇苦笑道。

“老夫这一礼,并非为了自己,活到这把岁数上,还有什么看不开的?一死罢了,何惧之有?”李昭德缓缓道:“这一礼,为的是我大周朝的江山社稷。老夫虽身陷囹圄,但外头的事,也并非全然不知。听说来俊臣已然倒台,而你们在其中出了大力。尤其是你,郭小友多亏有你运筹帷幄,方为大周万民除一毒瘤,老夫替百官和百姓谢谢你。也真不枉狄相爷把你视为忘年交了,果真是英雄出少年!”

面对如此郑重的李昭德,郭烨也不知该如何说。他们此行本来还有一个重要的目的,就是想询问一下李昭德,他自己有没有什么脱罪的良策。但看他现在这样子,却是完全不把这囹圄之灾、杀身之祸放在眼里了。

“李御史谬赞了。”他只能苦笑道:“说来我们此行,其实是来请罪的。明知李御史身蒙奇冤,奈何小子们能力有限,实在无能为您脱罪。不知李御史何以教我?”

李昭德闻言微微一笑:“狄相可有良策?”

郭烨犹豫了一下,摇了摇头。

李昭德又问:“那徐少卿又有甚说法?”

“这……”郭烨又是一咬牙,道:“也不曾有!”

“那便是了。”李昭德哈哈一笑,爽朗道:“这两位皆是人中龙凤,才学远胜老夫百倍,如今又在朝堂之上,尚无良策,老夫不过是在牢狱中苟延残喘之人,又岂有自行脱罪的办法?只能说来俊臣心思缜密,合该老夫有此一劫罢了!”

李二宝闻言,“哇”的一声就痛哭出声,揪着李昭德囚服的袖子道:“爷爷,难道真的没有办法了吗?”

李昭德把脸一板,呵斥道:“二宝,把眼泪收起来!我李家男儿没有孬种,从来流血流汗不流泪!你这般哭哭啼啼做小儿女态,老夫却是不喜!”

李二宝闻言,忙咬紧牙关,强收了眼泪。

李昭德这才点点头,看向郭烨等人,道:“事已至此,老夫还有一事相求,望诸位小友应允。”

众人心中一凛，皆知他此时这般言语，那便是有托孤的意思了，互相对视一眼，最后还是由纪青璇开口道：“可是二宝之事？李御史放心，我等必然将二宝视作自己的亲弟弟一般，纵然人微言轻，也绝不使他受一丝一毫的委屈！”

“非也。”李昭德摇摇头，道：“不管二宝还是李家，有徐少卿和你们关照，老夫却是放心得紧。我所求之事，无非是到问斩之时，希望诸位能为我周旋一二，让老夫尽量死在来俊臣那狗贼之后。这狗贼祸害大周多年，深知他的奸猾，不亲眼看着他毙命，老夫便是死了，也于心不安啊！”

“爷爷，你说的甚话……”

李二宝还想再说，却被李昭德张口喝住。“住口！”然后他只把一双眼睛期待地看向郭烨等人。

郭烨等人受不住他的目光，沉吟片刻，终究是点头应了下来：“李御史放心，你之心愿，我等必会转达狄相和徐帅，想来他们必不致让您愿望落空就是。”

“既如此，老夫就放心了。”李昭德爽朗一笑。“你们可带了酒菜进来？憋闷了这些天，终于还是看到了来俊臣倒台，真是不甚快哉，你们当陪老夫痛饮一番，以示庆贺！”

“李御史有此雅兴，吾等自当奉陪。”郭烨等人立刻出去请苗雄代为张罗，不消片刻，就在这刑房之中摆下丰盛的酒菜，陪李昭德畅饮起来。

或许是人逢喜事精神爽的缘故，李昭德看不出丝毫哀戚之色，反而显得无比欢愉，酒到杯干，很快就醺然欲醉。郭烨等人见他已经不胜酒力，便提出了告辞，让苗雄托人继续好生照应他。

不过，就在众人即将离开之时，李昭德却像突然清醒了过来，坐直身体，目光炯炯，看着李二宝道：“二宝吾孙，老夫尚有一事交代。”

李二宝呆了一下，被郭烨拍了一下之后，才连忙走到李昭德面前跪下，叩头道：“孙儿恭听爷爷教诲。”

“老夫去后，你当秉承老夫遗志，以守护大周江山社稷为己任。你非为官之才，今生或止于不良人。不过我李家日后若有贤才，你当悉心教诲，以忠义传家，不可生丝毫怨怼之心，否则老夫虽葬于九泉之下，亦不得安心！”李昭德宏声嘱咐道。

“孙儿谨遵教诲。”李二宝连连叩首，虽然咬紧牙关，但眼泪还是止不住地流淌了下来。

不过这一次，李昭德却是没有再苛责他，反而露出慈祥之色，为他擦去了泪水，轻声道：“你是个乖孩子，不良司不错，很适合你，以后谨记‘人间公义’四字，替不平者鸣不平，替蒙冤者洗冤屈。你爷爷我也就可以瞑目了。”

“爷爷！”李二宝动情地唤了一声，还想再说什么，李昭德却已经收回了手，闭上眼道：“老夫乏了，你且去吧！日后也不必来了。好生听话，莫要再如以前一般顽劣，便是对老夫最好的告慰了。”说罢，任凭众人如何劝说，他都闭眼不语，宛如一尊磐石了。

郭烨等无奈，只好连拉带拽地携了李二宝离开。待到出了台狱的大门，李二宝站在街上，看着眼前的车水马龙，终于再也按捺不住，放声大哭起来。

众人心中怜惜，也不相劝，任他宣泄心中的悲愤，直到他哭声渐止，郭烨方问道：“二宝，日后有什么打算？”

李二宝擦擦眼泪，抬起头，虽然眼睛还是红通通的，但眼神却变得无比坚毅了。

郭烨看得心中一颤，知道从这刻起，一直以来需要自己等人庇护提点的小小少年，终于成长为一个可以独当一面的男子汉了。

他生平第一次没有张口就来，而是仔细想了想之后，方道：“爷爷虽然没有细说，但俺李家嫡系旁系五服以内，目前唯一勉强称得上贤才之名的，或许就只有俺一个堂哥的儿子了。他生于高陵，今年方三五岁，却已展露出天生神力，而且生而早慧，聪明勇毅，过目不忘，远胜同辈，不似我这般顽劣愚钝。若他爹不反对的话，俺想把他接到这洛阳城中来，替他延请最好的先生授文习武。不过到时若有难处，还望各位兄姊能助俺一臂之力！”

郭烨等人俱点头道：“这个自然不成问题。”

众人又问他：“除此之外，还有何求？”

“无甚了。”李二宝咬牙强笑道：“待来贼伏诛之后，如蒙不良司不弃，二宝愿终身效犬马之劳，唯愿这世上少一些不平之事！”

郭烨等张张嘴，却不知该如何安慰他，只得每人上前拍了拍他的肩膀，以示安慰。

众人随后便默然回了不良司。在打听到徐有功就在司里之后,决定择日不如撞日,索性就过去将李昭德的愿望转述了一遍,没想到徐有功却是蹙起眉头,道:“此事却是有些难办了……”

李二宝不禁慌了神,沉声道:“其中可是有何碍难之处?”

徐有功诧异地看了李二宝一眼,他可是知晓这个小辈性子的,若是平时,怕早已大闹起来,想不到如今竟如此沉稳,仿佛一夕之间性子大变,只是这代价也忒惨痛了些。

“李御史若见你此时之风采,当老怀大慰。”他叹了口气,道:“本官也不瞒你们,来俊臣虽罪大恶极,但于陛下也算有功之臣。如今陛下心中似有反复,并不一定想要诛杀他!李御史想要死在他之后,恐怕我们还需想些法子……”

第十三章 国贼终伏诛

什么?徐有功的回答,让郭烨等人大吃一惊,随后心中都涌出一股沉甸甸、难以形容的愤怒。他们本以为自己找到了如山的铁证,无论如何都可以致来俊臣于死地了。可如今看来,祸国殃民的奸臣可能得到赦免,而被关在死牢里还对朝廷忠心耿耿的李昭德却难以洗清罪名,这算什么道理?

“为什么会这样?”李二宝的牙齿咬得咯咯作响,握紧了拳头,双眼狠狠地盯着徐有功,一字一顿地问道。看得出来,正是因为李昭德的嘱咐,他才在努力克制,不然早就失态了。

“二宝!不得无礼!”郭烨连忙喝道。

“无妨。”徐有功摇了摇头,他知道李二宝的愤怒不是冲着自己来的,只是叹道:“圣意如刀,我等做臣子的又如何能够妄加揣测呢?”眼见郭烨等人面面相觑,都露出了心灰意冷的神情,他又安慰道:“不过你们也不必急着沮丧,本官听闻右肃政台御史中丞吉顼近日来正在积极活动,也想置来俊臣于死地。他而今亦是陛下眼前的红人,所以此事尚有转机也未可知。拭目以待吧!”

“吉顼?”郭烨听着这名字就觉得耳熟,皱眉想了一下,才脱口惊呼道:“此人不正是与来俊臣合谋惩治綦连耀谋反之案的人吗?他俩怎的突然反目了?”

“这也要怪来俊臣自己吃相太难看,眼中只有利益啊!”徐有功将其中原委娓娓道来,道:“当初吉顼向来俊臣举报綦连耀谋反,本是因为当时来俊臣是女皇陛下身边的大红人,他想同来俊臣套近乎,也好混个加官晋爵。可没曾想这份功劳实在太大,连来俊臣都眼红,事成之后,来俊臣居然想将功劳全数据为己有,并打算罗织罪名加害于吉顼。幸而这吉顼也不是什么省油的灯,发现苗头不对,不等来俊臣动手,就先求见了女皇陛下,这才逃过一劫。不过诸多赏赐都还是归了来俊臣,吉顼不过分了些圣眷罢了。你说他心里恨不恨来俊臣?”

“真是狗咬狗,一嘴毛。”郭烨冷哼一声。

其余人也不知说什么,只得茫然等待。

果然,不过两日,就从宫中传出消息,在女皇陛下犹豫不决之时,正是由吉顼发力,补上了最后一刀。女皇陛下终是点头,下定决心要判来俊臣个斩立决之刑。而吉顼上书言此事的奏折,也从宫中某些特殊的渠道,流传到了市井之间,激起一片波澜。

“‘俊臣诬杀忠良,罪恶如山,国蠹贼也,尚何惜!’好!这奏章写得好!来俊臣这狗贼死有余辜,真该千刀万剐方解我心头之恨!”郭烨看到奏折之后,像市井中的万民一般叫好的同时,又厉声喝骂来俊臣的罪该万死。可是再转念,就算这奏章写得再好又有何用?来俊臣固然是被定了死罪,可李昭德还是放不出来啊!这么一想,他的心气马上就低落了下去。

很快,关于来俊臣的详细判罚就下来了,同时宣布的,还有御史李昭德的行刑时间。巧合的是,这对斗争了十年之久的死对头,最终被判斩立决的时间,竟是在同一天。不过在徐有功和狄仁杰等人的全力争取之下,再加上诸武、诸李的顺水人情。最终,李昭德的愿望还是得以实现,秋官衙门合议之后,将他的斩首时间排在了来俊臣之后。

行刑当日,大雨倾盆。

郭烨等人并未去看来俊臣的斩刑,而是在台狱的囚牢中,陪着李昭德吃了最后一顿饭。

“大丈夫死得其所,又何惧焉?”李昭德见众人都面有戚色,便大笑安慰道:

"莫要愁眉苦脸了,如今大周去一毒瘤,也是我辈老朽功成身退之时了。来,陪我喝一杯,恭祝大周国祚绵延,祝陛下万寿无疆!"

郭烨等人见他如此,也不好扫了他的雅兴,只得陪着一起吃喝笑闹。到得后来,连李二宝的脸上都露出了一丝久违的笑容。可惜快乐的时光总是很短暂,众人才觉得不过吃喝了一会儿,就有狱卒推开牢房的大门,看了他们几眼,终于开口道:"当上路了!"

"怎么可能?这么快?不是定在午后的吗?"李二宝激动地叫了起来,上前劈面揪住狱卒的衣领,大喝起来。

"李公子……此时已是午后了。"狱卒扳着他的手,叹息道。

"是……是吗……这么,这么快!"李二宝松开手,像是被抽空了力气一样软倒下去,得郭烨他们扶着才能勉强站稳。

"二宝,站直了!"李昭德呵斥一声,又看向狱卒,笑道:"这段时间给你们添麻烦了,多谢照顾。"

"李御史说的哪里话……哎!"狱卒叹息一声,道:"弟兄们敬佩御史的为人,给您准备了崭新的衣物,请您换洗。"

"多谢。"李昭德拱手,梳洗沐浴之后,在狱卒们的押送下,昂然出门而去。郭烨等人扶着李二宝,在后面紧紧相随。

很快,一行人就来到了位于丰都市外的刑人处,周围早已围满了冒雨送行的人群,"哗啦啦"的雨声也掩盖不住人群中不时传出的啜泣声。李昭德虽以刚烈暴躁出名,但那多是在朝堂之上,在民间却是名声甚好。

他最后与李二宝等人告别,来到了刽子手面前,盯着他的眼睛问道:"老夫将要上路了,请这位小哥如实相告,来俊臣是否已经问斩?"

"您尽管放心!"刽子手没想到他会问这个,但一愣之后,还是指着不远处一棵独柳树下一滩尚未完全被雨水冲刷干净的血迹道:"那便是来俊臣留下的,老子亲手砍下他的狗头!这次他再也不能起来兴风作浪了。"

李昭德闻言顿时露出一丝安心的笑容。"如此,我也可以安心地去了。"他扭头看向郭烨他们这边,高声道:"以后诸事,就要你们这些小家伙自己小心了!"

郭烨等沉默了一下,齐刷刷地跪了下去。"恭送李御史。"

在他们的带动下,周围的人不少也跪了下去,哀痛的哭声更大了。

却见,李昭德神色从容,面向皇宫方向跪下……

数日之后,不良司公事房。

薛讷的冰块脸上难得露出一丝担心的神色,向着纪青璇,问道:“李副尉无恙否?”

纪青璇摇摇头:“多谢薛不良令关心。那日之后,二宝回家收殓发丧,我们却是去探望过他几次,情绪似还稳定,只是不多说话。就是不知等李御史出殡之后,无须忙碌了,他会不会悲从中来。”

“唉……”薛讷叹息一声,道:“李御史之事,已是我们不良司失职了。本当给你们休沐,好生陪伴一下李副尉。只是如今一波未平一波又起,司里人手紧张,却是不得不把你们召回来了。”

郭烨等人闻言心头一紧,能逼得薛讷做出如此决定,毫无疑问,肯定是又发生什么了不得的事情了。

“究竟是何等要案?”纪青璇忙问道。

“你们竟一点风声都没听到?”薛讷大奇。

“这……”纪青璇苦笑,道:“这些日子我们也算是心力交瘁了,除了陪伴二宝,就是在府中瞌睡,不曾出门。倒确实没听到什么风声,还请薛不良令指点。”

听他这么说,薛讷脸上愧疚之色愈浓,但还是压低声音道:“来俊臣伏诛,大周从此少一祸胎,这也算黎民百姓之幸事,本来此事也可告一段落了。但不知是何方孽障,又想拿此事做文章。如今城中流言四起,直指来俊臣这些年来造下的孽,皆因女皇任用酷吏,搞得民怨沸腾,大周不久矣。”说到最后几字,他的声音不由自主地低沉了下去,露出了忌惮的神色。说到底,他此刻所为,也算得上是为流言推波助澜了,自然有些不安。但郭烨等人却更是心惊不已。

“树欲静而风不止啊!”纪青璇摇头感慨道。

郭烨却没有她这么多想法,听着两人的交谈,又沉思了一下,突然道:“薛不良令,卑职建议将少女失踪案、狐女游街案、牡丹枯死案、御宝案,以及如今的流言并案查处。”

“嗯?”薛讷扭头看向他,问道:“你可是有什么想法?”

“不错。”郭烨点头道:“前三起案子的共同特征都很明显,涉案女子的生辰八字俱是四柱全阴,多阴之水,而御宝案又是因牡丹一案而起。这四起案子应当可认定为同一伙人所为。而这其中,除却少女失踪一案,目的是虏获少女为之所用外,其他这些案子的目的,皆是直指陛下,同时都以制造流言为主要手段。这些案子规模之大、手段之狠、涉及的人数之多,都不是什么等闲人便能搞出来的。其后必然有个组织严密的团伙,试想这样规模的团伙,在大周境内也不会太多吧……”

第十四章　再查狐女案

“不多,当然不多。”薛讷道:“大周承平已久,自逆贼徐敬业被平之后,已经很长时间没有这等大规模的乱事了。”

徐敬业一事,素来就是陛下的禁忌,这话郭烨没敢接,只看着薛讷不说话。

“那你究竟是想要借着并案达成什么目的?”最终薛讷还是忍不住蹙眉道:“须知狐女游街案当初就已经由陛下敕旨移交,若要并案,便是本令也无此权限,必须奏请陛下,还不一定能得到允许。若无一个明确的说法,如此兴师动众怕是不妥。”

“破案的契机!”郭烨何等机敏,只一句话便听出薛讷的态度已然松动,随即自信满满地答道:“如今的情况已经很分明了。作案之人手段高明,几案的线索都切得干干净净。此时最新的流言更是无迹可寻,我们现在手头唯一可查之事,就只有当初追捕眩人时缴获的御匠珠宝,以及来俊臣质疑狐女游街案中可能有丽竞门人插手的批注……”

“噢? 你且细细道来。”薛讷道。

于是,郭烨便先把小萝被诬陷之事前,他们发现御宝案中出现李唐宗室御匠新作之事说了出来,然后道:“此事我们本欲对手再次行动后,继续追查,若实在没有线索,便打算在陛下敕旨召见后前往北都一探究竟。不想周遭连连遭逢巨变,这才耽搁了下来。”

“这般重要的情况,怎的此时才说!”薛讷也是个敏锐之人,马上道:“此事本令会另外派人前往北都取证……”随即他转念又安抚郭烨等人道:“你们放心,此事的功劳是你们的，谁也抢不走。本令派出的人只是协助，以解你们不能离京的困顿。”他还以为郭烨等人迟迟没有动静，是担心功劳被人抢走了。

“薛不良令误会了。我等并非为了独享功劳，一确实是周遭巨变，无法分心所致，二也是在等这伙人进一步的行动，如今看来，此刻重新升起的流言便很可疑。”郭烨难得面露诚恳地道。顿了一顿，他又继续：“不过还请叮嘱出马的弟兄，那伙眩人手段奇诡莫测，还请千万小心。”说着，他转头看向纪青璇道：“纪不良尉，你可还记得当初孙家之人被挖心之后还能化作行尸游街之事吗？”

“自然记得。此事诡异异常。至今不得解。”纪青璇蹙眉道：“难不成还真有死而复生之事？”

“这世间哪有什么死而复生！都是他娘的骗术！”郭烨骂了一句，然后想起上官在座，忙表示了歉意。“卑职粗鲁，还请薛不良令恕罪！”

“无妨！”在薛讷示意不见怪之后，郭烨继续道：“卑职也是在见过了那伙眩人的神仙索之后，才有了点想法，同样是众目睽睽，同样是违背常理的奇事，两者甚是相似。若祝由之术能惑人心智，让人在短时间内相信确有神仙索这种奇观，那让一些笃信鬼神的街坊，认为自己看到了行尸游街又有什么好奇怪的呢？”

“这……”纪青璇犹豫了。

郭烨又转向薛讷，诚恳道：“薛不良令，这伙人心思缜密，手段离奇，千万小心！若是因为我们分析出的线索折了司中兄弟，那卑职心中可就过意不去了。”

“本令明白你的意思了。”薛讷点头，道：“本令会派司中精锐出马，断不会落入他人陷阱。”

“不良令英明。”郭烨点点头，接着又把自己等人在来俊臣案卷中看到的，关于狐女游街案案发时的记录，以及对丽竞门内的猜测说了出来。“除了御匠手笔这条线之外，不论是牡丹一案还是狐女游街一案，都不可能仅靠江湖的力量完成，其中必然牵扯有朝廷官员。若说江湖之人神出鬼没不好查，这在朝的官员还不好查吗？而这也是我们现在唯一还可能查下去的线索了。如果能够并案，以点破面，未必不能把几个案子一起查清，可现在狐女游街案的办案权并不在我们手中，便是想查也无从查起啊！”

薛讷眯起眼睛，突然道：“本令曾听说你们还挖出了一个可能涉及狐女游街案的官员，为什么不顺着他查下去？”

郭烨一愣，旋即道："不良令说的可是那韩承平？不错，此人的确极有可能牵涉当时狐女游街案，而且还是给匪类大开方便之门的主要祸首。不过如今看来，他已然成了一颗弃子。"

他回头看了一眼纪青璇，问道："纪不良尉所请监视他之人，可有收获？"

"不曾有。"纪青璇无奈摇头，道："卑职也认为他已被对方彻底放弃了。"

"那就收网吧。"薛讷一点不拖沓地道："似这样的人，想要收拾他，有的是办法，倒也无须非要跟这些案子有关的证据，让他逍遥法外太久也是不妥。此事本令去安排便好。"不良司虽不似丽竞门精于罗织构陷，但想要让一个人认罪伏法，也有的是手段。

"是。"

三言两语就决定了韩承平的命运，薛讷又问道："也就是说，你们这是打算对丽竞门下手了？"

"不良令说笑了，卑职等秉公办事，谈不上下手不下手。"郭烨笑道。

"心意已决？"

"请不良令成全。"

"明白了，此事我自会上报朝廷，你们回去安心等消息吧！"

"是。"郭烨等人领命退下。一晃又是数日，他们没有等到薛讷的再度召见，却是被徐有功叫进了书斋。

"你们可是想清楚了，非要再查狐女游街案？"徐有功严肃问道："现在撤回这个要求还来得及。"

"公道在上，卑职想不出必须撤回的理由。"郭烨不卑不亢地答道。

纪青璇也在一旁帮腔："请义父成全。"

李二宝等人见状也齐声请求："请徐帅成全！"

"唉，好吧。"徐有功见他们态度坚决，道："此事陛下已经知晓，若你们执意彻查，便立下军令状吧！两月之内，无有收获，你们自行引咎辞职吧！"

"军令状？"郭烨等大奇。有这个必要么？

徐有功哼了一声："就为了你们的一个请求，就要劳师动众，来回折腾，若查不出个所以然来，罪责不小，引咎辞职已是轻的了。莫非你们还有什么不满意的？"

郭烨闻言，笑嘻嘻道："徐帅啊，这查案可是为公家办事，查不清案子，我等认罚,可若是查清了,是不是也该有奖赏啊?"

徐有功不曾想他会来这么一句,顿时哭笑不得,再也绷不住严肃的表情,指着他笑骂了一句:"少不了你小子的好处。下去吧!"

郭烨轻笑一声,和众人告退。待到出了书房,他突然悄声对着纪青璇道:"你说女皇陛下知不知道此事是我们所请?"

"嗯?知道或是不知道,有何不同?"纪青璇不防他有此一问,不解道。

"那自然是不同的!若是女皇陛下不知是我们所请,那她这军令状针对的便是这个案子。可若是知道,这其中的含义就大不一样了。"郭烨老神在在地道。

"废什么话,赶紧说。"纪青璇看不得他这个油嘴滑舌的样子,不禁皱眉催促道。

"我们奉昭而来,却因为各种事情耽搁了。时间久了,女皇陛下贵人事忙忘了,那也是有的。可是,如今明知是我们所请,女皇却也没有意思要召见我们,还弄了个什么军令状。你说怪不怪?"郭烨狡黠一笑,继续道:"限期破案那都是县衙中捕快的规矩,鸡毛蒜皮的小案子,为了鞭策他们,方才有此一说。可我们不良司对上的大都是疑案奇案,便是数年没有头绪,也是家常便饭,若事事都要限期,那案子也不用查了,咱们每天都去领罚就好了。"

"你到底在说什么?"纪青璇疑惑道。

郭烨凑近她,只觉一阵女儿香扑鼻而来,他沉醉了几息,方压低声音道:"我怀疑陛下对这个案子的了解,其实很可能还在我们之上,这才有了当日封卷不查的前情。可如今,她知道此案尚有侦破之可能,这才让我们限期破案。所以——我猜,这是考验。"

"考验?"纪青璇不解,"考验什么?考验我们破案的能力?"

"那谁知道?"郭烨哈哈一笑。"也有可能是被我们烦的吧?总之既然已经立下了军令状,我们还是好好查案吧,我可舍不得这九品不良人的俸禄呢!"

"我看你是钻进钱眼里去了!"纪青璇叱道。

"不良人也要吃饭啊!"郭烨叫屈。

"哼,我看你花钱的地方可不只是吃饭吧?"纪青璇柳眉一竖,目光如剑,盯着他道:"我看你上几次去秦楼楚馆查案,门路可是熟悉得很!"

"怎么又说到这个了……"郭烨没想到纪青璇突然旧事重提,只觉得一阵头大,赶紧找了个借口,落荒而逃了。

看着他狼狈的样子,纪青璇的嘴角,却是悄然浮起了一抹笑意。

第十五章　丽竞门玄虚

得回了狐女游街案的办案权,加之还有一个时间期限,郭烨等人再无顾忌,开始大刀阔斧地调查起来。

他们最先清查的,便是丽竞门中的人员。长安那边丽竞门可能涉案的下层门人,自有徐问清快马加鞭奔赴长安,请付九协助调查。而他们人在洛阳,精力则主要集中在那些可能影响到长安丽竞门决策的高官身上。只是让他们万万没想到的是,这般一查,第一号可疑人物,居然是他们的好友苗雄!

"荒唐!"郭烨哭笑不得,把手中案卷一甩,道:"这查来查去,怎么查到苗兄身上去了?"

"这也难怪了,根据我们的调查,能指挥得动丽竞门,甚至还能与金吾卫产生配合,此人的官阶一定不低。除了来俊臣,还有当时的两个副门主皇甫文备和万国俊外,也就只有丽竞门六部的首脑可以行此事。可偏偏在狐女游街案发生的前后,只有苗大哥这个司卫部长官身在长安,自然是要被列出来的了。"纪青璇无奈道。

"反正我是不信苗兄会做这种事。"郭烨一摊手,道:"我倒宁可相信是万国俊勾结匪类,图谋造反。"

"我也不信。"纪青璇道:"不过事已至此,我觉得我们还是应该登门造访苗兄,且看他如何说,指不定会有意外的收获呢?毕竟他当时人在长安,或许还能为我们提供些线索。"

"那事不宜迟,我们这就动身吧!"一行人遂放下案卷,出发去到了苗雄的府邸。不过和上次苗雄被软禁时门前冷落车马稀的场面不同,此时他作为丽竞门中炙手可热的权势人物,门前却是人来人往,拜访的人络绎不绝,几乎把门槛踏破。

“一群投机之辈!”纪青璇性情耿直,见不得这些人的嘴脸,冷哼道:“不知雪中送炭,只会锦上添花。苗兄会待见他们才真是有鬼了!”

“人之常情罢了!”郭烨说着,就上前让苗府的门房前去通报。

这门房这些日子见惯了高官来往,眼界也高了,看到郭烨他们俱是一身青色官服,忍不住哼了一声:“候着!”

门房走后,纪青璇脸色一沉,道:“真是势利眼,狗眼看人低的奴才!”

“你也说他是奴才了,你又何必跟奴才一般见识呢?”郭烨笑笑,道:“你要真想不过去,回头让苗兄把他换掉也就是了。”

“没那闲工夫!”

两人说着话,不过片刻之后,就见苗雄匆匆而来,身后还跟着一脸惶恐的门房。显然,这下人已经从自己主家倒履相迎的态度中,知晓了郭烨等人才是苗雄心中真正的贵客,正自忐忑不安。

待苗雄来到近前,郭烨上下打量他一眼,突然恭喜道:“苗兄不日就要青云直上,真是可喜可贺!”他却是注意到,苗雄虽然身上还穿着深绿的官服,但腰间却已经提前配上了五品以上官员才能佩戴的银龟袋,这显然是陛下赐予他的特别恩宠。

“郭老弟快别如此讽刺我了。”苗雄苦笑道:“若非丽竞门中如今百废俱兴,人心思变,苗某也不必如此张扬了。非如此不足以震慑啊!”

郭烨闻言,也深深了解到苗雄的不容易。他虽然现在看着是升官发达指日可待,但一日不正式升任门主,丽竞门中就会有暗流涌动。他提前把龟袋配上,也是为了震慑那些胸怀异心之辈。

“是郭某失言了。”他忙致歉道。

“你我兄弟,不说这些生分话。请!”苗雄摆摆手,把众人请进厅堂奉茶,然后才问道:“无事不登三宝殿,苗某听闻最近你们不良司也是麻烦不断,不知今日怎有雅兴上寒舍一叙?”

“正是因为麻烦不断,今日方才登门造访,我等有疑问需要苗兄解惑!”纪青璇道。

“噢?快快请讲。”苗雄手一伸,道。

纪青璇笑笑,端起茶汤啜了一口,刚要说话,忽然住口不言,只是讶异地看着手中的茶盏。

“不好意思啊，苗某这只有这等粗茶了。”苗雄注意到她的神情，满脸抱歉道。

“不，苗兄为官清廉，青璇佩服。”纪青璇道。

郭烨也在旁哈哈一笑，道：“这已经很好了，上一任的丽竞门主请郭某做客的时候，可没有茶汤，他请我拿鼻子喝醋！”

众人默然，然后一起纵声大笑。

随后苗雄才又正色问道：“言归正传，敢问诸位今日前来，究竟所为何事？”

纪青璇也敛去了笑容，答道：“苗兄，当初长安城中的狐女游街案，你可有耳闻？”

“这个自然。”苗雄蹙眉，随即坦然道：“此事当初闹得沸沸扬扬，无人不知，无人不晓，苗某当时亦在长安，又如何不知？”

“这正是我们今日想要询问的，苗大哥，请问你当初奔赴长安，究竟是所为何事？”苗雄皱了皱眉眉头，问道：“你们这话是何意？莫非怀疑苗某便是与那狐女合谋之人？”

“苗兄快莫要作如此想。”郭烨赶紧解释道：“我们若真这般想，今日就不会来了。”

郭烨的意思苗雄如何不解，但当下还是忍不住，道：“那为何有此一问？”

“苗兄还没看过从来俊臣密室中搜出来的卷宗吧？”

“这……今日整顿丽竞门内务，诸事繁忙，的确不曾看过。”苗雄有些赧然。

“根据来俊臣的追查，当初狐女游街案，似乎就有你们丽竞门的人参与其中！”郭烨终于点出正题，道：“这也与我们最初的怀疑相符！当初假扮狐女者在长安城中畅通无阻，定是有人大开方便之门。金吾卫方面的暗子，我们已经可以确定就是羽林中郎将韩承平，而你们丽竞门这边，应当是另有身居高位之人配合他们行动，只是还不知究竟是谁。”

“竟有此事？”苗雄闻言先是震惊，继而震怒。他拍着胸脯保证道：“卖国求荣，当真是胆大包天！你们放心，此事苗某一定彻查到底，绝不姑息！必会给你们一个交代，也给朝廷一个交代！”

“有苗兄你这句话就够了！”郭烨拱手道：“多谢。”

“分内之事！”苗雄沉吟了一下，又道：“真要这般说起来，你们怀疑苗某，也并非事出无因。若说清查,苗某倒是先得自证清白了……"

"我们从未怀疑你!"纪青璇急道。

"纵然怀疑也是情理之中!公归公,私归私,苗某还不是如此小心眼之人!"苗雄一摆手,沉吟道:"不过苗某当初前往长安,实是外出公干。不过此事涉及丽竞门内机密,若要详谈,恐怕我等还要去秋官请一道文书,苗某方才能透露给你们。"见郭烨和纪青璇面面相觑,他忙补充道:"只是规矩而已,这样的文书,很容易便能请下来,而且卷宗早已造册在案,你们无须担心苗某会篡改记录。"

"苗兄这是说的哪里话!"郭烨佯怒,道:"说了我们完全信得过苗兄人品,既然苗兄说有公务在身,我等自然是信的。不过为求简便,还请苗兄挑一些能透露的,说与我们知晓吧!"

"哎,其实也无甚不好说的。"苗雄道:"你们也知道,当时苗某乃是丽竞门司卫部的长官,司卫部的职责,便是清除丽竞门内部的蠹虫……"

郭烨闻言不禁脱口而出:"丽竞门内部还有不是蠹虫的?"说完,他才惊觉自己好像把对面苗雄一起骂进去了,连忙抱歉道:"抱歉,苗兄,郭某一时失言,还望见谅,我不是在针对你啊!"

苗雄苦笑:"这也是我丽竞门自己作的孽,声名狼藉,怪不得郭老弟你……换个说法吧,司卫部要清除的,都是那些不服管教,或者被其他势力插入丽竞门中的暗子。这么说你们可明白?来俊臣虽然奸恶,但他却要求门人绝对服从,除了某些刻意留下的细作,其他都在清除之列。"

郭烨闻言,立刻想起了杜方雄,此人怕就是来俊臣与武家妥协的产物,但一旦双方关系紧张,该清除的时候来俊臣也是毫不手软。

苗雄顿了一顿,还是道:"当时苗某得到线报,说丽竞门中有人被契丹奸细腐蚀控制……"

郭烨突然打断道:"可是用五石散?"

"你怎知晓?"苗雄抬起头,愕然问道。

"我不但知道是用五石散,而且我猜,他们多半还是在万年县的胡思堂中招的,可对?"

"正是如此……"苗雄诧异半晌,喃喃答道。

"这个案子,正是郭某全程经历过的。"

郭烨苦笑,道:“最后破了这个案子的,也正是我们这些纪不良尉麾下的不良人!”

其他人闻言,纷纷点头。

苗雄苦笑道:“这可真是太巧了。当初苗某处理完叛徒,就未再关注此事,想不到你我竟早有交集。”

“谁说不是呢?”郭烨心中也升起一股古怪之感。这下好了,所有事都他娘的撞在一起了。

郭烨道:“就目前来看,恐怕撞在一起的,还不只是这点事而已。我们现在怀疑,狐女游街案与另外几桩要案,亦有着共同的幕后黑手。”

苗雄也是个聪明人,微一沉吟,问道:“牡丹枯死案?”

郭烨和纪青璇对视一眼,这下轮到他们发问了:“你怎么知道?”

第十六章　清查丽竞门

“你等聪慧过人,苗某却也不傻。”苗雄道:“这两起案子手法相近,目的相同。苗某也早就怀疑它们之间或有关联。”

“真是英雄所见略同啊!”郭烨感慨,道:“包括后来发生的御宝案,应当也是同一伙人所为。”

“嗯。御宝一案我亦有所耳闻。”苗雄道:“这般说来,你们是想借我之手,清查丽竞门中的可疑人等了?”

“不错。”郭烨道:“来俊臣的记录上提到,狐女游街案当夜,丽竞门曾有一队人马被临时调班,但却未记录调班的原因。但当夜这队人马却又什么都没做,只是留守待命,这不合常理。也正是因为他们什么也没做,来俊臣当初并没有再查下去。但我们却认为,这队人甚是可疑。当下这些案子线索多已被切断,这怕是仅有的几条还可查一查的信息了。”

“当初到底是谁安排了这样的调动,也很有查一查的必要。”纪青璇补充道:

“虽然我们已经委托长安不良司方面代为探查,但如果能得到苗兄你的帮助,想必事情能简单很多。”

“这个没问题。”苗雄爽快地拍了胸脯,道:“你们且在我这府上用一顿便饭。吃完以后,便随我一起去丽竞门清查此事。长安丽竞门的一应人事卷宗,以及值夜记录洛阳这边都有归档的记录,不过就是寻起来费些时间,不妨事。”

“这……不妥吧?”郭烨有些犹豫。他很清楚苗雄现在的处境有些微妙,若是再这般明目张胆地带着自己等人上门排查,很可能会被人闲话诟病。

“无甚不妥的,苗某行得正、坐得正,何惧他人闲话!若要蝇营狗苟方能得一个丽竞门主之位,那苗某与来俊臣、周兴之流又有何不同?”苗雄大手一挥,依然是豪气干云。

“那就有劳苗兄了。”见他如是说,郭烨等人便也不再推迟。其实对他们来说,能够自己登门直接调取丽竞门的卷宗自然是求之不得之事,当下自然也不多矫情了。

用罢会食,一行人便在苗雄的陪同下去到了丽竞门衙门。这才进门,郭烨就明显感觉到现在的丽竞门较之前竟然完全不同了。虽然屋舍还是原来的样子,但行走其间,却不再有以前那种阴郁可怖的气息。

一开始郭烨还不能理解这种变化发生在哪里,直到他看到一名丽竞门人含笑迎上前来,才终于醒悟,人变了,所以丽竞门才变了。

曾经由来俊臣执掌的丽竞门,不但对外人来说是噩梦般的存在,就是丽竞门本身的衙役,同样过得提心吊胆。如今,换了一身正气的苗雄暂理事务,一番整肃下来,整个衙门立刻呈现出焕然一新的气象来。

“苗兄大才,这丽竞门与往昔真是大不相同。”郭烨由衷地赞叹道。

“过奖,过奖。”苗雄谦虚,但眼角眉梢却有掩盖不住的得意之色,看着活像个被夸奖的幼童一般。

郭烨等含笑摇头,却也不点破。能在短短的时间里,改变丽竞门固有的面貌,他也的确有自傲的资本。

不过苗雄也并非真是浮夸之人,一番谈笑之后,便带着众人径直回了自己的公事房,关上门来,谈起了正事。

苗雄显然已经一早就找人调取了关于长安丽竞门的人事卷宗以及去岁的值

夜记录。很快他便从中寻到了来俊臣的记录中所提及的那一队人，遂托着卷宗对郭烨一行道："你们要查的那一队人，他们的资料都在这里了。"

郭烨等欣然点头，都有种守得云开见月明的感觉了。

然而当苗雄打开卷宗一看，却是瞬间脸色大变。"怎会如此？"

窥见他的神情，郭烨等人也是瞬间生出一股不祥的预感，忙问道："发生了何事？"

"恐怕没法把这队人叫来一问究竟了。"苗雄苦笑。

"嗯？为何？"

"全死了。"

"死了？！"郭烨等人惊呼。刚刚一瞬间，他们想了很多可能，唯独没想到会是这么一个回答。

"一队人马可不是少数，这么多人都死了，这绝对是阴谋……是有人要灭口！"郭烨叫道。

"不排除这个可能，但是……"苗雄苦笑，道："至少在卷宗上看来，他们的死亡，并无不正常之处！"

"死了这么多人，还没有不正常的？"郭烨不悦道："莫非你们丽竞门中，死人都是家常便饭？"

苗雄听出他话语中的讽刺，也不生气，把卷宗往前一推。"你自己看吧！"

郭烨凑近一看，脸上也露出无奈的神色。原来卷宗上写得清清楚楚，这伙人却是因为卷入了万国俊虐杀疑犯一案，都是被按照大周律例给斩首的，从死因和死法上来看，还真没有太多值得诟病的地方。

"这……未免太巧合了一点吧？"郭烨犹自不甘，又问苗雄道："那安排调班之人呢？可有记录？"

"这却是没有。"苗雄仔细翻了一下卷宗才道："不过丽竞门内部纪律森严，特别是这种涉及值守调动之事，正是来俊臣最忌讳的。按照常理，必须留下记录。能不着痕迹行事的，除了他本人，就只有两名副门主有此权限了。不过这伙人既然与万国俊一同获罪，想必应该就是他的心腹了。如此看来狐女游街案和万国俊也脱不了干系！"

"这……"纪青璇忍不住道，"莫非此案到此为止了？"

“未必。”郭烨摇头，道：“郭某倒是觉得，两个副门主一样可疑。”

“何出此言？”

“纪不良尉应该还记得，当初我们承办狐女游街案时，万国俊就曾与我们争夺办案权，及至牡丹案爆发，皇甫文备又迫不及待地跳出来，试图横插一杠，这难道不可疑吗？”郭烨侃侃而谈，道：“我有理由认为，他们其实都是幕后之人埋在丽竞门中的细作，只是来俊臣被蒙在鼓里，没有去怀疑自己的副门主，且丽竞门也并无直接卷入此案的痕迹，这才停滞不查罢了！”

然而让他意外的是，听了他的分析，苗雄却是一脸莫名其妙的神情，道：“这可疑吗？”

“嘎？”

“丽竞门抢夺办案之权，难道不是天经地义的吗？”苗雄一副理所当然的口气。

郭烨瞬间无语。这位黑起自己的衙门来，还真是不遗余力。不过郭烨还是执拗道：“不管如何，我认为，不能因此就排除皇甫文备的嫌疑。万国俊死无对证了，但他却是不可不查！”

“好吧……”见他如此坚持，苗雄和纪青璇也是无奈，只得点头道：“那就先查查皇甫文备吧！”

双方约定好，苗雄在丽竞门内部暗访，不良司的人马则从外围查起，双方都小心一些，暂时不打草惊蛇，只是互通有无，看能不能搜集到一些有价值的线索。

“诸位多加小心，皇甫文备此人，苗某交往不多，但人所共知，这是个十分难缠的角色。”原来，皇甫文备此人虽然与万国俊同为副门主，但性子却和张扬跋扈的万国俊截然不同。他虽然秉性残忍酷烈，但为人却极谨慎低调，多年来就像来俊臣的影子一般。因此在索元礼和周兴相继伏法之后，他就成了丽竞门的二号人物，权威尤在万国俊之上。不过这次来俊臣倒台，诸方清算的时候，大家才惊讶地发现，这厮竟能把自己从来俊臣的罪状中撇得干干净净，其老奸巨猾可见一斑。

“哦？那就更有查一查的必要了。若他真的如此低调，当初又为何这般着急地跳出来争抢牡丹一案的嫌疑人？”郭烨发狠，道：“呵呵，他不是能藏吗？无妨，咱一桩事一桩事地慢慢查……我还真就不信了，这世上有不透风的墙！”

此刻，他说得自信满满，可当真正查证起来时，众人却觉得，自己等人好像真的迎头撞上了一堵坚实的墙壁,甚至找不到任何可以突破的地方。“这皇甫文备简直是个怪人!”数日之后,当分头去查案的众人再度在苗雄府中聚首,一个个脸上的表情都是阴沉无比,郭烨埋怨道:“这厮不贪不占、不嫖不赌,甚至连妾室都不纳,娶有一妻,但已经身故多年,膝下只有一子,却也极少看望,薄情寡义至此,给郭某的感觉,就像……就像……”他停顿了一下,似乎是在斟酌言辞,然后方道:“感觉就像他的人生里,除了罗织构陷、折磨他人,就再也没有别的乐趣一般!不过,越是这般,郭某就越觉得他可疑啊!”

“又是男人的直觉吗?”纪青璇见气氛有些沉闷,忍不住抿嘴一笑,打趣他道。

“不可以吗?”郭烨撇嘴。

“可以是可以。不过你的直觉,可没办法作为关键性的证据,上报给女皇陛下啊!”

“这倒是个问题……”

“你们不是还抓了个韩承平吗?他那边可有突破?”苗雄蹙眉问道。

郭烨等人也把视线投向纪青璇,此事却不是他们负责,也只有纪青璇才能从徐有功那里听到些风声。

“别指望啦!”纪青璇摇头,道:“这厮却是个软骨头,一被抓获,还没威胁他两句呢,就全招了。当初给狐女游街大开方便之门的,正是他这个金吾卫的将军,只可惜他知道的事情,也仅限于自己的罪状,其他事情一问三不知……真真是个废物!”最后一句,她却是露出了恨恨之色。

“不管怎样,能让此人伏法,也算告慰了无辜枉死的孙家人了。”郭烨叹息一句,又看向苗雄,道:“苗兄,我们这边是真的没辙了,接下来就看你的了。”

“这本就是丽竞门的内务,苗某自当责无旁贷。”苗雄道:“无论如何,这条线我都会一直追查下去的,直到水落石出的那一天!丽竞门想脱胎换骨,这些陈年旧账必须清算!”

第十七章　余孽再兴波

郭烨等人并不知道，在自己几人去后，苗雄又在丽竞门中掀起了一阵轩然大波。他果真如自己所言，开始清算丽竞门中的旧账，曾经追随过来俊臣为非作歹的门人衙役，都被拖了出来，依律论处。只是这般清查下来，挖出的情况，让人觉得触目惊心。丽竞门积弊多年，来俊臣又贵为门主，能坚持不与他同流合污的人，简直是少之又少。事实上，真正想保持清廉的人，也不会来丽竞门了。

“这……简直是从根子上都烂掉了!”愤怒的苗雄放出这样的话来，不过却没有罢手，而是铁了心要彻查到底。这下子，许多人都慌了神。

“苗雄这是疯了不成?”

“当初大家都是被来俊臣裹挟的，来俊臣伏诛时，都没牵连我们。他如今是何意？排除异己吗?”

“不能让他这么闹下去了，必须有人治一治他了!”

“对，大家也不是没有门路的人，走着瞧便是!”

丽竞门中，渐渐有一股暗流形成，开始疯狂涌动起来。无数对苗雄心怀不满的人聚集在一起，试图发力将他拉下高位。

不良司衙门。

这日，郭烨等人正对坐闲谈，忽见陆广白从外头进来，忍不住调笑道:“小陆，可是去见十三娘子了？如今大事初定，你什么时候把她接过来？莫让人家小娘子等太久才是。”

不想陆广白似是没有听出郭烨语气中取笑的意思，依旧一本正经地答道:“她说上次调查来俊臣尚未事发，可以再隐身蓼风楼，帮我们一段时间。陆某想着现在苗兄调查丽竞门，我们这边也不能全无作为，也就随她去了。”

“不妥。”纪青璇听后却摇头道:“来俊臣之事，终究是个隐忧。她对你一番深情，却是无须冒险来证明了。还是尽快结束了蓼风楼吧。你俩若要一起，这风媒的行当本就不是长久之计。快些全身而退，以免夜长梦多。”

“好。”陆广白点头,简单应下。

不过,就在众人还想要继续往下说时,任斗牛忽然着急忙慌地跑进来,大喊道:“出大事了!”

众人闻言一惊,俱问道:“出了何事?”

“苗副门主的调令下来了!”

“郭某还当是什么事,大惊小怪的,调令不是早就该下来了吗?”郭烨不以为然道。

“不是丽竞门的调令!”任斗牛急得语无伦次,郭烨等人搞半天才整明白,苗雄升任从五品的太子洗马兼朝请大夫,不再分管丽竞门之事。这个消息,让众人大惊失色。

“先不说苗大哥此番可能升任门主,就算是从丽竞门副门主的位置算起,这个调令也是明升暗降啊!”纪青璇深谙洛阳官场上的套路,一眼就看出了这个调令中暗藏的玄虚。“定是有人暗中捣鬼!”

“只是如此一来,苗兄在清查丽竞门一事上,能给我们提供的帮助就不多了。”郭烨道。

“还说清查丽竞门呢,我估计苗兄此番明升暗降,就是因为清查丽竞门动作太大,惹了众怒,方才被逐出来的。”纪青璇却是一眼就看出了问题的关键。“要不是他家世荫庇,再加上扳倒来俊臣立了大功,恐怕处罚还要重些。”

“看来丽竞门的弊病,真的是积重难返啊!”郭烨摇头叹息,道:“想不到连苗兄都被他们排挤了出来,看来这伙人真是自掘坟墓犹不自知。”

“谁说不是呢?”纪青璇摇摇头,又问任斗牛:“那如今丽竞门中谁人主持日常事务?”顿了一下,她忽然苦笑道:“不用说了,定是皇甫文备吧?如今副门主就剩他一人了。”

“这……卑职不知。”任斗牛犹豫了一下道。

“再探。”纪青璇挥挥手,但脸上却露出了心灰意冷的神情。

“纪不良尉莫要灰心。”郭烨摇头,道:“从索元礼、周兴,再到万国俊、来俊臣,你还看不清楚吗?以女皇陛下的英明,是真的只把他们当成一条狗、一把刀,需要的时候,自有他们的用处,用过之后,自然弃之如敝屣。真正的国之柱石,当是狄相爷、徐帅这般的名臣贤相!”

纪青璇闻言这才振作了一点，深吸了一口气，道："郭副尉说的是，大家该查案的继续查案，不要被影响了。丽竞门内的人事调动，与我们不良司无关。"

"不过我们还是需要谨慎些，不能再如此前那般大张旗鼓了。"郭烨补充道："眼下极有可能是皇甫文备接任门主。他若上位，很可能会对外强硬以赢得内部的人心所向，这个时候我们却是不宜与他们发生正面冲突。"

纪青璇点头："就照郭副尉所言吧！"

只是就连郭烨自己也没想到，他们已经打算收敛一些了，别人却是不肯放手。这日下衙，一行人才刚一出门，身后就缀上了几个鬼鬼祟祟的人影。

"有人在跟着我们。"纪青璇低声道。

"装没看见，你们跟着我走。"郭烨不动声色地说了一句，但脚下一拐，已经朝着旁边坊市的一条小巷子里走去。

见他们拐弯，那些人果然也跟了上来，不过看到的，却只剩下一条笔直狭长的巷子，空无一人。

"人呢？"几个跟踪者一阵鸡飞狗跳，四下张望。

"人在这里！"郭烨的断喝从他们身后响起，几人竟是不知何时又从墙头翻去了巷子口，把他们堵了个正着。

李二宝站在一行人最前方，双锏已经赫然在握。经过了李昭德身死一事，他的性格变得更沉稳了，连带着武艺也因祸得福获得了突破，此时两锏一横，竟有种苍山一般的气势！

"别说你们是正好同路，这种话骗骗三岁小儿罢了！痛快点交代你们是什么来路，我还可以让二宝打轻一点。"郭烨摆摆手，制止了几名跟踪者狡辩的尝试。

"跑！"那几名跟踪者刚一动，就被郭烨拿话堵住，顿时知道今日是蒙混不过去了，带头的发一声喊，几人齐齐转身，朝着巷子另一头跑去。

"夯货！"郭烨见状急骂了一句。"真以为郭某寻这条巷子是好玩吗？就是怕你们四散逃走不好追啊！"随即，他脸色陡然一沉，喝道："二宝，把诸位朋友都给留下来，不良司可是很欢迎他们去做客呢！留不下人，也得留条腿！"

"好嘞！看俺的厉害！"李二宝应了一声，猛地往前一窜，巨大的力量让他脚下的夯土地面都爆裂开来，腾起两团烟尘。他的轻身功夫虽不如得到裴旻指点的张小萝精巧，但在这种只需要直线冲刺的场合，速度却不在任何人之下。转眼之间，他就追上了一名落在最后的跟踪者，然后严格遵照郭烨的指点，一双铁锏直往人腿上招呼过去。

“咔嚓！”清脆的骨折声回荡在僻静的巷子里，让所有跑在前方的跟踪者都是一阵战栗。

“跑啊！接着跑！”郭烨厉声道：“二宝，看清楚了，跑几步打几下，多跑一步，多打一锏，跑在最前面的那个直接打死勿论！竟敢鬼鬼祟祟，跟踪朝廷命官，图谋不轨，一看就是逆贼一党！死有余辜！”说完这句话，郭烨只觉得神清气爽，扭头对纪青璇等人笑道：“别说，这种动辄给人扣反贼帽子的说辞，还真不是一般的爽快！难怪来俊臣那厮活着的时候这么喜欢玩这套！”

“你当心跟来俊臣一般下场！”纪青璇白了一眼，踏前一步，喝问道：“说！你们究竟是何来路，为何要跟踪我等？”

这时候，李二宝横刀立马，已经把所有追踪者都给拦下，一个都没跑掉，尤其是有了最开始那个人的前车之鉴之后，一群人还推搡着拼命后退，生怕落在最前面被李二宝一锏捶死了。

“纪不良尉饶命啊！”一个看起来像是头目的追踪者五体投地，大声求饶道：“是皇甫门主让我们来的，说是你们给丽竞门添堵，我们也不能让你们有舒坦日子过。”

“皇甫门主？”纪青璇秀眉一挑。“皇甫文备？他升任丽竞门主了？”

“是！”

“滚！”郭烨踏前一步，冷声道：“回去告诉你们皇甫门主，让他以来俊臣为鉴，莫要再兴风作浪，再要惹了众怒，丽竞门说不得又要换个门主了。”

“是，是，是，小的一定把话带到。”一群丽竞门人连滚带爬地跑了。

纪青璇神色不豫道：“就这么放他们走了？”

“不然呢？”郭烨笑道：“这些小喽啰，本就是皇甫文备放出来恶心我们的。之前让二宝打断他们的人一条腿，还可推说不知，但我们要是真怒火攻心扣了他的人，那才真是有麻烦了。丽竞门必然会把官司打到秋官衙门甚至陛下那里去。他皇甫文备整天闲得无聊扯得起皮，可我们不良司要是也和他一般做派，这大周朝的案子啊，怕就没人去查了！”说出这句话的时候，他脑海中灵光一闪，似乎想到了什么，但马上就被远处一名匆匆奔来的不良人的呼喊打断：“不好了，纪不良尉！

徐帅被皇甫文备请去议事,但不知怎的就被诬为与逆党勾结,现被丽竞门的人给扣了。薛不良令派卑职来寻大家回去共商对策!"

第十八章　不良帅被诬

郭烨等人赶回不良司的时候,发现其他不良尉和他们的副贰都已经到了,一群人挤在薛讷的公事房里,让本来不算狭窄的房间显得满满当当,一伙人群情激愤,早已嚷成了一团。

"皇甫文备这厮真是小人得志!"

"早知如此,当日就该再深挖一笔,让他给来俊臣那狗贼陪葬,也不致会有今日之祸端了!"

"管他那么多,现在弄死他也不迟!竟敢诬陷徐帅,活得不耐烦了,朝廷上下谁不知徐帅廉洁公正,怎会与逆党勾结?"

"打上门去要人!决不可让徐帅落在他们手里!"

以徐有功在不良司中的威望,此时被人诬陷,当真是让整个不良司都炸开了锅。

别说下面这些不良尉了,就是一向冷面的薛讷都露出了怒不可遏的神色,总算他还有几分理智,知道现在不是自乱阵脚的时候,遂用力敲了敲案儿,怒道:"都闭嘴!吵吵闹闹的成何体统!你们这副德性,是能帮得上徐帅的样子嘛?莫要陷他于不忠不义的境地才好!"

一众愤怒的不良尉这才稍微镇定了一些,这时薛讷突然从人墙的缝隙里看到了纪青璇一行人,忙招手让她过去。"纪不良尉,你的意思呢?"薛讷问道。

纪青璇没说话,只眉头微蹙,回头看向站在门口的郭烨。不过这一次,却是没有人鼓噪了,相反,所有人都用一种期待、信服的眼神看向郭烨。

在对付来俊臣的时候,郭烨已经用实际行动证明了自己的智慧,若不是他运筹帷幄,不良司恐怕还真不一定能把那个小儿止啼的恶魔给扳倒。众望所归的郭烨,却没有在第一时间开口,前些日子没能救下李昭德,已经是他心中永远的痛。如今又一个长辈被丽竞门构陷,他在忧虑的同时,又生出一种浓烈的愤怒来。好半天,他才将胸口的这股怒火压制下去,定了定神,道:“大家不要着急,皇甫文备此次诬陷徐帅,应当并非蓄谋已久,而是临时起意。这也意味着,他的计划绝不会很周密。不若先去查一查,看他究竟是怎样将徐帅与逆贼罗织在一起的,我们才好对症下药。”

“郭副尉说的是。”

“薛不良令,下令吧!让我们去查个水落石出,还徐帅清白!”

众不良尉纷纷请命。

“不必去这么多人,人多手杂,反而不美。”郭烨阻止道:“诸位中不少人手上还有案子吧。该做的事情不能丢,想来徐帅也不希望我们为了他,就把朝廷的职司丢在一边。这只会让朝廷对徐帅更加忌惮,以为不良司成了他的私兵。我们万不可做下此等落人口实之事,这才是正中敌人的下怀!”

“此话言之有理!”

“还是郭副尉心思缜密,不然我们怕是中了皇甫文备那狗贼的圈套犹不自知。”

“那便照郭副尉说的办吧。没有案子在身的人,负责调查徐帅之事,其他人各司其职,不但要把案子办好,还要办漂亮了,让人挑不出一丝错来,如此方不负徐帅教诲!”薛讷郑重道。

“卑职得令!”众不良尉领命而去,郭烨他们便也跟着要离开时,却在此时被薛讷叫住:“纪不良尉、郭副尉,你们先不忙去,有同袍在,想必打探个事情人手还是足够的,你们暂且坐镇司中,本令尚有要事与你们商议。”

郭烨与纪青璇面面相觑,只得又走到一旁坐了下来,摆出一副洗耳恭听的架势。

“不良令何以教我?”

“非本令教你,而是徐帅有话留下。”薛讷站起来,踱了两步,似是在思考什么,半晌方道:“若本令告诉你们,今番徐帅被诬,他本人其实早已料到,尔等可信?”

嗯?郭烨等对视一眼,但还是点头道:“徐帅神机妙算,自无不信。”

不过郭烨还是问道:“不过既然徐帅早已料到皇甫文备要对他下手,又为何要赴约?”

“徐帅自有他的打算,本令也不能尽知。”薛讷道:“不过他临行之前,曾留下话来,托我转达尔等。”

“洗耳恭听。”

“草不动,蛇不惊,浑水方好摸鱼。”

“这是何意?”

“不知。”薛讷冷硬的脸上露出一抹苦笑。“本令素来以将门虎子为傲,恃才傲物。可直到如今徐帅出事,本令才惊觉,其实这洛阳不良司的主心骨,一直是他而不是我。大事临头,本令反而不如你们这些少年郎镇静了,当真是羞煞人也!”

“不良令快莫如此言语。”郭烨等闻言只觉受宠若惊,忙道:“这不良司中若无您撑持,人心早就散了,哪有今日之盛况?”

纪青璇也道:“卑职在家中常听义父夸赞薛不良令的功绩,说洛阳不良司能有今日之盛况,您居功至伟呢!”

“你们也不必给我灌迷汤了。”薛讷失笑,道:“好了,如今我话已带到,你们自下去琢磨吧!徐帅这边如有新的消息,本令会遣人通知你们,无须挂心。你们现在的任务,是把徐帅的交托处理妥当。”

“是,卑职告退。”两人就此退出了公事房,与等在门外的其他人汇合。

之后,郭烨始终独自走在最后,蹙着眉头,一脸若有所思的神情。走着走着,他忽然觉得前方的好像全都停下了脚步。他错愕地抬起头,就看到纪青璇等人都正用一种征询的目光盯着自己。

“你们这般看着我作甚?”

“别打马虎眼。”纪青璇看着他道:“现在大家也没心思跟你胡扯。快说,你可是参透了义父那几句话的意思?”

“我以为你已经想通了呢!”郭烨笑笑。

“有你想,我还想什么?”纪青璇不禁脱口而出,只是话一出口方觉不妥,顿时俏脸一红。

“其实很简单吧。”郭烨似是并未察觉不妥,摇摇头道:“无非是让我们把狐女游街案继续查下去而已。”

“嗯？就这样？”纪青璇狐疑道。

“就这样！”郭烨的回答斩钉截铁。“若我所猜不错，这次徐帅应是故意中计，目的就是想要试一试皇甫文备这条毒蛇。现在结果很明显了，他被我们之前和苗兄联手清查的阵仗给惊到了，才会铤而走险。不过也正因为如此，才更加说明他有嫌疑。”

“故意？”纪青璇不解。

“对，故意。徐帅官至从四品上。这样的官衔，放在平时或许还不算什么。可如今才拿下一个来俊臣，又刚斩了二宝的爷爷。正是满朝内外人心最是不稳之时。这种时候纵然徐帅有错，女皇陛下为了朝局安稳，也定然不会由着皇甫文备这般明目张胆地胡来。可是如今徐帅被扣，陛下却无一丝动作。那只能说明，这就是一计，一个陛下与徐帅共谋之计。看来我当初猜测是对的，狐女一案陛下所知必在我们之上。”

“这……姑且信你。”纪青璇默然，道：“只是，你既然早就想通了。那为何刚刚还迟迟不肯言语？”

“我不过是在想，接下来到底该怎么做。”郭烨答道：“徐帅的后一句话提醒了我，现在丽竞门和不良司互相对峙，想必局面已经乱成一团。在这种情况下，之前一直盯在我们身上的目光，应该会少上许多。只等丽竞门的力量都被牵制住，就是我们悄然行动的时候了。”

“你要作甚？”

“徐帅既然已经预见到皇甫文备的举动，还肯以身赴险，那必然是有几分自保的把握的。”郭烨道：“我们现在要做的，就是珍惜他为我们创造的机会，把狐女游街案查下去。只要把皇甫文备给拿下了，徐帅的罪状自解，毕竟他们此次发动，罗织的罪名应当远不如当初李御史一案周密。”

“有理。”众人点头。

李二宝在听到李昭德的名字时，更是握紧了拳头，关节发出“咔咔”的轻响。他誓言道：“这一次，俺绝不会再让这些酷吏得逞了。”

“放心吧，皇甫文备没机会的。”郭烨点头。

有了他的保证，众人的神情都好看了不少，只有他自己，心中还埋藏着深深的忧虑。他很清楚，徐有功看似以身为饵，但却绝不如他说的这般有把握，真有把握,也不会选择这种冒险的方式了。相反,徐有功正是看出了问题所在,方才会甘冒奇险,也要尽快确定皇甫文备的嫌疑,以防丽竞门再次被酷吏主持。

郭烨看出了这一点,但却不得不遵循徐有功的安排去进行,哪怕必须冒着再次失去一个长辈的危险,也在所不惜。

“实在是大周已经禁不起再来一个来俊臣的折腾了啊!”他在心里轻轻一叹,道:“你们跟我走,我想到一处地方。顺利的话,这次应当能让皇甫文备原形毕露。”

第十九章　门籍为凭证

“还有这样的地方?”纪青璇闻言眼睛一亮,随后又忍不住埋怨道:“那你不早说。”

“我也是刚刚才想到的。”郭烨摇头,道:“再说,之前丽竞门的人把我们盯得那么紧,贸然行动的话,被他们提前把这个破绽弥补了怎么办?”

“行了,你快说是哪里吧?”纪青璇迫不及待地催促道。

“监门卫长史府。”郭烨道。

“你要去查皇甫文备的门籍?”纪青璇微一思量,立刻明白了郭烨的意思。

“不错。”郭烨点头,道:“此前苗兄就曾说过皇甫文备为人小心谨慎,而他在丽竞门这般清查都未寻到关于皇甫文备的一丁点破绽。这说明要么这皇甫文备真是无辜的,要不然就是他没有东西落人口实。前一种可能,此刻怕是你也不信吧。可若是后一种,那他如何指挥长安的丽竞门违例行事?唯一有一种可能性就是他亲自去往了长安。”

“不对啊!若是皇甫文备当时就在长安,苗兄不可能不知。况且他一个副门主也不可能无端离开洛阳,而无记录。这长安与洛阳可不是瞬息可到的地方。”纪青璇想了想道。

“可若是皇甫文备到了长安之后并没有现身呢?苗兄便不可能与他遇上。”

“那如何解释这个时间？长安与洛阳，便是昼夜不停地快马加鞭也需得七八日吧。”

“若是他假借公务之名离开洛阳便可行了吧？以他副门主的地位，只需向来俊臣报备即可。可如今来俊臣已死，便是死无对证。至于那些个文书记录什么的，他自己就身在丽竞门中，有心要处置，你还怕他处置不了？”

“假借公务之名？所以你就怀疑他出洛阳时，一定会在监门卫备案？”

“不错。”

依据大周军制规定，监门卫负责监掌诸门禁卫及门籍。官员出入必须勘验符节和门籍。文武官九品以上者，每月要把门籍呈送引驾仗及监门卫，再由卫监门卫上报朝廷备案。如此严密的制度之下，能钻空子的地方极少。皇甫文备身为正四品下的秋官侍郎，有自己的龟符，若是因公出入城门必须交由监门卫勘验。他纵然权势滔天，略施手段，就能抹去丽竞门中的记录，但却未必也能影响到监门卫的门籍记录。须知这可是女皇陛下最忌讳的事情。因此，只要得到监门卫的配合，郭烨甚至能把皇甫文备出入城门的时间精确到具体的时辰。这是绝对不容抵赖的铁证！

然而，让他们为难的是，监门卫长史却是一号铁面无私的人物，听他们陈述来意之后，并不通融，反而坚持要不良司签发的协办文书作为凭证。无奈之下，众人只好委派李二宝快马加鞭回不良司衙门请薛讷签发文书。他们自己为了避嫌，却只能在长史府外吹风。

“榆木脑袋！”郭烨恨恨抱怨道。

“这也怪不得他。”纪青璇看得好笑，轻声安慰道：“也只有这样的人，陛下才放心让他当监门卫的长史啊。不然岂不是什么牛鬼蛇神略施小计就能往城里混了？你希望看到这样的景象？”

郭烨一想还真是这么回事，当即连连摇头：“算了，我觉得吹吹风也挺好的。哈哈。”

正谈笑间，远处，李二宝已经在“哒哒”的马蹄声中打马而来。不过郭烨却是发现，他竟已换了一身衣裳，把身上的官袍给除下了，换了一身不太合体的短褐。咦？路上有事？他眉头一挑，眉宇间浮起一片阴霾。

而李二宝急匆匆赶到，刚一翻身下马，马上道：“丽竞门和我们的人都已经疯啦！现在满城互相盯梢纠缠，乱成了一团！俺一路上都被人盯了好几次，最后还是找一户店家强征了衣裳，方才艰难逃过他们的眼线。"

"该死的！郭某就怕出现这种情况，想不到千叮万嘱，他们还是冲动了！"郭烨一拍巴掌，无限懊恼。不过他也知道这是没法子的事，不良司想查清徐有功被诬一事，盯梢丽竞门不可避免，而丽竞门自然也不会示弱，双方早都憋了一肚子火，能克制到现在还没有发生白刃冲突，已经算是意外之喜了。

想到这里，他脑中突然灵光一闪，想起了徐帅留下的那句——"浑水方好摸鱼"。此时不正是一片浑水吗？

"我们必须快点行动了。"当下郭烨便催促李二宝道："薛不良令的协查文书呢？带来了吗？"

"当然。"李二宝忙不迭地从怀中掏出一份文牒，递到他面前。

"给我干什么？给纪不良尉啊！昏头了不成？"郭烨叱道。

"算了，谁拿都一样。事情紧急，赶紧把事态平息下去吧。再这么闹下去，丽竞门和我们不良司的耳目都会瘫痪。别忘了，我们的敌人可不止丽竞门，要是在这个时候，再出一起狐女游街案或者花神案……"纪青璇说着说着，自己都不寒而栗。下一刻她忽然道："郭副尉，你说，皇甫文备该不会是有心促成这种局面，就是想牵制住我们不良司，让那些人再玩一次装神弄鬼的把戏吧？"

郭烨微微沉默，似乎也想到了这一点，但却没有回答她的问题，只是加快了脚步，口中催促道："快走吧！"

有了不良司官方签发的文书，监门卫长史果然公事公办，没有再难为他们。郭烨等人也终于顺利见到了堆积如山的门籍。

"万岁通天元年九月的门籍，都在这处了。"长史带他们走到一处书架前，淡淡道。

"快翻。"郭烨等人来不及道谢，一拥而上，七手八脚地翻弄起来。

好在很快，他们就找到了自己想要的结果。"找到了，在这里！万岁通天元年九月十二，秋官侍郎皇甫文备自定鼎门离京西去……哦，还有这里，这是他返京的时间，二十九方归……没错了，他的确在狐女游街案那段时间离开过洛阳！"

"好，太好了。"纪青璇兴奋道："只要有了这个，我们再传信长安，请付不良令配合我们调取长安监门卫的门籍……"

“没那么简单的!”郭烨打断道:“以皇甫文备的谨慎,应该不可能在长安留下这样明显的证据。就怕届时我们把时间都花费在来去长安的路程上,却还一无所获。当下,我们须得速战速决,不能给皇甫文备闹出更多幺蛾子的机会!”

“那怎么办?只有洛阳监门卫的门籍,怕是还不够给皇甫文备定罪啊!”

“我再想想,让我再想想……”郭烨敲打着脑门,眉宇中浮现出焦躁的神色,在书架间的方寸之地来回踱步,嘴里不停地念念有词:“一定还有哪里有问题的……”

他仿佛陷入了疯魔一般,动作越来越大,直看得监门卫长史一阵心惊肉跳,连忙一声咳嗽把他惊醒过来。“诸位……”他提醒道:“仓廪重地,外人不宜久留。要是找到了自己想要的东西,就赶紧出来吧,莫要让我为难啊!”

得了他的提醒,郭烨才像回过魂来,忙拱手施礼道:“劳长史大人久候了,多谢,我们这就离开。”

“这边马上就好。”纪青璇运笔如风,飞快地抄录好文书,递给长史盖章。“长史大人,请印信吧!”

这位铁面长史看着门籍上“皇甫文备”四个大字,脸颊上的肌肉明显抽搐了一下。不过当他一抬头,对上郭烨等人似笑非笑的眼神时,还是下定决心,把手中印信狠狠按了下去。

“你们这是把我架在火上烤啊!”临别之前,监门卫长史也忍不住苦笑着抱怨了一句。“我是真无意卷入你们两大秘谍衙门的冲突中去。”

郭烨闻言微微一笑,道:“给长史添麻烦了,我等很是抱歉。不过有句老话叫作人在江湖,身不由己。其实何止江湖,这庙堂虽高,却又哪来的风平浪静呢?如今朝堂之上波诡云谲。长史大人想要独善其身,难呐!”

监门卫长史脸色一变:“这是哪位大人的意思?”

“不,只是郭某的一点小小感慨罢了。班门弄斧,让长史见笑了。”郭烨一拱手,道:“言尽于此,告辞。”

说罢,一群人策马而去,原地只留下若有所思的监门卫长史矗立在原地,久久才发出一声叹息,回转衙门中去了。

第二十章　推演皇甫踪

回到不良司,郭烨再也没有在监门卫衙门前劝告长史时那智珠在握的姿态。他把房门一关,又把自己埋进了文牒的世界,几乎心力交瘁。直到半日之后,他才瞪着一双满是血丝的眼睛,摇摇晃晃地走了出来,喊道:“二宝！去寻主簿给我要一份洛阳周边的堪舆图来!”

李二宝满是担忧地看了他一眼,转身离去。

纪青璇走上前问道:“你无事吧?”

郭烨置若罔闻,眼神直勾勾地道:“无事,现在别与我说话,莫打断我思路。”

如果是平时,一番好意被如此说,纪青璇怕是早就怼回去了,但是现在,她却只是露出担忧和钦佩混杂的表情,乖觉地退到了一旁。

又过了片刻,李二宝把郭烨要的堪舆图拿了过来。

郭烨铺开堪舆图,一边看,一边念念有词,接着更是拔出刀,不断在旁边的地面上刻写着什么。

纪青璇、陆广白和李二宝纷纷凑近去看,发现尽是地名、各种符号,以及一些弯弯曲曲的线条,也不知他究竟想表达些什么。

“你在写什么?”纪青璇试探着问道。

“皇甫文备的脚程。”郭烨手上刻写不停,头也不抬地答道。

嗯?纪青璇还是不甚理解,却不知该如何细问,又不至于打扰到忙碌的郭烨。

不过,郭烨这时却像是已经算出了结果,长舒一口气,把刀往地上一插,主动解释道:“我们现在假设皇甫文备参与策动了狐女游街案,并且狐女游街案当晚,他就在长安秘密调动了那一队被诛杀的丽竞门人配合行动。”

“他是在九月十二离开的洛阳,而狐女游街案发生在……”

“九月十五!”纪青璇十分肯定地接茬道。

“三天。”郭烨点点头,解下刀鞘,伸手在堪舆图上长安和洛阳之间比划了一条连线,“不出意外,这就是这段路程所花的时间。”

他顿了顿，强调道："八百里，三天，一天需得跑上近三百里。"

"这么快！他是弃了马车，骑的是马？"

"不错，日夜兼程，中途换马，也不是到不了。此时离他回洛阳还剩下十四天。其实按照他这个脚程，能去到的地方也不少。但是须知，来俊臣自始至终没有怀疑过他，那必然是皇甫文备去到的这个地方，按照正常出公差的路程与时间算，并无不妥。"

"正常出公务，以皇甫文备的身份，应当坐的是马车。马车一日差不多能行一百里吧。"纪青璇明白了郭烨意思后，很快就抓住了重点。"但是我们不知他在那一处地方待多久呀"

"对，所以我们只能推出一个大致的区域。若是我们假定他只在那个地方待了一日，那他最远可以去到的范围就是这个区域内——"

说着郭烨就绕着洛阳画了一个圈，在这个圈上，任意一点去到洛阳的距离，都是八百里，他点了点堪舆图，道："应当是不会超过这个范围，即便是超过，也绝不会多过一百里。"

"可若是要避嫌，他出公差的地点应当是不会往西，也就是不会是往长安方向。往洛阳的东面，或者是南北两面的可能性大一些吧。"陆广白一直低头默默看着堪舆图，此时不由插嘴道。

"小陆说得不错。"郭烨点了点头，随即他手一抬，把堪舆图一卷，夹在腋下道，"走，咱们去拜访苗兄。问问去岁九月，在这个范围里，有什么足以被皇甫文备作为借口的事情发生。"他的话并未说明，但以皇甫文备的身份地位，道理上唯一能惊动他亲自出京的，也就只有各地的谋反之事了。

"啊？去找苗兄吗？他不是已经被调任太子洗马了吗？"纪青璇犹豫道。

"可不找他，丽竞门里我们也没人可寻了啊。"郭烨无奈摊摊手，道："总不能直接去问皇甫文备本人吧？"

纪青璇闻言也只得苦笑。

几人很快便来到了苗雄府邸，不过却听门房说他前往东宫为皇嗣宣讲，还需等候些时间。不过，这一次，门房却不敢再狗眼看人低了。有了上次的教训，他已经知道郭烨等人虽然官职低微，但都是苗雄的至交，半点也不敢怠慢，又是端茶又是问安，端的是殷勤无比。最后硬是把郭烨生生搞烦了，无奈找借口把他打发走了，方才算完。

又枯坐了半日，一脸倦色的苗雄方才姗姗而回，见到郭烨等人顿时露出了惊喜之色。“啊，郭老弟、纪娘子、陆老弟、二宝，你们都来了，为兄这些日子可甚是想念呢！”

“苗兄！”郭烨等人也起身见礼。

“苗兄最近可好？”郭烨问候道。

这本是一句客套话，苗雄正大步上前，搭向他的肩膀，闻言却不禁收敛了喜色，微微一叹：“散淡闲职，聊以养性，也说不上什么好或者不好吧。就看人喜不喜欢了。”

郭烨等人却知他素来胸有大志，特别是来俊臣伏法之后，他一心想要重振丽竞门，可现如今却被明升暗降，想来心中也是不忿，只得宽慰道：“以苗兄大才，还怕将来没有出头之日么？皇甫文备小人得志，也不过猖狂一时罢了。”

“借诸位吉言吧！”苗雄摇头苦笑。“不提那扫兴之辈了，诸位特意登门，可是又有要事？”

“不错。”郭烨有些赧然。“的确有事相请，而且还绕不开皇甫文备那小人，要扫苗兄的兴了。”

苗雄眉头一皱，随即哑然失笑，打趣道：“怎么？你们这是跟丽竞门的门主杠上了？”

郭烨也苦笑：“并非我们要跟他杠，实在是他咄咄逼人，如今连我们不良司的不良帅都让人给擒了去了，你说我们还能坐以待毙么？”

不想苗雄闻言却是大吃一惊：“什么？竟连徐帅也着了皇甫文备的道了？”

“是啊，我们此次前来，就是请苗兄援手的。”他又问道：“怎的苗兄对此事竟完全不知晓么？”

苗雄摇头，道：“我这些日子每日在宫中与皇嗣为伴，早已不如在丽竞门时消息灵通了。诸位若是还想寻我援手，恐怕也要失望而归了。”

郭烨等面面相觑，虽早料到苗雄这次算是吃了大亏，却也不料竟失势至此。不过，他们还是抱着姑且一试的态度，把自己等人要调查的事情与苗雄说了一遍。

没想到苗雄听完却是朗声一笑：“此事易尔。”他当即写了一封亲笔信，交给郭烨等人，嘱咐道：“你们拿着苗某手书，去寻丽竞门司卫部何进。他乃是苗某当初心腹,苗某与他有活命的恩德,当可仰仗之。你们只管将要求告知于他,他自会为你们设法的。”

郭烨等接过信之后,不禁相视大喜,没想到横在自己面前的难题,居然被苗雄如此轻易地解决了。

“多谢苗兄!”

“不用谢!不用谢!”苗雄抚须大笑。不过稍一停顿,他又露出了落寞之色,道:“只盼诸位贤弟有空之时,来我这府上陪我饮一杯清茶便好。”

“苗兄有请,敢不从命?”郭烨一拱手。“郭某这便告辞了,待平了皇甫奸贼,必登门道谢,顺便讨一杯茶喝,还望苗兄到时莫要嫌我等叨扰啊!”

“恕不远送。”

郭烨等拿着苗雄手书,偷偷找到何进。果然,此人一听是苗雄所托,顿时把手里所有事情一丢,专心为他们打探起所需的情报来。而呈送回来的消息,也不出所料。去岁九月,山南道治所襄阳正好发生了一起谋反案。

再看襄阳的位置,就在洛阳往南七百里处,距离长安约九百里。若是皇甫文备快马加鞭,日行三百里,三日到长安,在长安停留一日,即九月十五。再三日从长安到襄阳。途中所用约莫七日。而若是从洛阳直接乘马车往襄阳,日行一百里,刚好也是七日。不过当时这襄阳一案具体是不是皇甫文备负责的,这却不是何进这个级别的人能查的到的。

“有负所托,实在抱歉。”何进歉然道。

“不,何兄这说的是哪里话,我们还要感谢你仗义相助呢!”郭烨宽慰他道:“何兄的消息,可是解了我们的燃眉之急啊。”

何进闻言这才好过了一些。不过辞了何进之后,纪青璇却是露出了忧虑之色,“哎,虽然查明了确有一桩符合条件的谋反案,但若不能证实的确是皇甫文备亲往处置的,终究无用啊!”

郭烨笑道:“谁说不能的?”

“嗯?”纪青璇问道:“怎么证明?”

“找个人过去问问不就好了。”郭烨一脸的理所当然。

纪青璇却当他在说笑,道:“你说得倒轻松!洛阳距襄阳七百里,便是我们也快马加鞭,来回怎么也得六七日!这还是一切顺遂的情况。可这时日,在如今的境况下,变数实是太大了些。"

"放心,郭烨身有妙术,可日行千里,夜行八百。区区七百里,不消两日便可往返一趟。"郭烨大大咧咧地吹嘘道。

"都这种时候了你还有心思开玩笑!"纪青璇是真的恼了。

"哎,纪不良尉莫气啊,郭某这便带你去一睹这妙术便是,到时你自然就信了!"

"好!今天这事你要敢消遣本尉,定不饶你!"

"放心放心!"郭烨拍着胸脯打了包票。

片刻之后,纪青璇看着徐府马厩中两匹神骏的图拉马,呆滞问道:"这就是你的妙术?"

"对啊!"郭烨嘴里叼着一根草根,笑嘻嘻道:"马术难道不是妙术吗?你总不能真个让郭某飞过去吧?"

"不,我的意思是……你何时弄来的这两匹马?"

"上次赏花宴打马球之后呀!"郭烨一脸的理所当然。"你们打完马球就喊走,我可不能一点心都不操啊!这不,那伙大食人走得匆忙,连坐骑都没带走。我一看这可都是好马,可贵着呢!我琢磨着不能全便宜了武家,就厚着脸皮要了两匹过来。反正武家和李梦白财雄势大,也不好意思跟我争这一口剩饭。这不,派上用场了吧?"

他得意扬扬地炫耀着自己的"战果",纪青璇却是无力扶额,哀叹道:"你还真是掉进钱眼里去了……"

第二十一章　威与情齐动

不得不说,郭烨这厮虽然贪财,但这次却是真是贪到点子上了。有了两匹图拉马的帮助,李二宝亲自出马,两匹马轮换,不过一日两夜就从襄阳带回了众人需要的情报。

“丽竞门皇甫副门主主持此案，奈何案情曲折，滞留三日方得以处置完全……”郭烨读着案卷上的文字，一拍案几，低声道：“没错，就是他了！不论是路上的时间还是停留的时间，都能对上。想来当初来俊臣也正是因为他确有处置谋反案的记录，方才压根没往他身上怀疑。”

“可是，大家都心知肚明，这些都是旁证，不足以让我们指证皇甫文备啊。”

“我知道，但境况紧迫，无论如何，我们都须得行险一搏了！”郭烨扭头问道：“待会儿陪我上丽竞门的龙潭虎穴里走上一遭，你们怕不怕？”

“俺不怕！”李二宝第一个拍着胸脯表态。

陆广白和任斗牛等人也纷纷摇头。

只有纪青璇心思细密，追问了一句：“你待作甚？！”

“不入虎穴，焉得虎子？”郭烨摇头，道：“不过郭某既然如此行事，自有六七分的把握。皇甫文备既然能多次明哲保身，连来俊臣都倒了，他还能屹立无恙，证明他内心里其实并非来俊臣那样的癫狂之辈。不过谨慎是好事，但也是弱点。只要他还惜命，我们就能唬住他。最起码得诈上一诈，镇住他，不能对徐帅下毒手！”

“凭这个？”纪青璇卷起卷宗，举在半空扬了扬，挑眉问道。

“就凭这个！”郭烨耸肩，目光诚恳地看着纪青璇。

“赌一把吧！”纪青璇银牙暗咬，终于还是点了头。

既然已经做了决定，郭烨等人不敢耽搁，火速赶往丽竞门，要求与皇甫文备见面。

出乎意料，皇甫文备竟然没有拒绝跟他们几个小卒子见面，而只是让手下把他们带去偏厅等候。

“哎，这丽竞门啊，在苗兄的整顿下刚刚焕然一新，这才几天，马上又变回原样了。”走在丽竞门熟悉的回廊之下，郭烨又再一次体会到了那种无法言说的压抑感。血腥恐怖的气氛，又再一次笼罩了整个丽竞门衙门。

没想到给他们带路的丽竞门人，却是回头森然一笑，问道：“子非鱼，安知鱼之乐？”

郭烨眉头一竖，张嘴就想反驳，却被纪青璇拦住。她淡淡道：“犯不着在此争口舌之利……还有你也是，来者是客，我们是来找你们门主的，你也莫要争着做出头的椽子，小心烂得快。”

当下,那丽竞门人阴冷地笑了几声后,就真的没再言语,只是把他们带到一处偏厅,言道皇甫门主稍后就到。

不久之后,一个满眼阴鸷的中年男子果然出现在了偏厅门口,正是那日在洛阳街头见过的皇甫文备。他上下打量了郭烨等人几眼,问道:“尔等来此作甚?若是求饶,还是赶紧为妙,迟则不及!”

求饶?郭烨在心中酝酿了一下,竟模仿记忆中的来俊臣,露出了一个癫狂的笑容,然后从怀中抓出门籍文牒往案上一扔,狂笑威胁道:“皇甫门主,你还不知吧?我们手上已经掌握了你参与谋逆的铁证。识相的赶紧还徐帅一个清白,不然他要是有个三长两短,咱们也豁出去了。大家一起玩完!”不得不说,郭烨在演戏上,还是很有天赋的,这一番作态,竟把来俊臣的癫狂模仿出了六七分。

皇甫文备久在来俊臣的阴影之下,顿时嘴角抽了抽,却也不再大放厥词,而是将信将疑拿起了案上的文牒。打开,只看了一眼,随即就见他的眉头皱了皱。不过下一瞬,他就神色如常地道:“本官的行踪,你们倒是查得很仔细啊!不过这就是你们说的谋反证据?不错,去岁九月,本官的确曾因公务离开过洛阳。可那又如何?当时本官贵为丽竞门副门主,公务繁忙,出京一趟有何不对之处?”

“皇甫门主对自己的手笔很有信心啊。”郭烨笑道。

“本官问心无愧,为何没有自信?”

“呵呵,问心无愧?好一个问心无愧。”郭烨道:“皇甫门主,世人谁不知你这丽竞门乃是龙潭虎穴。郭某在来门主手上,也是吃过一次亏的了。你觉得,要是没有切实的证据,郭某会来自寻死路?”

“那你倒是把证据拿出来啊!”

“皇甫文备!”郭烨突然大喝一声。“你怕是忘了,你们丽竞门真正的机密,郭某都亲眼看过了。你还想瞒到什么时候?不错,你这行程伪造得的确像模像样,日期、地点一应俱全,时日也对得上。可你错就错在不该太求全!这些能从监门卫等处能查到的资料,为何你丽竞门的记载中偏偏就没有,甚至连此前代理门主之职的苗雄都查不出来?它们被你弄到哪儿去了?”

“本官不懂你在说什么。”

“不懂?”郭烨彻底失去了耐性,道:“我也懒得跟你玩这些虚头巴脑的东西,不怕告诉你,不良司手上已经掌握了你离京之后,在长安所犯下的一切罪行。你要是再继续负隅顽抗,到时候在陛下面前,你自然能见到这些东西！想必她老人家对狐女游街案的帮凶会很感兴趣的!”

给他这么一喝,皇甫文备的脸色彻底阴沉了下来,不过却没有发作,只是冷声问道:“你等待要如何？本官就不信,你们要真有这些东西,还能忍住不上交给狄仁杰那老匹夫。”

“你敢侮辱狄相爷!”听到皇甫文备辱及自己的偶像,郭烨也怒了,寒声道:“你须知,这世上但凡有一个谎言,便需得又一个谎言去掩盖它。正如你当下所为之事,你以去襄阳行公务之名,取道长安,满过了来俊臣。其后又趁来俊臣倒台之时,销毁了丽竞门中关于此行的记录,引得苗雄的调查一无所获。可是你能毁掉公出的记录,却毁不掉监门卫的门籍记录。偏偏就是两者缺其一,才是你最大的破绽。郭某劝你,识相的快把徐帅放出来,我等也姑且放你一条生路,其他事留待日后再见分晓。”

“徐有功?”皇甫文备用一种莫名的眼神盯了众人几眼,在郭烨身上停留的时间尤其长,直把他看得心里惴惴,方叹道:“你们跟我来吧!”

他古怪的神情,让郭烨心中一紧,但几人互相对视了一下之后,还是紧紧跟了上去。

他们来此本来就是为了见徐有功的。此时皇甫文备突然让步,便是心中再有疑虑他们都不得不跟去看上一看了。

一行人跟着皇甫文备,在丽竞门衙门中穿行,不过郭烨却敏锐意识到,这并非是前往地牢的路。

“皇甫文备,你这是要带我们去哪儿?”他忍不住喝问道。

“跟着来就知道了。”皇甫文备回头瞟了他一眼,冷哼道:“你们不是想见徐有功吗？跟着来就是了,保管你们能见到人。不过要是怕的话,现在打道回府也来得及,本官恭送你们出门,也算是对你们胆色的嘉奖。”

“郭某行得端、坐得正,会怕你这酷吏?”郭烨自然不肯服输,不过却暗暗跟李二宝等人使了个眼色,让他们做好随时动手的准备,自己的手也悄悄扶在了腰间刀柄了。“只要有任何风吹草动,就在第一时间拿下皇甫文备,方才有一线生机。”他低声道。其他人都警惕地点了点头。

他们的举动,自然没有逃过皇甫文备的眼睛,不过他也没说什么,继续大大咧咧地走在最前方,浑然不在意身后投来的敌意目光。没过多久,就听他冷哼道:“到了。”

众人纷纷抬眼望去,只见面前的建筑,却不是想象中阴森的地牢,而是一间富丽堂皇的屋舍。

走进堂屋,他们就见到了正在自斟自饮的徐有功。

“徐帅?!”郭烨简直不敢相信自己看到的一切,下意识地揉了揉眼睛。他来之前已经设想过各种场面,甚至做好了最坏的打算,却没想到居然会看到这样一幅其乐融融的画面。

“怎么样?我就说你连这些孩子都斗不过吧?”徐有功放下酒杯,冲着皇甫文备笑道:“皇甫,收手吧!来俊臣倒行逆施,已经惹了众怒,方才落得个身首异处的下场。你若不想步他的后尘,就不要妄想将丽竞门重新带上邪路了。如今大周四海承平,陛下也不再需要你们这样一批疯狗了。”

“罢了,这一局算是某家输了,日后丽竞门不会再与你们为难,你们可自去清查任何事情。不过除非你们真有铁证,否则想要从某家这里得到只言片语,那也是痴心妄想。”皇甫文备自顾自地走到徐有功对面坐下,然后扭头看了郭烨等人一眼。“你们能抓出某家的疏忽,也算是不凡了。不过你们也无须虚言相欺,我知你们手中并没有所谓证据,至少现在还没有,所以也莫要咄咄逼人。真要一拍两散,你们不良司也未必落得了好处。”

他的话当场激怒了纪青璇。一贯疾恶如仇的纪娘子当即怒道:“皇甫文备,你助纣为虐,为虎作伥,手上染上诸多鲜血犹不自知。而今眼看灭亡就在眼前了,你不思赎罪,反而想着顽抗到底,就算我们奈何不了你,难道你就不怕获罪于天,日后遭了断子绝孙的报应吗?”

“诶,青璇不得无礼。”徐有功摆摆手道:“本官来此,不过与皇甫门主打了个赌而已。如今托你们的福,输赢已见分晓,但君子的风度还是要保持的。”

他说得轻描淡写,但郭烨却是对他佩服得五体投地,这里可是丽竞门,孤身来此打赌,旁人尚不知这个赌冒了多大的风险,但他却是心知肚明。

“断子绝孙?哈哈哈……”谁想皇甫文备抓到了纪青璇话中的一个词,喃喃了半晌突然悲愤狂笑起来,就在众人莫名其妙的时候。他已经一拱手,道:“送客!”

“告辞。”徐有功站起来，走到郭烨等人身边，冲着皇甫文备拱手笑道：“他日皇甫兄若有闲暇，也可来我不良司小坐啊！”

“免了，徐少卿的酒水，某家可饮不起……请吧！”

徐有功哈哈一笑，带着郭烨等人昂然出了丽竞门，在身后抛下一片恨得牙痒痒，却又不得不甘拜下风的目光。

“徐帅……”一出丽竞门，郭烨就迫不及待地踏前一步。可才刚说了两个字，徐有功就摆摆手道：“我知你想问什么。不错，皇甫文备正是狐女游街案和牡丹案中的重要帮凶，也是当下唯一还能往下查的线索。不过从目前我和狄相掌握的情况来看，他应当是被裹挟的。其他内情我们暂时也不清楚，只知他似有苦衷，不会轻易开口。我此次前来，便是趁着他发难的机会，与他立下赌约，逼迫他不能再为那暗中之人效力，以免狐女游街和牡丹案重演，造成更恶劣的后果。”

“可是赌我等能否寻到他的破绽？”郭烨问道。

“正是。”徐有功笑道：“他连我不良司的小辈都斗不过，自然也就没了颜面下这盘棋了。不过你们能在这么短的时间里，找到足以压服他的证据，倒是令本官刮目相看。本以为还得在丽竞门中住上些时日呢！”

“既然义父您和狄相爷已经心中有数，为何不将其拿下，还赌什么赌？此人耀武扬威的样子真让人心烦。”纪青璇不满道。

“青璇啊。”徐有功笑了笑，道：“为父知你素来疾恶如仇，这是好事。不过莫要让偏激的正义感蒙蔽了你的眼睛。我之前已说了，皇甫文备似有苦衷，方才屈从于对方，这样的人，轻易是撬不开他的嘴的。若是贸然出手，又审不出东西来，这唯一的线索也就断了。若能化敌为友，让他自愿为我们效力，岂不是更不失为一桩美事？”

“此等怙恶不逡之人，莫非也有改邪归正的时候？”纪青璇不信道。

“不去试试，永远不会有，可万一成了呢？况且我大周，短时间内再经不起大的震荡了。你当那日在武家那场马球赛只是玩玩吗？大食、契丹，可都虎视眈眈。”

徐有功扭头看向郭烨。“郭副尉，你说呢？”

郭烨问道：“徐帅，敢问要如何策反皇甫文备？”

“这却是你们要考虑的事了。”徐有功道：“迄今为止，所有我们知道的事情，也都告知你们了。至于接下来怎么查,怎么做,那都是你们自己要考虑的。我和狄相能保证的,只是在你们查旧案之时,确保神都中不会再出现新的类似的案子。”

“明白了。”郭烨点头,又道:“那您被诬陷的罪名。”

徐有功扭头看向禁宫的方向,微微一笑,道:“此事却是不打紧了。”

郭烨恍然大悟:“陛下英明!”

果然,次日就传出消息,朝会上女皇陛下拒不采信皇甫文备的呈词,亲自宽宥了徐有功,还将皇甫文备怒斥了一番,打算当庭将他降罪。最后竟是徐有功据理力争,言道他也是立功心切,虽有过错,但其心可嘉,请陛下网开一面,他才得以平安散朝。

“义父也真是的,这样的败类,让他被斩了岂不是正好?又何必为他多费唇舌辩护?”纪青璇依然耿耿于怀。

“斩了一个皇甫文备容易,可再想顺藤摸瓜,挖出狐女游街案的真凶,却是难上加难喽!”郭烨笑道:“看来上头的诸位大人,也是想给我们这些年轻人一个锻炼的机会啊!这皇甫文备,就是他们为我们留下的磨刀石。”

“可现在也未见得多容易。”纪青璇道:“皇甫文备此人我们不是早已查过?油盐不进之辈!再说连狄相爷他们都未能撬开他的嘴,你就敢说自己一定能让他开口?”

“郭某说了,狄相爷他们只是将他留待我等处置罢了。”郭烨道:“不然就凭他这点道行,还想瞒过狄相爷的法眼?笑话!”他对狄仁杰的信心一向很足。

“那你说,我们该如何处置?”

“再查他一遍!”郭烨斩钉截铁道:“摆在明面上的东西,未必就是真相,还有可能是假象,是故布疑阵,是他刻意想误导我们的东西!郭某还是那句话,绝不相信这世上有不透风的墙,更不相信会有毫无破绽的人。就算有,也不是他皇甫文备,不然咱们上次也唬不住他了!”

纪青璇一挑眉:“比如?”

“还记得你说他断子绝孙时他露出的异常么?”郭烨提醒道:“咱们这次就再从他的家人子女重新查起,给他查个底朝天,查不到点东西,绝不罢休!”

第二十二章　偏方治痨瘵

“你怀疑他是故意疏远自己的妻儿?”纪青璇问道。

“也有可能,不是吗?”郭烨笑笑,道:“以前是还有别的东西要查,无暇旁顾。现在嘛,是应该回头再查一查了。”

“你说得倒轻松。”纪青璇嗔怪地瞪了他一眼,但还是吩咐众人去准备调查皇甫文备妻儿的事宜。

因为上次调查中,他们就已经查过皇甫文备妻儿的住处,所以这次直接前往便是了。众人备好了马,照着此前查到的路线一路奔驰,眼看着越来越偏僻,周围的坊市已经出现了荒弃的迹象。

洛阳和长安不同,长安为求规整,许多本来不适宜住人的地方,也都建设了坊市,但陛下在兴建神都之时,一开始就吸取了当年长安建城的教训,直接按照实际需求来布设坊市。在这种情况下,还有荒弃坊市出现的区域,那就是真偏僻了。

“皇甫文备这厮太过心狠了,竟然忍心把自己妻儿安置在这种地方。以他的身份地位,不说在丰都市附近买下一套宅院,再不济找个寻常的坊市也可,何至于刻薄至此?”李二宝是第一次来到这里,不由得在马背上嘀咕道。

“也许他天性凉薄,也许这就是他想让人以为的事。”郭烨淡淡道:“不管是哪一样,我想我们很快就能知道答案了……哦,前面到了。”他举起马鞭一指,众人顺着他指的方向看去,只见一片破败的屋舍间,却有一户小院打理得干干净净,种着一畦一畦的葵菜,硕果喜人,连篱笆上的爬藤,都被修建得整整齐齐。这正是皇甫文备妻儿所居之处。

“李大娘子,我们又来打扰了。”因为上次是纪青璇负责与皇甫文备妻儿交涉的,这次便也由她上前叩门。

“来了。”出来开门的是一个中年妇人,一身标准的农妇打扮。郭烨也特别注意了一下,她手上有厚茧,应该是平时做农活留下的,眼角和额头上已经有了岁月刻下的痕迹。看得出来,她在年轻的时候,姿色应当也只能说是平平无奇而已,也不知皇甫文备当初为何会娶她。

“是纪不良尉啊。”皇甫文备的夫人李氏看到纪青璇，显得有些局促，问道：“我夫君他……”

“他现在很好，不过如果继续执迷不悟下去，将来恐怕就说不准了。”纪青璇道。听她这么说，李氏顿时慌了神：“这可怎么办呐，妾身一直晓得他干的不是甚好事，可也没想到这般伤天害理啊！纪不良尉，你可一定得想法子救救他啊！”

“所以我们这不是又来找你们了吗？”纪青璇道：“现在也只有你们可以让他迷途知返了。”

“我们能有什么法子呢？孤儿寡母的。”李氏抹泪道：“他除了每个月托人送钱送药，聊尽一份为父为夫之责外。已经不晓得多久没来看过我们母子俩了。”

“药？”郭烨敏锐地察觉到这个字眼。

“李大娘子的儿子身体不是太好，每日需得按时服药。”纪青璇回头解释道，看来在上次来的时候，这些情况她都已经了解过了。

“哎，你们看我，怎么能让客人在门口说话，快快请进。”李氏手忙脚乱地把众人迎进了门。

一进屋，郭烨等人果然闻到一股浓浓的药味，在屋角的火塘旁，还放着一个药罐，看来他们来之前，李氏正在煎药。而透过一旁厢房的门，能看到榻上朝里卧着一个人，看身形应当是个少年。此时已经是六月了，他却还盖着厚厚的被子，露在外面的手臂，枯瘦如柴，不时还会发出一阵阵撕心裂肺的咳嗽，像是要把心肺的碎片都从嗓子眼里咳出来。

“儿啊，药马上就煎好了，你再忍一忍。”李氏见状，心疼得眉头都蹙在一起了，走到榻前低声安慰起来。

“那便是李大娘子的儿子。”纪青璇低声道。

“病得挺重啊。”郭烨皱眉，道：“儿子病得这般重，皇甫文备竟然都不回来看一眼，莫非我们真个猜错了。此人确是凉薄之人？”

纪青璇无奈地摇了摇头，不答。

倒是陆广白自进门之后，一直就一言不发地吸着鼻子，又走到药罐前，揭开盖子看了又看，似乎发现了什么。

“怎么了？”郭烨凑近问道。

陆广白摇摇头，转身问李氏："令郎所患之症，可是痨疾？"

"痨疾！？"

"我的娘耶！"郭烨和李二宝反应激烈，"唰"的一下从厢房门口跳开，就连上次来过的纪青璇，脸上也是微微变色。痨疾的名声他们可是听过的，这几乎就是必死之症，最重要的是，这病还传染。他们虽然有心策反皇甫文备，但若代价是自己身染痨疾，那可是他们万万不愿的了！

"不错，正是痨疾。"李氏点头，可怜巴巴地看向纪青璇。"上次不与纪不良尉明言，也是怕吓着你们，从此不再管我夫君之事了。"

"你，你，你……"郭烨气得想埋怨李氏，又不知该说什么好。

没想到陆广白却已经自顾自地向厢房内走去："请容陆某看一眼令郎的病情。"

"小陆！你干什么！"郭烨吓得魂飞胆丧，一把拉住他叫道："那可是痨疾，痨疾啊！你就这么走进去？不要命啦！"

"皇甫公子的痨疾发病已经有段时间了，此时已不易传染了。"陆广白平静道："放手。"

郭烨不情不愿地放手，但还是道："那也还是小心为上啊。不怕一万，就怕万一嘛！"

"不会有事的。"陆广白看向李氏。"可以吗？"

"这位姓陆的官爷，莫不是位名医？"李氏闻言，满眼期待地看向纪青璇，问道："不然他怎么连看都没看，就知我儿乃是痨疾？"

纪青璇张张嘴，正要说话，陆广白已经自己道："名医谈不上，只是或许能治令郎的病，不过陆某先得看看情况。"

"请，请，快请！"李氏顿时激动得都不知该说什么好了。

陆广白点点头，取出一块有特殊香味的布蒙在脸上，昂然进了厢房，片刻之后方才出来，也不与众人叙话，先招呼李氏烧了一盆沸水，将面巾丢进其中，又从自己的褡裢中取出几株干枯的药草，丢进盆里，待稍凉之后仔细擦洗了自己裸露的脖颈和手掌之后，方扭头对众人道："不错，是痨疾。"这是意料之中的事，但他的下一句话，却让李氏喜极而泣。"尚未病入膏肓，还有得救。"

此言一出，郭烨等人的嘴巴张得大大的。半晌，郭烨才讪笑一声，道："小陆，你莫不是请了神仙附体，怎么连痨疾都治得了了？”

陆广白斜睨了他一眼，道：“你忘了我们在来洛阳的路上，曾从吴神医手中得到一张治疗痨疾的方子吗？陆某这段时间闲暇无事，一直在研究这张药方，以皇甫公子眼下的病情，陆某当有七八分的把握能令他痊愈，至少也能缓解病情，不至于英年早逝。”

“哦，对，是有这么回事。”郭烨闻言一拍脑门，恍然大悟道。

陆广白又指着那药罐道：“其实开这服药的人，医术也颇精湛，所开之药，与我陆某手上这方子，颇多重合之处，只是终究还差了最关键的两味主药，所以才不得要领，只能以底也迦舒缓病痛，但最终却无异于饮鸩止渴。”

“底也迦？这药可是价比黄金啊……”郭烨若有所思地说了一句，环顾四周，李氏家中不说四壁徒然，但怎么也不像是能长期用底也迦入药的人家。

“这药是我夫君托人带回来的，具体有甚药物，妾身也不知就里。”李氏怯生生地道。

“皇甫文备？”郭烨突然笑了起来。“你藏得是好，可惜终究还是逃不过郭某的法眼啊！”

嗯？众人都用一种不解的目光看着他。

郭烨却不细说，只是看着李氏道：“李大娘子，我这兄弟虽能治令郎之病，不过还是得先经你夫妇同意。这样吧，且等我们先去拜访过皇甫门主。得了他的允许，再回来替令郎治病，你看这样可行？”

“行，行！”李氏也是绝望多时，此时抱着死马当活马医的态度，连连道谢：“妾身听说我那夫君与你们多方为难，你们还肯这样帮助我们，真是大恩不言谢呐！你们都是活菩萨，大好人呐！”

给她这么一说，郭烨反而不好意思了，摸摸鼻子道：“我们这么做其实也是有私心的。只希望令郎痊愈之后，你们娘俩能劝劝皇甫门主，莫要再倒行逆施，安享天伦之乐，也算人生一大乐事啊！”

“放心！”李氏大声保证道：“妾身人老珠黄，未必被夫君放在心上，但我儿却是他皇甫家的独苗。只要你们治好了我儿，你们说什么，他肯定都听的！”

“那真是太好了！”郭烨故意作欣喜之色，然后与李氏告辞，众人一道退了出来。

“你说这李氏最后的话，有几分可信？”纪青璇一出门就问道。

“李氏的话有几分可信都无所谓。”郭烨笑笑。“重点在于我现在十分确定，这小家伙的确是皇甫文备心头的宝贝疙瘩，他故意疏远，也只是做给其他人看的罢了。”

“何以见得？”郭烨笑道：“纪娘子，郭某且问你，若是郭某患病，让你长期拿价比黄金的底也迦为我治病，你愿是不愿？”

纪青璇面色一红，啐道：“管你去死！你又不是我儿子！”

“哈，哈，哈……”郭烨大笑，道：“那就是了。皇甫文备要是真的不在意这个儿子，又何必月月以奇药相送，让他去死不就好了嘛！以他的身份地位，再纳一房小妾，生上几个儿女，难道是很难的事情？”

“照你这般说来，这皇甫文备非但不是凉薄之人，反而情深义重？”

“是不是情深义重我不敢断言，不过就冲咱小陆能治他儿子，今日郭某也要再去丽竞门当一回座上宾了！”

第二十三章　再登皇甫门

站在丽竞门前，郭烨不禁有些好笑，这常人避之唯恐不及的龙潭虎穴，自己这些日子以来，却仿佛成了其中的常客，而且居然还每次都能全身而退，这要放在他在万年县混迹市井那会儿，都足够吹上一辈子了。

“不良司不良尉纪青璇，求见丽竞门主皇甫文备！”照例由众人中官职最高的纪青璇上前投递拜帖，不一会儿，皇甫文备就做出了回应。这位新任的丽竞门主似乎也记住了这些让自己吃亏的小辈，居然没有将郭烨等人拒之门外，而是在自己的书房中接见了他们。

“又是你们？”不过见归见，但是皇甫文备是肯定没有好脸色给他们看的。“说吧，这次你们又想干什么？先说好，如果是想从本官这里得到任何有价值的线索，都请免开尊口了，省得本官还要浪费口舌拒绝你们。”

郭烨素来是个人敬我一尺，我敬人一丈的角色，既然皇甫文备不待见他们，他也懒得再说客套话，踏前一步，道："无他，此次登门，只是来施与皇甫门主一桩大恩的。"他大言不惭的态度瞬间激怒了皇甫文备。

皇甫文备拍案而起，呵斥道："黄口小儿，当真是好生狂妄！莫要以为有徐有功和狄仁杰两个老匹夫撑腰，本官就奈何不得你们！今日你们闯上门来搅扰，莫怪本官让你们来得去不得！"

"皇甫门主何必急着动怒？"纪青璇俏脸一寒，语带双关道："是不是有意搅扰，你听完郭副尉的话再下论断也不迟。须知给别人机会，有时候也是给自己机会。"

"笑话！"皇甫文备一振衣袍，傲然道："本官何许人也？还需你们施与我恩德？快快闭嘴，莫要让人听了笑掉大牙！"

"皇甫门主好志气！"郭烨轻轻鼓掌，嘲讽道："只盼等郭某开了口，你还能似此刻满不在乎。"

"有意思，那你不妨说说看，你的恩德究竟是什么？本官倒要看看，能不能打动我。"

"救令郎一条命，续你皇甫家香火，这算不算天大的恩德？"郭烨笑道。

"你说什么？"皇甫文备一惊，猛地直起了身子，旋即发现自己有些失态，又忙作了漠然状，冷笑道："久闻郭副尉昔日乃市井间的鸡鸣狗盗之徒，今日一见，行事果真不拘一格。连拿他人家眷作为威胁的手段，都说得如此大义凛然，真让某家开眼。就是不知若是徐少卿知你们今日行事，会不会感到羞愧呢？"

"皇甫门主误会了。以旁人家眷做要挟，这是你们丽竞门惯用的手笔，郭某却是学不来的。"郭烨软中带硬地刺了皇甫文备一句，然后方笑道："郭某说要救令郎一命，自然是另有缘故。"

"什么缘故都无妨，以我儿做筹码，你也不可能从我这里得到任何想要的东西。"皇甫文备把一个天性凉薄之人扮演得惟妙惟肖，满口不在乎。"不过一子罢了。某家想要个儿子还不简单，就算你们把他弄死了，某家难道不能再生一个？儿女情长，岂能与大业相比？"

"大业是别人的，儿子可是自己的。"郭烨嘿嘿一笑，道："皇甫门主也不必硬撑了，你这一手瞒得过旁人，却瞒不过我们。令郎身染沉疴之疾，若非皇甫门主一直以千金良药为他续命，恐怕早就一命呜呼了。若你真的不在意，又何必如此上心呢？”

“这你们都知道了？”皇甫文备脸色终于变了，沉声道：“你们到底想怎样？”

“说了只是想施恩与皇甫门主罢了。”郭烨扭头看了一眼陆广白。“小陆，这些药理上的事，你来说吧！”

“你给他吃的药，药方不全，治不好病。”陆广白直截了当地道。

皇甫文备闷哼一声，道：“这还用你来饶舌？你可知我儿所患何疾？就敢妄言医药！”

“痨疾而已。”

“而已？！”皇甫文备瞬间暴怒。“你这小儿莫非是消遣本官不成？痨疾乃不治之症，天下皆知。本官付出了天大代价，也只穷搜得一残方。你不过一黄口小儿，何德何能，竟敢说得如此轻描淡写？！”

陆广白丝毫无惧皇甫文备的怒火，他只是认真说了一句话，就让皇甫文备的怒火瞬间冰消瓦解。“你用的方子，我有全的。”

“真……真的吗？”只是一句话，就彻底粉碎了皇甫文备的伪装。他再也不掩饰自己对幼子的疼爱，激动得双手都在颤抖。

“自然是真的。”陆广白半点奇货可居的想法都没有，直接抽出一方事先写好的信笺递了过去。

“不跟他谈谈条件么？”李二宝低声问道。

“不用。”郭烨摇头。“这世上请人办事的手段虽多，但归纳起来，无非三种罢了。动之以情、晓之以理、胁之以威。上次来时，我们理和威都讲过了，现在是动之以情的时候了。”郭烨给李二宝讲解了一下自己的用意之后，又看向皇甫文备：“皇甫门主若是信不过我们，大可先找些痨疾病人来试药，不过最好多找几个。毕竟这方子也不是用了就包好的，但至少一半的把握还是有的。”他故意把陆广白的把握往小了说，因为他知道，对皇甫文备这种情况来说，不要说一半，就是只有一分的希望，他也会当作救命稻草抓在手心里，根本不用刻意吹嘘。

“不必！”这时候，皇甫文备就表现出一个枭雄应有的决断了，他只看了一遍，就直接道：“这方子我看过了，大部分药物都跟我手中的残方吻合，就算有那么一两味药的出入，想来你们也不至于冒着得罪我的风险，故意上门消遣。诊病这种事，宜早不宜迟，我信你们！”

“那皇甫门主可还承我们这份恩德？”郭烨促狭地笑道。

皇甫文备闻言也不禁有些尴尬。毕竟他刚刚才放出大话，说郭烨等人肯定拿不出能打动他的东西，可转眼人家就做到了，这脸打得可谓啪啪响。不过这方子他确实舍不得拒绝，只得轻咳一声，把方子卷了收进袖子里，苦笑道：“方才是某家失礼了，在这里给各位小友赔罪了。如果这方子的确有效，能治好小儿的痨疾，你们想知道的东西，某家必定知无不言言无不尽，全数告知你们。”

郭烨等人相顾大喜。“多谢皇甫门主了！”

“唉，这个谢字就不必提了……”皇甫文备脸上露出沧桑之色。“某家其实也自知这辈子杀人无算，恶贯满盈，日后必遭报应。某家也不是那贪生怕死之人，至多无非一死罢了。只是奈何还有一子需要照料，实在是不敢死啊。不得已才只能继续行那诸般恶事，勉强求一个苟延残喘而已。”

郭烨问道：“正要请教皇甫门主……”

“先去给我儿抓药治病吧，只要他能够痊愈，其他事你们到时自然尽知。”皇甫文备摆摆手打断他的询问。拿到药方之后，他已经迫不及待要去给自己的儿子治病了。

于是一行人抓好药，再度踏上了前往李氏母子居所的路途。只是这次，皇甫文备却不再刻意掩饰自己的关切和急迫，自去派人也给他赶了一匹马来，似是要与郭烨他们同去。

“不知陆副尉这药方却是从何而来？”谁知刚走出丽竞门的大门，皇甫文备突然询问陆广白。看来镇定下来之后，他也不是一丝疑虑都没有的。

陆广白便将自己等人在来洛阳路上的奇遇坦然相告，只是隐去了吴神医的名讳，对皇甫文备这种酷吏，还是要留一手的。就算他暂时表现得温情脉脉，但那更可能是虎毒不食子的天性，他们可不想因此害了吴神医。

岂料听完他们的叙述，皇甫文备只是略一沉思，就问道：“你们口中的这位神医，可是姓吴？”

“你怎么知道？”郭烨等人还在犹豫要不要接茬，李二宝却已经心直口快，惊呼出声了。话一出口，他才惊觉不对，可再想改口也来不及了。

“放心吧，方子已经拿到了，我不会再去寻吴神医的晦气的。就算治不好，也是我儿命该如此罢了。”皇甫文备察觉到郭烨等人对自己的戒备，却也没解释什么，只是苦笑道：“某家猜测他姓吴，只是因为给我残方之人，曾说过这个治疗痨疾的方子，乃是当年大隋神医吴景贤的祖传秘方。吴景贤故去后，他穷搜天下也只复原了其中的大半药物，可还有几味主药，以及煎服火候难以把握。所以你们一说起这个方子，我就猜测是不是吴景贤的后人了。”

郭烨问道：“那不知这个给皇甫门主残方之人……”

“等我儿病愈，你们自会知晓。”皇甫文备却是个不见兔子不撒鹰的主，直到此时依旧守口如瓶，被郭烨缠得急了，竟径直一打马绝尘而去。气得郭烨暗骂：“真是狗改不了吃屎，真当全天下的人都与他丽竞门人一般背信弃义么？”

第二十四章　初闻幕后者

在陆广白为皇甫文备的儿子诊治痨疾的时日里，郭烨他们索性就在附近住了下来，以防节外生枝。与他们同住的还有不少皇甫文备手下的丽竞门人。在看到治愈亲子的希望之后，皇甫文备终是不再刻意躲避，调来了自己所能调动的全部心腹，严加戒备。幸好这附近已经是洛阳较为荒僻的地段，废弃的屋舍甚多，其中不乏完好的，稍微打理就能入住，倒也无须担忧有人要露宿街头。

半月之后，奇迹发生了。本来看着已经病入膏肓的皇甫公子，竟然一日好似一日，不再咯血，虚弱的气血变得健旺，连枯瘦的身板都渐渐丰满起来。每日在他母亲的搀扶下，还能到院子里晒上一个时辰的日头。皇甫文备多方延请名医诊断，得到的结果都让他喜悦——

“公子身上的痨疾，正在以惊人的速度好转，想必不日即可痊愈。老朽行医多年，从未见过这等奇事，想来是吉人自有天相。此乃天恩，老朽不敢居功，却是不能收皇甫门主的诊金。”当又一位洛阳城中的名医摇头晃脑、啧啧称奇地走了之后，皇甫文备终于喜极而泣。“我儿有救了！我儿有救了！”

对他来说，唯一美中不足的，大概就是自己的儿子依然不认他这个父亲。少年的心性总是简单纯朴的,却是难以理解他这个做父亲的苦心,始终记恨他在自己病重之时,没有陪在自己身边,神色冷淡,至今连声“阿爹”都没叫过。不过这对皇甫文备来说,也算不上什么大的瑕疵了,只要儿子安好,诚如自己所言,怎样都可以。

这日一早,他突然把郭烨等人叫到了自己的住处,破天荒地拱手称谢:“大恩不言谢,诸位救犬子性命,某家自当粉身碎骨以为报答。”

“别!”郭烨一抬手。等了这么多天,他的神色也有点不好看了,只道:“您皇甫门主的身子骨精贵,便是碎成粉、化成灰,我们这点福报也承受不起。现在就盼着令郎能快点好起来,你赶紧把我们想知道的事告诉我们,然后咱不良司和你们丽竞门,大道朝天,各走一边。”

皇甫文备此刻人逢喜事精神爽,被郭烨挤兑了,却也笑呵呵的不动怒,道:“郭副尉莫急,本官今日寻你们来,正是为了此事。”

“咦?令郎还未痊愈,你就肯开口啦?”郭烨奇道,说完又恨不得抽自己一嘴巴。其他人也对他一阵无语,生怕皇甫文备真的因此又要再等几日才肯开口了。

皇甫文备看出他们心中的不安,笑笑道:“放心,某家虽不是什么好人,但言出还是必行的。既决定今日与你们开诚布公,自不会因为郭副尉一句话就改变主意。犬子能有今日之状况,比预计中又要好上许多,你们自然算是达成了承诺。某家就算此刻便去死,也能瞑目了。”

“那无用的话少说,你到底是不是参与了狐女游街案?”纪青璇急不可耐地问道。

“是!”皇甫文备只是略一犹豫,就点了点头,道:“你们猜得不错,当日某家确在长安,被调班的那一队丽竞门人,也真是某家的手笔,就是为了配合狐女背后之人。事后也是某家抹去了丽竞门中的记录,并且在万国俊被诛时,投书告密,把那一队人也算作了他的心腹,一同正法。其实他们算起来,都是某家的心腹才对。”

“你真不是人!”李二宝恨恨道。

“二宝!”郭烨和纪青璇连忙同声喝止,让李二宝不要在此时宣泄情绪。

皇甫文备却只是笑笑。“无妨,李副尉也是性情中人。骂某家的人海了去了,也不多这一句。”

“那郭某便在此多谢皇甫门主了。”

“该道谢的是我，你们治好了我唯一的骨血，恩情大过天。”皇甫文备道：“想知道什么，你们发问便是。我也不知你们究竟查出了什么。从头到尾把此事说一遍的话，未免冗长。”

“狐女游街案和牡丹枯死案这些案子，究竟是不是同一伙人所为？”

“是。”

“谁干的？”纪青璇终于问出了纠缠在众人心头多日的终极问题。

“这……某家其实也不知。”

“你也不知？”郭烨不悦道：“皇甫门主不说与我们开诚布公吗？为何才第二个问题，就吞吞吐吐了？”

皇甫文备在心中暗骂，谁让你第二个问题就问我不知晓的？但他面上还是苦笑道：“非某家有意隐瞒，确是不知啊！某家并非这伙人的心腹，与他们也只是合作关系……”随即，他似是陷入了回忆，道：“当时犬子刚刚查出患了痨疾，某家正是一筹莫展之时，是他们的人主动找上门来，提出要与某家合作。他们提供了可以缓解犬子病症的残方，贵如黄金的底也迦也是他们送上，条件就是需要某家在必要之时，调动丽竞门的力量，配合他们的行动。当时犬子已经奄奄一息，我也没有别的办法，只能从命，后来方有了狐女游街案一事。但是此事真正执行的却是韩承平，当夜我虽在长安待命，却不知为何那伙人最终并未启用丽竞门的力量，故而此案我并未直接参与。不过事后某家也曾暗中调查过每次前来与我接洽的信使，却并没有得到太过有价值的线索。只知他们有一个庞大的组织，而且历史悠久，似乎源自贞观年间的一桩旧事。后来，某家还来不及查出更多，就被他们的人发现，遭到警告，说再查下去，对谁都不好。某家担忧他们断了犬子的药物来源，也就睁一只眼闭一只眼了。对这些幕后之人，某家所知真心不多。”

“就这样？”

“就这样！”皇甫文备道。想了想，他又道：“哦，对了，最近调查你们不良司，也是他们要求，想让我们丽竞门人牵制你们的力量，让双方都耳目失聪，以方便他们搞事。他们似乎还有新的计划，不过因为徐少卿和狄相爷的戒备，现在应是胎死腹中了。”

郭烨等闻言，差点气疯了，处心积虑策反眼前这厮，又白白等了半个月，最后却只得了这点事情，当真是得不偿失！不过他们也无法把皇甫文备如何，毕竟这一切都只是他的一家之言，并无真凭实据，就算他们通报上去，也确如皇甫文备所言，所有的事他并未直接参与，便是那一夜被调动的那队丽竞门人，最终也还是没有行动。所以，今日皇甫文备能够对他们道出真相，他日想要反口也易如反掌，怕是就因为如此，他才肯对他们说这么多吧。

“既如此，皇甫门主，我们就告辞了。不良司中还有诸多事宜等着我们去处理呢！”郭烨气呼呼地道。

皇甫文备拱手：“恕不远送。”

一行人临出门前，陆广白本着医者仁心的想法，看了看皇甫公子养病的房间的方向，又写了一剂药方交给皇甫文备，道：“皇甫公子痨疾虽然快要痊愈，但服用底也迦太久，恐成药瘾，与身体无益。按陆某这个方子抓药煎服，可减轻药瘾发作时的痛苦，帮皇甫公子尽快戒断底也迦。”

皇甫文备接过药方，面上露出喜悦之色，又道：“诸位且慢，某家又想起一条线索，他们每次派来与某家接洽之人所在，某家却是早已暗中查探出来。若是诸位趁他们反应过来之前，突袭该人，将其抓获，未必不能审讯出更多的情报来。”说着，他就报出了一个地址。

你娘嘞！郭烨差点大骂出声。他算是看出来了，这哪是什么“又想起来”，分明早就在他心里揣着了，只是不肯尽言，此时有感于陆广白的帮助，才说了出来。说什么开诚布公，其实一肚子的坏水，真是狗改不了吃屎。他在心里暗骂，但表面上还得笑呵呵地谢过皇甫文备的帮忙。

又是一阵寒暄，双方才貌合神离地告辞分别。

“走！此时义父应当已经下衙回府，我们要快些回去请他调派人手，围捕此人！”回去的路上，纪青璇快马加鞭，道：“只恨皇甫文备心有私念，又拖延了我们这么多天，希望不要让人跑了才好。”

“听天由命吧！”郭烨却是不怎么看好这次行动。

多次交手，已经让他对这个制造了诸多大案的组织心存深深的戒备，知道他们不是什么善与之辈。

就在他们回到徐府门前的那一刻，却见门前站着一道修长的身影，正是李梦白。

“纪娘子、郭兄、陆兄、二宝……”李梦白见到众人，先是一愣，旋即拱手笑道：

“你们可真让李某找得好苦啊！”

“李兄有事吗？”郭烨问道。尽管有了马球赛上并肩捍卫大周荣耀的经历，但他还是对这个混迹市井的贵公子有种深深的不信任，因此语气中也充满了戒备。

但李梦白却早已习惯了他这一语气，恍若未闻，笑道：“李某数次来寻你们，却听徐府的门房说，你们最近换了住处。可是案情有了什么新的进展？”

郭烨皱眉，正想回绝说：“此事似不该你探听。”

李二宝却已经献宝似的说道：“不错，我们浪费了半个月的时间，好在功夫不负有心人苦心人，总算抓到了一点线索，探听到了对方一名重要人手的位置，这次回来，就是向徐帅请命抓人哩！”

第二十五章　疑惑上心头

“二宝！慎言！”听到二宝毫不设防，把如此重要的情报都说了出去，郭烨忍不住回头厉声喝道。

“可是……李大哥又不是外人。”李二宝还在委屈。

“二宝，这次确是你不对。”这次，纪青璇都没有再为李二宝开脱，而是严肃地看着他，然后又对李梦白说道：“李公子，抱歉了，此事涉及不良司办案章程，并非针对你一人，还请见谅。”

“无妨，无妨。”李梦白神色不变，含笑告辞道：“既然诸位还有公务在身，李某就不多叨扰了。但求诸位有空之时，可去李某寒舍喝一杯水酒，也算谢过当日诸位的援手之德。”

“自然。”送走了李梦白，纪青璇火速求见徐有功。在将事情禀明之后，徐有功也是大喜，没想到他们这么快就撬开了皇甫文备的嘴。

“好！本官这就通知薛讷召集人手。你们也做好准备，随队出发！”徐有功猛地站起来，一向温和的眼神变得慑人。不动如山，动如雷霆。孙子兵法中的微言大义，在这位不良帅的身上得到了完美的体现。

不过，尽管众人已经让自己的速度尽可能快了，但当他们点齐人马，直扑皇甫文备交代的地址时，却还是扑了一个空。那神秘组织的据点中，早已人去楼空，只剩下一些生活的痕迹，在述说着这里曾经有人居住的事实。

"可恶啊！要不是皇甫文备那厮存了私心，惹得他们警惕，我们这次一定能把人逮住的！"纪青璇愤愤道。

"不对！"郭烨在屋子里走了一圈之后，却是提出了不同的观点。"屋中被褥干燥，剩下的饭菜尚未发霉腐败，茶水也尚温……这屋里的人才刚撤离不久！"

"哦？怎么会这般巧？早不撤，晚不撤，偏偏我们来之前撤了？"

"他肯定是在得到我们要抓人的情报之后，方才被惊走的！"郭烨的脸上浮现出一抹阴霾，视线在众人脸上都扫视一遍，痛心道："这世上没有这么巧合的事情，换句话说……我们不良司中，也出了内奸！"

"这怎么可能？！"众人震惊。

"怎么不可能？"郭烨哼道："你们别忘了，我们现在面对的，是一个前所未有的对手。丽竞门上至副门主都被他们给寻到破绽腐蚀了。谁又敢保证，我们不良司就是一个没有缝的蛋？"

给他这么一说，在场的不良人特别是不良尉，都露出了人人自危的表情，看向周围人时，眼神也都充满了怀疑。见此情景，郭烨也不禁后悔，自己一时嘴快失言，没有真凭实据，就在不良司中埋下了一颗怀疑的种子，这是非常危险的事情。

所幸徐有功也意识到了此事中隐伏的危机，一句话就化解了隐忧："郭副尉，莫要乱语，我不良司不比丽竞门，所有不良人都是经过精挑细选的人杰，又岂会做出这等大逆不道之事？"

有徐有功的肯定背书，众人都松了口气，郭烨也连忙顺坡下驴，拱手抱歉道："徐帅教训得是，是卑职鲁莽了。"

"这次确是你错了。待此间事了，自去寻你的上司领罚。"徐有功肃然道。只是他虽说得不苟私情，但明眼人都知道他这是高高举起、轻轻放下，给郭烨一个脱身的借口。寻他的上司领罚？现在的纪青璇，又如何会真个处罚郭烨，换成两人刚认识那会儿还差不多！

不过，一场被寄予厚望的搜捕，终究是这么虎头蛇尾的结束了，回不良司的路上，众人的兴致都不是很高昂，就连一向活跃的郭烨，都闷闷地不说话。

“怎么?”纪青璇策马走在他边上,关切地问道:“被打击到了?其实没什么的,你的猜测也没错,只是那种情况下说出来不太合时宜。下次这种话,私下跟上官说才是正理。”

啊?郭烨愣了一下,才像如梦初醒,笑笑道:“哦,你说那事啊?没事,确实是我不通人情世故,考虑不周了。我没事,只是突然想到一些旁的事而已。”

“旁的事?”纪青璇好奇问道,李二宝闻言也凑了过来。

“一点小事,和今天这案子没关系。”郭烨犹豫了一下,搪塞道。

几人与他相交已久,都看出这话言不由衷,但他们也知道郭烨的性子,并未逼迫他说出真话,只是若无其事地把话题转移了开去。长久的合作,让他们建立起了对郭烨的信任。他们心里都知道,等到郭烨觉得有必要让他们知道的时候,自然就会开口了。

回到不良司,郭烨打发其他人回去休息,自己则单独求见了徐有功。

“郭副尉,你找本官何事?”郭烨进门的时候,徐有功正从一堆高高的案卷后面抬起头来,温和地望着他。

“卑职叨扰了。”郭烨先告了句罪,然后急不可耐地问道:“徐帅,如今皇甫文备这边好不容易查出的线索又断了,再想接续恐怕是难如登天。当初我们去查皇甫文备时,需薛不良令曾派人去查身在北都的李唐御匠,不知可有结果了?”

徐有功看了他一眼,呵呵笑道:“郭副尉当真是尽忠职守啊。这才刚查完丽竞门,又来问北都的线了。”

郭烨摇头叹息,眉宇间浮起一抹忧虑之色。“越是调查,卑职就越是对这个连续犯下了惊天大案的幕后黑手感到惊心啊!若是再不能将他们揪出来,暴露于阳光之下,卑职恐怕他们贼心不死,还会继续作案!”

“你的判断很准确。”徐有功点点头,道:“不过有件事你说错了,他们不是还会作案,而是一直在作案,从未停止过。”他说着,从自己面前的案卷中挑选出几卷,递给郭烨。

郭烨接过来,只是草草浏览了一遍,脸色变得难看之极。他这才知道,果然就如徐有功所言,制造狐女案和牡丹案的黑手,从未停止过惑乱民心的尝试,暗地里早已策划了好几起类似手段的案件。只不过面对这种情况,朝廷和不良司也都有了戒备,在徐有功和狄仁杰的配合下,已经连续挫败了他们好几次阴谋。

“只可惜被派出来作案之人俱是死士,这次他们可能也意识到我们在追捕他们了,做得更绝。所有人干脆在出发之前,就喝下了延时发作的剧毒之药。我们伤了好些兄弟,也仅仅只是没让他们的阴谋得逞。想要捉一个活口,却是难上加难,至今毫无建树。”徐有功叹道。

“既如此,北都御匠这条线索,可就愈发重要了啊! 万万不可再断了! 否则我们才真是两眼一抹黑了。”郭烨急道。

“你说的本官又何尝不知?”徐有功摇头道:“只是北都形势比洛阳更加复杂。正因为这条线索如此重要,方才要慎之又慎,只能徐徐图之,万不可做出打草惊蛇的事情来啊!”

郭烨一想,也确实是这么个道理,只得默认了徐有功的处理方式。

“郭副尉你也莫要心急,北都若有回音,本官定会告知于你们的。”徐有功笑着承诺道。

“不,徐帅,若有进展,切莫与他人言语,请先私下告诉卑职一人。”郭烨请求道。

“哦? 这是为何?”徐有功露出微微不悦的神色,质问道:“莫非你还想甩开青璇他们单干不成? 功劳虽好,但也要看自己的胃口吞不吞得下啊!”

“徐帅误会了,卑职岂会有这等不自量力的念头?”郭烨忙辩解道:“只不过卑职还是坚持自己的想法,皇甫文备的接头人在搜捕开始之前离开,此事绝非巧合。当有人告密,若不把此人查出来,卑职寝食难安!”

“那你为何不让本官告知青璇他们? 难不成你怀疑他们中有人就是这个细作?”

“那自然不会。”郭烨道:“卑职与他们相交已久,情同兄弟,对他们的为人再了解不过了,他们纵死也做不出这般辱没门楣的恶事来。只是青璇重义,二宝鲁莽,就连小陆骨子里也是面冷心热之人,难保他们不会被人利用,无意中把重要的情报给泄露出去!”

“那你待如何?”

“卑职想以北都御匠之事为饵,钓出这个潜伏在暗处的耳目!”

“哦?”徐有功一挑眉。“这般说来……你已经有怀疑的对象了?”

“仅是猜测而已。”郭烨却没有把自己心目中嫌疑人的名字给说出来,只是一语带过。

徐有功也不追问,只道:“你的意思我明白了,就按你自己的想法去做吧!北都那边的消息出来以后,本官会单独通知于你,什么时候转述给他们,你自己去把握。”

“多谢徐帅!”

“退下吧!”

“是!卑职告退!”郭烨从徐有功的书房中告退出来,便去寻纪青璇等人。谁知却是遍寻不见,直到碰上了任斗牛,他才告诉郭烨:“郭副尉,纪不良尉让我转告你,方才李公子前来邀请,他们都上李府饮酒去了哩!”

第二十六章　梦白频登门

“李公子?哪个李公子?”郭烨听了任斗牛的话,一时还没反应过来,不禁蹙眉道。

“就是上次打马球赢了大食人的李梦白李公子呀!”任斗牛答道。自从上次在马球赛上重挫了大食人的威风,扬了大周的国威,李梦白俨然已经是洛阳城中的风云人物了。人人说起他,都会忍不住挑起大拇指,赞上一句“英才”。

但郭烨却全不在意这些,只是站在原地,若有所思地自语了一句:“还真来邀请饮宴了?”

“郭副尉,你说什么?”任斗牛没听清郭烨的喃喃自语,问道。

“哦,没什么,麻烦任副尉了。你去忙吧,郭某自去找他们便可。”郭烨露出一个温和的微笑,与任斗牛拱手告辞。不过,在任斗牛走了之后,他却没动,站在原地,若有所思地盯着一处房廊看了许久。

接下来的日子里,无所事事的郭烨等人被迫又开始了马放南山的生活。这样的日子好处也是有的,就是在众人的陪伴下,李二宝终于渐渐走出了悲伤,从李昭德无辜被诛的阴影中走了出来,性格也沉稳了不少,倒算得上是因祸得福,只是这个代价实在是太沉重了一点。另外稍有遗憾的就是张小萝虽然因“病”滞留洛阳,可依旧不被获准与他们相见,双方只能偶有书信往来。

这天，郭烨正与众人对坐饮茶。忽又闻徐府门房来报："纪娘子、诸位郎君，李公子来访。"

郭烨一愣，放下茶碗道："他又来了？"

这下，就连纪青璇都察觉到有些不对，忍不住问郭烨，"他最近这是怎么了？总往我们这儿跑。你说这是所为哪般？"

郭烨微微一笑。"兴许是中意纪不良尉你吧？"

纪青璇嗔怪地瞪了他一眼。"正经说话呢！尽在这里满口胡言！"她这一瞥的风情，看得郭烨心中一荡，但很快清醒过来，笑道："想知道的话，问问他本人不就知晓了吗？朋友间的来往而已，有所希求也是正常，又不是甚见不得人的事。"

"此言甚是，那就问问吧！"纪青璇笑了笑，吩咐门房，道："有请。"

李梦白很快就出现在了众人面前，还是那副玉树临风、光彩照人的样子。不知为何，看到他那张脸，郭烨又忍不住在心中暗暗蹙眉，刚刚才平静下来的心中，顿时又激起了波澜。"此人定然有鬼。"他坐在那里嘀嘀咕咕，在所有人没察觉的当儿，就已经用自己的直觉给李梦白入了罪。

"李某见过诸位。"李梦白站在堂下，团团作了一揖，俊脸含笑。

"李公子莫要站着叙话了，快请坐。"纪青璇做主，将他让到客席上落座，然后按照郭烨方才的意思，开门见山地问道："李公子最近往来徐府甚是频繁，妾身观李公子似屡有欲言又止之意，不知可是有甚事与我等相商？"

李梦白一愣，似有些尴尬，但还是道："既被纪娘子看出来了，李某也不隐瞒了。不错，李某依旧欲当一说客，促成李唐宗室与不良司一系结盟，日后在朝堂上共同进退。"

"而今圣上神武，庙堂清明，不宜拉帮结派，李公子又何出此言啊？"纪青璇知这个话题乃是禁忌，忙打起了官腔。

"李某也知这话干系重大，方才久久不知如何开口。只是今日是纪娘子先问起，却又如此搪塞，看来诸位还是不相信李某的为人啊！"李梦白失落道。

给他这么一说，反倒是纪青璇有点不好意思了，忙解释道："妾身绝无此意，李公子切莫多心。"

"好说。"李梦白大度地摆摆手，道："李某虽居于江湖之间，但身世如此，对庙堂之事也颇多耳闻。来俊臣伏诛，后继者皇甫文备闹了一段时间之后也偃旗息鼓了，想必也是诸位的功劳，可对？”

纪青璇不置可否地问道：“这与李唐宗室的提议又有何关联？”

见她不愿接话茬，李梦白也不强求，只道：“如今的丽竞门，已经不足为患。朝堂之上，说来就只剩武氏、李氏以及凤阁鸾台中诸位相爷各据一方权柄。以前还有丽竞门这条疯狗四处树敌，可如今丽竞门一去，我们三家之间，少了共同的敌人，便也少了缓冲的空间。近日又有传闻，言道武氏小一辈亦要开始封王了，想来诸位当有耳闻吧？”

郭烨等纷纷点头。这也不是什么机密之事了，武氏作为皇亲国戚，圣眷浓重，代代不绝。听说武氏小一辈中，第一个要封王的，便是缇骑中郎将武延秀。

“那诸位可有想过，待武氏再出一两位王爷，权势大涨，届时不良司又该何去何从呢？”李梦白问道。

“李兄这话未免危言耸听了。”郭烨不悦道：“大家都是为大周效力，他武家莫说出一位王爷了，就是再出十位王爷，又能让不良司关门大吉不成？”

“不良司会不会关门大吉，李某不知道，但实不相瞒，李唐宗室的境遇绝不会多好。”李梦白也不避讳，又道出了一个石破天惊的消息。“听闻随着武家圣眷复苏，某些大人物，似又动了不该有的心思。”

郭烨等闻言顿时一惊，恨不得堵住自己的耳朵。

何谓不该有的心思？李梦白虽然说得隐晦，但在场的人哪个不知他的弦外之音？还能是什么？无非是社稷神器罢了！当年武承嗣就曾打过皇嗣的主意，若非李昭德据理力争，他保不齐还真就成了。如今李昭德已去，若朝中境况真如李梦白所言，届时，双方必然对上，这是逃不脱的。

“诸位明白了吧？”李梦白见众人都露出了悚然之色，就知他们听懂了自己的弦外之音，道：“若是李家再失势，首当其冲就是你们不良司，想必诸位也不想见到这种事情发生吧？眼下我们两家唯一的办法，就是抱团取暖，共抗武家！”

“此事关系太过重大，确不是我等能染指的。”纪青璇苦笑道：“不过李兄放心，你的意思我们会原样转述义父，再请他告知狄相爷，不过最后他们如何决定，却不是我们能够左右的了。”

“李某所求也不过如此罢了。”李梦白一笑，不再说这事，端起茶盏与众人饮茶闲聊起来。坐了小半个时辰之后，他才提出告辞，不过临去之前，却是状似无意地问道:“不知诸位所查案子可有进展?近日来李某观诸位却甚是闲适啊!”

“正是苦无进展,不得不闲适呢!”纪青璇无奈摇头,随口作答,把他送出了门外。

待他回来之后,李二宝急不可耐地问道:“纪姐姐,李大哥说的可是真的?若真是如此,我们不良司也该早作防备啊!”

“防备甚?”纪青璇看了他一眼。“此等军国大事,岂是我等能问能管的?一切听凭义父和狄相爷他们决断便是,莫要妄议。”

郭烨也道:“二宝,你别忘了李御史对你的告诫。做好你自己擅长的事情就可以了。”说着,他又摇摇头,道:“再说了,你们真以为李梦白他是为了双方结盟之事而来吗?”

“你又看出别的深意了?”纪青璇似笑非笑地看了他一眼。

“深意尚且不知,但有一点,却是连郭某都知晓的。以陛下的英明神武,又怎会放任朝堂上武氏一家独大?若真出现他说的那种局面,武家兴旺,李家势弱,则陛下必然会扶持另一方以作制衡,又何来抱团取暖一说?这对不良司而言,未必不是好事,真正吃亏的也就是他们李家罢了。”这些日子来,郭烨恶补朝堂上的知识,进展甚快,又道:“更何况,李氏不比武氏,有李御史护持大统在前,他们与我们这一方关系素来良好,若是真有约为盟友的意思,自有大人物相请商谈,又哪里需要他李梦白这种市井落魄皇族和我们这些人微言轻之辈在其中胡乱传话呢?”

纪青璇见他分析得头头是道,欣然问道:“那依你之见,他又是所为何来呢?”

郭烨深深地瞧了李梦白离去的方向一眼,随即却是话锋一转,吐出两个字来:“不知。”

第二十七章　巧钓暗中人

“一句‘不知’,硬是给你扯出了这恁多废话,也正真服了你了!”纪青璇没想到郭烨一通长篇大论,最后竟是以“不知”二字作为结尾,登时好悬没给气乐了，道。

郭烨吃了挂落，也不生气，笑嘻嘻地继续饮他的茶。

随后两天，在避开了纪青璇等人后，他又私下里数次造访徐有功和薛讷，把设伏钓出告密者的计划再三推演，现在就等北都那边的消息了。而不良司的办事效率，也的确没让他失望。到了第三天早上，薛讷却是主动把他叫到了公事房，递给他一份案卷。

“你等的时机到了。”薛讷道。

郭烨打开卷宗一看，只见上面详细记载了不良司这次北都之行的任务始末，徐有功派出的精锐，抵达北都之后，先是暗中探访了北都所有的首饰店铺，包括大小商行与黑市。原来追踪之人根据已有的线索分析认为，这名御匠既然冒着风险都要执着地在自己所制的物件中留下名姓，那自然也是个不甘寂寞的主，流出的物件也绝无可能仅此一件。果然一番追查之下，他们就无声无息地寻觅到了那名前御匠的所在，却也没有打草惊蛇，而是不动声色地潜伏下来，一边暗中调查御匠的资料，一边默默观察和他来往的人。功夫不负有心人，他们果然在这位前御匠往来的常客中，锁定了一个可疑的人选。随即又另外派出人马，缀上了这个新的目标，并顺藤摸瓜，沿着他这条线，真的找到了一个十分可疑的小据点。

“对方居然又派了人来洛阳？”郭烨看着手上的卷宗，轻敲案几，道：“那个据点的情况查得怎么样了？”

“也有人盯着呢。”薛讷抬抬下巴，道：“卷宗上不都写了吗？在这个据点中派出人来洛阳之后，我们的人也有两个跟着回来了，一个去查探他在洛阳的落脚点，另一个回来报信。至于北都那边，徐帅的意思是放长线、钓大鱼，不管是御匠还是据点，都先不忙抓捕，看能不能挖出更大的内幕来。”

“徐帅英明。”郭烨赞了一句，他这话说得是心服口服。旁的不说，光是这卷宗上表现出来的东西，无论是手段还是耐心，都足以让他汗颜了。他虽然有些急智，但跟不良司接受了多年培养的精锐相比，各方面都还有些不小的差距。这就是我未来努力的方向啊！郭烨在心里给自己定下了目标。

不一会儿，有不良人来求见薛讷，汇报案情。郭烨见状正要避嫌，可薛讷与来人耳语几句之后，声音却是陡然高了一个台阶：“什么？跟丢了?!”

郭烨一听，顿时来了兴致，脚还在往门外慢慢挪，耳朵却竖了起来。

“你不用回避。”薛讷看了他一眼，道：“这报上来的，就是我们刚才说的事。”

郭烨眨眨眼。“跟丢了？那个从北都来的？”

“是。”薛讷的神情也有些郁郁。“本来只是想动作小一些，莫要打草惊蛇，故而跟得就没那么紧。谁知一转眼的工夫，人就丢了。”

“原来如此。”郭烨笑了起来。

“你还笑得出来？”

“薛不良令莫要气馁，想来您也知晓，我们的对手从来就不是寻常人士，有些手段也是正常，怪不得负责盯梢的兄弟。”郭烨宽慰道：“何况如今发生了这种事，郭某的计划，岂不是更有用武之地了？”

“这才是你的肺腑之言吧？”薛讷轻哼一声，道：“本令还不需要你这个小泥猴子来劝慰，自去行事吧，本令会配合你的。”

郭烨当下便笑嘻嘻的告退了。

待回到纪青璇等人身边，他心中兴奋，面上却不动声色，照常饮茶、逛街、蹴鞠……直到李梦白再次登门造访。

“李兄，又来了啊！来，来，来，往日都是饮茶，无甚趣味，今日我们换美酒佳酿，一醉方休！”出乎所有人的预料，郭烨这次竟然一反常态地吆喝着要与李梦白饮酒。他既开了口，李梦白客随主便，自然也不会推辞。徐府的下人就撤了茶盏，换上酒杯，又给众人置办了酒菜。

酒席之上，郭烨也不闲聊，只是一个劲地给李梦白劝酒，大有要跟他在酒场上决个胜负的架势。

“你今日里是发了什么疯？”趁着一次斟酒的空隙，纪青璇低声问郭烨：“你就是看他再不顺眼，也要讲点仪态，这是作甚？”

“郭某只是想看看，浊世佳公子醉了以后，是不是也跟我们这些市井无赖一般德性而已。”郭烨故意佯装赌气道。

纪青璇又好气又好笑。“我是怕你喝不过他好吗？李梦白素来与奇人异士饮宴，酒量不浅。你别没把他灌醉了，自己反倒搭进去了。我们可没那个精力照顾你！”

“谁要你们照顾了，郭某还真就不信了！”郭烨眼睛一瞪，转身又去劝李梦白的酒。“李兄，来，干了！”不过，尽管他已经很努力地跟李梦白拼酒了，奈何就像纪青璇说的，酒量还真比不上人家，没过多久，李梦白还只是稍稍红晕上脸，他却连坐着都已经摇摇欲坠了。李梦白都不禁劝道："郭兄如此豪饮，明日怕是上不得卯了吧？那手中的案子可如何是好？莫要再喝了吧。"

"胡……胡扯！"郭烨借酒撒疯，大着舌头，狂拍酒案叫道："郭某早已查清了，那伙贼人就是北都人士。就在今日，他们还派了人进洛阳城。郭、郭某早已发现他们的落脚之处了……想什么时候抓，就什么时候抓……今日喝酒，心里高兴……庆祝一下！来！再喝！"只是这一次，却是谁都没有再端起酒杯了。

纪青璇没想到他"酒后失言"，竟说出如此劲爆的话题来，虽然意外，但还是脸色一沉，上前拉他："郭副尉，你喝醉了！"没想到她手还没到，郭烨已经"砰"的一声栽倒在席上，须臾间鼾声如雷。纪青璇愕然，回过神来之后对李梦白道："李公子，酒话当不得真，你莫要听他乱语。"

"李某理会得。"李梦白含笑点头，随后道："既然郭副尉醉了，想来也无人喝酒了。李某不若就此告辞了吧。"纪青璇看了看倒下不起的郭烨也是一阵头疼，当下便和其他几人一同送了李梦白出门。

谁知回来之后却大吃一惊，只见刚刚还不省人事的郭烨，这会儿竟又坐得笔直，一双眼睛亮如明星，炯炯有神地盯着门外，见众人进来，更是哈哈一笑，意气风发。

"你？！"纪青璇讶然。

"迷惑他的罢了。"郭烨笑了笑，道："郭某昔日在万年县中，混迹酒局，也是称王称霸的豪饮之辈啊。江湖人送匪号'酒半仙'。岂是他们那娘娘腔的喝法能比的？就这么两碗酒，也想让郭某醉倒？笑话！"

"你到底是何意？"纪青璇这会儿多少也看出了些问题来了，没空与他耍嘴皮子，只直接问道。

"没时间说太多了，你们且随我来，今日就是狐女游街案水落石出之时！"郭烨站了起来，大步流星向外走去，纪青璇等人虽不明就里，但也连忙跟上。

一行人刚出徐府，就有一白丁打扮的路人跟了上来，道："郭副尉，方才出来那人就是目标吧？已经有最精通盯梢的兄弟跟上去了，这次保证不会丢。薛不良令让我们一切听你吩咐行事。"

纪青璇又打量了这人一眼，不禁又吃了一惊，她发现这人赫然竟是不良尉林瑞手下的得力干将刘西元。

“走!”郭烨点头。“咱们去抓个现行。”

刘西元在前头领路,纪青璇一把抓住郭烨,低声追问道:“这到底是怎么回事?薛不良令怎么会把他们派出来,你到底有多少事瞒着我们?”

“没多少。”郭烨道:“只是今日之事,你们都是局中之人,怕你们戏唱得不好,露了馅,才没告诉你们。其实徐帅和薛不良令那里,我都是禀报过的,这次行动也得了他们首肯。”

纪青璇盯着他,没有说话,半晌才撒开了手。郭烨急着收网,也没注意,转身追着刘西元而去,却没注意到,在自己身后,纪青璇咬了咬嘴唇。不过纪青璇到底跟一般的女儿家不同,虽然情绪不高,但还是知晓轻重的,当下也跟了上去。

很快,一行人就在刘西元的带领下,追踪着不良司的暗记,来到了一处屋舍附近。

“就是这里了。”郭烨点点头,猫着腰,直奔那屋舍窗下。这屋舍表面上看起来甚是寒酸,漫说牡蛎壳磨成的明窗了,便是裱糊的窗纸也买不起,只是用一层麻布做了遮挡。郭烨拔出一柄小匕首,在麻布上划了一个口子,往里偷眼一瞧,旋即便露出了满意的神色。捉贼拿赃,捉奸拿双,今日之行动算是圆满矣!他在心里说了一句,然后冲着不远处屋角露出的人影打了个手势。纪青璇看得分明,这正是不良司确定抓人的暗号。她似也猜到了什么,但还是不死心地从麻布缝隙中往里看了一眼,才神色复杂地在地上的沙土中写字:你早料到是他了,是吗?

郭烨笑了笑,旁边李二宝见两人哑谜打得火热,一头雾水,也学着两人的样子,朝屋里看了一眼。下一刻,他已经忍不住失声低呼道:“啊?李大哥!怎么会是他!”

第二十八章　耳目终现身

李二宝看得分明,在那灯影之下,与一陌生黑衣男子低语之人,赫然正是才从徐府告辞离开不久的李梦白!

“你必须赶紧撤离,不良人已经得知你如今之所在了……”众人正好听到李梦白如此说道。

“你在说什么？某家很确定，一路上虽有行踪不明之人同行，但进城之后，这些人都已被我给甩掉了。你这是信不过某家么？”黑衣男子道。

“你的身手，李某自然是信得过的。不过李某更信自己，前日皇甫文备反水，若非李某警觉，十七恐怕已经为人所擒了。”

“你休要把我与十七那废物相提并论！”黑衣男子似是对自己很有信心，闻言不悦道。

李梦白还想说什么，可就在这时，李二宝的惊呼却是惊动了屋中两人，那黑衣男子霍然抬头，叱道：“什么人？”

李梦白却是比他更加警醒，猛推他一把：“坏了！是不良司的人，他们果然找上门来了！你还不快走！”

“可是你……”

“李某暴露了，跑不掉的，你快走！”李梦白低吼道。

“你们谁都走不了！”郭烨此时也不再隐藏，反正已到了最后收网的时刻。他站起来，大喝一声，“动手！”

只听一阵“哗啦啦”的巨响，四面八方，刚刚还静悄悄的阴影里，竟都有潜伏的不良人冲出，踹门的踹门，破窗的破窗，纷纷朝着李梦白两人扑去！

“你保重！”见此情景，黑衣人终是一咬牙，朝着后厨逃去。

“休走！”不良人们哪会容得到手的鸭子飞了，立刻分出大部人马，穷追不舍，剩下的人，则是把留在原地的李梦白包围了起来，兵刃所指，虎视眈眈。

李梦白没有反抗，只是叹了口气，道：“郭副尉，出来吧！李某却是小瞧你的手段了。”

“你没有小瞧我，你只是小瞧了不良司罢了。”郭烨应了一句，带着众人走进了房间。

这时，后门处传来兵刃碰撞和呼痛之声，显然是那名黑衣人身手不凡，虽被其他不良人堵上，但还在激烈反抗。郭烨回过头，看了一眼面露彷徨之色的李二宝，叹了口气，道：“二宝，这里不用你了。李兄是个体面人，不会与我们为难的，你去后面帮其他兄弟吧！”

李二宝如蒙大赦，提起双锏往后厨跑去，但临行之前，还是深深地看了李梦白一眼，神情似惋惜到了极点。

李梦白风度依旧，即使已经深陷重围，但还是含笑还礼。直到李二宝的身影消失不见，他才又看向郭烨，问道："李某斗胆，叫郭副尉一声郭兄。不知郭兄是从几时开始怀疑我的？"

"李公子，从你第一次告密，我就疑你了。前脚你刚从二宝口中得知我们的进展，后脚人就跑了，有这么巧的事？"郭烨道："一开始我还怀疑是我们不良司内部出了细作，但后来仔细一想，这个时间根本对不上。我们一收到消息，就禀报徐帅，恳请发兵捉拿了。就算是不良司内部的人告密，那也不会提前那么多就离开，唯一有嫌疑的人，便是你了。后来你又一次次装作无意的打探案情，真当郭某不会心生警惕么？"

"果然是那一次吗？"李梦白如自嘲般喃喃道。

"我们等了这么久，就是为了把告密者和这个真正的猎物一网打尽，只是郭某真的不愿相信，这个与逆贼勾结的人，竟然是李公子你啊！"郭烨露出痛心疾首之色。这话他倒是出自肺腑。虽然对李梦白印象不好，但当初大食人在马球场上羞辱大周，他挺身而出的举动，让郭烨也曾认定，他是个有担当的真汉子，只是两人脾性不合罢了。如今终于得到证实，李梦白就是那告密之人。眼看熟悉之人误入歧途，他心中也并不好受。

"让郭兄失望了，真是万分抱歉。"李梦白苦笑拱手。

"失望倒也说不上。"郭烨摇摇头，问道："若郭某所料不差，当初李兄借少女失踪案的由头，接近小萝，再后来又想取信于我们，想必那时，你就已经存了今日之心思了吧？"

"些许鬼蜮心思，让郭兄见笑了。"李梦白也不辩解。他大概也知道，事情发展到这一步，任何辩解都是苍白的了吧。

郭烨又问道："这几桩震惊朝野的连环大案，不知李兄又是代表着谁？"

"李某不明白郭兄的意思。""不明白吗？那我问得再清楚一点吧，李家都有哪几位王爷，搅和到了这件事中？"郭烨摇摇手指："不要否认，郭某仔细想过了。如今的大周，能搞出这么大动静，无非就是那么几家。丽竞门已经确定不是了，武家也没这个动机，我不良司更不可能。剩下的，就只有你们李家了。你还是老实说吧，省得届时陛下动怒，牵连更广！"

李梦白张了张嘴，正要说话，忽然听见李二宝大喝一声："郭大哥小心！"

郭烨悚然抬头，竟是那黑衣人去而复返，手中持一把明晃晃的牛耳尖刀，朝自己扑了上来，满脸的疯狂之色，狂吼道："原来就是你坏了主上大计，去死吧！"

却是此人发现自己逃脱无门，竟凶性大发，要与郭烨同归于尽！

"小心！"众人齐声惊呼，奈何黑衣人的攻击是如此决绝，郭烨根本闪不开，只能眼睁睁地看着他的刀扎向自己心口。

可就在这时，一道身影从旁边扑来，挡在了郭烨面前。"噗！"利刃入肉的声音响起，郭烨呆滞，他感觉到有几滴温热的液体溅到自己脸上。是血。

"你！"他抬起头，看着救了自己一命的人，神色复杂。李梦白站在他面前，那柄尖刀就穿过他的心口，被卡在了那里。

"李！梦！白！"那黑衣人似乎也惊呆了，愣了一瞬才咆哮道："你做什么！?"

李梦白艰难回头，道："本是戴罪之身，又何苦再平添罪孽呢？"

"叛徒！"黑衣人暴怒，一脚踢在李梦白背后，把刀拔了出来。

可是他再也没有刺杀郭烨的机会了，李二宝怒不可遏，挥舞着双锏冲了上来："郭大哥！李大哥！"郭烨只来得及喊了一声："二宝，莫杀他……"可惜还是晚了一步，情急之下，李二宝的铁锏直接落在了黑衣人的脑袋上，"啪"的一声，就像碾爆了一个柑橘，红的白的四处飞溅！

该死！郭烨懊恼地闭上了眼。不过他马上又想到什么，睁开了眼，一个箭步冲到倒地的李梦白身边。"喂，你怎么样了？"郭烨其实心里也清楚，尖刀穿心，李梦白的伤势也是必死无疑的了，小陆在与不在也不过是延缓些时间罢了。只是他万万没想到，这个自己一向讨厌的家伙，居然会用性命救了自己，这让他心中一片混乱。

李梦白勉强睁开眼，看了他一眼，嘴角露出一丝苦涩的笑。"挣扎一生，终于快死了啊……"

郭烨纠结着扶住他，他喃喃道："要是能与你们真心相交，该有多好啊……奈何……奈何……"

郭烨听得心中酸楚，只道："李兄，你是个好人，只是不该生在帝王之家啊。"李梦白这时已经处于弥留之际，根本听不清他在说什么了，只是一把抓住郭烨的手，奋起最后的力气警告道："小心！你们的对手……你们根本不知道自己面对的对手有多强……"

“什么?”郭烨一愣,正要再问,却发现握住自己的那只手,已经没了力气,垂落下去。

“李兄……”郭烨难以置信地看着一条生命在自己的手中陨落,几番呼唤,依旧没有任何反应。最终无奈地伸手合上李梦白的双眼,把他的尸身平放于地,站了起来。他茫然地看着一地鲜血,叹息道:“结束了,回吧。”

其他人默默无言,各自去忙自己的事,很快收敛了现场,开拔回了不良司。谁都没想到,一场抓捕最后竟会演变得如此惨烈。而结果,除了两具尸体,他们依然一无所获。

尽管对那幕后黑手的身份已经有所猜测,可没有铁证在手,只会让不良司更加的被动。更无奈的是,此刻的不良司进入了一个两难的境地。你说不针对李家吧。要是这事真是他们在幕后指使,那他们必然会担忧不良司掌握了对他们不利的证据,可能会先下手为强。可要是真做点什么吧,万一不是李家呢。反而会把好好的盟友逼到对立面上去。

也是头疼……郭烨苦笑,但他的性子一向跳脱,没一会儿他就想通了。这种事,让徐帅他们去头疼就好了,我一个小小的不良人,在这里瞎操什么心呢……

回到房中休息了一会儿,当他觉得恢复了精神,又走了出来,却看到李二宝和陆广白都不在,只有纪青璇沉着脸坐在厅里等他。

“他们呢?”郭烨问道。

“二宝送李梦白的尸体回去了,小陆去了蓼风楼。我有话问你。”纪青璇站起来,逼近他,质问道:“行动之前,为何什么都不告诉我,你说,你这是什么意思?难道你以为我纪青璇还不如你郭烨,会为了李梦白就徇私枉法,罔顾刑律不成?”

第二十九章　误会连连生

“呃……我没有那个意思!”一听纪青璇气势汹汹的质问,郭烨立知不妙,一边在心中暗暗叫苦,一边在嘴上叫屈:“我只是担心你一不小心说漏了嘴!”

之前他一直忙于布局，不及细想。直到此刻纪青璇主动前来兴师问罪了，他才察觉到自己做得不妥——于公，纪青璇是他的上级，于私，两人是一路并肩走来的战友。此事确实是他忽略了纪青璇的情绪。只是事情已经发生，后悔也晚了，现在就看怎么让纪青璇消气了。只可惜，他的辩解并没能把怒火中烧的纪青璇安慰下来，反而让她愈发生气，认定了他是不信任自己。“你疑二宝会不小心说漏嘴也就罢了。同样的借口你竟还用在我身上？我竟如此让你信不过？”

“我真没有这个意思……”郭烨只觉得一个头两个大，瞬间词穷。他现在才知道，原来一向以英武形象示人的纪不良尉，胡搅蛮缠起来也和其他小娘子一样厉害。

“你说啊！”纪青璇逼问道。

她的咄咄逼人，让郭烨也产生了一股逆反情绪，忍不住怒哼一声，道：“若非你与李梦白走得太近，我又如何会不将此事告知于你？这桩桩案子哪一件不是干系重大，容不得一点差错，这你又不是不知道……”

他还没说完，纪青璇已经打断道：“好哇！你果然是在怀疑我会徇私枉法！你还狡辩！今天这事你不说清楚我跟你没完！”

“你怎么这样？我已经说了没有那个意思了，只是一时疏忽……”郭烨一开始还努力解释，可纪青璇根本不听。渐渐地，他也开始不耐烦，觉得今日的纪青璇真是不可理喻，然而才刚抱怨了一句，就又被纪青璇抓住了把柄，不依不饶道：“我哪样啊？你说啊！我倒是做了什么见不得人的事情，让你这么不信任了？”

“我说了没有，你若是不信，我也没有法子。”郭烨的语气开始变得生硬。

纪青璇其实也知道自己这次的脾气发得毫无道理。在执行任务的过程中，需要对特定的人保密，这本也不违背不良司的章程。若是换了旁人，纪青璇绝无二话。可偏偏就是郭烨这般对她，让她心中很是不忿。但她原本也决定了，只要郭烨好好道歉，她也就是高高举起、轻轻放下，在郭烨开始道歉解释的时候，她心中其实已经有些松动，只是面上还在矜持罢了。

谁知郭烨此时突然又冒出这么一句话，顿时把她心中已经熄灭的火又给挑了起来。“你出去！”她气呼呼地叫道。

郭烨动了动嘴，正想说什么，就在此时，徐府的门房突然进来道：“郭副尉，妙韵阁秀嫣都知遣人来问，你答应她的事何时能够成行？”说完这句话，门房才察觉到厅里气氛不对，只可惜话已出口，这时再想退出去已经来不及了，只得硬着头皮站在原地等着。

郭烨本不想这么快带秀嫣去见孙金的，然而此刻他也是被纪青璇缠得没辙了。听到这个消息就像抓住了救命稻草，忙道："让她稍等，郭某这就去。"说着，他又对纪青璇道："我去去就来，你先消消气。"

他又哪里知道，这种情况下，他走了才是最大的麻烦事？更何况还是去找旁的女子？果然，刚出厅堂的门，就听到身后传来纪青璇愤怒的喊叫："你走了就不要回来了！"看来纪青璇也真是被他的愚鲁气得够呛，头一次这般不顾仪态地大喊大叫。

遗憾的是，郭烨虽然看起来狡猾多智，可对这情情爱爱的，却是头一遭，闻听此言，也是怒了："当初叫我去秀嫣娘子那儿道谢是你，而今又反反复复。郭某去见她，只是受人所托而已，又不是做什么见不得人的事。你这般做派，简直是好生无理！"话一说完，他理也不理纪青璇的威胁，反而加快了脚步，出了徐府，直奔秀嫣妙音楼而去。

在妙音楼，他得到了秀嫣的热情款待，几杯美酒下肚，与纪青璇争执的块垒终于稍稍缓解。

秀嫣体贴入微，早看出他心情不佳，也不急着提出自己的请求，而是温言软语，为他斟酒，直到他情绪好了一些，方才问道："郭公子今日可是遇上了烦心事？"

"这你也看出来了。"郭烨端着酒杯的手一顿。

"郭公子进奴家这妙音楼时，一脸要杀人的表情，奴家要是再看不出来，也愧对这花魁之名了。"秀嫣都知掩口轻笑，道："闹得奴家战战兢兢，还道是招待不周，哪里得罪郭公子了呢！"

"是我自己心情不好，与你无干。"说着，郭烨仰头喝下了一杯酒。

"不知奴家可否为郭公子分忧？"秀嫣体贴地一边续酒，一边问道。

不过郭烨微一犹豫，端起面前酒杯又是一饮而尽，还是摇头道："些许小事，郭某自能排遣，就不劳秀嫣都知了。"

被拒绝之后，秀嫣都知神色微微有些失落，但也不强求，转而正色谈起了两人见面的正事。"不知郭公子今日可有空，为奴家和家父牵线搭桥，见上一面？奴家自幼孤苦，等这天已经太久了啊，还望郭公子体谅奴家的心思。”

郭烨站起来，皱着眉头踱了几步，终于还是点了点头。“好吧，既然秀嫣娘子坚持如此，郭某自当为你去联系。”

经过几次联手，郭烨现在想找方玉娘他们义门的人已经没那么麻烦了，直接就带着乔装之后的秀嫣，找到了方玉娘他们的藏身之处。

“又没做什么伤天害理之事，也不知你们躲得这么隐秘，究竟是在防备些什么？”在被接进一处隐蔽的密室之后，郭烨和秀嫣终于见到了方玉娘，一见面，他就忍不住抱怨道。

“以防万一罢了。”方玉娘清浅一笑，却是没有多说。她知道，郭烨对当年的追杀已经没有记忆，自然也就不会理解他们的这种恐惧，这是经历造成的鸿沟，光靠语言来解释是填不平的。她当即转移了话题，问道：“不知郭副尉此来有何贵干？”

郭烨往旁边踏出一步，让出身后的秀嫣都知，道：“无他，送友认亲尔。”

“认亲？”方玉娘微微一愣，随即大喜，忙唤道：“快！快去把孙叔请来，就说郭副尉来兑现前言了！”

箭王林毅闻言连连点头，匆匆而去。不过郭烨分明看到，他在离开的时候，平素沉稳的脸上也满是喜悦的表情。看得出来，方玉娘他们义门中人不愧这个“义”字，彼此间的感情的确深厚。

再看秀嫣都知，似乎也从郭烨的表情中意识到了什么，绝美的脸上，满是抑制不住的期待之色。

“砰”的一声，门被撞开，不过率先进来的却是林毅。孙金的身影此刻站在门外的阴影里，踟蹰不前，看不清他的模样，只能听见他发出野兽般的呜咽之声：“吾儿、吾儿啊！”

“阿爹！”秀嫣都知泪流满面，扑了上去。

只是她还没靠近，就听孙金失态地大叫一声：“不要过来！”

秀嫣都知一愣，不明所以，然后就听到孙金低声道：“我怕吓着你啊，孩子……”

方玉娘站在郭烨身边道：“昔日我们的父辈遭到诸方追杀时，孙叔为了护妻女平安，留下自己的戒指作为信物之后，就自行引开了追兵，最后寡不敌众，落入敌手，惨遭折磨。后来虽然逃了出来，但容貌全毁，实不好看……"她这话看似是说给郭烨听的，但在场的人都明白，她这是在解释给秀嫣听。

"不要紧，不要紧！您是我阿爹啊！"听她这么一说，秀嫣哭得更厉害了，一步一步走向那片阴影。终于，阔别已久的父女两人见到了面。

"阿爹！"

"我苦命的儿啊！"

一声号啕，两人抱在一起喜极而泣。

郭烨站在一旁不言不语，只是看着父女重逢的景象，他也觉得鼻头发酸。秀嫣找到了自己的阿爹，可我爹又在哪儿呢？他长长地叹息一声，在确定秀嫣都知的确没找错人之后，情绪低落地告辞离开了义门。

回到徐府，让他头疼的事没有发生，纪青璇已经不知所踪。反倒是陆广白坐在厅上，眉头微蹙，一脸深思的表情。

"小陆啊！"郭烨强挤出一丝笑容，道："听说你去蓼风楼找十三娘子了？两人处得可还开心？"

"没见到人。"陆广白道，"正为这事犯愁呢？"

"没见到人，怎会如此？"郭烨定了定神，问道："你莫急，且细细道来。"

听了陆广白的讲述，他才知道，陆广白此行的经历却是简单得很，直接就在蓼风楼吃了闭门羹。在听他自报家门之后，人家明言不再接待，至于风十三娘，更是连面都没有见到。

"这就奇了。"郭烨嘀咕了一句。以风十三娘对陆广白的情意，无论如何都不可能闭门不见的。他心中隐隐升起一抹担忧，却也不好对陆广白明言，只是找来任斗牛和从长安归来的徐问清等人，让他们暗中调查蓼风楼，追查风十三娘的下落。

随后的日子，他与纪青璇倒是见了几面，可惜后者都是对他冷漠以对，连半个字都不愿多说。连续用热脸贴了几次冷屁股之后，郭烨也恼了，干脆眼不见心不烦，帮陆广白一起寻找起风十三娘来。

两人连续去了几次蓼风楼，结果都吃了闭门羹。陆广白一直淡定的情绪，第一次变得焦躁起来。"郭副尉，你说……十三娘子她不会是遭了不测了吧？"这天，陆广白终于忍不住问出了自己最担心的问题。

“放心，十三娘子吉人自有天相，一定不会有事的。”郭烨宽慰着陆广白。他很清楚，以陆广白的性子，若风十三娘真出了什么事，会内疚一辈子的。他当即咬牙道：“十三娘子若有事，那也是为了我们不良司的事遭了牵连的。此事我们绝不可袖手旁观。走，我们去见徐帅，请他助我们一臂之力！”

第三十章　七夕约相见

“你们放心便好，此事本官会派人调查，定会给你们一个交代的。风十三娘若真是为我们不良司之事所累，本官自会妥善处理。”尽管一开始听到风十三娘是风媒之时，徐有功还有些惊讶，但是在弄明白了所有事之后，就立刻开口应诺了下来。

“太好了！”郭烨不由得欢呼起来，要知道风十三娘的身份着实尴尬，而她所在的蓼风楼又是洛阳城有名的酒肆，保不齐徐有功就去过。幸亏徐有功是有大智慧的人物，不会计较这些小事。不过，就在他喜形于色时，徐有功却是话锋一转，轻轻敲了敲案几，说起了另一件事：“今日狄相爷传信前来，让你们会食之后，去他府上寻他。他要带你们去一个有意思的地方。”

“啊？”如果是平日，能得狄相爷接见，郭烨一定是喜出望外的。不过今日，他却是有些兴致缺缺，叹息道：“不能晚上一两日吗？十三娘子渺无踪影，小陆也是魂不守舍的，我等实在没有到处跑的心思啊！”

徐有功没有说话，只是温和而坚定地摇了摇头。郭烨立刻知道，此事没有推脱的余地了。“明白了，卑职这就回去通知其他人。”他强打精神道。

“嗯，去吧。狄相爷那边的事不可耽搁。”徐有功又叮嘱了一句，想了想，还是安慰他们道：“风十三娘的事你们不用管了。本官定给你们一个满意的交代，放宽心便是。”

“徐帅，拜托了。”陆广白不善言辞，但闻言也颇为动容，对着徐有功大礼参拜。

徐有功坦然受了他一礼，微微一笑，道："去吧。"

郭烨两人出了徐有功的书斋，把其他人召集起来，把事情一说，众人都有些面面相觑。

"狄相爷此时相召，不知是何用意？"李二宝大大咧咧地猜测道："莫非是要嘉奖俺们破案得力？"

"不像。"郭烨摇头，道："幕后黑手派来洛阳的两名信使一死一逃，李梦白身死，我们全程没有得到任何有价值的线索。这样的结果，无论如何也称不上得力。北都那边虽然司里面可能会有所行动，但此时尚未开始，纵有嘉奖也不当是此时。"

"李大哥……"听到郭烨提起李梦白，李二宝的情绪瞬间就低落了下去。尽管李梦白和他们的交往是别有居心的，但除去最近频频的行动外，却也未曾真正伤害过他们中的任何一个，甚至在张小萝被使团软禁后，李梦白还几番施以援手，更不用说二宝与他还有马球场上共御外敌的交情。

"李梦白……"见李二宝如此，郭烨也不禁有些叹息。真要算起来，还是他欠李梦白一条命。沉默了一下，他问道："李公子的后事如何办理？"

"李大哥没有血亲家人了，如今又涉及谋反。只不过因为有悔过表现，秋官的意思是家业充公。现在遗体暂时停在义庄，待停灵日满，丧仪只能从简，薄葬了事。"李二宝语气沮丧地回答道。

"等他出殡之日，我去送一送吧！"郭烨沉吟了一下，道。说实话，在这个敏感的时刻，做出这种决定，绝对是要担风险的。李梦白涉嫌谋反，这是罪证确凿之事。不过，旁人可以避嫌，但郭烨觉得，自己必须去送最后一程，否则良心上委实过不去。

"那就一起去吧，终究相交一场，人死如灯灭，何必让他孤孤单单上路呢？"纪青璇立在一旁，始终未说话，只到了这会儿才淡淡说了一句，又制止了郭烨的反驳，算是把这件事定了下来。"现在还是说回拜访狄相爷的事来吧。"僵持了这么些天，她虽依旧不爱搭理郭烨，但是于正事上还是不含糊的。

"那以纪不良尉的高见呢？"郭烨问。

"此事不简单。"纪青璇一开口，就给事情定了性。"正如郭副尉之前分析的，不管从哪个角度看，狄相爷都没有此时相召的道理，但事情偏偏发生了，那就应了一句话，事出反常必有妖，肯定是什么地方发生了我们不知道的变化。”

“什么变化？”郭烨下意识地问了一句，但下一瞬，他就明白自己问了句蠢话。

果不其然，纪青璇又恢复了那副冷冰冰的态度，别过头看向旁处，不说话。

郭烨见状，不由得苦笑。

“不管是因为什么，此事我们都推辞不得，也没有必要推辞。大家都去收拾收拾吧，会食之后，我们便去拜见狄相爷。纵有什么关碍，想必到时他会亲自与我们分说的。”纪青璇最终还是道。

“属下领命。”众人齐齐一礼，各自散去。

就在纪青璇起身的时候，郭烨突然轻咳一声。

“郭副尉，你可是还有事禀报？”纪青璇终于不能装作视而不见了，扬眉问道。

郭烨欲言又止，纪青璇哼了一声，继续往外走去。见状，他终于一咬牙，朝着纪青璇走近一步，问道：“纪……纪娘子，乞巧节将近，不知当夜你可有闲暇？”

周人以七月七为乞巧节，又称“七夕”。相传这一天是天上牛郎织女相会的日子，也由此衍生出少男少女对情事的渴望。郭烨会与纪青璇约在这一日，其用意自然已经昭然若揭了。

不过纪青璇作为女子，却不好表现得太过明显。她回头，似笑非笑地看着郭烨，道：“怎的？若是郭副尉佳人有约，放衙之后自去便是，倒也不必与我告假。”

郭烨闻言，啼笑皆非，这才明白纪青璇原来是打翻了醋坛子。想明白了这一点，他心中也放松了不少，又拿出了自己招牌式的油腔滑调，笑道：“若是纪娘子肯赏脸，那郭某自然佳人有约。”

“你这是在约本姑娘？”纪青璇抿嘴一笑。

郭烨颔首道：“然也。”

纪青璇脱口道：“赏你脸了。”说完之后，她蓦地红晕上脸，在心中暗自懊恼自己答应得太快，实在有点不够矜持。

只是郭烨却是反应奇快，不给她反悔的机会了，笑道：“那就这么说定了，七夕之夜，不见不散。”

第三十一章　小院见何人

郭烨与纪青璇相约的这点工夫，其他人也相继整理好仪容，回到了厅堂中。只是他们看着郭、纪两人，总觉得气氛似有哪里不对。两人偏生装作若无其事的样子，让人好生疑惑。不过纪青璇可不会傻到给他们发问的机会，轻咳一声，让李二宝自去后厨吩咐厨子快些端上吃食。众人用完之后稍事休息，即出发前往狄仁杰府上拜会。

狄仁杰的府邸离东城不远，不过他们从未去过，今天第一次登门，方才体会到了这位国之栋梁的廉洁。小小的一处宅院，漫说与武延秀府邸的富丽堂皇相比，便是比起徐府来说，也是多有不如。要是没人告知，恐怕他们想破了头，也想不到这么一间普普通通的小院中，竟住着大周的一代贤臣。

“二宝，去递拜帖。”尽管只是一间普通的小院，但看在众人眼中，却因为其中居住的主人，而显得愈发高贵，甚至给人一种高山仰止的感觉。

因为早早有约，李二宝的拜帖一递进去，马上就有管家过来引路，不过他打量郭烨等人的眼神，却充满了好奇。随侍在狄仁杰身边多年，他却是从未见过狄仁杰对一群少年郎君这般礼遇。

管家带领众人穿堂过院，就见凉亭中一人盘坐，须发皆白、面如满月，正是大周朝的一代贤相狄仁杰。

“此忘忧亭乃是相爷平日独自冥思自省之所，从未接见外客，今日诸位能得入后院，也是破天荒的头一遭了。”狄府的管家很会说话，看似简单几句介绍，却让郭烨等人都生出了受宠若惊之感。

这时，狄仁杰已经看到了他们，远远地招手笑道：“来了啊，那就自己过来吧。老夫这老胳膊老腿的，就不起身接你们了。”

“不敢有劳狄相爷！”郭烨等吓了一跳，连忙快步上前，与狄仁杰见礼。

“今日就是一次朋友间的私会，无须多礼。”狄仁杰笑着对郭烨道：“郭小友可是老夫的忘年交，如此大礼参拜，倒显得老夫不懂礼数了。”

郭烨忙苦着脸谦让道："小子纵是再狂悖无知，也不敢与狄相爷称忘年交，这不是折煞了晚辈吗？"

"一代新人换旧人，年轻人若是连这点志气都没有，待我等老朽百年之后，这大周朝的江山，又要谁来守护呢？"狄仁杰把脸一板，正色道："何况大丈夫一言九鼎，老夫既然话已出口，又岂有收回之理？"

郭烨没想到自己一番话，竟换来狄仁杰这般郑重的解释，一下子就有些茫然不知所措了。但是他从来都不是会被困扰太久的人，何况能与自己偶像成为忘年交，也是求之不得的事情。他犹豫了一下，便拱手道："既如此，晚辈高攀，便依相爷的意思吧！"

"哈哈哈！敬老爱贤而不畏强权，这才是你们应有的姿态！"狄仁杰似乎老怀大悦，一伸手。"这边来坐。"

郭烨等闻言，便挨着他坐下，这亭中狭窄，却是无法再分宾主之位了，不过看起来这正是狄仁杰想要的效果，丝毫不以为忤。

一坐下，郭烨就忍不住吸着鼻子问道："这是什么味儿啊？竟这般香。"

陆广白虽不言语，但也是一脸奇异之色。其实方才他走近凉亭时，就已经闻到一股异香扑鼻而来，只是忙于和狄仁杰见礼，方才不及发问。

狄仁杰亲手侍弄着凉亭中央一尊黄泥小炉，那香味就是从炉火上烹煮的一个银罐中散发出来的。

"你说这个啊……"狄仁杰神秘一笑，却不多介绍，只道："这是老夫专为招待你们借来的花茶。来，试试老夫在茶道上的手艺。"

狄仁杰显然早早就在此煮茶等候了，说话间，已经为郭烨他们一人盛好了一盏茶汤，递到各人面前。

"多谢狄相爷。"所谓长者赐，不敢辞，郭烨等诚惶诚恐地接过茶盏，为免辜负长辈，众人都忙不迭地喝了一口，李二宝还因此被烫了一下。

"慢些饮，这花茶的妙处，却是要片刻才能得见。"狄仁杰微笑道。

"狄相爷，这是何故？"陆广白突然问道。

"嗯？"郭烨循声扭头，却见陆广白端着茶盏，并未往嘴边送，反而一脸不解之色。

"喝啊，小陆，这茶很香的……"郭烨忙劝道。

“嗯嗯。”旁边,李二宝大口饮用,发出“西里呼噜”牛饮水的声音。

但陆广白却不答他们之言,只是凝眸望向狄仁杰,一脸要求个答案之色。

狄仁杰又笑了笑,郭烨还想说话,却忽觉一阵天旋地转,再也坐立不住,瘫软在了地上。“这是怎么了?”他满心疑惑,再左右一看,只见纪青璇也栽倒在地。因为她是向前栽倒,狄仁杰还像早有准备一般,伸手轻轻一托,避免她碰到凉亭中心的黄泥火炉。

刹那间,郭烨就明白了。他看了看黄泥火炉旁的银罐,又看了看狄仁杰,嘀咕道:“为什么?”

“得罪了,此事却是不得不为。”狄仁杰道。

“罢了,狄相爷何许人也,总不会陷害我等。这般行事必有深意,我等只要……”郭烨只觉得晕眩的感觉越来越重,他还强撑着在心里安慰自己。可念头才一转,就听见纪青璇已经发出微微的鼾声,显然已经睡死过去。至于李二宝,虽然身强力壮,但刚刚也数他鲸吞牛饮,喝得最多,反而是第一个晕倒过去的。

小陆……彻底陷入黑暗之前,郭烨看到陆广白还端着茶盏,踞坐不倒,心中顿时涌起一股希望,然后晕了过去。

“不愧是药郎……”看着郭烨倒下之后,狄仁杰看着陆广白,目露奇光,笑道:“我这花茶乃是向宫中太医求来的方子,不想竟被你识破了。”

“狄相爷究竟为何要迷晕我等?”陆广白叹道。

“喝了便知。”狄仁杰含笑道,眼睛却紧紧盯着他。

陆广白沉吟半晌,知道依狄仁杰的意思,自己是非喝不可了,只得无奈地摇摇头,端起茶盏,一饮而尽……

郭烨再醒来的时候,只觉得神清气爽,睡得饱饱的。他揉揉眼,才发现已经日薄西山。借着余晖,他坐直了身子四下打量,才发现纪青璇等人都在自己身边,只是还尚未转醒来,而他们此刻都已经不在狄仁杰后院的忘忧小亭中了。

他们此时正躺在一处陌生的院落里,四面高墙环绕,看不到外面的景物,但从听不到车水马龙之声这点来看,显然是一处僻静之地。

他定了定神,又环顾了一圈。这次,他却是在稍远的一座花架下,看到了一张石桌。花架投下斑驳的阴影,阻碍了郭烨的视线。他努力眯起眼,也只能看到在那桌旁坐着一个隐隐绰绰的人影,却看不分明,但肯定不是狄仁杰。

他摇摇晃晃地站起身，想往石桌那边走去，却听见一个女声说道：“先把你的同伴都叫醒，我……没有兴趣与你们每人说一遍。”这个声音的主人，似乎久居高位，话语里充满了颐指气使、一言九鼎的味道，只是在说到那个“我”字的时候，略微停顿了一下，似有些不习惯。

这样的语气，让郭烨有些不满意。他想质问这妇人，这究竟是在何地，又为何以这样的形式把他们弄来。然而当他转念想起狄仁杰讳莫如深的态度，忽然又是一个寒颤，乖觉地去叫醒纪青璇等人去了。所幸狄仁杰并没有给他们下猛药，众人也只是酣睡，很容易就被他拍醒了过来。

“别问我，我和你们一样，也是刚醒来，什么都不知道。不过有人知道这到底是为什么。”做完这一切，他制止了众人发问的企图，扭头看向不远处的花架和石桌。

这时，那个妇人终于站了起来，一步步走到了余晖中，把自己的容貌暴露在郭烨等人面前。那是一张充满了富贵和威严的面庞，看着不过四十许的年纪，只有两鬓有微微的白发，一双眼睛里充满了凌厉和智慧的神采，还有岁月积淀下来的沧桑。

“我……会解答你们的疑问。”她说。

第三十二章　谁人说故事

花架下走出的妇人身着最朴素的绛色襦裙，便是连上头的花色都甚是简单，头上更是一支钗环都无。可即便是如此，她的一言一行间，还是给人一种雍容的感觉。她根本不容郭烨等人提出任何质疑，就继续道：“你们要先听一个故事。所有问题的答案，都在这个故事里。”

郭烨等人面面相觑，难道狄仁杰大费周章把自己迷晕了送到这院子里来，就是为了听这个古怪的妇人讲故事的吗？一瞬间，饶是郭烨脑洞奇大，也不禁生出百思不得其解之感。而那妇人却是不管他们脸上的异色，已经自顾自地讲了起来。在她的故事里,主人公是一个聪明伶俐的小娘子。

“她自幼就甚是聪慧,不过大抵也是因为太过聪慧了,在家中并不受宠,其上还有几位兄长。只可惜,她的兄长与她非一母所生。在父亲过世后,兄长们非但不怜悯她,还经常欺负她们母女。这一切,一直持续到这位小娘子十四岁的那年……”她遇到了一位官老爷,官老爷怜惜她的遭遇,解救了她。她以为自己从此会过上幸福的生活了,却不想命运又再次跟自己开了一个玩笑。在嫁入官老爷家之后,这位官老爷似是很忌惮她的聪慧,很快就冷落了她。这让她如浮萍般再度陷入了深宅大院中明争暗斗的漩涡。

也就是在她最为失意之时,她遇到了自己的一生挚爱,也就是官老爷的第九子,两人坠入爱河。只可惜这种感情却是违背伦常的禁忌之恋,不为世人所许,一直到这位官老爷去世。几经周折后,这家九郎继承了家业,他们才真正在一起。

“那后来呢?”郭烨这时也不知是不是听入了神,情不自禁地就问道。

“后来……”妇人闻言笑了,眼中却露出更加怅然之色。“那小娘子与这家的九郎虽好事多磨,但总算有情人终成眷属。她本以为自己的苦难就这般过去了,可惜她的夫君身体却是欠佳,比她先一步撒手人寰。按理说,从这天起,她就应该成为这个家的主人,但她总觉得,这个家里有人在暗中对付她,不让她接手夫君的家业……”

“夫君死了,按道理家业不是该由儿子接手吗?”李二宝突然插嘴道。

听他这么一说,郭烨瞬间脸色大变,从来天不怕地不怕的他,竟然露出惶恐之色,一脚就踢在李二宝的身上,喝道:“二宝闭嘴!”然后他又赔着笑脸道:“小孩子不懂事,您继续……”

李二宝还嘟嘟哝哝的不服气,却又被纪青璇狠狠瞪了一眼,他这才后知后觉,乖乖地闭上了嘴。

那妇人被打断了,也不生气,只是宽容地笑笑。“只是一个故事而已,不必如此认真。”

郭烨额头上已经渗出冷汗,连连称是。

“你是个聪明的孩子,就像故事里的小娘子一样,不过太聪明未必是什么好事,还是先听我把故事说完吧!”妇人瞧了李二宝一眼,道:“是,父死子继,在一般人眼中,家业的确该如此处理。但子嗣力弱,尚不足以堪大任又待如何?这一份家业,是她从年轻时与夫君一起,劳心费力地打理了几十年才有的,从豆蔻年华一直到两鬓斑白,又怎能眼看着它消亡?当日那九郎亦曾说过,这是他们两人的家业。况且那些伦常,都是天经地义的吗?王侯将相,宁有种乎,谁说与这世间不合,就是个人错了,为什么错的不能是这世间?又有谁说女子就不能成为一家之主?"

说到这句话时,妇人霍地站起,眼神炯炯,拂袖之间,一股无边霸气弥漫而出。郭烨等人苦笑,"噗通"一声,五体投地跪了下去。李二宝还在懵懂,也被郭烨和纪青璇一人一边,直接拉倒在地。

"请……请您明示。"他们已经隐约猜到妇人的身份,冷汗涔涔,浸湿了衣衫,但她自己不说破,他们也不敢点破,只能含糊请求。

"多点耐心,故事还没讲完。"妇人却像是没看到他们跪拜的动作,面上毫无波澜,只淡淡道。

"……咳,是!"

"这个小娘子虽然受到了阻碍,但还是很努力地想要掌控偌大的家业。她要凭自己的力量,把自己夫君留下的一切发扬光大……"

"可到底是谁在阻拦她呢?"李二宝又突然好奇地问道。

郭烨和纪青璇用想杀人的目光盯着他,郭烨甚至想偷偷伸脚踹他。你少说两句会死吗?不知祸从口出的道理?

妇人摆摆手,道:"无妨。李副尉心直口快,甚是可爱。正所谓不知者无罪,你们也莫要怪他了。"

"小人替二宝谢您宽宏大量。"郭烨等连连叩首谢恩。

直到这时,听了他们古怪的表述,李二宝再愚鲁,也该回过神来了,露出骇然之色,也不再言语,伏地不起。

"还是继续说回那个故事吧!李副尉确是问到了点子上,到底是谁在暗中阻碍她呢?"妇人道:"那小娘子对这个问题,也是百思不得其解。直到有一日,她遇上了一位故人。这位故人无意失言,说出了一桩辛秘:当年那位救了她的官老爷不知从何处听到一则流言,以为那小娘子的生辰八字不详,故而始终留了一手,秘密建立了一队人马,就是为了防止她谋夺家产。她更没想到,自己心爱的夫君,竟欣然接受了这队人马,并且传给了他们的儿子。要调动这队人,需要用到夫君家族世代相传的信物。你们能想象吗？这个娘子几十年来倾其所有维护的一切，她最爱的男人，她心爱的儿子，她所珍视的一切，都活在谎言之中，他们每一个人都在防着她……后来，她的儿子也离奇死亡，居然有流言说是她杀了自己的儿子，为的就是谋夺家产……”她的语气有些凄然，最后甚至还哀戚一笑，道：“虎毒尚且不食子。她是一个人，又不是毒蛇。纵然把持家业，也只是不舍夫君一生心血被不肖后人败坏，又岂会舍本逐末，因此伤害自己的儿子呢？”妇人这最后一句，像是在自问，又像是在问场上众人。只是此刻无人敢搭茬，空气一时间陷入了凝滞……

“那位娘子便是陛下您吧？”最后还是郭烨忍不住斗胆问道。今日由狄相出面组了这么大一个局，当然不会是听故事这么简单。但既然不简单，话也已经说到这个份上了，自己几人再装傻就说不过去了。不若豁出去，点明白了的好。

“是朕。”女皇陛下终于不再掩饰自己的身份，目视前方坦然道。

“那……官老爷就是太宗皇帝？”

“嗯。”

“长子是先帝？”

“然也。”

“那……”

“朕死去的儿子，就是你祖父和父亲都曾效力之人，当年的东宫太子，后来的孝敬皇帝李弘。”这一次，不等郭烨发问，女皇陛下已经自己揭示了谜底。“至于那个用来钳制朕的一队人，便是由太宗皇帝留下的后手……你可知他们为何要做出狐女游街之相？狐女，呵呵……不过就是暗指朕便是魅惑先帝的狐狸精罢了。至于那满城枯死的牡丹，就更明白了吧。朕素来以牡丹自喻，他们便针锋相对，嘲讽朕命不久矣……”若说前面那个涉及皇家辛秘的故事，郭烨等人还能适应的话，那当下这一席话则听得他们汗流浃背。无他，实是这些话太过大逆不道，除了陛下自己可说，他们根本不敢接茬，甚至恨不得捂住耳朵，就当自己什么都没听到。不过随着陛下讲述的同时，以往的许多迷雾也逐渐清晰。

“亏我们还以为自己立下了奇功，想不到一切都从未逃脱陛下您的法眼。”郭烨苦笑，喃喃自语道：“就连我的身世，原来您也都一清二楚……”

女皇冷笑，道：“当年东宫之人，若非朕顾念他们是弘儿的旧部，遣人暗中相助，他们能有几个人活到今日，都还两说……其实当年朕也曾对他们寄予厚望，希冀能通过他们之手,查清弘儿之死的真相。可惜他们实是不堪大用……”

“既然陛下已经知晓这些事情了,又为何派我们去查案呢?”听女皇的语气,她似是不知晓义门的存在。

“不。朕还有许多事并不知晓。好像少女失踪一案,若非尔等机敏,朕还不知,当年太宗皇帝防朕防得这般紧。”女皇自嘲道:“当日太宗皇帝仅以方士之言便认定朕会断了他李唐江山,此番种种不过因着朕的生辰八字。你们所查的少女一案一应卷宗朕均有查阅,他们多年来掳劫、寻觅四柱全阴之女,俱是因为朕的命格是四柱纯阳。以阴克阳,以水克火,太宗皇帝真真是用心良苦啊。”

这……郭烨闻言不禁看了边上的纪青璇一眼,从她的面上郭烨明显看到了恍然大悟的神情。当日他们偶然接手少女失踪一案,不想其中还牵扯如此多的纠葛。若非今日陛下言明,怕是他们到死都猜不出其中的奥秘竟然会是这样。毕竟,帝王的生辰八字,天下能有几人知?

只是不待郭烨他们做出太多的反应,女皇就自顾自往下说道:“朕身边之人,也不能尽信。但朕这些年越是思量,越是觉得弘儿之死可疑,其中必有蹊跷。朕想重组一队人,查证当年旧事。当初召你们入京也是想看看你们能否堪此大任,不想其中几多阻碍,却也算是对尔等的考验。你们虽有不能尽善尽美之处,但无论气节、手段,都颇多可取,也算是一时才俊了。就是不知,尔等可愿为朕分忧?”当下,众人齐齐拜倒:“愿为陛下效死!”

不过,在看到女皇露出满意的笑容时,郭烨却是趁热打铁,冒死提出了自己的要求:“陛下,我等既已接下此差使,有些事却还是需要陛下为我们援手才是……”

第三十三章　斗胆的要求

“噢?你还有要求?”女皇的声音里没有一丝波澜,甚至听不出喜与怒。下一瞬,就见她一拂袖,转身在石桌旁坐了下来。虽然只是一个矮小的石凳,但她坐下去之时，也给人一种四平八稳、如坐神州中心之感。“有何要求，你尽管道来。”

“微臣的要求不止一个，请陛下恕微臣不知进退之罪。”郭烨低着头又道。

“你且说来，朕恕你无罪便是。”女皇显然是被郭烨不知死活的模样给逗乐了，大笑道：“不过答不答应，朕可不敢保证。若是你的要求太过分，朕必然驳了你。”

“微臣不敢。”郭烨连忙低头致歉，随即硬着头皮问道：“只是敢问陛下，我们的考验可是已经结束了？”

“朕既召见你们，考验自然结束了。日后只要你们能查出朕的弘儿过世的真相，朕重重有赏。那还请陛下将所有事情一并告知于我们吧！”郭烨请求道：“莫要像之前一样，查来查去，查到的都是陛下已经知道的事情，那就有负陛下的信任了。”

“朕所知之事，刚刚已经尽数告知于你们了。”女皇道：“况且这天下事，朕也不是全然都知晓的。有些还得你们来告诉我，要不怎么叫天子耳目呢？你们既为天子耳目，自然是要帮朕看着这江山，帮朕查出其中的隐秘，然否？”

“然。”

女皇看着郭烨点了点头，继续道：“不过这数十年来，狄爱卿一直也在秘密助朕追查此事。你们若还有疑，倒可寻他一问。”

郭烨闻言，微微放心，又道：“那微臣便说第二件事了。”

“你讲。”

“扶余小郡主张小萝，自去年加入不良司，与微臣等人感情甚笃，亦是纪不良尉麾下重要战力。还请陛下开恩，派人与扶余国使团交涉，令他们在大周多停留一段日子，也好让小萝助我们一臂之力。”郭烨一边说，一边小心翼翼地观察女皇的脸色，因为他不知道这样的请求，对女皇来说，到底算不算“过分”。

只是女皇据至尊之位数十年，早已喜怒不形于色，沉吟之间，又哪儿是他看得出来的。

没奈何，他只好趁热打铁，进谏道：“臣也知扶余国暗流涌动，有奸人蛊惑扶余国主与大周为难。不过依微臣之见，让小萝回去相劝，并非良策。”

“噢？你有何高见？”女皇问道。

郭烨将头压得更低了。“微臣一些浅见，在陛下跟前班门弄斧，还望陛下恕罪。”说着，他偷偷抬眼，打量女皇神色，见她不是动怒，而是真心相询，方才微微松了口气，道：“扶余国主也算雄才大略之辈，小萝虽受宠，但终究只是晚辈。他若真下定决心行不轨之事，小萝一女子根本不足以动摇国策。陛下试想，今日区区一个使团便可困住小萝，来日扶余国内有的是办法让小萝发不了声。微臣以为，不若让小萝书信一封，在信中陈述利害，并附上陛下的条件。退一万步说，就算扶余国他日真的有心犯边，小萝也能作为质子。有她在一日，扶余国顾虑她这个小郡主的安危，反而不敢轻举妄动。”

女皇闻言微微颔首：“倒也有几分道理。”

郭烨大喜：“那……”

“只是朕听闻扶余郡主这些日子来怪病缠身，连日高烧不退，便是朕点了头，她也不宜出鸿胪客馆，不然若有个三长两短，恐将影响两国邦交。尔等乃是好友，此事莫非不知？”

“只要陛下点头，微臣自有把握治愈小萝之症。”平时卖关子卖习惯了，郭烨张口就来，直到话说出口了，才惊觉此时面对的是女皇陛下，不由得又吓出一身冷汗，连连告罪，说了实话。“请陛下宽宥臣的不敬之罪，不敢欺瞒，小萝的‘病’，乃是微臣等略施小计所为。病因在手，自能相解。此事却是无须陛下忧心。”

在他说出那句话的时候，女皇就已经若有所思，听到后面，更是哑然失笑：“你们这些小娃娃，倒也不简单，居然能在朕的眼皮子底下闹出这等幺蛾子来，宫中太医俱不能破……”

她又看了一眼陆广白，笑道：“药郎陆广白，却是比朕想象中还要出色几分。”

“微臣不敢居功。”陆广白道：“太医们万万想不到，小萝会与我们合谋服药，以治病的方式解毒，效果自然不佳。臣不过是占了有心算无心的便宜。”

“谦和有礼，不错。”女皇闻言，赞扬了一句。

“谢陛下夸奖。”陆广白道。

“此事朕准了。”

“谢主隆恩！”想到又可以见到张小萝了，众人心中一阵喜悦，连忙叩首谢恩。

“你可还有要求？”女皇问郭烨。

连续的要求都被恩准，郭烨的胆子也大了起来，道：“陛下，二宝的爷爷李昭德李御史乃是被来俊臣那厮构陷的，还望陛下能开恩，还李御史一个清白！”

郭烨的请求不可谓不大胆，在他脱口而出的瞬间，纪青璇与陆广白都下意识地动了一下，独独李二宝面露欣喜之色。

郭烨本以为这事虽然冒险，但应当是十拿九稳的，毕竟什么事不都是女皇一句话的事情吗？

可他终究还是不了解帝王心思。在听到他的请求之后，女皇陷入了久久的沉吟。“这些天以来，朕回想李卿之事，倒也觉得颇多疑点……”女皇缓缓道。

“圣上英明。还请陛下下旨复查此事，为李御史平反！莫要让忠臣蒙冤！”郭烨忙打蛇随棍上，请求道。

谁知女皇听了以后，又陷入了长久的沉默，最后竟然拒绝了他的提议：“此事莫要再提，你们若真想给李卿平反，可待朕百年之后，向新帝再议此事。”

“为何？”李二宝闻言，不禁失望之色溢于言表。

“二宝莫要多问。”纪青璇制止道：“陛下的决定，自有她的考量，我等谨遵谕令便是。”她又面向女皇问道：“陛下可还有他事？若无吩咐，请容微臣等告退。”

纪青璇是着实被郭烨的几个斗胆的要求吓得不轻。她与他们不同，从小长在京都，自比他们知晓些厉害。当下估摸着郭烨的要求也该提完了，女皇的耐心怕也消磨得差不多了，再下去恐都不美，故而赶紧提议道。

女皇微微一笑，道：“诸位爱卿来尝一尝朕的手艺吧，看看与狄爱卿的哪个更好些。”

郭烨等愕然，随即苦笑，纷纷跪行至女皇身边，看她烹好了花茶，一一分给众人。这种荣耀可不是谁人都有的，郭烨等人心知推辞无效，只好郑重谢恩，端起茶盏一饮而尽。

在等待药效发作的时间里，郭烨突然又想起一事，急急道：“微臣还有事相求，李唐宗室李梦白，虽卷入谋逆之事，不过只是为人裹挟而已，能幡然悔悟，以性命明鉴己心，还望陛下宽恕他……”话还没说完，他只觉得脑袋一沉，已经软软倒在了地上。

失去意识前，他最后听到的话，是女皇淡淡道：“迷途知返，犹未晚也……”

李兄，郭某总算还上一部分人情了……郭烨心中一松，彻底沉入了黑暗。

女皇所烹的花茶，明显药效更足，郭烨再被窗外叽叽喳喳的鸟鸣吵醒之时，已经是第二日清晨了。他左右一看，发现自己已经回到了徐府属于他的那间客房里。只是不知为何，他虽然醒来，但却迟迟不想从床榻上起身。就这么懒洋洋地躺着，心中反反复复地咀嚼着昨日陛下与自己的那番对话，想着想着一种莫名的感受油然而生。只可惜，还不等他细细品味这种感觉究竟是何物，又是从何而来，他房间的门已经被人从外面叩响。

“谁啊？”

“郭大哥，是俺。”进来的人正是李二宝，他见郭烨已经醒来，便道：“陛下行事当真是雷厉风行，昨夜已经下旨，命尚书台拟敕旨发秋官，将李大哥一案照将功赎罪办理……”

李二宝絮絮叨叨地说着自己收到的消息，但是郭烨看得出来，他始终情绪不高，所说之言也都好似背书一般枯燥，不似以前说什么都咋咋呼呼的，富有感情。

“可是还在为陛下不肯平反李御史而耿耿于怀？”郭烨静静地听他说完，问道。

“二宝不敢。”

“是就是，不是就不是，这里又没有外人，难道郭大哥还会卖了你不成？”郭烨不悦道。

李二宝这才咬牙道：“对，俺就是想不明白，为什么其他要求都能答应，就是俺爷爷，一定要背着这个黑锅去死？”

“二宝啊，陛下这么做，怕是也有自己的苦衷的。”郭烨叹道：“我刚刚醒来，躺着想了许久。如今大周的局面看似繁花似锦，实则暗流涌动，一个不慎，便会酿成大祸。出了一个来俊臣，太宗皇帝便有人散布流言，说陛下识人不明了。若再公开宣布李御史是被冤杀的，那还不知会传成什么样呢。戕害功臣？昨日也是我太草率了些，无端给了你希望。你莫要怨怼陛下才好。”

他深深地看了一眼李二宝，道：“相信就是李御史在天有灵，也绝不会希望看到这种情况的。他把大周托付于你，让你代替他守护大周之时，就已经把自身的生死荣辱都已经置之度外了。若你真的想为他平反，那就努力完成陛下交代的任务吧，只有把藏在暗处的黑手挖掘出来，陛下才能毫无后顾之忧地为李御史平反……”

第三十四章　七夕诉衷肠

不知是郭烨的说辞生了效，还是李二宝这些日子以来确有长进，整个人沉稳了不少，总之他很快就安静了下来，不似以前那般冲动莽撞，全凭一腔好恶做事。

郭烨略有深意地看了他一眼，却也不再多说什么，只自顾自去洗漱了。

待到收拾完毕，两人一道来到厅中，这时纪青璇和陆广白也早已起身，赫然在座，郭烨走近之后，就听见他们正在讨论昨日觐见女皇之事。

“你说，我们见到的真的是陛下本人吗？总觉得像是在做梦一般。”就听纪青璇喃喃道。

“是的。”陆广白点头，却没有多说原因，以他沉默寡言的性格，就是有想法也不会多做解释。

但郭烨却是同时在心里给出了答案，普天之下，再没有第二个女子，会有那样唯我独尊的气场了。那是伪装不来的，只有真正雄踞九五之位的天子，才能锤炼出那种气质。

“可是，陛下不都已经古稀之年了吗？可我们昨天看到的那人，看起来顶多不过五十岁啊！”纪青璇似是没有在意陆广白的语焉不详，只自顾自疑惑道。

“这倒无甚奇怪的，陛下也是女子。凡女子，大都爱美。太医署中应有不少驻颜养生的方子，便是陆某亦知晓一二。况且，陛下乃是上位者，日常不必为柴米忧，无须侍奉公婆，亦不必操持家务，自然比常人显年轻些。”陆广白在医药养生一道，自来是见闻广博，马上就解答了纪青璇的疑惑。

“嗯？是何方子竟有这样的效用？”纪青璇闻言，眼睛马上亮了起来。

正如陆广白所言，但凡女子，都想容颜不老，在这一点上，就算是雷厉风行的不良尉亦不能免俗。

“只需将益母草在火中烧成灰，然后用水拌成团，放到特制的小炉当中，以文火慢慢煅烧，再把烧过的灰团反复研磨，最终制成细腻洁白的细粉即可。至于使用的时机，则是在早晚盥洗的时候，取出少许益母草灰，投入面汤或者清水之中，兑和成灰浆,再将灰浆涂在脸上、手上,反复擦揉即可……”

“这般神奇?”纪青璇欣然而笑,眼中露出期待之色,看来要不是还有正事在身,恐怕她都要立刻去试上一试了。

“纪不良尉稍安毋躁,你容颜娇俏,还用不上这方子。我们当下不若先去鸿胪客馆给小萝‘治病’吧。”郭烨看出纪青璇的心思,走上前笑道。

纪青璇冷不防他也在场,再闻此言当下面色一红,答也不是,不答也不是,一时就这般局促在了原地。

反倒是一旁的李二宝,听到张小萝的名字,眼睛亮了亮,迫不及待地道:“太好了,我们快去吧。”

郭烨笑笑,也不看纪青璇,只向着李二宝道:“咱们先用些吃食再动身。等小萝的‘病’好了,陛下的敕旨应该也差不多刚好下来,省得那些扶余人带了小萝就跑,我们还得半途把他们追回来。”

当下,几人用了些吃食,便马不停蹄地出发了。

一行人到了鸿胪客馆,一开始,扶余国的使团还坚持不让他们入内,但在他们说出可以治好张小萝的怪病时,对方马上改变了态度。

待进了鸿胪客馆,看着使团之人一个个愁眉苦脸的表情,郭烨也不禁在心中说了声“抱歉”。好在有了陆广白这个始作俑者在,张小萝“药到病除”自不必说,一剂解药服下去,小半个时辰就退了烧,待到几碗稀粥下肚,她已经可以活蹦乱跳地下床舞剑了。

“纪姐姐,郭大哥,你们终于来接我了。你们要是再不来,我没病都要闷出病来了。”许久不见,张小萝半点也不见生分,依然甜甜地笑道。

“咳咳,小郡主,他们不是来接你的,只是来给你诊病的……”扶余使节团的首领,是个白胡子的老头,看来在扶余国也是位高权重之人,听了张小萝的话,忙苦着脸阻止道,生怕自家小郡主又被人拐跑了。

对此,郭烨他们只是含笑不语。

下一刻,鸿胪客馆门外就响起了传旨太监尖锐的嗓音:“敕旨到!”

待到宣旨完毕,扶余使团的人看郭烨等人时,眼睛里都像是喷出火来。敕旨虽只说扶余小郡主性子天真烂漫,甚得女皇欢心,欲留她在洛阳多些时日。可事情到了这一步,使团的人哪儿还猜不到,女皇早不欢喜晚不欢喜,偏偏这时候欢喜了？张小萝的“病”百治不愈，郭烨他们一来，就活蹦乱跳了？天下哪有这般巧事。只是这时大周女皇的敕旨黄纸黑字已下，措辞又给足了扶余国面子，他们也不好当众驳回。而当事人，他们的小郡主，自己又是乐意之至，使节们也是没有半点办法，只能委委屈屈带了张小萝的手书，自己回国了。

三日后，定鼎门外，驿站。

“金伯伯！劳您回去告诉我父王，等我玩够了便会回去的，让他莫要担心啦！您慢走啊。一——路——平——安——”送别的时候，张小萝冲着使节团首领的背影大喊道。

可怜老头子身子一晃，差点没从马上倒栽下来。

郭烨看了都不忍，一把捂住她的嘴：“得了，你也别刺激他了，老人家不容易，万一被你激出个好歹，谁回去送信呢？”

“谁让他们把我软禁了这么久，活该！”张小萝磨着细碎的银牙，幸灾乐祸道。看来这些日子，她也真是憋得狠了。

待到官道上再也看不见使团的踪影了，郭烨几人这才放心的回城。一番折腾下来，等回到徐府，郭烨这才有空将连日来发生的事情向张小萝一一道来。

“什么？李大哥他……”在听说李梦白卷入谋反案，又迷途知返，为救郭烨付出了生命的代价时，张小萝忍不住眼泪汪汪。“我都没来得及见他最后一面，他是个好人！”

郭烨叹道：“如今他已得了陛下的赦免，届时在葬礼上，你再送他最后一程吧。”

议定了此事，众人又谈起将要侦察的案子，郭烨道：“既然陛下心中已经有了成算，那李梦白身后之人，我们便暂时放下吧。想来有陛下和狄相在朝堂上压着，谅他们也翻不起什么风浪来。我们眼下的当务之急，是不要辜负了陛下的信任，查出当年孝敬皇帝驾崩的真相。此事怕是牵连甚多啊。”

“可是这要怎么查呀？”这时候，张小萝也已经大致了解了当初李弘案的来龙去脉，嘀咕道：“事情都过去那么久了。当年的案卷，怕比我的年龄都大了。”

“那是自然。”郭烨听得好笑，摸了摸她的头，笑道：“这里除了小陆，都生在那件事发生之后。不过要说事情因此就无从查起了，那也不见得——”说到这里，他拖长声音卖了个关子。

可惜纪青璇却不给他这个面子，直接接口道："当年还是有不少人活下来了，想要了解情况，也不算太难。"

陆广白点点头，言简意赅："义门。"

郭烨无奈，只得点头认可道："不错，箭王林毅、秀嫣的父亲孙金，都是从当年的变故中活下来的人，还有他们义门一直也想要查清此事的真相，就算没有最后的答案，但肯定是有相关的进展记录在案的。以前不想卷进这事，所以也没好好了解过这方面的事情，不过我等现下是奉旨查案，想来他们也不会为难我们。只要有他们相助，查清此事的真相，指日可待。"

"那我们快去寻他们吧！听郭大哥这么一说，忽然觉得事情好简单啊！"张小萝拍手笑道。

"慢着！"纪青璇突然出声阻止。

嗯？郭烨奇怪地望着她，从方才起，他就一直觉得纪青璇有些心神不宁，现在更是出声阻止查案，心中不禁诧异。

给他这么一望，纪青璇的俏脸忽然有些红扑扑的。接着就只听她说道："二十几年都这么过来了，也不急在一时，连日来大家都忙着查案，不妨将息些时日再开始侦办，不然一旦开始，又没法子休息了。还有小萝，虽是装病，但到底是用了药，也还是彻底将养好了身子才是。反正陛下只说我们查清真相之后会有奖赏，并未限制我们一定要在什么时间内查清。俗话说磨刀不误砍柴工，莫要心急。"

听她这么一说，众人还真觉得连日来的疲乏涌上心头，恨不得睡他个三天三夜才痛快。一时间，众人七嘴八舌，连声附和："对极，对极，还是纪不良尉考虑得周到。"

"那在下就先回去睡个回笼觉了，回见……"

只有张小萝一脸的不乐意，撅着小嘴道："啊？我挺好的呀！好不容易才从鸿胪客馆里出来，你们告诉我，又要休息？难道你们就不怕闷死我啊？"

"不会的，俺陪你逛丰都市去。"李二宝拉了她一把，转身往门外走去。

张小萝"哼"了一声，道："我当不良人是想惩恶扬善的，逛街有什么意思？"只是当她一扭头，对上李二宝那双沉稳了不少的眼眸，只觉得一阵温暖从他拉住自己的大手上传来，霎时红晕上脸，拒绝的话却是再也说不出口了。

"那好吧，本郡主就陪你逛一逛。"不过她还是嘴硬道。

李二宝也不在意，拉着她，两人很快就嘻嘻哈哈地去了。刚刚还熙熙攘攘的厅堂里，只剩下纪青璇和郭烨两人。

郭烨眼神掠过纪青璇含羞的眼神，当下心中已经明白了七八分，忍不住微微一笑，问道："不知纪不良尉以为此次休沐到何日为佳？"

天可怜见，纪青璇这辈子还是第一次干出这种"以权谋私"的事情来。此时听他问起，不禁芳心大乱，竟是脱口而出把真心话说了出来："七夕不远矣，不妨过完此节再查案吧！"

一句话说完，她才惊觉这未免太直白了，俏脸霎时羞得通红，再看郭烨，已经喜上眉梢，哈哈大笑了起来。

第三十五章　风娘子危机

郭烨和纪青璇期待无比的七夕，就在众人无所察觉间悄然来临。

这天夜里，月色正好，白霜般的月光落在地上，看着澄澈而通透。徐府的后院里，纪青璇对月而立，不禁喜上眉梢。

不过就在这时，一个煞风景的声音突然从旁边响起。"便是乞巧成功，纪娘子你也不必如此高兴吧？反正你又不会女红。"

纪青璇一恼，扭头看去，就见郭烨背着手，笑嘻嘻地从阴影中走了出来。"扫兴。"纪青璇撇了下嘴，居然没有如往常般发怒。

但这一刹那的风情，却让郭烨看傻了眼。平时的纪青璇，总给人一种巾帼不让须眉的感觉，却从未见过她如此小女儿家的一面。"反正我不会女红是吗？"纪青璇举起手中一物晃了晃，冷哼道："枉本姑娘还苦心为你准备了赠礼，你竟如此编排于我。什么都没啦，不送啦！"

"小生这不是说着玩的吗？"郭烨一听有礼物，马上改了口风，凑上前来，觍颜笑道："巧得很，我可是也为你准备了赠礼呢！"

"噢？何物？"纪青璇眼睛一亮，问道。

“且过来一观。”郭烨得意扬扬地笑了起来，然后像献宝一般，从身后提出一个竹篮来。

纪青璇满脸好奇地凑上前去，看了一眼，却露出哭笑不得的神情，问道：“这就是你为我准备的赠礼啊？”

“啊？你不是想要这个嘛？”郭烨没想到她会是这个反应，顿时傻了眼。“不喜欢吗？”

“想要是想要，喜欢是喜欢，可是……”纪青璇从竹篮中抓起一把益母草，露出想打人的神情，低声抱怨道：“可这世上谁会送女子益母草当馈赠之物的啊？你未免也太耿直了些吧？”

“啊？耿……耿直吗？”纪青璇的话让原本自信满满地郭烨慌了神。

“郭副尉，传闻你混迹长安各大酒肆，与那些秦楼楚馆的小娘子们也颇为相熟，怎的往日里也这般送礼？”纪青璇秀眉一挑，打趣道。

“我混迹……混迹酒肆是不错。可谁说我给那些个小娘子们送礼了！”郭烨也是急了眼，忙声辩解道。

没想到，便是这句话，让纪青璇分外满意，便是看那些个益母草都格外顺眼。

“行，这礼妾身收下便是。多谢郭公子。”纪青璇如一般女儿家那样对着郭烨一揖，便是连称呼都换了一个。

如此反倒闹得郭烨不好意思了起来，不过他终归改不了他那个性子，当下还不知死活地问了一句：“不知这益母草到底有何讲究？我只听你们那日说可以养颜来着。”

“你不知道？小陆没告诉你？”

“不知啊。我虽会断案，但是这花花草草的，知道的真不多。”郭烨摸了摸鼻子。“不过小陆当时看我的眼神倒是怪怪的。”

话音刚落，纪青璇忍不住“噗呲”一声笑了出来，没想到这一向鬼机灵的郭烨也有这般木讷的时候，可就偏偏是这样的郭烨，反倒让她看着觉得更有趣了。

“益母草，便是听这名字也知是给为母之人用的。其药理我不太清楚。却知晓是用来治疗妇人胎漏难产，胞衣不下，瘀血腹痛的。”纪青璇眨了眨眼道。

这一番话下来，直把郭烨说红了脸，心中腹诽陆广白不仗义，嘴上则嗫嚅道：“我就想给你最喜欢的，没考虑这些……”说着，他就把手中的篮子往后收了回来:“回头我想想,再换个东西送你。”

“不用了,这个我很喜欢。”纪青璇却一把将竹篮抢了回去。过程中两人的手还碰在了一起,她的脸更是瞬间羞得跟块红布一样,在月色下都看得清清楚楚。她另一只手把一直攥着的那物往郭烨手中一塞道:“这个送你,傻子。”

郭烨低头一看,只见手中多了一个香囊,只是这香囊的针脚歪歪斜斜,一看就是纪青璇亲手所缝制。他习惯性地张口想调笑两句纪青璇的手艺,却被后者未卜先知般瞪了一眼,所有的话语全都吞了下去。

“你要不要?不要我收回来便是!敢废话一句,本姑娘就一刀砍死你,再把这个香囊烧给你!”纪青璇恼羞成怒,凶巴巴地威胁道。

“要,要,纪娘子的心意,郭某就是长了八个胆子,也不敢说一句不好啊!”郭烨连忙举手投降。

“不敢?”纪青璇秀眉一挑,似笑非笑道。

“不,不,不,不是不敢,是纪娘子手艺天下第一。是我说错了,合该掌嘴。”郭烨说着,象征性地要抽自己耳光,却被纪青璇一把捉住了手掌。

“胡闹什么,就知油腔滑调。”她轻叱道。

只是冷不防郭烨突然一反手,把她的柔荑握在了掌心里。纪青璇一惊,下意识想要抽手。可一抬头,却对上了一双几可把她的心都融化的神情双眸。

平时总是玩世不恭的郭烨,这时神情却是出奇的认真,握着她的手,双眼凝视着她,似有诉不尽的体己话要说。

“青璇,我有话要对你说。”郭烨第一次换了称呼。

而纪青璇竟也没有反对,只是低下了头:“你讲。”

郭烨似有些紧张,抿了抿嘴才准备说话。可就在他开口前的一刹那,却见陆广白急急忙忙地从远处奔来。一向云淡风轻的他,此刻的脸上却写满了焦急之色,大声叫道:“不好了,不好了,十三娘子出事了!”

“啊?”纪青璇和郭烨一惊,然后才发现自己两人的手还牵在一起,立刻像触电般分开。只是事情紧急,他们却是顾不得害羞了,急问陆广白道:“十三娘子出了何事?莫要慌张,你且说清楚了。”

“我也是刚收到徐帅遣人送来的消息……”陆广白看了两人一眼,也无暇多想,只急急忙忙地道:“十三娘子失踪的缘由,果真是遭到了不少藏头露尾之辈的追杀!”

郭烨闻言,却是一阵叹息。这其实是意料之中的事,像风十三娘这种掌握了太多秘密的人,在蓼风楼中,尚且大隐隐于市,周围应当也不会少了人护卫。可一旦离开了蓼风楼,又暴露了身份,那就不知有多少人想要置她于死地,让她再也开不得口。

“十三娘子知道得太多了,她一日不死,恐怕会有一大批人昼夜寝食难安啊!”郭烨感慨道。

“难道我们就这么看着不成?”陆广白露出怒色。

“当然不会。”纪青璇听他似乎隐约又把矛头指向郭烨的倾向,连忙打圆场道:“义父到底送来了什么消息。你得先告知我们,我们才知如何相助十三娘子脱离险境啊!”

陆广白这才定了定神,将事情的原委一一道来。

原来自当日风十三娘打定主意不愿连累自己的姐妹,孤身脱离蓼风楼之后,消息传开,针对她的暗杀就开始层出不穷。最开始,她还试图前往不良司寻求庇护,可是在遭到了一次截杀之后,也不知发生了什么,她却是突然改变了主意,铁了心不再向不良司靠近,甚至有一次徐有功派出的人主动想接近她,都被她避开。这样一来,她的处境立刻就变得险恶起来,好几次都差点落到不知何人派出的杀手手中。幸好在危急关头,出现了一群神秘人将她救走,这才勉强保住性命无恙。不过此时就在城中的月色之下,追与逃的较量还在不断上演,那些铁了心要将她灭口的人,依旧没有放弃追杀。

“徐帅有没有说她现在在何处?”郭烨打断了陆广白的讲述,问道。

“司里的人也一直在盯着,只是十三娘子不主动开口求助,他们也不好插手其中。毕竟那些追杀她的人里头,也不乏皇亲国戚、王子皇孙,他们是绝不会乐意十三娘子这样的人落入到不良司手中的。”陆广白语气沮丧地答道。

“那还等什么?”郭烨闻言,已经急匆匆地向门外跑去,边跑边咆哮道:“二宝、小萝,来,来,来,都动起来!操家伙,跟你们郭大哥去砍人了!直娘贼,连我们不良司指定要保的功臣都敢动,真当我们都是泥捏的不成?”爆发出江湖匪气的郭烨,满口粗话,暴戾得不得了。他心中也是焦虑得很,去请风十三娘帮忙的提议,最初是他提出来的,要是风十三娘因此有个三长两短,那他这一辈子都会觉得对不起小陆。

好在有了徐有功的关照，不良司对此事也是下了死力气，一行人才刚急匆匆地冲出了徐府，就有等候许久的不良人迎了上来，一边递上夜行办案的令牌，一边招呼道：“这边！他们追到城西去了！”

“走！”郭烨等人翻身上马，纵马一鞭，疾驰而去。

片刻他们就已经来到了城西，按照不良司的暗记稍一寻觅，就在一处僻静的坊市中，看到数队互不统属的黑衣人，正挥舞刀剑，对几名浑身浴血的魁梧汉子穷追不舍。

郭烨眼尖，借着月色，一眼就看清，人群中被汉子们护住的白衣女子，正是他们寻觅多日的风十三娘！即使是晚上，风十三娘也戴着一副面纱，在她周围，保护她的汉子正在迅速倒下，人数越来越少。一个首领模样的人见状忍不住大喝道：“保护小姐先走，来两个人，随我为小姐断后！”

“小姐？”郭烨一愣，但这时也顾不上深究了。

他当即大喝一声：“二宝、小萝，给我上！敢有不退者，给我照死里打，死伤勿论！”

第三十六章　郭烨的杀招

李二宝、张小萝素来就是郭烨能够驱策的最锋利的尖刀。尤其是李二宝，在李昭德死后，他已经完全归了不良司，冲锋陷阵，无往不利。此时随着郭烨一声令下，他便把张小萝掩在自己身后，势如猛虎下山，毫不犹豫地冲杀了出去，一双铁锏挥舞得呼呼作响，直砸向围攻风十三娘一行的黑衣杀手。

“拦住他！”这突然杀出的援兵，自然惊动了黑衣人。不过他们追杀了风十三娘这么久，也不可能因为有人插手就放任到手的猎物逃脱，马上就有一个五大三粗的壮汉冲了出来，拦截李二宝和张小萝！

“给俺滚开！”李二宝大喝一声，声若洪钟大吕，震得人耳朵生疼。

但那拦路的大汉也不是省油的灯，他的脸上纵然蒙着黑巾蒙着，却依旧能够看出那一脸的张扬的横肉在颤抖。就听他狞笑一声，扬起一对短戟，迎向李二宝的双锏！

“当！”双锏和双戟碰撞在一起，发出震耳欲聋的脆响。要说这大汉敢于直面李二宝，也不全是狂妄，一身气力也自不凡，竟硬生生架住了李二宝的双锏。如此横硬，这在李二宝之前经历的争斗中，还从未遇到过。李二宝的双锏被铁戟上的小枝锁住，一时抽不出来，只能与对方进行角力。两人同时虎吼一声，脸涨得通红，额角青筋暴绽，脚下的夯土地面竟然被他们的蛮力踩塌，“轰”的一声陷下去一个小坑，烟尘扬起。

“看不出来，你小子还有一把子力气。”

“你也不差。”

两人咬牙切齿地嘲讽着彼此。

“二宝我来助你！”张小萝拖着大剑赶了上来，正待出手，李二宝已经嘶吼道：“别管俺！去救人！这傻大个不是俺的对手！”

“老子不是你的对手？”黑衣大汉被李二宝的话激怒，双戟又往前压了压，恶狠狠道：“那你倒是从老子身上跨过去啊！”

这一下，两人的脸都几乎贴在了一起，能清楚感觉到对方口鼻中喷出的热气打在自己脸上。

李二宝却不理会他，见张小萝还在犹豫，又吼道：“快去！十三娘子要支持不住了！”

“好！你快点搞定他跟上来！”张小萝一咬牙，越过两人继续前冲，可才刚起步，就听见身后传来“轰”的一声巨响，接着就是大汉撕心裂肺的惨叫！

原来就在她离开的一刹那，李二宝突然撒手，松开双锏，一双筋骨突兀的大手，顺着黑衣大汉双戟的长杆就滑了上去，在后者反应过来之前，一把拿住了他的肩膀！

“喝！”李二宝大喝一声，沉腰坐马，双臂同时发力，竟在刹那间将失了防备的黑衣大汉举过头顶，整个人往后一仰，将对手狠狠摔向了地面！

“砰”一声闷响，沉闷的夯土在黑衣大汉沉重的身躯下裂开一条条龟裂的纹路。他被摔得头破血流，“哇”的一声，口吐鲜血，却是脏腑已经被震成了重伤。

“不堪一击。”李二宝拍拍巴掌,捡起掉落在一旁的双锏,一步跨过了黑衣大汉还在抽搐的身躯,同时憨厚一笑,道:“这段日子俺暗中苦练角抵,就是为了对付你这样人,真以为俺只会蛮力么?那岂不是会被小萝甩开太远?”

原来自从得了李昭德的嘱咐,李二宝就一直苦思怎么把自己的作用发挥到最大。这段日子以来,但凡有空,他都会出门,屡屡拜访角抵名家以学其艺。初时郭烨他们都只当他是在玩乐,以宣泄心中的哀戚。直到此刻才知道,这个看似憨厚的少年,其实一直在努力磨炼自己,而现在,终于让他等到了一鸣惊人的机会了!

好样的!二宝!张小萝被身后的动静惊动,回头看了一眼,彻底放下心来。没了后顾之忧的她,立刻把自己的剑术完美展现了出来。

貌似沉重的长剑在她手中轻轻一挑,居然给人一种眼花缭乱的感觉,转眼就杀到了离自己最近的黑衣人跟前。一阵点、刺、劈、挂、崩,雪亮的剑光如行云流水般泼洒而出,瞬间就杀得两名前来拦截的黑衣人汗透重衣,几乎每一刻都是在生死边缘挣命!

“我们也上!”看到两小只大发神威,郭烨也不由得一阵热血沸腾,居然破天荒的大吼一声,拔刀冲了上去。

纪青璇一个猝不及防没拉住他,气得直跺脚。“得意忘形,不晓得自己有几斤几两么?上去寻死啊!”不过说归说,她还是赶紧抽出自己的长鞭跟了上去,美眸紧盯郭烨,生怕他出了什么状况,自己也好随时救援。

可是接下来发生的事情,却让所有人都惊得目瞪口呆!

只见郭烨逼近一名黑衣人之后,突然裹足不前,探手入怀,摸出一个竹筒,朝前泼出一片粉末。

“这……还真以为你长进了!”纪青璇看得哭笑不得,只道他又使出了石灰迷眼的拿手好戏。

不光是他,直面郭烨的黑衣人大概也是如此想的,他们中作为杀手,腥风血雨里滚过,什么场面没见过?当场解衣一甩,就要把所有扑面撒来的粉末挡在外面。

可就在此时,郭烨趁着他的视线被粉末和自己的衣衫遮蔽,竟突然又把腰间的刀鞘也拔了出来,和横刀一起刺入粉末中,重重一撞!

“当!”刀鞘和刀刃相撞,竟诡异地发出了金铁交击声。下一刻,只听“轰”的一声,那漫天的粉末竟瞬间爆燃成一大团刺眼的明黄色火球,撕裂了夜幕,散发出滚滚的热浪！

只可怜那名黑衣人，突然觉得一团明亮的火光透过他的黑衣，还没来得及看清，熊熊火焰已经扑面而来，把他的须发、衣物都一并给点燃了！

“啊！”烈火焚身的痛楚，就是这等经过严苛训练的杀手也抵挡不住，当即滚倒在地，发出凄厉的嘶吼。可诡异的是，那明黄色的火焰任凭他如何翻滚扑打，竟也只是稍微黯淡了一些，却始终不曾熄灭。火苗如跗骨之疽，在他身体上不断蔓延、燃烧。短短片刻间，这黑衣人就挣扎不动了，空气里也弥漫起一股皮肉被烧焦的恶臭！

突如其来的变故惊呆了所有人，这些杀手干的就是刀头舔血的买卖，都是利刃加身也不眨眼的主，可像现在这样，一挥手，就洒出大片烈火把人活活烧焦的，他们还真是从未见过！不，甚至连理解都无法理解！当不祥的焦臭味扩散开来，众多杀手的士气终于崩溃了。不知是谁喊了一声：“妖术！他会妖术！”

一群杀手竟朝着远离郭烨的方向，齐刷刷地退后一步，眼神中充满了恐惧和动摇。“撤！”杀手头目知道事不可为，终于下达了撤退的命令。

郭烨也不追杀，就站在原地，威风凛凛地逼视着他们，状如天神。这般作态，落在众人眼中，自然又成了强者的证明，一群杀手互相搀扶着，连滚带爬跑得更快了，生怕他反悔，又是一把怪火烧了出来。

可等纪青璇来到郭烨身边，却错愕地发现，这厮像是僵住了一般，忍不住低声问道：“你究竟是怎么回事？”

郭烨回过头来，给了她一个比哭还难看的笑容：“哥……哥厉害吧？”

“少油腔滑调的，快说，到底是怎么回事？你何时会的这妖术了？”纪青璇俏脸一板，问道。

郭烨深吸了几口气，才稍微镇定了下来，扶着纪青璇的胳膊，挪动了一下自己被吓得僵硬了的腿，才道：“什么劳什子妖术，努力变强的又不只是二宝一人。我也一直在努力不要拖你们的后腿啊！这招是上次看了眩人的手段之后，我找丰都市的中土眩人们学来的，再结合师傅当年教我的一些东西，方有此效果。其实就是把野外鬼火的火磷粉和道士们炼丹的硝药调在一起，再在刀鞘上镶了块火石，泼出去点燃就行了。火磷是找方玉娘他们要的，他们以前写信最喜欢拿这个烧信了，硝药是找丰都市的眩人买的。只是我也没想到，这两样东西混在一起，威力居然会这么大。娘的,吓死个人了!”说到最后,他哭丧着脸,一副后怕到了极点的表情。在见识过黑衣人惨烈的死法之后,他是真的毛骨悚然了。要是方才出了半点差错,被火烧到自己身上,估计就是两人同焚了。

纪青璇闻言也是苦笑,拍拍他的肩膀,正要安慰两句,忽然听见从风十三娘那边传来一声尖叫:“你不要过来！不准看我！你走啊!”

第三十七章　破相的绝色

突然响起的尖叫,吸引了郭烨他们的注意力。他们听得很清楚,这个声音,正是他们此行要救之人——风十三娘发出来的。只是这声音里充满了惊惶的意味,让他们还以为是有漏网之鱼趁乱刺杀风十三娘,纷纷一惊。可扭头看去,却不见任何危机,只有陆广白站在离她不远的地方,一脸手足无措的神情。

“十三娘子,不是说好事成之后,你来我们不良司,由我们庇护你的吗？为何望门而返?”陆广白急切地问道。

“陆郎,你能冒险来救奴家,奴家感激你的恩义,可是……你走吧！奴家真的不想再见你!”风十三娘把头偏向一边,啜泣道。

“这又是为何?”陆广白闻言不禁慌了手脚,再也不见往日的淡漠清冷。

虽然他和风十三娘的感情,从最开始就是风十三娘主动,直到戳破最后一层窗户纸,都是风十三娘逼他表的态,但这并不意味着,他对风十三娘就没有感情了。他是那种面冷心热的人,虽然一直被动,但心中的感情,却一点都不比风十三娘少,如今陡然听闻风十三娘这般说,他只觉得天都像要塌了。

倒是郭烨等旁观者已经看得门儿清,他踏前一步,对风十三娘道:“十三娘子绝非忘恩负义之人,如今却宁愿冒生死奇险都不肯求助于小陆,可是有何苦衷?”

他这话看似是在问风十三娘,但其实却是在提点陆广白。好在陆广白也并非蠢人,马上反应了过来,追问道:“十三娘子,郭副尉所言可是真的?”

李二宝和张小萝这时也已经擦净了兵刃上的血迹,走了回来。特别是走在前头的张小萝闻言不禁附和着劝道："就是啊，风姐姐，你与我们不良司的关系，早已是一荣俱荣、一损俱损，还有什么苦衷，是我们不能一起分担的呢？"

"你们不懂的。"只是任凭他们如何劝说，风十三娘就是不肯答话，以袖掩面，妙目垂泪不停。

"你不说我们怎么会懂？"陆广白终于急了，大踏步上前，握住风十三娘的手臂。只见他用力一扯，把风十三娘拉向自己，可是下一瞬，就听张小萝在后面惊呼："啊！你的脸……"

陆广白也被这声音惊了好大一跳，这才定睛看去，只见风十三娘清丽的脸上，竟然多了一条如蜈蚣般狰狞的刀疤。那刀疤上还透着令人惊心的赤红色，显然是伤了不是太久的。

风十三娘到底也是个巾帼不让须眉的女子，见如此她终也不再遮掩。

"看到了吧？"风十三娘语气凄婉而绝望。"奴家自离了蓼风楼，第一日便被前来截杀之人追击，若非叔伯们相救，早已魂归黄泉。可即使如此，也还是伤了脸颊，如今已然破相。形貌如此丑怪，又有何面目长伴陆郎你左右呢？"

陆广白牙齿咬得"咯咯"作响。与他相识数年，郭烨都未曾见过他露出如此愤怒的神情。他问道："这便是你宁死也不来见陆某的原因？"

"这还不够么？"风十三娘反问道："现在你已知道了真相，还不快快撒手！真要奴家一头撞死在你面前么？"

"你在说什么傻话？莫非在你眼中，陆某便是这等以貌取人之辈么？"他突然一把将风十三娘搂进怀中，在她耳边低语道："你莫要胡思乱想了，以后陆某再不会让你须臾离开我左右！"

风十三娘的情绪终于稳定了一些，陆广白又是一阵劝慰，只道这伤也不是不能治，至少凭借他的医术，虽说不能完全恢复原状，但是让它不那么明显还是可以做到的。如此这般下来，好歹让风十三娘松了口，同意跟他一起回不良司了。

"这真的是小陆吗？平时看着笨嘴拙舌，真到了关键时候，哄起小娘子来都是一套一套的。"郭烨站在后头低声对纪青璇道。

纪青璇瞥了他一眼："这证明小陆是动了真感情，说出来的都是肺腑之言，不像某些人，成天油嘴滑舌，说出来的话也不知哪句真哪句假。"

"天可怜见，郭某对纪娘子你说的话，可都是句句属实啊！"郭烨没想到随口打趣陆广白，会把火烧到自己身上，忍不住叫起了撞天屈。

纪青璇却是抿嘴一笑，但还是不肯放过他。“你这句话我就不知是真是假。”

“莫不是非要郭某把心剖出来，纪娘子你才肯信么？”郭烨苦着脸问道。

“你剖一个我看看啊。”纪青璇嫣然一笑。

郭烨还在那里滴溜溜转眼睛想说辞，陆广白已经带着风十三娘过来与众人见礼了。

“多谢诸位相救，大恩大德，奴家感激不尽。”风十三娘冲着众人一揖。

“十三娘子这是说的哪里话，这个谢字又从何说起。何况就算要谢，也是你舍命助我们在先，也该是我们先谢才对。今日之事，不过是该做的。”郭烨忙道。他在心里真是感激死风十三娘了。

“陆郎，且随奴家见过诸位叔伯，若无他们舍命护持，只怕你我就再无相见之期了。”谢过了不良司众人，风十三娘又把之前拼死保护她的那几条中年汉子介绍给众人。

“咦，诸位是……”起初陆广白等人还以为这些浑身浴血的汉子，是风十三娘培养起来的心腹，毕竟做这般隐蔽的买卖，身边有所驱策也是正常。

但郭烨却是早就看出来了，这些汉子对风十三娘极为忠心，许多次甚至不惜以身相护，挡住劈向后者的利刃。这等死士般的举动，绝非用银钱收买的手下能做得出来的。且看他们的身手，都带着浓浓的行伍风格，进退一体，配合默契，正因为这样，才能以数人之力，抵挡住数倍于己的杀手袭击。“看来风十三娘的来历，果然不简单啊！”

“这些叔伯都是奴家父亲当年的亲卫，想不到他们一直暗中守护着奴家，怎不让奴家感激涕零？”风十三娘拭了拭眼角的泪珠，沉声道：“只恨奴家任性，连累不少叔伯无辜丧命，真是罪孽深重了。”

两军交锋，岂有不死人的道理？就在刚刚，这些行伍之人就在杀手的袭击下出现了伤亡，更别提这几日来为了保护风十三娘，一直在与源源不断的杀手鏖战，必然是死伤惨重。

“小姐快莫如此说，真是折煞了卑职等人了！”一个络腮胡子听了风十三娘的话，却是露出了惶恐之色，泪眼朦胧道：“卑职等身为亲兵，保护将军的骨血，岂不是天经地义之事？当年我等人微言轻，救不了将军，难道今日还要眼睁睁看着将军唯一的骨血去死吗？那我们日后有何面目见将军于九泉之下？”

“将军？亲兵？”听了双方的对话，陆广白眨了眨眼，问道：“十三娘子，你究竟是何人之后？”

“实不相瞒，家父乃是昔日李唐名将黑齿常之。当日奴家自称有血海深仇，也绝非信口开河之语。”风十三娘终是说出了实情。

“黑齿常之？”这下子，就连郭烨都吃了一惊。

黑齿常之，百济人，黑齿氏，李唐一代名将。降唐后数十年，黑齿常之屡建战功，威震天下，晋爵燕国公。永昌元年，受酷吏周兴诬陷，黑齿常之含冤自缢而死。而这些暗中保护风十三娘的中年汉子，便正是当年黑齿常之的亲卫。

好大的来历。郭烨暗叹。虽然他也曾在心里对风十三娘的来历多方揣测，却万万想不到她竟是将门之后。只是昔日名将之女，却沦落于此，也是令人唏嘘不已。

“诬陷你父亲的乃是周兴，他却是早已伏诛，为何你还说有血海深仇？”纪青璇对黑齿常之的生平耳熟能详，这时不禁开口问道。

“好叫小娘子知晓，当年旧事的真相却并非如此。明面上诬陷将军的周兴，只是被推出来的一把刀，真正的操刀者另有其人。我等心有不甘，查证近十年却也一无所得，只知是朝中的某位大人物，具体是谁却不得而知了。我辈愚鲁，愧对将军的栽培啊！”回答纪青璇的，却是黑齿常之亲兵中的一人。

第三十八章　薄酒祭梦白

黑齿常之的疑案，终究还是得先放下。不过郭烨和纪青璇还是向风十三娘再三保证，说日后如有机会，一定会查清黑齿常之的旧事，为其沉冤昭雪。再加上陆广白也是指天发了毒誓，即便是风十三娘如今的模样，他也不会介意。得了这些个保证，又有李二宝和张小萝的助攻，风十三娘终于收起了别的糊涂心思，带着仅剩的几名黑齿常之的亲卫，和他们一起回了徐府。

此时，晨钟刚刚敲响，也幸亏徐有功素来上朝都有早起的习惯，当下早已得了不良人的回报，在自己的院落中等候众人。

“你们且放心在我这府上住下，日后自有本官庇护，再有任何针对你们的行动，都是与不良司为敌。”徐有功的书斋中，他一脸认真地许下承诺，自有一股令人信服的气度。

“奴家谢过徐少卿。”为表慎重，风十三娘将脸上的面巾取下，这才带着自己父亲的亲卫一同施礼，谢过徐有功。

“太好了。”李二宝用力挥了挥手拳头，笑道：“以后有了十三娘子的情报支撑，我们不良司查案，就更加如虎添翼了。”

没想到他的话音才落下，徐有功就脸色一沉，瞪了他一眼，然后对风十三娘道：“若要取得我不良司庇护，那便是一段新的开始。以前你所知的那些事，全部都得烂在肚子里，万万不可有只言片语泄露，不然谁也保不住你。”

风十三娘点头道：“奴家理会得，断不会给不良司和徐少卿您找麻烦。”

徐有功微微颔首道：“你是个明白人。”

倒是李二宝大失所望道：“为何啊？”在他简单的想法里，从事风媒买卖多年的风十三娘，就是一个精通八方消息的宝库，说不定其中就会有他们破案需要的线索，放着这样的宝库不用，实在是暴殄天物。

“二宝住口。”听了徐有功和风十三娘的一问一答，郭烨也反应了过来，喝止李二宝道：“十三娘子来我不良司是做客的，不是来履职的。你这般言语，实在是太失礼了些，还不向十三娘子道歉！”

李二宝愈发委屈，嘴里嘟哝着：“十三娘子难道不是自己人么……”但在郭烨凌厉的目光之下，他还是不情不愿地向风十三娘道了歉。

郭烨还不放心，警告他道：“日后莫要再让郭某听到这样的言语，否则惹下麻烦，定不轻饶了你。”

“郭副尉莫要再责难二宝了，他为人淳朴，这才思虑不全罢了。”风十三娘本人笑着打圆场。

张小萝最是见不得李二宝受委屈，当下也忍不住道：“这能惹下什么麻烦啊？”

纪青璇知道两小只锦衣玉食惯了，少见人心诡诈，对这种事没什么判断力，忙抢在郭烨再次开口前解释道:“朝堂之事,多有不可言之默契。十三娘子在洛阳、长安两地抛头露面多年,其经营的酒肆广揽天下客,所知晓的隐秘实在太多。如今我不良司既出面,便意味着不良司对十三娘子进行监管,使她不至乱语,坏了大家颜面。同样,我们保下了她,也意味着不能利用她的情报针对任何人,至少明面上不能。否则便是坏了规矩,哪怕是不良司,也未必扛得下各方的怒火。”

两小只听得一愣一愣的。“原来如此,竟还有这么多门道。”

纪青璇嫣然一笑,在两人头上各敲一下:“你们两个呀,想当一个称职的不良人,要学的东西还多着呢!”

“以后不懂的东西,多看,多问,少说话,莫要自以为是,省得贻笑大方。”郭烨也道。

“好了,二宝已经知道错了,不知者无罪,以后不再犯便是了。你莫要只顾训人,也不看看这是什么场合。”纪青璇掐了他一把。

徐有功笑了笑,问道:“那接下来你们有何打算?”

怎知不待郭烨说话风十三娘便先开口了:“徐少卿与诸位还有公事要谈。奴家这折腾了一晚上的,也确实乏了,想告罪下去先安置了。还望徐少卿准许。”

“倒是老夫思虑不周了。”徐有功似是很满意风十三娘的知趣,点了点头道:“管家早已打点妥当,就在院子里候着了,十三娘子自去便是了。”

当下风十三娘诸人又行了行礼,便告退出去了。

郭烨看着几人的背影最终消失在门口,这才沉吟了一下,道:“李梦白的葬仪就在今日,卑职打算先去祭奠一番,权当谢过他的救命之恩,然后再全力清查那一位委托之事。”

“那一位”自然是指女皇陛下,只是当日双方并非正式的觐见,而女皇既然如此行事,自然是不想将此事暴露在人前。此刻又有风十三娘等人在场,因此郭烨说话时,自是要避讳,便以“那一位”代称。

对于他们要去参加李梦白的葬礼,徐有功却是没什么意见。“知恩图报,不避嫌,确是吾辈应有之风采,你们且放心去,此事不至有什么风波。不过那一位交代下来的事情,你们却是得抓紧了。时隔多年,不说马上查出什么结果来,至少要让她看到你们在行动,而非消极怠工。若是过程中遇到什么艰难险阻,自可向薛讷寻求援手。本官会交代他,所有涉及此事之调动,在严守秘密的前提下,都将便宜行事，为你们提供帮助。”

“多谢徐帅。”郭烨等人躬身致谢。

“食君之禄，忠君之事，何谢之有？”徐有功站起身，转身走进内室，只留下一句话：“要说谢，说不定还是我们这些老家伙要谢谢你们啊。当年局势混乱，牵连甚广，便是陛下心有疑虑，难以深查。在我们手上搁置的真相，说不定就要由你们这些年轻人来揭示了。”

郭烨闻言，心中一动，却也没说什么。

因为家产已经被充公，李梦白的宅邸也归了朝廷，葬礼只能在城郊的义庄中举行。不过当郭烨等人赶到之后，才发现其实这也并没有什么影响。李梦白的丧事，是李二宝委托人置办的，而此刻除了他们一行人之外，便罕有人参与了。只有一队谁也不认识的年轻人，面沉如水，在那里躬身祭拜，也不与他们交谈。

白色的挽幛飘荡在义庄外的旗杆上，三三两两的纸钱洒落在地，即使已是盛夏，义庄所在的山坡上却依旧是一派凄凉荒芜的景象。

“可叹李兄生前高朋满座，身后却只得我们几个来送行，世态炎凉，真是莫过于此啊！”郭烨注视着李梦白冰冷的灵柩，神色中说不出的苍凉感慨。

“他生前的门客，说是奇人异士，其实也不过就是讨口饭吃的江湖人，如今家产被抄没，自然树倒猢狲散。至于他以前结交的那些王子皇孙，又有几个不是冲着他身后的李氏宗族而来的？此时听说他卷入谋反之事，哪怕将功赎罪了，他们也是避之唯恐不及，又怎会来悼念呢？”纪青璇倒是看得很开。“这也怪不得他人，情理之中罢了。”

“这一点郭某自是知晓，只是感叹李兄乃是一世至诚之人，却始终生活在谎言之中，连一个可以交心的朋友都没有。真是不亦悲呼？”郭烨道。

“此话怎讲？”纪青璇道：“我等不是来祭奠于他了么？他若是泉下有知，定会将你引为知己的。”

“引为知己吗？只盼他不要怪罪郭某才是。”

纪青璇一愣：“何事怪罪于你？”

郭烨却是自嘲一笑，没有回答，转身招了招手，接过李二宝递上的酒水，倾倒在李梦白灵前。“薄酒一杯，聊表哀思。李兄一路走好。只是人间大义，胜过儿女私情。郭某亏欠你之处，只能留待日后黄泉相会，再向李兄致歉了。”

听他这么一说，纪青璇愈发奇怪，总觉得他背着自己又有什么布置。只是无论她如何问，郭烨都是面露愧疚之色，推辞不说，只道日后必见分晓。

祭奠完成之后，他们便向山下走去，可才至半途，便听见身后义庄中传来一阵喧哗之声，似有多人争执打斗。

纪青璇等大吃一惊，下意识拔出兵刃就要回去察看，只有郭烨像是早有预料一般，头也不回地往山下走去，口中道："今日乃是李兄出殡之日，我等原来是客，不宜妄动刀兵，由他们闹去吧。此事，郭某做到这一步，也算是仁至义尽了。"

纪青璇恍然大悟，看向郭烨："是你安排的？"

"安排谈不上，郭某只是向徐帅建议，放出风声，就说在李兄的遗体有异，或有线索指向幕后黑手。如此一来，不管他们信或者不信，都必然会派人前来查验，至少得确认一下真假，或者看泄露了多少，以作应对。便如当日王大将军诈死，那些个契丹人明知是计，不也得探上一探吗？只是郭某却没想到，他们居然这么沉得住气，等了这么多天，也没有事先偷入义庄，反而在葬礼上扮作悼客下手。不过听这动静，应当还是被徐帅他们暗中安排的人手查知，希望能审出点有价值的东西来吧！"郭烨道。

纪青璇闻言不禁皱眉叹道："死者为大，若非我们多次斩断这伙人的势力，他们也未必会寻李公子出手。如今我们这般做，似有些不地道吧？"

"你的意思是……"郭烨的声音越来越小，好一会儿，才继续道："我确从未想过这一茬。按你这般说来，倒是确有可能。他虽是有目的的接近我们，但在此之前的确也从没有任何不轨的动作……"郭烨说着说着，嘴角便露出了一丝苦笑。"罢了。忠义不能两全，只好对不起他了。"

话音刚落，忽见山坡上跑下几个人来，个个身上带伤，身后还有一群作丧礼司仪打扮的不良人，在那里穷追不舍。

郭烨见状，眼神一凝，喝道："二宝、小萝，速去帮忙！帮不良司的同袍把这几个人截下来，莫要给他们自尽的机会！"

"是！"李二宝、张小萝应声而去。

看着双方打成一团，纪青璇不禁好奇道："你不是说我们身为悼客，不宜妄动刀兵吗？"

郭烨目视前方，狠狠道："那是在其他不良人能搞定的前提下，现在情形可不一样了。郭某已经对不起李兄了，可不能再对不起自己。要这样布置还让他们跑了，郭某岂不是枉做小人了？”

第三十九章　功成身可退

张小萝和李二宝，成了压倒幕后者爪牙的最后一根稻草。

原本他们就做好了准备，这极有可能是不良司设下的一个陷阱，所以一行人行事颇为小心，一直忍到葬仪之日准备混在悼客中探查一番。可谁承想世态炎凉到这般地步，这李梦白身死之后，竟无人来悼念，这才使得他们漏了踪迹。可即便如此，以他们的实力，并非不能摆脱其他不良人的追击，反正该探查的事也差不多了。

没想到的是眼看就要逃出生天了，却从斜拉里突然杀出这么一个力大无穷的莽汉和一个剑术高明得不像话的小娘子，两人下手既黑且毒，这还让不让人活了？

“是扶余小郡主和二柱子！”一个照面就被放倒了两名同伴之后，伪装成悼客的幕后者爪牙，终于认出了李二宝和张小萝的身份。

若是换作以前，李二宝一听到他最反感的“二柱子”这个匪号，早就炸毛了。但现在，一切于他就如东风吹马耳，根本不放在心上，只是手中双锏舞动得又疾劲了三分，配合着张小萝的大剑，编织成一张密密的罗网，把这些爪牙牢牢地束缚在原地，只能接受他们的逐步蚕食。

“砰！”抓住一个破绽，李二宝再次出手，一个箭步，冲进这批爪牙的防线，左右开弓，把反抗得最激烈的两个对手砸得骨断筋折，倒地不起。至此，幕后者一方的士气终于彻底崩溃。

其实此事的偏差就出在，他们原本准备悄无声息地隐匿身份行事，故而所派之人都不是什么意志坚定的死士，而是耳聪目明之辈。这样的人，察言观色、探查情报可以，但是独独缺了一丝气节。眼看着自己一方最强的几人接连被打倒，他们都生出了自保的心思，朝着四面八方一哄而散。

只是这么做,固然让李二宝和张小萝分身乏术,但也给了其他不良人发挥的空间。他们早就在一旁摩拳擦掌了,此刻一看有自己登场的机会,二话不说,一拥而上,几乎把所有伪装的悼客全部擒获。只有一个运气特别好的,冲出了包围圈,连滚带爬逃进了山下的树林里。

“我去追!”张小萝大剑一横,就要往山下追去,但被郭烨及时拦住:“算了,穷寇莫追。小萝你身娇肉贵的,跟这些弃子玩命划不来。”

好说歹说劝住了张小萝,众人一回头,却看到李二宝正像尊铁塔一样,站在被擒获的假悼客跟前,一板一眼地分析道:“能知道俺‘二柱子’的诨名,说明你认识俺。不,你应该不认识俺。你没有在第一眼认出俺,你应该是从旁人那里听说俺的名字的,而且这个人还习惯性用‘二柱子’来称呼俺……嗯,是这洛阳城中的熟人吗?”

听着他颠三倒四的分析,却还真的推出点东西来,郭烨等人在刮目相看的同时,又生出哭笑不得的心思。

“几时起二宝也会动脑子了?”纪青璇低声道。

“我只道他这些日子长进了,没想到竟是大大地长进了。”郭烨眼看李二宝捣鼓捣鼓,还真要把幕后之人给推出个大概来。他忙大步走上前,一把拉住了李二宝。“行了,走吧! 在场的都是明眼人,无须你饶舌。我们走吧!”

“啊?”李二宝茫然地看了一眼地上的俘虏,似不明白众人追索了这么久,怎么好不容易逮到的活口就在眼前了,郭烨却喊着要走了。

“我们眼下最重要的事,还是那一位的委托,不宜舍本逐末。”郭烨抬脚踢了踢地上的俘虏,笑道:“这算是我们为此前那一连串案子做的一个收尾吧,现在是时候功成身退了。”

其实,他还有一句话没说,在衙门里行事,最重要的是懂得和光同尘之道。他们这一路以来破获的案子不少,特别是那一系列环环相扣的大案,虽说最终的真相是女皇陛下诉之于口的,但是从他们的角度来说,已是无限接近真相了。没有最终破获,不过是因为有些因由只得女皇自己知晓罢了。现如今,既得了女皇的关注,且有了新的任务,那么对他们而言,在这件事上,就是时候分些功劳出去给其他的同僚了。出来行事,你自己吃肉,总还是要给别人留口汤喝的。果然,听了他的话,其他不良人都露出了惊喜之色。

今日的诱饵计划，本就是郭烨提出来的，能参与执行这个计划，已经是个捞功劳的好机会，可他们还是差点让人给跑了，最后还多亏了张小萝和李二宝出手。按理说在这种情况下，他们最多有点苦劳就顶天了，甚至还可能给上官留下一个办事不利的印象。但听郭烨话里的意思，却是要把这份功劳都舍与他们了，这让他们如何不欣喜若狂？

“诸位兄弟，这些贼人就交给你们了。我等先走一步！”郭烨也确实做到了功成身退的承诺，一拱手，毫不拖泥带水的下山而去，对这些可能蕴含了大功劳的俘虏竟是毫不留恋。他这样爽快的举动，顿时让在场的不良人对他好感大增，曾经因他非洛阳嫡系而产生的排斥感，更是荡然无存。可以说，直到这一刻，他们这一支从长安而来的人马才算是真正融进了洛阳不良司，而不再是依靠徐有功的威压。

待他们回到不良司，其他押送假悼客的不良人也前后脚就回来了。经他们一宣传，郭烨他们立刻感觉到周围人看自己的眼神都不一样了，充满了认可与善意。

不过他也不甚在意，当初敌意满满的窥视都不能阻止他查案，更何况是善意的目光呢？他把众人找到一起，道：“天意不可违，陛下既然已经明言要我们查二十年前的东宫旧事，那我们就必须把这件事办妥了，办漂亮了。须知陛下一代明君，可不是那么容易糊弄的。把她惹恼了，我们都要吃不了兜着走。”因为在场的没有外人，他干脆也把话挑明了说，不再讳言女皇的身份。

听他这么一分析，纪青璇也露出了忧心忡忡的神色，旧话重提：“可是，时间已经过去这么久了，当年都没个明确的说法，更何况如今？”

“不，其实明确的说法一直都有。”郭烨淡淡道：“你们注意到陛下还有徐帅他们的暗示了吗？都说当年之所以没有一个明确的真相，便是因为明里暗里颇多掣肘。若真的一点问题都没有，掣肘从何而来？”

“你的意思是，孝敬皇帝真的是被人……”纪青璇眉头一跳，做了一个割喉的手势。

“嗯。”郭烨点头，道：“既然是查案，我们也不必忌讳什么了。郭某就明说了吧，孝敬皇帝之薨，疑点重重，若非此事乃是女皇陛下亲自托付于我们，郭某甚至觉得，陛下她还真就是最大的嫌疑人了。她有动机，事后最大的受益人也是她。民间流言，也是空穴来风，未必无因啊！”听他这般大胆地说话，众人即使明知没有外人，但还是忍不住一阵心惊肉跳。当年孝敬皇帝乃是太子，且为人贤德。他不死，女皇上位就是名不正言不顺。而事后女皇也确实登上了皇位。从这个角度来说，郭烨的分析真是一点都没错。

“郭副尉，这种没意义的话莫要再提了。”纪青璇连忙阻止道：“若真是陛下所为，她又何必让我们去清查此事呢？”

“不错，所以若真有一个凶手，必然不会是陛下。”郭烨微微颔首，道：“或者说，我们只能默认不是陛下，不然不管查得出来、查不出来，我们都是死路一条。不过想来陛下日理万机，也不至于用这种手段来消遣我们这些小人物。”

“那你刚刚的话是何意？”

“还记得我曾经告诉过你们的吗……”郭烨环顾一圈，道：“若是在没有线索之时，便可以用锁定受益者的方式，来猜测嫌疑人，谁获益最多，谁的嫌疑便最大，你们想想，孝敬皇帝薨逝，谁是最大的受益者？”

“陛下……”

“除了陛下！”郭烨一脸郁闷地叫道：“感情我刚才那一大堆话白说了。”

众人冥思苦想，脸上渐渐都露出了明悟之色，只是你看看我，我看看你，却是谁都没有把那个答案宣之于口。

最后，还是郭烨冷笑一声，道：“都不敢说是吗？那便由郭某来开这个口吧！当年陛下身为天后，大权在握，最盼着孝敬皇帝死的，无非就是武家那一伙人而已。”

太子李弘身死，女皇登基，那武家就由外戚名正言顺地转成了皇亲国戚，甚至还有一丝继承大统的希望。当然，事实也确实如此，女皇登基之后，武家威势大涨，若非李昭德他们拼死阻止，怕是早就让武承嗣当上了皇嗣了！

“明白了吧？”郭烨敲了敲案儿，强调道：“接下来，我们主要去查证的，就是两个方面，一是武家，看他们在当年的旧事中，到底扮演了什么角色……哼，想来追杀东宫旧部的时候，他们肯定是出了不少力的……”想起自己父母也是在当年那一次变故中分离，自己母亲到死都对父亲念念不忘，却终究没能再见上一面，郭烨就禁不住恨得牙痒痒。

“那日陛下说，你的祖父和父亲都曾效力孝敬皇帝……”纪青璇目光直视郭烨，低声道。

“不错。郭某的父辈都是东宫旧部。”郭烨点了点头承认了，只是不愿再多说。

纪青璇等人只道他心中苦楚，也不敢多问，忙转移话题道：“那除了武家，你说的另一个方面是什么？”

“猎人有了，自然还缺猎物。”郭烨皱眉道：“当年被追杀的人里，可是有不少都活到了今日呢！从他们嘴里，我们说不定能得到不少有价值的线索。”

第四十章　访当年旧人

郭烨想找的人，自然是以方玉娘为首的义门。

纪青璇原本尚不知郭烨信心满满能找到的东宫旧人，究竟为何方神圣，直到双方见了面，她方才露出讶然之色。她这才明白，原来他们苦苦求索的知情人，其实一直就在自己身边不远的地方。明确了这一点之后，她不知又想到了什么，看向郭烨的眼神，也愈发复杂起来。

不过郭烨却是没时间关注这些许的旁枝末节了，他的精力全部集中在了与方玉娘的交涉上。“此事干系重大，而且又与你们也在追查的真相不谋而合，还望方娘子行个方便，将当年幸存下来的几位前辈请出来，不吝赐教。郭某不胜感激。”郭烨拱手道。

“郭副尉当日不是对此事无甚兴趣么？便是听都不愿多听，怎的今日竟改主意了？”方玉娘只道郭烨又遇着了什么棘手之事，倒是没承想竟是为此而来。

“今时不同往日。”郭烨倒是坦荡，也不否认自己当日的行事，却也不去解释，只目光直视方玉娘。

这边厢，方玉娘也定定地看了他好一会儿，这才缓缓道：“并非奴家不愿相助，实在是当年事起突然，一场劫难来得莫名其妙。无论是追随孝敬皇帝移驾合璧宫的前辈，还是留守东宫的前辈，大多遭到了杀戮。现在的义门，不过是当年派驻在外的前辈事后重组的，就算这样，他们也曾遭到不断的追杀。这二十余年来，他们也不止一次地强忍痛苦回忆过当年的惨事,可每次得到的都只有痛苦,没有任何收获……”

方玉娘没有把话说明,但言下之意,就是不看好郭烨能有什么收获。

不过郭烨却不肯善罢甘休,只是执拗地再三请求:“请方娘子成全。”

见他如此坚持,方玉娘也只能微微一叹,答道:“好吧,反正几位前辈也都是你的旧识,见上一面也未尝不可。只是当年那些事都是他们心灵深处的伤疤。其间苦痛怕是我们这些没有经历过的晚辈无法想象的。若是他们回忆不下去,还请给他们一些时间,莫要强行逼问才好。”

郭烨当即拍了胸脯,道:“这一点方娘子尽可放心,郭某岂是那种为达目的不择手段之辈?方娘子尽管去请人,说不定郭某还能解了他们的心结也未可知。”

“但愿如此吧。”方玉娘绝美的脸上流露出一抹忧色,但还是吩咐左右去请人。

很快,就有人陆续赶来,林毅、孙金,以及陪伴在孙金身侧的秀嫣。

“莫非当年幸存下来的人,就只剩下这两位前辈了么?”郭烨问道。

“这……没错。”方玉娘闻言,先露出一抹欲言又止之色,随即又道:“昔年奴家的父亲,算是东宫旧部中的佼佼者,当日随孝敬皇帝一同移驾合璧宫,虽侥幸逃脱,但为东宫门客能摆脱来自各方的追杀,假意被抓,家母也随后遭到株连。这些奴家在此前已经说过。后来还是林毅叔叔找到了奴家,救我于水火……哎……至于其他人,也的确有成功逃出来的,但是以我之能,能寻到此处的,也不过林毅叔叔与孙伯伯两人罢了。”

林毅接口道:“救不救的,玉娘你就莫要再提了。当年林某与黄弟年不及弱冠,就流落江湖,若非方大哥收容,我们漫说谋个好出身了,便是想要不饿死都难。知遇之恩,无以为报。当初事发突然,东宫之人死的死、伤的伤。待我得知消息时,方大哥与嫂子已经遇害,但你这条血脉,我们是无论如何也要替他保下来的。只可惜这么多年过去,黄弟死于非命,林某也眼见到了知天命的年纪,就是不晓得,此生还有没有机会看到殿下沉冤昭雪的一天?”

“肯定会有的。”郭烨道。

方玉娘见他情绪低落,也忙安慰道:“郭副尉今日正是为此事而来,以他大才,想来自可拂去迷雾,将当年之事查一个水落石出的。”

"方娘子谬赞了。郭某不过是权尽绵薄之力罢了,至于到底能不能成,还得看老天爷的意思。不过天理昭昭,想来不会让冤屈永沉黑暗之中的吧!"

"郭小子,你把老夫叫来,莫不是就是为了听你这些废话?"一个沙哑不满的声音,突然从旁边响起。郭烨扭头一看,只见孙金坐在一旁,那张丑怪的脸上写满了不耐烦,正用独眼瞪着他,而立在他身后的秀嫣则是一脸抱歉的表情看着郭烨。

郭烨见状不由得苦笑。自父女重逢后,孙金这些天来享尽了天伦之乐,仿佛是为了要弥补秀嫣这二十余年来父爱的空缺。他几乎是寸步不离,把秀嫣照顾得无微不至。此刻眼见郭烨和方玉娘喋喋不休地客套,他不禁大为恼火,直觉得他们打扰了自己父女重聚的时光。

你女儿还是小爷帮你找到的呢!嘚瑟个屁啊!郭烨对孙金这种过河拆桥的行为自然是大为不满。只是孙金算是长辈,秀嫣又与他有恩,这话终究只能在心里头讲一讲,要宣之于口却是万万不能的。

他只得赔笑道:"是,那还请两位前辈不吝赐教,将当年之事,详细告知于晚辈吧!"

"林叔,孙伯伯,你们谁先说?"方玉娘问道。

谁知这个问题一出口,刚刚还看着十分健谈的林毅和孙金同时沉默了。看来还真如方玉娘所言,当年的事情,给他们留下了太深的心理阴影,以至于过去了这么多年,再提起来时,两人脸上还依然有浓烈的沉痛。

"小林,你先讲吧,且容老夫缓上一缓。"孙金推让道。不过他的话,却不会给人任何倚老卖老的感觉,因为包括郭烨在内,都清楚他才是在座的人中,受创最严重的。那一身狰狞可怖的伤疤,就是最好的证明。

"嗯,那便由林某开始吧。"林毅舔了舔干涩的嘴唇,想起当年的事,明显还是有些紧张,但眼中却渐有熊熊的怒火燃起。他讲述道:"林某一介莽夫,无甚大用,素以武艺辅佐殿下……"说到这里,他突然顿了一顿,自嘲笑道:"其实也无甚好说的,林某的职责,就是用手中的弓箭,消灭一切阻碍殿下之人。当初方大哥招纳林某,也未尝没有这方面的考量。只不过殿下宅心仁厚,从不使这些个下三滥的法子,林某自然也没有了用武之地。后来逐渐只能游走在外,为殿下打探消息、跑跑腿,不过大概也正因如此,才能在危急关头逃得一条性命……"

眼看林毅沉溺到回忆和感慨中不能自拔,郭烨虽然不忍,但也只能轻咳一声,打断他道："当日到底发生了什么？还望林前辈闲言少叙，详细告知我等，这也关系到能否为孝敬皇帝洗雪可能存在的冤屈。"

"哦，对，你看我。"林毅拍了拍脑门，挤出一个笑容。"人老了，一说起话来就没完了。"

但郭烨看得分明，在开口前的一瞬间，他的槽牙紧紧咬了一下，像是回想起了什么血海深仇。

"林某记得很清楚，那是上元二年四月，殿下随二圣移驾洛阳，方大哥随行，而林某当时正好有任务在身，便留在了长安。殿下离开后最初的十余日，一切正常。但就在事发那一日，一切都变了，林某当日外出行事，在离开东宫之后不久，就遭到了一伙来历不明的人袭击。我虽拼死反抗，却寡不敌众，最终只得带伤逃走。因为担心胞弟安危，我又连忙折回。待救出胞弟时，他亦身受重伤，林某无法，只得先带着他逃离东宫，至于其他弟兄的生死，却是顾不得了。那之后又过了两日，洛阳才有消息传回，说殿下疾发，崩殂于合璧宫，随行太医皆以失职问斩……后来，我们这些东宫旧部相继遭到杀戮，死伤惨重。"

"然后你们就隐姓埋名，暗中建立了义门？"纪青璇突闻这般辛秘，很是惊骇，此刻忍不住插嘴问道。

"不，义门并非我们的手笔。"林毅与纪青璇此前曾有过合作，故而很顺遂地就回答她道："林某只是一介武夫，纵然黄弟还有几分才华，但也仅限于管管钱粮，可撑不起义门这么大一个摊子。何况当时到处是追杀我们的人，我们如丧家之犬，惶惶不可终日。后来几经波折打探消息，也只偶然知晓了玉娘的下落。当时玉娘还小，林某满心想着就是怎么把方大哥的孩子抚养成人，哪儿还有心思去追查什么真相？"

纪青璇闻言点头，这才符合林毅这种人的选择。他讲义气，身怀绝技，但你要说他有什么大志向，那还真不一定。

"那后来的义门又是怎么组建起来的呢？"纪青璇继续问道。

"郭副尉没有告知诸位吗？"方玉娘的语气中透着一丝的疑惑，随即她也不纠缠在此事上，只道："是当日太子的随侍内监所建。他乃是当年殿下身边服侍的人，算得上殿下的心腹之一了。"

不知是否顾及纪青璇等人在场的缘故，方玉娘在确认纪青璇并不知道太多之后，口中所吐露出来的内容也变得有所保留，只字不提罗盘之事。

纪青璇闻言，看了看郭烨，也不再多说。

郭烨无奈地哂然一笑，扭头看向孙金。“那孙前辈可有更确切的线索告知我等？”

话音刚落，孙金竟像是从恍惚中受惊，轻呼一声，手中的茶盏“当啷”一声摔落在地，茶汤四溅！

第四十一章 中元祭亡灵

“孙伯伯！”

“阿爹！”

孙金的突然失态，把众人都吓了一跳。方玉娘和秀嫣都知齐声惊呼，终于唤回了孙金的理智。

他颤抖了一下，丑怪的脸上方才露出了一丝比哭还难看的苦笑：“老夫失态了，让诸位见笑了。”

众人连忙摇头，其实只看他那满头满脸的伤疤，就知道他当初经历了地狱般的酷刑。扪心自问，在场的人没有一个敢拍胸脯保证，自己若是也经历了这种噩梦，还有勇气继续活下来。孙金只是在回忆时露出恐惧，已经算是非常坚强的性子了。

“孙前辈说的哪里话。”郭烨劝慰道：“您经受的一切我们都能看在眼里，岂是常人所能忍受的，您是真英雄啊！”

“什么英雄，苟延残喘之徒罢了。”孙金苦笑，道：“老夫的经历却是没什么好说的，与林老弟当日遭遇的一般无二。只是老夫没他那么好的身手，救了人还能逃出生天，却是直接就栽了。”孙金的声音里带着陈年的嘶哑，好似一道结痂多年的伤口，硬生生被人撕开一般。郭烨忙给他端上一盏茶汤。

孙金喝了口茶润了润嗓子，方才开口道：“当日老夫被他们擒获，直接黑布蒙眼送入了一处地牢，严刑拷打，逼问戒指的下落。只是他们怎知，老夫虽不才，但也有几分手段，早把小女送到了安全之处……”说到这里，他慈祥地看了一眼身边的秀嫣，秀嫣不禁眼泪涟涟。

不过郭烨却是听得一愣。黑布蒙眼，送入地牢……这让他想起了自己当初在丽竞门的遭遇，不过同样的手段，谁都能使，倒也不能说明什么。

“在那地牢之中，他们对老夫用尽了百般酷刑。不过东宫所属，岂能屈服于这些鼠辈的淫威，老夫一直咬牙没说。这身伤疤和这只瞎掉的眼睛，就是那时候留下的。”孙金充满恨意地嘿嘿笑了起来，不过其中又隐隐夹杂着一丝快意。显然，对方用尽手段也没有从他嘴里得到一点东西，让他十分自豪。

“那后来呢？”郭烨不欲让秀嫣听太多与孙金所受酷刑有关的事，忙继续问道。孙金似乎也意识到自己这些叙述有些过于血腥了，看了一眼身边的秀嫣继续道：“后来，不过就是在清醒与昏死间周而复始罢了。”孙金努力让自己的语气轻描淡写一些，免得吓着秀嫣，只是他越是这般，秀嫣的眼泪越是不断。

“莫伤心。昔年老夫曾从异人学艺，得了一门唤作‘龟息术’的异术。每每被拷打到熬不住的时候，就施展出来，让他们误会老夫被打晕了过去，就此倒也熬过了不少刑罚。”孙金拍了拍秀嫣的胳膊安慰道。

“如此，便再无其他可循的线索了吗？”纪青璇忍不住道。

“若是有，我义门便先行一步追查了，如何还能等到现在？”方玉娘不忍孙金这般痛苦，直接道。

当下，郭烨几人也都点了点头。方玉娘虽话说得直接，却也不无道理。须知当年旧事，本就是义门一路在追查的，若能有蛛丝马迹可寻，以义门的侦查能力，怕是早就里里外外查过不知多少遍了。

但是道理是这么个道理，要接受起来，却也是需要一些时间的，毕竟郭烨等人今日都是满怀希望而来，要是落得个全无收获的境地，怕是大家都很难接受。

“倒也不是一丝线索也无。”下一刻，孙金的话震惊了在场的所有人。其中最惊讶的不是郭烨几人，而是方玉娘。

“孙伯伯，怎么会……”

“玉娘莫要惊讶。”孙金无奈地笑道：“昔年我一味沉浸在痛苦中，不愿多思当年种种。如今我儿长大成人，亦回到了老夫身边。可知上天待我不薄，便是用这一身的伤，换我儿平安长大，也是值得的。当下再去回想，倒也不似过往那般苦了。”

“阿爹……”秀嫣忍不住唤道。

“无妨，阿爹心中有数。”说着，孙金转向郭烨等人，继续道：“老夫当年所使的龟息术，看似昏厥，倒也不是全然无知。老夫依稀记得，有一次在朦胧中，曾隐约听到拷打之人暗中议论了一个名字……”

“什么?!”郭烨顾不上感慨东宫旧部果然都身怀绝技，追问道：“谁的名字?”

“其实也不是名字，而是一个官职……”孙金眯起独眼，缓缓道：“应该是……右卫将军!”

右卫将军，为右卫副长官，从三品，佐右卫大将军统领宫廷禁卫之法令，以督其属之对仗，而总诸曹之职务，是宫廷安全的负责人，也是整个右卫杂事的实际负责人。

“上元二年的右卫将军是谁?”郭烨扭头问纪青璇。

“这我怎会知晓?”纪青璇皱眉道：“那年我都还没出生!”

“也对。”郭烨点点头，“不过这种信息，想来吏部当有记载，我们回头去查查……孙前辈，您继续说，你当时还听见别的了吗?”

“没有了。”孙金无奈摇头。“龟息术也不是万能的，龟息之人宛如冬眠的乌龟，处于半梦半醒的状态。虽不是全盘昏睡，但也迷迷糊糊。老夫当时也只听到这么一个称呼罢了。”

“也足够了，顺着这个消息往下查，未必不能扯出些有用的来。”郭烨得到了自己想要的东西，也不久留，起身告辞道：“眼下诸事繁忙，郭某便先告辞了。”

“若能查出些什么来，还望郭副尉能坦诚相告，毕竟我们义门想知道这件事的真相，已经等了太久了。”林毅起身，准备送他们出门，同时说道。

“这个自然。”郭烨满口答应了下来。

不过就在这时，方玉娘却忽然发出了意料之外的邀请：“郭副尉，你与我义门也算是同气连枝，令尊与家父家母更是同殿为臣。而今中元将至，正是祭奠先人的好时候，我义门有心组一场祭奠，告慰当年东宫之变的亡魂，不如你也来参加，与我们一同设祭吧!”

这本是很正常的一个邀请，没想到郭烨却是头也不回地拒绝道："没兴趣。"

"郭副尉……"方玉娘一愣，还要再劝，郭烨已经扭过头来，面带愠色，道："活要见人，死要见尸。家父生死未卜，郭某身为人子，岂能胡乱设祭？当真是大大的不孝！"

方玉娘这才反应过来，他们以为郭父失踪多年，必定是早已身殒。可郭烨寻觅多年，盼的就是父子团聚！她现在说这种话，不是咒郭父早死吗？郭烨没有当场翻脸就已经是相当给面子了。

只是这是一个拉拢郭烨、交流感情的好机会，方玉娘虽自知失言，但依然不肯放弃，继续道："令堂当年也是东宫旧部……"

"东宫旧部是东宫旧部，义门是义门，这完全就是两码事。方娘子莫要混为一谈才好。"郭烨脸色沉了下来，道："我娘是东宫旧部，莫非郭某人也要听你们义门的节制不成吗？"

"郭副尉误会了，奴家绝无此意。"方玉娘连忙辩解道。

"那此事便莫要再提。"郭烨摇头，转身，向门外走去，丢下一句话："中元设祭之事，郭某有自己的安排，委实不适合与诸位同行，冒犯之处，还望见谅。"

他都这么说了，方玉娘等人还有什么办法，只能送他们这一行人出门了。

直待出门之后，郭烨原本冷漠的神情突然变得有些忐忑。他心虚地看向纪青璇，问道："你不会怪我吧？"

"怪你什么？"纪青璇大奇。但一愣神之后，她恍然大悟，问道："可是你的身世之事？"

"是。"郭烨点头。"当年东宫之变，我家人也卷入其中，毕竟我父母皆是太子门客，而我祖父更是太子洗马郭瑜，都算是东宫的心腹之人。不过我母亲从未与我提过这些，我也是最近才查出这些事的，又不知该如何开口告知你们，倒也不是有意隐瞒。"

他又看向了陆广白，道："那萧廷与我也是一般出身。他母亲也是当年东宫旧部之一，为避祸才委身萧侍郎，后来生了萧廷……"说着，他便把关于萧廷身世自己所知晓的一切说了出来。

"原来其中还有这般渊源。"纪青璇闻言不由叹道。

纪青璇上前拍了他一把，意味深长地笑道："这世上谁人没有点秘密呢？不说,只是时机还未到罢了。我如何会因为这种小事见怪?还没有那么小心眼啦!”

纪青璇猛然惊觉自己说出来这话有点过于暧昧了,不由得脸上一红,忙转移话题道:“走,我们去吏部,先查一查上元二年的右卫将军究竟是谁……”

第四十二章 寻死人问话

郭烨等人赶到东城的天官衙门时,已是接近放衙的时辰了。听闻他们要查阅卷宗的要求,天官衙门的主簿显得十分不耐烦。只是女皇所托干系重大,便是主簿的脸再臭,郭烨等也只得好言恳求:“我等只想查一查历年右卫将军的名册,不需花多少时间,还望主簿应允。”

让他没想到的是,一听说是查右卫将军的名册,主簿紧绷的面色一下松动下来:“右卫将军啊,那的确无须花多少时间,本官当下就可告知你等。”

“哦?”郭烨等一惊。

“右卫将军掌握宫禁,职责何等重要,向来都是陛下的心腹和宗室中人担当。”天官主簿一脸理所当然的表情。“自先帝时至今,还在世的右卫将军一只手便数得过来,本官知晓又有何奇怪的?”

“呃……”郭烨等没想到其中竟有这样的因由,旋即也顾不得掩饰自己的真实目的了,忙问道:“那敢问主簿大人,上元二年的右卫将军是何人?”

“上元二年?”主簿在心里微微一回忆,脸色便是一变,问道:“你们当真要查上元二年的右卫将军?”

“不错。”郭烨点头,“莫非其中还有什么不方便之处吗?”

“那倒是没有。”主簿苦笑,道,“本官可以告知诸位,不过还望诸位为本官保密才好……”

“我等自不会乱嚼舌根,还请主簿大人告知。”郭烨见那主簿吞吞吐吐的,当下便猜到了其中关节,立刻保证道。

主簿犹豫了一下,低声道:“当年右卫将军,当今梁王殿下。”

李二宝心直口快，咋呼道："武三思?!"

"李副尉慎言!"主簿面色一变，忽然深悔自己把此事告知了这伙不良人。

"二宝!"郭烨忙喝止了李二宝，又宽慰天官主簿道："主簿大人放心，此事出于你口，入于我等之耳，绝不会再有第三方得知。"

主簿苦笑："但愿如此。"

得到了自己想要的线索，郭烨等人遂告辞离了天官衙门。一回到徐府，郭烨就兴奋地一捶巴掌。"武家果然搅和在其中了!"

纪青璇等正要接茬，忽听一个悦耳的声音响起："你们回来了？快来尝尝奴家新得的茶叶。"话音响起的同时，陆广白已经越众而出，迎了上去。

众人循声望去，只见风十三娘款款而来。因是在徐府之中，她并没有戴轻纱遮面，在看到陆广白之后，轻呼一声"陆郎"，脸上随即洋溢起幸福的微笑，就连那道刀疤看起来都不那么狰狞了。

"沏茶之事，自有下人去忙碌，何劳你动手?"陆广白怜惜道。也只有和风十三娘在一起的时候，他才会主动一口气说这么多话。

"看看，连小陆都学坏了。"郭烨低声调侃道。

"人家小陆是晓得心疼十三娘子，哪儿像你，除了口花花，就是不解风情的莽汉一个，活该二十郎当岁了还是光棍一条。"纪青璇却对他这番说辞不屑一顾。

郭烨闻言嘿嘿一笑，也不辩解，跟着众人一起进了厅堂，享用起风十三娘精心烹煮的茶汤来。

不得不说，风十三娘作为能与陆广白斗百草平分秋色的奇人，在烹茶一道上也颇有心得，当清香的茶汤端到每个人面前，嗅之令人心旷神怡。

郭烨端起茶盏品了一口，在沁人肺腑的清香中，接着之前的话题重新说了起来："现在我们以我们所知，武三思或与当年东宫旧事有所关联，只是尚不知他在其中到底扮演了什么样的角色……"

"诸位还有公事要谈，奴家先告退了。"风十三娘忽然起身，乖觉地向外走去。

"其实你不必如此。"陆广白生怕她起了寄人篱下的心思，忙道。

郭烨等人也点头，道："左右不是外人。"

"奴家多谢诸位厚爱，不过公私应当分明。你们不良人在此分析案情，奴家却是不宜旁听，理当避嫌。"风十三娘嫣然笑道。

“十三娘子当真是有分寸之人。”纪青璇感慨道:“以往青璇却是小觑了你。”

风十三娘亦听出她语气中的示好之意,微笑道:“日后还请纪不良尉多多照拂。”

眼看二女之间再无芥蒂,郭烨和陆广白见状也不禁相视而笑。

目送风十三娘离开之后,众人便又沉下心来,认真地讨论起案情来。

“仅仅是我们目前掌握的证据,不足以指证武氏,便是暗中调查也是困难重重。”纪青璇道:“武家到底是陛下亲眷,若是没有确凿的证据,就把矛头指向他们,想必陛下亦不会应允。她想弄清楚自己儿子的死因不假,却也绝不想此事成为伤害亲眷的利刃。”

张小萝道:“我们又不会故意构陷武三思……”

“可问题是别人不这么想。”纪青璇摇头,道:“我们到底是不良司的人,贸然发难,只会让人以为朝堂两大势力又要开始新一轮的争执。”

“不错。”郭烨点头,道:“陛下之所以会选我们,除了我们年轻,尚有一腔热血未冷之外。我想更重要的就是她曾考验过我们的正义感,知道我们不会随意贪赃枉法,假公济私。这固然是对我们的认可和信任,但同样也说明,陛下并不希望这些陈年旧事,影响到如今朝堂的安稳。”

“那难道就无法子可想了吗?”李二宝不甘道。

“未必。此案千头万绪,一头姑且动不得,咱们就动另一头便是了。”纪青璇看了一眼郭烨,问道:“郭副尉,令堂当年也是当事人之一。你仔细回想一下,难道这么多年来,她就没有对你说过什么吗?”

郭烨闻言,蹙起眉头冥思苦想了半天,终究还是摇了摇头。“没有,母亲似是并不愿我卷入这等凶险之事中,只盼我平安过完一生。除了临终前曾交代我父亲是兑字戒的主人外,从头至尾没有提过任何有关之事。当然,也可能是她过世之时我尚年幼,一些似是而非的话并未放进心里去。反正我暂时是想不起她说过什么相关之事了。”

“这样么?”纪青璇等人吁了口气,又陷入了失望之中。

倒是郭烨,像是被纪青璇的话打开了思路,沉吟道:“不过你这个想法倒也不是没有可取之处,活人处已经问不出什么来,但那些故去之人,却未必都愿意这件事石沉海底。他们说不定就会通过某些方式,在生前留下一些至关重要的线索,我们不妨去查查看。”

“故去之人？你是说……”

“萧廷的生母。”郭烨断然道：“这也是目前我们最易勘察的线索了。”

“这倒是个好路子。”纪青璇也是一声叹息。“查案这种事嘛，难免得罪人。可不管怎么说，一个没有根脚的萧侍郎，总是比得罪财雄势大的武家要更好下手些。”

“既如此，俺们还等什么呢？”李二宝跳起来，跃跃欲试道：“赶紧找上门去吧！”

“就你最猴急！”郭烨拍着桌子笑骂一声，道：“萧侍郎没根脚，那也是相对武家而言，岂是你一个不良人所能轻侮的？我们避开武家，也是不想惹麻烦。若是还能再把萧侍郎一同避开，岂不是大善？你这般急吼吼的上门，是嫌不良司树敌还不够多？”

“那怎么办？”李二宝一呆，讪讪问道。

“好办。当初萧廷一案，长安不良司也有卷宗转呈洛阳这边，其中应该会有关于他身平的一些记载，当然也包括他生母的资料，只是当时我们没把注意力放在一个死去二十几年的妇人身上罢了。这些卷宗我可以去调取出来。”

“还有义门，他们的人不也早就注意到萧廷了么？想必调查应该还是有些成果的，这部分线索，我去交涉便可。”

纪青璇和郭烨各自出谋划策，分别从自己能够发力的渠道搜寻情报。

“那我们做什么？”张小萝和李二宝同声问道。

“你们啊……”郭烨抬头看了一眼西斜的夕阳，笑了。“今日天色已晚，你们先去歇息……”话音未落，他就看到两小只撅起的嘴巴，不禁哑然失笑：“你们也莫要如此不情愿，且去养精蓄锐，待明日各处的信息汇拢而来，有的是需要你们跑腿的地方呢！何必急在这一时？”

第四十三章　探萧母故居

与以往不同的是，这一次的行动，无论是不良司还是义门，对郭烨等人的要求都给予了高度的配合，第二日晌午，他们想要的信息，就相继送了过来。

“嗯……萧母的生活轨迹，还真是简单得出奇啊……”郭烨翻看着送来的卷宗，嘀咕道：“自被萧侍郎娶过门，一直在一所别院中深居简出，直到分娩前不久才被萧侍郎接回，不过在那之后没过多久，就因难产而死……”

“若真要查，倒是可以查一查这处别院。”纪青璇也在翻看资料，抬头道：“相比起即将临盆的产妇，我认为之前那几个月里，她留下线索的时间与可能性都要充足得多。”

“不错。”郭烨也点头认同道：“没理由她在空闲的几个月里什么都不做，非要等到生萧廷的时候，再去留下信息。”

“那么……那座别院可是在长安？俺们是不是要去长安了？”

“我看看啊。”郭烨埋头翻了一下卷宗，“哦”了一声。“还真是巧了，这别院竟在洛阳，还是在承义坊。”

“还真是。”此刻纪青璇也看到了卷宗里相应的记载。“当时的萧侍郎应当还只是长安东市衙署的一个小吏，怎会在洛阳设个别院？”

“你怎知就一定是萧侍郎的别院？怕是萧廷生母自己的别院也未可知吧。”郭烨想了想道。

“管他是谁的别院。俺们还是快去吧！”李二宝一听这别院就在洛阳，当下就急不可待起来。

“可是我们就这般上门，会不会打草惊蛇？”张小萝问道。

“应是不会。”纪青璇手上托着卷宗，抬了抬道：“这上头说，自萧母故去，除了萧廷在每年的清明寒食会回去小住几日，追悼一下自己的母亲外，萧家并没有旁人去住。且自萧廷死了以后，萧家立即就把这所别院拿出来挂在商行售卖了。不过直到现在还没卖出去，应当还在商行的托管之下。”随即她习惯性地安排道：

“这样吧，我们不妨先装作上门看房，若能神不知鬼不觉固然好。要是不顺，小萝，你就想法子营造出一个飞贼入侵的假象。然后我们借口追查匪类，也能进去查个痛快。”

“晓得了。”张小萝点头。

倒是郭烨蹙起眉头，一言不发。

“你怎么了？在想什么？”纪青璇问道。

“我在想萧家售卖别院的日期。”郭烨指着卷宗，道：“你们看，这里挂在商行出售的日子，就紧挨在萧廷出事之后不久，自家儿子尸骨未寒，就忙着出售家产，不符合人之常情啊！这只能说明，萧侍郎他一定是在忧虑着什么，才想把这些相关产业尽快脱手。”

“你的意思是……”

“当初五石散的案子，萧侍郎能知道多少？”郭烨沉吟了一下，突然问道。

“应当所知不多。”纪青璇想了一下，也有些明白郭烨的意思了，道：“此案乃是苏瑞娜一伙所为，后来又牵涉王大将军。关乎军国大事，司里也曾调查过萧侍郎，确定他本人并未卷入其中，都是萧廷嗜食五石散，才会有了牵连。在这个过程中，办案的不良人不会对萧侍郎透露太多的东西，这方面不良司是有章程的。”

“也就是说，他真正忧虑的，可能另有其事……”

“他有没有可能一直都在警惕萧廷生母的身份？”

纪青璇想了想，问道：“要是换了我，突然冒出一个带着大笔财富又来历不明的陌生女子，便是收留了她，我也不会真的就全然信了她。”

“有这个可能。”郭烨点头，道：“萧廷毕竟是暴毙，他的死又牵涉不清不楚的案子。站在萧侍郎的立场上想，他定会疑神疑鬼，觉得是不是萧廷的身世带来了杀身之祸。且据方玉娘的说法，他们的人也曾查到过萧家，查过萧廷的生母。若他们的行动被萧侍郎察觉到的话，很可能会加重他的这种疑虑。”

“所以这就是一个巧合的结果？”

“可能吧！”郭烨撇了撇嘴，道：“不过这个巧合，恐怕会给我们查案带来不少困难啊……”

“怎么说？”李二宝插言道。

“你想，萧侍郎既然怀疑是萧母给萧廷带来了杀身之祸，那他在将这所别院拿出来出售之前，定会先将其中的东西尽数清理一遍。我们此时再上门，能找到有价值线索的可能性只怕是微乎其微了。不然义门此前就查过萧廷生母，又怎会些许线索都无？”

“许是他们找到了却没有告诉你呢？”纪青璇质疑道。

“不排除这个可能。”郭烨想了想，随后讪笑道：“相互利用的关系，确实不太牢靠。不过，我们如今所知的东西，已经比他们苦苦索求二十年获得的内幕还多了。他们若是够聪明的话，就应该全力以赴地跟我们合作，而不是还在那里遮遮掩掩，这不符合他们的利益。”

纪青璇蹙眉问道：“义门到底是怎么回事？若只是追查当年孝敬皇帝旧事，查便是了。可听你话中的意思，他们不仅在查孝敬皇帝的死因，便是当年东宫旧人的死因都追查的甚是详细，这又是为何？你现在应该给我们一个明确的说法了吧？”

郭烨没想到纪青璇如此机敏，只凭他口中透露出的只言片语就联想到义门另有目的，当下忍不住咧嘴坏笑道：“纪不良尉不说是个人都有自己的秘密吗？怎么这时又来追究了？”

“你，你这人当真不识好人心！”纪青璇听他用自己的话来堵自己，不由语塞。

不过不待她继续往下说，郭烨已经摆摆手扯开话题道：“旁的说太多也是无用。所有一切不过是我们的猜测，既是猜测，当然要亲自去验证一番才是。纪不良尉放心，待别院一行回来之后，郭某定把所有来龙去脉，都与你们和盘托出。”

纪青璇原本见他又想和稀泥地扯开话题，面上便有些不愉了，可如今听他这么说，自不好再多说什么，犹豫了片刻，才道：“你这是想死马当活马医了。”

“到底是死马还是活马，也得等本伯乐亲手把过脉才知晓啊！”郭烨目光炯炯，经过这些天的调整，他已经从之前的挫败感中恢复过来了，显得精力充沛。

一行人换了便装，离了徐府，很快就找到了负责挂牌售卖萧侍郎别院的商行。接待他们的是一个穿着竹青色袍子的白胖管事，他自言姓丁，一脸和气生财的模样。不过在听了他们的来意之后，这位丁管事却面露难色，问道：“非得那所院子不可吗？我们商行还有不少其他宅邸可以出售，论地段，论价位，都在那处宅院之上。若是诸位有意，在下也可以带诸位去转一转的。”

听他这么一说，郭烨他们陡地警惕了起来。

“可是有什么不便之处吗?”纪青璇问道。

李二宝更是脱口道:“别处不要,就要它了。”

“这……倒也没什么不便之处。”丁管事苦笑道:“只是就在半个时辰前,另有一位客人也看中了这处宅院,商行已让吴管事带他们去看了。如今人还没回来,在下若再带你们去,却是坏了规矩。须得等吴管事回来,确定其他客人无意购买,在下才能带你们去看。”

郭烨脸色一变,道:“那若是他们先成交了呢?”

“那也没有办法,先到先得,古来都是这个道理。”

听丁管事这么一说,众人的脸色都沉了下来。

唯独郭烨眼珠一转,忽然笑道:“丁管事此言差矣,在商言商,这做买卖的事情,从来都不是先到先得,而是价高者得的。你还是带我们去看上一看吧。就算他人真的有意购买,我们大不了再从他们手中把这宅院买过来好了。届时一应手续还从你们商行过,你们一家买卖赚两家钱,岂不便宜?”

“倒也有几分道理。”丁管事呵呵一笑,立刻听出了郭烨口中势在必得之意,胖胖的脸上顿时绽开了笑容。

“那还不速速带路!误了本……本姑娘的好事,有你好看!”纪青璇最恨这种见钱眼开之辈,不满地呵斥道。总算在最后关头,她想起自己等人乃是微服出行,没有把那“本尉”两个字给吐出来。

“是,是!”丁管事久经商场,什么客人没见过,也不动怒,呵呵笑着,招呼众人登车,前往那处宅院。

车马迅速,当他们抵达萧侍郎欲售的宅院时,正好看到丁管事口中那位吴管事带着一名长着长长寿眉的老者,从院子里走出来。

“哟,吴管事,看完啦?怎么样?这位客人可还满意?我这头也有客人看中了这所宅院,你不用锁门啦!”丁管事笑着迎上前去,三两句就把事情的来龙去脉交代清楚了。

不过,郭烨的注意力,却没有被这一胖一瘦两位管事所吸引,他凝视着跟吴管事走在一起的那位寿眉老者,却是微微蹙起了眉头。

此人……生得好生奇怪啊!

第四十四章　苔痕藏旧梦

被吴管事送出来的寿眉老者并没有久待，他只是看了郭烨他们一眼，就自顾自地登车离去了。只是他那两撇长而下垂的寿眉，却像刀刻一般烙印在了郭烨的心头，总给他一种极其古怪的违和感，以至于目送着寿眉老者的马车离去，依然久久不能释怀。

“怪哉，怪哉……”他嘴里嘟哝着。

“走啦！进去看院子了，一个人傻站嘟哝啥呢？”纪青璇见他裹足不前，便上前轻推了他一下。“人丁管事还等着我们呢！”

“无妨，无妨。”胖胖的丁管事笑得和气，但眼中也露出了一丝疑惑。

郭烨他们这一行人的奇怪表现，显然也引起了他的怀疑，只是本着在商言商的态度，并没有揭穿罢了。

“噢，有劳久候了。”郭烨被纪青璇推了一把，回过神来，冲丁管事歉意地笑了笑。

“请。”丁管事与吴管事低语了几句，一摊手，就把他们延请进了萧侍郎的别院。

众人便随着他进了院门，但在这期间，郭烨依然在琢磨着那名寿眉老者的古怪之处。终于，一番思索之后，他弄明白那人究竟是哪里给他一种说不出的怪异之感了。原来那人虽然寿眉长须，白发飘飘，好一副仙风道骨的皮相，但却无端给人一种阴柔刻毒的感觉，不似寻常老者慈眉善目，反倒像是一条成精的毒蛇，十分可畏。尤其是寿眉老者在离开前的最后一眼，更是让他有种被盯上了的感觉。

“丁管事。”又走了几步，他终于忍不住发问道：“刚刚吴管事送走的那个客人，到底是何来路？”

“这在下委实不知。”丁管事回头露出一个虚假的笑容，眼中疑窦又多了三分。“商行规矩，客人都是由管事一对一地接待。其他客人的情况，在下并不了解。不过若是诸位有需要，在下可以向吴管事代为打探，不过究竟能打探出来多少,便未可知了。”

“哦,不必麻烦了。”郭烨想了想,还是决定不要打草惊蛇,只是笑道:“我观那位老爷子对这院子似是喜欢得紧,不过郭某也是势在必得的,先问上一问,也好衡量彼此的财力。不过既然丁管事不知,那便罢了。”不过在他心里,却是把调查这名寿眉老者的事也给记住了。

“原是如此。”丁管事听他的解释合情合理,也不再问,只是专心给众人介绍起这院中的陈设来。

要说这萧廷的生母不愧是个有钱的主,即使隔了一段不短的岁月,但依然看得出她所居住过的这一出院落中装潢甚是华丽,兴许是为掩人耳目的关系,占地不广,但内中却是别有洞天,曲水流觞,假山错落,中立一小屋,颇有雅趣。

“这庭院还真雅致。”纪青璇左右扫视了一番,低声道。

“不错。”郭烨点头,道:“不过,吾观之此地精巧有余而大气不足,构思当出自女子之手。”

“你还真什么都懂啊。”纪青璇眉头一挑道。

“略懂,略懂。”郭烨自然听出了纪青璇语气中玩笑的意味。

丁管事却是不知他们暗中的议论,带着他们,在院子里中规中矩地转了一圈,又去看小院中央的屋子。只是这样的方式,不出意料并没有得到任何有价值的线索。

“丁管事,能让我们自己在这院子里走走看看吗?”郭烨和纪青璇对视一眼,道:“看你也挺忙的,就不必这样寸步不离地陪同了,若是满意,我们自会买下的。”

“这如何使得……”丁管事还要再说,李二宝已经走上前,握住了他一侧的臂膀,拉着他往外走去。

郭烨在两人身后轻笑道:“丁管事且放宽心,若是我等造成了任何损失,自会照价赔偿,绝不使你为难。”

感觉到手臂上那铁钳般的力道,丁管事不由得沉默了。此时此刻,他哪儿还不明白郭烨他们来者不善,只是人在矮檐下,也由不得他不低头,只得苦笑一声,与李二宝出了门,不敢再多作言语。

送走了丁管事,郭烨他们终于可以放开手脚搜查了。

“小萝，梁上、屋顶的瓦片间交给你了。纪不良尉，你去后厨。小陆，院中花圃就交给你了。”三句两句，郭烨就给各人分配了区域。

“郭大哥，我们究竟是要找啥？”张小萝领了任务，第一次没有立刻遁去行事，而是在原地踌躇了半天。

郭烨被问得愣了愣。对哦，找啥呢？今日此行虽知所为何事，但真到了具体实行时，便是郭烨自己也不知道究竟要找啥。毕竟没有人知道萧廷之母当年是否有留下相关事件的信息，若是留下又会在何处，以何种形式存在。

“看看有无异常之处吧。”郭烨语焉不详地道。随即，自己则走到墙板边，一寸一寸敲过去，看夯实的泥墙中，是否有异。

张小萝也是无法，只得似懂非懂地依葫芦画瓢，照样行事。

然而遗憾的是，当众人把整个小院搜了一遍，再聚首的时候，每个人脸上都写着失望。

“没有。”张小萝从梁上翻下，拍拍衣裙上的灰尘，道：“梁上和屋顶都干干净净，并无异样。”

“后厨都被清扫过一遍了。”纪青璇也道。

“陆某这边亦无所获。”陆广白从院中推门而入，顺手摘掉幞头上黏着的一片草叶。

“这就麻烦了。”郭烨从墙角直起腰。在刚刚的时间里，他已经绕着屋子，里里外外地把墙壁都敲了一遍。可惜这屋子的结实程度远超他的意料，哪怕时间过去了二十多年，竟连一丝一毫可供怀疑的空腔都没有。

“这不是意料之中的事情么？”纪青璇问道。

“并非如此，坦白讲，来此之前，郭某对此行可是寄予厚望的。”郭烨道：“东宫八客都非常人，萧廷之母虽是女流，但想来也是深谋远虑之辈，不然不可能跻身太子门客之中。当日她明明已经逃到了长安，甚至为寻庇佑嫁作他人妇，如此安稳一身未尝不是一件好事，可她偏偏又只身回到洛阳。若是此前调取此人的信息还只当是碰碰运气，那么从得知这别院在洛阳这一刻起，郭某以为，当中必有缘故，且极有可能与当年一事有关。”

“言之有理。”初步的搜查失败之后，纪青璇也沉下心来，思索道：“当年东宫的变故干系重大，自己的主子离奇暴毙，最得意的门客当不至于独自苟且偷生。

可她若真如郭副尉所言,做了些什么,必然会留下信息。可这信息究竟是什么,在何处,除了她自己知,怕是也就八客中人知晓了。”

说到这里,众人的目光同时聚集到了郭烨身上。

“看郭某作甚?”郭烨翻了个白眼。“我虽是八客之后,但与你们一般,对其中的辛秘所知寥寥。甚至若非方玉娘他们告知,郭某便是对自己的身世都是一知半解……”

“可是在座的人当中,也就你与八客有那么一星半点的关系。”

“话虽如此,但总不能让郭某招魂吧!”郭烨嘟哝着,但还是硬着头皮,目光四处流转。只是这种赶鸭子上架的做法,结果可想而知,他眼珠子都瞪得酸痛了,也没甚新的发现。

“既如此,那便算了吧。”纪青璇闷闷不乐地让过一个身位,吩咐张小萝道:“让二宝把丁管事带进来吧。检查一下我们是否造成了损坏,估计他也该等得急了……”

“等等!”她一句话尚未说完,却猛然见到郭烨瞪大眼睛看向自己,一副惊喜交集的神情。

接着,郭烨竟大步流星向她奔了过来。

纪青璇吃了一惊,还道郭烨发了什么疯,却见他与自己擦肩而过,径直冲了过去。

原来郭烨刚刚注视的并不是纪青璇,而是透过她,盯上了不远处院子里的一座假山石。

“你发现了什么?”众人急忙跟着过去,却见郭烨已经攀上了那座假山,歪着头上上下下地打量着什么,好一会儿,又拔出腰间的横刀,往山石上一通刮擦,甚至连他们的问话都无暇回答了。

大家一阵诧异,连忙凑近一看,只见这座假山竖在这里似乎也有些年头,嶙峋的山石表面生满了厚厚的青绿色苔痕。

此时随着锋利的横刀在石面上不断刮擦,厚厚的青苔迅速脱落,露出下面一片奇特的纹路来。

只是这纹路,若是不细看,只会当是这石头上沟坎分布地密集了些。不过,当下被郭烨这一弄,大伙儿站在原地端详了许久,又觉得这纹路组合起来像是一个什么图案,却又看得不十分分明。

再看郭烨也对着这图案看了好一会,随即脸上一阵振奋,叫道:“不会错了!郭某幼时在家母身边不止一次看到过这个图案。如今在萧廷之母居住的地方,也出现了。这肯定是他们东宫旧部的暗号!”

“那……那为何方玉娘他们的人并未发现这个图案?他们调查萧廷之母在前,不可能没有来过此处。”纪青璇捡起被郭烨刮下的苔痕看了一眼,质疑道:“这些青苔虽能起到一点遮掩的作用,但对有心查找的人而言,效用也仅是聊胜于无罢了。”

“跟青苔关系不大!”郭烨道:“因为……这个符号,她是倒着刻的!”

他又拍打了那个符号两下,大笑道:“这位前辈也真是鬼才,这样的办法也想得出来。这符号甚是复杂,一旦倒刻,再加上时年长久,有了青苔的遮掩,便像是一片杂乱无章的石头纹路,也难怪义门他们的人没有找得到!”

“那你怎么……”

“因为郭某记住的,就是这个图案倒置的模样!”郭烨比划道:“我儿时见过母亲将此图绣在帕子上,只是当时我就站在她对面,因此我记下来的样子,正好是这图案倒置的形状,这可真是阴差阳错啊!”

第四十五章　暗夜有埋伏

“郭大哥,这可是天定要你来破这个案子啊!”张小萝听了郭烨的讲述,俏皮地调侃了一句。

“别给你郭大哥戴高帽子啦!”郭烨笑眯眯地在小丫头脑门上弹了一下。

纪青璇也笑道:“你再吹捧他一下,当心他尾巴都要翘到天上去了。”

“没那么夸张。”郭烨摇头失笑,然后正色看向纪青璇,道:“纪不良尉,既已确定了线索,那就向司里呈报,暂时封锁此地吧。在我们找到需要的线索之前,禁止一切关于这个院落的交易。”

“我理会得。”纪青璇雷厉风行地向院外走去，跟丁管事亮明身份，宣布了不良司的决定。

隔着门缝，郭烨都看到丁管事那张胖脸上浓得化不开的苦色。郭烨也不管他，继续埋头在假山上敲敲打打，想要研究出萧廷生母留下的东宫暗记的秘密。可惜直到纪青璇交代完丁管事再走回来，他也依旧没能获得任何进展，只能望着浑然一体的假山石一筹莫展。

“如何？”纪青璇问道。

“郭某无能，无可奈何。”郭烨虽然很不甘心，但终究只能摇了摇头，在前人的智慧之下服了输。

“我倒觉得这是好事。”纪青璇听了他的话，反倒嫣然笑了起来。“原本我还担心，这个暗记不太保险。如今看来，不管它代表着什么，里头的秘密一定还在原处……”

“可是我们看得到，拿不到啊！”

“只是机关的话，总有比我们懂的人。”纪青璇一语惊醒梦中人，郭烨一愣，旋即兴奋大叫道：“二宝，二宝，快快去请苗兄！”

“你啊，就是什么都想一人背负，虽说能者多劳，但也未必事事都要亲力亲为……”纪青璇摇头失笑。

苗雄当然不会拒绝郭烨他们的邀请，只是他现在人在东宫供职，轻易不得擅离，一时却也脱不开身。无奈之下，郭烨他们只得先在这别院中住了下来，等待苗雄的同时，也算是守护即将到手的秘密，以免半途被人截了胡。只是这年久不曾住人的房子，自然是住不舒坦的。当夜，几人都无心入眠，便索性来了个秉烛夜谈。

“有些事之前尚不明朗，我也确实无暇谈起，今夜正好大家都有闲暇，郭某便与诸位分说一番吧。”郭烨深吸了一口气，道：“如今你们已经知晓，郭某祖辈父辈皆是昔日孝敬皇帝的东宫旧属。也正是因为这个原因，郭某方才会与方玉娘他们一伙人相识。但也仅止于此，数十年的生疏，郭某并不信任他们。吾之心，依旧在不良司，与义门，只是利益之交，这一点，天地可鉴……”

“我们还不了解你么？说这些做什么？你把我们叫到一起，难道就是为了说这等废话的么？”纪青璇嗔怪地白了他一眼。但下一句话，就让郭烨哭笑不得。

“就冲你这吊儿郎当的模样，纵然想要投效，我看那义门也未必肯收你！”

“就是，郭大哥，你要是去了旁的地方，可就没有我们这么可爱的弟弟妹妹了，你肯定舍不得。”张小萝甜甜一笑，顺带把李二宝也给捎待上了。

“信你之人，自会信，无须多言。”陆广白也淡淡道。

郭烨知道他们都是在用各自的方式安慰自己，心下火热，但面上却没有表现出来，反而露出了凝重之色，道：“郭某亦相信各位。不过我接下来要说之事，涉及一桩大秘，还望诸位能保守秘密，否则恐怕要无端惹来横祸。这也是郭某之前不愿多言的原因之一。”

“咦？什么秘密？”

“郭大哥快快说与我们听，莫要吊胃口了。”

听他这么说，众人非但不忌惮，反而眼前一亮，纷纷露出了饶有兴致的神色。

“这件事，就要从我娘传给我的这枚坎字戒说起了，同样的戒指，相信你们在秀嫣都知那里也见过一枚，只是上面铭刻的文字不同……”

郭烨拿出自己的家传玉戒，摊在手心，说道。

“不错，你当时说那是长辈的信物。”纪青璇点头，道：“我们就是用秀嫣都知的那枚戒指，方才换了义门一次出手相助的机会。”

“是，但你们一定不知义门之所以会因此出手，并不是因为这戒指是东宫八客的信物。”郭烨停顿了一下，道：“至少不全是这个原因。”

“那又是为何？”

“以当日方玉娘所言，义门之所以会如此紧张这八枚戒指，是因为他们欲集齐八枚戒指，而这其中牵涉一桩天大的秘密……”摇曳的烛火下，郭烨把乾坤八戒和义门手中罗盘的秘密，都一一讲述了出来，直听得众人心旌动摇，难以自持。

“郭大哥，你说这罗盘中可能装着宇文化及宝藏的藏宝图？两千车金银珠宝啊，那堆起来该有多大一堆啊……”张小萝不愧是小孩子脾气，一听到这个消息，大眼睛里几乎冒出了金光，第一反应居然跟郭烨当时一模一样。

“不一定就是藏宝图。宇文化及宝藏一事，原本就是子虚乌有，又岂会真有什么藏宝图呢？”郭烨苦笑，道：“我本人倒是比较倾向于方玉娘他们的判断，这罗盘中很可能藏着孝敬皇帝的秘密。我们想要完成陛下的嘱托，这个罗盘中的东西，或许会是一条捷径。”

“可是想要集齐你说的这八枚戒指，也未见得就是一件易事啊！”纪青璇感叹道。

“八枚戒指里，现在我们见过的只有五枚。其中坎字戒在郭大哥你手上，离字戒属于萧廷的母亲，现在已经和秀嫣都知的艮字戒一起换给了义门，义门自己则原本就捏着震、乾两枚戒指……”

张小萝扳着手指，把郭烨讲述中的戒指一一罗列了一遍，又道：“那就是还有巽、兑、坤三枚戒指流落在外。”

“兑字戒在我爹手里。”郭烨纠正道。

纪青璇知道他的心结，遂笑道：“如此说来，就算是为了寻找伯父的下落，这几枚戒指的线索我们也不能放过。”

郭烨垂下头，明灭不定的烛光中看不清他的面容，只能听到低沉却坚定的声音传出来：“我不会放弃的。”

纪青璇见状不由得心头一疼，轻轻拍了拍他的背。“我们也会帮你的。”

“多谢。”郭烨抬起头，刚说了一句。忽见张小萝和李二宝同时面露异色，大喝一声：“何方鼠辈，鬼鬼祟祟！”

话音才落下，两小只分别撞开门窗，扑了出去。紧接着，就听见外间院子里响起一阵打斗和逃逸的声音，来人被发现之后，似乎毫不犹豫选择了撤离，两小只又哪里肯舍，大呼小叫着迅速追得远了。

“幸好我们今日没有离开。”纪青璇道：“不然岂不是被他人捷足先登了？”

“没那么简单。”郭烨摇摇头，用嘴型对纪青璇说了四个字“调虎离山”。

“你的意思是……还有人？”纪青璇神色一凛，最后三个字也只做了口型而没有发出声音。

果然，下一刻，就有两道黑影穿窗而入，直扑三人而来。

“大胆！竟敢谋刺朝廷命官，莫不是活腻了！？”纪青璇大声呵斥，抽出长鞭与来人战成一团。只是来人武艺也算不俗。这院落狭窄，又不利于纪青璇的长鞭施展，三人联手，倒是把纪青璇给缠在了原地。

郭烨观望了一会儿，确定纪青璇没有危险，便绕开四人战团，大步走到门口，对着外边无边的夜色叫道：“若是还有朋友来访，不妨一并出来，郭某这点三脚猫的功夫，莫非也能让你忌惮不成？”

“你倒是有自知之明。”一个明显压着嗓子的声音响起。随即，一个挺拔的黑影出现在墙头，一跃就落在了院中。

来人整个脑袋都包在黑布之中，只露出两只眼睛，被屋中的灯火映照得闪闪发亮。他盯着郭烨看了两眼，冷然道：“把尔等发现的秘密交出来，老夫饶尔等不死！”

“饶我等不死？”郭烨神色镇定自若，失笑道：“若我所料不差，阁下是不敢对我们下杀手吧？”

“那你大可嘴硬试试。”黑衣人冷漠道：“不要妄想拖延时间了，你们那两个武艺不凡的小娃，已经被我的人手绊住了，一时半会儿回不来。老夫数到三，再不开口，莫怪老夫辣手无情了，就从你身边这个白净的小郎君杀起吧！”

“一！”

“二！”

“三！”

……

冷酷的数数声，在夜色下回荡，郭烨面上微笑不变，就这么安静地看着他。

在数到三的时候，黑衣人果然身形一动，朝着陆广白纵去，五指捏成虎爪，抓向陆广白的咽喉，而陆广白的手也在袖中暗暗扣住了手弩，只待他靠近了就赏他一箭。

不过就在两人交锋前的一刹那，郭烨突然叫道：“慢着！”

“怎么？想通了？”黑衣人骤然停顿，扭头看向郭烨，逼问道：“说，秘密究竟在哪里？”

“就在那假山之上。”郭烨叹道：“那里有个暗记，已经被我刮开了苔痕，你靠近一点自能看见。不过你来得还是早了一点，我还没能破解其中的关窍。”

“若是等你破解了关窍，又岂有老夫的份？”黑衣人冷笑一声，狐疑道：“不过你有这么配合？刚刚不还一副宁死不屈的模样么？”

郭烨闻言却只是微微一笑，做了一个“请”的手势。“人为刀俎，我为鱼肉，我总不能真个看着你把小陆杀了吧？”

“哼，算你识相。”或许是郭烨的理由合情合理，黑衣人盯着他看了两眼，终于转过身去，走向假山。

在看清了那个印记之后，他愣了一下，明显激动得身形都有些颤抖。可就在他快步上前的一瞬间，忽然脚下一个踉跄，黑暗中应声响起了喑哑的摩擦声。

下一刻，“嗤嗤嗤”，两团明亮的火花，突然从假山两侧的山石上喷出，如暴雨梨花，把黑衣人笼罩在了当中，烧得他“嗷嗷”直叫！

第四十六章　山石蕴手书

猝不及防之下，惨遭烈火焚身之厄，这样的痛苦，可不是人人都能承受的。那黑衣人虽然身份诡秘，但显然也不是关云长那种可以边刮骨疗毒边谈笑风生的硬汉。此刻他半个身子都被火苗给点燃了，再也绷不住架子，仰头发出一声凄厉的惨嚎。不过郭烨等人听了却是一愣。

原来剧痛之下，这人却是顾不得再压着嗓子了，而从他嘴里发出的，竟是一声雌雄莫辨的尖叫！“退！赶紧退！”他就地一滚，从假山前逃开，一边拍打着身上的火苗，一边大喊起来。

这黑衣人明显惜命得很，下达了命令之后，也不管自己手下有没有跟上，便带着还没有完全扑灭的火焰径直冲上墙头，纵身一窜，转眼就变成了夜幕下的几点火星。与纪青璇纠缠的三人一见主子都撤了，也不敢恋战，虚晃一招，避开纪青璇，也夺路而走。

郭烨一脸眉飞色舞的表情，望着黑衣人逃离的方向冷笑：“三脚猫的功夫又如何？郭某便是手无寸铁，照样也能把你收拾了。”

“少嘚瑟！”纪青璇瞪了他一眼，娇叱道：“你是不是早就猜到会有人来截胡？他们到底是什么人？”

“小生冤枉啊！”郭烨照例油腔滑调地贫了一句，然后迈步走到假山前，从两侧山石中扯出两根被细铁索连在一起的铜管。铜管和铁索都被涂成和假山一般无二的青黑色，再加上夜幕遮掩，不是事先知晓，根本就难以发现它们的存在。不过刚刚灼伤黑衣人的火焰，就正是从这铜管中喷出来的。直到此时，铜管口都还在冒着袅袅的青烟。

“事先连埋伏都打好了,你还敢说你冤枉?”纪青璇轻嗔薄怒,伸手就要去拧郭烨的耳朵。

郭烨一矮身躲闪开来,笑道:“郭某当真不知他们是何许人也,只是猜到我们的行动可能被人监视了,方才出此下策。在白日里查看假山时,顺带把近日琢磨出的机关布设一二,以防万一,想不到还真收到了奇效。侥幸,真是侥幸!”

“本尉看你成竹在胸的模样,可不像是侥幸呐!”纪青璇才不是那么容易被糊弄的。

郭烨哈哈一笑,道:“诸葛孔明空城计的旧事,纪不良尉莫非没有耳闻?郭某不过东施效颦,徒献丑尔!”

纪青璇闻言也知从他嘴里掏不出什么东西来了,只好警告道:“此事干系重大,你可莫要故弄玄虚,误了大事。”

“郭某岂是这等不分轻重之人?”郭烨神色也是一凛,肃然道:“郭某虽不知他们究竟是何方神圣,但少许猜测还是有的。”

“你说,何人如此大胆?”纪青璇俏脸微沉,问道。

“若郭某所料不差,今日先我们一步看上这宅院的人,应当也是冲着萧廷生母的遗秘而来。”

“你是说……那个长眉毛的老者?”纪青璇瞑目回忆了一下,马上想了起来,急切道:“明白了,待回了不良司,我马上奏报义父和薛不良令,对此人展开追查。他的特征如此明显,当难以遁形才对。”

“未必。”郭烨却没有她这般乐观,不过也只是摇了摇头,并未多说。

“你觉得他已经逃走了?”纪青璇问道。

郭烨正待回答,忽听院门“哗啦”一声被推开,墙头上也落下一个人来,正是两小只急匆匆地赶了回来。

“如何?”郭烨问道。

张小萝摇了摇头,道:“是我们办事不力,让人跑了。”

李二宝大包大揽地说道:“其实也不关小萝的事,追到一半,她说这些人可能是故意调虎离山的,俺担心你们的安危,就坚持要赶回来了。没捉到人,主要是俺的责任,与小萝无关,你们莫要怪她。”

“谁也不怪,你们做得很好。”纪青璇安慰道:“小萝,你的判断很准确,还有二宝,懂得取舍之道,这是好事。”

“嘿嘿,是吗?”李二宝一听自己被夸奖了,马上放下心来,挠着后脑勺一阵傻笑。

“傻样!”小丫头嗔怪不已,一副很丢人的表情。

不过郭烨他们却是无心顾及两小只的这些小动作了,被这伙不速之客这么一闹,他们仅有的一点睡意都已经烟消云散,索性就打起火把,绕着那假山石又转了起来。

“你的机关要是再晚一点发动就好了。”纪青璇道:“那黑衣人说不定知道这机关的开启方式呢?我们要是能来个螳螂捕蝉黄雀在后该多好啊!”

“醒醒,别做梦了。”郭烨冷笑,道:“那厮连秘密所在之处都不知晓,还要逼问郭某。你指望他帮我们开路,太阳打西边出来还差不多。这事儿归根结底,最后还是得靠我们自己。”

“此言倒也不虚。”纪青璇点点头,忽然反应过来,柳眉倒竖,道:“你刚刚说谁做梦?”

“呃……”郭烨讪笑,忙转移话题道:“找机关、找机关……”

“你!”

众人一宿忙碌,可惜终究是不得其门而入。

待第二日辰时,得到消息的苗雄早早赶到此处别院,却被开门的郭烨脸上深深的黑眼圈吓了一跳。

“你们这是作甚?破案而已,不用如此搏命吧?”

“反正睡不着闲着也是闲着,就想着姑且一试咯,没想到一转眼就天亮了。”郭烨打了个哈欠,无精打采地回答道。

“苗兄。”两人走进院子,纪青璇等人也颇迟钝地扭过头来,一副有气无力的表情。

“你们要苗某破解的机关,就是在这个假山里是吧?”苗雄又好气又好笑,在简单确认了情况之后,忙不迭地赶人。“这里交给苗某便罢,你们速去歇息,莫要在此碍眼。一个两个的,真当自己是铁打的不成?”

“好,那这里就交给苗兄了,我们且去小憩片刻。有何进展,请随时叫醒我等。”郭烨从善如流，转身就往屋里走去。

“苗某自有分寸，还不快去！”苗雄喝道。

郭烨等人说是小憩，奈何困意深重，便是坐在厅堂里，没一会儿也都酣睡了起来。再一睁眼，已是日上三竿。郭烨尤觉得脑袋昏昏沉沉，正待再补上一觉，然而抬眼一瞧，却见苗雄已经捏着一沓信笺，端端正正地坐在了堂下，顿时精神一振，再也不思睡眠了。

郭烨坐起来问道：“苗兄可是有所进展？”

苗雄回头看了他一眼，爽朗笑道：“幸不辱命。”

只是他的眉宇间，亦有一抹浓浓的倦色，这却是郭烨在看他破解其他机关时不曾见过的。哪怕是当初在丽竞门的密室中，面对索元礼布下的种种杀招，他都是闲庭信步，不似今日这般疲惫。

郭烨再往院中看去，只见那座假山石上，暗记的正下方，一个暗格已经移开。不过在它周围，却布满了各种敲击试探的痕迹，显然苗雄在破解这一机关时，也不是一帆风顺的。

“这机关的主人心思之精巧，实为苗某生平所仅见。若非她只为藏物，无心伤人，让苗某有不断试错的机会，恐怕今日苗某还真要赔上一条性命不可。”仿佛是注意到郭烨的目光，苗雄也不避讳，坦坦荡荡，直言自己在这场机关术的对决中逊色了一筹。

“有劳了。”此刻纪青璇等人闻声亦醒了过来，上前谢过苗雄，然后接过了他手里那一沓信笺。

不出意外的话，这应当就是萧廷之母想要留下的线索了。

不愧是当年太子殿下的门客，身怀绝技，一手机关术，竟连苗兄都甘拜下风。郭烨在心中暗自遥想。也不知父亲和母亲当年又是何等风采，无缘一见，当真遗憾啊！

相比之下，纪青璇等人却是没有他这么多心思，连声催促道：“还在发什么呆呢，还不快看看上头写的什么？”

“哦，好。”郭烨回过神来，点点头，收敛了心思，朝手中的信笺看去。

“你们且看着，苗某出去坐一坐。”苗雄为了避嫌，主动道。

郭烨等闻言，有些不好意思，正待礼貌性地挽留一二，苗雄已经开口道：“你们无须如此，苗某如今只想修身养性，无意再卷入这些是非之中。你们大可不必告知苗某，只是若再有今日这般需要苗某帮手之事，尽管开口即可。”

听他这么说了，郭烨和纪青璇再三致谢，并肩将他送了出去。

待两人走回来之后，才发现李二宝几人已经围着那一沓信笺看了起来，还不时发出惊叹的声音。

“上面写了什么？”郭烨边询问着，边伸手拨开李二宝，探头看去。

出现在他眼前的，是一笔娟秀的字迹，但却又龙飞凤舞，隐隐显得有些潦草。字迹主人书写这封信笺时那焦躁不安的心情，即使隔着一段岁月，也从泛黄的纸面上呼之欲出！

第四十七章　故纸言旧事

“上元二年，四月初八……”郭烨等人凑上前一看，只见这一沓泛黄信笺，全是同一人的手书。纸面上还有点滴已经干涸发黑的痕迹，当是书写时留下的鲜血，看起来萧母当时应是受了伤。而其上正记载了她自孝敬皇帝驾崩之后，所遭遇的一切：

“三日前，于开化坊行事中猝然遭袭，奴右肋、左臂皆受创，隐于市，伏咸鱼堆间，侥幸得脱……”

“欲返东宫，行见兵丁，乃暗中窥伺，始知同袍皆受诛戮，尸骨成山，出于景风门……”

“奴暗中打探，乃知东宫沦陷。又数日，有噩耗自东而来，云殿下猝薨于合璧宫绮云殿……”

当年的东宫旧属，对于孝敬皇帝的确称得上忠心耿耿啊。前有义门历时数十年犹自查探不休，如今又见萧廷之母为留线索，不惜赌上自己后半生的幸福，也算是义女了……郭烨在心中感慨。不过这些事，都是他们之前已经知道了的，或者至少可以通过推理得到的消息，并不惊喜，便继续往下看去。

接下来大段文字，足足数页纸都是记录萧母艰难求生的经历，字里行间，辛酸无比。她一个弱女子，又有伤在身，哪怕身怀绝技，却于逃命赶路无益。她隐匿身份、风餐露宿了一月有余，方才得以逃到长安，直到被当时还是小吏的萧侍郎所救，委身萧家，方才算是有了片瓦遮头，也才寻到一个不惹人注意的身份。

不过这段记载虽然勾勒出了她身为一个东宫旧部的气节，却依然没什么有价值的线索，想想也是。从这个小院假山的设计上，就能看出她精擅于机关术，对于打探消息、揭露真相一途，怕是与普通人也无甚不同。她所能做的，也仅仅只是在保全自己的同时，把经历的一切记录下来，留待后人。

“上元二年九月十三，奴吐甚，寻医问诊，乃喜脉，惶惑不可终日……”记载上的时间，转眼来到了当年的九月。这时萧母已经嫁入萧家数月，因大妇善妒，她便在怀了身孕后，以此为由，主动要求移居洛阳别院安胎。

“上头没说萧廷到底是不是萧侍郎的儿子啊！”郭烨一扭头，就见纪青璇和张小萝凑在一起嘀嘀咕咕。

“胎儿不足月而出，有甚稀奇的?！既然没写，自然是萧侍郎的亲子！”郭烨瞪了二女一眼，低声呵斥道：“萧侍郎疑心病重，以致萧母蒙冤一生。纪不良尉你可是见过萧渊和萧廷两人的，两人同父异母，尤长得那般相似，可见必是萧侍郎的骨血，这有甚可疑之处？莫要玷辱了前辈清白！”

“是，是，是。”纪青璇和张小萝自知理亏，吐了吐舌头，相视一笑，陪着他继续翻看余下的手书。

这时郭烨已经翻阅到了次年的记录，因为曾在办案中看过萧廷的生卒之年，他知道这已是萧母临盆之前不久了，可依旧一无所得，眼看只剩最后几张簿纸，他不由得焦虑起来。难道一番周折，最后到手的竟是毫无价值的闲言碎语不成？

不过就在他又翻过一页时，一则记述却是猛地引起了他的注意！

“上元三年五月廿一，携婢子同游丰都市，偶见关陇兑客于市，故人尚存，喜不自胜……”一开始，郭烨还没明白这人是谁，只是一个“兑”字，缠绕他心中十余年之久，早已刻骨铭心，下意识就瞄了上去。但是下一瞬，他猛然恍悟过来，这所谓的“关陇兑客”，很有可能就是自己素未谋面的父亲啊！

自从在方玉娘口中得知了自己的身世之后，他就曾详细查阅过自己亲人的信息。他的父母都是东宫中人，与太子一起长大，因此所得信息并不多。但他祖父郭瑜，却是名满天下的大儒，其祖籍正是关陇。此时结合关陇兑客这一隐晦的称呼，他哪儿还有不明之理！

郭烨心情激荡，连捏着信笺的指节都发白了，颤抖不已。

“郭烨……”

“郭大哥！”

众人察觉到他的异状，都担忧地看着他，但郭烨只是稍一愣神，就恢复了镇定。

“且看手书吧！郭某无恙。”他飞快地擦了一下眼角，挥手道。

这个疑似郭父的萧母旧友，自述已经找到了一些与孝敬皇帝之死密切相关的证据，只是苦于居无定所，颠沛流离，见萧母已经有了立足之地，就想把证据交与她保管。只是让郭烨等人崩溃的是，就在这则手书之后，萧廷之母称自己将要临盆，萧侍郎有意将其接回萧家安心养胎待产，之后所有的手书就在这里结束了！

“没了?!”郭烨不甘心地把一沓手书翻来覆去，一抬头，就看到纪青璇也正无奈地看着自己。

两人大眼瞪小眼了好一会儿，郭烨才轻咳一声，道：“萧廷之母后来难产而死。所以有两个可能，第一，是这个疑似我爹的人……”

他伸手点了点“关陇兑客”四个字，众人这才恍然大悟，他刚刚为何会有那么大的反应。

郭烨接着道：“他可能是在萧廷之母回了萧家之后，方才找到机会再次与她接触，而关于孝敬皇帝之死的真相，也因此留在了萧家……”

“这也能解释为什么萧侍郎会对萧廷之死表现得极为戒惧，甚至连儿子的丧事都来不及操办，就先忙着处理亡妻与亡子的遗物。”纪青璇道：“因为他深知自己如果卷入此事之中，再想全身而退就难了。”

“嗯……那是不是也有可能郭大哥的爹从此就没机会接触萧母，东西也没留下来呀?”张小萝忽然问道。

“对，这是另一个可能了。”郭烨点点头，道：“但无论如何，萧侍郎此人我们是必须一查到底的了。他反常的反应，就已经说明了，他肯定是知道些什么的。”

“那还等什么？俺们快动身吧！”李二宝嚷道：“不管萧廷母子有再多可疑之处，他借人资财起家，却在身后刻薄其子，未免太不仗义。似这等负心薄幸之辈，我们万万不可姑息！”

“莫要心急，公道自在人心。”郭烨摆摆手，制止了李二宝，又看向纪青璇，问道：“如今我们当可以上门询问萧侍郎了吧？”

“自然。”纪青璇点点头，道：“陛下欲查之事，他莫非还敢推脱不成？”

当下一行人出门谢过苗雄之后，便离了别院，也不回徐府了，直奔萧侍郎府邸而去。

与洛阳城的大多数官员一般，萧侍郎的府邸也建在靠近东城的坊市中，便于每天上衙点卯。不过到了之后他们才发现，这萧侍郎的府邸亦建立得十分豪奢，虽还比不上武延秀这种皇亲国戚，但高门大院，比起朴素的徐府和狄府而言，又要阔绰太多了。

“看来这萧侍郎在萧廷他娘身上真是捞了不少好处啊。”郭烨站在门前，冷笑道：“这等规模的宅院，岂是一个没有背景的小吏能建得起来的？还有这些年一心往上爬，上下打点，光花的钱只怕都抵得上他十辈子的俸禄了。”

“郭副尉慎言。”纪青璇摆了摆手，道：“行贿受贿那都是御史台的职责，与我等无涉。他若知机，将当年之事讲出，我们也不必赶尽杀绝，日后自有其他衙门去收拾他。我们现下还是专心做好陛下所托之事。”

“郭某知道轻重。”郭烨点点头，道：“二宝，上去叫门。”

李二宝点点头，刚走到门口，忽见街头冲出一伙头戴斜刺牡丹浑脱帽，身穿蜀锦绣花袍的公人来。

“丽竞门的人？！”郭烨脸色一变，道：“还真是哪里都少不了他们，不过他们来此作甚？”自从说服了皇甫文备，他们已经有些日子没有跟丽竞门的人打过交道了，还以为他们会痛改前非，没想到还是如此飞扬跋扈，当真是狗改不了吃屎！

“让开，让开！”这伙丽竞门人一个个凶神恶煞，所过之处鸡飞狗跳，气势汹汹直奔萧侍郎门前而来！

看到李二宝站在萧侍郎门前，一副作势欲敲的姿势，为首的丽竞门人竟然一个箭步上前，一把推在他的肩膀上，看起来像是要把他按在墙上。

原来郭烨他们从昨日起就是微服而行，这些个丽竞门人只当他们是平头百姓。

“我等刚刚收到线报，萧侍郎涉嫌谋反之罪，你们是何人？既然前来拜访于他,想来也不是什么良善之辈,与我们丽竞门走一趟吧!”为首的丽竞门人大呼小叫道。

其他丽竞门人则一拥而上,开始砸起了萧府的大门。

只是李二宝又是何许人也,岂是这么一个被酒色掏空了身子的丽竞门人能按倒的? 两人角力了几下,李二宝纹丝不动,那丽竞门人恼羞成怒,呵斥道:“你们莫不是真是想造反?”

“我们造不造反,你说了不算。”郭烨看着他,笑容慢慢变冷,道:“不过你可想清楚了,请神容易送神难。你把我们请回丽竞门容易,再想送走可就没那么简单了。”

第四十八章　丽竞门搅局

真要说起来,此时惹上郭烨他们的这些丽竞门人也甚是可怜。自打来俊臣倒台,他们就惶惶不可终日,早已没了当初的心气,哪怕连换了两位话事人,也都因为种种原因,不能带领他们重新得回昔日的权势。这让这些跋扈惯了的丽竞门人早就憋坏了。

如今好不容易收到一个谋反的举报,他们自然是心急火燎地就跑了过来,可惜门都还没砸开呢,就先一脚踢在了铁板上。

“你……你是何人?”为首的丽竞门人见郭烨讲话底气十足,先自露了怯,退后一步,质问道。要知道,丽竞门这会儿可不比来俊臣在的时候了,朝野中有太多他们得罪不起的人。连皇甫文备这个代门主,近来也不知怎的,是低调又低调,一再告诫他们出门在外万不可惹是生非,以免给门中招来祸端。

“我是谁? 哼!”郭烨这些日子也养出了气度,一拂袖,正要亮明身份,却看到一众丽竞门人来的路上,行人小车撞翻了一地,满地狼藉,不由得火冒三丈,有心要给他们一个深刻的教训。

“区区丽竞门,也敢阻挠本官行事!”他故意端起架子,扭头对李二宝和张小萝使了个眼色。“给我打!”

“好嘞!”两小只都是唯恐天下不乱的,偷偷瞟了纪青璇一眼,见她没有反对,双双欢呼一声,上去就是一阵拳打脚踢。这些丽竞门人惯来靠权势唬人,疏于拳脚,哪是两小只的对手,只撑了片刻工夫就被他们打散,抱头鼠窜。

“真不禁打。”李二宝笑呵呵地道,却止住了脚步,没有追击。

“你……你们等着!”那丽竞门人的头目跑出去一段路,见两小只没有追上来,方才回过头,捂着被揍得乌青的眼眶,撂下狠话。“竟敢打我们丽竞门的人,此事我们不会善罢甘休的!”

“好,我等着,快叫你们皇甫门主来帮你们报仇吧!”郭烨乐呵呵地道。他正有心借此事敲打一下皇甫文备呢,以免他日又出一个来俊臣之流的人物,遗祸无穷。

“别玩了!”纪青璇突然出声道。

“怎么了?”

“我们在门外闹出偌大动静,这萧府竟然一丝动静都无,你们不觉得奇怪吗?”纪青璇皱起了眉头。

“对啊!我们没有亮明身份,可丽竞门的人刚才可是大呼小叫,唯恐他人听不见来着。”李二宝闻言,也举目四望了起来。

“不会是听说丽竞门上门,就被吓得自尽了吧?”李二宝呵呵笑道。

“走!我们进去看看!”

“你们是什么人?为何擅闯他人宅邸,不知道这里住的人是谁么?”一个管家模样的老者匆匆迎上来,纠缠不休。可他越是如此,郭烨心中那股不对劲的感觉就越发强烈。他猛地拔出横刀,指着管家喝问道:“萧侍郎究竟人在何处!”

“这,我们家郎君岂是谁都能见的……”

“他在哪里?!”

“郎君的行踪,我们这些做下人的怎会知道?”管家还在那里支支吾吾,不肯透露萧侍郎的下落。郭烨已经急切地一挥手,道:“分头搜!莫要让他跑了!”

说罢,他们也不理管家的阻拦,径直登堂入室,四下搜查起来!只是,就像所有人担心的那样,这次关键的行动果然还是出了纰漏!萧侍郎不见了!

“可恶啊!”当众人再次汇合之后,郭烨一拳捶在身旁的墙壁上,又深呼吸了好几次，方冷静下来，道："是郭某得意忘形了，非要捉弄那丽竞门人，才让萧侍郎逃走。此事郭某负主责。"

"这怎么能怪郭大哥你呢？"张小萝和李二宝都为他鸣不平。"都怪丽竞门那些混蛋，要不是他们搅局，我们早把人截住了。"

"现在不是追究责任的时候，要说责任，我们最近都有些轻敌松懈了。"郭烨还想说什么，纪青璇却已经摆了摆手，止住了他的检讨，然后低声问道："你说，这些丽竞门人这么大张旗鼓地上门，是不是就是在故意通风报信？"

"不知道，也不排除这个可能。不过当下还是找萧侍郎要紧。待一切落定，我定要去问问那皇甫文备。"

纪青璇点了点头，随即唤了李二宝回去传信，其他几人则留下来就地搜寻。只是李二宝前脚刚走，皇甫文备后脚就到了，在他的身后还跟着那个被两小只揍了一顿的丽竞门小头目。

不过那头目却没有了之前飞扬跋扈的神色，一声不吭地捂着脸，估计是被皇甫文备又抽了一个大嘴巴子，此刻看起来就像拔了毛的凤凰，连怨毒的神色都很好地收敛了起来。

"皇甫门主可是兴师问罪而来？"郭烨大声挤兑道。

"岂敢，岂敢……误会，当真是误会。"皇甫文备远远看见众人，就拱手致歉道："某家一听这些废物的描述，就知他们冲撞了恩公。这不，赶紧就带他过来给诸位恩公赔罪了！"

回头看向那丽竞门头目，喝道："有眼无珠的东西，还不给不良司的诸位大人道歉！"

"诸位大人有大量，小的有眼无珠，你们便放过小的吧！"

"算了，我们可不是你们丽竞门，还不至于为了这点事就破家灭门！"纪青璇讽刺道："皇甫门主来得正是时候，也省得我们事后再去寻你。"

郭烨亦点了点头："我等与你们皇甫门主还有要事相商，似你这等鹰犬，还是莫要在这里碍眼为好。"

"是，是。"那丽竞门头目又是一阵感恩戴德之后，偷眼瞧了瞧皇甫文备，眼巴巴道："门主……"

"滚吧！"

“属下遵命!”他这才如蒙大赦,跌跌撞撞地跑到一边去了,看来真的吓得不轻。

“皇甫门主好大的威风。”郭烨似笑非笑道。

“最后的威风罢了!”皇甫文备露出唏嘘之色,满脸沧桑。

“哦?”

“托诸位的福,皇甫不曾步了来俊臣那厮的后尘,不过往日所行,终是要被清算的。近日听闻陛下已经有意贬谪某家,另觅人前来接掌丽竞门,怕是会被贬斥到穷山恶水之地,此生难与诸位再相见,只能在此再次谢过诸位救活我儿的恩德了。”以郭烨等人与他的交情,实是没想到他会这般直言相告,当下都不知道该如何安慰,总不能挽留他继续留任丽竞门吧?且不说此等人事安排他们插不上手,便是以皇甫文备昔日的作为,杀头一百次也不嫌多了,能留下一条残命,替大周镇守边远苦寒之地,也算是不错的归宿了。

“皇甫公子的痨疾可好?”陆广白忽然若有深意地问道。

“多谢陆先生妙手回春,小儿经过调养,已然痊愈了。”皇甫文备对陆广白最是恭敬,拱手作答道。

“皇甫门主。”郭烨打断道:“郭某还有一事不明,请门主为我等解惑。”

“郭副尉请讲。”

“实不相瞒,我等乃是奉旨查案。”郭烨冲着禁宫的方向拱了拱手,道:“可我等好不容易找到一条线索,直指萧侍郎,却在登门之际,恰到好处地被你们丽竞门的人给打扰。这实在怨不得我等多心啊!”

他给皇甫文备留面子,没有把话说明,但皇甫文备何许人也,一听就深明其意,脸色变得铁青!

“过来!”他冲着一旁畏缩不前的丽竞小门头目招了招手。

此人在听到奉旨查案四个字时,就已经抖得体若筛糠,现在被皇甫文备召唤,更是脸上苦得能滴出水来,可惜在后者的逼视下,还是只能硬着头皮走上前来,拱了拱手。“是……是。”

第四十九章　失踪的侍郎

“废话少说!”皇甫文备双目一瞋,厉声喝道:“刚才郭副尉的话你当听清了吧? 还不速速招来,莫要给我丽竞门招灾惹祸!”

那丽竞门的小头目“噗通”一声就跪在了地上,往日都是别人对丽竞门感到恐惧,岂料风水轮流转,现在却是轮到他们忧惧终日了。

“大人明鉴! 属下真的是接到萧侍郎家中有人谋反的通报,方才率兄弟们出来办案的呀!”他颤声道。

“何人通报? 人在何处?”皇甫文备问道。

“这……属下不知。”他自己都是被下面的小吏告知此事的,一接到举报,就像打了鸡血一样冲了出来,至于那举报之人是谁,又是以何种方式举报的,他压根就没关心过。况且他丽竞门人何时关心过这些?

“废物!”皇甫文备一脚把他踹倒在地,歉然地看向郭烨等人,道:“诸位莫急,某家这就回去查个水落石出,定要给诸位一个交代。”

“若真是如郭某所料,只怕你现在回去也晚了,举报之人怕是早走了,甚至可能是投书举报,连面都没露的。”郭烨摇了摇头,问躺在地上不敢起来的丽竞门小头目道:“郭某且问你,你是何时收到举报的?”

“刚……刚用过午膳吧。”小头目战战兢兢地答道。

“具体的时辰呢?”郭烨不厌其烦地问道。

“这……当是午时三刻。”

“午时三刻么?”郭烨沉吟了一下,抬眼看了看日头,叹道:“事情已经很清楚了,我们还是大意了。除了昨夜试图与我们抢夺手书的黑衣人,暗中一定还有人在监视着我们。我们乃是已未离开萧侍郎的别院的。算算时间,午时二刻之前丽竞门收到举报,然后这位兄台点齐人马出发,正好可以赶在比我们略快一步,或者差不多的时间来到萧府。这一招借力打力,正好破坏我们的行动。”

皇甫文备闻言沉声道:“郭副尉的意思是,我丽竞门是被人利用了? 有人故意算好时辰,就是为了借我丽竞门之手,给萧侍郎通风报信?"

"不错。看来这暗中之人,颇为工于心计啊,便是你们丽竞门一言不合就砸门的行事风格,都被他算计了进去。"郭烨点头,又笑了起来。"皇甫门主且放心,此事你们也是受害者,断然不至于牵连到你们。不过你丽竞门的行事方式,回头也该整顿一下了,如今大周的风向已变了,再若疯狗一般,恐步来俊臣的后尘啊!"

"某家理会得。"皇甫文备苦笑,谢过郭烨的提醒,冲着地上的小头目呵斥一声:"还不与本官回去!丢人现眼的东西!"说罢,他便带着人,拱手告辞而去。至于郭烨他们究竟在查什么,他却是很知趣的半句都没有问起。

送走了皇甫文备,郭烨等却不死心。只是不良司到底不比当初的丽竞门跋扈,要追捕一位侍郎,还是需要走程序的。他们一面等着李二宝回去报信,一面又把整个萧府里里外外都翻了一遍。别说,这一翻,还真让他们翻出点名堂来了。纪青璇最是细心,在搜查后厨的时候,在柴房的柴堆后面发现了一条通往府外的密道。

"这条密道修建得甚是粗糙,似这种密道,绝不会掘出太远,这左右都是闹市,人烟稠密。不管密道的出口在哪里,他都有可能被人目击,我们顺着密道追便是!"郭烨在密道壁上摸了一把,断然道。

"走!"纪青璇也雷厉风行地点了头。

就在他们打算跟进密道之时,李二宝终于带着林瑞,以及一大伙不良人从外面匆匆赶到了。

林瑞一见到他们就道:"薛不良令已经知晓你们的进展,他托我带话与你们,你们的任务乃是眼下不良司的重中之重。他已经与徐帅分别赴秋官衙门和大理寺布置,想来不久就会对萧侍郎全城搜捕。我们这些人也都是他派来支援你们的,有什么需要我们动手的,尽管吩咐!"

纪青璇也不推辞,道:"多谢林不良尉援手,不过任务具体的内容,请恕我们无法告知。这条密道是我们刚刚发现的,若是所料不差,萧侍郎当是从此处逃走的,还请同袍与我们一同追缉!"

"义不容辞!"林瑞一挥手,率先带着自己的人马爬进了狭窄黑暗的秘道之中。

"有这样的不良司在,何愁这天下公道无处伸张啊!"郭烨由衷地感慨了一句,然后也撅着屁股爬进了密道。经过一阵黑暗无光、只能听见同僚呼吸和攀爬声的艰难旅途之后,郭烨等人在顶开一个用于伪装出口的簸箕之后,终于重见天日。

郭烨爬出去以后,林瑞等先出来的人,都已经散布四周调查萧侍郎的去向。郭烨也四下张望了一下,发现这里是一间私家店铺。洛阳的买卖虽然大多都集中于东西南三大集市,但在各坊市中,也多少有些与私宅混同的店铺,专售日常杂物。只不过此时这铺子里已经人去屋空,想来这就是萧侍郎专门为自己布置的后手了。

在密道中难以判断距离,不过出了店铺之后,郭烨再回首一看,就发现这里离萧府其实不过百丈远近,越过重重屋脊,萧府那古朴大气的青瓦屋顶都还能隐约看到。

"他跑不远。"郭烨沉声道。

不久,便有一身手轻捷的小个子不良人飞奔而来,还未跑到近前,声已先到,只听他长声吆喝道:"报……"

"有话快说,闹这等幺蛾子作甚?恁地丢人!"林瑞虎着脸训斥了一句。

"可是发现什么了?"纪青璇急不可耐地问道。

"不错,回禀林不良尉、纪不良尉,卑职与诸位弟兄顺着那疑似萧侍郎的人物所遁逃的方向一路打听,现在已经可以确定,他仓促逃离,并未备马,只是徒步而行,而除了这间铺子原本的掌柜之外,也没有随从接应,想来要追上他并不难。因此卑职便先行回来报信,其他兄弟还在继续追踪。请问两位大人,我们是否要即刻出发?"小个子不良人个子矮小,嗓门却是宏亮无比。

"当然,你头前带路,我们跟上去!"林瑞看了一眼纪青璇,后者毫不犹豫地拍板道。

一行人追出不一会儿,又有一名不良人迎上前来禀报道:"启禀两位大人,我等探到萧侍郎之前在路上似与人接头,在短暂交谈之后,就被几名不明身份之人簇拥离去!"

"好家伙,果真还有埋伏之人!"郭烨咬牙。从之前丽竞门被人用计调动之后,他就隐隐觉得,似乎有人在暗中阻碍他们追查萧侍郎,此刻终于证实了这一点。

“冒头了更好，正好把你们和姓萧的一网打尽！”他正在暗自发狠，前方又有一不良人急匆匆而来，叫道：“不好了，据周围的百姓所言，萧侍郎与接应他的人一齐进入了一户宅院，然后就有数队黑衣蒙面之人骑马而走，不知萧侍郎究竟在哪一队人里头！”

“怎么办？”林瑞一惊，看向郭烨。

“让你的人分头去追！”郭烨面沉如水，道：“至于我们，先去那户宅院里看了一看，莫要中了他人的调虎离山之计！”

“好！”林瑞安排自己麾下继续沿着黑衣人纵马而去的路线追索，他自己则和郭烨等人一道，进了不良人禀报的那处宅院。这宅院看似普通，但明显不是寻常人家，因为在后院还有一个大大的马厩，正常住家，谁也不会在家里养上这么多的马匹。

“看来这应当也是一个常备的据点。”郭烨思索着，推开了马厩的门。下一刻，他就在刺鼻的马粪臭味中，闻到了一股浓浓的血腥味！

一名平民打扮的人，正面朝下躺在一地脏污中，身下一摊鲜血，看起来已经死于非命！

第五十章　布天罗地网

死人了！郭烨看到尸体的一瞬间，心就提了起来。他的第一反应，萧侍郎是不是被人灭口了，如果是这样，那就太糟糕了。

不过随着林瑞吩咐了几句，很快就有不良人离开，不少会儿带来了附近的居住的百姓。从这些人的口中，郭烨他们得知，死者正是萧侍郎安排为自己看守密道出口的杂货铺子掌柜。

“小陆，验尸。”郭烨挥挥手。

陆广白也知道情况紧急，俯身勘验了一下尸体的伤情，就报出了自己的结论：“死者左肋、后脑勺、右手前臂、左侧小腿均有伤痕，左肋、前臂、小腿三处为利器所伤,致命伤在后脑勺,为钝器伤……”他又扫了一眼现场的环境,继续道:“从现场遗留痕迹来看,双方发生过激烈冲突,死者曾反抗过,这些伤力道、方向均有不同,死者应是被人围攻致死……”

“看来,我们得抓紧了。”郭烨越是思索,脸色就越是阴沉。“萧侍郎和这些神秘人的关系,很可能不是接应,而是劫持。我们必须在他们从萧侍郎口中得到想要的东西之前,把人给抢出来,不然留给我们的,很可能会是另一具尸体。”

随后的询问,也证实了他的看法,越来越多的目击者表示,当时萧侍郎在被接走时,与神秘人并不仅仅是交谈,而是起了争执,很可能是被胁迫的。

这下子,林瑞也意识到了问题的严重性,忙道:“纪不良尉,你且在此镇守。林某还要再回一趟不良司,将此中情状亲自禀报于徐帅和薛不良令,请他们在城中安排大规模的搜捕,即使不能马上抓到人,也要给他们压力,不能让他们有喘息之机,更不能有停下来审讯萧侍郎的时间!”

“有劳了!”纪青璇也知案情紧急,耽搁不得,朝林瑞一拱手,自去将在场不良人的指挥全盘接收了过来。

郭烨则闲在这处宅院里四下转悠起来。不过那些劫持萧侍郎的神秘人显然也不是什么易与之辈,哪怕只是一处据点,也收拾得十分干净,粗看之下,并没能发现任何有价值的线索。倒是随着时间的推移,他发现门外街上参与搜捕的人迅速变多了起来,不但不时有不良人打扮的公人匆匆而过,原本隐伏在这洛阳城中的世袭不良友们,也都被发动了起来,给人一种声势浩大的感觉。

到得后来,他甚至看到不少金吾卫和丽竞门的人也参与进来,无数身着各色官服或铠甲的人影策马而行,沿途设卡,大有要把洛阳城翻个底朝天的架势。便是此时洛阳城门处,监门卫肯定也已经提高了警惕,想要趁乱混出城,也不是那么简单的事情了。换言之,此时的洛阳城,可谓被布下了一层天罗地网,大周各大衙门的力量已经完全发动了起来。

“呜呼！这阵仗未免也太大了一点。”哪怕郭烨作为始作俑者,见此情景也不禁倒吸一口凉气,对着陆广白道:“丽竞门的人动了我还能理解,毕竟此事皇甫文备亦有驾下不严之责。可调动金吾卫巡城,当没有这么简单才对,若是按章办事,先报请冬官发文协助,必然是迁延日久,又岂有这般快法?”

“确实奇怪。”陆广白点头应和。

两人正百思不得其解，郭烨忙叫来知情的不良人一问，这才知晓就在他们忙着查案的同时，狄仁杰也没闲着，在朝堂上进行了大刀阔斧的鼎革。如今的洛阳，早已不是当初的光景了，在狄仁杰的调动下，所有他能触及的衙门，都已经被暗暗连成了一张大网，牵一发而动全身。也正是通过这种崭新的衙门联动机制，前段时间他方才能连续挫败了北都那个神秘势力数次针对陛下威望的行动。

“看来，严峻的局势让狄相爷也感受到压力，开始便宜行事了啊！不过，这样的手段，这样的魄力，真不愧是国之柱石！”郭烨不由得感慨道。

在这短短的时间里，除了女皇的委托依旧保密外，萧侍郎的形貌则已经被张贴到了全城，引来无数居民观看。

“哼，这样一来，不管那些人在暗处有再大的势力，相信很快就要无所遁形了吧？”当纪青璇再次出现在众人面前时，开口第一句话，就让士气振奋了起来。

郭烨也很同意她的这个看法。尽管还不知劫走萧侍郎的人究竟属于哪一方，但这些地下势力之所以要隐身于暗处，并非因为他们天生喜欢阴暗，而是迫于无奈。他们无力与大周朝官面上庞大的力量对抗，才只好在阴影中行动。可是现在，当正统力量完全行动起来之后，所有阴影都被陛下的荣光所照亮，这些地老鼠也将如纪青璇所说的那般无所遁形了。

这不，仅仅半个多时辰之后，城南就传来消息，说在定鼎门附近，发现了疑似神秘人和萧侍郎的踪迹。

“难道他们是想混在人流中逃出洛阳吗？想得美！”郭烨一跃而起。“我们走！休要让他们走脱了！”

出门之后，他们看到还有不少金吾卫士卒和不良人也得到了消息，朝着南面涌去。

然而出乎所有人预料的是，就在他们启程前往定鼎门的半途中，却又有不良人从后边赶上来，言道在靠近建春门的怀仁坊，也发现了疑似劫走萧侍郎的神秘人身影。

“这……”纪青璇俏脸阴沉，向郭烨投去了探询的目光。

“这些家伙在故布疑阵。”郭烨眉头一皱，心中已经有了谱。“我们先按兵不动，倒也看看他们能玩出些什么花样来！”

见纪青璇还是一副怀疑的样子，他开解道：“莫要担心，如今全城戒严，就算他们有什么算计，也注定翻不起浪花来了。”

“你确定？”

“你就是不相信郭某，也该相信狄相爷的筹谋吧？”

“言之有理。”听他这么说了，纪青璇方放下心来。

不过她是放心了，郭烨紧锁的眉头却没有片刻松解。沉吟片刻，他索性下了马，在坊道旁盘坐了下来，膝头铺开一张洛阳的堪舆图。见他如此，张小萝立刻知机地递上了一根苇管笔。

“往后不管在哪里发现了疑似那些人的踪迹，都让司里给我们分享一份情报。”

“你认为他们可能还会继续制造假目标？”纪青璇问。

“不是可能，而是一定。”郭烨摇头道：“以洛阳城中眼下戒备的森严程度，仅仅两处疑兵能够调开的巡查兵马有限，至少还不足以让他们安全地潜出城去，所以我认为他们一定还会继续造势，以求趁乱出城。”

“你想通过他们制造疑兵的位置，推测出他们想制造的漏洞的方位？”纪青璇也不笨，立即猜出了他的用意。

“纪不良尉深知我心。”郭烨微微一笑。

纪青璇脸色一红，啐道：“呸！鬼才深知你心。”

郭烨闻言只笑却不反驳，又询问了几处布防的详情之后，再度低头沉迷于堪舆图的推算中去了。

果不其然，接下来的数个时辰里，在洛阳城的数个地方，又都传来了类似的消息，伪装成萧侍郎和劫持者的神秘势力，或大张旗鼓，或乔装打扮，或收买平民滥竽充数，总之一直在以各种方式折腾着不良人和金吾卫，而在郭烨面前的堪舆图上，也多出了大大小小的数个圆圈。

而随着圆圈数量的增加，郭烨眼睛中的光芒也在变得越来越明亮，当最后一丝夕阳的光芒在地平线上褪去，他终于从长久的盘坐中站了起来！

“如何？可有头绪？”众人见状，忙围上来问道。

“那是自然！”郭烨自信满满地一挺胸。“郭某何许人也，些许鬼蜮伎俩，也想逃脱郭某的法眼？”他一拍堪舆图：“你们来看。”

众人对视一眼，依言凑上前去，围成一圈，然后就听郭烨指着堪舆图道：“今天被这伙人故布疑阵的方向，主要集中在整个城池的南面、东面以及东北角，城西没有城门，暂可不去考虑，也就是说，他们刻意避过了城池的正北，因此我推断，他们最终的目的，就是从徽安门逃脱。”

“这么显眼的事情，难道金吾卫和司里的人看不出来？”纪青璇蹙眉问道。

“看得出来也没办法。”郭烨道：“毕竟在真正遇见正主之前，谁也不知道哪一拨人是伏兵，哪一拨又不是。薛不良令他们就算明知其中有鬼，也必须疲于奔命，这是阳谋。不过我们却不同，有二宝和小萝，我们这一支的实力远在其他人之上，完全可以精兵简从，堵他们一个正着！”

纪青璇颔首道：“不错。那我们这就出发！”

“等等，俺还有一个问题。”李二宝虽然身强力壮，但却落在人群最外面，他听到郭烨东南西北都点到了，却唯独漏掉了西北角，便忍不住问道：“那西北呢？他们为何不会从西北逃走，而是选择正北？”话音落下，却见众人都用一种看白痴的眼神看着他。

“二宝，你除了打打杀杀，真该多学点东西了……身为不良人，堪舆图都不会看，丢脸啊！”纪青璇叹道。

“俺……俺说错什么了吗？”李二宝脖子一缩，隐约觉得自己说了什么蠢话。

这次回答他的是张小萝。小丫头红唇轻吐，道出一句话来：“西北是皇宫……你个夯货！”

第五十一章　新中桥阻路

新中桥，桥如其名，位于洛阳城正中，横跨洛水两岸，把南城和北城连成一体，这也是每日里洛阳北城的百姓前往丰都市采买的必经之路。不过此时已然宵禁，除了不时举着火把巡查而过的金吾卫之外，就再没有旁的人走在路上，宽阔的桥面上显得有些空荡荡的。

就在这时，一队身穿金吾卫服饰的士卒，突然从桥南面的街道上匆匆而来，埋头径直往北而行。就在他们即将踏上新中桥的桥头时，另一队金吾卫却是自西面巡游了过来。

两队即将交错而过的那一刻，率领西面这队金吾卫的队正冲着他们大声道：“前面是哪一卫的兄弟，还请报上名来！这新中桥头乃是我等巡防的辖区，你们来此作甚？”

“哎，我们自然是奉命而来啊……”被询问的金吾卫闻言不由得放慢了脚步，但面对询问，却始终含糊其辞，说不出个所以然来。

“奉命？奉谁的命？”原本防守新中桥的金吾卫队正连问了两句，也没得到明确的回答，不由得皱起了眉头。作为一个在洛阳夜色下巡游了近十年的老兵，他敏锐地感觉到今晚这事有些怪异了。

“谨慎些。”他冲着左右使了个眼色，一行人悄然散开，朝着前方的“同袍”包围了过去，而他自己的右手，也悄然扶上了腰间的刀柄。

不过，不等他把腰间横刀拔出，对面那名走在最前方的怪异金吾卫却猛地抬起头，大喝一声：“总之不会是奉你的命！”

火把的光芒下，映出一张满是虬髯的蛮横面孔，队正却是大惊失色，因为他清楚地看到，这张面孔的主人，绝不是自己认识的任何一位金吾卫军官！

“当心！敌……”他下意识张嘴就要大喊，可一个“袭”字还在嗓子眼里，就见那名虬髯“金吾卫”骤然加速，一个箭步，沉肩埋头，狠狠撞在了他的胸膛上！

“噗！”老队正眼前一黑，仰天就是一口鲜血喷出。他只觉得自己像是被一辆攻城车给撞了一般。要说他身手也不算差了，可在虬髯贼子的撞击下，他多年锻炼出来的结实胸肌竟然脆弱得像一块豆腐。在飞出去的一瞬间，他甚至隐约听见了自己肋骨折断，扎进脏腑中的声音！唯一让他感到欣慰的，就是他在昏迷过去前的一瞬间，听到了示警的金锣声响了起来。弟兄们干得漂亮……“当！当！当！”响亮的金铁交击声在夜幕下远远地传播开去。金吾卫能够守卫神都洛阳，当然不会是酒囊饭袋。事实上，他们都是经受过严酷训练的精锐之师，眼看自己的队正被人撞飞出去，生死不知，但其他人却虽慌不乱，在第一时间就敲响了示警所用的金锣，然后纷纷拔出横刀，朝着虬髯贼子率领的人围了上去！

“走！冲过去！”虽然一击重伤了金吾卫的队正，但听到金锣响起，虬髯贼人也知道自己等人算是暴露了。当下，他面色一寒，大喝一声，骤然加速，双拳齐出，

“砰砰”打倒了两名阻路的金吾卫，然后也不恋战，带着自己手下就往桥上冲去。

古怪的是，在他们这一行人的中央，居然还有一个身影是被左右的贼人包夹在中间，不停推搡着，跌跌撞撞往前走，看起来就像是不情愿却被挟持了一般。

“错不了！这就是上面要抓的人！”

“莫要走了贼人！”

金吾卫们自然不会眼睁睁看着这些贼人伤人之后还顺利逃之夭夭，大呼小叫着都追了上去。

只是他们到底慢了一步，这些伪装成金吾卫的贼人摆明了一心想跑，迈开大步就冲上了新中桥，转眼就来到了滔滔洛水之上！

“只要进了承福坊，我们就可以想法子甩掉他们！那里有我们的布置！”为首的虬髯贼人边跑边给自己的手下打气。“这洛阳城中大部分的兵力，都被我们调到其他地方去了，只要过了这一关，就是海阔凭鱼跃，天高任鸟飞！”

不过，他这句话还没有说到最后，却突然戛然而止，因为，他看到，在新中桥另一边的阴影里，突然大步走出几个人影来。

“你们怎么才来啊？”为首一人懒洋洋地说道：“这洛阳城中金吾卫分辖区巡逻，给你们带来了不少麻烦吧？还要一块块地调走，不过就算是这样，你们来得也太慢了一点，小爷我都等得不耐烦了。”

“别废话了，动手吧！”另一边一个女声响起。

就听这一声令下，从桥的另一边投射过来的火光，也照亮了说话之人的面庞，正是郭烨与纪青璇。

在他身后，李二宝、张小萝得了令，双双拔出自己的兵刃，迎头冲了上去。

“滚开！”虬髯贼人见只有一对少男少女冲上来，其他人都还站在后面纹丝不动，不禁心中暗喜，装模作样地大喝一声，已经抢先一步，施展出了之前撞飞金吾卫队正的那一招。可惜他很快就发现，自己失算了，因为此时挡在他面前的，不是普通的少男少女，而是不良司明面上的最高武力，即使放在江湖上也称得上一流高手的张小萝和李二宝！

“二宝，这厮交给你了，姐姐去对付后面那些小喽啰！比比谁快！”他耳中听到一声娇笑，接着身边一阵香风掠过，就见那名拖着一看就沉重之极的巨剑的少女，竟已轻飘飘地绕过自己，形如下凡的谪仙，直奔自己的手下而去。

他也说不好心中到底是庆幸还是感到被蔑视的愤怒，但他也无暇细细分辨了，因为高擎双锏的李二宝，已经杀到了他跟前！

要说这位虬髯大汉，郭烨等人不识，那也只是因为他行事谨慎，从没在公门中挂名的缘故，但在江湖上，他却是大大的有名，号称“人熊”，一招老熊撞树，不知撞得绿林道上多少好汉骨断筋折。可惜他今日碰上的是李二宝，脱胎换骨的李二宝。

经历了许多的事情，虽然没办法让这小子平白开窍瞬间变得聪慧起来，但性格却是沉稳了不少，磨去了浮躁之后，武艺自然也是水涨船高。此时听到张小萝的吩咐，他也只是从嗓子眼里“嗯”了一声，然后挥起双锏就朝着虬髯大汉当头砸下！

“吼！”仿佛是察觉到李二宝的凶猛，虬髯人熊也是从喉管里挤出一声闷吼，双目怒睁，双臂一撑，就像一头真正的人熊一般抓向前者的双臂。

他当然不会犯傻到以血肉之躯硬抓李二宝的铁锏，他抓的是李二宝的手腕。不过李二宝显然也不是易与之辈，他双臂同时向后一缩，竟然在电光石火间凭空缩短了一寸，双锏瞬间激荡出狂风呼啸的声音，间不容发地砸中了虬髯人熊的手掌！

“啊！”虬髯人熊惨叫一声，他只觉得自己像是抓在了一块从千丈危崖上坠落下来的巨石上，双掌骤然一痛，随即就失去了知觉。接着，一股沛然大力从天而降，压在他身上，把他魁梧的身子压得矮了半尺。他还想反抗，冷不防自己粗壮的双腿却“咔嚓”一声踩碎了桥板，整个人就此卡在了半空中！双脚失去了借力之处，虬髯人熊顿时再无还手之力。当他借着火光，把麻木的双掌拿到眼前一看，更是心胆俱丧，望着李二宝，发出一声哀号：“你到底是什么怪物？！”正如李二宝从未听闻过他的名字一般，一向被主子养在神都之外的他，对李二宝那享誉洛阳的怪力也是从未有所耳闻。而原本井水不犯河水的两人碰撞的结果，最终以李二宝的大获全胜而告终！

在那双沉重的铁锏下，他的双掌都已经完全被震成血肉模糊的一团，连五根手指都看不分明了！

“哼！孤陋寡闻。”李二宝也懒得跟这个他眼中的无名之辈多言，又是随手两锏，抽断了人熊的琵琶骨，彻底废了他的武功。等他再抬眼望去的时候，不远处，张小萝同样大发神威，一剑一个，把其他贼人都压制得死死的！

“小萝，甭玩啦，郭大哥他们还在那边等着俺们哩！”撤去了防备的李二宝，又恢复到了人畜无害的憨厚模样，傻笑着招呼道。

“要你多嘴！”张小萝见自己慢了李二宝一步，心中已是老大不快，又被他催促了一句，更是俏脸含霜，“当当”两剑，就把最后还在负隅顽抗的贼人兵刃打掉，然后威风凛凛地横剑大喝一声：“投降不杀！”

然而让所有人始料未及的是，这些贼人见自己不是张小萝的对手，竟齐齐露出了决然之色，纵身一跃，直投新中桥下而去！而在桥下，就是浊浪滔滔的洛水！

“你们休想生擒吾等！”虬髯人熊这时也已经从震惊痛楚中回过神来，发出张狂的大笑。

“不好！二宝，快阻止他！”郭烨猛地反应过来，大叫一声。可他喊得还是晚了，李二宝被众贼人的举动震惊了一下，再低头时，虬髯人熊已经双腿发力，猛地夹碎了胯间的桥板，从那空出的桥洞中坠落了下去！

“该死！”郭烨大骂一声，箭步抢上前去，冲到桥上唯一留着的那人身前，一把扯掉盖在他头上的毡帽，然后，他的脸上方才露出了松了口气的神色。

只见那人长着一张与萧廷、萧渊兄弟足有五六分相似，却成熟了许多的面庞，正是他们苦苦寻找的萧侍郎！

第五十二章　萧侍郎开口

“萧侍郎，你可是让我们找得好苦啊！”郭烨眯起眼，望着眼前的萧侍郎，似笑非笑道。

“尔等何人，既知本官是朝廷侍郎，还不以礼相待，这般语气，可是要以下犯上？”这萧侍郎也是个人物，纵然一身狼狈，竟也还不忘要端着官架子。

“哎哟，我的萧侍郎。哎，你莫不是还未睡醒？”郭烨看到萧侍郎色厉内荏的样子就觉得好笑，嬉皮笑脸地在他肩上拍了两下，忽然手上一使劲，脸色一沉，道：

“你以为你自己还是我大周朝的侍郎吗？笑话！从畏罪潜逃的那一刻起，你便已是戴罪之身了，不思将功赎罪，竟还与本副尉端架子？我看你真是活得不耐烦了，我们不良司上门之时还有谁找上门你应该听见的吧？不若我大度一回，把你移交给丽竞门的官爷们来审？”

一听“丽竞门”三个字，萧侍郎的身体不由自主地抖了一下，脱口而出道：“不要！”

“那不就是了，老实点！”郭烨瞪了萧侍郎一眼，突然一把捏住他的下巴，细细打量他脖颈和胸襟下露出来的伤痕，问道：“这是怎么回事？”

“哎哟，疼，疼，疼！”萧侍郎被他捏得很没出息地叫唤了好几声，直到郭烨不满地松开了手，他才扶着脖子，痛苦地道，“还能是怎么回事？这些贼子不是人啊！打着救萧某的幌子，却把我与老孟头一并掳了去，老孟头被他们杀了，萧某兴许对他们还有点用，倒是也留下了一条残命，只是也遭到了严刑拷打……”毫无疑问，老孟头就是被残杀在马厩中的那个仆人了。

郭烨面色一变。“他们拷打你了？”

“可不是嘛，今日一直在赶路，他们居然也不放过萧某，一直在见缝插针地拷打审问。”

“他们问你什么了……”郭烨却不理会他的抱怨，急匆匆地问道。

“咳！”话音刚落，旁边却忽然响起纪青璇一声咳嗽。

郭烨扭头看去，纪青璇微微一笑，问道：“郭副尉，你素来机敏，不知对追捕逃走的贼人，有何好建议啊？”

郭烨本来还有些奇怪她怎么会问出这种问题，此时正是涨水的时候，整条洛水水势汹汹，人跳进去瞬间就能看不见身影，这种情况下，除了沿河搜查以外，还能有什么好办法？

不过他马上就意识到，纪青璇这是在借机打断自己的询问。

他也恍悟过来，萧侍郎被询问之事，必然牵涉到女皇陛下要追查的真相，这种事确实不方便在这大庭广众之下谈起，当下顺着纪青璇的话头，随口胡诌了几句沿河搜捕的事宜，然后对李二宝一挥手：“二宝，押了咱萧侍郎一并回不良司听候审问。”

“还审啊？”一听还要被审问，萧侍郎顿时慌了神。“这还有完没完了？”

"放心吧!"郭烨没好气地看了他一眼,冷笑道。"只要问你什么你答什么,我们不良司不会轻易动刑的! 不良帅徐无杖的名声莫非你没听过么?"

萧侍郎顿时露出了松了口气的神情,看得郭烨等人又是好一阵恶心。也就是使得银钱够,才让这等毫无气节胆量的怂货,当上了朝廷重臣。

回到不良司,众人唯恐夜长梦多,马不停蹄地提审了萧侍郎。

"萧韶明,如今的情势你亦看得很清楚了。也不怕告与你知,我等乃是奉旨查案,识相的便将你所知速速说来,若敢虚言相欺,谁也救不了你!"郭烨板起脸来,警告萧侍郎。只是他却不曾料到,这萧韶明萧侍郎胆子比老鼠还小,根本不用他们恫吓,只拍了拍桌子,这厮就把所有事情如竹筒倒豆子一般全说了出来。只是他的供词,却让郭烨等人大失所望。按照他的说法,他对萧廷生母之事根本一无所知,当年收留迎娶后者,也只是冲着她的美貌和万贯家财而去的。而这次事件,他也是发现那戒指丢了,才隐约察觉到萧廷之死可能与其母的身份有关,方才觉得不妙,连夜修筑了家中那条避难的密道以防万一,又急急处理了萧母身前的遗物。可惜还是慢了一步,或者说,以萧母所涉之事,不管他如何处理,都注定是脱不了身的了。但从本身而言,他的确就是一个什么秘密都不知晓的胆小鬼罢了。

"若是早知会有今日的劫难,萧某当年是无论如何都不会纳这个扫把星为妾室的! 悔不当初啊!"当着众人的面,萧侍郎一阵捶胸顿足,一口一个"扫把星"。

听到这般无耻言语,郭烨等人不禁瞠目。李二宝愤愤地呛了他一句:"萧韶明,俺提醒,若非你这妾室出力,如今的你恐怕还只是长安市署衙门中的一个抄公文的小吏! 做人莫要太不知足,你已经多享了几十年不该你的荣华富贵,还有什么好埋怨的?"

"话不是如此说……"萧侍郎还想辩驳,李二宝已经瞪起一双豹眼,怒视于他。

萧侍郎顿时不敢吱声了。郭烨看得好笑,心道果然贱人还需恶人磨。不过他也知正事要紧,挥挥手止住了李二宝,又询问道:"我且问你,当初你那妾室生前可有留下什么物件? 想仔细了说!"

"有的,有的!"萧侍郎被郭烨最后一句话,震了一震,忙不迭地点头。"她的确是留下了一些手札,萧某也是这次处置她的遗物时,才从我那孽子儿时的襁褓中发现了一些端倪。"

“哦？上面写了什么？”

“这……”

“吞吞吐吐作甚！还不快说！”

“萧某看不懂啊！”

“你堂堂侍郎，居然连几封手札都看不懂？你这信口雌黄未免也太过些吧？”郭烨哪里肯信，把桌子拍得“砰砰”直响。

只是这回，任他如何恐吓，萧侍郎都一口咬定自己确实不知手札上所载何事了。“实非萧某目不识丁，只是那手札乃是由某种密文所写，萧某不知如何破译，自然不懂。”萧侍郎哭丧着脸道。

郭烨闻言心中一喜，他有八成把握断定，在难产而死之前，萧母的确见过自己的父亲，而且从他那里得知了一部分秘密，只是这个秘密关系太过重大，方才会用密文的方式记录下来。

只是可怜萧侍郎，前半部分手札被藏在别院假山中，他无从目睹，后半部分手札又破译不出来，从头到尾，他压根就什么都不知道，却平白做了这只替罪羊，也算是倒霉。不过正如李二宝所言，他乃是托了萧母之福方才有了今日地位，如今代她受罪也算是报应不爽。

“手札呢？现在何处？”郭烨喝问道。他却是考虑到萧母与自己的父亲都是东宫旧属，他们书写密文的方式，应该是东宫门客中的要诀，只要得到了手札，再找方玉娘他们破译，未必不能得到其中的真实内容。虽然有些不保险，但想来他们也不至于在这种事上欺瞒自己。

“这……被那些劫持萧某之人带走了。”萧侍郎的回答，却是让郭烨眼前一黑。本以为柳暗花明，谁知转眼又是山重水复。此时那些劫持者已经投河多时，只怕早已葬身鱼腹，他又去哪里寻这封手札？便是侥幸捞上来，怕也已经泡成纸浆，不可辨识了啊！

“你不早说！”郭烨目眦欲裂。

“这，这，你们也没问啊！”萧侍郎一脸无辜地道。

“把这蠢货押下去！”郭烨无力地扶了扶额头，叹息道：“就只差了一步啊！”

“你说，有没有可能是萧侍郎其实看过这封手札的内容，只是感觉关系重大，方才故意推到这些劫持者身上？”纪青璇问道。

“不排除这个可能,但几乎可以忽略不计。”郭烨摇摇头。“若真是如此,他完全可以推说没有东西留下,反正我们也不确定。又何必费心编出个手札、密文之事来呢?岂不自讨苦吃?”

他顿了一顿,嗤之以鼻道:“更重要的是,郭某断定,似他这等胆怯之辈,就是借他八个胆子,他也未必敢欺骗我等。”

“这个理由我服。”纪青璇闻言哭笑不得,坐了回去。

“可惜了,白打一场,结果什么线索都没得到。”见众人都沉默了下来,李二宝忍不住和张小萝交头接耳道。

不过他们的窃窃私语落在郭烨耳中,却换来他的微微一笑。“恰恰相反,这些劫走萧侍郎的人虽然没有留下任何证据,但他们的行事作风,本身就说明了很多问题。”郭烨摇头道:“我有种感觉,这伙人并非是当年谋害孝敬皇帝的真凶,相反,我倒觉得他们与我等一样,也是在调查着什么……”

“嗯?你为什么会有这样的感觉?”纪青璇问道。

“很简单。”郭烨道:“若他们是真凶的话,那万万没有拷打萧侍郎的必要……”

见众人都露出了有话要说的表情,他一摆手,抢先道:“好,退一万步说,就算他们想通过萧侍郎之口,知晓其他人对此事的了解程度,或者调查自己秘密泄露了多少,那在问完之后,却是万万没有道理留下这个活口的。旁的不说,就说在新中桥上,他们投河之前,也有大把时间灭口,甚至拉着他一道跳河。若他们铁了心不想把这人留给我们,小萝想必也阻挡不住。”

张小萝闻言哼了一声,虽然满脸不服气,但也算是认可了郭烨的这个说法。

话说到这里,便彻底讨论不下去了,众人大眼瞪小眼了一阵,也只得各自睡去。

翌日,当他们再度汇聚一堂时,却是为了一名不良人的到访,这位不良人带来的,正是头天对洛水沿岸彻夜搜捕的结果!

第五十三章　各方应对事

“沿河搜查发现了七具尸体？”郭烨咀嚼着薛讷派人带来的消息，掉头问道：“昨日那伙人有几个，你们可看清了？”

“金吾卫十丁一什。”纪青璇毫不犹豫地答道：“除掉萧侍郎，剩下当有九人。”

“那就是极有可能有两人逃脱……”郭烨问道：“发现的尸体搜过身没？可有发现类似手札、文书一类纸笺的残骸？”

“这却是不曾有。”传信的不良人想了想，答道：“至少在下不曾听闻过。”

“那应该是被活着的两人带走了。”郭烨道。

“也不一定。”纪青璇道：“洛水水流湍急，有人溺毙尸体被水流带至下游，超出我们的搜捕范围，无处找寻也是常事，不能一概而论。”

“料敌从宽，还是以他们带着关键证据逃离了计算为佳。”郭烨坚持道。

“本尉还是认为应当加大对洛水中尸体的打捞为要。”纪青璇也坚持己见。

就在两人争执不下时，李二宝和张小萝商量了两句，突然插嘴问道：“在发现的尸体里，可有一个双手十指俱断之人？”

听他这么一问，郭烨和纪青璇都知道他不会无的放矢，当即停下了争执，看向两小只。

“这却是不曾有。”

“那大胡子肯定跑了。”李二宝一拍大腿道。

张小萝也点头附和道：“不错，那人武艺虽不如我与二宝，但相去其实也不远矣。只是犯了轻敌的毛病，又吃了兵刃的亏，才被二宝一招击败。但武艺到了我们这个境界，只要不是被人彻底打晕了过去，就算想溺毙也不是那么容易的事了。若其中并无他的尸首，十有八九是跑了。”

“你看吧！”郭烨得意一笑，瞟了纪青璇一眼。

后者回应他的，是一个大大的白眼。“人都跑了，你高兴个甚？况且还少一人呢！”

郭烨一想还真是这么个道理,脸色顿时又阴沉了下来。

“我还是认为这对洛水的搜查不得停歇,毕竟还有一人未知行踪。只是既然二宝和小萝这般肯定,兵分两路行事吧。”纪青璇见他吃瘪,不由得抿嘴一笑,又问道:“你觉得此事究竟是何方神圣所为?”

“谁都有可能。”郭烨摇头道:“我们手上现有的线索还是太少了些。不过能够在洛阳城四处故布疑阵,并且顺利调开大部分金吾卫和不良人,就必须对这座城池有足够的了解,手下人马也必须足够得力才行。这绝非等闲之辈所能做到的。如今洛阳城中,能做到这一点的无非就那么几家而已。”

“按你此前所说,这帮人可能并非真凶,而是与我们一样在调查着什么。若真如此,倒有可能是李氏一族之人?”纪青璇皱眉道。

“是!”郭烨点点头。“不过我观这些人的行事手段,武氏也未必没有嫌疑。毕竟我之前只是猜测,若是他们得了什么风声,想要搅浑这摊水也未可知。”

“你这话的意思倒是怀疑当年之事是武氏为之了?”纪青璇道:“若非如此,何来搅浑水之说?”

“我也不确定……”郭烨长叹一声。“可我也实在想不出来,除了这两家,还有谁会做这种事呢?”

“不管这伙人究竟是谁,目的为何,我以为我们都有必要通过义父向陛下汇报一下此事的进展了。”纪青璇道。

郭烨闻言微微一愣,也明白过来,点头附和道:“不错,此事当让陛下知晓。”

“可是,我们不是什么都没查出来吗?”张小萝质疑道。

“不,有人插手这件事,本身就说明当年合璧宫中,的确发生了一些不可言说之事。确定了这一点,我们接下来的调查就好进行得多了。”郭烨解释道。

“那我这就去准备上书的案卷。”纪青璇拍板道。

当夜,她挑灯夜战,将这些日子的所见所闻连夜编成奏折一封,通过徐有功呈送大内。只是关于怀疑的对象,因无实据,自是隐去了,不过对有神秘势力插手太子李弘死亡一事,却是进行了详细的描述,想来以女皇的英明,很容易就能看出其中的问题。

而女皇的反应,也证实了她其实一直在关注此事,奏折送上去不过两日,她的批复就回了下来,不过出乎意料的是,除了例行表彰郭烨他们忠于职守、进展神速之外。她还特地关照了一下对萧侍郎的处理，这却是众人万万没有料到的了。

“薄情负心，忘恩寡义，朕深恨之，斩。”郭烨轻声诵读着女皇的朱批，苦笑道：“看来只要是女人，对负心郎都是没有好脸色的啊！”

“明白就行。”纪青璇从案几后抬起头，意义莫名地看了他一眼。

郭烨心中没来由地一突，忙轻咳一声，转移了话题：“不过负心薄幸，虽与道义不合，但总罪不至死啊……”

“怎么？你还打算为了萧韶明去与陛下据理力争不成？”纪青璇知道郭烨外表油滑，但内心却是一个十足的热血少年，生怕他正义感过剩，真做出这等蠢事，触怒了陛下。

“我知你在担心什么。”郭烨淡淡一笑。“不过陛下同意让我们彻查孝敬皇帝之事，看中的不正是我们刚正不阿的气节和正义感吗？若见了不合法理之事，却迫于权威不敢仗义执言，那才真是辜负了陛下的厚爱。”

“郭烨……”纪青璇大急，坐直了身体。

谁知郭烨却是坏笑了一下，转手就把奏折递给了李二宝，道：“来，二宝，把这封御批给皇甫门主送过去，他知道怎么做的。嘿，这些年萧韶明为了当上这个侍郎，欺上瞒下，削尖了脑袋往上爬，想必做了不少伤天害理之事，你让他查一查，把这些罪状给他补上去。陛下百忙无暇，我们这些做臣子的，当然要给陛下分忧嘛……”

就连刚好走到门口的徐有功，听见郭烨的说辞，也是忍不住摇头苦笑。“是了，这才是陛下真正需要的人才啊！”徐有功暗自叹息道：“心怀正义却又不拘泥刻板，为人方正，行事圆滑，所思所虑滴水不漏。我们这些人啊，真的是老喽！”想到这里，他露出欣慰的微笑，竟是门也不进了，转身就重新走了回去。

而就在徐有功离开不久，徐府的门房也找上了郭烨等人，禀报道方玉娘与秀嫣都知来访。

“她们来作甚？”郭烨一听就蹙起了眉头。

倒是纪青璇笑靥如花，连道“快请”，连带着张小萝也是一脸欣然欢喜的神色。

“你们何时感情这般好了？”郭烨一脸的莫名。

纪青璇却是淡淡道：“我等女儿家感情有何奇怪的。小萝，走，我们去迎一迎。”

郭烨看着两人的背影,不自觉地摇了摇头。纪青璇的性子他还是知道的,曾几何时,她最看不惯的便是那些个抛头露面、以色示人的女子。怕是连她自己都没有注意到自己的转变吧。

其实郭烨不知的是,自从秀嫣都知和孙金认亲之后。在她的引荐之下,纪青璇和方玉娘来往也颇频繁,交情自然也是一日千里,后来又把张小萝也扯了进去,四个女人一台戏,倒是成了闺中密友。

很快,二女出,四女回,厅堂中香风浮动,莺莺燕燕好不热闹,倒是郭烨他们这几个大老爷们被排挤到一边,插不上话,只能相顾无言。

好不容易等纪青璇几女聊得差不多了,他忙趁空问道:“不知秀嫣娘子与方娘子今日来访所为何事?”

方玉娘闻言娇嗔道:“你这人好生没道理,莫不是我们来此就一定是有事不成? 我们想来看看纪姐姐和小萝妹子也不成么?”

“成! 成! 成!”郭烨被抢白了一顿,苦笑摆手道:“郭某只是问问而已,若是无事,也好吩咐后厨备下两位娘子的吃食。”

“这还差不多。”方玉娘掩袖笑了笑,才道:“不过不必麻烦了,我们今日来此,一是为了拜访纪姐姐和小萝妹子,二来呢,也确实是有事相商。”

郭烨一听就乐了:“我就说无事不登三宝殿嘛!”

“怎么说话呢!”

这次,他却是遭到了四女的一致声讨,即刻败下阵来,只得苦笑问道:“不知方娘子究竟是有何事与我等相商?”

谈起了正事,方玉娘也收起了娇媚之色,肃容道:“诸位可还记得,奴家曾与你们提过,我义门中还有另外一股势力存在?”

一听这话,郭烨的脸色立刻就沉了下去。打了这么多次交道,他自是知道义门是由当年太子李弘幸存下来的部分门客,和东宫一位内侍太监共同创立的,双方各自掌握了一部分机密和人手,处于一种互相掣肘又不得不依存合作的状态之下。不过相比起素来亲善的方玉娘一方,他对内侍太监的人却是半点好感都欠奉,毕竟上次他身陷丽竞门狱,被来俊臣折磨得死去活来,这伙人就帮了不小的倒忙。

当下他沉着一张脸,道:“哦? 可是又出了什么幺蛾子?”

第五十四章　夜放荷花灯

“他想与你们合作！”方玉娘一听郭烨的语气，就知自己这趟算是白跑了，但还是如实转述了内侍太监的意思。“董公公也并非十恶不赦之人，上次的事，只是意外。而且来日我们要寻东宫旧事，也少不得他的帮助。”

“少不了他吗？”郭烨冷笑，嘴上不依不饶道：“郭某怎么觉得，这老阉狗除了帮倒忙、扯后腿之外，就半点作用也无了呢？”

方玉娘知他心中怨气深重，叹息一声，也不再劝。

谁知郭烨却咬住不肯撒口了，气咻咻地道：“旁的不说，且说今日合作之事。他若真有诚意，自当亲自登门，再谈其他。如今委托你来算个什么事？真当自个儿还是当年东宫的红人，这架子摆给谁看呢？”

方玉娘张了张嘴：“董公公年事已高，身体抱恙……”

“那便等他身体好了再说。若是好不了便也罢了，反正这老阉狗活着也是个祸害！”郭烨毒舌道。

方玉娘也知这位董公公上次的无心之失，是真把郭烨得罪惨了。不过这也难怪，丽竞门狱那种地方，谁被弄进去一次，都算是结下了血海深仇，更别提若非裴旻救护及时，他险些把命都送在了里面。

倒是纪青璇听不下去了，揽着方玉娘的肩头打抱不平道：“玉娘只是个传话之人，你对她凶什么？有本事你去把那始作俑者揪出来，这才算报了你的仇！”

郭烨被她堵了一句，也自知刚刚语气是重了些，却又不肯即刻低头，只哼哼唧唧道：“郭某迟早会如此做的。”

他吃瘪的样子，把几女都给逗笑了。

趁着气氛轻松的时候，方玉娘又再度提出中元节双方一道设祭的建议。

这一次，郭烨倒是没有生硬拒绝，不过微微沉吟片刻之后，他还是婉言谢绝：“多谢方娘子好意，不过郭某还是自己设祭吧！”

对此，方玉娘也只能无奈一笑，又略坐了坐后，便与秀嫣一同告辞离去。

众人送二女出门之后，正待回首，忽听陆广白在身后低声道："中元设祭，陆某也自有安排，就不与诸位一道了。"

"小陆？"郭烨等人诧异回头，却只看到陆广白飘然而去的背影。众人面面相觑，却也无可奈何，他们深知陆广白的性格，一旦决定了的事情就是九头牛也拉不回来了。

转眼到了中元节当日，白日里众人就开始准备晚上设祭所需之物。

不过郭烨他们近日公务缠身，为节俭计，最终还是决定以放水灯的方式来祭奠自己的先人。水灯也叫"荷花灯"，一般是在荷花形的底座上放灯盏或蜡烛，中元夜放在江河湖海之中，任其漂泛，以寄哀思。

郭烨等人既然把放水灯当作自己祭奠的主要形式，自然也不会怠慢，用过晡食之后，就带着白昼已经折好的荷花灯，来到了洛水之畔。奈何这洛水的南岸皆是坊市，百姓甚多。他们最终也只得过了新中桥，往洛水北岸，方寻到一处僻静的河湾。

仲夏的夜晚，空气中流淌着牵牛花的香味，点点流萤在草丛中飞舞，明亮的月色照耀着大地，从四面八方都传来蝈蝈的叫声，明明是如此吵闹的风景，却给人一种安宁的心境。

郭烨站在流淌的洛水边，只觉得心中的烦闷和压力都被涤荡得干干净净，只剩下一种清浅的禅意在心中徜徉。

因为郭烨他们所在的河湾已经靠近洛水的下游，就在他们做准备之时，已经有盏盏河灯从上游飘荡而来，星星点点的灯火在河水间摇曳，没来由地让人心中生出一种凄凉。

郭烨拿出自己折好的荷花灯，小心翼翼地放在洛水之中，然后目送着它在荡漾的涟漪中远去，顺流而下。他注视着远去的河灯，眼前依稀又浮现出了母亲的音容笑貌。他攥着母亲留下的坎字戒，眼中渐渐有泪水浮起，模糊了视野，也朦胧了渐行渐远的那一点灯光。

娘……我快要找到爹了！郭烨在心中暗暗道：我知道，你什么都没有告诉我，就是希望我不要卷入这些事里头，你大概也从来没有指望过我还能找到爹。只是孩儿不孝，终究还是走到了这一步上，现在有陛下的敕旨，孩儿已经脱身不得了，只能顺着这条路走下去。既然命该如此，您放心，孩儿定会查清当年旧事，给您和爹一个交代！

说完这些话，他只觉得自己内心似乎坚定了不少，再一回头，就看见李二宝和纪青璇也端着自己的荷花灯放进了水里。只有张小萝并无亲人需要祭奠，只是跟来凑个热闹，这时正双手合十默默地祈祷着。

李二宝的荷花灯不用说，肯定是用来祭奠李昭德的。但纪青璇手中的荷花灯，却让他心中一颤。只见她脸上露出混杂着思念、怨恨、不舍的复杂神情，虔诚地送走了两盏水灯。

“两盏灯……”郭烨隐隐明白了什么，心中涌起一股怜惜来。“纪不良尉的父母都不在人世了吗？”

他自己因为父亲生死未卜，因此并未设祭，但纪青璇……却是连幻想的余地都没有了啊！“纪不良尉……”他走到纪青璇身后，轻声道：“你不是一个人，你还有徐帅，你还有我们……”

“我知。”纪青璇轻声打断了他的话，道：“抱歉，我想一个人待一会儿。”

“好，我就在附近走走。”郭烨冲着张小萝使了个眼色，让她留在原地陪纪青璇，自己则带着情绪低落的李二宝在洛水边漫步起来。

“二宝，振作点，李御史在天有灵，也不希望你如此消沉。”郭烨劝说道。不过他也知晓，这种事只有靠李二宝自己走出来才算数。毕竟比起他们的亲人故去多年，内心早已接受，李昭德的逝去却是近在眼前，对李二宝这种重情重义的男儿来说，让他在这么短时间内就忘却悲伤也未免有点强人所难了。

“郭大哥，你放心吧！”李二宝收敛了悲色，道：“俺不会让爷爷失望的。”

“好样的。”郭烨拍了拍李二宝的肩膀，正要提议往回走，视野里却突然浮现出几个熟悉的身影。

“方玉娘？”他愕然，“他们也来放水灯了？”只见在离他们不远的河畔，方玉娘无限姣好的身影，正半跪在河滩上，把一盏盏荷花灯放入水中。她绝美的侧颜上，再也不见平日的娇美，只有一种彻骨的哀伤，令人望而生怜。而在她身后，林毅、孙金、秀嫣都知等熟人都默默伫立，面色肃然，显然是在祭奠当年东宫之变中死去的故人。

郭烨也没料到，自己虽然婉拒了方玉娘的邀请，但双方最终还是巧合地选择了同样的设祭方式，在这洛水之畔偶遇了。不过也是，谁会想到他们这些住在洛水以南的人，会特地往这北岸来祭祀？

郭烨无奈地摇了摇头，默默观望了片刻，正要悄悄退去，冷不防秀嫣都知似心有所感，猛一回头，正对上了他的视线。

“郭……”秀嫣都知面露喜色，正待惊喜出声，却见郭烨已经竖起一根指头，抵在了自己唇边。

不过这一声呼唤，还是惊动了义门的其他人，纷纷回头看了过来。

方玉娘直起身子，莲步轻摇，款款走来，望着郭烨道：“郭副尉，奴家真没有看错你。你虽然口头上拒绝了奴家，但终于还是来了。”

郭烨苦笑：“我说是碰巧你们信么？”

不过话虽如此，既然已经撞上了，他也做不出那种掉头就走的事情，犹豫了一下，还是走上前去，接过方玉娘手中的荷花灯，放置在河水中，默默祷告道：“不知是东宫哪位前辈有灵，晚辈郭烨这厢有礼了。前辈与我爹娘同殿为臣，晚辈当执子侄礼奉之。晚辈对诸位前辈的风骨也是佩服得紧，今日且设河灯一具，聊表寸心。晚辈定当查明当年旧事，以告慰诸位前辈的在天之灵！”

第五十五章　避雨遇熟人

简单祭奠了一下义门的前辈之后，郭烨便向方玉娘等人告辞，带着李二宝回去与纪青璇等人汇合。

可就在他们踏上归途时，忽然刮起了大风，一片浓厚的乌云从天边飘来，转眼就遮蔽了月光。

“坏了！怕是要下大雨了！”郭烨见状忍不住一拍巴掌。“我们得赶紧了，不然这雨要是真下起来，怕不是要误了宵禁的时辰！”

可谁都没想到，这厮就是个乌鸦嘴，说的话好的不灵坏的灵。一行人返程不过片刻，大雨已经倾盆而下，城中为数不多燃在外面的火把都被雨水浇灭。片片乌云遮盖下，天地间顿时一片漆黑，伸手不见五指，只有不时撕裂乌云的闪电，才能给众人带来一丝凄厉的光芒。

“得找个地方避避雨！不能冒着雨往回跑了，感染了风寒就糟糕了！”纪青璇附在郭烨耳畔大喊：“这么大的雨，想渡过洛水回家也不安全啊！”

“看看附近有什么可以投宿的地方！大家都不要走散了！”郭烨也大喊着回应，又顶着强风，走到同伴们身边，一个个通知。

两人举目四顾，却只见到处都是黑压压的一片。在这样的风雨中，便是他们去坊中敲门，估计也不会有人应门的。

“这里离北市不远，不若往那儿去，兴许还有客栈开着门！”郭烨道。他现在唯一能祈祷的，就是北市的那些客栈，没有因为这场风雨关门歇业，不然他们可能还真找不到投宿避雨的地方了。

随后，四人几乎是手挽着手，在一片风雨中摸黑前往北市，也多亏了还有张小萝和李二宝这一对怪力少年，他们才得以顺利来到北市的门前。巧的是，他们竟还在坊前的一处屋檐下，遇到了同样在避雨的陆广白与风十三娘，只是这会儿两人身上也是没一处干的，混着缕缕泥浆水，那样子也着实狼狈得很。

“贼老天！”在北市门口下短暂喘息的空档里，郭烨忍不住暗骂道：“这是故意折腾小爷吗？”

“别抱怨了。”纪青璇轻推了他一把，道：“喘口气咱们还得往北市里边走，不然要是客栈觉得无人上门，怕也要关铺门避雨了。”

李二宝呵呵笑道：“我爷爷常说，天将降大任于斯人，也必先苦其心志，劳其筋骨……看这架势，我们也快要承大任了。”

郭烨闻言，给了他一脑瓜嘣，笑骂道：“你小子倒还跟你郭大哥掉起书袋来了，教训谁呢？”

众人见状，尽皆失笑。

倒是善良的张小萝忧心忡忡道：“也不知其他放河灯的人能不能及时找到避雨的地方，如此大雨，洛水水势必然暴涨，只盼大家都能平平安安，莫要出什么事才好。”

“放心吧！”一旁的风十三娘笑着安慰道：“似这样的暴雨，来得快去得也快，不会有事的。”

“先寻避雨之处吧！”陆广白捋了捋发丝上的雨水，道。陆广白轻易不说话，一旦开口,都能说到点子上,众人齐齐埋头冲进了风雨中,想要寻一间尚未歇业的客栈。

只是搜寻的结果却是让人失望,他们连续经过了几家客栈,都没有开门,连门口的灯笼都被风雨打灭。闪电的光芒下,只能看到一幢幢鳞次栉比的黑影,却不见灯火,宛如鬼城,令人不寒而栗。

“这要去哪里找一间还开门的客栈啊！要不然寻那关了门的,凭他怎的,硬敲开算了!”郭烨忍不住抱怨,可是一开口,瓢泼的大雨就一个劲往他嘴里灌去,逼得他不得不乖乖逼上了嘴。

“看那里!”李二宝突然指着一个地方,叫了起来。

众人闻声,顺着他指的方向看去,只见一片漆黑中,果然还有一处灯火通明的建筑,透过雨幕,隐隐能看到其中有人在走来走去。

“快！这时候还点着明灯的,肯定是客栈!”郭烨等人的精神一下子振奋起来,朝着那光亮的方向跑了过去,边跑边呼喊道:“欸！等一等!”

幸运的是,那家客栈离众人并不远,当他们紧赶慢赶来到店铺门前时,对方的门板还并未落下,透过“哗哗”的雨声,能听到其中传来阵阵谈笑声,其中一个声音郭烨听起来还颇为耳熟。

他在心中一笑,掀开门帘走了进去。陡然从暗处来到灯火通明的厅堂,强烈的光照让他忍不住眯了眯眼。

然后,还不等他看清屋里的陈设,那屋里坐的人先就看清了他们的模样。“当真是天涯何处不相逢啊！想不到只是避个雨而已,竟然能遇上郭老弟和纪娘子你们！愚兄这厢有礼啦!”

还真有熟人啊？一听有人招呼自己,郭烨眨了眨眼睛,适应了屋里的灯光之后,定睛一看,顿时不由得乐了。

只见在场尚有数人分宾主落座,而和他们打招呼之人,便跪坐在左边的客座上,赫然正是这洛阳县县尉陆象先和他的表弟贺季真!

“原来是陆兄与贺兄啊,好久不见!”郭烨笑眯眯地拱手打招呼,一行人径直走到陆象先和贺季真身边坐下,打发了上来迎客的小二之后,就与两人攀谈了起来。

“郭老弟啊,今日里怎么就只有你们几人呢？以前一直跟在你身边保护你的那个小兄弟去了何处?”稍事寒暄之后,陆象先就仿佛无意地跟郭烨打听起了裴旻的去处。

郭烨心里一惊,面上却不动声色道:“我那兄弟,一身武艺还算不凡,素来喜欢行侠仗义,云游江湖,我却也不知他此时去了哪里。上次保护郭某,也不过是适逢其会罢了。”

“这倒是,他那武艺何止是不凡啊,简直是高超得紧呐!当初为救你,所有被他手刃的杀手,尽是一剑毙命,杀人不见血啊!这样高超的剑法,恐怕全洛阳都找不出第二个人来吧?”

“郭某不过一介莽夫,与剑术却是不甚精通,回答不了陆兄的问题,实在是抱歉。”郭烨虚与委蛇地推脱起来。

“陆某办案之时,却是曾经见过与裴小兄弟出手一般无二的伤势。”陆象先说道,视线紧盯郭烨的眼睛。

郭烨哈哈一笑,道:“这世上之事,多的是殊途同归。想来陆兄所见之伤势,当是他人留下的,毕竟我那小兄弟古道热肠,素来不做伤天害理之事。”

“你看,郭老弟你这又是谦逊了不是,刚刚还说不懂剑术呢!”

“郭某是不懂剑术,可是懂观人之术啊!”

郭烨与陆象先彼此试探了几个回合,渐渐都不说话了。

其他人也都安静下来,只有屋外的雨声和屋内灯花爆燃的声音相映成趣。

不知过了多久,雨声终于小了,陆象先站起来拱手道:“诸位贤弟妹,今日天色已晚,你们不如在此歇息,愚兄这便告辞了。”

纪青璇瞟了一眼檐下的雨帘,道:“大雨未歇,陆县尉这便要离去了么?不如安顿下来吧。”

“食君之禄,忠君之事。”陆象先正色道:“陆某食大周朝的俸禄,为一方父母官,自有公务需要完成。祭奠舍妹乃是尽一尽为人兄长的情谊,但若因为避雨误了公务,那却是罪莫大焉了。”

听他这么说,众人也不好再劝,只是让小二拿来一柄油纸伞,就目送着他冲入大雨之中。不过他那表弟贺季真,却是如郭烨他们一般留了下来。

众人随后便让小二替众人安排客房,打算投宿一夜,明日天明雨停再回徐府。只是今夜避雨之人繁多,那小二也是腾不出手来,只送来了几个暖炉,好让郭烨几人烤干了身上的衣裳。当下几人也是无法，便索性又另叫了些吃食，并温酒一同吃下驱寒。

不过，就在众人闲聊吃酒消磨时光时，忽然，门帘再次被撩起，风雨随着一个急匆匆的身影灌了进来。

“表哥，你怎么又回来了？”贺季真看了一眼，叫道。

却是之前离去的陆象先，不知为何又跑了回来，一柄纸伞早不知抛去了哪里，浑身淋得湿透，狼狈无比。

他也和郭烨刚才一样，视线被灯光所迷，张嘴就喊道：“郭老弟可还在？”

“郭某在此，陆兄何事如此张忙？”见此情景，郭烨心中一紧，忙迎上去应道。

“谢天谢地，你们还在这儿真是太好了！”陆象先大喜过望，放下遮掩的手掌叫道：“陆某刚一回到县衙，就听说有人报案，说这北市一间凶肆铺子里发生了血案。这不，我又立马跑回来了。可是今日休沐，衙门里的仵作却是早早回乡祭祀。这风急雨大的，急切间也寻不到合适的人。陆某一想你们也在北市，有陆仵作一人在，已可抵几名仵作用，就自作主张来寻你们的帮助了，还望莫要推辞才是啊！”

第五十六章　又闻血光灾

“中元节血案？”郭烨闻言大惊。

“哎，此事说来也是离奇。据那来报案之人说，其夫君乃是被厉鬼索命，听其言语，死状恐怕甚是惨烈啊！”陆象先摇头叹道。

“夫君？报案人还是个女子？”郭烨一愣。这疾风骤雨的夜晚，一女子独自出门报案，倒也是大胆得狠。

“不错，她先寻的北市衙署。衙署的小吏见尚未宵禁，便使她来衙门报的案。”说着，陆象先从门廊下请进来一位妙龄女子，只见她一身灰布衣衫，不施粉黛，但格外的眉清目秀，尽管被雨水淋得湿漉漉的，却有种清水出芙蓉的美感。

“奴家金沈氏，见过诸位官爷，还请官爷为我夫君申冤啊！”自称“金沈氏”的女子站起来，向郭烨等人行礼。这样看来，她在女流之辈中，倒也算个人物了，虽然面有泪痕，却能不忘礼数，也甚是难得。

“这一位便是金氏凶肆铺的女主人。”陆象先介绍道：“遇害之人，是凶肆的金掌柜。”

郭烨上下打量了金沈氏几眼，心中不由升起一股惋惜来。此女年纪轻轻，容貌也是上佳，不说什么千娇百媚，但也算是小家碧玉一类的小娘子，却不知怎么想的，竟会嫁给凶肆的掌柜。所谓的凶肆，便是这洛阳集市中专门买卖丧葬用品中的铺子，因为所用不吉，为人所忌讳，方称之为“凶肆”。常人遇着这样的铺子，甚至是铺子里的人都会刻意地绕着走。故而，郭烨在看到这花容月貌的小娘子时，才会有此疑惑。

“金夫人请起，我等不良人，自当以为民申冤为己任，绝不让金掌柜含恨九泉的。”郭烨等人虽然心中惋惜，但也不会把这等失礼的心思宣之于口，只是扶起金沈氏宽慰道。

“那就有劳诸位官爷了……哎，奴家那夫君，也不知怎的了，竟，竟被那厉鬼……”说着，金沈氏一边拭泪，一边欲将案情的来龙去脉讲出来。

郭烨则挥挥手止住她的话头。“此事先不忙说，咱们先去你家的凶肆铺子看看，视现场情况再作区处。”

“请诸位官爷随奴家来！”金沈氏点点头，提起裙裾又匆匆跑进了雨里。

郭烨他们不敢怠慢，大步跟在她身后。虽说这凶肆铺子大都开在偏僻的街巷里，不过距离他们投宿的这家客栈倒是不远。不多时，就看见远处黑暗中有两张白幡挂在数丈高的旗杆上，虽然已经湿透，却依然被大风鼓荡，在夜空下飘荡招摇，像是一双死白色的眼眸在天上俯视着他们。

“走！”眼见金沈氏的身影已经消失在凶肆门口芦棚的阴影里，郭烨他们顾不得多看，也跟着掀开门口的帘幕，一头扎了进去。

只是下一刻，走在最前边的李二宝就猛地发出“哎哟”一声惊呼，往后一跌，险些摔了一个趔趄。

“怎么了？”这么一来，郭烨等人也都紧张起来。

李二宝的身手他们是了解的，便是一头猛虎当面，也未必能把他吓成这个样子。这铺子里究竟有什么，竟能让一向莽撞的李二宝都如此惊怵？他们心中好奇，纷纷从李二宝身后探出头来，可是只看了一眼，也都不禁纷纷倒吸一口冷气，惊呼出声！

只见出现在他们面前的，赫然是两尊纸扎的童男童女！

昏暗的烛火被门外透进来的风一吹，摇曳不定，两尊纸人惨白的面孔上涂抹了鲜血一样的胭红，还没有画上瞳仁的眼眶，就像两口幽邃的深井一样，直勾勾地盯着他们，才一眼，他们就觉得一股凉气从尾椎骨直冲天灵盖，浑身的汗毛都竖了起来！

"我当是什么！"郭烨低骂一声，定了定神，道："我们本就是冲着凶肆铺子来的，看到纸扎菩萨有什么稀奇！"

其他人闻言面上都一阵尴尬，他们自然知道是来凶肆铺子查案的，只是大晚上的冷不防瞅见这些个玩意儿，还是会心惊肉跳的。不过，此刻定了神，再左右打量，才发现这间店铺四壁挂满了招魂幡、纸钱串，透过里间的门，还隐约能看到一尊被漆成朱红色的棺椁一角！

"七月半进凶肆铺子查凶案，这可是大不吉啊！"李二宝嘟嘟囔囔道。

"还真是这么个理……"听了这话，一行人面面相觑，奈何职责所在，便如箭在弦上，根本容不得他们退缩了。

"罢了，既来之则安之！"许是看出众人脸上忌讳之色，纪青璇一咬牙，冷然道："生平不做心虚事，夜半不怕鬼敲门。咱们不良人素来以申冤为己任，什么凶险之事没见过？今日又岂能因为一间凶肆铺子就退后？若是传出去说我们被一对纸人吓得连案子都不敢查了，还不叫人笑掉大牙？走，我们进去！"

"不错！"郭烨也点头附和，给众人鼓劲道："什么厉鬼来索命！狗屁！真正的'来索'都他娘的让郭某干趴下了，还怕这来索命的厉鬼不成？"

听他这么一说，一众人等皆是忍俊不禁，连连点头称是，士气也陡然提高了一大截。

"是诸位官爷吗？"郭烨刚说完，一个年轻的声音突然响起，倒是把众人又吓了一个激灵。

"呀！"郭烨轻呼一声，喝道："何人言语？"

他循声望去，却见一个浓眉大眼的小伙子，撩开门帘站在里间的阴影里。他一身短褐，打扮得干净利落，虽然面有戚色，但依然恭恭敬敬地延请众人！

“草民涂九郎，乃是此间主人的学徒，拜见各位官爷。”自称“涂九郎”的年轻人，也不知怎么就认定了他们的身份，道：“师娘刚交代了前后脚的功夫，诸位官爷便至，草民见她浑身湿透，恐感染了风寒，便让她先去换了干爽的衣裳，由草民来接待诸位，还望诸位莫要见怪。”

“情理之中。”跟在后头的陆象先，此刻走上前来，瞧了涂九郎一眼，道：“那你便带我等去看看你师父的尸身，顺便说说案情吧！”

“是。”涂九郎便把他们往屋里引，经过里间那口棺椁时，还不忘介绍一句：“这是我师父最得意的一口棺椁，平日里摆在这里给客人观赏，并未售出，诸位倒也不必忌讳，只当它是普通木器便也是了。”

“无所谓，查案要紧，这等闲话却是再也休提。”郭烨摆摆手，道。

“好嘞，听凭官爷吩咐。”涂九郎虽然在凶肆学徒，但身上却有一种和这里格格不入的阳光气息，十分机灵健谈。“今日这雨来得忒也急了，此时屋中还有前来拜访师父的客人，我师父的遗体，便是他发现的。另外还有一位被小人请来给铺中法器开光的道长。他们此时都在偏厅等候。”说着，他就引着郭烨他们过了前头的铺子，来到了后宅。

这户凶肆的主人却是典型的前门做买卖、后院住家。刚一来到后宅的厅堂门前，郭烨就听到一个尖厉的声音从屋里传出来：“报官有甚鸟用！贫道修道数十年，早练就一双慧眼，告诉你们，这分明就是金老头伤天害理的事情干多了，有厉鬼要寻他索命了！哎，贫道早就提醒他要提防血光之灾了，他非不听，这下好了，终于出事了吧？还有你们也是，这鬼神之事，岂是报官就能解决？听贫道一句劝，赶紧设斋普度，散财求存，说不定还能保得一条性命！”

郭烨生平最恨这种神鬼之言，不禁怒从心中起，冷哼一声，快步冲进屋里，喝道：“是何人在此妖言惑众！”他的突然出现，明显把屋里众人都吓了一跳，声音顿时为之一静。

郭烨镇住了众人，方才眯起眼睛，把在场的人都打量了一遍，只见这屋中只有一个富态的中年男子和一个浑身湿透的邋遢道士。

只见道士身上穿着一件脏兮兮几乎看不出本色的旧道袍，浑身湿漉漉的，像个落汤鸡。长发没有用发冠绾起，披头散发，遮住了面孔，只能从发丝的缝隙中，看到一双诡异的瞳孔在烛火下闪着幽光。

"你若只是平日里招摇撞骗,混口饭吃,也就罢了。如今人命关天的大事,你竟然还敢胡说八道,当真是嫌脑袋多了想被砍掉几颗不成?"郭烨冷冷道:"如今此处死了人,在场的都有嫌疑,一并候在此处配合我们调查吧!"

一听这话,那道士顿时被唬得魂飞魄散,也顾不上装神弄鬼了,"噗通"一声跪倒在地,大呼"冤枉"。"官爷明鉴啊!贫道就是个穷酸道士,今日里也是得知金掌柜身亡,方被涂小哥请来施个法事,给点意见。这杀人害命之事,我等出家人却是万万不敢做的!"

跟进来的涂九郎也忙道:"不错,青云道长没有说错,他确实被小的请来看个阴阳的,师父绝不会是他杀的。"

郭烨看了他一眼,问道:"他是你请来的?"

"是。"涂九郎道:"您也知道,我们是做这门生意的,今日又是中元节,正该请一位道长为铺子里供奉的法器开光作法,我便去青云观延请青云道长了。他今日也是忙得很,被别家请了去做法事,我等了个把时辰,才把他请来!"

郭烨闻言,这才把这个话题放过去了,但还是狠狠瞪了青云道士一眼,警告道:"你要营生,郭某也理解。不过若再要让郭某听见你胡言乱语、妖言惑众,你罪过可就大了!"

"是,是,多谢官爷宽宏大量……"青云道士如蒙大赦,连连道谢。郭烨便不再理他,只是把视线投向屋里的另一个人,道:"那这位又是谁?"

第五十七章　厉鬼来索命

郭烨凌厉的目光,盯上了厅里除了青云道士之外的那个中年胖子。

涂九郎忙上前介绍道:"这位便是家师的朋友,胡晋真胡掌柜。"

胡晋真一副和气生财的模样,不过从他的衣着打扮上来看,应该未有功名,而只是这市井中普通的商贾富户。而且他虽然努力在笑着,但面色青白,显然之前吓得不轻,现在依然惊魂未定。

见郭烨看向自己，他强挤出一个笑容，拱手道："鄙人胡晋真，与金掌柜乃是生意上的朋友，在此见过诸位官爷。"

"就是你发现了金掌柜的尸体？"郭烨问道。

"正是。"胡晋真说了两个字，就露出一脸仿佛将欲呕吐的神情，显然郭烨的问话，又让他想起了发现尸体时那不愉快的回忆。

"尸身何在？"

"就在与偏厅后头的木工房内。"涂九郎再次代为回答道："那也是家师最常驻留的地方。"

"带我们去看看。"郭烨一边说，一边看了看纪青璇和陆象先，见他俩没有意见，便伸手示意涂九郎带路。"胡掌柜与这位道长也一道去吧。"

这两人自然是不敢反对，一行人便浩浩荡荡往那木工房行去。

就在半道上，郭烨又突然问涂九郎道："这胡掌柜并非金家之人，为何是他先发现的金掌柜的尸身？"

"官爷有所不知，奴家这夫君啊，脾性古怪在整个北市都是出了名的。"这时，金沈氏也换了一身干爽的衣衫，匆匆赶了回来，正好听见郭烨的问话，姣好的面容上顿时也是浮起一抹无奈的苦笑，道："他日常沉迷于手艺活，不善与人交流。这家里的客人来往，素日都是奴家与九郎在张罗忙活的。今日胡掌柜登门时，九郎正好在忙，具体的事情，他却是知之不详。不过，胡掌柜是最早发现奴家夫君房中异常之处的人不假，但夫君的尸身，却是我两人一同发现的。"

"多谢师娘为弟子解释。"涂九郎对金沈氏致谢道。

不过，郭烨眼角的余光扫过他时，却总觉得他虽然执礼甚恭，但看金沈氏的眼神始终有些不对。只是他转念一想，金沈氏容貌甚是美丽，涂九郎又正是血气方刚的年纪，同住一个屋檐下，虽然差着辈分，但年少慕艾也是难免，只要两人不逾矩，旁人倒也说不得什么。不过他也懒得过问旁人的私事，只是道："此话怎讲？"

"胡某是自行前往金掌柜所在的木工房的，不过敲门不应，又从门缝中看到屋里大放光明，还当是走了水。再一想若是走水，金掌柜不该无声无息，恐出了什么事，便唤来了金夫人。只是她的呼喊也没有回应，心急之下，我们只得破门而入……然后，就看到……看到……"说到最后，胡晋真整个人都已经结巴了，像是回忆起那幅可怕的画面，又不知该如何形容，只得朝前一指，叹道："你们自己去看吧!”

郭烨抬头一看,只见木工房已经近在眼前,正如胡晋真所言,明显不正常的亮光从半敞开的房门里透了出来,把半条门廊都照得雪亮。当下他疾步前趋,一步迈入木匠房,下一瞬,他就猛然闻到一股浓郁的血腥味混着热浪扑鼻而来!

进门之后,他也看清楚那雪亮的光芒究竟是如何发出的了,一圈燃烧的蜡烛,把他眼前照耀得一片灯火通明,亮如白昼。借着烛光,他把屋子里的一切景物都看得清清楚楚,然后瞬间明白过来,为什么青云道士会说是厉鬼杀人,而其他人还颇为相信了。

金掌柜死了,这是意料之中的事,但他死亡的方式,却显得诡异无比:他的年纪已经颇大,身高只有五尺许,吊眉斜眼,看起来就是一副横死鬼的面相,头上发丝稀疏,几乎绾不住发冠,脸上布满了干橘皮似的皱纹,看着已近花甲。他此时就平躺在自己精心打造的棺木中,仰面朝天,双眼紧闭,平时就皱巴巴的脸,这时更是在丑陋中透着一股子苍白,像是血都被放干了。在他周身,包裹着一层层黑色的寿衣,令他矮小的身形也变得有些臃肿。用料考究的寿衣穿在他身上,一眼望去,竟给人一种沐猴而冠的滑稽感觉。但细细思量,又觉得有些恐怖。

而就在看清尸体的那一刹那,一股子阴冷的风蓦地从他们进来的门口吹了进来,烛影一阵摇曳。天穹上“轰隆”响起一声炸雷,吓得众人都是一哆嗦。闪烁的电光,衬托得室内更是宛如有无数鬼魅在起舞,令人毛骨悚然。

“妈耶!”不知谁低呼一声,又把众人吓了一跳。

“在场有几个没见过死人的?瞎咋呼什么?”郭烨大怒,回头瞪了一眼。他当然不肯承认自己其实也被吓到了。

然而再仔细一看,那股刺鼻血腥味的源头也找到了。原来那红色的棺椁上涂抹的,竟不是红漆,而是一层黏腻的鲜血。浓淡不同的血水覆盖在棺木表面,被烛光映照出斑驳的色块。还没凝固的血水则滴落在地上,形成一片触目惊心的血泊。而在屋里的陈设上,也布满了大片的血手印,其惨烈的情形,让人不忍目睹。

“师父从来不在木匠房里刷漆的,这红色的……全是血。”一个颤抖的声音响起,郭烨回头一看,只见涂九郎从人群中挤出来,正面色铁青地望着屋里的棺椁和尸体。

而在他身边,金沈氏已经哭得是梨花带雨,捂着嘴巴,娇躯颤抖,一副想扑上来又不敢的模样。

“当家的啊！你死得好惨啊……”

“金夫人，节哀。”张小萝心软，最看不得妇道人家哭泣了，忙上前安慰起金沈氏来。

“别让他们过来。”见此情景，陆象先蹙了蹙眉，随即看向纪青璇。

纪青璇冲他点了点头，而后朝着李二宝和张小萝打了个手势。随即，叹了口气后，看向人群后方，招呼道：“小陆，验尸。”

“嗯。”陆广白排开人群，快步上前。虽然因为今晚主要是祭祀先人，他没带自己的百宝袋，但做了这么多年的仵作，他就是光凭自己过人的眼力，都能看出不少的东西来了。

在陆广白专心验尸的当儿，纪青璇与郭烨两人也在屋中走动起来。

只见围绕着棺材的所有蜡烛，都是那种办白事用的大白蜡烛，长足有一尺有余，粗如儿臂，被牢牢地固定在铜质的烛台上，而烛台则被钉死在围着棺木排开的条案上。不过除此之外，这房间中虽然一片混乱，但却看不出有人侵入过的迹象。

郭烨仔细检查了门窗，发现窗户下和门边都是干干净净的，不像有外人进出。这么大的雨，如果是从窗外进来，很难不带上一脚湿润的泥浆，留下足迹，而且窗子都是拴得死死的。再看门闩，已经被折断了，不过从断口的木茬子来看，应当是被人从外面撞断的。

“也就是说，在这门被撞开之前，屋内俨然就是一个密室。”此刻纪青璇也走了上来，看着那木茬子低声道。

郭烨抚摸着断裂的门闩点了点头，随即扭头看向面色阴晴不定的胡晋真，问道：“胡掌柜，这门是你撞开的？”

“是……是我……”胡晋真叹了口气道：“不过胡某却是经过金夫人的允许的，当时她也在场，不然胡某却是万万不敢擅做主张的。”

郭烨看了他一眼，从棺木边退开，向胡晋真询问了起来。几句问话之后，郭烨才知道，这胡晋真自己也是做凶肆生意的，只不过他本人不善木工，扎纸、棺椁等货物，都得从金掌柜这里进货。中元节之前，他购置了一大批货物，却发现有些许物件有问题，便来寻金掌柜说道说道。

“这中元节，胡掌柜想必大挣了一笔吧。”郭烨笑眯眯地道。他在市井间也混了不少年，见人说人话，见鬼说鬼话，自然知道怎么跟人客套。

“哪里，哪里，糊口罢了。”胡晋真连连摆手，道：“金掌柜手艺绝佳，他才是发大财的人啊。我们不过是捡他指头缝里漏下的果腹罢了。只是想不到他却是遭此横祸，日后胡某还不知该从何处拿货了？”

“嗯？胡掌柜前脚刚说在此处定的物件有问题，后脚又夸赞金掌柜手艺绝佳。”郭烨的笑容慢慢变冷，一字一顿道：“这话前后矛盾啊。”

“官爷是何意？金掌柜手艺好这是行内公认的。胡某所定的货品，也只是有些许问题，亦，亦是常情。”胡晋真胖胖的脸上神色骤变。“官爷这话，该不是怀疑胡某吧？”

“胡掌柜，莫急，我不过是有些许疑惑未解。”郭烨脸上神色不变，语气却是一沉，道：“你道今夜是发现有些许物件有问题，来寻金掌柜说道说道。敢问，是什么了不得的问题非得这大风大雨的晚上来说？便是你自己也说了，货物有些许问题是常情，那又何必这般上赶着？胡掌柜不觉得自己的话错漏百出吗？偏偏还就是你第一个发觉了屋中有异，你说我该不该怀疑你？”

“冤枉啊！真的不关草民的事啊！”胡晋真一听郭烨的话，瞬间惊慌失措。“草民，草民真的是来跟金掌柜说货物之事！而且一发现情况不对，马上去叫金夫人了，这点时间……时间如何够杀人再把现场布置成这样？”

“那你先说说，这风雨夜你特地过来，准备与金掌柜说什么吧！”郭烨冷笑道。

“不敢欺瞒各位官爷。”胡晋真扭头看了一眼金沈氏，一咬牙，从怀里捧出几颗金豆子道：“金掌柜曾与草民说过，他……”

“他什么他？快说！”

“他说他怀疑金夫人与外人有染，让草民把货款分作两份，一部分做明面上的结款，另一部分须得避开金夫人，直接交予他本人！”胡掌柜像豁出去了一般，大声道：“白日里他与金夫人俱要经营铺面，难以抽身。只得晚上，他独自做木匠活时，才有时间与胡某对账。胡某想着过了中元节便要回趟乡里，便打算今夜将这钱送过来。”

此言一出，众人齐齐愣住，连郭烨也没想到，自己随口一诈，居然诈出这么劲爆的消息。

而金夫人闻言更是气得俏脸惨白，娇躯颤抖，指着胡掌柜放声叫道：“胡晋真，你血口喷人！我当家的早说过你欠下他不少银钱，分明是你不想偿还，方才心生歹意，痛下杀手！”

第五十八章　疑凶藏得深

金沈氏和胡晋真突然开始互相攀咬，这样的突然的发展，倒让郭烨等人都有些始料未及。

眼看金沈氏和胡掌柜越吵越激烈，郭烨头疼地揉了揉眉心，大吼一声：“都闭嘴！”

胡晋真和金沈氏的争吵这才一顿，齐齐看向他。

郭烨冷哼一声：“莫要吵了，郭某方才也不过是例行询问罢了。不过这处宅子里的其他人也不是没有嫌疑，在事情查清之前，谁都不准走！”

“听凭官爷决断！”胡晋真和金沈氏互相怒视一眼，各自扭过头去。

“小陆，尸格可有了？”郭烨扭过头，瞟了一眼陆广白。

“以尸身僵硬的状况看，死亡的时间当是在申时四刻至酉末戌初间。”陆广白的声音响起。

“申时四刻至酉末戌初间。”郭烨细细盘了盘这时间，此时刚刚宵禁，应是戌时五刻光景，也就是说，金掌柜死亡不过一两个时辰前的事。在心中捋顺了这个时间，郭烨继续道：“好了，说说吧，这段时间，你们都在何处？胡掌柜你先说吧。”

“那，那个时辰，我尚在自己的铺子里忙活。差不多是戌时一刻才出的门。这金掌柜的铺子与我那铺子离得不远，无须一盏茶的时间便能到。”胡掌柜战战兢兢地答道。

“戌时一刻出的门，一盏茶的工夫。也就是说，你到此地时，应是戌时二刻不到？”郭烨道。

“对，对，应，应是如此。”

郭烨闻言点了点头，却也不置可否，随即看向立在一旁的涂九郎。

涂九郎见问到了自己，低头回答道："那个时辰，我正在青云道长的道观中，他的弟子可以作证。"

"哦？你在道观中待了两三个时辰？"郭烨的目光冷冷地盯着他。"未免太久了些吧。"

涂九郎被他看得有些犯怵，但还是赔笑道："青云道长此前被别家请了去做法事，不在观中，我便等了他一会儿。倒也没有两三个时辰这般久。应是一个时辰的光景，他便回来了。我们约莫酉时四刻的样子一同回的铺子。"

"确如此，确如此。到了此地之后，九郎便一直伺候贫道做法事，并不曾离开。"青云道长道。

"哦？是吗。"郭烨目光一转，看向金沈氏。"那夫人呢？可有不在场的证明？"

后者垂泪道："奴家当时在前面铺子里忙碌，今日乃是中元节，祭祀的人多，前来买祭品的人不少，当有不少客人可以为奴家作证。"

"如此说来，在场的诸位倒是都有不在场的证据咯。"郭烨挑了挑眉，却也没有再说什么，只是回头看了一眼陆广白。"小陆，你继续。"

"嗯。"陆广白从尸体旁直起身，擦擦手道："尸身上的伤势有两处，一处是后脑的钝器伤，一处是脖子上的割裂伤，后一处是致命伤……"他顿了顿，伸出一根手指在棺木表面抹了一下，尚未完全凝固的血液顿时把他的手指尖给沾染得一片通红。"这些血便是从脖颈上的伤口放出来的。"

"结论呢？"

"死者当是在埋头劳作时，被人用钝器击中后脑，没有反抗的机会就昏迷过去，然后才被割喉放血，再被凶手包裹上寿衣，塞进棺木，在周围点上蜡烛的……"

郭烨眯起眼，凌厉的视线从在场众人的脸上一一扫视过去。如是半晌，直到众人都被他看得局促不安了，他才大步走到棺木旁的血泊里，捡起一柄锤子一把木工刀，往案上一丢，道："谁家的鬼他娘的会用这些东西杀人？"

他捡起来的器具，不出意外正是杀死金掌柜的凶器。

"那也不一定。"青云道士还在那里嘀嘀咕咕道："鬼之一物，聚之成形，散则为气，说不定……"

"滚！"郭烨呵斥道："死者为大，这里不是让你胡说八道的地方，再敢妖言惑众，先拖去县衙打二十大板！”

青云道士这才讪讪地不说话了。

“可是……若不是鬼魅，又如何能在密室中杀人呢？”陆象先虽为洛阳县尉，见过的人命案子也不少，但是这般诡异的却是不多，当下也有点怵得慌。

“二宝，你检查一下墙壁，看是否有暗门。小萝，上房，看瓦片是否有被移动过的痕迹。陆兄，麻烦你在地面上到处敲一敲看一看，莫要遗漏了地道之流。”

郭烨雷厉风行地布置好了任务，又在旁寻了张座席，大马金刀地踞坐下来，好整以暇地看向金沈氏和胡晋真，问道：“两位，现在可以继续说你们的事情了。虽然两位都有所谓的不在场证据，但也有待查证。在这之前，先把你们之前的所说的事说清楚了吧。现在我就想要一个确凿的回答，你们最好想清楚了再说话，若是当时否认，事后却被我等查出来虚言欺瞒，你们的麻烦可就大了啊！”

“这……胡某确实与金掌柜有些利益上的纠纷。”胡晋真只是短暂地犹豫了一下，就爽快地承认了。“金掌柜在我进货之后，又通知要提价。我认为他半路加价有些不妥，因此一直拖延没有给付。不过今日我既然上门，自然是打算按他的价格来了。毕竟他乃是这北市中手艺最好的扎纸匠人，比别处贵上一些也无法。”

“很好，看来我们开了一个好头了。”郭烨满意地点点头，又看向金沈氏，问道：“你呢？”

金沈氏咬着嘴唇，双眸含泪，我见犹怜，但郭烨却像是铁石心肠一般，冷冷地逼视着她。

“奴家，奴家……”金沈氏张了张嘴，似是有些犹豫不决。

“师娘……”看到金沈氏的样子，涂九郎往前挪了一步，却又立刻被郭烨给瞪了回去。

随即他向着金沈氏开口道：“金夫人，我劝你是照实了说才好。”

“奴家，并没有对不住我夫君的地方。我纵然是被迫嫁与他的，却也从未想过要对他不忠。”金沈氏咬牙道。

“哦？那金掌柜为何会有此怀疑？空穴来风，未必无因吧？”说着郭烨看了看一旁一脸忧虑地望着金沈氏的涂九郎。

“奴家这夫君脾性怪异，自个儿不爱与人交往，却又疑心奴家会心生异端。可怜奴家一人打理这铺面，往日却不敢与陌生人多说一句。”

“哦？可我怎么觉着是你们害怕奸情暴露，索性一不做二不休，便把金掌柜给谋害了？如此一来，你们便可以名正言顺地在一起，顺带还继承了这金掌柜的铺子，何乐而不为呢？”郭烨摸着下巴，看着金沈氏与涂九郎两人笑道。

“什么？！”金沈氏似乎没有想到郭烨会这般说，连连后退了两步，道：“官爷是怀疑奴家与九郎……不，没有！若我真与他有染，我家夫君的眼皮子底下如何容得下我们？若真如此，怕是死的不是他，倒是奴家了。官爷万望莫要污了奴家清白！”说着便扑通一声跪了下来。只是在这金沈氏说话间，那涂九郎不知怎的，竟低下了头，也不言语，也不分辩，这倒是有些出乎郭烨的意料了。

郭烨其实也没有硬要将两人扯成奸夫淫妇的意图，只是一进门时见那涂九郎对金沈氏甚是关心，而那金掌柜的模样与这金沈氏也着实不般配，这才有了如此猜想，想要诈一诈两人，同时也当是打发时间，等待其他人探查的结果。

谁知郭烨这边还在心中盘算，并未多言。那边厢在金沈氏看来，却是另外一番光景。

她见郭烨久久不再言语，只当他是不信自己的话。当下拎着裙裾，站起身来，道：“若官爷不信奴家所言。奴家便自证清白吧！也省得日后寡妇门前多是非。”说着，她便要往那廊柱上撞去。这一下猝不及防的，吓得郭烨从座席上跳了起来。此前秀嫣都知以死明志的事尚且在他眼前，当下又来了一个，且这一个说到底还是被自己逼的，这还了得。

不过幸亏这时候纪青璇就站在距离那廊柱不远的位置，眼直手快，一下挡在了廊柱前，这金沈氏便与她撞了个满怀，两人一同倒地。

“你这是作甚！”突如其来的变故让当下几人都愣住了，待郭烨反应过来，三下两下地上前扶起了倒地的纪青璇。“你可还好？”

“无妨。”纪青璇摇了摇头站起身来。

这边厢，涂九郎亦手忙脚乱地扶起了金沈氏。

“官爷这又是何苦呢？我与师娘清清白白，从未有任何僭越。莫不是官府办案都要扯上这些有的没的才肯罢手吗？”涂九郎皱着眉头继续道：“方才已经说了，我与师娘皆有不在场的证明。官爷若真想抓住凶手，还是莫要在我们身上浪费时间了！”

“这……不良司办案岂容你置喙！”郭烨好险给他的话噎了一噎，半晌才道：

“罢了，先扶金沈氏在边上歇歇，怎的一个个的都爱用这种法子……”

虽说这金沈氏的嫌疑并未洗清，但是不知是不是有秀嫣的例子在前，此刻郭烨见她以死明志，当下心中颇有感触，却又不好明说，只得先放下不提。

“都说了，是这姓金的坏事做绝，而今被鬼索命了。”青云道士还在喋喋不休地推销自己的观点。

下一刻，众人同时对他怒吼：“你闭嘴！”

吓得那老道猛地了缩脖子，不过也幸亏他这么一打岔，倒是让郭烨的尴尬缓解了不少。

“先看看对案发现场的搜查吧。若要人不知除非己莫为，这世上除非真有冤魂厉鬼，否则没人能杀人而不留下痕迹。”郭烨不愉在此话题上多纠缠，当下见搜查周围的诸人都相继走了回来，遂问道：“你们可有发现？”

“没有，墙壁、地板都平平无奇，没有被改装过的痕迹。”

陆象先等人齐齐摇头，示意自己无所发现。张小萝也从梁上翻下，道：“瓦上青苔如故，看起来短时间之内，并未被人翻动行走过，那凶手不是从上方出入的……”

第五十九章　设局钓凶嫌

“贫道早说了，这事你们查不出头绪来的，只有厉鬼来索命，方无须门窗进出……”青云道长一听众人都没法破解这个密室的诀窍，不禁又得意起来，在旁边摇头晃脑的鼓噪。

“鬼这个坎是过不去了是吗？”郭烨对这个神神叨叨的道士，已经连生气的劲都没有了，叹了口气道：“你真想我把你抓进牢里关上几天不成？”

“那你说，要不是厉鬼，凶手到底是怎么在杀人之后还把门窗关上的？”青云道长还不服气，咬牙问道。

“郭某自会给你一个交代。”郭烨冷哼一声。说着，他又独自在屋内走了一圈,在窗台与门廊间又再度探查了一番,只是这一次他停留的时间,却是比前一次要更久一些。其间还与陆广白悄悄私聊了几句。

时间一点点流逝,直等得众人都有些烦躁了,才听郭烨开口。"今日天晚,大家也都乏了……"他扭头看向陆象先,道:"陆兄,今夜不如我们轮流看守现场,待明日宵禁解除后,麻烦你立刻通知衙门里的捕快,将这凶肆围了,郭某要好生探查一番。"

陆象先听得一愣,以他对郭烨的了解,后者不像是一个会轻易偃旗息鼓的人啊。但马上,他就看到郭烨背着众人,对自己挤了挤眼,当下会意,笑道:"如此甚好。"

"那郭某就自告奋勇,守这头个时辰吧!"郭烨微微一笑,冲着纪青璇欠了欠身,邀请道:"纪不良尉,不介意与郭某守头个时辰吧?至于其他人,可各自回房安歇。"

纪青璇面色微红,但还是肃然道:"不介意。"

"好,那其他人就散了吧!"郭烨开始赶人。

其他人虽然都摸不清他葫芦里卖的什么药,但都还是依言离去。

待众人都走得差不多了,纪青璇一把揪住郭烨,问道:"刚刚小陆与你说了什么?你可是有发现?"

郭烨含笑问道:"为何这般问?这可是密室杀人案,没那么容易破解得了的。"

"少来,若非有所发现,你怎会如此反常?"纪青璇摆出不良尉的架子,低喝道:"还不从实招来!"

"就知道瞒不过你。"郭烨笑笑,道:"刚刚小陆说,在这屋子里,除了血腥味,还有一股布匹被烧焦的味道,很淡,别人闻不到,但是他闻得到。"

"被烧焦?"

"不错。至于旁的嘛——纪不良尉拭目以待吧!对了,你刚刚被撞了一下,可还好?彼时人多,我不好多问。"

"咳咳,无妨。先说说你究竟发现什么了?"郭烨突如其来的关心,弄得纪青璇好生尴尬,只得扯开了话题问道。

但是这一次,郭烨没有立刻回答她,而是走到门外,探头看了看,直到确定所有人都走远了，才道："金掌柜死时，是先被击中后脑，然后才被杀死，这个过程中，他并未反抗。这也就是说，下手之人，是他觉得可以相信之人，才不会有所戒备。不然纵然他再怎么沉迷活计，也不会大晚上的被人欺近身后还无所知觉吧？"

"所以，你觉得这下手之人，一定是这凶肆中的人？"

"不错。"

"可是这……"纪青璇指了指满屋血腥狼藉，有心想接着问下去，却又觉得千头万绪，不知该从何问起。

"你来看。"不过郭烨却是知道，她想问的是这个密室的成因。他缓步走到棺椁旁边，在一张被钉了烛台的条案上拍了拍。

纪青璇不解，走上前去，皱眉瞥了一眼棺木中金掌柜死状惨烈的尸体，随即便扭过头去，只盯着桌上的蜡烛出神。

不过还真别说，这么一看，她立刻就看出点门道来了，在郭烨所指的一排蜡烛中，有一根明显比其他蜡烛要高出一大截，应该是早早就熄灭了。纪青璇猜想，这就是郭烨要自己看的东西，只是为什么会如此，她却是暂时还没思考出个所以然来。

"想不通？"郭烨笑了。

"那你还卖什么关子？"纪青璇佯恼道："还不快说！"

"莫急，莫急，咱们还有的是时间。"

郭烨轻笑三声，又站起身，走到那根蜡烛正对着的窗户前，往窗缝里看了一眼，又朝窗棂上弹了一指头，轻笑道，"你再来看这里，若是再看不出头绪，郭某可就不管啦！"

纪青璇看了他一眼，快步上前，再郭烨所指的窗缝位置仔细审视了一遍，忽然轻声疑惑道："这是被刀子切削过的痕迹？木色内里发白，与外边缘的色泽不同……应是新留下的削痕。"她盯着那粗粝的刀痕看了两眼，猛一惊，像是想到了什么，一把推开窗户，定定地望着窗外的风雨夜色出神。

"难道……"

"然也！"郭烨笑道。他顺着敞开的窗户望了出去。窗外，风雨如晦，树影在狂风中摇曳，似乎还被带出了长长的黑影……

"莫看了，雨飘进来了。"突然，他在纪青璇的肩膀上重重拍了一下，笑道："想淋雨,待会儿还有的是机会,先把窗子关上吧。莫心急,再过些时候,郭某请你看场好戏,权当补偿。”

“哼,我哪敢怪你啊?”纪青璇轻哼一声,还想再损郭烨两句,却见他已经倚着窗子坐下,头枕在窗棂上,似乎陷入了假寐。

一时间,满是血腥味的屋子里,就此陷入了寂静,纪青璇熄灭了棺木旁的蜡烛,又另外掌上了灯,但屋子里还是闷热无比。而金掌柜的遗容,在晦暗的灯火下更显得瘆人。她想了想,一跺脚,索性出了门,也不知干什么去了,把郭烨一个人丢下,面对这诡异的尸首。

这场风雨比众人预想中都更长久一些,一直到后半夜,豆大的雨点才渐渐稀疏,这时地面上已经积满了一摊摊深深的泥水。

深沉的夜色中,忽然有一个黑影闪出,他三步一打滑,深一脚浅一脚地来到了金家的院子里。很快,此人就在院墙前停了下来。

那墙头上,一段树枝从墙外伸了进来,枝头似乎还连着一条长长的带状黑影,在风中摇曳。那人努力踮起脚尖、伸长手臂,似乎想将那条长带子从树上解下来。只是地面湿滑,风雨又大,他尝试了几次都没有成功。

终于,他似乎下了决心,蹒跚地往墙头攀了上去。可就在他爬上墙的一瞬间,一个柔和的声音忽然响起:“看你爬得也挺艰难的,需不需要我给你搬张梯子来?”

黑影的动作一下子就僵直了。下一刻,随着一声“掌灯”,黑夜中突然“嘭嘭嘭”地亮起数团火光,一股松脂的香味弥漫在风雨中。

蘸了松香的火把,即使在雨夜中也能熊熊燃烧,明亮的火光把庭院照亮,也照亮了一直隐伏在暗处的猎人。郭烨一手撑伞,一手扶着横刀,从廊檐下一步步走出。在他身后,李二宝高举火把,亦步亦趋。其后跟着的还有陆象先、张小萝,以及陆广白几人。

“让郭某看看,阁下究竟是谁,竟有如此手笔,冷血杀人之后,还布下了这等诡诈之局?”郭烨淡淡道。

在他身后的李二宝应声把火把高举,扩散开的火把顿时照出一张浓眉大眼的英俊面孔来。借着火光,众人都看清楚了涂九郎手中拿的长带子是何物了。那是一条细细长长的缎带,中间系在树枝上,两段垂落下来,一头已经被涂九郎抓在了手中,只是他却再也没机会将其解下来了。

"将其他人叫起来吧。晚了可就没戏看了。"郭烨笑着道。当下,李二宝将火把交给陆广白,便去叫了其他人起来。很快,这个凶肆里的人便全都集齐了。

"大晚上的,不让人睡觉了?"

"涂九郎?"

"九郎,你这是作甚?"金沈氏走在最后,看到眼前的一幕,愣住了。

"还能是作甚,自然是毁灭罪证啊!"郭烨微笑道。

涂九郎面色一变,道:"郭官爷,你虽是公门中人,也不能血口喷人。"

"那不如你与我们解释解释,你大半夜的不睡觉,爬墙头干吗?"郭烨也不恼,彬彬有礼地问道。

"哼,涂某一根裤腰带被风吹到了这树上挂着,想把它取回来,莫非还要经过你们这些官老爷的许可吗?"涂九郎干巴巴地说道:"死了人你们不去查,非要来纠缠我的裤腰带,这是何道理?"

只是这话实在没有说服力,是个人都听出他在强词夺理了。

"还敢狡辩!"李二宝暴喝一声。

"诶,二宝,莫要动怒,涂老弟的裤腰带缠得如此玄妙,想来也不是普通人,咱们对他要尊敬一点。"郭烨挥挥手,制止了李二宝,又向涂九郎道:"既然不能纠缠裤腰带,那咱就纠缠纠缠金掌柜的死亡时间好了。你说他死的时候你在青云道士的道观里,郭某却是不同意。郭某偏要说,你当时就在他的木工房中,连他脖子上的刀口,都是你割出来的。如何?"

涂九郎一愣,然后故作悲怆地大笑起来,道:"如何?若是诸位官爷不惜赔上不良司的大好名声,也要构陷涂某,那涂某这颗大好头颅便是舍与了诸位,又有何不可呢?"

"嗯,听起来倒甚是慷慨。"郭烨笑笑,道:"可惜啊,你一个杀人凶手,便是有万般苦衷,也没法舍生取义、流芳百世啊!至于我不良司的名声,更是不会败坏在你这种人手中!小陆!"他断喝一声,旁边陆广白已经一步踏了出来。

郭烨望着墙头的涂九郎淡淡道:"你的手段不错,若是碰上一般的仵作,或许还真被你糊弄过去了。可惜你遇上了我们小陆,所以还是认命吧!"

第六十章　手段全无用

郭烨突然冒出来的一句话，让涂九郎瞬间面色惨变。“我，我听不懂你在说什么……”

“听不懂也无妨，让小陆给你慢慢解释。”郭烨笑着退到一旁。

陆广白接过话茬，平静道：“从尸僵的程度来看，金掌柜遇害，的确应当是在申时四刻至酉末戌初间。不过有一点，你却是只能糊弄无知之人。”

“哼，什么一点两点的，有什么臆测你说出来便是，涂某莫非还怕了你不成？”涂九郎道。

“自不会让你逍遥法外。”陆广白转身问道：“不知诸位在进入案件现场时，有没有注意到那些蜡烛和金掌柜身上的寿衣？”

“这是自然。”郭烨与他一唱一和。

“那你们可知这等布置的用意吗？”陆广白问。

“难道不是为了烘托诡异可怖的气氛，让人以为是厉鬼杀人吗？”张小萝一愣。她的话倒是获得了青云道长的认可，他一个劲地在一旁点头。

“有这个作用，但不是全部。”陆广白摇摇头，终于不再卖关子，直截了当道：“尸僵的形成的速度并不是一定不变的，周遭环境的不同，尸僵形成的速度也不同。其中温度就是很重要的一项，若是外届温度较高，尸体僵硬的程度便会放缓。以当下的节气，人在死亡一到两个时辰内，颈部、颜面部、下巴处会出现僵硬。直至死亡两个时辰以上，这种僵硬会扩散至全身。我初初探查时，金掌柜的尸身正是出现了这几个部位的僵硬，而躯体尚柔软。故而陆某判断其死亡时间在申时四刻至酉末戌初间。”

“凭多废话，那这与蜡烛、寿衣有何关系？”青云道长显然还没听明白，呱燥地问道。

陆广白也不理他，只自顾自道：“凶手在室内燃起那么多蜡烛，并且以黑色寿衣包裹尸体，其真正的用意应是让尸身保温，延缓尸僵发生的时间，从而让人误判死亡时间。因此,依陆某之见,金掌柜真正的死亡时间,应当早于这个时间半个到一个时辰左右,也就是差不多是未末申初到酉时四刻之间。”

“若非熟悉这死人、装殓之事,怕是等闲人等也很难知晓这其中的关键吧?”郭烨目光直直地看向已经被雨淋成落汤鸡的涂九郎道:“我且问你,在这个时间范围内,你可有人证?”

涂九郎咬着嘴唇并不说话,倒是周围响起了一阵议论。

“难怪了,我就觉得屋子里好闷热啊……”

“原来还有这么个用意。”

“凶手很狡猾啊,要不是有陆大哥,说不定真没人能想到这一点……”

众人闻言,都七嘴八舌地议论了起来,话语间不乏对陆广白的钦佩。

“你不说话也无妨,这便问问金夫人吧。”郭烨转头道:“金夫人,我记得你说过,今日前来购买祭祀用品的人很多,涂九郎有没有在铺子里,应该有很多人能够证明吧?”

金沈氏闻言,贝齿轻咬嘴唇,俏脸上露出矛盾挣扎的神情,不过在场的都是明眼人,光是看她这副作态,心中就已经明白了大半。

涂九郎也知道,在这件事上自己没有狡辩的余地了。但他还不死心,从墙头跳下来,冷哼道:“就算如此,也不能证明涂某是凶手吧?掌柜的可是死在自己的房间里,门窗就是锁死的。涂某就算有天大的本事,也不能穿墙杀人啊!”

“穿墙,你为何要穿墙?”郭烨眨眨眼,露出奇怪的表情。“你就是敲开门走进去,然后趁金掌柜背对你之时,随手操起家伙痛下杀手的啊。所谓的密室,不过都是你事后的布置而已。”

涂九郎喝问道:“休得血口喷人,你有何证据?”

“证据……你手上的,嗯——裤腰带便是证据啊!”郭烨一脸理所当然的表情。

“裤腰带算什么证据!”

“嘿,不光裤腰带算证据,这屋子里的蜡烛,可也不只是小陆说的那一个作用!”郭烨嘿嘿笑了起来。见众人脸上的表情愈发迷惑不解,他耸了耸肩,道:“罢了,还是由郭某给大家演示一下吧!”

他冲李二宝打了个响指:“二宝,先请涂老弟在旁边稍微做歇息,待会儿自有他说话的时候。”

李二宝闻言，大步上前，像抓鸡一般，提起涂九郎就按在了一旁。

郭烨随即对着胡掌柜和青云道长，伸了伸手："两位，借你们的裤腰带一用？"

"啊？"那胡掌柜和青云道长却也不敢多言，哆哆嗦嗦地去抽自己的腰带，弄得在场地女眷都不好意思地别过了头去。

郭烨接过两人的裤腰带，比划了一下长度和宽度，最后挑选了青云道长的裤腰带系在树杈上，而后把两端都拉到窗前。

"大家跟我来。"郭烨随手把腰带的两个绳头扔进室内，又走到木工房门口，抖了抖身上的水，说道："现在假如郭某是凶手，我从这扇门里进来，杀死了金掌柜，然后布置好了蜡烛。"

众人跟着他走进来，看着他把窗户一扇扇关好，唯独留下那根缎带的两端，从正对着树的窗户缝隙里穿过来。

为了演示得更真实，他甚至还拿起一柄削木刀，在窗缝原本的刀痕上装模作样地虚划了两下，然后解释道："把窗缝稍微扩大一点，这裤腰带穿行起来会更流畅。"说罢，他取过裤腰带长的一头，套在门闩上，打了个活扣。套好了门闩，他关上门。随即示意张小萝将裤腰带短的那头，拉到棺木旁的那根已经熄灭的蜡烛前。

"这时候外面的树枝应当已经被拉弯了，不相信的人可以去看一看。"他道。

不过没有人动，这种显而易见的事情，想来也不会有谁不相信。

郭烨等了几息，见确实没人要出去，才从张小萝手中接过那根裤腰带，将其系在了蜡烛靠近烛芯的位置，因为烛台和蜡烛都被牢牢固定住的，所以腰带瞬间就被树枝的弹力绷得笔直笔直的。

下一刻，郭烨提示大家集中注意力，而后点燃了这根蜡烛。

众目睽睽之下，金红色的烛火像精灵一般跃动着，一滴滴烛泪流下，宛如在悲泣着一条性命的逝去。随着蜡烛融化到裤腰带所系的位置，只听"嗤"的一声，带子被火舌燎到，屋里瞬间弥漫起一股缎带被烧焦的气味。郭烨回头冲着陆广白笑笑："你闻到的是这个味儿吗？"

陆广白点了点头。

"接着看下去吧，精彩的地方马上就要到了。"郭烨笑道。

仿佛是为了印证他的话，下一瞬，只听"嗖"的一声，裤腰带猛地从熔短了一截的蜡烛上滑脱了出去,原本被绷直的树枝猛地弹起,带动了另外一端系在门闩上的裤腰带抽动,只听到一声轻微的木器撞击声。不待众人看清楚发生了什么事,蜡烛的灯芯被裤腰带扫过,竟被打灭了,屋子里瞬间黑暗了不少。

待到众人适应了这突然暗下来的光线后,屋子里就响起一片轻轻的嘘声。

只见青云道长的那条裤腰带不见了踪影,而木工房的门闩,则已经被从里面锁上,一个封闭的密室,再次重现。

"利用树枝回弹的力量拉动门闩。当门闩拉到底时,带子上的活扣自然松解,从窗缝里被拉出去。只要趁着所有的注意力都被室内的血腥景象吸引,加之夜黑风高,便没有人会去注意外头,只需找个机会把带子解下来拿走,一切就都天衣无缝。"郭烨微笑地看向涂九郎。"很精彩的设计,对不对?只可惜人算不如天算。你没算到胡掌柜会在此时来寻金掌柜,导致你来不及取下树枝上的带子。也没有算到会有一群不良人因为大雨被困在北市的客栈里。当然最重要的,还是你忽略了两点。你可知是哪两点?"

涂九郎像是没有听到一般,梗着脖子,不去看郭烨。

郭烨倒也不生气,自问自答地继续道:"第一点,是你没想到那根蜡烛会被带子打灭,以至于棺木旁的蜡烛长短不一,这才留下了破绽让郭某发现。第二点嘛,就是你手上这根所谓的裤腰带上留下的烧痕——你可敢给大家看看?"

若说郭烨的前一句涂九郎还紧咬着牙关不认,他的后一句一出来,便让他颓然泄了气。

这时陆象闻言先走上前来,接过涂九郎手中那条已经被雨水打湿了的带子,果然在带子的一端看到了被火燎烧过的痕迹。

见此情景,众人哪儿还不明白?

金沈氏更是身子摇晃了一下,失声道:"九郎,真的是你?这可是你的师傅呀!师恩大如山,你怎可如此行事?"

"师恩?屁的师恩!"涂九郎陡然激动起来,面色扭曲如厉鬼。"这老贼为富不仁,从来就没打着什么好心思!若非如此,晴娘怎会自尽?"

"晴娘是谁?"郭烨只道他是觊觎师娘的美色,又或是谋财,没想到后面还牵扯了一个什么晴娘?

"我与晴娘本是青梅竹马,是金帆这老贼刻意设计,方才使我两人劳燕分飞。

不然试问哪一个良家女子，会愿意嫁进棺材铺子，给一个老梆子为妻？”涂九郎的声音歇斯底里。

而一旁的金沈氏闻言却是身子晃了晃，只是此刻众人的目光都聚焦在涂九郎身上，并不曾注意到金沈氏的异状。

随后，经过涂九郎的叙述，众人才知道，原来他曾有一未婚妻，闺名魏晴娘。魏家与涂家都是洛阳郊县村庄中的佃户，他两人自幼一起长大，两家的长辈也有心让两人结亲。不过随着一场瘟疫，所有美好的期待都破灭了。魏晴娘全家除却她自己和一个总角之年的弟弟外，都染病不治。而涂九郎家为了治病，也是倾家荡产，耗尽了本就不多的积蓄。在这种情况下，魏晴娘就算想要体体面面地葬了自己父母，都成为一种奢望，更莫说还有一个小弟需要她照顾。偏巧这时金掌柜出现在了她面前。寻常开凶肆之人被人视为不祥，好人家的小娘子都不愿下嫁。眼见年过半百，自己都尚未娶妻，更无子嗣，金家的香火就要自他而绝，心中焦虑的金掌柜打着买丫鬟的幌子，把魏晴娘买回了家。因为他出价甚高，魏晴娘欣然同意。只是谁都没想，这金掌柜却是个居心叵测之辈，将魏晴娘买回去之后，第一时间就施展卑劣的手段强占了她，随后又威逼利诱，将其纳娶过门。待涂九郎得到消息之后，木已成舟。原本被人强占了身子，魏晴娘已是羞愤异常，奈何还有一个小弟需要她照顾，她只得眼泪往自己肚子里咽。谁知天意弄人，魏晴娘的小弟一个月后竟也不治身亡。魏晴娘绝望至极，便在一日夜里寻了短见。

而这涂九郎也是个情根深种之辈，病愈之后，得了魏晴娘身死的消息，竟自己寻到了城里，还隐姓埋名，投在了金掌柜门下，做了一个小小的学徒，肆机想要为魏晴娘报仇。而金掌柜虽然人品卑劣不堪，但也有一桩好处，就是对自己手艺看得极重，每日里都要在木工房待到深夜，等闲不会出门，这段时间，却是成了涂九郎最好的时机。

原本涂九郎早就有机会可以下手了，却不想这金掌柜在魏晴娘死了三个月后以一样的法子另娶了一人，便是如今的金沈氏。

“师娘，你很像晴娘，你知道吗？一样的善良，一样的命苦。一样被迫嫁予这样的人渣！看到你，我便像是看到了晴娘。我的心就软了。”涂九郎看着金沈氏，喃喃道：“若非那日，我见他辱骂你，骂你与那些男客眉来眼去，骂你水性杨花，还动手打了你。我或许就放过他了……不！这样的人渣，就应该死！”

“九郎……”金沈氏没有想到涂九郎竟然是因此杀的人，身子一软，就要站不稳了。幸亏纪青璇注意到她的不妥，早就默默站到了她的身后，此刻一把扶住了她。

或许是纪青璇的搀扶给了她力量，她拭了拭眼角的泪珠，道：“你不该如此。他，他对我并不差，他能出钱为我葬了父母，已是天大的恩德。”

“不！不对！便是有恩就能挟恩以报吗？他打你，他也一定打过晴娘。晴娘，我可怜的晴娘。”说着说着，涂九郎突然尖叫道：“我就是要他死，要他死，是他害死了晴娘。只要他死了，他的家产就是我的了。我就能救晴娘了，救晴娘。我有钱了，师娘，我能救你，救你。”涂九郎像是疯魔了一般，分不清眼前的人是魏晴娘还是金沈氏，他的手直直地朝着金沈氏抓过来。

金沈氏显然被他爆发出来的戾气吓了一跳，手不自觉地握住了纪青璇的胳膊，面上露出恐惧的神色，嗫嚅道：“不，不，你不是我认识的那个九郎了。你疯了，夫君他确实性格怪异不假，但是他也确实帮我们沈家，这是我应当回报给他的。他不愿我与人多说话，我不说便是了。便是你的晴娘，当日也是靠着夫君才得以安葬自己的爹娘，得以救治小弟，不是吗？”

“回报？！哈哈哈哈……他不配。”涂九郎的面色骤然阴冷下来，看向金沈氏，吼道：“他不配！我的晴娘是那么好一个姑娘，凭什么要嫁给这个糟老头子！”涂九郎的声音还在继续，他像是没有心智一般，自顾自地嘶吼着。

“行了，别废话了，二宝，把这厮绑了吧。莫要耽误了大家休息的时间，忙活了一夜，也该睡了。”郭烨听他越说越离谱，也不耐烦继续听下去，转头对着纪青璇道：“纪不良尉，劳烦你送金夫人回房。莫要听这疯子胡诌了。余下的事，交给陆县尉他们去处置吧。”

第六十一章　武家有动静

次日下午，徐府。

“哼哼，还说什么英雄好汉呢。被陆县尉拉回去以后，县衙那边的兄弟还没吓唬两句,他就全招了,就差没把自个儿亵裤的颜色一并交代出来了。”李二宝因为帮助陆象先押送犯人,所以一直待到有结果出来,方回。

“现在一点疑问都没了,请道士做法事是他提出来的,那户恰到好处把青云道长请了去的人家也是他雇的,为的便是制造不在场证明。至于那金沈氏确实不知情。”

“那金沈氏也算是个有义行的女子,虽然涂九郎有心勾搭,她却岿然不动,谨守妇道,可敬可叹。”风十三娘昨夜留在客栈,并未与他们一道前往凶肆,此刻听了几人的转述以及李二宝探回来的后续消息,不由得感叹道。

“岿然不动吗？我看未必啊。”郭烨笑笑,道:“她每日能接触的男子无非就是涂九郎和金掌柜,换作是你,一边是垂垂老朽,一边是年轻英俊的少年郎,你会不动心吗？十三娘子是没瞧见。但是你们其他人瞧见了呀。那日金沈氏知晓真相时的样子,你要说她对涂九郎无意,我却是不信的。”

“你的意思是……”纪青璇一挑眉。

“发乎情,止乎礼,这金沈氏倒比我们想得更值得钦佩啊!”郭烨意味深长道。

“只是可惜了这涂九郎啊,一身聪明却用错了地方。”李二宝顿了一顿,又奉承道,“不过也算他倒霉,碰上了郭大哥你,这就叫一物降一物。”他心知自己脑子不好使,对这种有智计的人向来是佩服之极的。

谁知郭烨却是不屑地摆摆手。“我看此人纯粹是聪明反被聪明误。有那个时间去搞什么密室,搞什么厉鬼杀人的把戏,倒不如伪装成单纯的强盗谋财害命的案子来得妥当。届时关了那凶肆铺子,说不得还有足够的时间逃出洛阳。”说完,他就不再谈起涂九郎之事,仿佛此人只值得浪费他这么多精力一般。

几人又喝了一会儿茶,风十三娘自去后宅忙活,陆广白也去料理他的草药,只留下郭烨、纪青璇几人。郭烨便转而问起了近来这洛阳城中发生的大事,这两天他忙于准备设祭之事,却是有些放松了对这方面的关注。

“还真有些大的变动,不过对我们来说,倒算是好消息。”听郭烨问起,纪青璇的面色变得严肃起来,答道:“今日刚从朝廷传下来的消息,皇甫文备出为邛州刺史,狄相爷兼任纳言和右肃政台御史大夫,接掌御史台,同时一并节制丽竞门相关事宜。”

“这是大大的好事啊! 当浮一大白!”郭烨开怀大笑,毫不掩饰自己对狄仁杰的信心。“如狄相爷这般国之栋梁，自然应该让他在更多的职位上发挥力量，岂能雪藏？你们看着吧，有他在，咱大周朝的风气又要清平一阵子了！”

“但愿如此吧。”纪青璇却是没有他这般欣喜若狂，只是叹息一声，眼中似有忧色。

“怎么？纪不良尉可是有何忧心之事？”郭烨问道。

“青璇读史，自古帝王心术最重平衡之道，从不会允许朝堂上一家独大。昔日丽竞门势大，便由我们不良司来牵制。如今狄相爷位高权重，难免陛下不会安排其他人掣肘啊……”

“这……纪娘子你多心吧？”郭烨闻言亦是一阵迟疑。

“希望是我多心了吧。”纪青璇强笑道。

然而，这世上之事，向来不从人愿，没过两日，便又从宫中传出风声，言称陛下欲立梁王为太子，夺李氏储位。这个消息，顿时让郭烨等人心头不安，因为狄仁杰受重用而开朗的心情，也因此蒙上了一层阴霾。

不过，他们很快就发现，自己能想到的事情，一直指点、支持着他们的长辈们也同样想得到，甚至在他们一筹莫展的时候，长辈们就已经拿出了应对之策。

这日，郭烨他们被叫到了徐有功的书斋，双方一见面，徐有功便开门见山地问道：“你们在查武家？”

“暂时只是有这个打算，但还没有头绪。”郭烨谨慎地答道。他不明白自己等人虽然对女皇陛下缓报了这个事实，但给司里呈送的卷宗上，却写得清清楚楚，徐有功为何还会明知故问？

“你们暂停此事，想法子从其他途径，完成陛下交办的任务。武氏这边，狄相会亲自出面接手。”徐有功道。

“这是为何？”众人大惊失色。

徐有功犹豫了一下，还是决定对他们实话实说。“陛下要立武三思为太子的风声，你们都听说了吧？”

“听说了，全洛阳都快传遍了，郭大哥他们最近正在为这事操心呢！”李二宝这个大嘴巴，当即夸张地答道。

“二宝！”纪青璇和郭烨满脸通红，恨不得一脚踹死这夯货。

徐有功微微一笑：“军国大事，天下人都有担心的资格，你们无须不好意思。

你们如何看待这个传闻?”

“陛下的平衡之道。”郭烨前两天才刚从纪青璇那里听过这个说法,现在马上拿出来现炒现卖。

徐有功赞赏地看了郭烨一眼,道:“不错,本官和狄相爷商量之后,也认为这是陛下故意放出来,制衡一家独大的策略。不过就算梁王立太子的可能并不大,我们也不可掉以轻心。陛下既然已经露出了平衡几方势力之意,那我们就必须把自己的角色也扮演好了。”

“什么意思?”李二宝傻傻地问道。

“当然是尽全力阻止梁王封太子之事成真,便如你爷爷当年曾做过的那样。”徐有功沉声道。“并非信不过你们的能力,但你们现在在查有关武氏之事,就是一个很好的筹码。狄相以为,只有将其握在自己手中,必要时,才能威慑武三思的野心。”

“没问题。”郭烨知道木已成舟,不是自己可以反抗的,当即爽快道:“那这事就拜托徐帅和狄相爷了,我们就不管了。”

“那你们接下来打算如何行动?”徐有功露出温和的笑意。“可不能因为我们这些老家伙截了你们的胡,你们就偷懒不干活了啊!”

“卑职不敢。”郭烨低下头,把自己的计划和盘托出。“我们现在还只是调查了当年旧事的亲历者,但是当年的事情虽然各方都在努力掩盖,但是应当还有不少知情人才对。卑职接下来,就打算从这些人身上入手。无论是合璧宫中的侍医和侍卫,还是当年守卫东宫的侍卫,应当还有活下来的人,他们都是我们接下来要调查的目标。”他说话的时候,目光直视着徐有功,却是没有注意到,坐在众人身后的陆广白,在他说到“侍医”的时候,一直古井不波的面色,突然狠狠波动了一下,露出一抹深深的哀戚之色。

“侍医不必查了,当年合璧宫中为太子诊治的侍医,都被以失职之名处斩。”陆广白轻声道。

“你怎么知道?”众人诧异回头。

“陆某就是知道,至于怎么知道的,你们莫要追问了。”陆广白站起身来,向徐有功告假。“卑职身体不适,想先走一步,回去歇息,望徐帅批准。”

“你去吧。”徐有功看了他一眼,露出了若有所思的神色。

陆广白不再逗留,躬身一礼之后,转身离开了徐有功的书斋。

“他这是怎的了?”纪青璇疑惑道。

“别管他了。”郭烨似也想到了什么,叹了口气,道:“谁人又没有自己的小秘密呢? 甭管他,咱们继续说案情。”

“那侍医一事……”

“先放一放,我信小陆他不会信口开河。毕竟我们人力有限,若能因此缩小一些追查的范围,倒也是好事。”

“好。”以陆广白素日的信誉,他的话没人会不信,既然他信誓旦旦当年的侍医都不在了,郭烨他们也不再纠缠此事,直接把下一步的目标,定在了对当年守卫合璧宫的侍卫的追查上。

须知当年孝敬皇帝对外宣称乃是疾病暴卒。侍医们诊治不力,处斩还情有可原,但那么多的侍卫,却绝不可能被一一灭口。如果其中真有黑幕的话,只要能找到护卫,未必不能解开一角。

“可是时隔多年,要去哪里找这些侍卫呢?”虽然有了方向,但纪青璇依旧愁眉不展。

事情过去了近三十年,当年年轻力壮的侍卫们,恐怕早已变成了风烛残年的老人,不知去何方养老了,甚至可能许多人都已经不在人世了,想要找到他们,并问出自己需要的东西,这同样不是一件易事。

郭烨道:“照理来说,太子的护卫,当交给东宫十率来负责,不过当时孝敬皇帝乃是随先帝和陛下移驾合璧宫,左右千牛卫和羽林卫应当才是护卫的主力,不可轻忽。关于这些兵力的调动,在夏官衙门应当能查到当年的旧卷宗,现在就看陛下会不会给我们这个权利了。”

第六十二章　旧事去无痕

郭烨等人请求协助查阅卷宗的表文很快就发还了下来。女皇陛下果非常人,疑人不用,用人不疑,在这件事上给予了他们最大的便利,一应涉案卷宗,皆允许他们自由查阅。有了这样的尚方宝剑在手,郭烨他们也不会客气,先直奔夏官衙门,调取当年千牛卫调动的卷宗。

郭烨他们最初想要寻当年的千牛卫大将军和将军一流的将领进行询问,如果真的有什么秘密,他们无疑是最可能知道的人,而且有圣旨在手,也不怕对方知情不报,欺君之罪可不是谁人都担待得起的。可惜的是,在查阅了卷宗之后,他们这个想法还没来得及施行就已胎死腹中,倒不是说有人不配合他们,只是时光荏苒,近三十年过去,当年身居高位之人,此时都早已作古。郭烨他们纵是有陆广白这样的顶级仵作在手,却也没办法让一堆枯骨开口说话,因此这条路只得作罢。

没奈何,他们只得把目光投向事发当日,宿卫在合璧宫附近的千牛卫兵卒身上。这些兵卒当年都是少年郎,倒不至于在这三十年间就尽数老死,只是不同于醒目的大将军和将军,这些小卒子人微言轻,却是不会有直接的记录。因此郭烨他们不得不又颇费了一番工夫,先是调阅了当年千牛卫的调动记录,查找到随驾合璧宫的卫兵,再倒回去查阅这支卫兵下辖的人员名册。也真亏得他们有女皇的敕旨在手,一旁陪同的夏官衙门主簿便是再不耐烦,也只是敢怒而不敢言。要不然照他们这般折腾法,人家怕是早把他们轰出去了。“诸位不良人,你们要找的人员名册俱在此处了,不知可还有其他需要在下襄助之处?若是没有的话,在下这便忙它的事去了。当日事,当日毕,这要完不成,今日放衙便要迟了。”夏官衙门主簿抱来厚厚一沓名册,“砰”地放在郭烨等人面前的条案上,大口喘着气,倒也没有耽误他一路絮絮叨叨地说个没完道。

“放衙?”郭烨一惊,抬头看窗外,才发现夕阳西斜,居然已是快近黄昏,又是一天就这么不知不觉在忙碌中过去。“当然,当然。”他站起来,歉意道:“耽搁了主簿大人歇息的时间,我等真是不胜惶恐啊!”

“无妨无妨,那在下这便告辞了。”主簿已经连客套的力气都没有了,一得到郭烨的首肯,摆摆手,转身就走,仿佛唯恐多留一刻郭烨他们就会改变主意一般。

“看你把人吓的。”纪青璇眉宇间也有一抹疲惫之色,但看到主簿滑稽的神态,还是忍不住抿嘴一笑,挤兑郭烨。

“就是,就是。”李二宝和张小萝武艺不凡,加上这等查阅卷宗的事情,又不需要他们决断,两人精神倒是好得很,闻言嘿嘿取笑道:“郭大哥,若是没有敕旨护身,这主簿怕是恨不得把你的肉一块块咬下来哩!”

“这能怨我么?”郭烨叫起了撞天屈,随后他低头看了一眼桌上堆积如山的案卷,也不由得叹了口气,道:“他倒是解脱了,咱们的事情才刚刚开始啊!”

帝王出行不是一件小事,随侍的侍卫称得上人山人海,这么多兵员名册,他们自不可能一一抄录回去,只得在夏官衙门中借了一间公事房,秉烛搜寻起适合询问的目标人物来。好在有了敕旨,倒也无人与他们为难,一切大开方便之门,甚至还有夏官衙门的厨子送来晡食,他们只需要将精力专注于卷宗本身也就是了。

幸运的是,和其他兵员来自于府兵的卫军相比,千牛卫因为是帝王卫兵,因此对忠诚的要求尤其高,所以千牛卫的士卒,至少得是四品以上官员的子弟方才有资格入选,且待遇优厚,最次也是七品官阶。这无形中就让郭烨他们搜寻的范围小了许多,不然如那些府兵,放下兵戈就是田间一老农,你让他们何处寻去?

更重要的是,这些当年的千牛卫士卒,得父辈荫庇,自身履历也自不凡,在这二十余年间大多青云直上。陛下改周之后迁都洛阳,他们也大多跟来了洛阳,这却是又省去了郭烨他们奔波之苦。

“也算是不幸中的万幸吧。”郭烨苦中作乐地叹息一声,随手取过一本兵员名册,与右手边另一本名册细细对照起来。

在那上面,却是如今记载着当今军中军官的情况,不出意外的话,这也是当年那些千牛卫中相当一部分士卒的晋身之处了。

足足花了一整夜的时间,待到东方微明,他们方才确定了部分当年守卫绮云殿的侍卫而今的下落,将其抄录了下来。

“郭大哥,当年守卫绮云殿的千牛卫,只要人还在洛阳的,都抄在这份名册上了。我们莫不是要一个个去过问?”晨曦照进窗户,落在案几上已经薄了不少,但依然相当厚重的名册上,李二宝的脸都快皱成了菊花,不情不愿地问道。

“不然呢?”操劳一夜的纪青璇似也有些烦躁,闻言不悦道:“你不想一家家去问,人家还不一定肯见你呢。你看看这上面的人,可有不少现在都已身居高位,虽平日里声名不显,但若联合在一起,也是朝堂上一股举足轻重的势力呢!”

“不肯见?”郭烨闻言也是一阵头大,忍不住发狠道:“陛下想查的事情,他们难道还敢推三阻四不成？不过你说得也有道理,回头让二宝把敕旨顶在头上去叩门,郭某倒要看看,谁还敢把我们拒之门外!”

“休得胡闹！敕旨岂是这般用法?!”纪青璇听得哭笑不得。

郭烨也知自己的方法不具可行性，犹豫了一下，道："想要一一拜见名册上的这些大人们，恐怕咱们还需求人啊。"

"求人？求谁？"

"谁管用求谁。"郭烨把手一摊，挨个把名字数过去。"咱们不良司的薛不良令、王无择王公子、冯永年冯将军。总之，只要能跟卫军扯上关系的，咱们索性一个个问过去，只盼着他们能为我等引见一二，也能省下我们不少力气。"

纪青璇闻言不由得一阵苦笑，但也不得不承认，郭烨说的这的确是个办法，犹豫片刻之后，颔首道："就照你说的办吧！"

随后的日子里，郭烨等人在各位熟人的引见下，不断穿梭于当年千牛卫兵、今日各方武官的府邸之间，只是忙碌的结果，却是让他们大失所望。看在薛不良令等人的面子上，这些前辈人物对他们个个客气有加，可一旦当他们问起当年发生在合璧宫绮云殿的旧事，这些如今也算显贵的武官们，无不变了脸色，大多数都露出讳莫如深的态度，就算偶有几个愿意谈及的，也无法提供什么有价值的线索。

这日，当他们拖着疲沓的身子，再次求到一个祝姓折冲都尉门下时，这位祝都尉似乎不忍他们再如此劳苦奔波下去，叹了口气，劝道："祝某知你们在查当年绮云殿的旧事，当年的老兄弟们，早把消息传过来了。只是听祝某一句劝，如果你们真心想查出些什么来，就莫要再在我们千牛卫身上花心思了。千牛卫中可能知晓当年之事的人，此时都已不在人世。剩下的，祝某已算是职位最高的了，可我们自己都还是两眼一抹黑呢！"

郭烨见他不同于其他人的客套，而是愿意与他们多说几句真心话，忙追问道："祝都尉，您真的什么都不知道？"

"祝某倒是想知道啊，可惜真的爱莫能助。"祝都尉把他们送出府外，临别之前，犹豫了一番，还是道："诸位小友，若是来日真查出些什么，还请告知祝某。身为卫兵，却不能护太子殿下周全，祝某内心有愧啊。此事若不能弄个明白，他日就算身入九泉，恐也难瞑目。"

"自然。"郭烨等人听他如此说，也只得应了，告辞而去。

只是走到半途，郭烨忽然眼睛一亮，喝道："等等！"

"为何一惊一乍的？"纪青璇等人埋怨道："当真是吓煞旁人。"

郭烨却不理她们的抱怨，道："你们有没有注意到祝都尉方才措辞？"

“措辞?”

“他说不能护太子周全,内心有愧,若孝敬皇帝真是抱病而亡,他为何要愧疚于心呢? 对不对?”郭烨越说越觉得有理,惊喜道,“看来祝都尉至少能确定,当年孝敬皇帝的确是死于暗算……走,我们回去!”

只是,当他们再赶回祝都尉府上时,对方却像是早已料到他们会去而复返一般,大门紧闭,任他们如何叩门,都沉默不应了。

“待我砸开他的门,他莫非还敢抗旨不遵不成?”李二宝牛脾气上来了,咋咋呼呼地呼喝道。

“二宝,休得胡来!”郭烨蹙着眉头,盯着祝都尉府邸紧闭的大门沉思片刻,忽然怅然一叹,道:“走吧,我们回去吧!”

第六十三章 故纸尽东流

“郭大哥,你为何不许我砸门?”回不良司的路上,李二宝还是气呼呼的,对吃了闭门羹一副耿耿于怀的模样。

“砸开了又能如何? 他既有意回避我等,又何必平白得罪人?”郭烨笑笑,一脸不以为忤的表情,道:“今日在祝都尉处得到的情报,已经足够我们消化的了。他告知我们,他是当年千牛卫中官职最高之人,便意味着千牛卫其他人也不会知晓此事了,再查下去也是白费力气。而最后闭门不见,则暗示不愿卷入此事的意图。这也意味着,当年的疑凶,便是现在他也未必得罪得起。你们说,这难道不是很有价值的线索了吗?”

李二宝听得目瞪口呆,道:“这也只有郭大哥你才能品得出来了。”

“那我们接下来要把注意力放在羽林卫和东宫十率上了?”纪青璇问道。

“不错,先查羽林卫吧。他们是帝王的亲军,若论亲善,比千牛卫尤甚。只是陛下登基,先帝的羽林卫只怕难于寻觅啊。”郭烨忧虑道。

羽林卫与其他宿守于宫城南面和皇城的“南衙禁军”共同护卫京师,两者互相配合又互相牵制。不过与千牛卫这种隶属于朝廷的官军不同，羽林卫算是皇帝用内库养的私兵，往往由皇帝宠信的宦官负责。而在陛下登基之后，自然不会再放心使用先帝一手选拔的羽林卫，常见的做法便对其进行清洗与换血，此时再想要找到当年旧人，只怕难度不会比从千牛卫口中问话的难度小太多啊！

事实证明，郭烨的担忧并非空穴来风，相比起保留了完整卷宗的千牛卫，当年羽林卫的调动情况就要扑朔迷离得多了。随着当年侍奉先帝的老太监早早离世，郭烨他们只在羽林卫的屯营衙门中，找到了一些残缺不全的资料，虽然经过辛苦的验证，可惜其中并无什么有价值的线索。

而当他们继续往下查时，才发现羽林卫还不是最惨的，当年的东宫十率，如今的处境就更糟糕了。尽管内率府的士卒也有很多是勋贵子弟，但主子暴死，却是不争的事实，这让他们的履历上也被涂抹上了一个重重的污点，因此这么多年下来，他们却是少有留在神都的，大多都去了各地协助管理折冲府的驻防事宜，郭烨他们就算想要寻个人来问问，也是无从问起。

"哼，这么多人，居然全都去了外地，哪有这么巧的事？"看着一无所获的名单，郭烨恨得牙痒痒。

"想不到当年谋害孝敬皇帝的黑手心思竟如此缜密，但凡可能有的一点漏洞，都给糊得严严实实了。"纪青璇愈发觉得前路艰险，叹道："这个案子不好查啊！"

"不好查也得咬牙查下去！"郭烨却是没有那么多心思，淡淡道："不然你以为陛下会轻饶了我等？"更别说其中还涉及他苦苦寻觅多年的父亲的下落，他是无论如何都不会轻言放弃的。

"我当然知道得查下去，关键是怎么查呀！"纪青璇白了他一眼，嗔道。

"人能死，能去外地，卷宗可去不了外地。"郭烨眯缝起眼睛，手指在面前案几上轻轻叩击，随着追查的方向越来越多，他的思路也渐渐清晰。"太子暴毙，此事可不小。无论如何都应该有个交代才对，当年的侍医虽然都已经身亡，但他们究竟是如何诊治太子的，起码得有个章程留下来，哪怕是伪造的，也该有。这种专业的东西，也是最容易留下破绽的，我们不妨从此处入手，哪怕就寻到了一个破绽，也是收获。"

"诊治太子的卷宗？"纪青璇思索了一下，道："孝敬皇帝殁去多年，东宫已经几度易主，其他地方留下卷宗的可能性估计不大，咱们唯一可能有所发现的地方，就只有一处了。”

“何处?”

“药藏局!”纪青璇道。“别处的典籍都可能遗失被毁,但药藏局掌东宫医药之事,为积累疑难杂症之见闻,此处的卷宗却是会被保留下来。孝敬皇帝虽薨于洛阳,但按章法,应该会在药藏局中保存一份当日诊治的案卷以备后查。”

得悉药藏局可能还保存了自己需要的资料后,郭烨一下子兴奋起来,立即叫李二宝备马,这就要往药藏局去。

还是纪青璇提醒他:“我们能想到的事,有心之人也能想到。便是陛下有心追查当年之事,这么多年难道还会想不到查一查药藏局?若那处确有线索,也轮不着我们去查,怕是你这般急着赶去也是无用啊。”

纪青璇的一席话,如一盆冷水当头浇下,冻得郭烨打了一个激灵。他随即思索了片刻,语气坚定地道:“有用无用的,先去查了再说吧。当年之事过去这般年月,想要查清,本就希望渺茫,如今我们能做的也不过就是从已有的信息中反复筛查,直至寻到一丝有用的蛛丝马迹。”

听郭烨这般说,纪青璇终是点了点头,于是一行人火速赶往苗雄府上。药藏局位于东宫,他们虽然也能凭借敕旨通行无阻,但总比不得内部有人来得便利不是?

对于郭烨他们的正当请求,苗雄自然不会拒绝,反而自告奋勇当起了向导,带他们穿过东宫的殿宇,直奔药藏局所在地而去。“也亏得苗某这些日子已经把东宫摸遍,不然还真不一定能寻到此处。”苗雄边走边微笑道。

“苗兄你真是走到哪里都能帮上我们的忙。”纪青璇感激道。

众人一想还真是这么回事,苗雄也不禁苦笑,从丽竞门到东宫,似乎总有一双无形的大手,把他推向郭烨他们一方。“或许,这就是所谓的同道中人了吧?”他暗暗想道。

东宫虽大,但也架不住有苗雄这个识途老马引领。不多时,他们就来到了药藏局门前,矮小陈旧的屋宇掩藏在茂密清脆的老槐树荫下,叽叽喳喳的鸟鸣从树叶间响起,门前虽无车马,倒也不觉寂寥。

“此处苗某却是不甚熟悉了,毕竟没病没灾的,也不会故意往药藏局跑。不过你们有敕旨在手,进去说拜访药藏郎或者药藏丞都行,他们自会协助你们的。”

"多谢苗兄。"郭烨拱手。

不过就在郭烨等人转身离去时,苗雄却又突然出声唤住了他们。"诸位且慢,为兄还有一事相询。"

"哦?何事?不妨道来。"

苗雄凑近众人,压低声音道:"最近朝野盛传陛下有意立梁王为太子,那要置相王于何地?尔等不良司背靠狄相爷,不知可曾听闻了什么风声?"

相王李旦正是当今皇嗣,不过这个皇嗣只要一日没有立为太子,哪怕居于东宫,也是名不正言不顺,更别提如今又传出陛下要复立武氏梁王为太子的消息。这就由不得苗雄不多问一句了,毕竟他现在也是皇嗣门下宾客,与相王一荣俱荣,一损俱损。要是相王真的失势,他的处境也不会好到哪里去。

"苗兄与相王感情倒是深。"郭烨望着苗雄,似笑非笑道。

苗雄老脸一红,道:"无非是同舟共济罢了。"

"说得也是。"郭烨想了想,觉得对苗雄应该没什么好隐瞒的,就道:"据郭某等人所闻,确是从宫中传出了这样的风声。不过苗兄你也知,自来俊臣倒台,我不良司风头正盛,这个消息难保不是陛下为了制衡不良司而故意放出来的。即便是真有其事,想来狄相爷也不会看着这等祸乱朝纲之事发生。若是相王忧虑,你大可以告诉他,梁王想要上位太子,恐怕没有那么简单,无须太过忧虑。"

"若是如此,苗某也可放心了。"苗雄闻言,露出松了口气的表情,告辞离去。

郭烨目送着苗雄的背影消失在回廊间,再一回头,就看到纪青璇满眼忧虑地看着他,一副欲言又止的模样。

见她如此,郭烨不由得失笑道:"无妨,苗兄是自己人。"

纪青璇闻言无奈地摇了摇头,道:"以后还是慎言的好。"

言罢其他几人,则按照苗雄的指点,踏足药藏局,寻其中负责的人,请求查阅当年的案卷。

接待他们的,正是药藏局的药藏郎,品级虽不高,但也算得上这药藏局中的一把手了,这等小事按理说当可一言而决。可是,在听了郭烨他们的要求之后,这位鬓发都已花白的药藏郎,却是露出了为难之色,答道:"不是在下不想满足诸位的要求,敕旨在上,谁敢违背,只是此事实在是力有未逮,还望见谅。"

"药藏郎这是何意?"郭烨蹙眉问道。

“实不相瞒,诸位要查的资料,早已不在这药藏局中!”药藏郎也知不如实回答,这一关是过不去了,只得苦着脸道。

“那去了何处?”

“当年那批卷宗自洛阳转运入库不久,就被人提走,此刻究竟在何处,又或者还在不在这世上,在下委实不知啊!”

郭烨闻言,眉头顿时拧成了一个“川”字,但他也并未轻信,而是敏锐地发现了药藏郎言语中的不妥之处。“照你的说法,此事应该已经过去二十多年,你怎么还会记得如此清楚。甚至连查都不查一下名录,就断言是这一批卷宗被运走了?”

药藏郎叹了口气,道:“这有什么记不住的,在下年未弱冠,便在这药藏局当差了。这药藏局中的典籍,又向来不许妄动。这数十年来,也仅发生过那一起罢了,况且还是在下亲自经手的。当时孝敬皇帝崩殂,不久又出了这样的事,惹得药藏局中都是议论纷纷,记忆自然深刻。”

郭烨一听这解释合情合理,倒也挑不出什么错处来,只得问道:“那你可还记得,当时运走这批典籍的,又是何人?”

或许是记忆确实深刻的缘故,这一回,药藏郎依然没多作思索回忆,就斩钉截铁地答道:“当日主事之人,正是北门学士中的著作郎元万顷!”

“嘶……你说什么?!”郭烨猛地倒吸一口凉气,再回头看向众人时,看到的,尽是和他自己一般满脸惊怵的神情!

第六十四章　北门惊人心

“我们走!”郭烨脸色铁青,简单谢过药藏郎之后,拉起众人转身就走。直到出了药藏局的大门,来到了大槐树的树荫之下,他脸色依旧不好看,心里回荡着药藏郎说的那个名字。

“著作郎……元万顷!”他紧咬牙关,腮帮子两侧的肌肉都因为用力而鼓起,停了好几息后终是一拳砸在了树干上,低吼道:“这厮不是骨头渣子都他娘的烂没了吗？为何要在此时冒出来给小爷添堵！”

纪青璇等人从未见过他如此失态的模样，不禁都有些惶恐。毕竟即使是在来俊臣的丽竞门狱里，他也能谈笑自若，但此时他给人的感觉就像是活见鬼一般。

“也，也许，事情并不是我们想象的那样……”纪青璇低声开解郭烨，但说到最后，她的声音越来越小，自己都没了底气。

陆广白也阴沉着脸，虽没有说话，但显然也想到了什么。只有李二宝和张小萝还不明所以，愣愣地问道：“元万顷是谁啊？”

“元万顷是北门学士的人，是女皇陛下当年登基的功臣，不过后来听说跟那起兵反周的徐敬业有勾搭，被酷吏罗织致死。”郭烨知晓以两小只的年纪，元万顷死的时候，他们可能都还在玩尿泥，因此虽然不耐烦，但还是解释了一句。

张小萝脑袋灵光一点，听到“北门学士”四个字的时候，小脸已经变作煞白，喃喃道：“不会吧？难道……”还不等她把后面的猜测说出来，郭烨和纪青璇已经同时抬手按住了她的小嘴，低喝道：“慎言！”

张小萝连连点头。

只有李二宝依旧不明所以，大大咧咧地道：“俺还道是何人物呢。原来只是个死去多年的权臣，郭大哥你连活着的来俊臣都不怕，难道还怕一个死人不成？”

“我怕的不是元万顷，而是他插手这件事背后所代表的意义……”郭烨的脸色并没有好转，依然阴沉如乌云。

“什么意义？”李二宝追问道。

不过这一回，郭烨却摆摆手，没有再回答他了。有些话，不能明说，明说出来就吓人了。

倒是纪青璇斟酌了一下，小心翼翼地猜测道：“后来元万顷不是因为跟徐贼有勾结才伏诛的么？有没有可能他这事就是为徐贼所办的，并不是陛下的意思？又或者，只是北门学士自作主张，才犯下此等耸人听闻之事？不然事情过去那么多年，她又何必翻出来让我们再查一次呢？”

“希望如此，也只能如此。”郭烨连说两句，然后咬牙道：“若非如此，这个案子不管破不破得了，咱们的下场只怕都不会很好啊！”

只是他有句话却是没说，徐敬业后来起兵反周，本就是打着维护李唐江山的旗号。他得有多失智，才会去对李氏的太子下手？至于说北门学士，他们本是女皇陛下的心腹，瞒着陛下行事，可能吗？将这些信息综合起来，那便只有一种可能，女皇陛下授意北门学士如此行事……

不过这样的话说出来，实在是太伤士气了，加上郭烨此刻也摸不清女皇陛下的用意，所以他也还是把话都憋在了嗓子眼里。

“那我们还往下查吗？”纪青璇问了一句，但马上就住口不言，看来她也意识到自己问了句废话。天意不可违，通天宫里的那一位，就是整个大周的天。

郭烨瞧了她一眼，却也只是叹了口气，挥手道：“罢了，先回司里吧。这里不是说话的地方。”

登上马车，直到在车厢中安坐，郭烨才像是松了口气，无奈道：“其实就算我们想查，眼下也无从查起。元万顷都已经死了那么多年了，那些被他运走的卷宗，说不定早就被销毁了。如果顺着这条线往下查，最大的可能却是竹篮打水一场空，如此蛮干，非智者所为啊。”

“可我们现在哪儿还有什么别的途径可选呢？”纪青璇蹙眉不语。

这个问题，郭烨一时也回答不上来，只得扭头看向车篷外的景物，略微舒缓一下心中的郁闷。

蹄声哒哒，牛车在东宫宽阔的步道上缓缓而行，如荫的绿树向后退去，不多时，他们就行到了进出东宫的重光门前。在这个区域，负责守卫东宫的监门率的士卒愈发密集了起来。而在重光门的门洞前，更是全天都有全副武装的卫士监守。不过或许是因为当今东宫之主名不正、言不顺的缘故，细看之下，就会发现这些士卒的心气似乎都不高，貌似英武的表象之下，都蕴藏着一丝潜伏极深的忐忑，似是对自己前途未卜的担忧。

不过，郭烨在看到这些监门率士卒的一瞬间，原本忧虑失神的眼睛，却是猛地亮了起来！“郭某怎的忽略了此事！”他用力一拍大腿，倒是把旁边的人都吓了一跳。

“你可是有何发现？”纪青璇忙问道。

郭烨指着车窗外走过的监门率士卒，沉声道：“之前我们只顾追查当初随侍孝敬皇帝一同移驾合璧宫的士卒，却忘了一件很重要的事，那就是东宫十率从来不是独立的队伍，除了那些随侍合璧宫的内率卫士，在东宫中，同样留有不少其他率的卫士，甚至内率的人也没有全部调拨。相比起随侍合璧宫的那部分内率，他们的罪责要轻得多,未必会被尽数发配外地,从他们口中我们未必不能了解到一些有价值的东西。特别是监门率,他们掌东宫门禁,当年元万顷要将典籍运出东宫,也必然要与他们打交道,说不定我们就能从他们口中问出些什么有价值的线索来。”

“可是,当年的东宫十率,就算没有被问罪,应该也大多都留在了长安,而且人数众多,一一问起的话,怕是工程浩大啊!”纪青璇提出异议。

“那也没有法子,我等不可能永远能够寻到捷径而行。大部分时候,脚踏实地地询问,才是最快的路子!”郭烨斩钉截铁地回答了一句。不过他也没有蛮干,而是思考了一下,道:“这样,我们先去调取东宫十率的名单,看这二十余年中,有哪些人来了洛阳,咱们先去拜访他们,若是询问不成,再说回长安之事。”

“善。”当下一行人出了东宫之后,再次取道东城,去了夏官衙门。

好笑的是,当远远看到这群“瘟神”再次登门之后,上次招待过他们的主簿竟然直接称病不出,推了另一名同僚出来挡灾。

“我们此次来只需查阅少少的一点资料,主簿大人的态度有些过激了。”郭烨露出轻笑,十分和善阳光。

被推出来的挡灾的,是夏官衙门的一位书令史。他拿着主簿给的卷宗库钥匙,为郭烨等人引路。最初看到郭烨的笑容时,他还被蒙蔽,以为当真不需多久,可真正查阅起来时,他才知道自己被主簿给坑了。

东宫十率虽然规模远不如十六卫,但要护卫太子,人数也自不少,即使他们需要查阅的,仅仅只是左右监门率和左右内率的兵员名册,也是一项令人绝望的工作。这次,他们一次查到陪站的书令史小腿肚子转筋,方才一脸愧疚地道谢离去。

“辛苦了,书令史,后会有期。”

“去你娘的后会有期,希望再也不见!”书令史把衙门的大门“砰”的一关,在门后怒骂的声音竟是连郭烨他们都隐隐能够听到。

“哈哈哈……”郭烨等人笑作一团,声震屋宇,而连日来的疲惫和块垒,在这一刻也都在笑声中化为乌有。

大笑过后,看到众人精神头都恢复了不少,郭烨方一拍手中抄录来的名册,道:“根据这上头的记载,当年左右监门率和左右内率共四率人马,在这二十余年内,从长安搬迁至洛阳的仅有七十二人。咱们先回去用过晡食,歇息一夜,明日又要忙碌。估计得一个个问过去,希冀能有所得吧!”

次日,郭烨等人一家一家登门拜访名册上记载的监门率和内率老兵。果然,比起当年的千牛卫各有职司,失了旧主的东宫老兵们就要落魄得多了。本来如果孝敬皇帝顺利登基,那他们都将是大唐新一代的将星,可惜现在,一切都成空了。陪伴他们的,只有年复一年的贫寒和孤苦,而这还是有财力迁居洛阳的老兵,那些留在长安的老兵过的是什么样的日子,郭烨等人简直不敢去想。

七十二名老兵,本来依郭烨的计算,至少需要三到五天的时间才能全部问遍。不过这一次,运气似乎又站在了他们这一边,仅仅在问到第十名老兵时,竟然就收获到了一个意料之外的线索。

这名满面风霜皱纹的老兵,乃是当年的监门率士卒,郭烨他们本来也没指望他对发生在合璧宫的事情有什么了解,因此最开始询问的,仅仅只是跟元万顷运走典籍有关的事情,遗憾的是,对此老兵已经没什么记忆了。

不过,就在郭烨等人准备离去时,老兵却在他们身后主动问道:“诸位可是为了当年太子殿下暴薨一事而来?”

第六十五章　侍医秘藏书

嗯?老兵古怪的反问,让郭烨敏锐地意识到,他一直期待的转机就在眼前了!他霍地转过身来,盯着老兵,眼中神光灼灼。“你可是知晓甚隐秘?!”

老兵没有被他的逼问所慑,反而显得有些落寞,双手捂脸,跌坐在地,用颤抖的声音说道:“这个秘密埋在老夫心里快三十年了,今日终于到了说出之时,我还以为自己要带着这个秘密进棺木了。”

郭烨等人闻言更是兴奋,对视一眼,都从彼此眸子里看到了难以抑制的惊喜。

“还望老先生细细道来,与我等解惑。”

“太子殿下的死有问题,这在东宫十率的老兄弟内部,从来就不是一个秘密。”老兵开口第一句话,就给郭烨他们一直致力于调查的事情定了性。他神情激愤地说道，“殿下身体欠佳不假，但绝没到要暴薨的程度！老夫记得很清楚，当年太子居东宫时，每逢出太阳的日子，还会出来散步，除了脸色略显苍白，身形略微消瘦，偶尔还会咳嗽之外，与常人并无不同，为何去一次合璧宫，就再也没有回来？你们觉得这合乎常理吗？”

“老先生，请问这是您一人的想法，还是真的是整个东宫十率中大部分人都是这么认为的？”郭烨沉声问道。

“你说呢？”老兵不满地横了他一眼，“莫非你们以为老夫是那等信口开河之人吗？须知，事涉太子殿下，老夫绝不会拿这等事开玩笑！”

郭烨点点头，道了一声“抱歉”。同时他心里也明白了，为何当初负责守卫合璧宫的侍卫们，几乎没有人留在都城了。

只是东宫十率人数太多，如果一并灭口的话，又难免会引人猜忌。怕就是因为如此，幕后黑手才会设法将所有人都送出京畿之外，这样一来，年深日久，就算有人想查，也会困难重重，根本无从查起。

“老先生，那么，你的这个结论，到底是单纯的怀疑，还是掌握了某些确凿的证据呢？”郭烨想了想，问出了最关键的问题。

“哼，老夫哪来的证据，真要有证据，便是拼了这条老命，也要让真相大白于天下，又岂会让太子殿下蒙冤多年？”老兵的情绪激动到了极点，不过说出来的话，却是让郭烨等人大失所望。

经过这么久的调查，种种迹象都指向太子之死的确是有人刻意为之，可是没有证据在手，他们甚至连跟陛下确认这一结论都做不到，更别提查出凶手，还死去的孝敬皇帝一个公道了。

“莫非这就是藏了三十年的秘密？这未免太没有价值了。”李二宝在一旁轻声嘀咕了一句。

“二宝！不得无礼！”纪青璇赶忙出声喝止。

不想这话还是被那老兵听了去，他也不恼，反而抛出了一句话，点燃了所有人心中的希望。“老夫虽然没什么证据，不过老夫一位故人，却是自称留下了关键的证据！”

“什么？！”

“他是何人，此时人在何处？”

“老先生,此事干系重大,还望你能告知于我们!”

郭烨等人一下子围了上去。

老兵沉默了一会儿,道:“老夫的这位故人,乃是当年药藏局的一位侍医。老夫在东宫供职多年,与药藏局和其他机构的弟兄关系都不错,即使后来遭到了解职,但还是经常在一起吃酒。据他自己一次酒醉后所言,他曾亲自参与整理了从合璧宫运送回来的另外几位蒙难的侍医的诊治手书。因其中就有他的一位老友,他不忍老友蒙冤而死,便将手书偷偷抄录了一份,留在了自己手中,以求有朝一日可以为老友洗雪冤屈,恢复名誉。”

“想不到兜兜转转,最后还是回到了那批典籍上。”郭烨在心中暗暗思忖,又注意到老兵的措辞。“蒙冤而死。那些侍医果真都死了?”

“呵,连太子都被他们治死了,他们难道还能活?”老兵露出冷笑,道:“不过依老夫的看法,他们多半是触及了什么见不得人的东西,被人给灭口了。”

郭烨闻言,忍不住回头看了一眼陆广白。他终于明白为什么后者告诉他们,不用再去询问当年合璧宫中的侍医了。原来他早就知道,这些侍医早在事发之时,就已经惨遭杀戮。

“可是,他是怎么知晓的呢?”他望着陆广白,眉头皱成了一个“川”字。

“先寻人吧。”陆广白注意到他的神色,淡淡道。

“嗯。”郭烨点头,又看向老兵,问道:“那这位侍医此时人在何处?”

老兵叹了口气,答道:“也是我辈当初年轻气盛,一听还有这等证据,便要求将其公之于众,为殿下洗冤。不过他在酒醒之后,却又推说自己这份证据还不完善,不足以翻案,只会打草惊蛇,坚持不肯拿出。我等只当他贪生怕死,不肯与老兄弟共同进退,一气之下便与他断了来往,只是这些年偶然从其他老兄弟那里听到他的消息。听说年初的时候,他卷入了一桩杀人的案子,这时恐怕已经被处斩了吧。他这一死,那份证据只怕也从此石沉大海。又或者这份证据,只是他酒后呓语,根本就不存在。只恨这么多年的交情,就此付之东流,实在是可悲可叹……”

老兵有着所有老人家的通病,一旦回忆起旧事,就会感叹不休。然而郭烨他们却无心听他抒发胸臆,忙问道:“老先生,不知您这位侍医故人究竟姓甚名谁?又家住何处?我们身为公门中人,倒是可以查验一二。”

宣泄被打断,老兵微微有些不悦,但也知道眼前这些年轻人,不是他可以得罪得起的,便报出了一个名字:“那人姓黄,名怀信。”

“黄怀信?他不就是当初冥婚案里药死章老爷的那个医药博士吗?”李二宝大呼小叫道。

“正是他!”郭烨阴沉着脸,应了一句。说起来,此人还是被他们亲手拿下,送进大牢里的。只是正如老兵所猜测的那样,这人当众毒杀他人,性质恶劣无比,依照大周律令,恐怕早就被斩首了,哪儿还轮得到他们去询问?

“你们在说什么冥婚案的……”老兵一脸茫然。

“此事你无须知晓,今日之事多谢了,我们这就告辞了。”郭烨拱手道谢,就带着众人急匆匆地告辞离去,临别之前,倒也没忘了给这个落魄一生的老兵留下些银两改善一下生活。

出了门之后,纪青璇立即急急道:“郭烨……”

“别说了,走,我们去县衙!”郭烨一挥手,断然道:“就算只有万一的可能性,我们也不能放弃,必须走上这一遭!”

于是一行人又马不停蹄地来到了洛阳县衙,叩开了陆象先的公事房的大门,也不客套,开门见山就问道:“陆兄,不知当初交付你们县衙审讯的杀人犯,医药博士黄怀信可还在此地关押?”

“黄怀信?”陆象先最初还被他们气势汹汹的模样吓了一跳。听完他们的要求以后,才眉头一皱,问道:“可是那个药死了我陆府亲家的黄怀信?”

“不错,正是他!”郭烨急急道。“他还在不在你们手上?赶紧告诉郭某,莫要耽搁了!别是已经押赴秋官判刑处斩了吧?”

“的确已经押送秋官了……他又怎么了?”陆象先疑惑道。

“他涉及我们正在查的一桩大案,具体的情况却是不方便与陆兄你详谈了!”郭烨一听黄怀信已经不在县衙了,也不再逗留,一拱手就要离开,嘴里还念叨道:“居然真的押赴秋官了,希望还没有被诛杀,不然咱们可真的麻烦了!”

“郭兄莫急,黄怀信被押送秋官的时间尚且不长,你们现在去应当还来得及见他一面。”陆象先追在众人身后喊道。

“多谢了。”郭烨等人一边跑,一边挥手致谢。

幸运的是,他们在秋官衙门也不是没有熟人,在抵达秋官衙门,亮明身份之后,他们顺利见到了曾经有数面之缘的秋官侍郎张柬之。老得头发胡须都全白了的张侍郎，慢吞吞地查看着案卷，直到郭烨等人都心急上火时，他才呵呵一笑，道："尔等运气还不错，此人目前还在牢狱中羁押待斩。不过你们要是再晚来两日，恐怕就见不着他咯。"

第六十六章　牢中见侍医

"呼！"听到张柬之回答的那一瞬间，郭烨等人同时松了一大口气。活泼如李二宝、张小萝，直接互相击掌欢呼道："太好了！还以为没赶上！"

郭烨急急地赶来，此时一松懈，只觉得身体都有些脱力，忙深吸了两口气，定下神之后方才道："张侍郎，此人除了当初的案子，现在更涉及另一桩惊天要案。还望侍郎能行个方便，暂缓行刑，将他交予我们处置。"

张柬之闻言笑了笑还没答话，旁边一小吏模样的人已经冷哼道："已经入了秋官行刑名册的犯人，你们不良人也想要走。看来朝野传闻不虚啊，自从清理了酷吏来俊臣，你们不良司居功自傲，却是跋扈得紧啊！"

郭烨蹙眉，盯着这个小吏看了两眼，却不知这突然冒出的跳梁小丑又是唱的哪一出。不过他也无心理会，只是看向张柬之这个正主，道："张侍郎，非卑职等有心违背规矩，实是此案干系重大，不得不如此啊！"

那小吏见郭烨无视了他，更加愤怒，大喝道："什么案子都不能违规办事，依我看，你们还是速速回去写文牒递交秋官，请求补充侦办吧！不过……"他又冷笑两声："你们动作要快啊！黄怀信杀人害命，铁证如山，就在这两日就要被法办了。你们速度要是慢了，他被斩了可不关我们的事情啊！"

郭烨一听，就知此人是存心阻挠自己等人办案了，也不禁恼了，问张柬之道："张侍郎，您也是这个意思吗？"

张柬之捋了捋白花花的胡子，打圆场道："郭副尉莫要着急，武司刑令史也是想要秉公办案嘛。不过事急从权，若是郭副尉真有大案要办，特事特办也未尝不可。只是郭副尉至少得把所办之案告知本官，不然如何制作文牒呢？"

武家的人？郭烨意外地看了那个司刑令史一眼，顿时明白他为什么要与自己等人为难。纪青璇此前说帝王之道便是平衡之道，想不到这么快武家就把人安插进秋官了。

当下想明白了这刻意阻挠的因由，郭烨一口拒绝了张柬之的提议，道："抱歉，张侍郎，卑职之前已经说过，此案事关重大。在案情真相大白之前，除了侦办此案的不良人，其他任何人都无权过问具体的案情。"

"这样么……"张柬之蹙了蹙眉，似乎也觉得事情有些棘手了。

那武司刑令史一看他的表情，只当他心中不悦，马上跳出来叫嚣道："张侍郎乃是秋官的上官，你们坚持不报是何道理？莫不是心中有鬼？"

被接二连三的挑衅，郭烨也有些耐不住脾气了，冷冷道："郭某非信不过张侍郎，实是信不过你。你是哪儿来的阿猫阿狗，也敢胡乱插手案情？新来的吧？"

他毫不留情的驳斥，顿时激怒了武家的司刑令史。他能被安插到秋官这等衙门中来，自然是武家嫡系，身份尊贵，何时受过这样的侮辱，当即大怒道："你一个小小的不良人……"

"再小的不良人在办案也代表着朝廷的法度，陛下的恩德，你又何德何能，敢这般质疑我等？！"郭烨根本不给他再开口的机会，一通抢白，打了这武司刑令史一个措手不及。

他瞪着郭烨喘息了好一会儿，突然狞笑道："好！好一个朝廷法度，好一个陛下恩德！既然你们不良司惯会扯着虎皮做大旗，本官倒要看看，你如何代表朝廷和陛下！你若是说不出个子丑寅卯来，今日休想得逞！"

"这是要耍赖了，是吗？"郭烨见武司刑令史一步一步坠入了自己的语言陷阱，"嘿嘿"笑了起来，暗道："把这样一个酒囊饭袋安插进秋官，也不知梁王他们是如何想的，武家无人乎？"

他招招手，把李二宝唤到面前，附耳吩咐了两句。随即，李二宝大步流星，径直出了秋官衙门而去。而郭烨则带着其他人，杵在这秋官衙门的公事房中，继续与武司刑令史对峙。

见他一副自信满满的模样，武司刑令史不由得有些忐忑，当下一拂袖起身道："本官诸事繁忙，岂有闲暇与你们这些草芥一样的人物在此虚耗光阴。真不知你们今日来此，究竟是何居心。"

“我等自然是为了办案而来，可惜武司刑令史非要验一验我们的成色，我们也只能奉陪到底了。”自从知道对方是武家的人，郭烨可说是处处针锋相对，虽然官职不如对方，但绝不露怯，见武司刑令史有心离去，便道：“武令史还是留下来的好，不然等我那兄弟取来了凭据，只有张侍郎在场，没能入您的法眼，岂非黯然失色？”

“不错！莫非武令史心中胆怯，不敢与我等对质不成？”纪青璇一开口比郭烨更冲，直接激将。

“哼，本官有何胆怯的？可笑！本官便留下来，倒要看看你们有何底气！”给她这么一说，武司刑令史还真不好走了，冷哼一声，又走回原处坐了下来。只是随着时间的推移，他脸上表情也愈来愈不安起来。

幸好，李二宝也没让众人等很久，片刻之后，就抱着一个锦盒，一路小跑冲了进来，口中喊道：“来了！来了！”

不过，在场诸人除了武司刑令史，却都注意到一个细节，就是他即使是在疾奔之中，对怀中的锦盒也是恭敬得紧，举得高高的，生怕让一滴汗水沾到了上面。

“这就是你们藐视王法的凭据？”要说武司刑令史罗织构陷的本事，当不在当初来俊臣之下，大帽子扣了一顶又一顶，现在已经直接论到了藐视王法上。

只是，在锦盒出现之后，郭烨已经彻底不把他放在眼中了，当即大笑一声，道：“不错！正要请张侍郎过目……哎，那个谁，你也睁大你的狗眼看清楚了，待会儿可千万别怂啊！不然我兄弟这一趟可算是白跑了。”说完，他也不等恼羞成怒的武司刑令史开口，就从李二宝手中接过锦盒，亲自呈送到了张柬之的案头上。

张柬之也有些诧异，然而打开锦盒一看，一抹明黄映入他眼帘，让他的脸色瞬间大变。

武司刑令史本来还在奇怪到底是什么东西让他如此忌惮，岂料下一刻张柬之就口称“罪该万死”，然后整饬衣冠，对着锦盒高呼“万岁”。

武司刑令史小脸顿时变得煞白，见此情景，他哪儿还不知这锦盒中装的是何物？

“敕……敕旨？”他猛地跳起来，往锦盒冲去，口中大喝道：“不可能！”

不过就在他接近锦盒之前，郭烨已经大喝一声：“大胆！”

张小萝应声而出，一拳就把这位武司刑令史给打翻在了地上。郭烨走上前，把锦盒取了回来，道："敕旨你也敢动？当真是目无陛下了！"

"不可能！你这敕旨谁知里头写的什么？你们不良司过去也收到过不止一份敕旨，不是吗？"总算武司刑令史还不是完全的酒囊饭袋，知道找个借口辩解一二。"你若不给本官看上一眼，谁知是不是真是查案所需？狐假虎威，假传敕旨可是要株连九族的！"

"够了！"张柬之沉下脸，拍了拍面前案几。"武司刑令史，你下去吧。莫要在此丢人了……"

"张侍郎！"武司刑令史犹自不服，还想再争辩什么，张柬之已经怒喝一声："下去！"

这位老者平时看起来一副老眼昏花、与世无争的模样，但此时一发起怒来，却也有雷霆之威，武司刑令史不敢争辩，忙狼狈不堪地退了下去。

然后张柬之才看向郭烨等人，苦笑道："因他是武家之人，平时老夫给梁王几分面子，对他多有纵容。岂料他如此愚钝跋扈，倒是让诸位小友看了笑话……"

"无妨。"郭烨手托敕旨锦盒，道："不过有一事好叫张侍郎知晓。有此敕旨在手，我等大可以直接去大理寺狱提人。此番先来秋官衙门报备，并非仗势欺人，实是对张侍郎您和诸位大人的尊敬。只是这武家的走狗欺人太甚，我等不得不反击，方才失了礼数，还望张侍郎莫要往心里去才好！"

"老夫理会得，老夫理会得。"张柬之连连苦笑，道："我这就签发文牒，让尔等带去大理寺提人。"

"多谢张侍郎。"有了张柬之签发的文牒，大理寺又算是徐有功的地盘，郭烨等人自然是顺利见到了黄怀信。

和上次相见时相比，黄怀信清瘦了不少，但神情却依旧清淡矍铄，似乎从悬壶济世的名医到阶下囚的身份转变，并没有在他内心留下多少波澜，哪怕杀身之祸就在眼前，他也依旧能坦然处之。尤其是在郭烨等人说明来意之后，他眼中最后一丝遗憾也消失了。他用戴着镣铐的手抚了抚胡须，微笑道："想来此事也是天意，苍天有眼，不愿让旧友的冤屈随老朽一道深埋地下，这才让你们在最后关头找上了老朽啊！"

第六十七章　孤山寻野僧

“黄博士何以教我?”郭烨一听黄怀信的话,顿时知道这人手上,恐怕确是掌握了一些自己等人不知晓的东西。

“你们能找到老朽这里,想必是从当年东宫中的旧人口中,得知了老朽曾抄录从合璧宫传回来的文书的缘故吧?”黄怀信虽然老迈,但却并不昏庸,一口道破了郭烨等人的来意和来历。

“不错。”郭烨点头,道:“为了查清当年的旧事,我们可是颇费了一番周折,把可能的知情人都拜访了一个遍!”

“这般说来,此事你们是非要查个水落石出不可了?”黄怀信问道,浑浊的老眼中,流溢出一抹希冀之色。

“当然!”郭烨斩钉截铁地回答道:“若是敷衍了事,那还不如不查!我等又何必空费如此心力呢?”

黄怀信闻言目光定定地盯着郭烨的眼睛看了许久,像是要确定他的话是否出自真心。但是,随着时间的推移,郭烨明显从他的眼中看到了一点一点表露出来的激动之色。“如此甚好,老朽那些旧友沉冤多年,如今终于到了洗雪之时了!”

“沉冤是否能够洗雪,还需黄博士你的配合啊!”郭烨道:“我可是听说,你宁可与那些老友翻脸,也不愿让那证据大白于世,不知这是何道理?”

“并非老朽不愿啊,只是当时时机未至,那些东西就是拿出来也不知托付与谁,反而可能被谋害太子殿下的人毁了去……”黄怀信长叹一声,道:“说出来你们可能不信。老朽当年虽然抄录了殿下最后的药方和治疗记录,但这么多年下来,却并未从中研究出任何不妥之处,贸然拿出来,与此事根本是有害无益。不过现在老朽已是将死之人,你们又正好找上门来,如此老朽便将这个秘密托付给你们了。”

“难道那些东西传回药藏局之时,就已经被人篡改过了不成?”纪青璇蹙眉猜测道。

“应该没有。”黄怀信年老体虚，已经吃不住力，便走到一旁的墙角靠坐下来，道：“那些记录老朽多年来昼夜推敲，却是并未看出任何篡改的痕迹。如果真是被人做过手脚，那此人必是杏林妙手。能把医术研习到这个地步之人，想来必不会做出这种犯上作乱、伤天害理之事。”

郭烨闻言一阵皱眉，对这种把医术和人品挂钩的荒谬论调，他心里自然是不赞同的。不过他也知道，对黄怀信这种从医一辈子的老人来说，医术就是他的信仰，会有这种观点也不足为奇。更何况，他从不同的角度，也推断出了相似的结论。当下他便点头道：“不错，当年运回东宫药藏局的卷宗，上面记录的应该是太子完整的诊治过程。正因为看起来没有问题，那些人才会一时疏忽，将其放了过去。等事后想想觉得不对，才会再追到药藏局将其运走销毁。不然他们完全没有必要冒着露马脚的风险，多此一举。”

“那黄博士你究竟将这些卷宗放于何处了？”纪青璇终是问到了关键点。

“去城北安喜门外八里，过官道再行七里余，有孤山一座。山上建有一小庙，庙中有僧两人，为一对师徒。那师父法号悬踪，算来已近耄耋之年，也精通医术，与老朽乃是相交多年的好友。老朽抄录的这些案卷，就托付在他之处。”黄怀信说了一个极偏僻的地名。

光听他的描述，郭烨就觉得，若无人指点，自己怕是一辈子都不会往这种荒僻处去寻一所山间小庙。

“把东西藏得这么远，你自己要推敲起来也很不方便吧？”他苦笑道。

“早年老朽腿脚还利索时，经常要往来洛阳周边的山民间收购药材，与悬踪也是那时相识的。每月往来，倒也不觉难走。这些年虽然年纪大了，走动得也少了。但这么多年昼夜苦思，早已将卷宗中的一字一句都记在了心中，正本放在悬踪那里，老朽心里也安稳。毕竟除了你们，老朽从未将自己与悬踪的关系对任何人讲过。”

“明白了，此事真多亏了黄博士。”郭烨站起来，道：“你暂时不必担忧自己的处境了。我们会为你作保，延迟你的行刑日。待此案一了，我们必会上报陛下，为你将功折罪，不说大赦，至少免除大部分刑罚是没有问题的。”

“不必了。”黄怀信闻言，脸上却是殊无喜色。他闭上眼睛，淡淡道：“杀人偿命，欠债还钱，天经地义。姓章的当年趁东宫之人落魄，肆意妄为，造下罪孽，与老朽有血海深仇,老朽取他性命,也算是得偿所愿。如今太子殿下的冤屈,又有你们可以托付,老朽在这世上已经没有任何遗憾了。诸位专心于太子之事即可,无须在为老朽劳心费力,想来大周律例会给老朽一个公道的。”说罢,他就仿佛化作了一块顽石,任凭郭烨等人如何劝说,都不再理会。郭烨等人见状,也无可奈何,只得暂且放下此事,出了大理寺,回徐府而去。

因为此时天色也不早了,再出城恐怕来不及,于是他们决定先歇息一夜,明日再去黄怀信所说的小庙,寻找悬踪和尚索要卷宗。不过,当他们踏进徐府的大厅时,出现在眼前的一幕,却险些惊掉了他们的下巴。

只见徐有功怀抱一个粉雕玉琢的小娃娃,正在那里欣喜地逗弄着。那一脸慈祥的神情,哪里像是执掌刑罚的大理寺少卿,就是一个普普通通的长辈,正在疼惜自己的孙儿一般。而在他身旁,一对年轻夫妇和徐府的管家正恭恭敬敬地侍立着。

“哇！好可爱!”张小萝一看到小娃娃,马上兴奋起来,欢叫一声,冲上前去,大有要从徐有功怀里抢人的架势。在场的人里,也只有她敢跟徐有功这般没大没小了。

不过小家伙乌溜溜的大眼睛委实可爱,众人也围了上去,小心翼翼地逗弄着。

倒是李二宝,没有跟上来,而是看了那对年轻夫妇一眼,走上前去,拱手行礼道:“哥哥,嫂嫂,好久不见,这小家伙长得很快啊!”

郭烨等人这才想起,李昭德出事之后,李二宝就曾提过,他堂兄有个小娃儿资质不错,希望他能将其接到洛阳抚养,作为李家未来东山再起的希望,想来就是这个孩子了。

“你这孩子。”徐有功闻言笑骂了一句。“答应你哥哥嫂嫂要照应小侄子,却整日里不见人影,也不与府中人说。若非这孩子身子不适,府中下人又不知如何处置,才寻了你哥哥、嫂嫂一道过来。本官还不知你要闹出什么麻烦来呢!”

李二宝被说得面红耳赤,连忙道:“此事是卑职考虑得差了。”

“义父莫怪,二宝自己都还是个孩子。”纪青璇忙苦笑着打圆场。

徐有功这才作罢,但还是道:“青璇说得也有道理,你自己都是个孩子,会照应什么。不过你祖父与本官也是故交,这孩子且先留在我府中,自有人会抚养,也方便你日常照应一二。至于你们,身负重任,该作甚还是作甚吧,倒也不需有后顾之忧。”

“此法可行!”李二宝闻言大喜。他当初也是祖父新亡,心中激荡故才应承下此事,最近冷静下来才发现,自己整日里忙着查案,哪里有空去照顾个小娃娃。因此,每每空闲时都为此事烦恼不已,此刻徐有功愿为他解忧,不由得大喜过望。而他的堂兄堂嫂也是连连叩谢,如果说把孩子托付给李二宝,他们还有些不放心的话,那徐有功的承诺,无疑就要靠谱得多了。

“行了,行了,都下去吧,今夜好好休息,明日还有案情要忙碌吧?”徐有功道。

郭烨和纪青璇对视一眼,正要上前禀报自己等人的进展,徐有功已经摆摆手,往自己的房间去了,留下一句话:“此事陛下既已全权交予你们处置,那除非是需要司里支援,否则无须禀报于我,以免本官的判断,成为你们的束缚。你们放手去干便是,只要不是做下了有损底线之事,都自有司里帮你们兜着。”

郭烨等人听罢,不禁心中感动,齐齐朝着徐有功的背影躬身致谢:“是!多谢徐帅体谅!”

不知是不是连日来的辛劳终于有了结果,这一夜,所有人都睡得无比香甜,再睁眼时,窗外已是阳光明媚,叽叽喳喳的鸟鸣,听在人耳朵里,有一种分外悦耳的感觉。

晴朗的天气让众人心情也是大好,用过朝食之后,一行人便由安喜门出城,直奔黄怀信所说的孤山而去。

他们本以为这距离洛阳不远的孤山,应当不至于太荒芜。可到了之后,才发现这座山虽然耸立在一马平川的平地之上,高度也不高,但却极为挺拔陡峭,四壁如刀削,山上遍布密林,只有一条弯弯曲曲的山间小径在茂林修竹间若隐若现。四面的峭壁上爬满了不知名的奇花异草,也难怪黄怀信会选择此处作为自己收购药材的地方了。若有善于攀岩的山民上下一趟,恐怕光靠采药就能挣个盆满钵满。

郭烨站在山脚下眺望了几眼,果然在山顶的绿茵中看到了一角若隐若现的明黄色屋脊。

“没错了,当就是此处!”他挥了挥手,道:“登山!”

第六十八章　太子的药方

循着林木遮蔽的小径，郭烨一行在夏日的鸟鸣蝉噪间，一路攀登，来到了孤山小庙的门口。

仔细打量，这间庙的大小，和他们曾经破解铁佛说话案的小庙相差仿佛，不过看起来却要整洁得多。那间庙虽然香火鼎盛，但却给人一种浓浓的红尘浊气的感觉，而这间小庙却连门前石阶缝隙中的苔痕，都透着一股清幽的禅意。

郭烨闭上眼，细细体会了一会儿这难得的宁静，方才让李二宝上前叩门。

“梆梆梆！”清脆的敲门声，在山林间回荡。

不久之后，“吱呀”一声轻响，庙门打开一道缝隙，一张满是风霜之色的面孔出现在了众人眼前。那是一个中年的僧人，一身灰袍，低垂的眉毛和眼角密集的皱纹，像是蕴含着诉说不尽的伤心往事。不过看到郭烨一行之后，他虽然有些意外，但还是颇为有礼地宣了一声佛号，道：“阿弥陀佛！不知诸位施主有何贵干？”

郭烨估摸着这和尚大概就是黄怀信口中悬踪禅师的徒弟了。不过在摸清深浅之前，他也不敢妄语，只是推说道：“我等踏青至此，见佛心喜，欲上香一炷。”

“上香？”中年僧人脸上露出浓浓的疑惑之色，婉言谢绝道，“本庙为私人修行之所，恕不接待外客上香，诸位施主还是请回吧！”说罢，他就作势要关上庙门。

郭烨见状，只得一个箭步上前，伸手抵住庙门，道：“且慢！”

“施主这是何意？”中年僧人平静问道。

郭烨无奈，只好说了实话：“我等受洛阳医药博士黄怀信所托，前来拜访悬踪禅师，还望禅师代为通报。”

中年僧人听他报出黄怀信的名字，这才露出释然之色，上下打量了他两眼，拉开了门：“请进。”

郭烨等连忙跟了进去，往禅房行去的路上，郭烨趁机套近乎，问道：“还未请教禅师法号？”

“荒野山僧，早不在红尘羁縻，要甚法号？”中年僧人淡淡地说了一句，就不再开口。

郭烨碰了个软钉子，摸摸鼻子，也识趣地不再继续询问。

不消几步，中年僧人就把他们带到了偏殿旁的一处禅房前，然后站在门外合十行礼道："师傅，有几位施主来此，自称是黄老先生的晚辈，受托前来拜访您。"

"请进。"一个洪亮如钟的声音从禅房中传出。

得到应允之后，中年僧人方推开拉门，把郭烨一行人请了进去。

郭烨一进门，视线就四下扫视起来。在这禅房中，并没有特别之物，和整个小庙的氛围一样，十分整洁。阳光透过宽阔的窗户，落在被擦洗得纤尘不染的木质地板上。房中只得一案、一榻、一蒲团而已。黑漆的小案上摆着个香炉，香烟袅袅。迷蒙的烟雾后，坐着一名须眉洁白的老僧，正微笑着看着自己等人。

"不知各位施主上门，老衲有失远迎，实在是失礼了。"

这个老僧给郭烨一种很奇怪的感觉。他的须眉都已经化作一种冰雪般剔透的银白，看着应该十分苍老了，但精神矍铄，面色却极为红润，饱满的脸膛上连皱纹都看不到几根，正应了"鹤发童颜"这个词语。他一开口，那种令人印象深刻的洪亮嗓音，就在禅房中回响起来。"不知黄施主而今可好？他却是很有些日子没来老衲处走动了啊。今日托诸位小施主上门，可是出了什么事？"

"他……不怎么好。"郭烨犹豫了一下，走到悬踪禅师面前，合十行礼道："晚辈郭烨——"

"纪青璇——"

"陆广白——"

"李二宝——"

"张小萝——"

"拜见悬踪禅师。"

"各位小施主太客气了。"

悬踪禅师身体异常矫健地起身还礼，又问道："黄施主可是出了什么事？"

"不错，黄老先生卷入了凶杀之事，恐不日将被处斩了。"郭烨当即答道。

"当日黄施主曾留下话来，若是他日有人报他的名字前来，而他自己则不见踪影，那他定是身不由己了。"悬踪禅师语气平淡，但是依旧难掩面上那一瞬而过的吃惊的神色。"黄施主的为人我是清楚的，乐善好施，悬壶济世。虽非我佛门中人,但慈悲心肠老衲可甚是佩服。他如何会卷入这等伤生害命之事?莫不是哪里出了差错?”

“铁证如山。”郭烨道:“而且正是晚辈亲自擒拿于他的。”

“这究竟是怎么回事?”悬踪禅师也被他的话搞糊涂了,追问道。

郭烨也不隐瞒,把黄怀信如何寻找当年的仇人,又如何在冥婚典礼上下毒报复章家的来龙去脉,一一说了出来。他本以为,自己抓了悬踪禅师的老友,禅师就算嘴上不说什么,但肯定不会给自己好脸色看了。

但没想到,悬踪禅师却只是露出了喟叹之色,感慨道:“他日因,今日果。这世间便如烘炉,谁也逃不脱啊!黄施主为妻儿老小报仇,虽是冤冤相报,又何尝不是求仁得仁。罢了,罢了。”他又看向郭烨等人,道:“倒是诸位小施主,想不到你们竟是不良人,年纪轻轻,就为世间公义出生入死,令老衲好生佩服。”

“不敢当,分内之事而已。”郭烨等连忙摆手谦让。

“既然黄施主已经身陷囹圄,不知他托诸位小施主前来,又是有何要事呢?”悬踪禅师问起了几人的来意。

“是。黄老先生狱中所托,称其有一份诊治记录寄存于禅师处。我等便是为它而来。”郭烨赧然道。

“哦?”悬踪禅师只是微微一愣,又失笑道:“是了。还能为何而来。诸位稍候片刻,老衲去去就来。”说罢,他便起身出门,没等多久,再回来时,手上已经多了一沓泛黄的书卷。

郭烨等人原以为这般重要的物件,对方怕是不会轻易示人,却没想到事情会如此顺遂,心中不由得升起了一种不真实的感觉。直待悬踪禅师笑吟吟地把所有案卷都交到他们手里之后,郭烨等人只看了一眼,就面面相觑,彻底傻了眼,也终于明白为什么禅师会这么顺当地就将东西交给他们了。因为眼前这沓书卷上密密麻麻地写满了药方和症状,所有字郭烨他们都认识,可拼在一起之后,却是如阅天书,完全看不出个所以然来。只有陆广白还皱着眉头努力辨认,但看那样子也是十分吃力。

不过郭烨却是机灵,眼珠一转,就看到了旁边含笑不语的悬踪禅师,当即笑道:“瞧我这真是有眼不识真人,听黄老先生说,悬踪禅师您的医术不在他之下。不知这些个方子您可看过,又能否与我们讲解讲解?”

"你倒是会抓丁。"悬踪禅师闻言不禁哑然失笑,道:"这些个东西,黄施主确与老衲看过。"

郭烨听闻此言,立即打蛇随棍上,把手中文卷递了过去,不过那悬踪禅师也不看上面的字,便道:"虽然黄施主不知是何缘故,特意抹去了这上头病人的名姓、年纪、往昔的病史,但仅从症状和药方上来看,此人所患当是痨疾之症。"

"禅师慧眼如炬。"郭烨也不管这文卷在悬踪禅师手中已经待了多久,二话不说,一个马屁就拍了过去。然后他又继续问道:"那不知这上面的内容,能不能得出病人是否会在某一日暴毙的结论?"

"不能。"悬踪禅师利落地答道:"若老衲所记不差,其上所录内容,都只是简单的记述,很难从其中判断出病人究竟有多严重,至于会不会暴毙,这就更不好说了。"

虽然之前已经从黄怀信口中得到了相同的说法,但再次被悬踪禅师否决,郭烨还是觉得十分失望。

"黄老先生提到其中有个药方他难解其意,不知悬踪禅师可否指教一二?"郭烨问道。

"指教不敢当。"悬踪禅师从一沓笺纸中抽出一张,递给郭烨道:"你所言的药方,应当就是这个吧?若以药理来说,此方当是针对痨疾,但具体有效与否,却是不敢断言。不瞒你说,老衲也从未遇到过患痨疾之症的病人,更未亲身医治过。"

郭烨下意识地把那张纸接到手里,只看了一眼,却觉得上面写的东西十分眼熟,似乎在哪里看过。他蹙眉思索,忽然眼前一亮,一道灵光从脑海闪过:我想起来了……

可他还没把这个念头转完,一只手就从旁边伸过来,把药方夺了过去。郭烨吓了一跳,扭头一看,只见陆广白正是那出手夺方之人。

"这方子……"陆广白反复看着方子上的药名,半晌才低声道:"它与我们治好皇甫文备他儿子的法子,有九成相似啊!"

第六十九章　活着的传奇

“还真是那个方子？”郭烨眨了眨眼，奇道。

“不，有两味药药理相似，但毕竟用的是不同的药材，用量自然也略有不同，但整体来看，大同小异。陆某须得回去再研究一下，才能有个确定的结论。”陆广白审慎地说道。但熟悉他的人都知道，他这么说多半只是出于一贯的谨慎而已。

“不过，如果是这张方子的话，我们基本可以确定孝敬皇帝并非死于痨疾了吧？毕竟已经治好过一个了。”李二宝脱口而出道。

“二宝！”郭烨大喝一声，然后扭头看向悬踪禅师。却见他早已眼观鼻、鼻观心，像是什么都没听到，这么震撼的消息，于他仿佛也只是风吹过耳。

“我……”李二宝自知失言，一时汗流浃背。

倒是纪青璇淡淡道：“大师乃是世外高人，想来便是听闻此事，也不会四处乱语的。无妨。”众人这才稍微安心一些。

而陆广白对于这些旁枝末节，却是直接无视了。他盯着那张方子，眼中似有无尽复杂的情绪在酝酿。半晌，他才缓缓开口道：“不管这个方子与我们的方子有多大不同，但有一点可以肯定。若按这方子抓药煎服，纵然不能痊愈，也绝不至于出现暴毙的情形。”

“如此说来，此事与那一位，我们可算是有个交代了。”郭烨道。

“不错。”纪青璇道：“结合我们手头已经掌握的证据，基本可以确定。孝……他并非死于痨疾，而是被人暗算致死的。”

悬踪禅师终于低低地宣了一声佛号：“阿弥陀佛，善哉善哉。”

不过有了纪青璇刚才的提醒，大家只是对视一眼，便将黄怀信抄录的旧时药方往怀中一收，就齐齐起身告辞。

“多谢悬踪禅师，我等还有要紧事在身，就不叨扰了。”

“诸位施主身负人间公义，每时每刻都精贵无比，老衲就不厚颜多留诸位了……请！”悬踪禅师一直把一行人送出庙门之外，方才关门而返。

“隐于山野，远离红尘，这老和尚也算是个奇人了。”张小萝一向对这些奇人异士抱有憧憬之心，忍不住感叹道。众人闻言纷纷点头附和。

或许是终于得到了想要的东西，大家的心情都变得很是放松，在这阴凉的林间小路上吹着山风，心间不由得都浮现出一种游山玩水般的惬意来。

“要是每次出来侦办案子，都能如此惬意该多好啊！”张小萝伸了个懒腰，娇憨地嚷嚷道。

“那天下就太平喽！”郭烨回了她一句，众人齐声大笑。

可还不等笑声散去，忽听背后小庙中传来一声雷霆般的怒喝：“阿弥陀佛！”

接着只听“哗啦”一声，郭烨等人猛地扭头看去，只见那小庙的庙门竟是轰然破！

“出事了！”郭烨等人俱是大吃一惊。可是当他们一路狂奔，才到庙前，又听一声大喝响起：“走你！”

下一刻，一个身影竟越墙飞出，在半空中手舞足蹈，“噗通”一声跌落在郭烨他们面前，溅起高高的尘土。这一摔，“飞人”虽未断气，但也伤得不轻，口中吐出的鲜血，把蒙面的黑布都濡湿了一大块。他连续挣扎了几下，却都爬不起来，每次支撑到一半，就又无力地跌倒下去。

“你是何人！?”此人光天化日之下黑衣蒙面，怎么想都不像是善茬。郭烨猛地拔出腰间横刀，架在这人脖子上，喝道：“还不速速交代！”

纪青璇也一挥手，喊一声“救人”，带着李二宝、张小萝就从门上的破洞一跃而入，各自拔出兵刃大喝道：“何方鼠辈，安敢逞凶?!”

可是下一刻，眼前出现的一幕，却让他们几乎不敢相信。只见场中不少同样是黑衣蒙面之人各持兵刃，来回奔走，布成一个口袋阵，围攻悬踪禅师师徒。而那名中年无名僧伤了左臂，正软软地靠在一旁的廊柱下。只有悬踪禅师一人傲立场中，独对群凶，雪白的须眉皆怒张开来，双眼圆睁，颇有金刚怒目之相，威风凛凛，状若天神。

纪青璇她们冲进来的时候，正好看到他脚下一拐，就把一黑衣人踢得半跪在地。接着，他凌空一掌压下，如泰山压顶，正击在那黑衣人的天灵盖上，后者连挣扎都没挣扎一下，就倒在地上。

“好掌法！”李二宝见猎心喜，兴奋地抽出双锏，叫道：“老禅师，俺来助你！哇呀呀呀，你们这些宵小鼠辈，休得逞凶！”说着，他一顿直抽横扫，立刻将离自己最近的两名黑衣暴徒打飞了出去。这群黑衣人的围攻之势立破！

“可恶！居然回来得这么快！”为首的凶徒见此情景，眼中寒光一闪，压低嗓子喝道：“事不可为！我们撤！”喊话的同时，他已欺身而上，与悬踪禅师对拼一掌，发出闷雷般的巨响，然后借着那股反震之力抽身而走。

有了首领的掩护，其他的黑衣人也纷纷四散逃离而去。

“哪里走！”张小萝连忙飞身追出，可来到孤山崖边，却见黑衣人们顺着绑在峭壁上的绳索飞速滑落，转眼就消失在孤山郁郁葱葱的林木之间。

“穷寇莫追！小施主回来吧！”悬踪禅师洪亮的声音响起。

“可恶，又让他们跑了！”张小萝虽不甘心，但也不愿冒险，只得恨恨地回来。

“这究竟是怎么回事？”郭烨也从门外走了进来，就在刚刚，凶徒首领喊“撤”的同一时刻，那名重伤的黑衣人竟毫不犹豫地咬舌自尽了。

“你们离去不久，这伙人就从后院潜入庙中，还挟持了小徒。”悬踪禅师答道：“他们本想逼问你们拿走的东西，却没想到老衲还有几把子气力。偷鸡不成蚀把米，白白留下了几条性命。阿弥陀佛，善哉善哉。”收敛了威风的老和尚，再也不见刚刚那种杀气腾腾的架势，又恢复了慈眉善目的表情。只是见过他将暴徒毙于掌底的杀伐果断，郭烨等人却是谁也不敢再小觑于他。

“看来他们一直盯着我们的行动啊，给禅师您两位带来麻烦，晚辈真是愧疚难当！”郭烨拱手道：“不过话说回来，禅师您真是真人不露相！”

“武艺之道，乃是小术。老衲习练多年，也只为强身健体。外人不知，也是正常。”悬踪禅师朗声笑道。

“这杀气腾腾的，可不像强身之术，倒像是从战场上历练出来的武艺。”张小萝忍不住嘀咕道。

“佛有慈悲心肠，亦有金刚伏魔的手段。”她的絮语自然瞒不过悬踪禅师的耳目，他正在为无名僧人包扎了伤口，闻言也不辩解，只是说随口应一句。

“无事便好。”郭烨赔笑道：“那我等再次告辞了。此事因我等而起，这打坏了庙门的钱，我等自会赔偿。这些黑衣人的尸体，待我等下山，自寻人前来收殓，禅师不必忧心。”

“这些倒是无妨。”悬踪禅师笑道：“老衲久居这小庙，如今也终到了离开之时了。不过在此之前，若是诸位施主不弃，不妨与老衲共参茶道，闲谈片刻，也不枉我等相识一场。”

郭烨只道他口中的“离开”，是担忧那些黑衣人再度前来寻仇，不由得过意不去。可还不等他抱歉，悬踪禅师已经摆摆手打断了他：“这世间，居所是空，皮囊亦是空，老衲尚且不在意，郭施主又何须挂怀呢？请进来奉茶吧！”

悬踪禅师语气淡然，可是隐隐间却有让人不容拒绝的威严。郭烨等人虽心有疑惑，但也无不可，便又进了禅房。

茶是好茶，满室飘香，众人默默品味。不多时，茶汤已沸了三轮，郭烨终于按捺不住，问道：“不知禅师有何见教？”

“小施主果然聪慧。见教不敢。先吃茶吧。”悬踪禅师从袅袅蒸腾的白雾中抬起头，微笑着将茶盏递了过去，示意郭烨用茶，随后慢悠悠地道：“老衲只是有感我等相识一场，又同历生死，更应坦诚相待。咳咳——重新介绍一下吧。悬踪不过是老衲的化名，老衲真正的法号，昙宗。”

“昙宗？”郭烨愣了一下，下一刻，他猛地反应过来，一口茶水“噗”地喷出，瞬间洒了一地。“你说什么？你是谁？昙宗？你是昙宗大师？！十三棍僧之首的那个昙宗？”

第七十章　昔年叙往事

“如果没有第二个昙宗和尚曾在太宗麾下效力，那便是老衲了。”昙宗大师微微一笑，低下头去，吹了吹茶汤上的浮沫，语气像是在诉说一件微不足道的事情。

但郭烨等人却是早已惊得瞠目结舌，半句话都说不出来了！

昙宗！这是一个如雷贯耳的名字，对于郭烨他们这一代人而言，更是近乎传说了！

须知昙宗擒王世充，那可是太宗皇帝还在为秦王时的旧事了，距今已有七十余年，太宗皇帝早已龙驭宾天，连先帝都驾崩多年，想不到昙宗竟然还住世隐居，这简直就是匪夷所思！

不过，此事虽然听起来匪夷所思，但是郭烨他们却是半点都不怀疑真假。因为刚刚昙宗那超凡脱俗的身手，就已经说明了一切。能在耄耋之年，打得一伙暴徒落荒而逃的，或许也只有当年名满天下的大将军僧，方有此等风采了！

良久，郭烨才咽了口唾沫，艰难地问道：“敢问大师今岁世寿几何？”

“过百了吧，这我倒是记不清咯，许多年未算过了。”昙宗大师微笑答道。

过百！可看他之前大战众凶徒时矫健矍铄的模样，谁又能猜得到，这竟是一位百岁高龄的老人？

“大师真天人也！”张小萝由衷地叹服道。

“小施主谬赞了。”

“昙宗大师，您特意将我们留下，应是有事要交代我们吧？”郭烨犹豫了一下，终是按捺不住心中疑惑，问道。

“你看，人老了，话也多了，说着说着竟忘了！”昙宗长叹一声，脸上浮现出追忆之色，不过马上收敛，又变回了那股波澜不兴的神色，呵呵笑道：“不过你说的不错，老衲留你们下来，的确是想跟你们聊上一聊的。之前听你们说，是在查那孩子的死因？不知道是否方便跟老衲详细地说上一说？也当是陪老衲这个将死之人聊上几句，打发下时间。”

“将死之人？大师……”

“无妨，你说你的便是。”

郭烨闻言看了看一旁的纪青璇，见她并无异议，思及昙宗乃是世外高人，又是太宗皇帝的旧臣，遂不再隐瞒，索性从萧廷遇害到狐女游街、牡丹花死再到如今在查的合璧宫旧事，都说与昙宗听了，也希冀能从他这里得到一些指点。说完了这些事，郭烨也不说话，就这般望着昙宗那洁白的须眉，静静等待。

而昙宗也果然不负他所望，只是稍微沉默了一下，就发出幽幽的叹息：“哎，自打黄施主将这些东西寄放在老衲这庙中，老衲就有预感，有些东西就是避不开的了。隐居，隐居，终究还是要在这红尘俗事中打个滚，才得以安然往生极乐啊！罢了，对于李唐皇族的秘事，老衲的确知晓一二。”

昙宗连续提到往生之事，让郭烨心中不由得升起一抹不安。只是再听他说知晓皇族秘闻，却又让他心中喜悦，下意识地追问道：“究竟是何秘事？可是与晚辈所稽查之事有关？还请大师不吝赐教！”

“或许有关，或许无关，最后必须要你们自己去下结论。”昙宗这般说了一句，又反问道：“不知你们可曾听说过昔年贞观时曾有一句‘唐中弱，有女武代王’的秘谶？”

“女武代王……”郭烨等人愕然了一下。但随即就想到，当初在那小院中，女皇用讲故事的方式，也曾间接告诉他们，有这么一则流言。

“这则秘谶起于何处，无人知晓。但传闻陛下后来特意寻了李淳风解谶。”昙宗一手煮茶，一手絮絮叨叨地说起了当年故事。

从昙宗大师的话中知晓，面对秘谶，据说那李淳风也不讳言，他给出的解释是“其兆既成，已在宫中。又四十年而王，王而夷唐子孙且尽”。

太宗皇帝一听这位“女武”不但要夺了自己的江山，还要夷灭自己的子孙，这还得了？当下他就准备大开杀戒，先下手为强，把威胁消灭在萌芽之中。幸好李淳风这时又出来劝诫，说此人当是陛下您亲近的人。四十年以后她就老了，人一老心肠就软了，虽然她能改易唐祚，但到底不能绝唐。若杀之，上天又会生出更加年轻的来，年轻人喜刑杀，那么皇上您的子孙可能真的就要被杀绝种了！

太宗皇帝这才打消了大兴冤狱的念头，不过，这句谶言终究成了这位千古一帝心中的一根刺。后来，他甚至因此冤杀了左武卫将军李君羡，连家族都被株连。就因为此人小名“五娘子”，封邑是武连郡公，官职是左武卫将军，又把守着玄武门，便被怀疑是谶言中那个“女武”。为了防患于未然，太宗皇帝不惜污蔑其与妖人勾结，祸乱朝纲，将其合家斩杀。

“李君羡一事，陛下的确是多疑了。”事过境迁，昙宗评价起太宗的举动来，也少了许多顾忌。他告诉郭烨等人，道：“不过，他始终对这条谶言耿耿于怀，冤杀李君羡，也绝非他针对此事留下的唯一后手。至少据老衲所知，他晚年还秘密组织了一支势力，暗中守护大唐，防的就是这个女武作乱。不过后来发生的事情，我们也知道了……”他意味深长地笑了笑，郭烨等人却是惊出了一身冷汗。“你们也不必做出这副表情，天意不可违，便是陛下也难以顾及自己的身后事。老衲刚刚听你们所述之事，怕是很大可能就是陛下当年埋下的这支暗手所为啊。”昙宗道。

“大师，您可知这支势力的具体情况？”郭烨问道。

“这却是不知了。”昙宗摇头答道：“昔日陛下组织这些人时，已是晚年，老衲亦归隐多年,只是偶然觐见时,曾听陛下提起此事,此中详情,却是不甚了解。"

"可惜了。"郭烨惋惜地叹了口气,不过能得知这么多情报,已经是意外之喜。

当下双方又寒暄了几句,郭烨等人便要告辞。不过就在他们离去之前,昙宗却是忽然道:"之前入侵这庙中之人,虽不知是否与太宗皇帝的暗子有关。不过那为首之人的武功相当高超,但其本身似乎有伤在身,而且武功偏向于阴柔一脉,交手之时,他已被老衲以佛门的阳刚功法震伤,如果要化解这种内伤,就必须要几种特定的药材来治疗。你们若要寻他,沿着这条线索往下查,当有不错的收获。"说着,他就把治伤所需的药材报给了郭烨等人。

"多谢大师。"郭烨等人一边忙于记录,一边道谢。

"无妨,无妨。"昙宗摆手长笑。"老衲不过是顺天而行罢了,你们不用放在心上。"

郭烨等再三道谢,然后起身告辞。

不过,他们才刚走到禅房门口,忽听身后传来那中年僧人哀恸的哭声:"师傅!"

众人心中一惊,猛回头,却见昙宗大师结跏而坐,面色如生,但却已经没有了鼻息,竟是在这片刻间安然圆寂!

第七十一章　小陆的身世

"怎会如此?"郭烨大吃一惊。他只当昙宗大师此前频频提到"死"字,只是上了年纪的老人家的习惯。却万万没想到,上一刻大师还在与自己等人谈笑风生,转眼就撒手人寰。这让郭烨心中连悲伤都来不及涌出,就被震惊所填满。

相形之下,张小萝却是并不意外,微一凝眸,就想明白了其中的道理:"大师虽养生有术,可到底年寿已高。与那些人交手,刚猛爆发一次,动了元气,应该是坚持不下去了。"

"原来如此。"郭烨长叹一声。"是我们害了大师啊!"

“不，此事与你们无关，诸位施主切莫心生愧疚。”那中年僧人站起来道：“我辈僧人，以往生极乐为喜事。师傅淹留尘世多年，想来也是有放不下的心事。如今见过诸位，能安然往生，还要多谢你们。”

不过他话虽如此，但郭烨他们却是没有佛门高僧的境界，眼睁睁地看着威震大唐百年的传奇就在自己眼前陨落，一时间心中也是难受非常。在与中年僧人沟通了一下昙宗大师的后事之后，他们几乎是落荒而逃地离开了小庙。

回到不良司，众人来不及喘息就又开始忙活开了。纪青璇去安排人手回孤山协助无名僧处理昙宗的后事。郭烨将此行的收获禀报薛讷和徐有功，请求司里调派人手，彻查城中各大药铺。有了昙宗的提点，他们只需要盯死了几味特定药材的流向，就有机会把这段时间一直给他们添麻烦的幕后黑手揪出来，因此人人都是信心满满。不过，洛阳作为大周神都，城中药铺的数量绝不是一个小数字，即使有不良司的全力支援，也不是一时半会就能出结果的，况且还不知那一伙人几时会行动。郭烨他们也只能耐着性子，窝在衙门里等待四方同袍的信息汇总过来。

一转眼，三天一瞬即逝。这日，他们又在衙门的公事房里吹牛打屁，忽然有不良人前来禀报，说秋官衙门遣人来问。

“秋官衙门，他们派人来作甚？”纪青璇一挑眉，问门外的不良人道：“他们可有说是何事？”

“好像是跟诸位前两日提审的一名犯人有关。”

“黄怀信？”郭烨眉头一皱，自语道：“我们当日不是已经与张侍郎协商过，将他的刑期推后了么？今日又遣人来问，是何道理？”

“去见见来人不就知道了。”纪青璇雷厉风行地站起来，向会客的偏厅走去。

在偏厅，他们见到了秋官衙门前来问讯的小吏。此人貌不惊人，但却有一双极其灵活的眼睛，令人印象深刻。

见面之后，纪青璇开门见山地问道：“你可是为了黄怀信而来？”

“正是。”秋官小吏拱手一礼，道：“在下受张侍郎所托，来与诸位商议此人的刑期。”

“嗯？关于此事，当日我等不是已经与张侍郎达成了共识了么？如今才不过两三日，怎的又要变卦？”纪青璇不满道。

“并非我们秋官衙门要变卦。”小吏苦笑答道：“诸位还不知晓吧？自从当日你们离去,此人就扬言于人世已无所留恋,让我们速速将其斩首。张侍郎本就与诸位的约定,自然是拒绝了他的要求。况且这衙门又不是他家的衙门,哪能随他的性子行事。谁知那人也是个倔驴性子,求死不成,竟然直接在牢房里闹起了绝食。如今已经三日粒米未进,眼看就要不行了。张侍郎让在下来询问诸位,是否还有旁的要问,若是没有,不若成全了他吧！也省得他死在了牢里,于秋官和大理寺名声不利啊!”

郭烨等人闻听此言,不由得面面相觑。当日黄怀信拒绝了他们将功折罪的好意,他们还想着容后再说,万不料此老求死之心如此坚定,官府不斩他,他竟要自寻短见。

“走,反正枯坐在此也是无用,我们且再去见一见黄怀信,看到究竟意欲何为。”郭烨有些恼火地说道。

“就是,好死不如赖活着,这老倌一大把年纪了,这个道理都不懂。”李二宝也咋咋呼呼道。

“恐怕不是不懂,只是真的不想活了。”出乎意料,一向沉默的陆广白,这时却是露出了怅然的神色,喃喃道:“若陆某所料不差,他的心,早已随着当年的惨祸而死了,活着唯一的目的不过是报仇。等杀了章老爷,这唯一的支柱也崩塌了,再加上咱们适时出现,当了他的托孤之人。这下子,他便是连最后的牵挂都没了,自然不想再在这世上活了。”

“小陆你怎么了?”郭烨也不管陆广白说什么,先下意识地就伸手去摸他的额头。“烧糊涂了吗？今日恁地嘴碎。”

陆广白却没有给他一个解释,只是照例一巴掌拍掉了他的咸猪手,淡淡道:“不管如何,先去大理寺吧!”

还是在大理寺的监狱中,郭烨等人再次见到了黄怀信。不过和上次相比,他已经从一个垂暮的老者,彻底变成了一具皮包骨的骷髅,面上透着一股青灰,与那死人比起来,也只是多了一口气而已。

郭烨只看了一眼,就知道这不仅仅是因为绝食造成的饥饿,更重要的是,这个人已经没有了生存下去的欲望。哪怕郭烨他们选择强灌食水,他也坚持不了多久,就会油尽灯枯而死的。

“哎,黄博士你这又是何苦呢?”郭烨叹道:“郭某已经说了,你这次立功不小,纵然难逃一番活罪,但至少免死可期。你又何必如此决绝?活下来多看一眼这大好河山不好吗?”

“是你们啊……”听到郭烨的声音,黄怀信虚弱地张开了眼,用沙哑的嗓音说道:“人各有志罢了。这世间对你们来说是大好山河,对老朽而言,却只是无间地狱。老朽如今只求速死,与妻女于地下团聚啊!”

听他说得决绝,郭烨也只能默默点头,道:“我明白了。”顿了一下,他又问道:“你可还有什么心愿?”

“没了,当年之事,有你们,老朽放心,如今已是无所眷恋,只求一个解脱。”

“好。”郭烨长叹一声,点了点头,承诺道:“郭某会请求张侍郎,让你的行刑之日照旧。你也不必这般折磨自己了。起来吃一顿饱饭,换身干净衣衫,等到了日子,我们送你体体面面上路吧!”

黄怀信闻言,干瘪的嘴角扯出一丝微笑,道:“如此便多谢郭副尉成全了。”

“我去请大理寺的膳房给你准备点稀粥。”郭烨说了一句,刚一回头,却见到陆广白已经走了出去,远远地,只有一句仿佛蕴含着无尽复杂情绪的话语回荡在监房里:“我去吧!”

片刻之后,膳堂就把稀粥送了上来,虽然都是会食剩下的,已经有些凉了,但一碗粥下肚,黄怀信还是恢复了不少精气神。不过,就在他打算继续盛第二碗吃的时候,陆广白却在此时,做出了一个让所有人都始料未及的动作!

他单膝下跪,伸手接过粥碗,盛上稀粥,又双手递上。待黄怀信接过粥碗后,他的另外一膝也跪了下来,就在黄怀信跟前,“梆梆梆”磕了三个响头,道:“晚辈陆广白,昔日东宫侍医陆信之子,谢过世叔为家父申冤的情谊!此等大恩大德,没齿难忘,请受小侄一拜!”

什么?!陆广白此言一出,郭烨等人简直都惊呆了。刹那间,牢房里鸦雀无声。

又过了几息,只听“当啷”一声,黄怀信手中的粥碗失手摔落在地,他指着陆广白,用颤抖的声音问道:“你,你,你……你真是陆兄之子?!”

“不敢以虚言相欺。”陆广白答道。

“那日,那日在章家,我看你便像他!”黄怀信呆了一会儿,忽然泣不成声,道:“你的医术亦有乃父之风。只是我一个一心求死之人,却是不敢相问。好,好,果然,果然是陆兄的儿子!”

“多谢世叔。”陆广白终究是那个不善言辞的陆广白,此刻他只得谢了又谢,半晌才又憋出一句:“若非您留下了证据,小侄今日也未必能尽到人子的责任,为家父洗刷冤屈!”

“好,太好了!”黄怀信一边抹眼泪,一边满意地点头,道:“能看到你长这么大,老朽黄泉路上再见陆兄也能给他报个喜了!”

陆广白点点头,认真承诺道:“世叔你且放心去。待你去后,小侄自当披麻戴孝,以孝子礼出殡。逢年过节,绝不令您断了香火祭祀。”

这时黄怀信也恢复了一点元气,闻言不禁一呆,随后笑得上气不接下气,郭烨等人生怕他就这么笑死了过去。“好!好!好孩子!老朽孤寂半生,想不到临死了还能多个儿子,老天爷当真待老朽不薄啊!”他用力拍了拍陆广白的肩头。“你是好样的啊!”

陆广白不善言辞,“嗯”了一声,道:“既如此,世叔您且好生歇息。等到了日子,小侄再来送您最后一程……”

第七十二章　盟友成疑凶

“小陆你真的是当年东宫侍医之子?”刚一出得大理寺的门,郭烨就一把揪出陆广白问道。

陆广白用一种莫名其妙的眼神看着他,反问道:“血脉至亲,岂能有假?”

“你瞒得我好苦啊!”郭烨用力拍打着他的肩膀,像是要把这些年陆广白对他的隐瞒全都报复干净一般。

“为人子者,不能为父亲报仇雪耻,算不得什么光彩之事,无甚可说的。”陆广白不闪不避,硬受了他这几下,方怅然道。

见他情绪低落,郭烨也没了继续玩闹的兴致,只是道:“这下好了,总算可以为世叔平反昭雪了。”

“是!”陆广白长叹一声。“如今父亲若是泉下有知,想来也能瞑目了。”他脸上露出追忆之色,道:“听母亲说,当年他一直到死,都对孝敬皇帝之事耿耿于怀,认为并非自己医术不精,治死了主子。现在一切都得到了证实,他是无辜的……要是母亲还活着,也能看到这一切,该多好啊……”随后,他告诉郭烨等人,从黄怀信手抄的卷宗上,他就看到了自己父亲的名字。那个方子,正是他父亲亲手所开。而陆侍医显然比他们更清楚这个方子的效力,当年孝敬皇帝暴薨之后,他就一直不肯认罪,直到临死前,还曾给家人留下话来,说太子死得奇怪,他觉得冤屈,怨愤难平。当时的陆广白,还是一个襁褓中的婴儿,这一切,都是陆母所转述的,不过她在将陆广白抚养成人之后,也郁郁而终。这么多年来,陆广白一直将此事牢记于心,现在终于证明了自己父亲的清白,由不得他不高兴。“陆某为这事可说是家破人亡,如今总算有个定论了。”他不由得又欣慰道。

“怎么?难道这样你就满意了吗?”不料就在这时,郭烨突然提高了声音,问道。

“嗯?”

“不管究竟是谁谋害了孝敬皇帝,但世叔乃至婶婶的死,都与他们有脱不开的关系!难道……你就不想为父母报仇吗?”郭烨盯着陆广白,用一种极具煽动性的语气鼓动道:“这么多年,我爹生死未卜,我娘郁郁而终,你父母的遭遇,也未必比我爹娘好上多少,难道我们这些为人子的,不该做点什么,为他们出气吗?要我说,我们就该一查到底,要把他们抓出来,然后,该关的关,该杀的杀,该流放的流放!决不能让一个人逍遥法外!”

“不错!”一声清脆的断喝从旁边响起,两人扭头一看,只见纪青璇也走了过来,美眸中像有两团火焰在燃烧。“我们不良司不会冤枉好人,但也绝不会放走一个作恶多端的坏人!”

陆广白闻言重重地一点头,道:“好!那就让我们……查他个水落石出吧!”

“赞成!”两小只附和着举手。

下定了这样的决心,众人自然愈发积极起来。尤其是纪青璇,利用自己在不良司中的影响力,不断给监视全城药铺的不良人施压。而有了女皇敕旨这么一个尚方宝剑在手,徐有功和薛讷对他们的行动,也是全力支持,几乎是以压榨的方式,在使用不良司的人力物力。在这种情况下,各种各样的线索,几乎是如潮水一般涌进不良司,再汇总到他们手中,供他们挑选、判断。

终于,有价值的线索出现了。

“什么?已经找到一处符合这几种药材共同流向的地址了?”这天,郭烨在不良司的公事房中,面对一个前来报信的不良人,激动得直搓手,走来走去,满脸兴奋的表情。“终于逮到这些地老鼠了!这些日子天天对着各种真真假假的消息分析来分析去,可真把我憋坏了,如今终于可以活动活动筋骨了!”

“不错,俺也快要闷煞了!”李二宝瓮声瓮气地附和道。

张小萝虽然没有说话,但小脸上跃跃欲试的表情和握住巨剑剑柄的动作,已经把她内心深处真正的想法暴露无遗。

只有纪青璇和陆广白还镇定一些,晓得向这个报信的不良人询问那一处宅院的具体位置。

“是在道德坊延酤巷,往西数第五间……”那不良人报了一个地址。

“等等!”郭烨听了一愣,随后猛地一扬眉。“你说在哪里?”

那不良人不知他为何这么剧烈的反应,但还是又把那地址报了一遍。

“这个地方,正是方玉娘他们的据点啊!”他一拳捶在面前的案几上。这段时间以来,他们与义门的合作日渐深入,义门的许多秘密,都已经对他开放,这个秘密据点,正是其中之一。

“你的意思是……玉娘她们,就是跟踪我们,意图窃取情报之人?”纪青璇瞪大了眼睛。“难道说……当年东宫之事,极有可能就是被他们捣鼓出来的?这么久以来,他们一直在贼喊捉贼,把我们玩弄于股掌之上?”

“应当没那么严重吧。”郭烨忙道:“这其中一定有什么隐情,又或许只是义门底下之人自作主张,与真凶勾结,这些事与方玉娘她们无关。”

“最好是无关吧。”纪青璇的脸色沉了下来,声音又有些飘渺。这些日子以来,她与方玉娘几人的交往也颇多,此刻便是她自己都无法言说自己当下的心情。犹豫了许久,她继续道:“从现在开始,义门怕是不能再信了……”

“嗯!需得防着一手了,但也不能冒进。”郭烨道。

“此话怎讲?郭副尉,我可是记得,你对义门之人,从未真正放心过啊!”

“对。”郭烨无奈地点了点头。“但若是我们现在直接将义门列为嫌犯,双方必然翻脸。届时,我恐怕双方的交情一朝尽丧,就连秀嫣也会夹在其中为难!哎,早知今日，我就再多瞒她些日子了……”

“原来是为了这事。”不知为何，纪青璇心中莫名涌起一股不忿，但还是道：“秀嫣虽与孙金相认，但却从未卷入义门之事。你当初不也正是担心这一点，才一直拖延让他们相认的吗？”

“可问题是他们已经相认了啊……”

“这整件事根本与秀嫣无关！我们此行只是突袭义门的据点，看能不能找到需要的证据，并不是要抓孙金，更不会与秀嫣为敌，郭副尉，你是不是太杞人忧天了？”纪青璇见状有些不悦道：“另外，郭副尉，本尉提醒你，陛下挑选我们来查此案，正是因为我们能够秉公办案，不会徇私枉法。今日你若是因为秀嫣的恩情，便纵虎归山，那来日你要如何跟陛下交代？”

郭烨闻言一凛，终于彻底清醒过来，瞬间出了一身冷汗，作揖行礼道：“纪不良尉教训得是，郭某险些行差踏错了，把大家都带进坑里了。既如此，咱们事不宜迟，即可开拔出发，突袭搜查那一处据点吧，切不可让嫌犯逃走了！”仿佛是为了在纪青璇面前弥补自己刚刚的过失，郭烨表现得特别积极，点齐人马，就直奔义门在道德坊的据点而去。

考虑到对方两次袭击，队伍中都出现了高手，郭烨他们并没有掉以轻心，而是直接带上了大队人马，到达后，先从四面八方围了那处宅邸，然后才叫上徐问清等人，一道上前破门。为了防止证据被销毁，这一次，即使是义门的据点，郭烨他们也没客气，由李二宝打头阵，两根铁锏一挥，顿时就把门板砸得粉碎。一行人火速冲进院子里时，正好碰上几名义门的手下迎面走出。

这些人都是认识郭烨等人的，看到他们破门而入，还愣了一下，为首一人张口问道：“纪不良尉，郭副尉，这……”

话音未落，空中突然响起了尖锐的破风声，郭烨只觉得耳朵一凉，一股劲风已经擦着他脸颊掠过，“噗”，等他再定睛看时，只见一根弩箭正笔直地钉在了那名小头目的咽喉上。

“你们……”小头目嘴里汩汩地喷着血，突然眼睛一瞪，就倒在地上不动了。

“谁准你们放箭的！谁准的！”郭烨也被突如其来的变故惊呆了，猛地扭头大声咆哮起来。

喊到一半，他才猛然想起，自己等人这次带来的不良人，根本就没人带这种弓弩出门,那这根箭又是从哪里冒出来的?

“坏了!”一股不祥的预感从他心中涌现而出。“中计了!”

可还不等他开口,猛地就听见对面义门众人中发出一声愤怒的咆哮:“你们这些狗官杀了猛子!你们想过河拆桥!大家伙跟他们拼啦!”

唰!一柄钢刀朝着郭烨头顶砍来,但立刻就被张小萝巨剑挡下。

“当!”可是,听着那清脆的金铁交击声,郭烨的心却是深深地沉了下来,一片冰凉……

好歹毒的离间计啊!

第七十三章 义门遭离间

中计了!

郭烨回头的时候,并没有找到那支弩箭是从哪里射过来的,但当义门的人马里,有人不分青红皂白就开始反击时。他立刻就明白过来,自己等人的行动怕是被有心人利用,掉进了陷阱里。只是这个时候再明白过来,显然已经晚了,随着张小萝的巨剑出鞘,一切局面都开始走向失控。

“可恶!别动手……别伤人!”他虽然喊得急,但张小萝的剑比他的声音更快。

只是就算这样,他都还是晚了一步。

等他猛地回头之时,只见一片血光在自己眼前飞起,张小萝对于想伤害郭烨的人,出手向不容情,也仅仅是在听见他呼喊的最后关头,才将将偏了一下,但还是把人劈伤了!

“完了!”郭烨无力地闭了一下眼睛。

如果说之前那支弩箭还有辩解的余地的话,那事已至此,双方兵刃见了红,就再无转圜之策了。好在他也是个果决之人,马上改变了战术,一边退后,一边大喝道:“上!一个都别让他们跑了,抓活的!”

众多守在院墙外的不良人，闻言纷纷蜂拥而入，朝着义门的人攻了过去。

纪青璇也趁势上前几步，来到了郭烨身边，后者之前的呼喊，她听得清楚，也意识到了其中的问题。“上当了，是吗？”她问道。

“嗯。”郭烨脸上乌云密布，点了点头。

“那你还……”纪青璇抬头看向已经和义门中人混战成一团的不良人，忧虑道：“这么一来，我们与义门的误会，就更加解不开了。”

“从动手那刻起，就已经没有和解的余地了。”郭烨露出烦躁的神情，又踏前几步，大声催促道：“动作快！拿下他们！一些土鸡瓦狗，要不要这么久？”喊完之后，他才又扭头对纪青璇解释道：“为今之计，只能先把所有人都拿下来，再与方玉娘他们分说了。只要把混在这些人里的居心叵测之辈抓出来，他们也不傻，总不至于跟我们翻脸成仇。”

“能行吗？”

“事到如今，只能走一步看一步了。”

郭烨摇摇头，提醒道：“注意四周，我担心那暗中设计我们的混账，不会这么轻易善罢甘休的。他们肯定还有毒计没使出来，莫要掉以轻心。”

“我理会得。”纪青璇点点头，才说了一句，忽听院子里传来一声惊怒的大喝：“徐大哥！”

郭烨等闻声一惊，猛抬头看去，就见一名义门中人，满面狰狞，抓着一把牛耳尖刀，深深插进了徐问清的身体里！

“不！”突如其来的变故，让郭烨目眦欲裂。

“老徐！”梁得尚等人更是放声大吼，瞬间暴怒起来。

徐问清奋起最后的力量，抬起手中的横刀。他本来也有机会把刀刺进对面之人的胸口的，但犹豫了一下，艰难回头看了看郭烨他们。那张胖脸上挤出一个染血的笑容，彻底放弃了玉石俱焚的打算。这个笑容，也成了他留给郭烨最后的印象。

随着那名义门中人大吼着狠狠一拔刀，徐问清那矮胖的身子，就在血花飞溅中无力地摔倒下去！

梁得尚和任斗牛拼了命地冲上前去，逼开周围的人，把徐问清软软的躯体拖了出来，可只是在他脖颈上一摸，顿时泪流满面。

"老徐……他去了!"

"徐大哥!"

李二宝暴怒大吼,一个纵跃,竟从混乱的人群头顶越过,轰然落在伤人的义门中人面前,一锏就横扫了过去,"俺要你死!"

"二宝,不得妄动! 留他一条性命!"郭烨虽然也悲痛不已,但还留有最后一丝理智,厉声喝止道。

"当!"李二宝已经把那凶手连人带兵刃打飞出去,正要赶上去痛下杀手,听到郭烨的话,不禁怔住,指着血泊中的徐问清反驳道:"可是徐大哥他……"

"照我说的做!"郭烨顺着他指的方向看了一眼,但还是坚持己见,咬牙下令道。

直到李二宝恨恨地掉头去对付其他人,他才叹了口气,喃喃道:"不能让徐大哥白死了……"

不过,他虽然能叫住李二宝,但其他人却不会听他的。徐问清的死,刺激到了所有不良人的心,弥漫的鲜血,把一双双眼睛染得通红。

短短片刻间,本已白热化的战斗就再次升级,不少地方都传来了惨呼的声音,接二连三的人影倒在地上,生死不知,既有义门的人,也有不良司的人,双方都付出了血的代价。不过,不良人作为官府的力量,终究还是技高一筹,很快就把义门的人马压制了下去,将所有人击倒缴了械。

"不许虐待俘虏!"眼看战端平息,郭烨在人群中来回奔走,一边努力救治伤员,一边用力推开了几个对义门中人拳打脚踢的不良人。

"瞧瞧你们的样子,控制住自己的脾气,你们是不良人,是公理正义的守护者,不是他娘的土匪!"好不容易劝住了其他同僚,郭烨深吸一口气,与纪青璇并肩走到门口,也不谈离去的事,就像在等待什么。

事实上,他们也没有久等,仅仅片刻之后,就看到方玉娘带着林毅等人,从街道另一头匆匆而来。

来到院落门口,她一眼就看到了地上尚且来不及处理的斑斑血迹,和廊下不断呻吟的伤员,不禁面色一变,质问道:"郭副尉! 这是怎么一回事?"

"我要说被人算计了,你信吗?"郭烨苦笑。

"我们在追查一个受了特定伤势的人,不良司对全城药铺的药材流向监视表明,这人就在你们的据点里。但是我们今日刚一上门,却着了道,和你们的人打了起来……”他望着俏脸含霜的方玉娘,言简意赅地把发生的事情叙述了一遍。

“别听他胡扯！小姐!”一个伤员突然扯着嗓子大吼起来。“今日他们一上门,不分青红皂白就痛下杀手,好几个兄弟都折在了他们手里啊!”

“放屁!”在他旁边,一个受伤的不良人也怒吼道:“难道我们就没死人了?”

“都闭嘴!”郭烨和方玉娘同时吼了一声。

然后方玉娘看着郭烨,道:“郭副尉,这事儿你总得给我们个交代吧?”

“你想要什么交代？啊?”郭烨也是一肚子的火,提高了声音道:“那不如你先给郭某解释解释,为什么我们调查的结果,会指向你们义门?”

“如此明显的嫁祸之策,难道你看不出来?”

“既然知是嫁祸,你不跟我们一起把这个罪魁祸首揪出来,为死难的兄弟报仇,反而在这里跟我胡搅蛮缠要交代,你不觉得本末倒置么?”郭烨逼视着她,毫不让步。

“在其位谋其政,不得不为,奴家不能寒了兄弟们的心啊!”方玉娘道。

“那郭某要是不给你这个交代呢?”郭烨冷冷道。

站在方玉娘身后的林毅猛地张弓搭箭,雪亮的狼牙箭头笔直对准了郭烨的心口,让郭烨感到阵阵寒意。在过去的合作中,他已经不止一次见识过箭王利箭的厉害了,此时直面强弓,更是深刻感觉到那股令人毛骨悚然的压迫。

“这是何意?”郭烨一挑眉。

下一刻,只见人影一闪,李二宝已经双锏交叉,挡在郭烨面前,而张小萝的巨剑,也架在了方玉娘秀美的脖子上。

“放开玉娘!”林毅话不多,但一旦开口,就有一种说一不二的沉稳霸道。

可惜他遇上的是张小萝,这位扶余小郡主,才是真正的金口玉言,当即反唇相讥道:“还是你先把弓箭放下吧!”

“够了!”方玉娘深深看了一眼郭烨,挥手道:“林叔,松弦吧。不必如此剑拔弩张,想必郭副尉他们也不是故意的。”

林毅虽然依言放下了弓箭,但还是哼了一声,道:“前事不忘,后事之师。玉娘,莫大意啊。”

“看来当年被官府力量追杀,让你们都有些杯弓蛇影了啊!”郭烨也示意张小萝和李二宝退下，由自己来跟方玉娘谈。

“我怀疑你们义门有内鬼。”郭烨盯着方玉娘，一字一顿道：“这就是郭某给你的交代。不知可还满意？”

方玉娘瞟了被不良人制住的义门中人，道：“你把人还给我。这件事我们自会彻查，不劳不良司费心。”

“不行。”郭烨一口回绝。“郭某可以断言，在这些人中，就有始作俑者的手下，在查出究竟是谁造成这一切之前，我们绝不可能放人。”

“郭副尉，你这未免太过分了！当真是一点香火情都不念了吗？”方玉娘显得愤愤不平。

“郭某正是念旧，才在此跟你磨嘴皮子，不然你以为我们会等你这么久，早让你带人去衙门投案了！”郭烨道。

听他说得如此干脆，方玉娘被噎了一噎，但最终也只能一叹。毕竟形势比人强，义门再怎样也不可能和风头正劲的不良司正面抗衡。她语气稍微软化了一点，道：“既如此，奴家告诉你是谁策划了这一切，你们不良司去找他的麻烦，莫要为难我的人，可好？”

“你知道？”郭烨一挑眉。

方玉娘冷笑，道：“郭副尉能看明白的事，奴家纵然看不清全部，心中也有一二较量，毕竟奴身在义门。话说白了吧，义门此间能做成这一切的人屈指可数。本来奴家是想自己去找他麻烦的，不过既然你们不良司要抢着代劳，那奴家也无话可说。随你去就是了。”

第七十四章　祸首遁无踪

“是谁？”郭烨扫了一眼伤亡惨重的不良人，只觉心中怒气上涌，恨声道：“竟敢如此戏弄郭某，他死定了！”

“此人你虽未见过，但与你的恩怨这早不是头一次了。”方玉娘目光直视郭烨,淡淡道。

“昔日孝敬皇帝身边的老太监?!”郭烨眼神一冷。

“奴家以为你早该想到了。”

“确有猜测。”郭烨点点头,道:“不过有方娘子你的佐证,郭某的猜测便算是得到验证了。他现在人在何处?”

“林叔,你带上几个兄弟,领郭副尉他们一起去寻董公公吧!”方玉娘道。

“你们也去?”

“那是自然!”林毅瞋目怒道:“这里死伤的可不只是你们不良人,还有老子的兄弟!昔日这姓董的阉人说要合作,看在东宫旧情上,老子还对他客客气气,想不到他竟然这般阴毒,果真是人无伤虎意,虎有害人心啊!林某今日断不与他干休!”见郭烨还在犹豫,他已经一举手中弓箭,道:“若你不放心,担心我们通风报信,那林某就只带上善射的弟兄出马,远远地支援你们。你不下令,我们绝不松弦,若是这样还不行,便休怪林某独自行动了!”

“悉听尊便。”郭烨也是个有傲气的,闻言一挑眉道:“不过若是坏了我不良司的大事,定叫你吃不了兜着走!”

林毅冷哼一声,转身点人去了。

而郭烨在经过方玉娘身边时,听见这个绝美的人儿轻轻一叹,道:“今日怕就是我们最后的合作了。你我到底还有几分渊源,郭副尉又何必如此咄咄逼人呢?”

“说出来也不怕你笑话。”郭烨定了定神,长吐了一口气,冷冷道:“郭某自出道以来,还没吃过这么大的亏,连不良司的兄弟都折了进去。徐大哥……不管此事与你们是否有关,但那阉狗到底是你们义门的人,莫非你还指望郭某对你笑嘻嘻的不成?”

方玉娘闻言叹了口气,却也不再劝说。她很清楚,经此一次,双方的隔阂只会越来越深,有这些人命和鲜血在其中阻碍着,大家再也不可能同道而行了。

“你这些兄弟就先押我这,等我们把人擒来,再还给你。”郭烨指指一旁被押解的义门中人,淡淡道。

“这算人质?”

“随你怎么想吧。”郭烨不耐烦地摆摆手,看向林毅,问道:“准备好了吗?好了便走吧,前头带路。”

林毅拨动了一下弓弦,发出“嗡”的一声,算是对他的回答,然后一脸愠怒地走在了最前方。

这太监虽与方玉娘他们分作两派,但是彼此合作了这么多年,到底也是知根知底。老太监的藏身处对常人是个隐秘,却瞒不过林毅。在他的带领下,一行人直奔道德坊旁边的择善坊而去。

“那阉狗一向深居简出,这择善坊中的据点,就是他最常居住的地方,若无要事,十天里倒是有七八天住在这里。”路上,林毅给郭烨介绍道。

“这才合理。”郭烨闻言,在心中暗道:“看来这个太监就是被昙宗大师打伤的黑衣人首领了。也只有当年随侍在太子身边保护的太监,才会有这么精深的武功。看来那些药材只是在方玉娘他们的据点中转了一道手,最后还是被人送到了他手上,供疗伤所用。这样一来,他自然要选择离自己最近的地方作为疑阵了。”

“那就动作快。”郭烨道:“道德坊那边动静闹得那么大,再晚一点他就是个傻子也知要撤离了。”事实证明,他的推断固然没错,但动作还是慢了一步,当他们赶到老太监在择善坊的据点时,留给他们的,只有一座人去楼空的空宅子。

林毅和李二宝各自带着人在宅子里转了一圈,不消片刻就阴沉着脸走了回来:“跑了。”

郭烨倒没有说什么,只是吁了口气,道:“意料之中。他不可能这般算计了我们一次,还待在家里等我们来抓,怕是那支弩箭射出之时,他就已经跑了。”

这时候,方玉娘等人也从后面赶了上来,除了她之外,姗姗来迟的秀嫣都知闻讯之后,也扶着孙金一瘸一拐地来了。二女都是个冰雪聪明的性子,一见众人表情,顿时就知道发生了什么。

“扑空了?”方玉娘有些为难地看了郭烨一眼。

“嗯。”郭烨知道她在担忧什么,点了点头,回头看了一眼纪青璇,道:“把义门的人都放了吧。今日之事,都是我判断失误,莽撞了,回头你写个文牒,报给徐帅和薛不良令。看他们怎么想处理,我都认罚。”

“胡说什么?”纪青璇白了他一眼。“就算要追究责任,也有我这个不良尉在前边顶着,有你什么事?只是没想到这阉人竟然如此胆大包天,连我们和方娘子一起算计了进去。”说罢,她冲着其他不良人挥了挥手。其他人虽然满心不愿,但也只能冲着义门的人怒目而视,但最后还是听命放人。

“你们……”方玉娘看着两人，一脸不敢相信的表情。

“我们什么我们？”郭烨瞥了她一眼。“莫要以小人之心度君子之腹了。真以为我们需要这点人质？既然知晓你们也是被算计的，扣押你们的人还有什么意义？方才不肯放人，只是担心你们的人里有细作，给那阉狗通风报信。不过他既然已经畏罪潜逃，不再与你们联系，那便是有细作也成了弃子，于我们并无益，你们回去自行纠察便是。不过郭某猜想，那些个戒指应当还在你们手上吧？他们应当不会就此放弃你手上的戒指。所以，你们一定要小心，莫要着了他的道。若他与你联系了，莫要犯糊涂心思，及时通知我们。”

“自然。”方玉娘点点头，道：“那咱们以后是否还要继续合作？”

“合作个屁！”郭烨骂了一句，道：“道理归道理，感情归感情。道理谁都懂，但感情这关却不是每个人都过得去的。现在我们都有兄弟折在了对方手上，你真以为日后还能彼此云淡风轻不成？为免再生波折。以后你们走你们的阳关道，我们过我们的独木桥，大家还是莫要再有什么瓜葛了。江湖路远，保重！”说着，他冲着方玉娘一拱手，逐客之意已经溢于言表。

方玉娘见状，也知道事不可为，便不再自讨没趣，叹了口气，带着义门的人马，抬了死者和伤员，落寞而去。

在义门的人离去时，秀嫣看着郭烨一副欲言又止的模样，可惜还不等她说出什么，就被孙金沉着脸拉走了。见此情景，郭烨虽然也有些不舒服，但也算是松了口气。不良司与义门几乎撕破脸，秀嫣倒是夹在其中最为难的那个，现在孙金把她拉走，倒是省了郭烨开口劝慰。说到底，他还真不适合安慰人。

目送着义门的人马消失在洛阳街头的车水马龙中，郭烨叹了口气，回头问落在后面的不良人：“徐大哥和其他兄弟的遗体收敛得怎么样了？”

“都暂时处理好了，司里后续的支援还在路上，交给他们吧！”

任斗牛从人群中走出，双眼红通通的。比起郭烨他们，他与徐问清乃是多年的同袍，感情更加深厚，现在能忍着不狂怒爆发，已经算是非常克制了。

“任大哥……”郭烨走上前，沉痛地拍了拍任斗牛的肩膀，以示安慰。

“我没事。”任斗牛拂开他的手，咬牙道：“郭副尉，我知你足智多谋，老徐的仇，我怕是没办法了，可你一定要给他报了啊！”

“放心！”郭烨庄重地保证道：“此仇不报，郭某誓不为人！”简单地说了两句之后，他就收敛起悲伤，转过头去，指挥起其他人认真搜查择善坊的这处据点来。“就算他们逃走之时清理过，也不可能一点蛛丝马迹都不留下的！仔细搜，不管是谁，只要他敢挑衅不良司，我们就一定要让他付出代价！”男儿有泪不轻弹，他已经下定决心，要把心中的悲愤都化为力量，抓住制造这场悲剧的罪魁祸首，告慰徐问清和其他死难兄弟的在天之灵！

在这种情况下，任何蛛丝马迹都无法逃脱他们的眼睛。

终于，在宅邸后的排污渠里，郭烨成功找到了一些异常的事物！

第七十五章　药渣泄天机

“这是……药渣？！”郭烨顶着恶臭，捏着鼻子蹲在排污渠旁，仔细打量着脚下一团黑乎乎的杂物。

被切碎的草药茎叶，被煎煮成了褐色的一团，泡在污水里，不仔细分辨的话，根本看不出是什么东西。也只有郭烨这种观察入微之人，才能从各种污物中将其识别出来。事实上，这也是他运气够好，因为这团药渣正好被倾倒在了一个平静的回水湾里，要不然早就随着流淌的污水一起被冲走了。

“哼，看来应该是他们撤离之前煎药的人图方便，随手把药渣倒在了这里。”郭烨冷哼，道：“智者千虑必有一失。你能把治病的药物都一起打包带走，却独独留下了这一锅药渣。正好用来验一验你们是不是咱要找的人。”

强烈的复仇之心，让他根本不在乎污秽，只是略一犹豫，就直接下到了排污渠中，用手把那团药渣小心翼翼地捧了出来。郭烨打了桶水，随意冲了冲自己手脚上的污物，就扯开嗓子喊了起来：“小陆，快过来！”

陆广白本来正在庭院中搜查，听到声音后，忙匆匆而来。郭烨指着地上的药渣问他：“你可能认得，这其中都有什么药？”

陆广白立刻用手捏起一颗颗的药渣，在鼻前闻了闻，又提着一根小木棍在药渣中翻弄了一会儿。要说这陆广白当真不负“药郎”的名号，哪怕是已经被熬成了渣的药材，在他的火眼金睛下也是无所遁形，很快就被一一分辨了出来：“当归、赤芍、川芎、红花、没药、延胡索、苦胆草、大青叶、连翘、栀子、茯苓……”

郭烨在一旁看得叹为观止，用自己独特的方式赞扬道：“怕是只要不烧成灰，这世上就没你认不出的花花草草了吧？”

“你把陆某叫来，不就是认这个的么？怎的我认出来了，你反而啰唆个不停？”陆广白斜睨了他一眼。

郭烨“嘿嘿”一笑，问道：“是昙宗大师告诉我们治疗内伤的那几味药么？”

“不全是。”陆广白摇摇头。

“噢？还有不是的？”

“对。”陆广白点头道：“你捞上来的这些药渣，看起来应该原本分属两服药。当归、没药这些符合昙宗大师告诉我们的，主散化脏腑瘀血的，正合治疗内伤。但是像苦胆草、大青叶这些，主清热解毒、护肝明目，照理说不应该出现在这里才对，而且我也没听说这些个药能组成什么治病的方子。”想了想，他又道：“对药方一道，到底不是陆某所长，为免差错，你们还是再叫个医药博士来问一问为好。”

郭烨从善如流，马上派人去请这择善坊附近的医药博士。

很快，人就请来了，听完他们的叙述之后，这位仙风道骨的医药博士摸了摸自己的三柳长须，道：“陆副尉说的倒也不算错，单独这几味药熬在一起，的确不能治病。不过从药材上来看吧，应该是一个名为‘龙虎汤’的方子，主治黄疸。可要说是这个吧，好像又缺了几味药，不像，不像……”

“缺的几味药，是不是茵陈蒿、虎杖、茅根……”陆广白突然问道。

“不错！还有大黄。陆副尉你竟知道？”医药博士面露不愉之色，似乎觉得自己白跑一趟。

“在后院角门处见过，大黄倒不曾有。但是茵陈蒿、虎杖、茅根却是有的！”陆广白一脸无辜地指了指院子，道：“之前搜查之时，我便发现了角门边上的粗柳簸箕里有些许干草药，未曾煎过的。想来是倒出去的时候，并未倒得十分干净，这才落下了些。”

“干草药，倒掉？”郭烨细细琢磨着陆广白的话。

“不错。陆某原也想不明白，好好的草药，也不曾用过，为何要倒了。但是现在知道了，他们应该是抓的治黄疸的药，却并不用其全部，而是要了其中苦胆草、大青叶这几味……至于那大黄，或是被倒了，毕竟那簸箕里残留的也不全。”

“苦胆草、大青叶……”郭烨咀嚼着这几味药草的名字，渐渐露出了若有所思的神情。仔细思索了一下之后，他才问道：“那这几味药草，是何药性？”

“苦胆草，味苦，性寒，归肝、胆经，清热燥湿，泻肝定惊。大青叶，亦是味苦，性寒，归肝、心、胃、脾经，清热解毒，凉血消斑。”医药博士慢悠悠地背书道。

“小陆……”医药博士的书袋子让郭烨有些为难，不由得看着陆广白求助道。

总归还是一起出生入死过的兄弟，陆广白最懂他，直接道：“两味药俱可解毒。”

“解毒？”郭烨的心头跳了一跳，瞬间福至心灵，问道：“是否可用来解磷毒？”

“磷毒？”陆广白一震，突然想起那天夜里在萧母别院中燃起的耀眼的磷火，明白了过来。“你是说……”

“循着药物找人，可不只是昙宗大师会这么想的！其实自从上次暗算了那见不得人的混账后，我便令徐……徐大哥暗中调查过各大药铺。”郭烨的声音徒然低了下来，却还是在深呼吸了一下后，继续道：“只是药铺里的人对解磷毒一事也不甚了了，说出来的药材也是五花八门，此事最后也只能不了了之。所以我才问你们，这些药能不能解磷毒。若能，是否就能证明两次袭击我们的都是同一伙人了？”

“容我等想想。”陆广白在听到徐问清的名字时，神色亦变了变。随即他把医药博士叫到一旁，两人激烈地争论了一会儿，才走了回来。

陆广白道：“我们商量了一下，觉得虽然没见过这样的药方，但龙虎汤是治黄疸的药，黄疸和磷毒皆是伤肝，若是这几味药的话，的确应该对解磷毒有效。”

“能开出这个方子的，也是杏林高手啊！”医药博士在一旁附和赞叹道。

“难怪之前遍寻不到，原来是用了这个法子抓药。”郭烨皱眉道：“那人被我布下的磷火陷阱烧伤，白磷毒素留在血肉里，顽固难去。看他如今还在用药，必然是还未好透了，他一定还需要更多的药材。这样，回头我们还是继续盯紧城里的各大药铺。别的都不看，专门就盯治疗肝疾的药材，他们一定料不到我们已经识破了他们的伎俩，定会露出破绽的。”

“就照你说的办，我这就去调派人手！”纪青璇一直在一旁默不作声地听着几人的对话，此刻用力点了点头，道：“须得让姓董的阉狗知道，咱们不良司的便宜，可不是那么好占的！”

徐问清的死，让每个人心中都积蓄了一把火焰在燃烧，不烧尽敌人，必焚烧自己，他们已经是铆足了劲，要给董太监一个好看了。

“慢着，纪不良尉。”郭烨连忙叫住她。

“嗯？”

“对方狡猾得狠，怕是会转方子。切记关照兄弟们，所有类似的方子都得盯紧了，莫让人钻了空子。”郭烨叮嘱道：“另外，叫几个头脑冷静些的兄弟去。徐大哥出了事，大家都很难过，但是莫要被怒火冲昏了头，若是打草惊蛇让他们心生警惕就不好了。”

“放心。”纪青璇匆匆而去。

很快，随着她的调动，不良司原本紧盯洛阳各大药铺的眼线，在极短的时间里，就都被尽数收拢了回去。但只有郭烨他们这些知情人才明白，这其实都是假象，外松内紧才是真的。一批真正的精锐不良人被纪青璇向薛讷借调了出来，散布到各个药铺之间，所有清肝解毒的药物流向，都难逃他们的法眼。

“今日又有三户人家购买了清肝解毒的药物，不过通过对他们所属坊坊正和附近医药博士的走访，证明其中有两家的确是有身患肝疾的病人，而且时间还不短了。我以为，这些人的嫌疑可以排除。”纪青璇举着一张文书道。这是今日不良人汇报上来的调查情况。

“那余下一家呢？”郭烨立刻听出纪青璇话里有话，露出了感兴趣的神色。

“余下的这一家，很可能就是我们要追查的那伙人！”纪青璇也兴奋起来，把手中文书递给郭烨，道：“听周围街坊邻里反映，这一户人家住倒是住在这里颇久了，不过以往这户人家乃是独居，但这些日子突然热闹起来，说是来了亲戚，但这亲戚左邻右舍皆不曾见过，每日里深居简出。更重要的是，我们的人已经仔细问过了，这户人家只抓药，不就医，抓的药还正好符合你的要求。”

“我看看啊……唔，茵陈、鸡骨草、田基黄、败酱草、白花蛇舌草……”郭烨低头诵读着信笺上的文字，琢磨了一下，觉得自己好像完全处于一种有看没有懂的状态，便把求助的目光投向陆广白，扬了扬纸。“小陆？”

“茵鸡黄草汤。”陆广白肯定地答道。这些天他也没闲着，恶补各种清肝解毒的药方，早就背了个滚瓜烂熟了。

“说点能听懂的。这里头的药材，能解白磷之毒吗？”郭烨道。

“能。”陆广白答道。

“好!”郭烨霍地站了起来,大声道:“点人,出发! 这次绝不能再让他们逃之夭夭了! 我要让他们为自己所做的一切付出代价!”

不过,郭烨虽然说得张狂,但行事起来却绝不疏忽,吸取上次的教训,他先是派人从四面八方把院子围了个水泄不通,然后才扯着嗓子上前叫阵:“里面的人速速出来束手就擒! 你们已经被包围了! 再敢负隅顽抗,后果自负!”

“嗖!”回答他的,是从墙头射出的一致利箭。

郭烨回头冲着纪青璇笑了笑:“妥了,就是他们,让二宝和小萝带人冲锋吧。莫要走了一个!”

第七十六章　生擒董太监

宅院中射出的利箭,明白昭示了其中人做贼心虚的心态,也拉开了不良人发动攻击的序幕。

和上次故意布下的陷阱不同,这一回,董太监的人马明显没有料到,自己等人小心再小心,居然还被人这么快就打上门来。

在破门的那一刻,郭烨清晰听到院子里传来慌乱嘈杂的呼喊声。

“慌什么? 准备突围! 让弟兄们打起精神,随咱家杀出去!”一个阴狠的声音响起,郭烨立刻想起,当初被自己磷火陷阱烧灼的那个黑衣人首领,正是用这个声音呼痛的。

真真是错不了了! 他在李二宝张小萝的陪伴下,一步迈进院门,一抬眼,就对上了这个正主。

只见此人鹤发童颜、面白无须,手上提着一柄拂尘,正是典型的宫中老太监的形象。不过他的身材却是异乎寻常的高大,不但不似一般人印象中矮小猥琐的太监形貌,反而把在场的其他铮铮男儿都比了下去。

虽然这是两人第一次见面,但郭烨却觉得此人异常眼熟。又打量了几眼,他才恍然大悟,这个老太监若是贴上假胡须,岂不正是当初他们在萧家别院门口碰上的那个高大老者吗？

“竟然是你！”郭烨低呼一声，随即声音一沉，森然道：“果然是你！”

“正是咱家！你奈咱家何？”董太监也认出了郭烨，眯起眼睛，挑衅地问道。

郭烨默然一息，忽然“嘿嘿”笑了起来。“磷火灼身的滋味可好？看你这气色，余毒还未清吧？”

董太监闻言脸上的肌肉明显抽搐了一下，却不再与郭烨斗嘴，呵斥一声，拂尘一甩，就朝他这边径直杀了过来。“只会耍阴谋诡计的小子，咱家今日便先擒下了你，看你的同袍会不会看着你去死！”

“那你可能要失望了。”郭烨退后一步，看着张小萝和李二宝并肩杀上，方慢条斯理道：“不良司素以天下大义为先，绝不会因为任何原因，就向你们这些叵测逆贼妥协。何况血海深仇，不共戴天，你还是死了这条心吧！今日就是说破了大天，你也休想再从我们眼皮子底下逃走！”

“那便拼个鱼死网破吧！”董太监被他说得火冒三丈，寒声大喝道。

“那也要看你有没有这个资格了！”郭烨退到安全的地方，见李二宝和张小萝已跟董太监厮杀成一团，便探出头去喝道。

看到他这般模样，纪青璇是又好气又好笑。“二宝和小萝联手，当世除了裴老弟还有何人能挡？漫说这太监还有一身重创在身，你也不必躲得如此严实吧？”

“非是郭某怕死，实在是今日之伏，必须保证万无一失。若是这厮真把郭某擒作人质，你们救是不救？还是谨慎些好。”郭烨回答得理直气壮。

纪青璇还想说什么，却见郭烨已经从怀中掏出一个硝筒，拿火折子点燃了冲天一指，“嗤”的一声，那火花隔老远都能看得清清楚楚。他嘴里还嘀咕着：“这回定叫你插翅难逃！”

纪青璇正在不明其意时，忽然听见一声凄厉的尖啸凌空而至，而她手臂上细细的汗毛都一根根竖了起来！

“唔！”一声闷哼随之响起。

她扭头一看，只见董太监捂着大腿踉跄而退，一支狼牙长箭插在他的腿上，皮肉已经完全被贯穿，估计连腿骨都受到了重创！

“喝！”李二宝、张小萝趁势逼近，各自在他身上留下一道深深的伤口，彻底奠定了胜势。

这是……箭王林毅？！纪青璇看了一眼熟悉的狼牙箭，回望长箭射来的方向，只见一个人影在楼宇间匆匆隐没。

“你不是说不与义门合作了吗？”她震惊地望向郭烨，却是不知道他什么时候又搭上了义门这条线。

“不合作不代表不能借用他们的力量。上次死的可不只是我们的人，义门既然以‘义’字为名，于情于理都应该为他们的兄弟报仇不是？我只是来的路上派人送了一个消息给他们，我相信他们只要够聪明的话，一定会及时插手的。现在看来果然如此。”郭烨笑笑，随后走了出去，道：“大局已定，到我们出场的时候了。”

“董公公！降了吧！”郭烨站在人群之后大声劝降。“现在局势已经很明显了，再负隅顽抗，只会徒增伤亡。你好歹也是孝敬皇帝身边之人，难道他的宅心仁厚，你就一点都没学到吗？何必给自己平添罪孽呢？”

当听到郭烨提起孝敬皇帝时，一直死战不退的董太监，却忽地发出一声长叹，把手中拂尘往地上一扔：“不打了！”

郭烨上前两步，用一种复杂的眼神盯着董太监，好半晌才憋住一句：“你怎么真降了呢？”

董太监恶狠狠地瞪着郭烨，一双阴冷的丹凤眼里几乎喷出火来。

郭烨被他看得颇为尴尬，摆摆手，问道：“董公公，上次设计把我们不良司引到义门据点，挑起双方争斗的始作俑者，可是你？”

“是又如何？”董太监重新端起了架子，头一昂，冷然道。

然而让他万万没想到的是，郭烨貌似根本没有与他废话的打算，闻言露齿一笑。“不如何，承认是你就好。”

一股不祥的预感，陡然从董太监心头升起，他喝问道：“你要作甚？”

郭烨却不理他，只是一挥手，道：“押回去，先什么都别问，直接大刑伺候个三天三夜再说。要是你们不会玩的话，就去御史台找狄相爷借人，想来许多丽竞门中供职的官员，最近都正愁一身所学无处施展呢！”

董太监听得目眦欲裂，大吼着挣脱上来押解自己的不良人。“混账！住手！咱家乃是孝敬皇帝身边内侍太监，尔等安敢如此折辱于我？！”

“你看我们敢不敢？！”郭烨也怒吼起来，拔刀一挥。“拉走！”

“够了!”董太监大吼一声,然后喘着粗气,恶狠狠地盯着郭烨。“想要如何你就直说吧。莫要再装腔作势了! 咱家配合尔等便是!”

“这还差不多,早说不就完了吗? 非要再演这么一出,何必呢?”郭烨用所有人都能听得到的声音“嘀咕”了一句,然后也不管董太监紫胀的脸色,换上了一副满意的笑脸。“那郭某就在此谢过董公公的合作了……请吧。不良司已经备好茶水,就恭候公公您了。”

董太监闻言不满地冷哼一声,却也无可奈何,只能随着上来押解的不良人登车而去。而他的手下也都被缴了械,绑成一排,驱赶着回了不良司。反正有两小只随行看守,倒也不怕他们还能反上天去。

做完这一切,郭烨方才转过身,朝着之前利箭射来的方向拱了拱手,高声道:“林前辈,烦请回去转告方娘子,虽然盟约不再,但我们双方有着共同的目的,以后依旧可以互通有无,让她不必担心。”

远处的廊檐下,林毅的身影闪现了一下,冲他点了点头,就再次隐没在了阴影里。

而郭烨也移开视线,对纪青璇做了一个邀请的手势。“好不容易取得一场大胜,擒此首恶,郭某斗胆,请纪娘子赏脸与郭某共审此獠!”

郭烨突然换了称呼,纪青璇自然是懂得的,旋即抿嘴一笑道:“你倒是会取巧,旁人约女子,皆是赏花观月之类的雅事,再不济也是同游市集。你倒好,居然约在臭烘烘的牢房里审犯人。”

郭烨浑不在意,哈哈笑道:“哪里,哪里,此乃吾辈不良人的快意啊!”

第七十七章　又一枚戒指

“太子殿下不是咱家所害,具体是谁,咱家也不清楚。”不良司的牢狱中,面对郭烨谋害太子的指控,董太监矢口否认。“咱家只是跟在殿下身边的时间长了,所以比旁的人知晓些辛秘罢了。此前一切行事,也都只是冲着宇文化及的宝藏而去,绝无害人之心。”

“放屁!”李二宝拍着案几怒吼道:“你无害人之心,那俺不良司的弟兄莫非是自己寻死的不成?”

董太监颐指气使惯了,此刻被他一个小娃娃指着鼻子一顿臭骂,脸都绿了,但总算想起形势比人强,一咬牙,硬生生地把这口气咽了下去,艰难回道:“此事确是咱家无心之失,还望不良司诸位官爷恕罪!”

“恕不恕你的罪,那是大周刑律之事,我们说了可不算。”郭烨对这老太监的能屈能伸产生了警惕,直言道:“不过我劝你也不要再动什么糊涂心思了,毕竟我们不良司的人不能白死,你以前做下的那些事,也自有人与你清算。若是你再想兴风作浪,那便不是死罪也要变成死罪了,还望不要自误才是。”

“咱家既已随你们回了不良司,自然不会再多做无谓的抵抗。”董太监颓然道:“你们若是有什么事情想要知道,自可开口了,只要咱家知晓的,绝不隐瞒。”

“算你识相。”纪青璇在旁冷哼一声。

“那便多谢董公公了。”郭烨也不客气,手撑在案上,伏低了身子,如一头猎食的猛虎,紧盯着董太监,问道:“八卦罗盘在哪里?”

董太监脸上的肌肉狠狠抽搐了一下。尽管在他束手就擒的那一刻,就已经对人为刀俎、我为鱼肉的局面有所预料了,但郭烨一上来就问他珍逾性命的罗盘下落,还是让他难以接受。终于,在对视了许久后,董太监颓然低下了头。“在你们找到我的那个宅院中,有一处机关,玉罗盘和巽字戒都在里头。”说着,他就连机关的位置和开启方式一并交代了出来。

“巽字戒在你手里?”郭烨一阵意外,不过想想也是情理之中,老太监一直心心念念要打开罗盘,又怎么可能会放弃寻找戒指?

如果换成以前,郭烨免不了还要询问一下巽字戒主人的下落,但是现在和义门分道扬镳,除了自己父亲的下落,他对其他人一概都不关心了。在反复确定了董太监所言不虚之后,他立刻派李二宝带人去取罗盘和巽字戒。

在李二宝离开的时间里,郭烨也不闲着,对董太监道:“趁还有些时间,咱们聊聊其他事吧。”

“你问吧。”董太监闷闷不乐地答道。

随后,郭烨便将自己曾经心中的疑惑一一道来。不过,案子查到这一步,其实很多事情他都有了答案，此时询问董太监，也不过是在心中有个印证罢了。

让他没想到的是，董太监还真交代出一些他曾经没想到的事情。比如昔日的萧廷一案，确实是虞青儿他们那个组织出手杀人，但事情的起因，却是因为董太监先盯上了他手中的离字戒。因为董太监想要撇开方玉娘一伙，独占离字戒，所以没有动用自己的人手，而是借助当年东宫事变时，从太子身边偷出的信物，请求李唐的守护者出手。可惜他没想到，人算不如天算，最后在杀萧廷的过程中间还是出了纰漏。窦婉儿杀人后潜逃，没有按照计划取走戒指，不良司也随之插手。他不想露了马脚，只能静观其变。最终离字戒也被郭烨得到，交给了方玉娘他们。董太监算是偷鸡不成蚀把米。

不过稍稍令郭烨有些意外的是，董太监这般假意与方玉娘他们合作，实际却另有所图的原因，竟然是他认定那罗盘内藏的是宇文化及的藏宝图，而非方玉娘她们所谓的太子手书。“太子在最后的时日里，确有每日独处的时候，且咱家每次入内伺候之时，都能看到案几上有笔墨动过的迹象。这一点，可不曾胡扯。”董太监道：“至于这罗盘中有手书，咱家也从未与他们明说过。不过都是他们自己猜测罢了。与我何干。”

“你虽未明说，却是以此误导他们与你合作。”郭烨才不会被这老狐狸的言辞给迷惑，直接点了出来。

“各取所需罢了。总之，咱家告诉他们的都是真的，至于其他，便不是咱家能左右的了。”董太监全然不以为意。

郭烨闻言摇了摇头，倒也懒得跟他胡搅蛮缠。他现下其实并不太在意方玉娘他们是不是被人给摆了一道，反倒是萧廷之死，背后竟有这样的隐秘，倒是让他吃了好大一惊。而董太监口中所谓的“李唐守护者”，这却是隐隐又跟昙宗大师提供的线索，以及当初女皇陛下的猜测对上了。这让郭烨的心中不由一阵澎湃，须知此前不论是昙宗大师，亦或是女皇，对这股力量的存在都只是猜测，便是他们一路调查下来，也都只隐约摸索到这股力量的皮毛。今日是第一次，他真实、确凿地证实了这股力量的存在。

郭烨急忙继续问道：“你所谓的李唐守护者，可是当初太宗皇帝时期所建的一支队伍？”

“不，不错。你怎么知道？”董太监对郭烨的所知很是意外，不禁瞪大了眼睛看向他。

“我怎么知道与你无关。”郭烨当下却是懒得回答他的问题，只自顾自问道，“你调动这些人帮忙的信物是什么？又是如何寻到这伙人的！我警告你最好照实说！否则莫要怪我不留情面！”

“是！是！信物是一块鬼面令牌。在令牌上就有相应的联络据点，可以前往求助。他们只认令牌不认人。不过因为咱家并非李唐嫡系传人的身份，那块令牌在使用过后就被他们收回了。他们还，还提出事成之后要咱家再付一笔银钱。不过后来事情没办成，咱家要的东西也没有到手，自然也没脸来收了！至于那处据点，事后咱家派人去监视，发现他们也已经撤离了。”董太监大抵是摸不透郭烨等人的底子，当下也不敢隐瞒，一五一十地坦白道。

“李唐嫡系？”

“不错。咱家也是偶然听太子殿下提起过，只说这支隐卫由太宗皇帝处传下，李唐嫡系子孙可持令牌召之。咱家当时也是权且一试，不想还真有用。”

“原来如此。”郭烨转头看着同样惊讶的纪青璇，轻声嘀咕了一句。

有了董太监的解惑，郭烨几人终于第一次拨开了一直萦绕在心头的迷雾，第一次清晰地认识到引着自己等人一路走来的这伙人究竟是何来头。原来从萧廷一案开始，狐女游街、少女失踪、牡丹花死、御宝被盗俱是出自这伙所谓的“李唐守护者”之手。没想到此刻他们的任务是查清当年孝敬皇帝之死的真相，却反而阴错阳差地查到了那些案子真正的幕后黑手。这般收获，让几人都唏嘘不已。

而就在他们谈话结束后不久，李二宝也带着罗盘和戒指匆匆赶了回来。

“这就是八卦罗盘？”郭烨看着李二宝送上来的东西，一脸的嫌弃。

也不知道是当初制造这一套机关的大师审美有问题，还是他确实就只有这个手艺了，反正这个罗盘秉持了和乾坤八戒一样简单甚至简陋的风格，就连上面的八卦图形，都像是拿刀直接凿出来的。如果不是深明其中的故事，郭烨就是打死都不会相信，就这么一个粗糙的玉器，其中竟然藏着让无数人打破头的秘密。

这玩意儿要如何开启？郭烨拿起罗盘翻来覆去地打量，然而它从外观上看去，却是浑然一体，完全没有缝隙。

“必须要集齐八枚玉戒，才能将其打开。”董太监答道：“除此之外，暴力开启只会导致其中的东西损毁，谁也得不到。”

"有趣。这般说来,咱们就只剩下兑字戒和坤字戒没找到了?"郭烨淡淡道。

"是啊。"纪青璇答道:"不过,真正在我们手上的可只有你的坎字戒和这枚刚刚缴获的巽字戒。"

"无妨。"郭烨笑了笑。虽然当下与方玉娘他们的合作终止了,但是彼此的目标一致。即便他的手上只有一枚戒指,凭他的三寸不烂之舌,也不怕他们不与他交易。

就在这时,郭烨发现,李二宝手上除了罗盘和戒指,还有一张手帕样的东西,便问道:"这是什么啊?"

"是一张帛书,和罗盘戒指放在一起的,俺就顺手拿了回来。不过上面写的东西,俺不懂。问了其他兄弟,也都说没见过这样的字,不知道写的什么。"

"噢?"经他这么一说,郭烨顿时来了兴致,伸手去拿帛书,想要一探究竟。

不过,他的指尖才刚刚触摸到帛书,原本还有些漫不经心的神色,立刻就变得凝重起来。"这个触感……竟然是火浣布!?"这种布乃是从西域传来,入火不焚,但凡沾染了污渍,只需要在火中焚烧上一会儿,就能光洁如新,比水洗还要干净,因此才被称之为火浣布。

他曾经也看过类似的东西,不过那一块火浣布只有巴掌大小,就已经价比千金,更别说眼前这块,足足有一尺见方了。他又仔细打量了一下,发现在这块火浣布上,果然是用一种古怪的文字连篇累牍地书写着什么,但这些文字却是扭曲如蚯蚓,他一字都不识。

"居然用火浣布配上这种耐火的墨料来书写,看来这篇帛书的主人,对这上面记载的东西很是看重啊!"郭烨提起火浣布帛书问董太监:"这又是何物?为何刚刚不见你提起?"

"这就是我们根据苏珍娘的遗书找到的。哦,苏珍娘便是姓萧那个软蛋的小妾……据说这是关陇兑客留给她的。只是这火浣布上的文字,皆是以他们东宫八客内部的密文所著。最近方玉娘那小妮子盯得咱家这边甚紧,因此解密一事,就一直耽搁了下来……"

下一刻,郭烨一个箭步冲到董太监面前,揪着他的领子大喝道:"你再说一遍,这是谁留下来的?"

第七十八章　青璇的底牌

“郭烨!”

“郭大哥!”

郭烨突如其来的举动,瞬间把众人都吓得魂飞魄散。

要知道,仗着有张小萝他们压阵,董太监可是没有被刑具桎梏的,但两小只武艺再如何高超,也只能在一丈之外保证众人的安全。像郭烨现在这样,一下冲到董太监面前,等于送羊入虎口。这老货若是悍然出手,想来便是裴旻也不敢拍胸脯说能不伤分毫地将他救下来。如果董太监有心挟持于他,甚至痛下杀手,那后果当真不堪设想!幸运的是,这董太监似乎惜命得很,自打成了阶下囚,全然失去了与不良司对抗的心气,非但没有暴起伤人,甚至连郭烨抓住自己衣领的手也没有掰开,只是平静地重复了一遍自己的回答:“关陇兑客啊。”

听到这个名字,郭烨像被人狠狠打了一拳,踉跄倒退了几步,神情激动地问道:“除了这封信,他还留下什么没有?”

“没,没有了,只寻到这封密信。”董太监也有些无奈。“若非如此,咱家也不至于毫无进展了。”

“是吗?”郭烨恢复了冷静。他搓了搓脸,坐回了自己的位子上。

“关陇兑客与你是何关系?”郭烨奇怪的反应让董太监心生疑窦,忍不住问道:“在昔日的东宫部属之中,他是最神秘的一个。除却与湘君最为亲善之外,便是东宫的其他人,与他也是形同陌路。怎的看你这意思,与他仿佛渊源甚深呢?”

“董公公,注意你的身份,你已经不是当年的太子内侍了,这可不是你问话的地方。”纪青璇忍不住敲了敲案几,警告道。

“无妨。”郭烨却是难得遇上这么一个父亲当年的旧识,竟生出了些倾诉的欲望,怅然笑道:“是啊,郭某与这位关陇兑客素未谋面,但确实渊源甚深。不出意外的话,郭某身上流的血脉,便是自他处而来啊!”

董太监一惊:“难道……”

“不错。”郭烨点了点头，道：“正是家父。”

“难怪了，难怪你会与方玉娘他们走得那般近，咱家却是没往这方面想，真是失策啊！”董太监喃喃道。

“此事你的确失策了，不过你最失策的地方，还是不该动不良司的人，不该让贪欲蒙蔽了你的双眼啊！”郭烨站起身来，笑道：“董公公，就烦请你在我们不良司做客吧。我们要去破解这张火浣布上的密文，就先失陪了。”

说着，几人唤来狱卒将其押走，不过董太监却是突然叫道：“等等！”

“你又有何事？”纪青璇颇为不耐烦道。

“诶，没事，听董公公说吧。不急于这一时。”郭烨胜券在握，一举一动都从容了许多。

“那个……”董太监犹豫了一下，道：“咱家已是风烛残年，如今又沦为阶下囚，对你们已经构不成什么危害了。若是你们能破解罗盘的奥秘，还望能派人来告知我其中究竟所藏何物，也好让我死得安心一些。”

“你也知自己身为阶下之囚，竟然还敢妄图上窥大秘，真是不知死活。”李二宝忍不住呵斥道，一旁的张小萝更是忙不迭地点头。

不过郭烨只是略一思索，就答道：“可以。”

“郭烨。”纪青璇也忍不住了。“这阉狗作恶多端，为了一己私欲害死了多少人难道你都忘了吗？”

“郭某自不敢忘。”郭烨摇摇头，看向董太监，补充了一句：“不过，要等一切尘埃落定之后，希望你能活到那时候吧！”

董太监松了口气，哂然一笑。“无妨，一炷清香烧给咱家也是一样的。”

“那便这么说定了。”郭烨微微一笑，道：“请吧！”

左右立刻有司掌刑狱的不良人走上前来，让董太监跟他们走，后者也不再挣扎，平静地去了。

纪青璇犹自不放心，提醒道：“郭烨……”

“郭某不是不知轻重的人。”他灿然笑着，挥了挥手中的火浣布。“现在，还是让我们把注意力放在这东西上吧！”

“说得好像你能看得懂一样。”纪青璇知他在转移话题，却也不再深究，只把火浣布从他手中接了过去，道：“看不懂就给本姑娘拿过来。”

郭烨一愣。“你懂?”

“我是不懂,但不是有人懂吗?你跟他们的关系,又不像那条姓董的阉狗一样恶劣。”

“你说方玉娘他们?不行。”郭烨摇了摇头。

“你之前不还说要与他们互通有无的吗?”

“对,不过互通有无的前提,是双方能公平交易。”郭烨淡淡道:“可是现在这封密文我们看不懂,贸然拿去给他们看的话,怎么解读完全听他们的,万一他们有所隐瞒或者故意误导呢?我不能冒这个险,就算是互通有无,也得我们先读通了再说。不然除非万不得已,郭某不会行此下策。”

“你的考虑也不无道理。”纪青璇闻言,犹豫了片刻,忽然长长地吐了口气,道:“罢了,你们跟我来吧!我还有办法。”

“咦?”郭烨诧异地看着她,道:“纪不良尉神通广大啊!居然还有办法。”

但此刻的纪青璇却是无心理会他这句玩笑,只是脸色难看地摇摇头。“莫要耍嘴皮子了,走吧!”

纪青璇要带他们去的地方,是毗邻南市的思顺坊。在一处阴暗逼仄的小院里,他们见到了要找的人。

这是一个眼神阴郁的中年人,表情苦大仇深,看谁都像是欠了他大几百贯一般。不过,在一开门看到纪青璇时,他的眼中却是有了光,就仿佛看见了稀世珍宝。这个眼神没来由地让郭烨一阵不爽,不过,纪青璇的下一句话,立刻就让他屁颠屁颠地上去赔笑脸了。

“齐叔,青璇来看你了。”

“好,好,来了就好。”被纪青璇称为“齐叔”的中年男子,看到她带朋友来访,显得十分高兴,但同时又表露出古怪的担忧,纠结道:“哎,不是让你少来我这里吗?我是戴罪之人,若是连累了你,那可如何是好啊!”

“齐叔,你莫要多想。便是义父也说,你和父亲当年都是无辜受过,何罪之有?”纪青璇宽慰道。

“切莫乱语。”这个被称作齐叔的人闻言脸色一变,道:“我们的罪,乃是陛下钦点的旨意,岂容置疑?”

“齐叔,我此前就与您说过了,我们不良司已经接到敕旨,重查当年旧事,你怎的还不信我的呢!”纪青璇道。

“哎,此事一日未了,我便是戴罪之身啊。”

“您啊,是太苦了自己了。”纪青璇忍不住嗔怪道:“罢了,我们今日便是为了此事而来。来,我先给你介绍我们不良司的同袍。”

说着,他就把郭烨等人的身份一一介绍给叔父,而后者也恭谨施礼。“草民齐方桓,见过诸位不良人!”

“万万使不得!”郭烨等人被他的大礼吓了一跳,忙伸手相搀道:“纪不良尉既然称呼您为齐叔,那便是我们的长辈。您这般做,岂不是折煞我等吗?”

不过齐方桓却是不管这些,坚称自己是罪臣,见官不得不拜,于是一方非要行礼,一方不敢受礼,双方又僵持了好一会儿,才半请半送地入了小院门。

其实这院子也着实的小,才三两步,便进了房门。见纪齐方桓忙着张罗倒水的功夫,郭烨低声对着纪青璇道:“一直不知你还有这么个叔,怎么往日里也不见你走动?”

“此事说来就话长。”纪青璇叹息一声, 视线一直跟随着齐方桓忙碌的背影,停了半晌才道:“罢了,我还是长话短说吧!”

“既有短说的版本,干吗还非照长的讲?”郭烨一阵莫名其妙。

“聒噪!”纪青璇瞪了他一眼。“这么说吧,我的父亲是徐帅的乡里兼发小,故而父亲一直跟随徐帅做事,还与当时也在徐帅麾下做事的齐叔成了好兄弟。当年孝敬皇帝死后,朝廷也曾调查过一阵。”

“你父亲和齐叔都参与了这件事?”郭烨瞬间想到了关键点。

“不错。奈何后来时局变幻,他们反倒成了戴罪之身,我的父亲为了掩护徐帅,被抄家处死,连亲人都被株连,齐叔也丢了官身,被贬为贱民。徐帅念及两人情谊,亦是为了报答我父的恩德,方收我为义女,把我抚养成人,这个版本够简单的了吧?”

郭烨听得目瞪口呆。“够,够简单的……原来你所说的血海深仇,竟也牵扯到了孝敬皇帝一案啊?可是此前,从未见你对待这个案子有何特殊之处,你倒是比我沉得住气。”

“其实,我也才知道自己的身世不久。”纪青璇神色黯然地低头道。

“啊?怎么会……”郭烨还待继续发问,却见那齐方桓已经提了茶水过来,当下便不再言语。

“其他事回去再说，现在先把火浣布上的密文破解了再说，要说破解密文，这当世恐怕也就只有齐叔算是天下第一了！”

第七十九章　破火浣天书

“请！”齐方桓把粗陶茶碗放在郭烨等人面前，并小心翼翼地续上了水。

屋内的东西，大多与这茶碗一样，都有些破旧了，但是很是干净。各种不知用途的工具摆在一边，看似随意，却像是自有规律，有一种谁都不能理解的和谐。而更让他意外的是，屋子角落的阴影处竟还摆着一个屏风。这东西本该是富户家中必备的陈设，却没曾想齐方桓给自己的小屋里也整了一个。且这屏风看起来长足有丈许，高也超过一人。

竟不由得放下茶碗，站起身来往走向那屏风，谁知才往屏风前一立，竟是没来由地生出一种渺小的感觉来。这种震撼的感觉，并非仅仅来源于屏风巨大的体积，更重要的是，屏风上刺绣的东西。

不同于普通屏风刺绣的山水景物、花鸟人物，齐方桓的屏风上，却是布满了密密麻麻的文字。数以千计的文字绝无重复，以一种浩瀚的气势排列在屏风上。他从未如今天一般，深深感觉到“文字”这一司空见惯的事物所代表的意义。他也算是自诩聪慧之辈了，但此刻站在前人的智慧结晶之前，却是浮起了一种前所未有的挫败感。

“这是何意？”郭烨张了张嘴，涩然问道。就这片刻之间，他就觉得口干舌燥，竟连说出来的话语都是沙哑的。

“哦，你说此物啊……”齐方桓这时正拿着那块火浣布，与纪青璇在交谈着什么，听见郭烨的问话，回过头来，脸上有一种自豪的神色。“此乃齐某三十余年心血结晶。这上面的字，便是按日常生活所使用的频率来排列的，从多到少，虽不乏贻误错漏，但大半文字，尽在其上。”

郭烨听得一脸茫然："这有何用？"其实光听齐方桓的说法，他就能感觉到这件事的难度，大周常用的文字便有千百计，更何况还要统计出它们的使用频率。也难怪齐方桓需要穷尽三十余年的岁月来做这件事了。

齐方桓直接道："你可莫要小觑了齐某的心血。若无此物，这普天之下，便再无人能帮你们破解此文了。"他举起火浣布，示威式地摇了摇。

郭烨冲齐方桓拱手道："晚辈愚鲁，还请前辈赐教。"

齐方桓大概是从未显贵于人前，见郭烨放低了姿态，立刻露出了得意扬扬的神色。但马上，他又想起了郭烨的身份，变得诚惶诚恐："郭副尉切莫如此，齐某告知于你便是。你这样岂不是折煞齐某吗？"

这时候，郭烨也渐渐摸清了齐方桓的性子，这就是一个曾经恃才傲物，但后来又被惨烈的现实打击到不行的奇人，言行中充满了矛盾。当下，他也不在意，只是双眼紧盯齐方桓，静候他的下文。

"具体的工作都是齐某来做，就不给你们详解了。现在只是讲一讲破译密文的原理。"齐方桓指着屏风道："这上面是齐某多年来统计出的我们日常所书文字的使用频率，比如'之乎者也'的'之'字，就是使用频率最高的字之一，而其他文字以此类推，根据使用频率排定序位，遂有此屏风。"

郭烨点点头，示意自己还能跟上，请他继续说下去。

"然后就是要破译的密文。"齐方桓又举起那张火浣布，道："既然能称之为'文'，就必然会有一个体系，对应生活中的各种东西，绝不会是任意而为。因此，我们只需把密文中各个符号的使用频率统计出来，再与这屏风上的次序对照、筛选，很快便能得出对应密文所要表达的意思了。"

"听起来很简单啊。"李二宝闻言也站起身来，走到屏风前，一脸跃跃欲试的模样。

"怕是说易行难吧。"郭烨长叹一声，看向齐方桓的眼神里，已经充满了敬佩。

这时，陆广白突然蹙眉道："这般方式也只是道理上可行吧？若有疏漏当如何是好？"

"非也，非也。"齐方桓像是就等着这么一问，对陆广白的提问很是满意，当即解释道："固然，以这种形式组合出来的文字，多有舛误佯缪。但你们忽略了一件事，就是文字本身就有自行纠错的能力。若是语意不顺，便是傻子也知道这个组合是不成立的。甚至结合上下文的规律,还能由此猜测出其他符号的意思。"

"有理!"众人闻言,都不由得击节赞叹起来。

"不过,想要破解密文,现在还有一个麻烦。"就在众人都以为曙光在望时,齐方桓却是话锋一转,兜头一盆冷水泼了下来。

"是何麻烦?"

"你们带来的这篇密文,是孤本,且内容亦十分简短,不过区区千字,当不足以建立密文体系的排序,便是要对照也无从谈起。想要得到真实的含义,你们必须给齐某找来更多的密文才行。"齐方桓道。

"需要多少密文方可?"郭烨问道。

"至少百倍于此。"

"这……"陡然听到这么个要求,连纪青璇都犯了难。

倒是郭烨略一思索,就拍胸脯道:"此事易尔。三日之内,郭某定给齐前辈找来足够的密文。"

"好。"齐方桓爽快地一点头,道:"只要你能如数找来这些密文。半月之内,齐某定当为你们破译出这幅火浣布上的内容。"

"那便有劳了。"郭烨拱手致谢,他也看出来了。这齐方桓就是个不在乎俗礼的人,事情谈妥,一行人立即告辞离开。

待出了门,纪青璇忍不住埋怨道:"你为何要夸下那般海口,三日之内,你要去何处寻得百倍于火浣布上所写之密文啊!"

"纪不良尉莫非当郭某是在戏言不成?"郭烨笑道。

"难道不是吗?"

"自然不是,这密文看似隐秘,但存世数量想来应该相当不小。孝敬皇帝自显庆元年被封为皇太子,权势自不待多言。这密文乃是他门下宾客内部所用,到他薨逝为止,使用怕不下十年,书信来往,又岂能毫无凭据?若说将其破译,郭某也是巧妇难为无米之炊,但想要找到其他文本,却是不难。"郭烨一挺胸,自信满满道。

纪青璇最看不得他这嘚瑟的模样,轻哼一声,道:"如何找?你且说出个子丑寅卯来。"

"纪不良尉莫急,且听郭某细细道来。"郭烨伸出三根手指,道:"三条路。第一,回头再审审咱董公公。他既然得到了这则密文,必然不会全然无动于衷,肯定也会想法子破译。就算失败了,但其中的努力不会平白丢了。他若是搜集到其他密文,必然还在某个地方放置着。第二,咱们可以求助苗兄,昔日的东宫八客虽半殁半隐,但东宫的卷宗不会全被销毁。他们若有书信来往,多少会在库藏中留下些痕迹。至于第三条路嘛……”郭烨露出狡黠的眼神,“嘿嘿”一笑道:“你莫忘了,东宫八客可并未全然难觅踪影。若前两条路子都行不通。咱索性就直接上门,找方玉娘她们。”

“找她们要?”

“不错!而且是直接要密文的破译体系。届时可就省事咯。”纪青璇听得目瞪口呆。“你不说不想让他们知晓么?”

“此一时,彼一时。”郭烨摇头道:“当时不想让他们知晓火浣布密信的存在,只是不想让他们掌握了主动权。但是现在,你齐叔的出现,就让主动权完全在我们手中了。便是让他们知道了这则密信的存在,又有何妨?只要东西在我们手中,他们若是想知晓上头写了什么,自然就得听我的!”

“你就不怕她们诓你了?”

“怕!所以,这是最后一条路。”

第八十章　谋来日退路

郭烨把自己对方玉娘等人的安排一说完,众人都不由得点了点头。因为他们知道,如果郭烨的威胁成真,那义门还真是一点反抗之力都没有,只能乖乖照做,除非不想知道罗盘里的秘密了。比起手握罗盘的董太监,拥有郭烨的不良司,绝对是个更让他们头疼的对手和合作者。

郭烨就是有这样的魔力,能够让低落的士气在瞬间高涨起来,明明是八字还没一撇的事情,但从他嘴里说出来,给人的感觉却仿佛已经十拿九稳了一般。

“那就依你所言吧!”纪青璇也是无奈道。

“自然给你办得妥妥当当的。”郭烨自信一笑,忽的话锋又是一转,问道:“倒是纪不良尉你,这事儿你是不是得跟我们解释解释?之前时间紧迫,倒也没来得及细问。你之家事何以也与孝敬皇帝一案扯上了联系?”

纪青璇无奈答道:“此事可说是我家破人亡的祸根。不过我得知此事详情的时间,也并不比你们早多少。义父为了保护我,一直刻意隐瞒,从小我只知自己父母双亡。也是在我等蒙陛下秘召,察觉到风向变了之后,义父才向我秘密透露此事。至于齐叔,我倒是从小便识得的。我知他曾获罪被贬为贱民,却不知是因了何事,他也从来不肯主动提起。因齐叔擅破译密文,不良司偶尔也会援请他的协助。但是显然他也得了义父的授意,并不曾告知我真相。”

“原来如此。”郭烨嘀咕道:“难怪以前我谈起义门和东宫那些事儿,你都无动于衷。”

纪青璇闻言,点了点头,但情绪却是瞬间低落了不少。郭烨见此,连忙转移话题道:“走,走,走,我们先回不良司,找董太监要东西。”

很快,他们就又回到了不良司的大狱里,再次提审董太监,后者对他们的去而复返很是诧异。不过在听说了他们的要求之后,却是一口否认自己手上还有其他的密文。

“那可真是要让你们失望了。你们找咱家要其他密文,却是打错了算盘。”董太监摇头失笑道:“这火浣布我尚且到手不久,又去哪里寻其他密文给你们呢?以往咱家也只是与八客共事一主,方才知晓他们有此密文联络方式。但咱家到底不是他们自己人,他们也不会用这种密文写信于我,那自然是没有的。”

他说得合情合理,郭烨等人也是无可奈何,只得把希望寄托在去东宫拜访苗雄的行动上。

“你们确定自己要查阅的是东宫典籍?!”苗府中,苗雄变色,对于郭烨的要求也是大吃一惊。须知东宫文库可不比药藏局了。药藏局的典籍,多为艰涩难解的药方,想从中得出些什么情报,只能通过推理,得到的结论往往还模棱两可,做不得数。但东宫文库却不一样,其中可是白纸黑字写着许多不能外传的皇族隐秘,但凡泄露出去一点,都是会掀起天大的风波。何况经过这几次的交谈,他已经从郭烨他们的口风中摸出了一点门道,知道他们就是冲着隐秘之事去的,这可由不得他不忧心了。“郭老弟,此事干系重大,你等还需深思熟虑才是啊!莫要为了破案，把自己给搭了进去就划不来啊！”苗雄忍不住苦口婆心地劝慰道。

“苗兄不必忧虑，我等持陛下敕旨，乃是奉旨查案，想来无人敢与我们为难。”郭烨自信满满道。

“这才正是苗某所担忧的啊！”苗雄摇头叹息道：“事不可做尽啊。兄弟，现在你们是要查案，有敕旨在手，的确无人可以为难你们。但敕旨不是丹书铁券，护不了你们一辈子啊！案子总有完结的一日，但你们可能得知的秘密，却不会自行失忆。真到了那个时候，你们要如何应对四方而来的敌意和责难呢？”

苗雄的话，让郭烨瞬间惊出了一身冷汗，不得不说，苗雄老成持重，的确是在他没想到的地方，给他提了一个醒。“看来，我们是该考虑自己的后路了啊！这恐怕是我们在不良司查的最后一个案子了。”略作思索之后，他缓缓道。

但苗雄却是从他的话语里听出了弦外之音。“你还是坚持要查？”

“查案，是陛下的命令，就算有人能惹得郭某忌讳，那也得排在陛下之后不是？”郭烨已经想通，朗声笑道：“总没有不怕陛下震怒，反而先去害怕一些暗箭伤人的跳梁小丑的道理。苗兄你说是不是？”

“这……此话倒也在理。”苗雄听出他话语中的决意，也不再劝，只道：“那你们便暂且在苗某府中安歇，苗某这就去为你们安排进宫查阅卷宗之事。如今东宫暗弱，你们又有敕旨在手，想来花不了多少工夫的。”

“那就有劳苗兄了。”

“好说。”

目送苗雄匆匆去后，纪青璇迟疑问道：“你觉得，苗兄所说之事，可有成真的可能？”

“不是可能，而是一定。”郭烨苦笑道：“苗兄说得没错，我们知道得太多了。现在是有敕旨护身，一旦时过境迁，恐怕不知多少人想除我们而后快呢！”

“他们敢！”李二宝瞋目怒喝。“让我们查案乃是陛下的旨意。难道他们敢行此恶事，陛下不会保护我们吗？”

“陛下自然不想我们吃亏，但要知道，明枪易躲，暗箭难防啊！陛下年事已高，又日理万机，能有多少精力分配到我们身上呢？”郭烨摇了摇头，道：“若是我们为人所杀，她老人家最多给我们一个风光大葬，以示哀悼，再擒拿凶手，为我们报仇。可你们动动脑子想想，这种情况下擒拿的凶手，真的会是首恶吗？必是替罪羊无疑啊！”

众人听得毛骨悚然，李二宝低声问道：“那俺们现在停手还来得及么？”

“晚了！”郭烨似笑非笑地看了他一眼。这个向来天不怕地不怕的小子，在感受到那种遍及朝野的压力之后，也第一次知道怕了。倒不如一条道走到黑，给陛下交一份漂漂亮亮的答卷出来。这样至少在我们身上的圣眷散去之前，没有人敢冒天下之大不韪对我们下手。我们也能有充足的时间考虑后路。”

“哼，大不了，你们都跟我回扶余国好了！”突然，张小萝清脆的声音响起，把众人的视线都吸引了过去。小丫头愤愤不平地道：“我就不信了，我堂堂扶余郡主，还保不住自己的朋友！大周的达官贵人权势再大，也管不到我们扶余国来！”

“这倒是个办法！”郭烨一拍巴掌，笑道。

李二宝盯着张小萝，眼神中忽然亮起了无穷光芒。他一直在担忧的一件事，就是张小萝终究是要回扶余国去的。这次虽然借着查案将她暂时留了下来，但终究不是长久之计。可现在听说，他们日后却是可以从之扶余国，这就由不得他不高兴了。

看到李二宝的神情，郭烨等人也是心中了然，当即微笑道：“小萝啊，看来以后我们这些当兄长的，恐怕还真免不了要去你家叨扰一二了。”

“欢迎之至！”张小萝小脸红扑扑的，兴奋地笑道。

“好了，好了。”纪青璇又好气又好笑，上来打圆场道：“你们三言两语，倒是把后路都找好了。那请问，想在是否可以专心查案子了？瞧瞧，这事儿都还没发生呢，一个个就着急忙慌地找后路了！”

郭烨几人被她一通抢白，都有些脸红。不过郭烨却是发挥自己油嘴滑舌的本色，一个马屁就拍了上去，化解了尴尬。“纪不良尉，巾帼不让须眉，乃是女中豪杰，岂是我等能够媲美的？”

“这话我爱听！”纪青璇秀眉一扬，得意娇笑道：“虽然知道你这无赖小儿是在胡说八道，不过本尉心情好，今日便放你一马了！”

“多谢纪娘子饶命！”郭烨夸张地回答，又惹得众人一阵大笑。

下一瞬，一个洪亮的声音从门外传来进来。“苗某不过离开一会儿，诸位就笑得这么开心，不知是何喜事，可否让苗某也分享一二呀？”

“苗兄。”众人连忙起身施礼，然后郭烨把自己刚才的商议，当作笑谈说与苗雄知晓。

没想到苗雄却是露出认可的神色，道："这还真是一条退路，诸位不妨好好经营一番，来日或可从容抽身。"

"那都是以后的事了，以后再说。"郭烨含糊应了一句，又询问道，"苗兄回来得这般快法，可是入宫之事已经有了眉目？"

"哪有那么快。"苗雄摆摆手道："不过苗某已经着麾下小吏去协调此事了，想必不久就有回音。你们今日就安心在我这府上住下，莫要再来回奔波了。回头我让后厨整治几个小菜，再上一壶酒，咱们一醉方休！"

第八十一章　穷搜密文书

因郭烨等人第二天尚有要事在身，一醉方休自是笑谈，不过在苗雄的招呼下，几人倒也称得上宾主尽欢。

酒宴散后，他们便在苗雄的安排下各自安歇，一直睡到天明，方被苗府的仆人唤醒，言道进宫查书之事已经在老爷的关照下，连夜协调妥当了，随时可以成行。

眼见苗雄如此尽心尽力，郭烨等人自是感动不已，忙去寻了苗雄道谢，但苗雄却毫不居功，只催促着他们尽快成行，以免耽误了正事。

郭烨等人自无不可，便随他一道进宫。

苗雄把众人带到一处清冷的楼阁前，低声介绍道："这里是东宫收藏无用文书的书库。苗某寻思你们想要搜寻的什么密文，若真有存世，应该便是被安置在了此处。"

"苗兄费心了。"郭烨等也不得不承认，有个识途老马领路就是省心。他们打发了守卫，走进文库。郭烨四下打量了一下，发现各处都落满了厚厚的尘埃，随便伸手在哪里一揩，都能留下清晰的指印，也不知多久没人进来过了。

"只因此处收藏的典籍都无甚用途，因此寻常也不会有人来此。"苗雄跟在后头进来，看到他的动作便解释道。

“如此甚好。”郭烨笑道。

“你等可以随意翻阅，便是直接带走也无妨，不会有人追究的。”苗雄道。

“既然都是无甚用途之物，也没什么机密，为何那些大人物还会对我们念念不忘？”李二宝突然问道。

“因为他们不会管你们到底查阅的是什么。待事过境迁，他们只会知你们曾入宫过，也有可能接触到他们的秘密。至于这件事究竟有多大可能成真，他们并不关心。他们不会放任任何威胁留下。”苗雄无奈地解释道。

“宁可错杀一千，不可放过一个啊！”郭烨也唏嘘不已。

“真是可恶！”两小只齐声声讨。

“好了，别说这些没用的了。来之前你们不是早就有了心理准备的吗？”纪青璇劝道：“先专心做好手头之事吧！”

“俺就是气不过啊！凭什么咱们又要出力，还要被打压？”李二宝回道。

“这世上又何止这一件不平之事呢？”苗雄不知想起了什么，叹息了一声。

倒是郭烨，眼珠子一转，忽然嘿嘿笑了起来，对李二宝道：“二宝啊，若是你实在心气难平，郭大哥倒是有个出气的法子，你要不要听一听啊？”

纪青璇一看他这狡黠的神情，立刻知道他心里没想什么好点子了，不禁没好气道：“正事不做，又在心里寻思着怎么算计人了呢？”

“诶，纪不良尉，你这话说得可就伤郭某的心了，要真出了那般情况，难道你不气吗？”

“那你倒是说说，你要怎么出气？”

“哼，那些大人物不是担心咱们知道了他们的阴私之事吗？咱们索性一不做二不休，将这事给坐实了。来日他们若真敢对我们下手，我们就把这些事公之于众！他们敢不按叶子戏的规矩玩，咱那就敢把牌案都给他们掀了！”郭烨脸上还是保持着笑嘻嘻的神情，但眼中闪烁的桀骜冷光，却是让看到的人都感觉心里凉浸浸的。

不过众人再转念一想，觉得这才符合郭烨的性子，别看他素日里都笑嘻嘻的，但骨子里却有一股泼皮劲，若是被人逼急了，这种事绝对做得出来。

若到时候真出现这种情况，恐怕又会在朝野之间激起一阵轩然大波。

“万万不可！”纪青璇原当他只是开开玩笑逗弄李二宝，可是看他的脸色，又似是认真的,不禁大惊道:“你这般做,岂不是要害了苗大哥?是他帮我们进宫查阅资料,若是事发,连他都会被我等连累的。”

“说得也对。开玩笑,开玩笑哈。”郭烨闻言有些丧气,不由得用“开玩笑”来掩盖自己的尴尬。

不过,就在此时苗雄却突然道:“无妨!”

“苗兄?”众人惊讶地望着苗雄。然后就见苗雄一巴掌拍在旁边的书架上,震得灰尘乱飞,然后大声道:“人生在世,求的无非就是一个快意。若是为了蝇营狗苟,连自己好友都要拖累的话,那这个鸟官便是不做也罢!苗某大不了也辞官归隐,谁稀罕似的!”

“好!”郭烨第一个叫好。“这才是郭某认识的苗兄!可惜此时无酒,不然就冲你这番话,也当浮一大白!”

“这……”纪青璇一时不知该作何反应,犹疑了片刻,终究还是拱了拱手道:“无论如何,多谢苗兄了。愿与我等同进退。”

其他人亦是心中感动,纷纷上前施礼道谢。

“你们这是作甚?”苗雄昂然道:“且不说此事尚不到那一步,便是真需要苗某辞官归隐,那也是苗某从心所欲的结果,又不是被你们所连累的。何须作此小儿女态?还是抓紧时间,速速查阅你们需要的东西吧!”

“苗兄教训得是。”郭烨等人遂在文库中散开,四下搜寻,翻弄出大片尘埃,搞得一片乌烟瘴气。

不多时,众人就各自走了回来,好几个人手中还捧着信笺或者布帛,正是他们所需的用东宫密文所写的书信。

“想不到收获还不菲,在这文库之中,果真藏有不少当年东宫门客内部通信往来的文书。”郭烨走过来笑道。

“一共寻到多少密文信件了?”纪青璇环顾一圈,问道。

“足够了。”郭烨看了看众人手中的书信,估量道:“怕是还有多了。”

“越多越精确,这却是不打紧。”纪青璇既然能带他们去找齐方桓,对其手段自是了解的,闻言不由欣喜道:“看来不用去找玉娘她们了。”

“如此更好。”郭烨道:“咱们手上掌握的东西越多,来日与他们谈合作时,底气也就越足。”

在苗雄的帮助下，郭烨等人也懒得再行抄录，直接把这些“无用”的文书，全都搬了个精光，直接让李二宝和张小萝送去给齐方桓，并让两小只就在齐家小院里住下守护，以免再出什么纰漏。

不过，尽管密文书信的数量超过了齐方桓的要求，破译的精度大增，但这同样也意味着所需时间变长了不少。按照齐方桓自己的估计，想要破解密文所对应的每个字，半个月是起码的了。在这段时间里，郭烨他们只能继续等待。

突然，一封来自孤山小庙的邀请，打破了他们平静地生活。信是昙宗大师的徒弟写来的，邀请他们参加昙宗大师的荼毗仪式。荼毗，通常指僧人的火葬仪式。

郭烨等人也没想到，昙宗大师的荼毗仪式，居然会邀请自己等人。不过身为晚辈，又受大师的指点之恩，他们却是没有推脱不去的理由。众人连忙沐浴更衣，又叫上了李二宝和张小萝，匆忙赶往城外的孤山。

当他们到了之后，才发现小庙前的空地上，已经堆起一座高高的塔状柴堆。昙宗大师的法体，就在那柴堆的顶端盘坐，但在柴堆之下，却只有那无名僧一人在添柴。他身上的伤还没好，苍白的脸色看着十分憔悴。而观礼的宾客，除了郭烨他们之外就再无他人了。

“师父隐居多年，早就不见外人，在世的朋友也只得黄老施主一人而已，不过他却是无法来此。贫僧想着，各位施主是师父圆寂前最后见过的客人，与你们亦交谈甚欢，请你们来送他最后一程，也算是符合礼法。”无名僧合十一礼，淡淡解释道。

“荣幸之至。”郭烨等连忙还礼。

“既然人都已经到齐了，那便开始吧。”无名僧最后仰望了一眼柴堆上昙宗大师上的法体，一直平静的眼中，终于流露出一丝哀伤。

随着他一松手，熊熊燃烧的火把便落在了柴堆上，大火很快就燃烧了起来，吞没了昙宗大师最后的身影。不过出奇的是，郭烨他们却是没有闻到任何焦臭味，反而有一股缥缈的檀香萦绕在鼻端。

“恭送大师往生极乐。”在这香气中，郭烨等人也收敛了杂念，低眉垂目，默默为昙宗大师祈祷。

这一场荼毗，一直持续到日暮时分，火焰才渐渐熄灭，袅袅的青烟升上天空，昙宗大师那令人敬仰的身影早已不见。

“荼毗结束，待收拾了他的身宝，贫僧也要云游四海去了。相见无期，请诸位保重。”无名僧向众人告别。

大师传奇的一生已经结束，而郭烨等人的故事，才刚刚开始……

不管日后还有几多风雨，郭某都一肩担起了！一场荼毗，就像一场心灵的洗礼，让郭烨的心变得更加澄澈，这些天来忐忑不安的心思，也都被排解得干干净净，只剩下迎难而上的决心。

巧的是，就在他们回到不良司的第二天，一条来自秋官衙门的消息也传了过来。

“黄叔的刑期，已经定下来了。”陆广白捏着传讯的信笺，声音微微有些颤抖，脸上的表情也不知是喜是悲。“届时，我想去送送他。”好不容易找到一个为自己父亲洗刷冤屈的长辈，却是被自己亲手送上了刑场，他现在的心情当真是难以形容。

“去吧。”郭烨拍拍他的肩膀，道：“既然你已经承诺过要给黄博士披麻戴孝，那凡事就要做到尽善尽美。案子不用担心，齐叔那边有我们盯着，不会有事的。你处理完黄博士的后事再回来便是。”

“嗯。”陆广白点点头，转身离去。

而郭烨他们也照例前往齐方桓的小院。不过和过去每次去都看到后者在埋头忙碌不同。这次，他们才刚一踏进院门，齐方桓就迎了上来，手上捏着一张纸，原本就阴郁的脸色，这时更黑得跟锅底一样。

“青璇啊，你们这次可真是查出个大麻烦来了啊！”

第八十二章　父亲的手书

破译出来了？这么快？一听齐方桓的话，郭烨就是一阵诧异。明明说好至少要半个月的，可这才几天啊？

“还没，只是零星破译出一些内容而已。”齐方桓忧心忡忡地道：“可就这零零散散的一点点，实是触目惊心啊！都让齐某产生了不想继续下去的念头。你们真的不能抽身而退吗？听齐某一句劝，别管这事了，太凶险啊！”

“齐叔你说笑了。”纪青璇正色道：“皇命难违啊！又岂能因为艰险就退缩呢？”

“你确定还要接着往下查？”

“确定！”纪青璇看了看一旁的郭烨，回过头，眼神异常坚定地道。

“哎，你跟徐无杖就是一个性子。”齐方桓又摇头苦笑了一下，方道：“如此，你们跟我进来吧！把门关好了。”

见他谨小慎微的模样，郭烨等人也都收起了轻视之心，纪青璇打了个手势，李二宝和张小萝立刻纵跃而出，绕着院子检查了一遍，方才回来，点头道：“都肃清了，没有问题。”

“那进去吧。”郭烨笑笑，道：“听听齐叔要说什么。”

几人进到屋子以后，看到齐方桓已经在主座上正襟危坐，而在给他们准备的座席上，每人的案头都摆着一张纸笺。

郭烨走过去，拿起其中一张看了看，发现上面抄录的正是自己带来的火浣布密信上的内容，不过和密信的原文不同，这张纸笺上很多地方的密文字符，都已经被工工整整的隶书所取代。

“这是……”郭烨抬起头，用疑惑的眼神看向齐方桓。

后者却只是做了一个“请”的手势，示意他先看内容再说。

“……鄙人……明……东宫……薨……为……所害……戒指为信……黛……山……飞来……东……”郭烨暂时按下心中疑惑，跳过纸上密文，把已经破译出来的字眼一个一个地读了出来。

真要说起来，这还是他第一次亲眼看到自己父亲的书信，哪怕这信并非写给他的，也让他心中升起一股温暖和期待的感觉来。

若他所猜不错，那个“明”便是他父亲的名字——郭明。这还是郭烨第一次真正知道自己父亲的全名。他母亲到死只说那兑字戒的主人便是父亲。而郭明在东宫门客中，也算是很神秘的了，以几次搜寻到的线索来看，八客以及当年孝敬皇帝的内侍都称呼他为“关陇兑客”，从未提及过本名。

在已经破译出来的部分，郭明非常确定地表示，他已经查探出来，前太子李弘就是为人所谋害的，只是可能关于凶手的真实身份那部分，齐方桓却是还没能破译得出来，只得留待日后徐徐图之。

“黛……山……飞来……东。这黛山，莫不是黛眉山？但是，飞来，东，又是何意？”郭烨不解道。

“若我所记不差，这黛眉山上似是有一块石头，名唤‘飞来石’。”纪青璇思索了一下道。

“黛眉山，飞来石，东吗……”郭烨轻叩桌案，忽然淡淡道：“我们现在闲着也是闲着，不如再去黛眉山游玩一番？”

“你想现在就去找兑字戒？”

纪青璇闻弦歌而知雅意，马上就明白过来，劝道，“眼下齐叔的破译尚未完成。这飞来石东，位置也交代的含糊，你又何必如此心急呢？”

郭烨其实也知她说的是正理，但不知为何，一股极度渴望的感觉，却是让他迫不及待地想去黛眉山走上一遭。“我想去。”他抿了抿嘴，有些倔强地说道。

纪青璇却是没想到，一向冷静的郭烨，居然在这个时候犯了小孩子脾气，不禁有些哭笑不得。不过她再扭头一看，只见李二宝和张小萝，也都是一副眼巴巴地望着自己。她这才想起，这些日子以来众人忙着查案，确实也有许久不曾休沐过了。

“你俩也想去，是吧？”纪青璇没好气地嘀咕了一句。“晓得了，去吧，去吧。这里我安排人来替手，大家都一起去，行了吧！”

“好耶！”张小萝和李二宝齐声欢呼，喊到一半，才发现纪青璇正似笑非笑地盯着他俩，连忙收敛了喜色，吐吐舌头不说话了。

“别装了，想笑就笑出来吧！”纪青璇又好气又好笑，又斜睨了郭烨一眼。“就依你，明日咱们黛眉走一趟。这下子满意了？”

“多谢纪不良尉。”郭烨又恢复了那副笑嘻嘻的表情。

也是天公作美，次日却是一个大晴天，郭烨等人策马疾行，来到了黛眉山的北面山脚下，据说这飞来石便是在黛眉山北。

夏天的黛眉山，和上次那种薄雪初晴的景象又不相同了。加之山北为阴，与常有游客攀登的山南更是不同，林深枝茂尤甚。从此处山脚下看上去，就能感觉到一片郁郁葱葱的绿倾倒而来。

“我们真要这样爬上去?”李二宝挥舞着一把柴刀,砍开眼前密集的灌木,走没两步就打起了退堂鼓。“郭大哥,这不现实啊！这老林子密的,根本看不到五步以外的东西,东西南北都分不清,上哪儿去寻一枚戒指啊?”

这样的场面,显然也出乎郭烨的预料,他傻眼半晌,才挤出两个字来:“随缘!”

纪青璇抿嘴而笑。

“纪娘子笑得如此开心,莫不是有什么良策不成?”郭烨一肚子的郁闷,见状忍不住询问道。

“良策倒是没有,不过昨日倒确实做了些许准备,咱们再往前一点,就能派得上用场了。”

“噢?那倒是要拭目以待了。”郭烨有些赌气地说道。不过,前行了没多远,他就知道纪青璇所言非虚。

当李二宝再度砍开一片蔓藤时,众人前方,也传来了砍树开路的声音,一个大嗓门的声音嚷道:“前方可是纪娘子?老樵夫在此等候多时了!”

“嗯?这莫非就是你的准备?”郭烨回头看了纪青璇一眼。

“然也。”纪青璇微微一笑,示意张小萝也上去帮把手。有了她的巨剑开道,很快,就在密林中辟出一条道路来。

而那个大嗓门的主人的身影,也出现在了众人跟前。只见这是一个樵夫打扮的中年人,一身利落的短褐,手上提着一把柴刀,背上背着一捆柴,满面风霜之色,浓密的络腮胡子几乎遮去了半张脸,但给人的感觉却十分乐观爽朗。见到人之后,他未语先笑,露出两排白白的牙齿,这人的风采,竟是没来由地让郭烨想到了江湖传说中张小萝的先祖——虬髯客张仲坚的形象来。

“草民樵大,见过纪娘子,见过诸位不良人。”樵夫乐呵呵地上前来打招呼。

“樵叔是这黛眉山中的樵夫,上山的路就数他最熟了。此前我不良司曾有一案的案犯藏匿到了这黛眉山上,也是樵叔给带的路。”纪青璇介绍道:“昨日得知要来黛眉山,我便先去了一趟南市,正巧遇上他在卖柴,就请了他当我们的向导。”说着,她还冲郭烨挤了挤眼,似是在说,如何?本姑娘这个安排不错吧?

“纪不良尉想得周密。”郭烨也不由得叹服,他虽然在查案时心细如发,但在这种事上,未雨绸缪终究是不如女子远甚。

“诸位莫要多言了，赶紧上山吧！”樵大笑道：“你们要去的飞来石，离这山脚下可还有挺远的一段路呢。这山路崎岖难行，若是不抓紧时间的话，便是有草民带路，恐怕也未必能在日落前赶到哩。”

纪青璇却是在昨日询问时，就已经把自己一行人的路线告诉了樵大。而樵大似乎也是提前在许多难关处开出了道路，这让后面的路好走了不少，速度也快了起来。

临近中午的时候，一行人就已经到了将军寨。这一处地方，却又是难得一见的奇观。两堵陡峭的绝壁，夹峙一条只能容一人通过的山石小径，天空在众人头顶收拢成一线，前后都被弯曲的石径所遮蔽，走在当中，竟有种要被挤扁的感觉。

这般走了百十步，张小萝心中已有些惴惴，忍不住轻声问道：“还有多久才能走出去呀？我心里慌慌的。”

“小娘子莫慌，前路不远矣。”樵大闻言大笑道：“出了这将军寨的山缝，前边就可以远远看见飞来石了。不过若是走过去的话，怕是还要半个下午不可。”

果然又走了数百步，前方只见一线明光射入，眼前豁然开朗。这将军寨的山缝开口，竟是在一处绝壁之上，下方是一片郁郁葱葱的林海。在林海前方的另一堵绝壁上，能见到一块方形奇石兀然而立，恰似从天外飞来。

“那便是飞来石了。”樵大在他身后介绍道：“老樵夫的家，也就在那飞来石之下，今晚便可招呼各位官爷尝一尝我们这山中的野味！”

一听到有吃的，早已饥肠辘辘的两小只纷纷拍手叫好。唯独郭烨眉头一皱，问道：“敢问樵叔你为何要住在这等不着人迹的深山之中？”

第八十三章　奇石藏玉戒

峭壁之上，山风呼啸，郭烨的声音，很快就被风声吹散。但在那之前，它已经传进了每个应该听到的人耳朵里。

气氛，瞬间变得有些紧张起来。李二宝和张小萝闻言，下意识的神情一凛，手已经摸上了身后的兵刃。因为他们知道，以郭烨的为人，从来不会无的放矢，他既然如此问，那必然是有所怀疑的。

纪青璇反应虽然没有如此过激，但也微微变了脸色。她这才意识到，这个问题她竟一直没有注意过。不过说来也是，前次追捕犯人，又不是来得这飞来石下，人家自然不会平白告诉你自己住哪儿。但是，郭烨所虑也不无道理，这飞来石离黛眉山脚已有不短的距离，是怎么样的人才会远离人群，住在这深山密林中？

几人目光炯炯，紧盯着樵大，想看他如何解释。

然而樵大的下一句话，却是让几人瞬间没了脾气。只见这位中年樵夫露出了一个乐天知命的笑容，答道："咱祖祖辈辈都住在这山中，靠山吃山，有什么问题吗？"

这一句话可把郭烨给噎了个半死，沉吟良久，才闷闷地说了一句："没什么问题，咱们赶路吧。"说罢，他便埋头不语了。见他吃瘪，其他人都露出了嘻嘻哈哈的表情。倒是樵大为人淳朴，不知他们为何一会凝重一会儿嬉笑，跟着赔笑了两声，便带着他们从绝壁边缘的一条小路绕行了下去。

随后，又是一番跋涉，他们才来到飞来石下的小院里。其实原本按照郭烨的意思是想要先去飞来石的，但是樵大却说别看天色尚亮堂，但是已近黄昏，待到日头完全落了下去，这山里便是个龙潭虎穴，只怕去飞来石容易，想要回来就难了。

几人无法只得在这小院中停留下来。因樵大是独居，几人又搭手生起了火，待到炊烟袅袅升起时，天边最后一丝晚霞也已退尽。山间密林遮蔽的阴影下，只有忽明忽暗的炉火，成了最后一丝光亮。

"樵叔，家里就你一人么？"郭烨一边拨弄着灶膛中的柴火，一边随口问道。

"阿爹阿娘去得早。前些年倒是讨了个婆娘，可惜出了点事，没留住。那之后也没再找了。这穷山恶水的，想找也没人肯嫁进来了！"樵大微不可察地黯然了一瞬间，然后又呵呵笑了起来。

"你可是真姓樵？这个姓氏倒是少见。"郭烨状若不经意地继续问道。

"哪里。穷苦家的娃儿，没名姓，都是随口叫的。以前，我爹上洛阳卖柴，街坊们便叫他樵佬儿，待到我跟着父亲一同去卖柴了，街坊们便叫我樵大。都是瞎叫，叫着叫着就惯了。"樵大倒是不以为意，笑着解释道。

郭烨见状点了点头便不再问，专心帮樵大整治起几人的晡食来。而直到此时，他才明白樵大下午说的靠山吃山是什么意思，只见樵大搬上来的食材，尽是这山中的野味，什么野菜、野兔、野果……应有尽有。至此，郭烨才真信了他是世代在这山中为生的山民，毕竟换了任何一个山外人来，都没法在这深山老林里活得如此惬意。

借着火光，一行人用过晡食，樵大又做出了令众人刮目相看的举动来，他竟从自己的小茅屋里捧出了一罐茶叶，就着火塘上的余火，乐呵呵地烹煮起茶汤来。

看到他这个举动，郭烨心头不免又生出一抹疑虑，毕竟煮茶乃是雅事，怎么想也不该是这山中樵夫的喜好。

"樵叔，你这是……"他试探着问道。

"这是老樵夫从这山中的野茶树上摘下来，自己晒的茶。尝尝看，跟你们洛阳城中的茶水有什么不同。"樵大像是做了一件理所当然的事情，热情地邀请众人饮茶。

郭烨将信将疑地尝了一口，发觉果然别有一番滋味，与洛阳城市集中能买到的茶叶却是颇为不同。不过，他们此行也不真是为了品尝山珍海味而来，待饮茶三两杯之后，郭烨就开始斟酌着问起了正事。

"樵叔，昨日纪娘子已经与你说了吧。在这飞来石附近，可有什么特别之处？"他问道。

樵大闻言大笑："郭官爷这话问得却是有意思了，这黛眉山乃是深山，山间林木繁茂，野味亦是不少，可若说有什么特别之处，那还真说不上来，不过就是一处寻常的山罢了。"听他这么一说，郭烨也是犯了难，隐约感觉到纪青璇隐在阴影里，埋怨地盯着自己。

郭烨轻咳一声，问道："那樵叔，在这飞来石东面，可有什么诸如山洞、岩石峭壁之类的所在？

"山洞？这山上旁的不多，唯独洞子却是一个连一个。东面……"樵大想了想，道："那没有十个也有八个了，而且均地势陡峭，极不好行走，一个失足，便有粉身碎骨之厄啊！"

郭烨张了张嘴，正待说什么，樵大却已问道："昨日纪娘子说得匆忙，老樵夫也来不及细细询问了，你们进山是所为哪般？若是事情不大，还是打道回府的好。这山中就算有向导，也是步步惊心。你们还年轻，没必要拿自己的性命开玩笑啊！”

听他问起，郭烨和纪青璇都不禁犯了难，他们总不能照实说，自己等人是冲着宝物来的吧？

然而樵大看了他们的神色，却是瞬间明白了大半，但他还是露出了严肃的神色，道：“我知，各位都是干大事的人，不过在山中却是不分贵贱的。诸位若是想要我带路，这些事情还是说清楚的好。老樵夫人贱命一条，死了也不打紧，但各位都是贵人，莫要枉自送了性命啊！”

“这个道理我们都明白的。有劳樵叔费心了。只是公务在身，却是退缩不得啊！”郭烨犹豫了一下，也只得含糊其辞，编了一个理由：据自己等人所追捕的犯人供述，其曾在飞来石附近隐匿，并留下了重要证据，他们此行便是为了此事。为了让自己所言更为真实，郭烨还问道：“此人据说曾隐匿在这附近多时，不知樵叔可有发现？”

“这，倒是没有。”樵大皱眉想了许多才道。

“哎，贼人果然狡诈。不过，不管有几多艰险，明日还请樵叔辛苦一番，带我们几个将这飞来石东面探查一遍才是。”郭烨起身施礼道。

“好吧……”樵大闻言也不再推辞，只是点点头，自去安排铺盖。

樵大的家地处黛眉山脉中的一处谷地，四面环山，日头爬过山冈的时间却是尤其晚，这让已经习惯了日出而作的不良司众人都睡了一个大懒觉，等他们起来的时候，樵大已经整治好了朝食在等待着他们了。

“我观诸位官爷心中都挂着事，便自作主张弄了些简单的吃食，万望不要嫌弃简陋，用过之后，咱们就出发吧！”樵大端着一叠粗面饼，呈送到了郭烨等人面前。

郭烨等人自是连道“不敢”，用过朝食之后，他们便在樵大的带领下上了山。

而真正登上了艰险的山间峭壁之后，他们才知道，樵大果然没有夸大其词，这飞来石已经是黛眉山的深处，古来少有人迹，遍布苔痕的山石湿滑无比，若非众人都算身手不凡，只怕还真会出危险。

这般走走停停，众人花了一个上午，才堪堪寻遍了飞来石东侧的一小片地。还真如樵大所言，这里的洞子一个连一个，便是就一小片地，就已经有五个洞穴。只是遍寻之下却一无所获，疲惫与失望一齐涌上心头，就连李二宝这等体壮如牛的狠角色都有些吃不消了，嚷着要休息了。

“前边就是飞来石了，那石头下方还有个洞穴，我们加把劲，到了那里再休息。在这山崖上却是不好歇脚。”樵大算是众人中气色最好的一个了，只是微微有些气喘，见状目光一闪道。

郭烨等人也知他说得在理，当下从善如流，打起精神往飞来石下攀爬而去。好不容易到了樵大说的山洞里，后者让众人先行进洞，自己则在洞口坐了下来。

不良司一行人也是累得很了，顿时一拥而入，靠着清凉石壁就要瘫软在地。郭烨手触及绒绒的青苔间，竟有一丝温润，不由得低头看去，这不看还好，一看却是猛地一僵，看着浅浅的洞底大喊了一声：“兑字戒！”

众人大吃一惊，连忙循声望去，果见洞底有数块大青石，这大青石的石缝间赫然有一枚玉戒正安安静静地嵌在其中，看着似乎有些年头了。

终于见到了一直以来搜寻的东西，众人再顾不得疲惫，拖着软软的步伐，一下将兑字戒围在了中央。

纪青璇知晓此物对郭烨的重要，轻轻推了他一下，道：“你拿吧。”

让她意外的是，随着自己轻轻一推，郭烨却是腿一软，“噗通”一声跪倒在了兑字戒前，含糊不清的呜咽从他嗓子里发出，宛如伤兽的哭嚎。他像是渴望触摸兑字戒，又害怕真的触摸到它，就这么跪在地上，不消片刻，已然是泪流满面……

“各位官爷，下一处洞子，就在离此百丈不到……”

“不必了。”郭烨吸了吸鼻子，也露出了阳光的笑容。“谢谢你，樵叔，我们已经找到想找的东西了！”

第八十四章　青璇失踪迹

郭烨的笑容，很灿烂，也很平静。但只有纪青璇等与他相熟的人，才能看得到他眸子深处，那一抹隐藏极深的失落。

尽管早已对自己父亲的下落做了最坏的打算，但母亲临终前所交代的话，始终在他心中留下了深深的烙印。他一直坚信，只要找到了兑字戒，就能找到自己的父亲。可是今天，孤零零的兑字戒被嵌在了山洞的石缝间，周遭更是长满了陈年的青苔，这是不是意味着此处乃是他父亲郭明最后的停留地？这让他的心跌落到了谷底。

“回去吧。”郭烨的话语里还有残留的鼻音，但情绪已经基本镇定了下来。

一场黛眉山之旅，就这么草草落下了帷幕。

待回到了不良司，几人收到了小陆那边传来消息，言道黄怀信的斩刑已经执行，他现在正在负责装殓和布置后事。黄怀信这些年悬壶济世，名声却是不小，即使是被明正典刑的，仍有不少受他活命之恩的病人自愿前来吊唁感怀，因此估计还要迁延些时日，他方才能抽身归队。

“既如此，大家便先休息几日，等一等小陆吧。正好我们也去黄博士那边悼念一下，他是个好人，只可惜选择了错误的复仇方式。”纪青璇道。对她这个决定，郭烨不说什么，但两小只自然是连声叫好。这事儿也就这么定了下来。

在吊唁过黄怀信之后，两小只立刻相约着逛街，整日里不见人影，郭烨本来还想挣扎一下，但架不住这懒散的氛围，没两天也放弃了。

这天，他忽然心血来潮，琢磨着自己是不是应该也约纪青璇上街逛逛。毕竟自打七夕之后，两人就再也没有独处过了。此刻闲了下来，他心中那棵萌动的小草，又情不自禁发了芽，在暧昧的气氛里摇曳。他也不是个怕事的，动了这个念头之后，顿时一发不可收拾，独坐房中犹豫了片刻，终于一咬牙，大步往纪青璇的房间而去。

不过，当他到了纪青璇房门前之后，才发现后者的推门竟留了一条缝隙，轻叩了几下，其中也无人应答。

“纪不良……咳咳，纪娘子，你在吗？”

“……不答应我可进来了哦……”郭烨试探着，往房中伸进一个脑袋，左看看，右看看，确定房中确实无人，不由得松了口气，但又觉得很是失落，一时杵在了那里。

想了想，他还是推开了门，跟做贼似的，小心翼翼地走进了纪青璇的房间。要说他来纪青璇这也不是第一次了，但却从未如今天一般仔细打量过屋里的陈设。纪青璇的卧房，与她的为人一般，干净利落，几乎看不到多余的陈设，若非妆奁上的铜镜和花黄，几乎看不出这是一个女子的闺房。

郭烨看了一圈下来，觉得也无甚稀奇的，比自己的房间也没多出啥来，正在撇嘴时，纪青璇案头的一张纸笺，却是吸引了他的注意力。他拿起来一看，只见上头笔迹生涩地写着“巳时，丰都市仇氏酒肆，不见不散”几个字，看起来书写之人并不擅书法，但是写得很用心便是了。然而，当他的视线落在便笺的落款上时，却不禁瞬间变了脸色。因为在那落款的位置，赫然署着他郭烨的名字！

下一刻，郭烨猛地冲出房间，叫来徐府的下人，一个一个问道：“你们可曾看到自家小娘子？”

“不曾看到。”

“小的也不曾。”

徐府的下人纷纷摇头，只有门房面色有些古怪，小心翼翼道：“小的早上倒是曾见小娘子打扮得漂漂亮亮的出了门，心情甚好的模样，只是不知往哪里去了。郭副尉，您这是……”

该死的！郭烨狠狠一跺脚，在心里焦急道：“纪娘子啊纪娘子，你平时多精明的一个人啊。今日可莫要犯糊涂啊！”可一想到纪青璇是因为自己的落款才被蒙蔽，他又不由得升起一股感动。奈何贼人太过狡诈，竟然连他不擅书法这一点都调查到了。那字迹虽丑，却能看出一笔一画的诚意，也难怪纪青璇会上当了。

“你们现在都出去！把小萝郡主和二宝带回来！”郭烨压抑着焦急，下令道。

“是，是……”众下人知道这也是个他们惹不起的主，忙不迭地去了。

只是这么一闹腾，尚在府中的徐有功也被惊动，走出来问究竟发生了何等急事。

“徐帅，卑职怀疑，纪娘子可能被人诳出去绑架了。”郭烨深吸一口气，对徐有功他却是不敢冒犯，把发生的事情一五一十地说了。

“照你的说法，对方明显是有备而来啊。你做得很对，没有贸然行动，此事当谨慎为上！”徐有功颔首，认可了郭烨的做法，又问道：“可否还需要本官调人相助你等？”

“暂时不用，小萝和二宝已经足以应付大多数局面，带太多人反而容易暴露。不过为了谨慎起见，卑职还是想要一队人马随时待命，以供策应。”郭烨道。他心中虽然焦急，却不乱，纪青璇的手段他是深知的，机警不在自己之下，武艺更是甩了老远，若是连她都陷了进去，那自己一个人赶去，也是羊入虎口，解决不了什么问题。

“好,此事交由你全权做主。”徐有功也不含糊,立刻去安排人手了。

那边厢,得知事关重大,连不良尉都丢了,李二宝和张小萝再也顾不得逛街,心急火燎地就冲了回来。

“郭大哥,纪姐姐人呢?”他们一见到郭烨,就焦急地问道。

“你们跟我走。”郭烨沉着脸,大步往外走去,在起身的同时,他的手就已经扶上了腰间的刀柄。

不管对方是谁,这一次竟然敢对纪青璇下手,这就是触碰了他的底线,他是真的动了杀念。

“去哪里呀,郭大哥?”张小萝急急忙忙地问道。

“仇氏酒肆。”郭烨头也不回地答道。

既然对方在伪造的书信上,把约见地点定在了仇氏酒肆,那纪青璇就必然去过此处。

在整个丰都市,仇氏酒肆都是相当出名的,几人一进门,就听到一片人声鼎沸,热烈的音乐和欢笑声混杂在一起,酒香和食物的香味四下弥漫,透过重重轻纱,能看到胡姬扭动腰肢的倩影,一派奢靡的景象。

不过,这欢快热闹的景象,落在郭烨几人眼中,却是让他们脸色铁青。想要在这等人头攒动的场合中,找到纪青璇的踪迹,即使对郭烨来说,也是几乎不可能的事情。

不过,就在几人一筹莫展的时候,一个风情万种的胡姬,却是莲步轻移,来到几人面前,含笑问道:“请问是郭烨郭副尉吗?”

“不错,正是郭某。”郭烨脸色不善地看了这名胡姬一眼,沉声道:“不知有何见教?”

李二宝是个火爆脾气,又因为事涉纪青璇,关心则乱,上去就是一把掐住了这名胡姬的玉颈,呵斥道:“说!你们把纪姐姐弄哪儿去了?快把她交出来,不然掐死你!”这等毫不怜香惜玉的行为,自然像是一滴冷水滴进了滚沸的油锅,瞬间在酒肆中激起了一阵惊呼,乐声纷纷停下,旁边的酒客也是避让不迭。

眼看镇守酒肆的打手各自操起兵刃围了上来,郭烨却沉着脸,并没有制止李二宝的举动。直到在这名脸色涨红的胡姬眼中,看到了真实的惶恐,他才确定纪青璇之事与仇氏酒肆没有什么关系,这名胡姬应该也只是一个传话之人。

“二宝,放开她吧!”郭烨这才道。

然后,他又高举起自己的令牌,对周围大喝一声:“官府办案,闲杂人等回避,该喝酒喝酒,该唱歌唱歌,就当没看到此事!”

短暂的寂静之后,周围又恢复了喧闹,连原本虎视眈眈的打手们都退了下去。接着,郭烨才蹲下身,看着那名娇滴滴地匍匐在地上的胡姬,道:“你有何事?现在可以说了。”

胡姬咬着嘴唇,看向李二宝的眼神又恨又怕,似是不懂世间怎会有此等不解风情的莽汉。不过眼瞅着李二宝的牛眼又瞪了过来,这名胡姬急忙道:“是天字二号静室的客人付钱于奴家,还描述了郭副尉的相貌,请奴家若是看到郭副尉,就直接请过去!”

嗯?郭烨眉头一皱,却是不知绑架纪青璇的神秘人这唱的又是哪一出。不过看了一眼身边的李二宝和张小萝之后,他又胆气倍增,一把将胡姬从地上拉起来,淡淡道:“原来如此,委屈你了。天字二号房是吧?带路!”

第八十五章　酒肆遇故人

那胡姬被这般吓了一下,哪敢不从,抚着被掐红的脖子,跌跌撞撞地在前头带路,却是半点风姿都没有了。胡姬带着一行人穿过大堂后的回廊,经过一处小院,又走了没几步,就在一间独立的静室前停了下来。

“天字二号静室就在此处了。”胡姬侧身低头说道。

郭烨却不理她了,看着眼前静悄悄的门扉,他心中猛地腾起一股无明之火,上前就是一把推开了门,大步走了进去。

李二宝和张小萝唯恐他遭了埋伏,也双双拔出兵器挤进门里,护在他的左右。

但出乎三人的预料,房中并未有他们预想中的刀斧手埋伏,甚至连一丝剑拔弩张的气氛都没有,只有一个蒙着面纱的青衣女子,背对着门站在窗前,似在眺望窗外的翠竹成林。

下一刻,一个清清淡淡的声音响起:“奴家与纪娘子一见如故,便斗胆请她回去做客了。此时邀请郭副尉上门饮清茶一杯,只是想借一样东西,只要郭副尉点头,纪娘子必然原样还你,半根毫毛都不敢伤损。”

“你到底是何人?”郭烨沉声质问道,同时背在身后的手,悄悄地给两小只打手势,如果确定这房中没有其他人,他就打算擒下这个女子换人,再不济也要从她口中审出些什么情报来。

不过随着这女子摘下面纱,郭烨三人却是异口同声地惊呼起来:“怎么是你?!”

出现在他们眼前的,是一张眉目如画的面孔,但落在郭烨他们眼里却有种冷飕飕的感觉,宛如看到了从九幽地狱中爬出的女鬼。

原来,这女子赫然正是从狐女游街案之后就不见踪影的虞青儿!

“郭大哥,小心!”一看清虞青儿,李二宝和张小萝俱是大惊,箭步抢上前来,把郭烨挡在身后。尤其是李二宝,脸色更是凝重至极,一副如临大敌的神态。他曾经和虞青儿交手吃了亏的,现在虽然武艺大进,但对上这个妖孽的女人,也没有轻言必胜的把握。

“如果奴家站在你们的位子上,就不会试图做出愚蠢的举动。”虞青儿微微一笑,道:“奴家既来了,便绝不会惧怕你们的威胁,但是你们的一举一动,却都关乎纪娘子的安危,望三思才好!”

“二宝,小萝,你们退下。想来虞娘子是不会对郭某下手的了,她还有事要郭某去办呢!”郭烨推开李二宝和张小萝,注视着虞青儿,淡淡问道:“就是不知虞娘子究竟想要郭某如何做,才肯释放了纪娘子呢?”

“果然识时务者为俊杰。”虞青儿看着郭烨,一字一顿地说道:“乾坤八戒,还有白玉罗盘,我们全都要!别说你拿不过来,办不到的话,就等着给纪青璇收尸吧!”

“乾坤八戒,白玉罗盘?”虞青儿的要求,让郭烨一惊。“你们要这些东西作甚?”

虞青儿闻言,以袖掩唇,淡淡一笑:“自然是因为宝藏了。宇文化及的宝藏,我们也想要啊!”

郭烨一听就无奈了，自己搞掉了一个董太监，这里又冒出一拨同样相信罗盘中藏着藏宝图的对手，而且看起来，比董太监要更加的难缠。不过他也知道，自己是没法说服对方的，在真正打开罗盘之前，谁也不知道里头到底藏着啥。

“你们是当年太宗皇帝钦点的守护者，应当不缺这点小钱吧？”郭烨无奈问道。一语挑破对方的身份，这也算是他目前唯一能抢占上风的地方了。

果然，虞青儿闻言一惊，眯起眼睛打量他道：“这你都知道？”

“略有耳闻。”郭烨审慎地回答，故意做出一副高深莫测的模样。

“看来我们真是小看你了。”虞青儿摇头道：“不过既然你知道我们的身份，那便省得我废话了。这罗盘你给也得给，不给也得给。”

“你们想要获得罗盘的真正目的究竟为何？”郭烨尤不死心。他不相信，这样一个带着使命的组织，仅仅会为了银钱去做事。

“问题还真多。”虞青儿显得有些不耐烦，道：“可惜，这不是你能问的。想想你家纪娘子的性命吧。看你还有没有心情在这里多废话。”

“看来你们已经铁了心了？”

“自然。”虞青儿面上无甚表情，但眼神中却透着杀气。

见过她出手的郭烨，却是毫不怀疑这话的真实性。他很清楚，这是一个连自己人都能痛下杀手的冷血女魔头。

他深吸了一口气，道：“非不愿也，实不能尔。实不相瞒，郭某自己都只见过七枚戒指。”

“那你就带着七枚戒指和罗盘来就行了。”虞青儿飞快地接话道。

“难道最后一枚戒指在你们手中？”郭烨一愣，随即反应过来。

“不然你以为呢？”虞青儿见他猜到，也不否认，大大方方地承认了。“你该不会以为我们这么多年都毫无寸进吧？东宫门客虽然个个身怀绝技，但也不是神仙，不可能一点破绽都没有的。”

“死了？还是降了？”郭烨蹙眉问道。

“与你无关。”

“是降了吧？三姓家奴，无耻之徒。”郭烨咬牙道。

“你很聪明，不过毫无意义，你就算猜出来了，还不是要照着做？”虞青儿露出嘲讽的微笑。“对了，告诉你一件事，奴家就是你说的那个三姓家奴的后人。”

“可恶!”郭烨恶狠狠地盯着她。

“有火还是发出来吧,郭副尉,可别气坏了身子呀!”见他这副神情,虞青儿反倒咯咯笑了起来,妖娆无边,“不过该办的事,还是要办的,赶紧回去准备戒指吧!既然知道最后一枚在我们手里,那你就应该明白,我们对其他七枚戒指和白玉罗盘势在必得。”

“听起来像‘我家有醋借点牢丸’的意思?”郭烨讽刺道。

“随你怎么说吧。”虞青儿站起身来,抛了个媚眼过来,笑道:“奴家等你的好消息哦,告辞。”说罢,她身形一闪,便穿窗而去,转眼消失在了洛阳鳞次栉比的屋宇之中。

“幸亏刚刚没动手。”看到这一幕,张小萝和李二宝对视一眼,小声道:“不然击败她容易,想留人还真不一定。”

“走吧。”郭烨盯着虞青儿消失的方向,又狠狠看了几眼,方才转身离去。

“郭大哥,我们现在去哪儿?”

“还能去哪儿?去找方玉娘,借戒指。”郭烨咬紧牙关,从牙缝里挤出这么一句话来。

虞青儿虽已远去,但她那美丽却邪恶的笑容,却还历历在目。形势比人强,为了纪青璇的安全,他眼下唯一能选择的,就只有妥协了。

不过尽管口口声声要找方玉娘几个,但真正要做成这件事,也不是那么容易的。

方玉娘很清楚,自己等人最大的优势是隐蔽。因此虽然当初在合作时,为了表示诚意和没有敌意,曾把自己一方的大部分据点都暴露在了郭烨的视线之下,但到底还是留了一手,没有和盘托出。在和不良司破脸之后,她们都搬迁到了其他隐秘的据点中去了,便是郭烨一时也寻觅不得。所幸双方总算都保留了一丝理智,知道最后还是要与对方合作,所以并没有把路堵死,而是留下了唯一的合作途径,就是秀嫣都知的妙音楼。

其实在和孙金认亲之后,秀嫣都知依靠其父的力量,随时可以脱离这处秦楼楚馆,但是不论是郭烨还是方玉娘她们,都有意无意地把她这里当成了一个联络的据点。通过她,郭烨能随时都能联系到她们的人。而秀嫣自己似乎也很乐意扮演这个桥梁和纽带的作用,因此她这妙音楼竟慢慢从妙韵阁独立了出来,成了一处寻常人难以踏足的清净之所。

“郭公子,你想让玉娘他们把戒指让出来,给你带去救人?”妙音楼中,秀嫣都知用一种古怪的眼神望着郭烨,道:“你知道,这是不可能的。他们毕生的愿望,就是集齐所有的戒指和罗盘,破解其中的秘密。你现在的要求等于是让他们把一辈子的奋斗拱手让人,换成是你,你会答应吗?”

“我知道,你说的这些我都知道!”郭烨捏着眉心,苦恼地说道:“郭某也是没有办法了,才会求到你们门口来,纪娘子如今身陷敌手,郭某岂能置之不理?”

“纪娘子也是奴家的好友,若有可能,奴家也想救她,可是……”秀嫣都知与他相对而坐,脸上也是露出了为难的神情。“漫说如今你与玉娘她们已经撕破了脸,就算没有,他们也不可能答应你这个要求的。”

“哎,郭某也是无奈,就算得罪朋友也顾不得了。”郭烨突然像是下定了什么决心,猛一抬头,眼中目光锐利。也只有当纪青璇真正不在身边的时候,他才意识到这个女子对自己是多么重要。为了救回她,他可以不惜一切代价,便是与天下为敌都在所不惜。

“你要作甚!?”秀嫣都知一听他这话,心里就有些发毛,连忙发问道。

郭烨这时已经完全平静了下来,眼中慑人的神光不再,但语气中,却有种令人毛骨悚然的平静。“放心吧,终究老辈人也是有交情的,郭某不会对她们用强的。只是麻烦秀嫣都知你转告方娘子一声,就说那罗盘中自有玄机,一旦强开,会导致其中物件损毁。若是纪娘子出了什么事,那郭某也不想活了,手上之物留着也无甚用处,不若毁了,大家都一了百了。”

“你欺人太甚!”郭烨话音刚落,秀嫣都知还没来得及说什么,一道倩影就带着香风从帷幕中闪了出来,厉声道。此女不是别人,正是方玉娘。只是此刻她娇媚的面容上全是怒色,娇躯都气得颤抖不休。

“方娘子果然在此。”郭烨却是一脸平静,微笑道:“那正好,方才郭某的话方娘子应该也听见了,正好省了秀嫣娘子传话的麻烦。不知方才郭某的提议,方娘子意下如何啊?”

“如何?呵呵!”涉及自己一生的追求,饶是方玉娘性格坚韧,这时也被气得忍不住颤抖。“你这是要把我们往死路上逼啊!你真当我们是砧板上的鱼肉吗?纵然你郭烨有不良司撑腰,我们这些人也不是好惹的,你就不怕我们跟你拼个鱼死网破？旁的不说，就是林叔铁了心要射杀你，你难道就躲得开吗？”

“那记得射准一点，往这射！”郭烨用力指了指自己的心口，神色平静中透着狠辣。

方玉娘一惊，仔细打量了两眼，果真在他眼中看到了一丝隐藏得极深，却又极其坚定的赴死之意。她这才明白，纪青璇的失踪，是真的触碰到这个男人的逆鳞了。

人不畏死，奈何以死惧之？这下子，方玉娘也识趣地不再以暗杀来威胁郭烨，只是转而打起了感情牌。“郭副尉，你有没有想过，你的要求意味着什么？意味着我们这些人，这些年的忍辱负重都白费了！”

“方娘子此言差矣。”郭烨摇头道：“郭某也不是那种不为朋友考虑之人，若真是从未考虑过你们的立场，郭某也不会开这个口了。”

“嗯？”

“方娘子不妨仔细想想，你们最终的目的是什么……”

“郭副尉这是何意？不妨直说。”方玉娘蹙起了眉头。

“简单。”郭烨道：“你们想要罗盘，无非是认为其中藏着孝敬皇帝的手书。你们认为这手书，很可能蕴藏着孝敬皇帝被害的真相，郭某的所言可对？”

“不错。”

“方娘子可还记得当初是谁告诉你罗盘中有手书的？”

“董……”方玉娘的话刚一出口，便止住了，目光惊诧地看着郭烨。

“董公公那老阉狗，可对？那我若是告诉你，那老阉狗自己在牢中交代，罗盘里放的是宇文化及的藏宝图，你当作何想？”郭烨挑了挑眉道。

“不可能！他当时不是这么说的。”

“他当时若直接告诉你，里面放的是藏宝图，你们的人还会任由他差遣？”郭烨语速极快地点出了重点。看到方玉娘强忍着悲愤，还想要再争辩，他继续道：“其实方娘子也不必难过，其实于你们而言，罗盘不重要。你们真正想查清的，是孝敬皇帝究竟因何而崩殂，又为何人所害。只是因为当初一时没有别的手段，又有那老阉狗在一旁鼓吹，这才会信了他的。久而久之，义门要解开罗盘之谜这个观念，反而已经根深蒂固，连你们自己都意识不到其中的误区了。”

“那又如何？”

“如果有其他的方式助你们查清孝敬皇帝之死的真相呢？是不是你们就不需要这个罗盘了？”郭烨语不惊人死不休。

“你说什么？！”方玉娘猛地坐直了身子，期待地看着郭烨。“你的意思是……”

“还差一点点，不过也快了。”郭烨含笑点头，道：“方娘子又何须如此惊讶，你们最早找上郭某，不正是为了此事吗？”

第八十六章 东宫旧客来

“郭某现在已经知晓，孝敬皇帝的确是为人所害，至于害他的人……尚需时间查证。”郭烨看着方玉娘，也不欺瞒，语气诚挚。“另外还有一件事，郭某前些日子擒获董太监之后，曾从他手中，缴获家父当年留下的密文手书一份，在破译了密文后，寻到了我父留下的兑字戒。”

“兑字戒已落入你们手中？那董太监的东西，想必也在你们手上了？”

“不错。所以我手上现在有三枚戒指，还有罗盘。”郭烨索性将自己的底盘一并亮出。

方玉娘不禁蹙眉：“郭副尉真是好手段啊！步步走在我们前头。”

“侥幸而已。”

“可是，即便如此又如何？没有我们手上的这几个戒指，你还是一样无法。”

“所以郭某今日特来求援。”见方玉娘仍有犹豫，郭烨索性将女皇的嘱托也一并说了出来，最后道：“我原不愿插手当年旧事，是不想惹祸上身，但如今圣命难违，不得不插手调查真相。且从此前种种迹象表明，我父亲也一直在为此事奔波。于情于理，郭某都会查清此事。”

“女皇？女皇陛下要的真相未必就是真相吧。”方玉娘不屑道。

“方娘子，此言便是不相信郭某的为人了？”若说之前郭烨还是好言相劝，此刻却是有些动怒了。他的目光直视方玉娘。两人对视之间，犹如一场博弈，片刻之后是方玉娘先转开了目光。

“休要再劝。”方玉娘无奈道:“此事干系重大,奴家还需再想想。你越是急切,奴家就越觉得你居心不良。”

“须知救人如救火……”

“催也没用。”方玉娘索性换了个方向,背过身去,不看他。

郭烨见状也是哭笑不得,虽然心中焦急无比,但也不敢再催,只能默默等她决断。

不过,就在双方僵持不下时,一个粗豪爽朗的声音突然插了进来:“给他也无妨!”

“什么人?!”郭烨跟方玉娘同时大惊。

这妙音楼不说是义门的据点也差不多了,在双方谈事的时候。突然被人插了一嘴,这就由不得两人不多心了。

而当他们回头一看,各自脸上更是露出了难以置信的神情。

“樵叔?”

“林叔? 孙叔?”

只见在门口赫然站了三个人,居中的一身短褐,满脸胡须,露出一口洁白的牙齿,在那里爽朗地大笑着,赫然正是郭烨他们在黛眉山上遇见的樵夫樵大,刚刚说话的人也是他。而在他身边,林毅和孙金则分左右站立。

“你……”他刚问了一个字,樵大已经朗笑着在他们身边坐下,对方玉娘道:“以不全的戒指和罗盘,换一个引蛇出洞的机会,很划算啊。反正最后一个戒指也在对方手上,找不到人,你们照样打不开罗盘。不如先凑齐了家伙事,等罗盘开了之后,再各凭手段决定其中秘密的归属。”方玉娘听得直翻白眼,心道不是你家的东西,你说得倒轻松。

想到这里,她忍不住就把目光投向了一旁站着的林毅和孙金,想问问这人到底是个什么情况。

“给他。”林毅点了点头,他虽话不多,但从来都是一言九鼎之辈。方玉娘更加不可置信了,又把视线投向孙金,但得到的也是一个肯定的眼神。

“可是这其中的秘密事关重大,绝不能落在旁人手中,不然可就彻底冤沉海底,再也无望昭雪了啊! 这个道理你们都不明白吗?”方玉娘不禁气急。

“我说了,这里面藏的未必就是你以为的那个秘密。”郭烨提醒道。

“不！那也不能冒这个险!”方玉娘猛地抬起头,倔强地叫道:“不管这人是谁,我都绝不能答应!”

“既然如此,那咱们就抢在他们之前,先把罗盘中的秘密起出来不就是了。”又一个醉醺醺的声音响起,一个踉踉跄跄的身影随之从门口跌了进来,还没看清面目,就先是一股酒气扑面而来。此人“噗通”一声跌坐在胡床上,又大声地抱怨道:“你们这些没义气的,这么多年没见,也不知等等瘸子我!”

“你走得慢不是因为瘸,是因为喝醉了。”孙金闻言冷笑,道:“老夫不也瘸了一条腿吗？你还是我们中间最年轻的,凭什么走在最后还要我们等你？”

“付不良令?!”看清这个人之后,郭烨的眼睛瞪得更大了。他万万想不通,本该远在长安的付九,怎么会出现在洛阳,还跟义门的人混在了一起。

“嘘!”一听到郭烨的呼声,付九连忙从地上爬了起来,把食指竖到嘴边,低喝道:“小子休得胡言！这里哪有什么不良令,只有昔日太子门下第九门客,俺老付是也!”

郭烨瞳孔猛然收缩:“太子门下……第九门客?！你也是昔日东宫的人？”

“对啊,不然你以为我付九这个名号是何用意?”付九得意扬扬地说道:“小子,想不到吧？昔日东宫旧部中,除了乾坤八戒的主人之外,付某算是首屈一指了!”

“想不到,这个真想不到。”郭烨摇头叹息。他这话却是半点虚情假意都无。他是真的想不到,付九居然有如此能耐,不但从当年针对东宫的杀局中脱身出来,甚至还洗净了身份,混入不良司,做到了不良令这样的高位。

“林某来介绍一下,这两位都是昔日东宫门客中的人杰,也是我们的好兄弟。”林毅上前一步,指了指付九,道:“这老酒鬼方才已经自我介绍过了,付九,地位仅在我们八客之下。”

“什么八客之下,一样,一样!!”付九举了举手里的酒葫芦,醉醺醺地说道。

“这一位,乃是东宫八客之一,太子殿下儿时的玩伴,太子洗马郭瑜的长子,因为执掌兑字戒,人称‘关陇兑客’。”林毅又对樵大伸了一下手掌,介绍道。

“郭明。”郭明自报家门,脸上的笑容愈发灿烂。不过在场的人都发现,他的目光,落在了郭烨的身上。

而后者则是在一瞬间如遭雷击,僵在了当场,郭明他们后面说了什么,他都完全没有听清,脑子里一片空白,只剩下唯一的一个念头在回荡:这是我爹,这是我爹……我爹!他曾经无数次设想过自己和父亲的相见,但却从未想过,竟会是今时,今日,在这么一个场合之下。更没想到的是这还不是他第一次见到自己的父亲!他仰着头,双目失神,眼角却有热泪不自觉地滚滚而下。

郭明看向他的视线,也愈发的慈祥和满意。他大笑道:"不愧是我郭某人的种,好小子,够行的!"

这句话却像是触动了郭烨,让他猛地清醒过来,他看着郭明,眼神中渐渐有了焦点。就在郭明伸手去拍他肩膀的时候,他却是做出了谁都没有想到的举动。他从地上猛地一跃而起,一拳打向含笑而立的郭某,嘶声咆哮道:"你这个混蛋!这一拳是替我娘打的!"

第八十七章　大白于天下

"嘭!"一声沉闷的声音响起,郭烨这一拳,却是没能落在郭明的脸上,就被他一把抓住。显然,单论身手,郭烨并不是自己老爹的对手。

郭明依旧笑着,但眼眶中却也渐渐有了泪光。他道:"虽然我很对不起你们母子。不过没办法,你是儿子,我是老子,这一拳可是不能让你打结实了。这是为了你好。"

付九这时也反应过来,连忙大声阻止道:"郭烨,你做什么!住手!这是命令!"

"滚!你是谁老子?"郭烨不依不饶,挣扎咆哮着,还要继续挥拳。"你知道我们娘儿俩这些年是怎么过来的吗?你知道我娘死的时候有多伤心吗?想当我郭烨的老子,你扪心自问你配吗?"可惜他的武艺终是比不上郭明,三下五除二就被制服,颓然摔倒在了地上。

郭明站在他面前,看着面色依旧涨红的儿子,叹了口气,道:"是,郭某对你们娘俩有愧,你身为儿子不能打自己的父亲,但是有错就要认……”说着,在众人震惊的眼神中,他当着郭烨的面,“啪啪”两耳光,重重抽在了自己脸上。他这一次下手极重,两侧脸颊都迅速红肿起来,鼻孔下也隐隐流出了鲜血。但他的笑容依旧阳光,看着郭烨笑道:“可还解气?要是不解气的话。你说,你老子我打到你消气为止!”

郭烨默默不语,他已经被自己老爹这彪悍的“见面礼”给镇住了。见他不再纠缠,付九也连忙适时地上来调解:“郭副尉啊,你要理解郭兄,他并非不思念你们母子。这么多年隐居在深山老林里,他也是有苦衷的啊!”

“什么苦衷我都不想听,你欠我们母子的永远都还不清。”郭烨冷哼一声,强忍麻痹的感觉盘坐起来,道:“不过我此时还有要事,无心追究你负心薄幸的罪责。此事暂且揭过便是,若是纪娘子有个三长两短,你,还有你们义门,我都要你们好看!”听他这么一说,众人都知道他已经原谅了郭明,只是还抹不下面子言归于好罢了,不由得都露出了意味深长的笑容。

郭明更是大笑一声:“纪娘子,纪青璇嘛,老子听说了,你放心,我未来的儿媳妇,铁定给你救出来!”

众人闻言纷纷露出了促狭的笑容。

郭烨被他们调侃的眼神看得面上挂不住了,连忙呵斥一声:“说正事!”

“好,好,好,说正事!”众人齐声附和,只是那语气怎么听怎么像是在哄赌气的小孩,听得郭烨一阵别扭。

“付不良令……”他好不容易才收敛了心神,看向付九。

谁知才刚喊了个称呼,付九就吹胡子瞪眼地纠正道:“叫付前辈!这里只有东宫门客,没有不良令!”

“去你娘的,说你胖你还喘上了!”郭烨一拍桌子,道:“既然你是东宫门客,那郭某跟你也就不是上下级了。请恕郭某不客气了,老瘸子你之前说抢在对方之前,先把罗盘中的秘密起出来,这是怎么回事?还不快说!”

“小子,付九好歹是你的长辈。你这么说话,就不怕走不出这个门?”林毅不忍付九尴尬,冷冰冰地威胁道。

“长辈?我现在最烦听到‘长辈’二字了。另外似这般没有意义的威胁之语,就不必多说了。若是百步之外,郭某的性命自然操之你手,但此刻是在室内,在小萝和二宝面前，你连张弓的机会都没有，不信你大可一试。”郭烨针锋相对道。

林毅本来只是泄愤式随口一说，没想到郭烨的回答居然如此强硬，登时下不来台，伸手就要去摸背上的箭囊。但就像郭烨说的那样，他这边才刚刚一动，李二宝和张小萝立刻虎视眈眈地盯了过来，只待他稍一动弹，立刻就能兵刃出手。之前是郭烨父子俩之间的事情，他们虽然年少，但也知道轮不到他们插手，但对林毅可就没这个顾忌了，行动之间毫不客气。

“你们这是作甚！”眼看双方因为一句戏言剑拔弩张，郭明连忙出来打圆场。

他先拦住林毅，道：“年少不懂事，林兄何必与他们一般见识呢？快快将弓箭收起。”说着，他又回头瞪了郭烨一眼，叱道：“还不退下！”

郭烨“哼”了一声，却出奇的没有反驳，挥挥手，示意张小萝和李二宝收了兵刃，自己则不再看林毅一眼，凑到付九面前问道：“老瘸子，你还没说呢，究竟是何法子，能提前打开罗盘？”

付九也不再开玩笑，淡淡道：“付某既然自号东宫门客之中的第九人，又岂会空穴来风？东宫门客，以他们八人为太子心腹。付某一直是一步暗棋，知我是谁的不足二三人，关陇兑客算一个。便是林兄和孙兄若非有关陇兑客的引荐，怕是也不敢相信有我这样一号人物的存在吧。”

“不错。当年虽隐有听闻第九人的存在，但因始终未曾见过，便也从未当回事。时隔二十多年，还真是想不起来东宫还有这号人物了。”孙金操着沙哑的喉咙道。

“确实。”林毅也点了点头。

“讲重点。”郭烨有些不耐烦听他们忆旧，催促道。

“重点就是，既是付九，自然有第九枚戒指。”付九白了郭烨一眼，随即伸手在怀中掏摸了两下，竟也拿出一枚玉戒来。“此戒名‘空’，位列乾坤八相之后。昔日东宫之中以八戒为信物。太子心思缜密，想到了可能会有人员失陷、导致戒指缺失之虞，因此特地雕琢了这一枚空戒交于付某，以为备用。想不到今日还真就派上了用场！”

郭烨闻言，仔细打量了一眼那枚空戒，发现它果然与自己的坎字戒形制一般无二，只是在本该雕琢八卦字符的地方，空空如也。

“算上这枚空戒，开启罗盘的八枚戒指便齐全了。”方玉娘一边说，一边抬头看向郭烨。

郭烨自然明白她的意思，微一沉吟，道："二宝，你回一趟徐府，去我床下把巽字戒拿来，还有罗盘在你纪姐姐的妆奁里，也一并带过来吧！"

他又伸手入怀，掏出属于自己父母的坎、兑双戒，放在案上，道："郭某的诚意在此。"

方玉娘见状，也把自己手上的四枚戒指都拿了出来。眼看着案头的戒指越来越多，众人的神情都变得愈来愈激动，而像郭明、林毅他们这些老一辈的八客中人，更是嘴里不停地念念有词。郭烨竖起耳朵，才好歹听到一句："快三十年了啊，这些戒指终于又聚在一起了。"

郭烨闻言也不由得默然，发现自己还是低估了这些戒指在老辈人心中的分量。换作往日里的他，或许还会打趣几句，打破这有些低迷、阴郁的氛围，但是此时的他却是半句玩笑都不想开，闭嘴不言陷入了自己的沉思中。

好在没多久，李二宝也带着戒指和罗盘回来了。看着重聚的八戒和罗盘，郭烨这才忍不住催促还在那里唏嘘不已的众人道："行了，别感慨了，赶紧办正事吧！要叹气等罗盘打开了，随你们怎么叹。"

郭明上手就把八个戒指摞成一叠，然后伸出小指在最下面一个戒指里一勾，然后也没看清他做了什么，竟拉出一根细如毛发的金丝来！

这是哪儿来的？郭烨看得目瞪口呆，围着案几连连转圈。他拿到戒指以后，也琢磨了不少时日了，可却不知从哪儿冒出这么根金丝来。

"别看了。"郭明嘿嘿一笑，道："只有上面摞了恰好七个戒指的重量的时候，这根金丝才会弹出来，多了一丝、少了一毫都不行，这也是为什么只有集齐了八枚戒指，才能打开罗盘的原因。"说着，他已经拈起那根一寸长的金丝，朝着罗盘上一处像是污物的孔隙捅了进去。下一刻，只听"咔吧"一声，八卦罗盘上的八个卦象同时抬高一截。接着，随着固定用的卦象机括被打开，郭明伸手在罗盘中央的阴阳鱼的阴阳眼上一按，阴阳鱼顿时像两旁分开，露出其中一个可以储物的空腔来！

一张帛书，就正安安静静地躺在那空腔中，泛黄的表面，像是在等待着人去阅读！

所有的一切，在伴随着罗盘的开启，都即将大白于天下！

第八十八章　留书者为谁

“帛书所写何事?”

“待某家看上一看!”

“谁敢乱动!”

帛书出现的一瞬间,几只手同时伸出,朝着它抓了上去。

接着,就传来一阵呵斥、交手,甚至还有兵刃出鞘的声音,房间里刹那间乱成一团。

“够了! 还不住手!”猛然间,郭明一声怒吼:“瞧瞧你们,一个个的,成何体统! 九十九拜都过来了,就差这最后一哆嗦了。莫非你们还要先内讧一场、血溅五步不成?”

郭明道:“既然你们彼此都信不过对方,那不如就由老夫来当第一个拿信的人,你们看可好?”

众人的目光在案头的罗盘和他身上打了个来回,最终还是孙金先点了头,道:“郭兄肯代劳,那是再好不过的事情了。”

郭烨也点头“哼”了一声,算是认可了这个提议。

见双方都同意了之后,郭明这才缓步上前,在众人的注视下抓起了那张帛书,手一抖,展开来看了一眼。

“不是藏宝图。”此言一出,郭烨明显感觉到整个屋子里的人都放松了下来,但是在瞬息间又都凝神屏住了呼吸。

这时,郭明已经一目十行,看完了整封帛书,随后将其在案上铺平展开,示意双方各出一个人上来观看。

郭烨和方玉娘对视一眼,双双走到案前,低头一看,题头四个大字便映入他的眼帘。

字喻吾儿? 郭烨不由一怔,自语道:“没听说孝敬皇帝驾崩时还有儿子的啊?”

原来,这封信竟是先帝所书,是他写给太子李弘的。

从这封信中,郭烨等人第一次触及了先帝心中最柔软的部分。在写下这封信时,先帝已经缠绵病榻多年,无力理政,国事都交由当今陛下代为处理。在这个过程中,先帝看到了陛下过人的精力和野心,不过却并没有因此心生警惕,反而有意将江山相让。他在信中告诫太子,天后多年陪伴他不易,且其确有治国之才。虽说天家无亲情,但天后却是太子的亲生母亲。即使天后有心帝位,嘱咐太子也万万不可做出有违人伦的事情。皇帝是天子,更是人子。若他日真如秘谶之语所言"唐中弱,有女武代王",一切罪孽都让他来承担便是。先帝甚至在信的最后,写到,自他登基的第一日起,他与媚娘,便共享这江山。

"先帝……真非常人也。"看完先帝要美人不要江山的留书之后,众人面面相觑。好半晌,郭烨才从牙缝里憋出这么一句话来。

不过,从先帝的信里,很多以前模棱两可的猜测,都得到了证实和详解。

例如最重要,也是郭烨最关心的一点,就是太宗皇帝组织的李唐守护者势力确有其事,其名为"隐卫",应当就是虞青儿所属的那一伙人。

在信中,先帝告诉太子,这个令牌他有,但还有其他李唐嫡系宗室同样持有此信物,而这么多年过去,便是高宗自己,也不清楚这些令牌最终流落到了何人之手。因为他身为帝王,一举一动都有无数双眼睛盯着,他自己并不方便去查证此事,便将这个任务交给了太子。让他把这些令牌找出来销毁,万万不能让它们的存在,威胁到当时还是天后的女皇陛下。否则不但天后会有麻烦,时局一乱,受苦的还是天下的黎民百姓。

那太子殿下是否有去做这件事呢?信上的内容,引起了所有人的兴趣,在涉及自己未来皇位的问题上,大家都想知道,这位储君究竟做出了怎样的选择。

看下去之后,他们才发现,太子李弘并未让人失望,从头到尾,他都不负自己仁孝之名,更对得起"孝敬"的谥号。

因为是父皇传下的书信,他的回信并不在其中,所以郭烨他们也不知他究竟做了什么。但在帛书的末尾,却有一条条类似于随笔式的记录:

"上元元年五月中旬至七月上旬,穷搜长安,毁鬼面令二十有二……"

"八月下,于蜀王府毁鬼面令二,节度使鼎力相助,当重赏之……"

"九月初……"

不消多想，就能知道，太子为了自己的母后，坚定不移地把自己父皇的命令贯彻了下去。

为了达到这个目的，他甚至不惜把自己所有得力的心腹门客全部派了出去，遍布天下各处，原本藏匿在李唐宗室手中的令牌，被他一块块搜罗了出来，再彻底销毁。

“我们当初只接到了寻找鬼面令牌并销毁的任务，但是这个任务本身是为何却并不知晓。”一旁的郭明不知是解释，还是感慨，忍不住说道：“我亦未曾想到其中竟有这样的缘故。”

“确有此事，不假。”孙家和林毅闻言亦附和道。

郭烨点了点头，并没有说话，而是继续往下看。其实单看帛书上密密麻麻的字迹和绢帛磨损的痕迹，就知道这封帛书，曾被人一次又一次地拿在手中抚摸把玩。由此也可以看出，太子对这份命令，究竟是何等上心了。不过，太子自己似乎都没料到，他激烈地举动，也引起了一场泼天大祸，他本身患痨疾，只是病情因为施药得宜相对平稳，但从帛书上元元年冬季的条目开始，他就不止一次提到自己“咯血”“目眩”“倦怠”，甚至“疲敝欲死”，明显病情迅速恶化。而到了上元二年初，原本经常记录的文书，竟只剩下了寥寥几条。显然太子空乏的精力，已经不足以支持他再像以前那样夜以继日地处理事务和奋笔疾书了。

终于，在最后一条手书上，能从扭曲的字迹中，感受到太子的执笔的手，已经虚浮无力。在字迹旁，甚至还有星星点点泛黑的血迹。再看日子，已经到了上元二年的四月，此时太子殿下的身子骨已是病入膏肓。

可就是这最后一条手书，却是让郭烨等人猛地瞪大了眼睛。因为他们分明看到，其赫然写着：“本宫旧疾日笃，恐时日无多。然此病发之甚速，又自本宫销毁鬼面令而起，甚古怪之。恐为宗室中奸人所害，今药石无救，只恨不能为母后除此心腹大患。憾甚。”

第八十九章　真假难分辨

望着帛书上的最后一行字迹，郭烨长长地吐了口气，脸上渐渐浮现起一抹如释重负的笑容。这一刻，他感觉自己的目光仿佛望穿了数十年的岁月长河，落在了那一桩众说纷纭的公案上。

“没，没想到凶手竟是李唐宗室之人……难道真的是天家无亲情吗？”林毅此刻也已经看完了帛书，却是怔在了原地。他怎么也想不到，自己等人历经千辛万苦，追寻的答案竟然会这样。

“这……太子殿下自己也只是猜测而已。”方玉娘慎重地反驳了一句。

“猜测就够了。”郭烨适时地接茬道：“所谓利高者疑。昔日我之所以一直怀疑是武氏谋害了孝敬皇帝，便是这个道理。不过现在看来，李唐宗室下手的理由一样充分。孝敬皇帝为其母，主动销毁隐卫鬼面令。这些宗室王贵若再不行险一搏，这天下就真没他们李家什么事了。当然后来的事，那是另说了。”

“若按你所言，你们现在追查的这一切，都是女皇陛下的意思，难道你就打算交这么一个答案上去？”方玉娘蹙眉问道。

“为什么不呢？”郭烨笑笑，道：“昔年旧事，大多湮没在了岁月的尘埃里，孝敬皇帝的这个猜测究竟是否属实，自有陛下圣断。我只想确认一点，依诸位在孝敬皇帝身边多年，这后续字迹可是孝敬皇帝的手笔？”

“是！”郭明率先表态，道：“我等与殿下在传递信息时，除却会用密文外，有时也会使用明文。为防有人模仿，殿下的字迹我们是熟悉的，甚至其中还有一些细小的变化，以供我们辨别真假。老夫刚刚查证过，确是殿下手书无疑。”孙金、林毅以及一旁的付九闻言，皆点了点头。

“如此甚好。其实就算字迹有差，郭某对于其上记载的事实倒也不怀疑。甚至是孝敬皇帝最后的猜测，我以为九成是真的。”郭烨信心满满地道。

“为何？”方玉娘不解。

“很简单，因为结合殿下的手书，很多其他的疑惑，也得到了解答。就比如当初我们追查东宫药典，查到了北门学士身上去。如今据此想来，这些女皇陛下的心腹都是有真本事的，他们应该也察觉到孝敬皇帝的死有问题，但从某种意义上说，这个事实显然对陛下有利。因此他们非但没有揭穿，反而顺水推舟，销毁了典籍，把这件事情给掩盖了下去。”

“不错。”郭明也附和着自己儿子的思路。

郭烨却并不受他的好意，继续之前的话道：“其实，是不是猜测，也不是不可验证的。当年的那支隐卫如今依旧在兴风作浪，他们是与李唐宗室牵扯最深的人，其中掩盖的腌臜之事何其多，未必没有线索指向此事。不若趁此机会，布下一局，将他们一网打尽，届时只要稍微审上一审，牵出萝卜必然带出泥。”

“依郭副尉所言，我等的目的倒是不谋而合了。”方玉娘听了半晌，总算回过味来了，不咸不淡地道。

郭烨只当听出她话中的讽刺之意，并不多加理睬。倒是一旁的林毅此刻踏前一步，激愤地嚷道：“若真是如此，林某一定要将这些乱臣贼子碎尸万段！为殿下报仇！”

“报仇之事，容后再议吧。”郭烨伸手拢过帛书，淡淡道：“何况就算要报仇，孝敬皇帝在这世上也不是没有亲人。至少得等人家的血脉至亲开口说过话了，你们这些门客才有发言的资格。”

“你是说……陛下？”

“嗯。”郭烨点点头，道：“这份帛书郭某先带走了。此番回去，便会通过不良司的渠道请求面圣。至于这罗盘和戒指嘛……”他扭头看了郭明一眼，眼珠一转，已经有了主意，当下安排道：“你们弄份假的藏宝图进去。地点嘛，最好选在一个四面没有遮挡、便于抓捕的地点。咱们到时候坐等他们去挖宝，然后来个瓮中捉鳖，把他们一网打尽！”

“这主意不错。”郭明闻言大笑，道：“你小子嘛，虽然身子骨弱了点，但这心思还是随老子的，够狡猾！”

郭烨冷哼一声，也不理会他，又转身嘱咐李二宝。“为了保险起见，你快马加鞭，跑一趟长安，把裴老弟也给请过来，他的调令我会请徐帅一并请下来。来日我们以戒指和罗盘换人时，必定不能带上太多人，为防对方出尔反尔，怕是还要借助他的剑。”

“明白！”李二宝点点头，转身而去。

而郭烨也收了罗盘和戒指，除了空戒还给付九之外，其他东西一股脑全塞给了郭明，道：“这事儿就交给你了，只要手脚做得漂亮，把纪娘子救回来了，那你欠我们娘俩的，便一笔勾销！”

郭明闻言，心头一热，点头道：“放心吧，交给为父便是，一定给你办得妥妥当当，绝不会委屈了儿媳妇。”

“但愿如此。”郭烨尴尬地应了道。

交割好一切，他四下一拱手，然后在张小萝的陪伴下，朝着妙音楼外走去。

不过就在这时，郭明却开口唤住了他：“烨儿等等！”

郭烨不耐烦地回头问道：“还有何事？”

“换人那天，我跟你们一同去！”郭明犹豫了一下，道：“我在八客之中，武艺也不算差的了，到时应该能帮得上一点忙。”郭烨还没来得及说话，他又道：“不管怎样，让我多补偿你一点吧！”

郭烨深深地看了他一眼，沉吟片刻，终是点了点头。

这边搁过先不提。只说郭烨一回到不良司，立刻带着帛书，兴冲冲地去找徐有功，待他把前因后果一说，徐有功也变了脸色。

“竟还有这等隐情？”他起身道：“你且在此等候，本官这便传信狄相爷，请他来商议此事。若是他也觉得铁证如山的话，那本官便请他一道进宫面圣，到时自会替你们陈述此事。”

“有劳徐帅了。”

“这是哪里话。”徐有功坐直了身子，用一种老岳父看女婿的欣慰眼神，盯着郭烨看了好一会儿，直到把他看得心头发毛了，方笑道：“好，好，本来让你们查案，也只是存着一个希望，想不到还真让你们把这事给查清了。果真是长江后浪推前浪，一代新人换旧人啊！我们都老了！这天下，以后怕是要仰仗你们啦。”

郭烨闻言不由得苦笑，道：“徐帅谬赞了，只是卑职已经与纪娘子商量好了，待此间事了，便辞官归隐，与二宝、小萝同去扶余国，过几年清净日子再说，却是不能再为朝廷效力了。”

突然听他这么一说，徐有功先是有些诧异，随即像是明白了过来，叹道：“能有急流勇退之心，你们这些年轻人，确是令人意外得很啊！无妨，既然你们去意已决，本官自当为你们陈情，高官没有，但俸禄总不能薄待了，总之不至令你们吃亏就是了。”

“卑职现在只想救回纪娘子，其他一切皆无所求。”郭烨诚恳道。

“此事待狄相爷来了，你再与他商议一番。青璇也是本官的义女，莫非你以为本官会置她的安危于不顾吗？尽管放心便是。”徐有功答应了一句，立刻遣人去邀请狄仁杰。

得到消息之后，狄仁杰却是半点架子都不端，直接驱车来到了不良司，问清情况之后，他蹙眉道：“此事干系重大，老夫却是也做不了主了。此是陛下家事，还需她自己点头方可。这样，你们准备一下，与老夫一道进宫面圣。不过在此之前，郭小友，你们从罗盘中起出的帛书现在何处，不知可否先给老夫一观？”

“狄相爷客气了。”郭烨从怀中取出帛书，递给狄仁杰，口中道，“帛书在此，还请相爷过目。”

“嗯。”狄仁杰接过帛书，仔仔细细地查看了起来，只是他越看，眉头就皱得越深，似是遇上了什么难解之事。

郭烨见状，心中不由得一“咯噔”，忐忑不安地问道：“狄相爷，这帛书……可是有什么问题吗？”

“不好说。”狄仁杰思索道：“这帛书上孝敬皇帝的字迹当无疑问，确是他亲笔所书。但是先帝的笔迹……”

他犹疑了一会儿，方道：“先帝的笔迹你们可能不甚熟悉，但老夫却是见得多了……”

“莫非这帛书竟是假的，并非先帝所书？”郭烨惊呼一声。

“若真是这般好分辨，那事情也就简单了。”狄仁杰摇头道：“这笔迹乍一看，的确像是先帝的手笔，但再一看，却也只有七分相似了。先帝乃是旷世明君，雄才大略，若不是龙体抱恙，成就未必就在太宗之下了。他那一笔字迹，同样是霸气无比，但这帛书上的字迹，虽字形相似，但实则虚浮无力。”

“可是，这帛书后头，孝敬皇帝的字迹却是真的。”郭烨急急道。

“疑就疑在这里。看起来半真半假……”狄仁杰皱眉道。

听他这么一说，郭烨和徐有功也是面面相觑。

郭烨盯着帛书，一时也是愁眉不展，这种眼看只有一层窗户纸隔在眼前，却怎么都捅不破的感觉，实在是不好受。

不过，当他的视线忽然落在太子最后几行笔迹上时，脑海中却是忽然，道："会否是先帝龙体抱恙，手势不稳，故而写出来的字也有些绵软？"

给他这么一说，徐有功和狄仁杰倒觉得也有些许道理。最后，还是徐有功建议道："眼下也无旁的证据了，不如这样，咱们就把这些事一并呈报给陛下。包括笔迹真假难辨，也都事先说清楚。至于到底是否要采信，还是看陛下自己的意思，如何？"

"也罢，为今之计，也只能如此了。"狄仁杰也不是个优柔寡断的性子，闻言一拍案几，道："走！备车马，老夫带你们面圣去！"

第九十章　圣意不可猜

毫无意外，还是在那所小院，郭烨再次见到了那个沐浴在余晖下的花架。不过跟上次不同的是，这次因为他身负重任，又有徐有功和狄仁杰陪同，却是没有再被迷晕了，而是直接一路车马进了宫。也正因为如此，他才知晓，为何上次在院墙外都听不到人声鼎沸，因为这院子看似民宅，其实根本就是在禁宫之中！

"听说朕让你们清查的事，已有进展？"翠绿的花架下，已经看不到一朵鲜花，只有满目繁盛得遮蔽了阳光的绿叶。女皇陛下雍容威严的声音，就从那片阴影中发出，宛如从九天落下。

"是，微臣已拿到关键证据，来龙去脉也有了一个合理的解释；不过微臣到底不是当年的当事人，并不能确定这些东西的真假，还需陛下亲自圣裁决断。微臣这便将证据交予陛下过目。"郭烨连忙把自己等人查案的经过详尽地讲述了一遍，然后取出帛书，交由狄仁杰，请他代为呈送女皇。

帛书递上去之后，郭烨却久久没有等到回音。花架下一片死寂，甚至连风拂过花叶的声音都停了。也不知是女皇还没有看完帛书，还是她正在沉思，没有下一步的指示，郭烨也不敢贸然言语，只能摆出一副恭敬的神情，默默伫立在原地，等待着。

忽然，渐渐浓重的暮色中，一个如泣如诉的声音轻轻响起："陛下……"

嗯？郭烨一惊，自己刚刚听到的声音，乃是一个女声。此时这院子里的妇人，除了女皇陛下之外又有何人？而她那一声"陛下"，自然也不会是在叫她自己，而是在回应帛书上先帝缠绵数十年的爱意啊！

女皇并没有让他们等太久，当她的声音再响起来时，已经恢复了威严，刚刚的柔弱和悲伤，都仿佛是幻影一般。"朕知道了。"女皇淡淡道："你们退下吧，让朕自己待一会儿。"

呃？郭烨下意识地再度抬起了头，诧异地望向花架之下。在他想来，无论女皇相不相信自己找到的这份帛书，总该拿出一个章程吧。这么简简单单一句"朕知道了"又是几个意思？

好在女皇也知他少有面圣的时刻，也不在意，反而轻笑道："你刚刚禀报时，不是还说纪不良尉被隐卫的人掳去了吗？还在朕这里迁延作甚，还不快去救人？朕这一生，可是最恨负心之人。"

"回禀陛下，那罗盘和玉戒……"

"你都拿去，爱怎么处置便怎么处置，朕不需要。"女皇站起了身淡淡道："不过有一点须得留神，你们伪造藏宝图请君入瓮的行动，朕甚看好，但在最后执行之时，就不需要你们不良司出手了。朕自然会调动羽林卫来接手此事，你等救出了纪不良尉，便去狄爱卿处领取奖赏，然后与小萝同归扶余吧！"

郭烨闻言一震："陛下！"

"无妨，你们的事情，在你今日入宫前徐爱卿就已经先一步着人与朕说了。"女皇的声音忽然变得沧桑，带着一股浓浓的迟暮之感，叹息道："你们考虑得很周全，反而是朕考虑不周了。朕老了，你们却还年轻，也不知还能庇护你们几时，是该早作打算了。"

"陛下万寿无疆！"一听此言，狄仁杰和徐有功连忙齐声道，郭烨反应慢了半拍，但也跟着说了一遍。

"好了，你们也不必如此宽朕的心。"女皇只是一瞬间的沮丧，马上又恢复了精力充沛的样子。在过去的几十年里，她已经以这种超乎常人的精力，统治了庞大的帝国数十年。她自嘲地笑道："人非仙圣，又岂能真有万年不死之身？昔日朕以谀辞提拔朱前疑那厮时，你们心中只怕都在心中嘲笑朕贪生怕死到了昏庸的地步了吧？可还有怀疑过朕会重蹈汉武大帝和太宗皇帝的覆辙？”

“微臣不敢！”这话已经不是臣子能接的了，连狄仁杰和徐有功都露出了惶恐之色，郭烨就更别提了，一颗心在胸膛里砰砰狂跳。

“你们啊……”女皇忽然失笑，又怅然一叹，道：“送郭爱卿出宫去吧，朕有些倦了。”她摆摆手，一阵叶影浮动间，已经离开了花架下，消失在小院的柴门之后。可就在她临走之前，郭烨却仿佛隐约听见零星的呓语被夜风吹拂而来：“陛下、皇儿……高处不胜寒哪……”

怀着满腹心思，郭烨出宫之后，辞了狄仁杰，和徐有功一起回到了不良司衙门。徐有功自去寻薛讷还有事，郭烨便独自回了公事房。谁知这屁股还没坐热，就见张小萝陪着郭明走了进来。

自从知道郭明是郭烨的父亲之后，小丫头对他的态度就十分尊敬了。不只是她，就连已经去长安请援的李二宝也是如此，两小只和郭明的关系，反而比郭烨本人还要融洽。

“怎么来此地？”郭烨心里揣着事，连带着语气也有些不善。

“无妨，我扮作与后厨送柴火的，不曾有人跟着，也不会惹人怀疑。”郭明也不生气，才解释了一句就递上一张麻布绘制的藏宝图，道：“都办妥当了，你看看还有没有什么需要修改的地方吧。”

郭烨点了点头，他倒是忘了自己这位父亲可是在黛眉山上当了几十年的樵夫。随即他接过伪造的藏宝图，细细端详起来。不过，半路出家的他，在这方面跟自己父亲的造诣，实在隔着十万八千里的距离，看了半天，也没看出半点破绽来。

郭明伪造的藏宝图上，用浓墨曲线画出了道道山川河流，墨迹在麻布底料上晕染开来，布料甚至还被刻意做旧过，轻轻一抖，都仿佛有尘埃溅起，看起来就像是几十年前的旧物。

“好手艺，装进罗盘里吧。”哪怕在面对郭明时依旧觉得别扭，但郭烨还是由衷地赞赏了一句。然后他把假藏宝图还给了郭明，问道，“不过这藏宝图上所绘之地形，究竟是在何处？”

“就在定州。”郭明笑答道：“此处地势平坦，而且昔日宇文化及攻魏州败北，便要途经定州，于情于理，都正好符合你的要求。待暗中操持这一切的人前来取宝之时，不良司自可一拥而上，将他们俘获。届时你们可取道幽州，直接去扶余国，却是不必再回洛阳面对后续的风风雨雨了。”郭明不愧是昔日东宫八客中的能人，思虑问题之周密，尤在郭烨之上，这么短短的时间，就编造出了一个几乎完美的宝藏传说，甚至连郭烨疏忽的地方，亦被他考虑得面面俱到。

郭烨扪心自问，便是自己在不明就里的情况下，碰上这个圈套，恐怕也难以识破。毕竟在郭明的刻意契合下，整个事件中，除了宝藏是假的，其他东西，几乎都是真的。

“不良司的人马不用出动了。”郭烨道。

“嗯?”

“具体的追捕工作，陛下会派出羽林卫负责。我们只管把藏宝图送出去。”郭烨把女皇的意思说了一遍，道:“我们先去准备东西，等二宝把裴老弟接回来，咱们就差不多该去把纪娘子换回来了，然后提前一步去定州吧。”

“你要亲自去定州?”

“那是自然。斗了这般久，若是不能亲眼看到对方的败亡，那岂不是少了很多乐趣?”郭烨无声地笑了笑，道:“竟然敢对纪娘子下手，这帮人行事未免太不讲究。不给他们一点颜色瞧瞧，郭某心头的火气要如何宣泄?”

李二宝和裴旻都有武艺在身，代步的坐骑又是此前余下的图拉宝马，连夜奔袭，第四日清晨，就已经回来了。而这几日间，郭烨更是一刻不得闲，几次假装与方玉娘等人商讨，不多不少的留下些可追寻的尾巴，力图将这出戏做得更加真实。

待到裴旻归队，郭烨就通过上次和虞青儿约定的暗号，把见面交易的请求发布了出去。很快，来自虞青儿一方的回复也送到了徐有功府上:“明日卯时，伊水之上去洛阳十八里，有画舫相候。静等君来，不见不散。”

“真是好心机。”郭明一眼就窥破了对方的意图。“将可以自由移动的画舫作为交易的场所，交易完成，立刻扬帆而走，却是避免了被我们提前埋伏人手，一网打尽的风险。若是寻常时候，恐怕还真让他们逃出生天了。”

“可惜他们想不到，我们设伏的地点，压根就不在交换的场所啊!”郭烨微微一笑，转身走向自己的房间，丢下一句话:“都去歇着吧！明日还要给他们送上一份大礼呢!”

第九十一章　黑手现真容

一夜无话，或许是知道到了最后的时刻，郭烨反而睡得格外踏实。

待他再醒来时，已是第二日寅初，离约定好换人的时辰不远了。

就着晨曦的光芒，他仔细整理着自己一身笔挺的官服，脸上露出眷恋的神色。细细回想，这数月间，他对不良人这个身份的感触，先后经历了数番变化，从最初避祸的无奈，到如今深深的自豪。他已经完全融入这个群体中去了。只是若不出意外，今日或许便是他此生最后一次穿这件官服了，这又如何不让他心生感慨？

郭烨不由在心头发出一阵讪笑，几时起他这个不羁的少年竟也婆妈了起来。如是想着，他大步走出房间。而在徐府的厅堂中，其他几人都已经在等着他了：

裴旻抱剑在胸。张小萝和李二宝则与郭烨一样是一身官服，背负着自己的兵刃，精气神极为彪悍。

陆广白也回来了，不过却是一身青衣，配上俊美的容貌，像极了赴京赶考的士子。风十三娘正站在他身边面露担忧之色，一边为他整理衣襟，一边不断地叮嘱着什么。本来此行他其实是可以不去的，但他坚称自己与郭烨乃是同时加入纪青璇麾下的。如今迎回纪青璇，自然也有他的一份责任。

“你先行乔装出发，在城外驿站稍事等待，此间事毕，我们一起去扶余国。”郭烨走近之后，正好听见陆广白在叮嘱风十三娘。

“十三娘子最近是越来越有贤妻良母相了。”郭烨见状忍不住调侃道。

“待纪娘子回来，恐怕郭副尉你要有贤夫良父相了。”风十三娘毫不示弱，白了他一眼，反唇相讥道。

郭烨被她挤兑得瞠目结舌，只得苦笑着败下阵来。仔细一想，若是纪青璇回来，她恐怕还真能压得郭烨一世都翻不了身。

“好了，莫要说笑了，准备好了便出发吧！”就在这时，郭明也从外面大步走了进来，虽然还是一身短褐，但却收拾得极为整洁，连一脸美髯都像是仔细打理过，腰带上插着的斧头也磨得雪亮，整个外表看着粗豪，但眼中却透出精明智慧的光芒，让人一看就知道此人乃是外粗内细的豪杰之辈。

看到众人都用奇异的眼神看着自己，郭明反倒有些不好意思了。他摸了摸自己的胡须，干笑道："这不今日要见儿媳妇了吗？老夫便也收拾了一下。"

"郭叔，你又不是没见过纪姐姐。你可莫忘了，还是纪姐姐介绍的我们相识呢！"张小萝忍不住道。

"不一样，不一样，以前她是不良尉，现在是儿媳妇。不一样咯。"郭明笑道。

郭烨听得又是一阵白眼，低声骂了一句："多此一举。"

不过他也是感受到了郭明的善意，只是不知该如何接受和回应，只得生硬地摆了摆手，道："今日你不能去。"

"这是为何？"郭明不解，问道："此前明明说好的……"

"此前我只是答应你参加最后的围剿。但是今日你确是去不得的。我们之中一共有几人，恐怕虞青儿她们清楚得很。我之所以叫上裴老弟，也是因为此前他与我们一同行动过，此刻再引以为外援，并不出奇。但是你贸然与我们同去，确只是徒增嫌疑罢了。"郭烨道。

"但是……"

"莫要但是了。今日我们本来也只是为了一手交物一手交人而去，并不想赖他们的，又何必多行一招呢？"郭烨停顿了一下，像是觉得自己的话说得太过生硬了，半晌后又补了一句："有裴老弟在，放心便是。"

"对，郭叔，放心便是。裴老弟的身手，我与二宝两人加起来怕是也不足为抗。"张小萝点头附和道。

而裴旻更是挺了挺胸，证明自己的存在。

"罢了，那你们且去吧！"郭明无法，只得由着他们。

一行人出门上了马，直往虞青儿与他们约好的地点奔驰而去。

到了地头之后，果见一艘画舫从薄薄的晨雾中破浪而来，稳稳停在他们面前。一块跳板从船上落下，搭在众人面前的河岸上。虞青儿娇俏的身影也在船头显现，淡淡道："我家主人有请诸位。"

郭烨手扶腰刀问道："我们的人呢？"

"纪娘子自然安然无恙，一根毫毛都没少，现在就在船舱中等着诸位。诸位自可上来一叙，待交易完成，就能把人带走了。"虞青儿答道。

“走!”郭烨闻言不再迟疑,带头踏上了画舫,其他人也鱼贯而上。

而几乎就在他们上船的同一时间,船尾突然伸出两条极其粗壮的手臂,漆黑如墨,持着一根长篙,在岸上一撑,画舫立刻离开了泊地,顺流而下,也不知要去向哪里。

毫无疑问,郭明的预测是半点都没错,他们正是用这种方式,规避可能的伏兵。

“昆仑奴!”郭烨却是看着那两条手臂,瞳孔猛地一缩。

“还颇会些功夫。”裴旻在一旁轻声接话道。

这不由让郭烨再度皱起了眉头。

“确定?”

“确定,仅以两臂之力,即可推动整座画舫,说他没有功夫是不可能的。”裴旻道。

“看来还真是准备充分。”想想虬髯客,当初他就是从一位昆仑奴高手身上学成了一身剑术。只此一点,就知道这些天赋异禀的昆仑奴若是习武有成是何等可怕了。可以说,仅这一名昆仑奴,就已经相当棘手了。

郭烨忍不住回头又看了一眼裴旻,直到他微微点头,心下才稍微安定了一些。

“一点防范,还望诸位见谅。”虞青儿坦然道。

“以小人之心度君子之腹。”郭烨冷哼一声,嘲讽道。

虞青儿蹙了蹙眉头,却没有反驳,只是把他们引到船舱前,在门口站定,伸手做了一个“延请”的姿势。

郭烨伸头朝船舱中看了看,视线却被一个锦绣的大屏风给遮挡住了,忍不住又嘲笑道:“这舱中不会埋伏了刀斧手在等着我们吧?郭某可告诉你们,毁掉罗盘只需一念之间,若是你们敢起什么不必要的心思,休怪郭某让你们竹篮打水一场空。”

这时,一个颇具磁性的声音,已经从屏风后响了起来:“郭副尉莫要多疑了,鄙人已经在此恭候多时了。何况以你身边诸位的身手,这船太小,便是塞满了刀斧手,恐怕也拦不下诸位吧?”

对方既然都这么说了,郭烨自然也不能输了场面,冷哼一声,手扶横刀,昂然而入。

绕过屏风，他果然看见了久违的纪青璇。她倒是没有受什么委屈的样子，也没有被捆绑，但却坐在一旁，默默地饮茶，一脸生闷气的表情，尤其是看到郭烨之后，更是露出羞愤之色。显然，这个要强的女子，是在为了自己一时不慎遭了算计、拖了郭烨等人后腿的事情在自责了。

不过此时郭烨也无心更无暇安慰她了，因为他的注意力，已经完全被坐在纪青璇斜对面的一名男子吸引了。此人峨冠博带，装束古雅，浑身上下，充满了那种博学鸿儒的气息。可是当他抬起头来时，郭烨却惊讶地发现，他的容貌却是高鼻深目，与西域那边的胡人颇为类似。中土的儒雅和西域的蛮横，在此人身上达成了一种完美的统一，让他拥有了一种极其吸引人的气质。

"敢问阁下高姓大名？"郭烨打量了此人几眼，警惕地问道。

"鄙人于而今的中原，不过是客居了，名号什么的就无所谓了，反正也无人认识，郭副尉称我李客就好。"

"李客？"郭烨盯着他，诧异地问道："你是李唐宗室？"

"郭副尉机敏。"李客似乎看出了他的疑虑，微微一笑，道："家祖正是隐太子。不过自玄武门之变后，鄙人祖上不得不阖家远避西域碎叶城，以粗鄙商事为营生。这许多年下来，也算薄有资产，直到这些年时过境迁，方才生出再涉中原之心。"

"隐太子？"郭烨一愣，随即冷冷道："想不到隐太子居然还有后人在世，不过你们能放下杀祖之仇，与李唐携手，倒真是大出郭某意料之外。"

"家祖与太宗皇帝一母同胞，玄武门之变虽血腥，但时过境迁，连太宗都已作古，当年之人也都不在，便是揭过也自无不可。"李客淡淡道。

"哦？阁下还真是豁达。那我且问你，你与虞娘子他们是如何走到一起的？她称你为主人，但是据我所知，这支隐卫在太宗在世之时便已存在。那时你怕是没有胆子将手伸得这么远吧。"

"这是自然。但郭副尉莫要忘了，李某亦算是李唐宗室，自然有资格使用鬼面令。至于我这鬼面令牌是从何处所得，那便不劳郭副尉费心了。须知，李氏再多纷争，那也是我李氏内部之事，但这天下，却不能旁落他人之手，牝鸡司晨之事，更是难以容忍。"

"呵，说到底还不是利字当头。"郭烨不屑道。

"郭副尉若硬要这么理解，李某也无意辩解。不过，郭副尉也莫要忘记此行目的，若想将佳人带回，还是把李某所需之物交出来吧！”

此言一出，郭烨还没说什么，纪青璇已经猛地抬起头，露出了极为屈辱的表情，咬牙一字一顿道：“今日之赐，来日必有厚报！”

李客也不在意，只是敲敲案几，对郭烨伸出了手。

“慢着。”郭烨给纪青璇递了一个脸色，然后对李客道：“在交易之前，郭某还有几处疑惑不解，还望阁下能不吝赐教。”

“请讲。”李客不知是不是觉得胜券在握，却是半点都不急了。

“依阁下此前所言，郭某是否可以理解为，最近在长安、洛阳等地兴妖作怪之人，皆是由你所指使的，目的就是为了撼动陛下的统治？”

“给诸位不良人造成困扰了，实非李某本意，在此抱歉了。”李客自矜一笑，却是从侧面认可郭烨的指控。

郭烨一咬牙，道：“那昔年孝敬皇帝之殁，总不会是你的手笔吧？”

“那倒不是。”李客微笑答道：“那时李某还在碎叶城里卖干果呢！对此却是不甚了了。”

“那当年此事究竟是不是李唐宗室所为？”郭烨毫不放松，追问道。

“些许陈年旧事，其中隐情颇多，实非李某能解。何况连孝敬皇帝的同辈，都多有离世之人。郭副尉又何必苦苦追索呢？”李客这次却是不上当了，只是给了郭烨一个高深莫测的笑容。

见此情形，郭烨也知自己怕是问不出什么来了，于是故意露出一副不服输的表情，道：“我这几位兄弟姐妹皆是一时好手，阁下与我等孤身相见，难道不怕我们以其人之道还治其人之身，绑了阁下以求脱身吗？”

“哈哈哈……”李客闻言不由得发出一阵大笑，道，“诸位的身手，李某自然是知晓的。不过此时画舫已至伊水江心。此时正是涨水之时，外面就是滔滔江水。来时李某已有交代，只要诸位有半分异动，李某的手下便会凿沉了画舫。诸位便是天大的本事，也大不过这长河大水吧？诸位身娇肉贵，又何苦跟李某这等卑贱之人行同殉的蠢事呢？”

郭烨闻言，不禁脸色铁青，走到窗边一看，果见画舫已至江心，两岸都已极为遥远。这等距离，以几人的水性却是万万无法横渡的了。

“算你狠！”郭烨佯怒，取出罗盘和七枚玉戒往李客身前一掷，道：“东西给你，大家后会无期!”

“多谢了!”李客接住装罗盘和戒指的布袋,细细查验了一番,随即露出了满意的神色。“这画舫上吃食酒水一应俱全,还请诸位稍待片刻。待李某去远了,诸位再下船也不迟。”说罢,他便起身匆匆而去。片刻间,一叶扁舟从画舫上放下,由一个通体黝黑的昆仑奴执浆,载着他与虞青儿扬长而去,很快就消失在了众人视线尽头的雾霭之中。

“倒是谨慎。”郭烨失笑道。

“难道就这么让他们走了?”纪青璇一把揪住郭烨的袖口,不甘心地问道。她一生高傲,这次被人当成人质,实在是生平的奇耻大辱。

“纪娘子莫急。”郭烨把她安抚下来,又在怀中摸索了一下,取出几封书信递给裴旻道:“裴老弟,今日虽无甚大事发生,但也多得你在一旁壮胆,郭某才有底气说话。多谢之言,郭某便不再多说了,这后头的事也自有其他人会料理。只得一件,就是郭某在长安、洛阳尚有些亲友,此番却是不便当面告辞了,还请裴老弟辛苦一趟,替我们转交告别。”裴旻接过书信,应了下来。

然后郭烨才回过头,对一脸茫然的纪青璇道:“纪娘子莫要气苦,且随郭某远走天涯。郭某自会替你出了这口气,顺便还让你看一场好戏!”

第九十二章　圣心终难测

两月之后,定州。

时近腊月,寒冬将至,天空已经飘起了小雪。

不过这一马平川的平原附近,却有一座低矮的小山。半山腰上,有一所升腾着袅袅炊烟的宅院,屋舍都是原木打造,断口处露出新鲜的木心,看起来才砍伐下来不久,只是竹编的篱笆已经枯黄,还没有蔓藤爬上,透过篱笆的洞眼,却是能够清晰俯瞰整个平原的景色。

几个身穿毛皮大氅的年轻人就站在篱笆前,也不去管已经冒出香味的厨房,反而把视线都集中在山下的平原上。

“来了,来了!”一个个子最高、身量最魁梧的年轻人,突然兴奋地嚷嚷起来。“这些蠢货果然上当了。”他剧烈的动作把头上的帽子掀起,露出一张浓眉大眼的面孔,却正是李二宝。

张小萝站在他身边,和他一样兴奋地蹦跳欢笑,像是在看一场大戏。

“那是自然,我们的计划天衣无缝,他们又自以为胜券在握,没有理由不信啊!”郭烨的声音响起。他却是和郭明站在一起,父子两人脸上露出相似的狡黠笑容,看着山脚下一行在雪地中蹒跚挖掘的黑影,显得有些得意。同行两月,又一同建立起这个小院,他们的关系早已在这段时间内破冰,虽不说父慈子孝,但也颇为融洽了。

纪青璇站在他身边,白了他一眼,道:“得意忘形。”不过她的语气里,却是没有多少责怪的意思。

相反,两人十指紧扣,神态十分亲密,就算是漫天的风雪,都不能冷冻他们彼此对视时眼神中的柔情蜜意。这一路行来,郭烨不仅修复了跟自己父亲的关系,在和纪青璇的交往上,也是大有收获。两人终于捅破了最后一层窗户纸,虽然限于条件,还没有拜堂成亲,但也算是许下了白首之约,只待安定下来,就能成就一桩美事。

“这么大冷天的,泥巴都冻得梆硬梆硬的了,这些倒霉蛋还要冒着风雪挖土,你们这个计划也是蔫坏了。”另一个方向,风十三娘搂着陆广白的胳膊,笑靥如花,调侃道。

“我们定计划之时,却是也没想到这边的雪竟下得这般早!”郭明闻言,有些不好意思地笑了起来。“百密一疏,百密一疏,幸好不影响大事。”

“是啊,他们也不需要挖多久了,解脱他们的人已经到了。”郭烨忽然淡淡地说道。

“嗯?”众人一愣,抬眼望去,只见原野的尽头,突然出现了一片蒸腾的雪尘,而且在迅速地扩散和靠近,像是有着千军万马疾驰而来。

事实也确实如此,当那雪尘靠近之后,众人可以清晰地看到,卷起雪尘的,正是一队精锐的骑兵。即使在这风雪之中,也听不到半分人喊马嘶的声音,只有沉默铁血的眼神,和哒哒如雷的蹄声。大雪满弓刀,就是对这队精锐铁骑最好的形容。

“是羽林卫。”

“陛下果然出手了。”

“陛下虽是圣君，但也是女子，是母亲。杀子之仇，焉能不报？”纪青璇道：“若是换了我在陛下的位置上，恐怕会命令这些羽林卫直接从对方身上踏过去，非血肉成泥不能解恨吧？”

“且看着吧。”郭烨以一句话下了定论。

而就在他们交谈的工夫里，下方前来挖掘“宝藏”的隐卫人马，也终于发现了气势汹汹而来的羽林卫。几乎是在一刹那，前来挖掘的隐卫人马，就像炸开锅一样乱了阵脚，在平原上四下逃窜。

这些隐卫虽然也是代代传承的精锐，但擅长的都是潜伏暗杀之类，若论擅长搏杀，却是远不如羽林卫的悍将健卒了。他们自己也明白这点，因此逃得格外拼命。

远远看去，一片混乱之中，就只有两个人影，站在风雪中一动不动，像是伫立了亘古的石像一般。显然，他们已经知道，自己落入了陷阱。也更清楚，凭自己两条腿，在平原上是绝对跑不过骑兵的。

“是李客和虞青儿。”张小萝低声道：“想不到他们也来了。”

“他们不得不来。”郭烨道：“财帛动人心，他安能确定手下这伙干活之人不会动心？没有可靠之人看着，是万万不能的，自然只能亲自出马了。若我所料不错，这李客也不过就是一枚棋子罢了。此刻这棋子的作用便是替真正的主子看场。”

说话间，奔驰而来的羽林卫骑兵已经拉开了阵型，呈弧形朝着逃逸的隐卫们包围了过去。在这平原上，一群隐卫最远的都没能逃到百丈之外，就被骑兵又像撵兔子一样撵了回来，驱赶成一堆。而骑兵组成的口袋阵也彻底收拢，接下来，只需要一轮冲锋，就能将李客和虞青儿带来的隐卫精锐尽数夷灭于此！

“好！恶有恶报，现在是报应的时候了！”李二宝见状，兴奋地挥舞了一下拳头，语气中充满了快意。

然而下一刻，让众人诧异的事情发生了。这伙骑兵像是来之前就已经得到了什么命令，竟然只是齐齐拔刀在空中虚劈了一下，然后为首的校尉就拨转马头，在包围圈上让出了一个缺口，静静地肃立着。

“他们留个缺口干什么?”张小萝咬着手指,不解地问道。

但这一次,便是连足智多谋的郭烨父子,都只能报以疑惑的摇头。因为就连他们,也看不懂此刻羽林卫骑兵们的所作所为。更难以猜测,他们在出发之前,到底收到了女皇怎样的敕旨。

事实上,不只是他们,就连包围圈中的隐卫们,也都是一头雾水。上一刻,他们还以为自己死定了,一个个惊得脸色煞白。但当一条明显的生路又出现在他们眼前时,他们却是都不敢相信了。你看看我,我看看你,却是谁也不敢踏出第一步了,生怕有什么陷阱。

最后,还是李客和虞青儿率先从骑兵包围的缺口踏了出去。其他人见状,纷纷云集景从,也跟了出去。直到走出百丈之遥,回首望去,见那些羽林卫的骑兵依旧默默地站在原地,宛如雕像,他们都还不敢相信自己竟然活了下来。

“女皇……究竟是何意?”纪青璇有些不甘地问道。

郭烨俯瞰着平原上的骑兵,目送着李客等人消失在风雪中,脸上却是露出了若有所思的神情。良久,他方悠悠一叹:“罢了。这到底是陛下的家事。她愿意与谁为仇,又愿意宽宥谁,我们也管不着。走吧,咱们也该启程前往扶余国了,希望在那里,能有一个新的开始!”

“放心吧!”张小萝语气坚定地说道:“我一定会让父王给你们每人都封一个大大的官儿当的!”

“那倒不需要,毕竟经历了这么多,现下平淡的生活才是我们真正想要的啊……”郭烨和纪青璇相视一笑道。

“别啊!俺要当官啊!”李二宝凑近张小萝,问道:“小萝,你看给俺封个什么官合适?”

郭烨在他脑壳上打了一下,笑道:“给你封个驸马你要不要?”

“郭大哥!”张小萝嗔怪地叫了一声,引来众人一阵哈哈大笑。

笑声借着风雪,在原野上越穿越远,甚至引得山下的骑兵们都纷纷抬头望来……

“哈哈哈……”

数年的时光一闪而逝,扶余国的白头山下,一栋小茅屋前,一个粉雕玉琢的小女娃儿跌跌撞撞地跑着,奶声奶气地喊道:“娘亲!娘亲!快开门呀!阿爹回来啦!”

话音落下,她小小的身躯就被一只大手抄起,搂进了一个宽厚的臂弯里。

“阿爹,阿爹!”小女娃甜甜地笑了起来。

这时,茅屋的柴门也打开来,风韵成熟了不少,但姿容依旧绝世的纪青璇走了出来,看着小女娃和抱着她的男人,笑了起来。“你回来了啊! 中原那边有什么新的消息吗?”

男人正是郭烨,只是此刻的他,也已经初为人父,听到纪青璇的疑问,他用空着的那只手,从怀中掏出一张纸笺来,递给纪青璇,同时道:“这是小萝从宫中传出的情报,你看了别吃惊啊,其实这天迟早会来的……”

“嗯?”纪青璇擦了擦手,从他手中才接过纸笺,然而才看了一眼,就不禁掩口轻呼一声:“陛下!”

那张纸笺,也在她不经意间,落在了地上。

一阵风吹过,把合拢的纸笺吹开,上面只写着一行字:“大周女皇驾崩,殡天前留下遗诏,去帝号、复称‘则天大圣皇后’,以皇后身份入葬乾陵,与高宗皇帝合葬,还江山于李唐,天下哗然……”